夜天子

山东文艺出版社

目录

第二卷 七十二变

- 第一章 我欲行 003
- 第二章 难做的大亨 007
- 第三章 极品父子 013
- 第四章 我来也！017
- 第五章 我去也！021
- 第六章 铜仁行 025
- 第七章 小女婿登门 030
- 第八章 天下第一墙 034
- 第九章 你是小天哥哥 039
- 第十章 好事多磨 043
- 第十一章 求才若渴 047
- 第十二章 我信天上掉馅饼 052
- 第十三章 再见岳父大人 056
- 第十四章 惊 变 060
- 第十五章 东寻西觅 064
- 第十六章 莽莽丛林 068
- 第十七章 崖上混战 072
- 第十八章 秘密 076
- 第十九章 绿色的网 080
- 第二十章 苗人禁地 084
- 第二十一章 干爹？088
- 第二十二章 Oh, my god！092
- 第二十三章 权力之争 096
- 第二十四章 太阳妹妹 100
- 第二十五章 祸从口出，祸从口入 104
- 第二十六章 饶舌之蛊 108
- 第二十七章 解铃还须系铃人 112
- 第二十八章 谈蛊色变 116
- 第二十九章 杨天王 120
- 第三十章 赤裸裸的挖墙脚 124

第三十一章　当面密议 — 128
第三十二章　美妙的误会 — 132
第三十三章　神奇尊者 — 136
第三十四章　佛也不快乐 — 140
第三十五章　风箱里的老鼠 — 144
第三十六章　大限之期 — 148
第三十七章　千　年 — 152
第三十八章　暗　战 — 156
第三十九章　糊涂丛林 — 160
第四十章　雷神禁地 — 164
第四十一章　黄雀在后 — 168
第四十二章　奇诡之地 — 172
第四十三章　各怀鬼胎 — 176
第四十四章　峰回路转 — 180
第四十五章　惊险重重 — 184
第四十六章　人心兽意 — 188
第四十七章　算　计 — 192
第四十八章　机关算尽 — 196
第四十九章　穷　途 — 200
第五十章　等　死 — 204
第五十一章　出　路 — 208
第五十二章　奇　迹 — 212
第五十三章　真享福 — 216
第五十四章　六大长老的难题 — 220
第五十五章　传承风波 — 224
第五十六章　只争朝夕 — 228
第五十七章　善后事宜 — 232
第五十八章　棋　子 — 236
第五十九章　意外之怒，意外之喜 — 240
第六十章　我欲归去 — 244

第六十一章　不解风情 — 248
第六十二章　人命草芥矣 — 252
第六十三章　清官难断 — 257
第六十四章　洒脱小天 — 261
第六十五章　考秀才 — 265
第六十六章　冤家聚首 — 269
第六十七章　李大状 — 273
第六十八章　怜邪姬 — 277
第六十九章　水舞之伤 — 282
第七十章　初到贵地 — 287
第七十一章　有缘千里来相会 — 291
第七十二章　祸水倾城 — 295
第七十三章　误会 — 299
第七十四章　是猫还是虎 — 303
第七十五章　再相逢 — 307

第七十六章　对质 — 311
第七十七章　鬼话连篇 — 315
第七十八章　果基格龙 — 319
第七十九章　自信爆棚叶小天 — 323
第八十章　情窦 — 327
第八十一章　下聘 — 331
第八十二章　炼蛊 — 335
第八十三章　甜蜜蜜 — 340
第八十四章　风云际会 — 345
第八十五章　成我之美 — 349
第八十六章　红袖添香 — 353
第八十七章　衙前风波 — 356
第八十八章　霸王扛鼎 — 360
第八十九章　我要爱,非常爱! — 364
第九十章　雌威 — 368

第九十一章 凝儿驾到 — 372
第九十二章 乱上加乱 — 376
第九十三章 纠缠不清 — 380
第九十四章 焦头烂额 — 384
第九十五章 冬瓜葫芦 — 389
第九十六章 大骗子 — 394
第九十七章 跃龙门 — 399
第九十八章 养女不教 — 404
第九十九章 七十二变 — 408
第一〇〇章 意外之喜 — 412
第一〇一章 不速之客 — 416
第一〇二章 暗战 — 420

第二卷

七十二变

· ※ · ※ · ※ ·

第一章

我欲行

一

齐府愁云密布,齐夫人哭成了泪人儿,那些侍妾一流的女人虽然不像齐夫人一般悲伤,却也是面现悲戚之色。她们的命运如浮萍一般,离开了这棵大树,又该依附何人呢?

李秋池带着一个背包裹的书童从侧厢客房里走出来,往客厅中冷冷地看了看,便往外走。正好言安慰齐夫人的范雷见状,连忙赶出来,扬声唤道:"李讼师,你这是去哪儿?"

李秋池站住脚步,淡淡地道:"自然是回水西。"

范雷愕然道:"我大哥的事,李讼师不管了?"

李秋池折扇在掌心滴溜溜一转,"唰"的一下又握住扇柄,向范雷道:"齐木已死,齐家也就没有了利用价值。李某是受田家委托来帮你们的,如今还有必要留在这里?"

范雷又惊又怒,道:"我大哥分明是被那个疯子使计害死,李讼师就不闻不问了?"

李秋池淡淡地道:"利之所至,便是天,李某也敢去捅个窟窿。没有好处,就是一个平头百姓,李某也不会去得罪。告辞!"

李秋池向范雷拱了拱手,带着小书童扬长而去。范雷看着他的背影气得浑身发抖,齐夫人泪水涟涟地追出来,哽咽地道:"大管事,老爷死了,咱们齐家可怎么办哪!"

范雷咬牙道:"夫人放心,我与大哥情同手足,这个仇,我一定会替他报的!"

范雷低头思忖一会儿,用力一跺脚,道:"夫人,请给我准备一笔重金。"

齐夫人抹抹眼泪,诧异地道:"大管事是想?"

范雷道:"贵州一带有一伙悍匪,来去无踪,身手高明,号称'一窝蜂'。我想找到他们,请他们出手把那狗官干掉!只要那狗官一死,这葫县就还是齐家的天下!"

李秋池带着书童走在大街上，路过县衙的时候，站住脚步，若有所思地望着衙门口出神，这时旁边有人笑道："这不是大名鼎鼎的李讼师吗？怎么，可是有人托你诉讼？你若不知衙门里头怎么走，本官带你进去！"

李秋池转身一看，恰好看见叶小天带着几个捕快走过来，李秋池皮笑肉不笑地道："艾典史，好手段！"

叶小天打个哈哈，道："李讼师，过奖，过奖！"

李秋池道："这一番，李某真是受教了，果然是越小的地方越没规矩，越是小吏越视王法如无物。"

叶小天讶然道："莫非李讼师被吓着了？看你这行色，是打算回水西了？"

李秋池不愠不恼，笑吟吟地道："不错！齐木已死，李某留在此地已经没有意义。李某这就要回水西，艾大人来日如果有机会去水西的话，一定要知会李某一声，李某……会好好款待你的！"

叶小天也是笑容满面，极亲切地道："好啊！艾某这几天实在是太忙了，本想着有暇的时候，再设一桌接风宴，好好款待一下你这位从水西来的贵客，却不想你这就走了。如果来日李讼师再有机缘来葫县，也请李讼师一定要知会艾某一声，艾某也会隆重接待的。"

"哈哈，好说！告辞！"

李秋池笑着向叶小天拱拱手，转身就走，待身子转过去后，脸色已一片铁青。叶小天笑吟吟地看着李秋池远去后，对苏循天和李云聪道："今天应该没什么事了，你们两个也好好歇歇吧。"

李云聪问道："大人去哪里？"

叶小天望了他一眼，道："我去县衙后宅看望舍妹。"

李云聪没有说话，只是深深一揖，叶小天便往衙门里走去。李云聪直起腰来，看着叶小天的背影，一直到他消失在衙门口，突然说道："苏班头，你觉得，叶小天这个人……该死吗？"

苏循天脱口道："当然不该死！"

李云聪眼神里飘过一丝阴郁，缓缓地道："可是，老爷们想要他死，你我小吏，能做什么呢？"

苏循天咀嚼着李云聪的这句话，渐渐地，也沉默了……

·※·※·※·

叶小天要去后宅，却不好穿过县太爷一家人的住处，他从侧厢甬道一直走过去，到了尽头从角门进去，便是奴仆下人们所居的狭长区域。

水舞陪着乐遥正在园中玩耍，福娃则捧着一根嫩竹坐在一旁津津有味地吃着。忽然，它抬起头，发出一声婴儿般的鸣叫，这一声鸣叫充满了喜悦。

福娃扔下竹子就向前方小径上蹿去，那么肥硕的身子，跑动起来竟是敏捷如兔，和罗大亨那肥胖海狗般奔跑的英姿有的一拼。

"叶大哥！"

水舞循声转头，一眼看见叶小天正沿小径走来，一种莫大的惊喜突然涌遍了她的全身。

叶小天这些天的确很忙，再加上受了伤，不想让她知道后跟着揪心，所以一直没到后宅里来。水舞平时天天见他也不觉得怎么，可是一下子见不到人了，她才发现思念已不知不觉就像沉甸甸的果实般，挂在了她的心上。

水舞还没跑过去，福娃已经撒着欢地扑到了叶小天身边，叶小天也是突然一声欢呼，俯下身子扑过去，然后……正笑着要扑上前的水舞和遥遥就目瞪口呆：叶小天把福娃仰面撞了个大跟头。

福娃到底还小，那身量哪是叶小天的对手，不过它皮糙肉厚，倒不用担心被撞伤。叶小天把福娃撞翻在地，然后像毛驴尥蹶子似的围着福娃蹦了两圈，就要作势跳到它肚皮上去。

水舞这才反应过来，赶紧冲上前把他拦住。遥遥则像小猪似的噘起嘴巴，跑上前把福娃扶起来，嗔道："小天哥哥坏，一来就欺负福娃。"

叶小天笑道："这个胖家伙，上次一见我就顶了我一个大跟头，这次还想重施故技，我只是先下手为强罢了。"

福娃刚被叶小天撞翻时有些发蒙，这时大概是明白过来，突然很欢喜地往后一仰，"嗵"的一声倒摔在了地上，把水舞和乐遥都吓了一跳，还以为它被撞晕了。

福娃躺下以后，就用两只熊掌"砰砰"地拍着圆滚滚的肚皮，看那样子，是很希望叶小天上来蹦几下的。水舞啼笑皆非，冲它喝道："快起来，你们俩呀，一大一小，全没正经！"

水舞说完，便拉起叶小天道："快，进屋坐着，我刚沏了壶茶，水温正好。"

水舞拉着叶小天进屋，忙不迭取过茶杯为他斟茶，道："叶大哥，你怎么这么久都不来看我们？"

叶小天道："嗨！这不是这阵子忙嘛，每天回来都很晚，实在是顾不上……"

叶小天说着，转眼看到桌上放着几个小栗子，便顺手拿起一个丢进嘴里，嚼啊嚼啊嚼了半天，皱着眉又吐出来，道："这栗子怎么……啊！这谁吃完枇杷还把核放这儿……"

水舞刚斟了茶，正要端到他面前，一看他拿着枇杷核嚼了半天，登时大窘。那是她吃过的，上边可是有她的口水，一时间水舞臊得面红耳赤。叶小天一见她脸色便明白过来，赶紧转向福娃，大声质问道："说！是不是你？"

福娃正眼巴巴地蹲站在他身边，显然很喜欢这久违的男主人。看到叶小天横眉立目的样子，福娃瞪着一双熊猫眼，很无辜地看着他，完全不明白男主人为什么有点不高兴了。

遥遥又像小猪似的噘起了嘴巴："小天哥哥就喜欢欺负福娃。"

叶小天哈哈大笑，道："行，那哥哥就欺负欺负你。"

"啊！不要……"

遥遥尖叫着刚要逃走，已被叶小天大手一伸，揽住了她的小腰肢，把她抱到了自己怀里。有些胡子茬的下巴在她的嫩脸蛋上蹭来蹭去，蹭得遥遥咯咯直笑。水舞趁机红着脸把枇杷核收走。

叶小天和遥遥笑闹一阵，让她带着福娃去院里玩耍，房中只剩下他和水舞后，叶小天便压低声音对水舞道："这几天我就安排，咱们想办法离开葫县。"

水舞大喜，眸中登时放出光来，脱口道："真的？"

叶小天吃味地道："你就这么想见那个小风哥哥？"

水舞微窘，辩解道："才没有，人家只是想爹娘了。"

叶小天展颜道："啊！想爹娘那是应该的，我也想我爹娘，我还想我的老丈人和丈母娘。"

水舞娇嗔地白了他一眼，很久不听他疯言疯语了，这时听了，不知怎么，却有一种特别亲切的感觉。

叶小天笑了笑道："你也不用特别准备什么，免得被人看出破绽，也不要告诉遥遥，她还小，不懂事，可别说漏了嘴。你只心里有数就好，我这边做好准备，就会安排接你们离开！"

水舞欣喜地点了点头，想到很快就能见到父母双亲，心里登时充满说不出的欢喜。

范雷是齐木的结拜兄弟，齐夫人对他是极信任的，所以毫不迟疑地为他准备了一笔黄金，范雷将金元宝打成一个包裹，便悄然离开葫县县城，踏入了莽莽丛林。

他听说过悍匪"一窝蜂"的事，却没有途径找到他们。他打算抄小路赶到铜仁，请那里一个交游四海的朋友出面帮他寻找"一窝蜂"。"一窝蜂"胆大包天，就没有他们不敢接的案子，只要请到他们，那个疯典史……

范雷想到叶小天凄惨的下场便忍不住冷笑起来。可是笑意刚刚漾现在他的眸中，密林中就突然飞出一支利矢，利矢从他眸中钻入，血淋淋的箭尖便从脑后冒出来。范雷一声没吭，便仰面栽倒在密林之中……

第二章

难做的大亨

一

这些日子，叶小天早把葫县内外情形摸得底儿透。他也相信至少李云聪、苏循天、罗小叶这些人是不会反对他离开的。当然，此时他还不知道孟县丞当初竟然与众人定下了杀人灭口的主意，事情比他想象的要棘手一些。

叶小天虽然在暗中做着离开的打算，表面上依旧不动声色。为了麻痹有可能在暗中盯着他的耳目，他甚至还忙里偷闲地去了一趟大亨杂货铺，同这位便宜兄弟见见面。

叶小天走到十字大街的时候，大亨正悠闲地趴在柜台上，同据说恰巧经过这里的妞妞姑娘聊着天。店里面很安静，一个客人都没有，只有这两个人一问一答地在扯淡。

"妞妞姑娘，其实我不是胖啦，我只是懒得瘦。说起来呢，身子健康就好啦，瘦骨伶仃的模样怎么配得起我这大掌柜的身份呢。"两个人交谈得很融洽，大亨趁机把自己最大的缺点轻描淡写地提出来。

叶小天走进杂货铺，惊愕地看着这前所未见的极其气派的杂货铺子，一时说不出话来。他有些日子没来了，万万没想到大亨真的很败家，"大亨"杂货铺竟然被弄成了这般光景，比一家上档次的古董店都要雅致，三千两银子……只怕是打不住的。

大亨和妞妞伏在柜台上，目光缠绵，含情脉脉，完全没有注意到店里进来人了。

"是啊，你倒是想瘦来着，不过呢……下辈子吧！"妞妞抢白了大亨一句，托着下巴想了想，眼珠子滴溜溜一转，突然很感兴趣地问道："如果有来生，你想做啥，还做人吗？"

大亨道："做人没意思。要是有下辈子，我想做只鸭，沿着大江大河，游遍整个天下！"

妞妞两眼放光，道："啊！好浪漫啊！"

大亨问道："你呢，如果有来生，你想做啥？"

妞妞想了想，兴致勃勃地道："如果有来生，我想做只鸡，每天早上'喔喔喔'，叫醒所有人！"

大亨笑道："这事多没意思。"

妞妞道："没意思我才做。你是不知道，我家邻居养的那只鸡，每天天不亮就开始叫，吵死人啦，人家可是最喜欢睡懒觉的。"

大亨托着圆润的下巴，美滋滋地挑逗起来："那你喜不喜欢裸睡呢？我可是很喜欢裸睡的，裸睡起来最舒服……"

"咳！"

叶小天咳嗽了一声，打断了这对少男少女没羞没臊的对话。

"啊！大哥！真是稀客啊！我这店自打落成，你就没有来过两回，哈哈哈……"大亨脸皮厚，看见叶小天毫不害臊，立即打着哈哈向他迎过来。妞妞不好意思了，红着脸蛋对大亨道："你们聊，我先走了。"

大亨道："好，有空再来啊！"

妞妞向他扮了个鬼脸。经过叶小天这个本县有名的大人物时，又敬又怕地看了他一眼，踮着脚轻轻走过他身边，这才偷偷吐了吐舌头，一溜烟地走掉了。

妞妞一走，叶小天的眉头就拧成了一个大疙瘩，问道："店里怎么没客人？"

大亨道："有啊！不过上午一般没客人，下午客人多些，每天都有三五个人光顾呢。"

"三五个……"

叶小天看看这富丽堂皇、雅致豪奢的"杂货铺"，顺手从货架上抄起一把扇子，"唰"的一下打开，看着那风格很独特的扇面，说道："杂货铺嘛，进一堆蒲扇卖就好了，这么精致的得值个十几文吧，有人买吗？"

大亨道："大哥，这扇子二百两银子一把呢。"

叶小天吓了一跳，赶紧合起扇子，毕恭毕敬地放回货架："二百两一把扇子？大亨，你这是坑人还是被人坑了？"

大亨笑道："进价当然没那么贵啦，我是二十两一把进的，不过这可是东瀛扶桑国的扇子，上边又涂了来自天方国的香料，加价当然就要狠一些。"

叶小天心中很是无奈。虽然他对大亨开店本就不抱希望，可也没想到大亨竟然会把店开成这副模样。叶小天问道："你这店里这些东西，三千两银子怕是打不住吧？"

大亨道："那当然，我赊了不少货呢！"

叶小天道："人家肯赊给你？"

大亨沾沾自喜地道："本来是不肯的，不过他们一听我爹是洪大善人，就肯了。"

叶小天绝望地道："快到一月之期了吧？你爹到时会疯掉的。"

大亨哈哈大笑起来："我觉得也是。哼哼，总觉得我不行，到时候一听我赚了那么多银子，他不乐疯了才怪。"

叶小天猛地瞪大了眼睛，愕然道："你赚钱了？"

大亨理所当然地道："那当然！我从三天前才开始有进账的，到现在为止大概盈利一千两了吧。"

叶小天的眼睛瞪得都快掉到地上了："从三天前才开始赚钱，你就赚了一千两？你用抢的啊！"

大亨道："干吗要抢？人家哭着喊着给我送钱，我也不好意思不收，是不？"

叶小天："……"

· ※ · ※ · ※ ·

"这是啥玩意？"

"鸟笼子。"

"铜的？倒挺漂亮。"

"谁说铜的？这是金的。"

"金的？用金子打鸟笼子，你……"

"大哥，有钱人的心理，你不懂。"

"哎，你这种人的心理，我的确永远不懂。"

杂货铺里，大亨津津有味地向叶小天介绍着他的生意经："直接买块大的店面？那需要很多钱啊大哥，我爹只给了我三千两，我把两个小店铺拼起来，店面一样够大，但是我分别买两个小店铺和直接买一个大的店铺价钱可差了许多。再说，这条街上肯出售那么大的店铺的人也是可遇而不可求啊。"

叶小天微微眯起眼睛，盯着眼前这个死胖子，仿佛才认识他似的："所以，你就故意要在杂货铺旁边开杂货铺？"

"嘘……"

罗大亨赶紧四下看看，忸怩地拧着手指道："当时人家还没喜欢上妞妞嘛，要不然怎么也不会打她们家主意的。"

叶小天吁了口气，道："你从一开始就想开一家这样的'杂货铺'？"

罗大亨摊开双手，无奈地道："不然怎么办呢？难道真开一家小杂货铺？那能赚什么钱哪，一个月赚来的钱还没我一个月的零花钱多。可是客栈、酒楼、妓馆、赌馆，全都有人开了，最赚钱的当然是驿路，那时它又属于齐木。我没办法赚过路商贾的钱，那就只好赚本地富人的钱了。"

叶小天佩服地道："好主意！他们投身于各种产业，都是为了赚过路商贾的钱。可他们赚来的钱怎么花呢？于是你就开了这么一家专门供本地富人光顾的'大杂货铺子'，赚他们的钱？"

大亨拍手道："不错！兄弟这主意不错吧？"

叶小天摩挲着下巴，缓缓地道："我以前听说过一个故事，说是山里发现了金子，于是许多淘金客都跑到山上去淘金。可是淘金子辛苦不说，还有生命危险，最后还未必能淘到金子。这时就有一个精明人，在山脚下开了个铺子，专门卖东西给淘金的人。后来许多淘金人并没有发财，甚至送了性命，这个开杂货铺子的反而发了大财。当所有人都把目光投在黄澄澄的金子上时，他偏偏盯住了那些人的口袋。大亨啊，你跟他可有一拼啊。"

大亨开的的确是一家"杂货铺"，因为他不专卖丝绸，也不专卖茶叶，更不专卖珠宝，但他什么都卖，这不是"杂货铺"是什么？然而他只卖最稀罕、最贵重的东西，他的"杂货铺"不是开给普通人的，而是专向富人兜售奢侈品的，暴利也就成了必然。难怪他生意这么冷清，原来干的是三年不开张、开张吃三年的买卖，一天哪怕只做成一笔生意，也比别人辛苦干一个月赚得多。

大亨也学着叶小天的样子，摩挲着他的三层肥下巴："唔，我没听过这个故事，不过听起来，这人想法跟我好像真是一样。"

叶小天摇摇头，有些不理解地道："锋芒毕露是本事，可大智若愚呢，那才是境界。大亨啊，你有这么大的本事，平时大智若愚，愚到连你爹都痛心疾首？"

大亨一脸茫然，道："大哥，我怎么大智若愚了？"

叶小天道："你平时那么不着调……"

大亨道："我就是那样的啊！不然我该怎么样？难道明明是个少年，我还得硬装出一副老成的模样？我平时什么样和我做生意也没关系啊，我又不是傻子，做生意还不会吗？"

叶小天苦笑道："可是你平时那般表现，弄得所有人都以为你……我也是那么看你的。你爹整天为你操心，不也是因为这个吗？"

大亨突然沉默起来。叶小天敏锐地道："你有心事？"

大亨回到柜台后，慢慢在柜台上趴下，双手托着下巴，一张胖脸登时向上变形，看着就像一只正在微笑的肥肥的加菲猫。可他并没有笑，神情反而有些落寞："在我爹面前，我的确有些……装模作样，其实也不算装模作样，只能说是破罐子破摔吧。"

叶小天在他对面坐下来，静静地听着。大亨轻轻叹了口气，难过地道："我娘死得早，据说是生我的时候难产死的，我……太胖了……"

这句话听着有些好笑，可叶小天笑不出来。大亨道："听说我娘临终时留下遗言，不希望我长大了像我爹一样到处奔波，她希望我读书做官。于是，我爹从小就不遗余力地让我读书，我曾经很努力，真的……"

看着大亨悲伤的模样，叶小天忽然有些心酸。

大亨又叹了口气，道："可我真的不是那块料啊，我曾经很用功、很刻苦，可我读书就是不成。我怕我爹会失望，可我继续念下去，一定会让他失望，我没有别的办法，只能逃学、弃学，想让我爹早点死了这份心，他就不会整天为了我的学业费尽心机，而我也不用天天看到他失望的脸……"

每个做父母的都希望为孩子安排好一切，让孩子的一生按照父母指定的道路走，似乎这样孩子就会得到幸福，可是谁又知道孩子是不是喜欢父母选择的路，能不能在这条路上走下去呢？

太多的希望，便成了沉重的压力。大亨的父亲整天揪心难过，而在大亨心里，这也成了让他喘不过气来的如山的重负。叶小天虽然没有过这样的遭遇，可是看到大亨悲伤的脸，他却能够想象得出，大亨曾经受过怎样的折磨。如果大亨自己也肯不放弃，继续在读书求官这条路上走下去，洪百川当然会永不死心，这对父子将要承受的折磨，或许比现在还要重百倍。

叶小天静静地看着他，看了许久，忽然微笑道："三百六十行，行行出状元。不管怎么说，你已经证明了你有经商的天分，你不是废物。你可以拿着账本告诉你爹，你是天才，只不过不是体现在读书上，而是在经商上，你爹会开心的。"

"嗯！"

大亨的小眼睛顿时放出光来："我数着呢，再有两天我爹就会来查账，我现在开心得晚上都睡不着觉，就等着我爹来，给他一个惊喜。"

叶小天道："何必再等两天？你既然提前达成了你爹的条件，何不现在就告诉他，让他开心开心？"

大亨到底是个少年人。他或许有经商的天分，对赚钱有一套独到的思路，但是他的性情就是跳脱，甚至有点滑稽，叶小天这一鼓动，他顿时就按捺不住了："那我现在就去告诉我爹？"

叶小天道："现在就去，我陪你去！"

"好！"

大亨跳起来，兴致勃勃。

叶小天迟疑道："可是你这店……"

大亨道："没关系，打烊呗。你不用担心生意的问题，那些有钱人是越贵越想买，越买不到越觉得值得买，咱打烊！真要是有人来了却碰到铁将军把门，他明天一定会再来的！"

叶小天摇头笑道："成！这方面我可没有你明白，听你的。"

大亨当下就把一些贵重物品全都装进厚重的铁箱，锁进固定在地上的大钱柜里，又锁了店门，便高高兴兴回家去。

看到他又习惯性地背起书包，简直把书包当成了一件别致的佩饰，叶小天就有些忍俊不禁。方才那个心事重重大智若愚的肥胖少年在他心中渐渐淡没，大亨还是大亨，那个不着调的少年。

第三章

极品父子

一

叶小天和大亨锁了店门便往罗家赶，穿过几条街巷，还没走到罗家，旁边巷子里便突然钻出一个野僧。那野僧胡子拉碴，头上只有半寸长的头发，身上穿一袭破烂僧袍，脚下一双旧芒鞋，貌相十分凶恶。

也不知为何，这野和尚行色匆匆，恰与大亨撞个满怀。野和尚打个酒嗝，那臭气扑面而来，大亨厌恶地推了他一眼，怒道："你这野和尚，不守清规，也好自称出家人？"

那野和尚喝得脸面通红，醉眼乜斜着，大怒道："佛爷自走自路，是你这不开眼的东西挡了佛爷的道，你还敢口出不逊，招打。"

大亨忽然瞪大了眼睛，他认出这个野僧了，这野和尚可不就是上回向他父亲化缘的那个人吗。大亨正要说话，野和尚上前当胸就是一拳，大亨肉厚，倒不觉痛楚，但是他大怒之下立即还手，两人便厮打起来。

叶小天起先还想上前解劝几句，拉开两人了事，不料不但没有拉开两人，反而被那野和尚打了一拳。叶小天大怒，立即扑上去，和大亨一起殴打野和尚。

三个人正打得不可开交，叶小天忽然察觉远处似乎有人过来。定睛一看，就见一个身穿员外袍的中年人，步履从容，见人便笑，手中捻着一串佛珠，慈眉善目，正是洪大善人。

叶小天大吃一惊，他倒不怕洪百川，可是洪百川笃信佛教，对僧侣向来毕恭毕敬、奉若神明。如今大亨跟一个和尚大打出手，一旦让洪大善人看见，本来就瞧儿子不顺眼，还不狠狠教训他？

叶小天赶紧叫道："大亨，别打了！"

大亨打得兴起，此时正揪住那野和尚的脖领，挥拳猛击他的秃头。听见叶小天的话，大亨气呼呼道："大哥你别管，今天我一定要好好教训教训这个坑蒙拐骗的假秃驴。"

那野和尚奋力一挣,挣脱了大亨的手,一记"冲天炮"便捣在大亨的鼻子上,大亨"哎哟"一声,登时鼻血长流,捂着鼻子败下阵去。野和尚不依不饶,追上去就是一阵拳打脚踢。

这时,洪大善人已经走到近前,看见儿子与人打架,不由大吃一惊,急忙高声叫道:"阿弥陀佛,切勿动手!"

这时恰好那野和尚挣脱了大亨的手,一拳打在他的鼻梁上,打得大亨踉跄后退。紧跟着那野和尚"呀"一声大吼,身形向空中一纵,双臂张开,仿佛一只苍鹰扑兔,膝盖在半空中就屈起来,狠狠磕向大亨的脑袋。

"去你的!"

随着一声霹雳般的大吼,凌空飞来一只大脚。那野和尚老鹰般扑下去,还没啄着大亨这只肥鸡,就被那只大脚踹中,打着转飞出去,扑棱了几下膀子,昏头转向,愣是没爬起来。

洪大善人凶神恶煞般扑上去,提起袍袂就踹:"让你打我儿子,让你打我儿子,当真好胆!连我儿子都敢打!我让你打我儿子,阿弥陀佛,我佛慈悲,老子打得你妈都不认识你。"

那野和尚被洪百川一连串不成章法却又凶猛至极的攻击打得鬼哭狼嚎,欲待逃命,却又被洪百川摁住,继续不依不饶地狠揍。叶小天站在一旁都看呆了:"大亨这父子俩,还真是极品啊!"

洪大善人连踢带踹,把那野和尚打得趴在地上奄奄一息,这才愤愤然住脚。他脸红脖子粗地走回来,喘着粗气,很关切地对大亨道:"大亨,你没事吧?"

大亨不知何时已经从书包里掏出两团纸来塞住了鼻孔,和叶小天并肩站在一边,目瞪口呆地看着他爹发威。这时一听他爹问话,赶紧摇摇头,应道:"孩儿没事……爹啊,他是出家人……"

洪大善人恶狠狠地道:"出家人擅动无名,尤其该揍。你真没事吧?"

大亨把胖脸向左右使劲甩了甩。叶小天咳嗽一声,上前拱手道:"壮士,你有喜啦!"

洪大善人大惊道:"喜从何来?"

叶小天笑眯眯地转向罗大亨,道:"大亨,来,跟你爹说说。"

大亨登时忸怩起来,双手扼腕,一只脚尖在地上画着圈圈,羞羞答答地道:"人家怎么好意思,还是大哥你替我说吧。"

洪大善人刚刚气红的脸"唰"的一下就白了,惊疑不定地道:"大亨啊,你又闯什么祸啦?"

·❋·❋·❋·

"哈哈哈,哈哈哈,哈哈哈哈……"

可怜的洪大善人受刺激了,在大街上就这么笑,一直笑回家里,坐在客厅里还是笑个不停。罗大亨担忧地看着他爹,对叶小天小声道:"前些天流行的那个什么疯笑病,不会传染到我爹这儿了吧?"

洪大善人开心极了。自大亨小时候起,他就按照大亨他娘临终的遗愿,一门心思想让儿子当个读书郎,将来出仕入相,建个书香门第。可是这个儿子实在不争气,洪百川心里的标准早已一降再降,低到不能再低了。

这几年来,他唯一的心病,就是儿子这么不中用,万一自己死了可怎么办?就算给他挣一份天大的家业,也禁不起他胡作非为地败啊。

再说现在有自己镇着,宅子里没人敢使坏。可是如果他不在了,儿子这么浑浑噩噩的,就是被下人哄骗,万贯家产也能旦夕之间化为乌有。到时候儿子可怎么活?

万万没想到,儿子居然有经商的天分。洪百川给儿子的条件是小有盈余,其实心中的底线是别赔太多,那么自己百年之后,给儿子挣下的万贯家财,怎么也能撑到儿子老去的那一天,却不想……

儿子出息了,洪百川怎么能不高兴?他笑着笑着,忽然想起早逝的妻子,一时间悲从中来,又喜又悲,两行老泪登时滚滚而下,可是嘴里却还在笑。这下大亨更是手足无措了。

洪百川又哭又笑,过了好半晌,激荡的心情才平息下来。他欣慰地看着儿子,道:"这是从你出生以来,爹听到的最开心的事,大喜事啊!今儿爹要设宴,请典史大人作陪,好好庆贺一下。大亨啊,你说,想吃什么?"

"嗯……"

大亨咬着手指头很认真地想了想,突然兴奋地道:"桂花糕!"

洪百川:"……"

叶小天:"……"

一桌盛宴,水陆八珍,各色美味,尽皆齐备。

洪百川算是敞开了胸怀,酒来杯干,喝得好不畅快。

叶小天浅酌着相陪。大亨虽未成年,可洪百川今天高兴,特意破例允许他也喝点酒。奈何大亨只喝了一口,觉得难喝至极,于是他就专心致志地对付他的桂花糕了。

桃四娘又端着一盘桂花糕上来,见罗大亨正狼吞虎咽,便柔声劝道:"大亨少爷,你不用急,你要喜欢吃,四娘再做便是。"

罗大亨含糊不清地道:"这一个月天天泡在杂货铺里,只有每天晚上才能吃到新鲜出笼的桂花糕，真是馋坏了。"

洪百川慈爱地看了儿子一眼，便微笑着把一杯酒喝下了肚。

叶小天忽然想起一事，见桃四娘气色还挺好，便悄声问道："四娘，你家相公……没有再为难你吧？"

桃四娘神色一黯，随即放松了神情，向叶小天福了一福，低声道："还没谢过大人仗义相助。徐伯夷他……已经和奴家和离了。"

"哦……"

叶小天眉梢一挑，道："恭喜四娘！"

桃四娘听了顿时一愣。自从她伤透了心，终于答应跟徐伯夷和离之后，但凡听说此事的人莫不对她好言宽慰。一开始听着她还觉得熨帖，听久了耳朵都生茧子了，现在最叫她腻歪的就是安慰她的话，却没想到叶小天竟是这般反应。

叶小天道："四娘与此等畜生和离，从此再不必受他欺凌，此为一喜。女儿家一生中最重要的就是选择一个好丈夫，嫁人无异于第二次投胎，不幸四娘所托非人。如今四娘正当年轻貌美，再寻一个合适的夫家不难。若拖延日久，再被徐伯夷想方设法休弃，那时岂非更加凄惨？所以我说，离得好！离得正当其时！是以要恭喜四娘你啊！"

桃四娘听了叶小天这番高论，发了半天怔。心里不知为何，忽然就敞亮起来，原本郁结的心情豁然开朗，她向叶小天福礼再拜，道："多谢典史老爷良言相劝，奴家茅塞顿开了！"

大亨嚼着桂花糕含含糊糊地问道："对了，四娘，你们两人和离之后，可是被那混账赶出了家门？"

桃四娘心情已经开朗，倒是再无黯然神色了，只是平静地答道："房子，那徐伯夷留给奴家了。他丑事败露以后，乡邻无不鄙视，县学中人也是个个鄙弃，在本县实在待不下去了，便卷了家中细软，去水西了。"

叶小天听到这里，心里嘀咕："李秋池那刁嘴讼师此番无功而返，是被我得罪狠了，不想徐伯夷这个冤家也去了水西，这水西都快成了我的冤家集中地了。幸好我不去水西，否则这伪君子、真小人济济一堂，还不把我啃得渣都不剩？"

叶小天自然不会想到他一语成谶，这水西还真成了他的必去之地……

第四章

我来也!

一

孟县丞死在狱中,而杀人凶手逃逸无踪,其能越狱的原因竟然是犯人太多把牢墙挤破了,这个荒唐的理由气得花知县当场昏倒。

但他事后去大牢查看,牢墙确实太单薄了些。贵州冬天不太冷,所以即便是砖石的房舍也不像北方墙壁厚重。不过大牢这种地方本该格外加固的,但是县里没钱。

花知县痛定思痛,决定等今年朝廷拨下银子,无论如何也得挤出一部分修缮一下大牢,再也不能出现这么荒唐的事情了。不过,亡羊补牢是以后的事了,眼下的问题还是要解决。

此事报到朝廷,他的考课上有个污点那是在所难免了。好在孟县丞此时已是待罪之囚,而杀人者又是被他勾结地方大豪欺压迫害过的百姓,仇杀事件的性质再加上孟县丞此刻的身份,远不及一县典史刚刚赴任便被强盗加害严重。这个黑锅花知县也就捏着鼻子认了。

可是另一件事他却很上心,就是有关叶小天的事了。叶小天是假典史,按照孟县丞原本的计划,是要等他上任一段时间后再悄无声息地把他干掉。没想到叶小天此人太能折腾,孟县丞还没把他干掉,就"出师未捷身先死"了。

如今大事刚了,风波才息,就算想按照原定计划行事,也该再等一段时间,但是花知县等不了啦。因为他刚刚接到消息,艾家已经有大队人马上路,直奔葫县来了。

艾家听说艾典史上任路上遇险,艾典史幸而未死,但家人护卫尽皆遇难,顿时大惊。虽然那时出远门很不便利,但是艾典史的弟弟还是亲自赶来探望,并且带了一些遇难护卫的家属。

另外就是花知县看到了重新掌权的希望,叶小天扳倒了孟县丞,干掉了齐木。在这个过程中王主簿虽然暗中推波助澜,起了一些作用,并且在驿路运输上抢到了一块肥肉,但是这个风头却都被叶小天给抢了。

原本由孟县丞掌握的司法这一块，现在是水泼不入、针插不进，大家对叶小天唯命是从，王主簿也没机会把手伸进去。趁这个时机把叶小天干掉，花知县就有极大可能接手孟县丞和艾典史相继死亡后留出的这块权力真空。

于是，花知县秘密召集当日曾参加密议的各首领官、佐贰官，商量如何尽快解决这个棘手的问题。花知县坐在堂上，左手边一连三个位置，只有中间一张坐了人，那是老学究似的王主簿。孟县丞的位置空着，艾典史的位置也空着。

其他如本县儒学教谕顾清歌、训导黄炫，巡检罗小叶，驿丞、税课大使、县仓大使等不入流的杂官们全都坐在那儿，一个个沉默不语，堂上气氛十分压抑。

这当中有些人这些日子已经和叶小天有了很深的交情，自然不想动杀心，比如罗巡检。还有人是把叶小天这些日子的所作所为全都看在眼里，心生赞赏，是以不忍暗害他，比如县学的顾教谕和黄训导。

其他人就是各有考虑了，比如王主簿考虑的是：此时让叶小天消失，最大的好处会不会就要落入花知县的腰包？另外有些人则是不想冒率先提出杀人的建议。

花知县在葫县三年，肩上担着孟县丞和王主簿两座大山，头上骑着齐木这个太岁，背后还有山中部落不时捣蛋，弄得他焦头烂额，渐渐怯懦怕事起来。如今一条肩膀上的重负突然去了，顿时轻松了大半。

眼见众人都沉默不语，一向不敢主动向孟县丞和王主簿发声的花知县居然咳嗽一声，很威严地看向王主簿："艾家的家人已在路上，很快就会赶来，只等他们一到，事情马上穿帮，你我众人谁也难逃干系。当务之急是尽快解决这件事，王主簿以为如何？"

王主簿打心眼里不愿让叶小天现在死，但是想到艾典史的家人，王主簿也心中作难，他微微蹙了蹙眉，却没有说话。倒是罗小叶按捺不住了，开口道："大人，当初共议由叶小天冒名顶替，本是孟庆唯的主意。如今想来，下官觉得也有不妥，叶小天就一定要杀吗？不如放他离去，对外便声言艾典史重病不治而死，此事干系重大，叶小天难道还会对外张扬？如果我们给他一笔重金……"

花知县瞪起眼睛，道："罗巡检，你能保证他绝对保守秘密？得意忘形的时候，人是会吐露秘密的。酩酊大醉的时候，也是会吐露秘密的。来日他若生计艰难，难说不会以此秘密挟制我们，索取种种好处，而且无止无歇！"

顾教谕道："县尊大人，顾某观此人种种作为，不像是那种人。"

花知县听了这句话，叹息道："人，是会变的啊……"

这一来，顾教谕也无话可说了。

·❈·※·❈·

苏循天在后宅里时而坐着，时而立起，时而绕池水假山而行，时而又站在树下发怔，一副神不守舍的样子。

苏雅将鱼食抛进池水，逗弄得鱼儿纷纷跃起，将池水激得荡漾不止，她微笑着拍拍手，扬眸乜了坐立不安的弟弟一眼，打趣道："想见人家水舞姑娘了？那就去呗，我又没拦着你。"

苏循天道："才不是。"

苏雅笑容微敛，道："那是因为什么事，你在外边又惹麻烦了？"

苏循天道："我近来循规蹈矩，能惹什么麻烦？"

苏雅道："那是？"

苏循天烦恼地摆摆手，道："哎！这种事，你们女人不明白的。"

苏循天说完一扭头就走了，苏雅愣在那里，失笑地摇了摇头。

苏循天出了后宅，绕过花知县议事的三堂，刚刚过了二堂门口，就见李云聪跟丢了魂儿似的在那里一步一蹀。

今日议事，花知县派了不少人手封锁了三堂入口，就连二堂处也加派了人手。不过苏循天和李云聪都是知情人，而且是被派去监视叶小天的人，是以倒不被防着。

苏循天在李云聪面前站住，李云聪负着双手，眼神发直，就像面前多了一根柱子，下意识地绕过他，继续向前蹀。蹀出六七步，转身往回蹀，到了苏循天面前，下意识地又是一绕，蹀过去。

苏循天叹了口气，唤道："李吏典。"

李云聪充耳不闻，苏循天不得不提高嗓门扬声再唤："李吏典！"

李云聪愣了愣神，回头见是苏循天，脸色立刻又垮下来。

苏循天低声道："我姐夫……正召集人马商议如何对付他。"

李云聪道："我知道。"

苏循天看了李云聪一眼，道："李吏典，我苏循天没服过人，就是服他。孟县丞那么阴险的人，齐木那么嚣张的货色，都被他扳倒了，如果他最后反被这种……这种……"

苏循天咬了咬牙，道："却被这等小人伎俩所害，我不甘心！"

李云聪的眼睛亮了起来："要不，咱们把这件事知会与他？"

苏循天脸上现出痛苦挣扎的神色，道："可是，那是我姐夫啊。"

李云聪道："那又怎样？咱们告诉他，让他早早逃走也就是了，难道他还有本事对付你姐夫？"

李云聪拳掌相交，咬牙切齿半晌，顿足道："走！咱们找他去！"

二人匆匆走出县衙，先去叶小天住处，拐过一条街，还没钻进巷子，就见叶小天从远处走来。叶小天赴罗府之宴，洪百川大醉不起，被人扶去歇息了，叶小天和罗大亨又说了一会儿话，眼见天色不早，便起身告辞，往自己住处赶来。

自从齐木被杀之后，齐家已是树倒猢狲散，叶小天挨了几日见没什么凶险，平时也就不要周班头派人跟着了。他喜欢自由自在，总是被人盯着的感觉不好受。

此时叶小天微有醺意，随意地漫步街头，有认得他的人都毕恭毕敬向他施礼。叶小天也是微笑颔首，一路行来颇为惬意。

苏循天和李云聪见到叶小天，马上快步迎了上去，一左一右将他挟住，苏循天低声道："大人，请借一步说话。"

叶小天见二人神色诡异，不觉有些奇怪，当下也不多问，顺从地跟着他们拐进了一条行人稀少的胡同。苏循天和李云聪立即你一言我一语地把事情经过说了一遍。

叶小天听了顿时怔住，他有想过这些官员心黑，却没想到他们的心有这么黑，胆子有这么大。也许水西讼师李秋池的那句话有道理，越是天高皇帝远的地方，官员胆子越大，越是小官小吏，越是狂妄跋扈。

李云聪催促道："你快走吧，除了我，还有人受命盯着你的。不过你放心，有我俩帮忙，一定安排你离开，不会被人发现。其实你现在如果想走，就算大摇大摆地走，相信也没人敢拦你。"

苏循天急道："是啊，你就别发愣了，这就收拾行囊，马上走！"

叶小天深深地看了他一眼，道："那我妹子怎么办？"

苏循天想到叶小天一走，那可人儿便也要跟着离开，心中好生不舍。可是难道他能把人留下，只得咬牙道："我去帮你接她，我就不信，后宅里头有人敢拦我！"

叶小天摇了摇头，轻轻地道："我从靖州到这里，是一路被人追杀过来的。我不想再一路被人追杀着离开！"

李云聪急得跺脚，道："那你想怎么样啊？"

县衙三堂里，原本肃静的大堂又变成了菜市场，持不同意见的官员们你一言我一语争得面红耳赤。花知县没有一言而决的魄力，只能无奈地看着大家激辩。

这时，紧闭的大门忽地轰然一声被人推开了，一束金黄色的光映进来，堂上顿时一静。众人齐刷刷向门口望去，就见叶小天披着晚霞，笑吟吟地走了进来，拱手："大家好，在商量怎么让我死吗？我来送死啦！"

第五章

我去也！

一

　　一支浩浩荡荡的队伍行过长街，最前头是两个"开路鬼"，每人手中撑着一杆铭旌，其形如亭，上挂红绸，一面写着"进士及第"，一边写着"葫县典史"。其后是一对大锣，一班穿号衣的吹鼓手吹吹打打，十分热闹。

　　再接下来是几对官衔牌，一顶返魂轿。轿后是佛、道两教弟子，念经的念经，招魂的招魂。之后又有白色旗幡无数，纸钱撒得雪片一般，长街上不少百姓望棺大哭，伏地祭拜。

　　一口上好的棺材，是洪大善人捐赠的。抬棺杠的全部是县衙捕快或皂隶，共计三十二人，其中周班头和苏班头扛首杠，这已经是出葬的最高标准了。再往上是四十八扛，那得有爵位的人才行。

　　纸人、纸马足有上百个，都由人扛着，棺木前边李云聪腰系孝带，手捧灵位，上书"葫县典史艾枫之灵位"。

　　因为艾典史是外乡人，等他家人赶到，还要起出棺木运回本籍，此时入土只是葫县上下的一片心意。所以埋葬地选得不算太远，就在城外十里的黄大仙岭脚下，青山沟旁一处青山绿水环绕的地方。

　　葬坑早就挖好了，埋棺，填土，立碑，献祭果，点香火，一应事了，和尚、尼姑、道士们又绕着坟走了三圈，口中念念有词。当上百个纸人纸马烧成熊熊大火的时候，王主簿扶着哭得泣不成声的县太爷走上前，泪流满面地宣读起悼词来。

　　花知县腰里束了一条白绫子，他展开一纸悼词，噙着热泪念道："噫！维年月日，谨致酒肉之馈，祭于典史艾公柩前！噫！君乃至于此，吾复何言！噫！若有鬼神，当传吾念！噫！君其能闻此言呼，呜呼哀哉……"

　　陪祭的人群中，一个打招魂幡的"小鬼"立在那儿，听着县太爷花晴风抑扬顿挫的悼词，轻轻叹了口气，对旁边一个"大头鬼"低声道："你说，将来我真的死了的时候，会不会有这么风光？"

大头鬼道："照理来说，不可能！你以后能当官吗？不能！你将来会有全县官民为你操办丧事吗？不能！所以，你的丧事只能办得跟平民百姓一样！"

小鬼："……"

大头鬼看了看他，又安慰道："不过大哥尽管放心。兄弟我现在会挣钱了，等你死了告诉我一声，我一定帮你办场比这还要风光十倍的葬礼。"

小鬼："……"

这个小鬼自然就是叶小天，大头鬼就是罗大亨了。当日，叶小天夷然不惧地闯进县衙三堂，大门一推，血色夕阳洒入，堂上的魑魅魍魉立即如同雪狮子向火，酥了一半。

他们商量的本就是见不得人的事，哪里受得了正被他们阴谋暗算的人突然这么堂而皇之地闯进来。就算不提这些日子以来这个不是官的官带给他们的强大的心理冲击、树立的莫大威望，他们也要考虑既然叶小天已经知道这个阴谋，就可能还留了后手，哪还敢打主意再置他于死地？

叶小天也懒得理会花知县、王主簿等人狼狈不堪的模样，直截了当地向他们提出："既然艾典史的家人很快就要到了，我这个典史也就做到头了，我会离开，绝不会把自己冒充典史的事情张扬于世。"

当然，既然事情已经到了这一步，对于叶小天的这个承诺，花知县等人信也得信，不信也得信，他们已经没有别的选择。

于是，两天之后，葫县驿路一段险崖再度因雨水冲刷而坍塌，艾典史亲自带人前往抢险，在施工过程中，悬崖碎石滚落，艾典史躲避不及，被巨石压得稀烂，为国捐躯。

这事叶小天没瞒着大亨，原本他是想偷偷溜走的，既然要走得如此"正大光明"，多一个人知道这个秘密也就无所谓了。

艾典史死了，而且死得如此……悲壮，就算艾家的人起了疑心，他们也休想查出什么了，一具稀烂的尸体，谁有本事还原？

至于叶小天的两个"妹妹"，官府里参与其谋的那些人才知道那是他妹妹，对外可是声称因为救过艾典史，被艾典史知恩图报带回县城的两个村姑，而且这两个村姑受知县夫人赏识，已经留在县衙后宅了。艾家人就算对这两个村姑感兴趣，又哪知道这两个自从到了葫县就住在县衙的女人长什么样？

花知县念到最后一句，张开双臂，放声大呼道："呜呼！艾公溘然长逝，登其堂不闻其声，入其室不见其人，此情此景黯然神伤，怆然心痛也哉。聊备微仪，以伸微忱，灵其有知，来格来歆，尚飨！"

大亨扶着铭旌，长长地舒了口气，对叶小天低声嘀咕道："有朝一日我若死了，一定嘱咐后人随便刨个坑把我埋了了事。"

叶小天奇怪地道："这是何故？"

大亨道："这般折腾，会累死我的。"

叶小天："……"

大亨沉默片刻，突然道："大哥，你这一走，还会回来吗？"

叶小天也沉默了一阵，轻轻地道："此一去，恐怕没机会再回来了。"

大亨伸出一只手，搭在叶小天手上，动情地道："大哥，我会想你的。"

叶小天看到大亨眼中闪闪的泪光，也反手抓住了他宽厚的大手："习惯听你说不着调的话了，这一走，我还怪想的。我是没机会再来葫县了，等你生意做大了，想走出去的时候，记得来看我。你到了京城，一打听刑部街老叶家，那儿的人都知道！"

大亨用力点了点头："嗯！"本来想忍住的眼泪终于不争气地流了出来。只是，此际伤感莫名的大亨万万没有想到，叶小天这个祸害会回来得那么快，而且是以一个匪夷所思的身份。

· ※ · ※ · ※ ·

花知县、王主簿等人愧见叶小天，煞有介事地主持完葬礼，便纷纷回城了。全程参与了"自己"葬礼的叶小天和大亨、罗小叶、李云聪、苏循天等人洒泪告别，踏上了赶往铜仁的路。

一辆轻车正等在路边，车辕上，水舞和乐遥正向他欢快地招手。随遇而安的福娃则把它那胖胖的身子塞在车厢里，捧着面前一堆竹笋，啃得不亦乐乎。

"我就知道其中必有蹊跷！"

杨三瘦站在高山坡上的一片密林中，看着送葬的人群陆续散去，看着"水落石出"的叶小天连声冷笑。

一开始他还没有认出叶小天，但是当他看到站在车辕上的水舞和乐遥，如何还猜不出那个扮招魂小鬼、唇上贴了两撇小胡子的男人是谁。

杨三瘦带着两个跟班，在葫县顽强地生存下来了。

正所谓狼行千里吃肉，狗行千里吃屎，像三瘦管家这么有本事的人，想在异地求生又怎么可能被难倒？凭着岳明的身手和二柱的蛮力，杨三瘦成功地征服了葫县的乞丐，荣升乞丐头子。

他不用每天出去讨饭，而且有了许多眼线，只是这些眼线囿于身份，并不能帮他打听到太多的消息。他们只打听到艾典史上任时遇了贼，家人尽皆遇难，幸被村姑两姐妹搭救，艾典史知恩图报，把这两姐妹带进了城，现在县太爷府上做事。

杨三瘦问过那对村姑姐妹的大概年纪后，疑心便更重了，是以听说艾典史死在驿路修整现场后，他对这件事便存了很大的疑虑，于是立即命令那些乞丐盯紧县衙。

叶小天无论如何也想不到杨三瘦居然锲而不舍地追到了葫县，而且成了乞丐头子。他对游走于街头的乞丐哪有防范之心，那些乞丐虽然盯不住他，可要盯着一大一小两个女子却容易得很，更何况这两个女人还带了一只肥肥胖胖的熊猫。

杨三瘦狞笑道："这厮好大的本事，不晓得用了什么手段，居然冒名顶替，当了这么久的典史官，如今又假死离开。这一回看他还往哪里逃！"

岳明皱起眉头，道："大管事，咱们站的这个地方不对啊，看那车马是往铜仁方向去的，咱们却站在相反位置的山上，望山跑死马，等咱追上去，人家的车马早不知跑到哪儿去了。"

杨三瘦不悦道："笨蛋！这附近就这边合适，不站在这儿，咱们能看到他的行踪吗？走，绕路下山，往那边走只能去铜仁，知道了他们的去处，还能跑得了他们？咱们追！"

邢二柱一听顿时又担心起来："三舅，咱们还要追去铜仁啊，到了那儿咱们吃什么啊？"

叶小天浑然不知杨三瘦带着人正在暗中追着他，他坐在车辕上，挥鞭赶着马车，听着"嘚嘚"的马蹄，心里别提有多畅快了。虽然说一路风波不断，可如今总算是即将修成正果了，到了铜仁见到水舞的爹娘，说服他们把女儿嫁给自己，就可以带着漂亮媳妇回京城了。

想到这里，叶小天心中一阵欢喜，将马鞭一甩，打了一个并不算响亮的鞭花，便喜滋滋地唱起了山歌："不见了情人儿心里酸，用心模拟一般般。闭了眼睛望空亲个嘴儿，接连叫句俏心肝……"

车上水舞听见这歌，登时羞红了脸，暗暗啐了他一口。歌声在山谷间回荡着，茂密的丛林中，正有一道人影跟着他们，一张猎弓挎在那人肩头，在蒿草丛中若隐若现……

第六章

铜仁行

一

　　葫县距铜仁并不远，直线距离一天也就到了。只是这里山水环绕，道路曲折，虽然叶小天一行三人驾着一辆速度不慢的马车，也要用两天半的时间才能赶到。
　　杨三瘦果然把叶小天追丢了，但是杨三瘦颇有一股韧劲，沿着往铜仁的路紧追不舍，第二天晌午的时候终于再度发现了叶小天一行三人的踪迹。只是此时道上行人不少，而叶小天和一支小型商队的人套上了近乎，一路同行，有说有笑，杨三瘦无法下手，只好暗中跟随。
　　叶小天赶的是马车，杨三瘦他们是甩开两条腿步行，如果叶小天全力赶路，他们根本就追不上。好在叶小天知道怎么赶也得至少两天路程，这马是劣马，也没有多少长劲，所以一路走得不急，他们勉强还跟得上。
　　但是到了第三天早上，叶小天加快了速度，想当天赶到铜仁。杨三瘦三人紧赶慢赶，还是被远远甩开了。
　　午后，叶小天与薛水舞和乐遥终于赶到了铜仁。水舞和乐遥一进铜仁城，就掀开轿帘东张西望，兴致勃勃。福娃跟老太爷似的躺在座椅上，抱着两根竹笋呼呼大睡，它才不管到了哪儿，有吃的就好。
　　铜仁在明初本隶属于思南宣慰司，一听这名称就知道，是归大土司管的，统治该地的大土司正是安宋田杨四大家之一的田家。
　　田氏家族从隋朝开皇年间就成了该地的统治者，千百年下来，根基深厚，势力庞大。贵州几百个大大小小的土司，其中差不多有二十分之一都是姓田的，田氏土司中势力最大的有两个，其根基之地分别在思州和思南。
　　朱元璋建立大明之后，贵州土司相继归附，但是这些土皇帝都是既不听调也不听宣的主儿，只是隔三岔五给朱重八送点土特产意思一下，表示我是你的臣民也就行了。

朱元璋做梦都想把贵州拿下来，完全置于自己治下，这个突破口他就选在了田家。当时田氏土司中势力最大的是田仁智和田仁厚，智、厚两系争得十分激烈，田仁智赎通大臣，争取到了思州宣慰使一职，但思州的真正大土司是田仁厚。

田仁厚此前曾经降过陈友谅，陈友谅败北后他又降了朱元璋，也向朱元璋争取宣慰使的任命。老谋深算的朱元璋是何等人物，他的锦衣卫早把贵州情形详细禀上，他却佯作不知，似乎上了当似的，又委任田仁厚为思州宣慰使。

一山不容二虎，思州、思南两地的田氏大土司为了争夺正统地位，开始大打出手。不过老朱没来得及收网就驾鹤西归了。他那无能的孙子朱允炆坐拥整个天下，结果四年的工夫，就被只有燕京一隅的燕王朱棣打了个落花流水，天下换了主人。

永乐大帝登基后，田氏两大土司正打得不可开交。永乐是雄才大略之主，自然明白老爹当年布下这一局的真正用意，就算不明白，眼见如此情形，他又岂会放过。

永乐皇帝笑眯眯地出面劝和了一阵，二田都不肯退让，反而打得更厉害了。这时永乐翻脸了，趁着二田争锋元气大伤，悍然出兵罢黜了两个大土司的宣慰使之职，将思州、思南两地分割为铜仁、思南、石阡、乌罗、思州、镇远、黎平、新化八府，设贵州布政司总辖之。

父子两代，布局十年，终于把朝廷的手插进了群山环绕的贵州。不过贵州情形实在比朱元璋父子所预料的还要复杂，永乐大帝虽然把手插了进去，却一时解不开这团乱麻，攥不起这团散沙。

紧接着永乐大帝就忙活扫北去了，还把京城从南京搬到了北京，贵州之事就暂且搁下了。他的后代们可没有他那么强大的本领，于是朝廷对贵州的控制，始终进展缓慢。

其实这也是没有办法的事，当初永乐皇帝就算把精力放在贵州，也未必就能在他有生之年完全解决问题。他五征漠北，打得鞑子望风而逃，可也只是打退，而无法有效统治，实在是因为得与失之间不成比例，结果百十年下来，那儿还是游牧民族的天下。

贵州情形大抵相似，直到此时，已经到了万历年间，这里依旧是朝廷的一大负担，全省税赋不及东南一小郡，年年都要朝廷拨付巨款治理。这里的人文环境、地理环境、经济条件，以及当时朝廷对地方的统治条件，注定了永乐皇帝的设想只能是一个无法实现的美好愿望。

以铜仁来说，一直到五百来年后的今天，这里的汉人还不到当地总人口的百分之三十，而当时最多也只有百分之十五，再加上交通不便、消息闭塞，是以真正掌握话语权的还是当地人。

田氏虽然吃了大亏，铜仁也置于布政司治下了，但这里的知府却是土知府，也就是世袭官，正式官名叫提溪长官司长官，元朝时称为达鲁花赤。当地人则称为提溪张氏长官司，因为统治该地的土知府姓张，一直姓张。

铜仁张氏并不像安宋田杨四大家一样历史悠久，这个家族统治铜仁的历史不过三百多年。其实三百多年的统治也不算短了，中国历史上的王朝，超过三百年国祚的不多，但是对这些土司们来说，三百年还只是一个起点。

张氏土司起源于元朝初年绍庆黔南道大元帅张恢之子张焕，从此世世代代袭承官职，哪怕是改朝换代，铜仁的土皇帝也始终是张氏。

葫县地方虽小，却位于驿道要地，南北往来的客商对当地的思想、文化、经济都产生了促进作用。而铜仁却没有这样的便利条件，在张氏家族世世代代的统治下，这里成了一个相对封闭的独立王国。

叶小天一行三人赶着马车进了城，发现这里虽比葫县大得多，也繁华一些，却总给人一种比葫县更古老、更蛮荒的感觉。叶小天勒住马缰绳，扭头对薛水舞道："咱们到了，你家住在哪儿？"

"我家……"

薛水舞忽然迟疑起来，叶小天忍不住打趣道："你不会连回家的路都不认识了吧？莫非是近乡情怯？"

薛水舞怯怯地道："叶大哥，我还真不认识。"

叶小天一呆，薛水舞道："我没跟你说过吗？我是在京城出生的，老家……我从没来过，只听我爹娘说起过。"

叶小天怔道："这铜仁城可不小，咱们要如何去找你家？可有什么能用来打听的消息吗？"

薛水舞道："我大概记得一些，等我下车问问。"

薛水舞站在街头询问一阵，垮下小脸怏怏地走回来，叶小天见状安慰道："不怕，千难万险咱都闯过来了，既然已到了地方还怕找不到人？咱们赶着马车站在街头也不是办法，先寻个店住下，再慢慢寻访就是。"

薛水舞一个小女子能有什么主张，只得随着叶小天先去寻客栈住下。好在三人出发前，葫县县衙不但归还了当初收缴的全部财产，还额外赠有程仪，大亨也馈赠了一笔钱，路上花销吃用是不愁的，不至于像当初从靖州逃往葫县时一般狼狈。

铜仁流动人口不多，所以这客栈也不好找，叶小天赶着马车转悠了三条大街，这才找到一家客栈。叶小天三人入住客栈的时候，杨三瘦三人拖着疲惫的身子刚刚赶到铜仁城。

岳明皱着眉头，好像他的眉头就从来没有舒展过："人海茫茫，到哪儿去找他们啊？"

杨三瘦冷笑道："这个家伙这么喜欢惹事，到了铜仁就会安分了？我才不信，更何况他们还带了一只熊猫，这么明显的目标，难找吗？他们一定跑不掉的，哈哈哈……"

可怜的杨三瘦，为了达成他的目标一路受尽苦难，从一个豪门大管事混成了叫花头子。那完成夫人嘱托杀死水舞和乐遥的念头已经成了他心中的一个执念，弄得他都快魔怔了。

"看看你们这破店，要什么没什么，还敢说是铜仁最好的店，早知道我就不该跟着老爷来这儿，真是寒酸死了。幸好今天我们老爷就回来，要不然我是一天也呆不下去！"

叶小天跟着店小二一进大堂，就见一个模样标致，体态风流，只是眼角高挑、眉梢斜飞，带着几分跋扈之色的美艳妇人面色不愉地站在大堂里，正指手画脚地说着什么，一个掌柜模样的人赔着笑在旁边应付。

叶小天见那小妇人浑身珠光宝气，一副暴发户嘴脸，不禁皱了皱眉，对店小二道："这人是你们这里的客人？"

那小二苦笑道："可不是，是一个商人刚纳的妾，新婚宴尔，不舍得分离，便跟着男人出来做生意。本来要去葫县的，听说葫县那边出了事，驿路堵塞，她男人便把她留在此处，独自押着货物去了。这一走就是半个月，这妇人整天嫌这嫌那，都快让人烦死了，可她是客人，又奈何不得她。"

这时那妇人悚然转身，看到乐遥带着福娃走进来，登时"啊"的一声尖叫，指着福娃道："这是什么鬼东西？你们这店里不只住人，还住野兽啊，快把它撵出去！"

遥遥不服气地道："凭什么撵它，它是我的好朋友。"

妇人转向掌柜的，大声道："你们店里怎么回事，放了一只这样的东西进来，也不知道身上臭不臭，掉不掉毛，长不长蚤子。弄进这么一个东西，还让不让别人住了。"

那掌柜的苦着脸道："夫人，人家只住一天的。而且我瞧这东西很温驯的，身上也干净，人家远道而来，要找家店住也不容易。再说小店总要做生意的，因为你的吵闹，这都走了几拨客人了。"

妇人不依不饶地道："是你们这店不好，难道还怪我不成！好，你不赶他们走，就让他们住得离我远一点，还有，他们住一天不是吗，我住店的钱要扣一天。"

那掌柜的心中厌恶至极，可又不好同客人恶语相向，想到今天这刁蛮妇人的丈夫就要回来，或许明天就要走了，也犯不着忍了这许久此时才与她吵闹，只好点头应是。

那妇人见他肯减店钱这才罢休，她满面不悦地走过来，见遥遥还站在门口，厌恶地一推,喝道:"给我滚开!"

"哎哟!"

遥遥一个屁墩坐到了地上,眼泪登时在眼眶里打起了转。福娃呆呆地站在一边,耷拉着一双黑眼圈,有些不明白这些人既然都是同类,大的为什么要欺负小的。

叶小天见状气往上冲,登时就要冲上前理论,却被水舞一把拉住,水舞摇了摇头,道:"叶大哥,算了,好男不跟女斗。"说完上前扶起遥遥,替她拍去屁股上的尘土,柔声道:"没事吧?"

遥遥懂事地摇了摇头。

那妇人提出不许叶小天他们与她比邻,可是她整天咋咋呼呼招人烦,住店的客人要么走掉了,不走的也早要求调了房,剩下的两间偏偏与她比邻。于是掌柜的就安排叶小天住在那妇人隔壁,水舞和乐遥带着福娃住在叶小天隔壁,算是与那妇人隔开了。

叶小天三人住店时已近黄昏,叫了热水沐浴更衣,洗去一路风尘后,又去店里吃了些东西,再回到住处歇下时天色已经全黑了。叶小天宽去外衣刚刚躺到榻上,就听隔壁发出一声高分贝的尖叫:"啊!老爷,您回来啦!"

那妇人声音极其刺耳,根本不考虑左右住客,叶小天皱了皱眉头,翻了个身继续睡。谁知隔壁声音极大,那妇人当真是个咋咋呼呼的性子,一会儿说老爷黑了瘦了,一会儿又惊喜地赞美老爷给她带回来的饰品,那嗓门生怕别人听不见似的,真有魔音穿脑之效。

叶小天再也忍无可忍了,他怒发冲冠地跳起来,抡起拳头"嗵嗵"地砸墙,大声吼道:"你们这对狗男女,整整半个月了,天天晚上这么折腾,还叫不叫人睡了,啊?"

隔壁静了大约有一盏茶的时间,就传出了叫骂声、哭喊声、摔打声,如暴雨雷霆一般。叶小天可是最喜欢在风雨声中入睡了,于是他安然枕上,甜甜地进入了梦乡……

第七章

小女婿登门

一

狂风暴雨在半个时辰之后变成了绵绵细雨，叶小天在嘤嘤哭泣声中美美地睡了一觉。早晨起床洗漱完毕，刚开房门，隔壁房间里就冲出一个双眼红肿如桃、披头散发的女人，哭叫道："你不要走！你给我说清楚……"

"你给我滚回来！"

一个高胖男人跳出来，揪住那女人的头发将她扯回房间，劈头盖脸又是两记耳光，然后一脚踢上房门，压低声音吼道："你还嫌老子脸丢得不够多是不是？我李欢天走遍湘黔川鄂，那也是响当当一号人物，你想让老子把脸丢遍天下吗？贱货，早就知道你不规矩，但想着娶妾娶色，你以前那些烂事老子也不在乎。可那是你跟老子以前，跟了老子以后还敢如此放荡，老子打不死你。"

女人哭叫道："我没有……"

"还敢狡辩！认不认？"

"认！我认！我认了，老爷别打了，呜呜呜……"

叶小天在外边听着，同情地摇了摇头，叹了口气，心想："经这一顿打，这个女人以后不会那么张狂了吧？嗯，少讨人嫌，要不她男人腻了以后肯定得把她转卖他人。啊，日行一善，功德无量啊！"

叶小天转身要走，忽然记起方才那男人模样好像是在葫县见过。记得第一次去洪百川洪大善人家时，曾看到洪大善人送此人出门登车，对他那特别高大的样子，叶小天有些印象。

此人叫李欢天？叶小天摇摇头，苏循天、李欢天，这些人怎么都和天扯上关系了，还嫌我叶小天不够折腾吗？叶小天摇着头找水舞去了，水舞已经起床，洗漱完毕。福娃也醒了，蹲在窗台底下捧着竹笋嚼得津津有味。

叶小天一进房间，水舞就竖起手指，朝他"嘘"了一声，小声道："遥遥还没醒。"

叶小天放低了声音笑道:"这一路把她折腾坏了,叫她歇着她又不肯,只顾东张西望,不累才怪。"

叶小天一面说一面走过去,就见遥遥穿着一套小碎花的小睡衣,蜷缩在床上,翘着小屁股睡得正香,脸蛋红扑扑的,像只小苹果。叶小天轻轻握了握她的小手,小手热乎乎的,叶小天笑道:"这小家伙,是个美人胚子,长大了一定不得了。"

水舞走过来,道:"那是!我们家小姐是天仙一般的人物,她的女儿还能差了。"

叶小天笑道:"那是幸亏她随她娘,要是随了她爹……"

水舞脱口说道:"遥遥怎么可能像他!"随即就醒觉失言,赶紧补救道,"小丫头长相都随娘的。"

叶小天道:"我怎么记得是男孩随娘,女孩随爹?我和我哥就随我娘。算了,不说这个,杨霖那模样你也见过的,长得就像一只斗败了的蟋蟀,遥遥没有随他,万幸,万幸。"

水舞心虚地道:"女娃就是随娘的,你一定是记错了。"

叶小天端详着水舞,就开始笑。水舞奇怪地看看自己身上,又摸摸自己脸庞,问道:"你看什么,哪儿不对了?"

叶小天道:"我在想……咱们俩要是有了孩子,会像谁呢?"

水舞的俏脸登时像睡熟的遥遥一般,红彤彤的,像只可爱的红苹果。她背过身去,娇嗔道:"好久不听你胡言乱语了,现在又开始胡说。"

叶小天站起身,走到她的背后,看着她白皙娇嫩、微有几丝绒毛的脖颈,低声道:"水舞,等找到你家,我也算是把你送到地方了。到时候,你真的要嫁那个风哥哥?你不觉得,疯哥哥比风哥哥更适合你吗?"

水舞刚刚有所感伤,听了叶小天的话又转过身来,茫然地问道:"风哥哥比风哥哥?"

叶小天摇摇头,指着自己的鼻尖道:"疯哥哥是我,疯狂的疯,风哥哥是他,大风吹去的风。水舞,这些日子以来,你对我也算了解了。你愿不愿意陪我一起疯,疯出一辈子的精彩?"

水舞凝视着他,眸中的水光漾得越来越浓,她忽然又背转身去,两滴眼泪偷偷地从颊下滑落,微带哽咽地道:"水舞只是一个女孩家,父母之命,媒妁之言,水舞……又能怎么办呢?"

这时,水舞想起了谢传风,可是谢传风的模样在她心里已成了一个模糊的影子,她无论如何都想不起来。想得久了,那虚影渐渐实化,便化作了叶小天的模样。

他在杨府机智地救下自己,他带着自己一路逃难,他一次又一次地把自己救出火坑，他在晃县巧施妙计带她闯关，他在葫县不管是落魄时还是风光时，对她不离不弃……

于是，水舞的眼泪就像断了线的珠子，"噼里啪啦"地落下来。

"父母之命嘛……"

叶小天站在她背后，脸上露出自信的笑容，难道征服两个老人家比征服一个妙龄少女还难？

· ※ · ※ · ※ ·

吃过早餐，叶小天就出去寻访薛家的消息。因为遥遥还小，福娃走在大街上也太吸引眼球，所以他们只能留在客栈，叶小天就把水舞也留下了，以便照顾他们。

中午，叶小天兴冲冲地回来了，正陪遥遥玩耍的水舞赶紧迎上去。叶小天不等她问，就笑道："你呀，也真够糊涂的，你家并不住城里，而是住城外三里庄。难怪我问遍全城都没问到，亏我机灵，特意找人牙子去问，要说对四乡八邻的了解，没有人比他们更清楚了。"

水舞喜道："三里庄，对对对，你这一说我想起来了，我娘说过这个名字。"

叶小天苦笑道："自己老家的地址都能不记得？"

水舞羞涩地道："人家根本没有用心去记。当初我娘先回铜仁的时候，说等找到薛家，就和……一起……"

她的声音越说越低，脑海中突然响起了娘亲返回葫县时的嘱咐："娘岁数大了，照顾不了小姐。舞儿，你替娘好生照料小姐，娘先回老家，等联系上薛家，到了你该成亲的年龄，就和姑爷子一块儿去接你回来……"

水舞现在已经到了适婚的年龄，可是一直没有等到娘亲和小风哥哥。倒是小姐在此期间"病死"，丢下一个襁褓中的婴儿，临终认她做了干娘。从此她一把屎一把尿地拉扯她长大，这些事全都顾不上了，此时这记忆才浮上心头。

叶小天看到她的表情便明白了她的意思，叶小天笑道："从靖州把你接回来的人可是我，你说这是不是天意呢？"

水舞慌乱地避开了他的眼神。她不明白自己这是怎么了，从小所受的教育都告诉她，婚姻大事应该听从父母之命，下过了婚书就已是人家的妻子。好马不配双鞍，好女不嫁二男……

可是临家愈近，一种不舍的情绪却越是萦绕心头挥之不去。昨夜她多次梦到叶小天，梦到叶小天向她告别返回京城。她是从梦里哭醒的，今天若非起个大早洗漱净面，只怕就要被叶小天看到她红着的双眼。

叶小天笑了笑，没有再逼她。看来她最大的心理障碍还是来自父母之命，那就想办法让她的父母双亲同意好了，她的父母当初不也就是在人家府上做事的下人吗？她定过亲的薛家也是，叶小天并不觉得他们这一关有多难过。

既知薛家住在三里庄，再想找到就容易了。叶小天套上马车，带水舞和她的"妹妹"，还有可爱的一路吃个不停的胖子，来到了三里庄。贵州多山，铜仁古城东、西、南三面临水，只有北面临山，而三里庄就建在山脚下。

叶小天赶着马车到了山脚下的三里庄，向村里人问清薛家所在，便兴冲冲地赶着车走去。此时水舞已经激动地走出车厢，扶着车棚站定，虽然她还不清楚哪间房子是自己的家，可是看着这里的一草一木、一砖一瓦，都觉得有种特别亲切的感觉。

薛家住在最靠山脚下的位置，是一排庄户人家最尽头的一家，所以倒也好找。叶小天赶着马车到了薛家不远处，便用长长的马鞭向前一指，对薛水舞道："喏，那户人家就是你家了。"

水舞欣然扬眸，就见正挨着山脚下有一户人家，家门前围拢了很多人，吵吵嚷嚷不知在干什么，水舞神色一紧，忙道："家里是不是出什么事了？"

叶小天急急把马车赶到近前停住，与水舞一起下了车。福娃把它的大脑袋挤在窗口，瞪着一双熊眼好奇地看着吵闹的人群，遥遥则站上了车辕。

两伙人吵得正凶，也没人注意赶车过来的这一行三人。水舞站在人群后面，一眼就看见了她的母亲，激动得差点叫出声来，但是看见现场情形，又急忙捂住了嘴巴。

叶小天站在人群中，仔细倾听夹杂在污言秽语当中的只言片语，渐渐弄明白了情况。原来争吵的双方一方正是薛家，另一家却是薛家的邻居。薛家要修缮房屋，备了材料，请了工匠，因为匠人师傅忙着收尾另一件活计，先把几个小徒弟打发过来做些简单的修补。薛家就提出要把墙修整一下。

薛家这些年来住在京城，老家的房子早就破败了，回来之后简单地整修过一次，这一次是下定决心要大修一下。不想邻居家却有了意见，说是会影响他家的风水。

其实找修墙的碴只是一个借口，两家邻居这几年相处得不愉快，早就存了芥蒂，如今只是借题发挥而已。薛家离开家乡几十年，比起这邻居已算是外来户，而且薛氏夫妇一直在礼部主事家里做事，也沾染了斯文气，哪比得了这村妇撒泼、污言秽语无不出口，一时间被骂得抵挡不住，节节败退。

叶小天听明白经过，登时心中大喜。这真是瞌睡了就有人送枕头，讨好老岳父丈母娘的好机会不就在眼前吗？

叶小天挽了挽袖子，就兴冲冲地冲了上去！

第八章

天下第一墙

一

叶小天听了这一阵，已经分辨出双方身份。薛父身材瘦削，一急起来就说不了话，只是脸红脖子粗，而薛母更是一个慈眉善目的老妇人，面对邻居的破口大骂根本就没有招架之力。

那邻居妇人扯着薛母的衣襟咆哮道："老娘自打从苗寨嫁到你们这三里庄，都在这儿住了快四十年了，你去打听打听，老娘是那么好欺负的女人吗？"

薛母挣着衣襟，软弱地解释道："他大娘，我家只是砌墙……"

"砌墙？砌墙你砌那么高干吗，你防贼呢？你这宅子在我家上风头，又是迎着东方，墙头挡了我们家的光，就挡了我们家的风水。我们家可是做生意的，你这不是毁我们吗？"

四下百姓素知这妇人剽悍，也不敢劝解。叶小天适时从人堆里挤出来，一把拉住那妇人挥动的手臂，笑容可掬地道："大娘，你这么说就不合适了，人家砌自己家的墙，砌高砌矮砌厚砌薄，那不是人家自己说了算吗……"

"什么自己家说了算，他家既然跟我们家挨着，这砌的墙不合我家的意，我就给他推了！"

妇人一扭头，便下雨般喷了叶小天一脸唾沫星子。叶小天抹了把脸，再接再厉道："人家就说把院墙修高一些，能高到哪儿去？其实也没什么不好，免得两家人出出入入都能瞧得见，彼此不方便……"

"你闭嘴！"邻居妇人继续唾沫横飞，"你充的哪根葱？你是什么东西？我们两家的纠葛，碍着你什么事了？还免得彼此不方便……"

邻居妇人"砰砰"地拍着自己的胸脯，泼辣地道："老娘行得端、坐得正，没做过见不得人的事，就没什么事需要遮遮掩掩。你是她养的野汉子，要替她出头？哦，修高院墙，就是为了方便你们偷偷摸摸干那见不得人的事？"

叶小天见过不要脸的，却没见过这么不要脸的，人家薛大娘偌大的岁数，这泼妇说的什么屁话？面对此等泼妇，叶小天向来不以女人待之，当即就想给她一个大耳光，但是……

叶小天心动手动，肩膀刚刚一耸，且慢！他看到这个泼妇的三个儿子、四个女儿了，一个个尽皆神色不善，那三个小伙子身体强壮得不像话。

本来是想在未来的岳父岳母大人面前露一小脸的，这要被人打个鼻青脸肿，可不成了丢人现眼了？到时候没有讨好到岳父岳母，反而要被他们看轻了。想到这里，叶小天的手又迅速放下了。

但那妇人却感觉到了，立即冷笑连连："怎么着，你还想动手打人，你动动手指试试，老娘还就不怕有人动手。"

叶小天试图做最后的努力："大娘……"

邻居妇人猛一挥手，险些掴在叶小天的脸上："什么大娘，谁是你大娘，你少跟我套近乎……"

水舞实在忍不住了，上前劝说道："这位大娘……"

薛母看见女儿，失声道："舞儿，你怎么回来了？"

薛父这时也看到了女儿，不由大吃一惊。

那邻居妇人见又有人上前劝说，不耐烦地一推一扯，只听"哧"一声，竟把薛水舞的衣袖扯了下来，登时露出白生生一条胳膊，薛水舞"哎呀"一声，赶紧伸手去挡胳膊。

邻居妇人讪笑道："哟，细皮嫩肉的呢，倒真是有卖肉的本钱。你要是多养几个野汉子帮腔作势，倒还能跟老娘叫叫板，要不然……"

叶小天听她说话实在混账，连薛水舞也污辱上了，登时火往上冲。正要不管不顾，先教训她一顿再说，旁观的人群突然一阵骚动，有人低声道："哎哎哎，保正来了！"

众人纷纷扭头望去，又有人道："保正这是陪的什么人哪，平时保正都是两眼望天的，头一回见他这么低声下气。"叶小天也扭头扫了一眼，只看了一眼，这眼神就收不回来了。

村中道路上，正有一群人往这个方向走来。这些村民所说的那位保正是谁，叶小天并没认出来，因为那一群人几乎都是点头哈腰的，又何从分辨？

这些人只簇拥着一个人，一个周身闪闪发光，戴着各色苗家银饰，打扮得光鲜靓丽、俏美异常的少女。那少女负着双手，挺胸抬头，走在一群点头哈腰的男人中间，仿佛一位骄傲的小公主。

看到这样一群人，那刁蛮的妇人顿时不吭气了，别看保正是小到不能再小、低到无品无阶的一个职务，可是在村子里，那可是土皇帝一般的存在，而这个土皇帝正向一个苗家少女点头哈腰，她的身份有多高贵可想而知。

那邻家泼妇本就出身苗寨，本族内等级森严，对上位者敬畏异常，她这时哪还敢放肆，万一惹得贵人不高兴怎么办？

叶小天见了那女子登时双眼放光："圣人说的好，劳心者治人，劳力者治于人。劳心的机会来了！"

叶小天立即把袖子一放，整了整衣冠，快步向那俏丽娇美的女子迎去："凝儿姑娘。"

展凝儿正要上山，忽然看见叶小天，登时呆住："这个家伙，怎么又跟到这儿来了，简直是阴魂不散！"

展凝儿还没看到她表哥安南天。她表哥来了铜仁后，得知展凝儿已经进了山，本想立即也进山去，不想临时得知铜仁张家一位长辈正要过大寿。他作为安家的长子，如果不来也就罢了，到了铜仁却不去拜寿，日后被人知道难免就会生出想法，所以临时赴寿宴去了。

展凝儿在山里也没太多事情，听说表哥来了，就回来了一趟。谁料安南天赴宴时恰好遇到几个狐朋狗友，于是入山计划再次搁置，几个人不知道跑到哪儿风流去了。展凝儿扑了个空，她在铜仁又没什么朋友，于是又想回山里去，结果就在这里碰上了叶小天，是以她对叶小天在葫县后来发生的种种全然不知。

展凝儿惊奇地道："艾典史，你怎么在这里？"

叶小天道："哎！不要提什么艾典史了，我当初在蟾宫苑和你说的话，三成是假的，倒有七成是真的。我真的是带着家人寻亲来的，只是路经葫县时，受人所托，为了查一桩案子，被人强逼着做了一回官。你也不想想，我若真是官，那晚出现在蟾宫苑干什么？"

展凝儿撇嘴道："那谁知道，也许你跟我表哥一样，有些怪异癖好。"

"你表哥？"

叶小天忽然想起安南天那邪魅一笑，不禁起了一身鸡皮疙瘩，赶紧道："你信也好，不信也好，总之呢，我现在就是一个平头百姓。你看，这不我媳妇，我那闺女都在那儿呢。展小姐，你大人大量，都给我下过疯蛊了，怎么还不罢休，又追我到这儿来了？"

展凝儿又好气又好笑，道："我追你到这儿？拜托，我还想问呢，你追我到这儿干什么？"

叶小天松了口气，笑道："原来是一场误会，我还以为姑娘是为了我……"

展凝儿："啐，你能别这么臭美吗？"

叶小天打个哈哈，退到路旁，拱手道："是是是，在下也是松了一口大气啊。既然如此，叶某便不多打扰了，姑娘，告辞！"

展凝儿白了他一眼，领着那班人扬长而去。叶小天翘首挥手，很亲切地高声喊道："下次再会，请你喝酒啊！"

"这个人怎么总是莫名其妙的！"展凝儿心中想道。

两人这番对答，薛家门前那群人站得远，全都没听见。他们只看见这个青年人笑容满面地走到那个身份地位明显不凡的女子面前，两个人有说有笑地对答了一番，他们听到了他走过去时高声所喊的那句"凝儿姑娘"和最后这句"请你喝酒"。

邻家泼妇的脸登时变了，尤其是看到叶小天同那女子说着话，还往这边指点了几下，似乎在告状，心中怯意更浓。

叶小天暗暗发笑，昂首挺胸地走来，邻家那泼妇与他目光一碰，马上心虚地避开，不敢与他对视。叶小天向那些看热闹的工匠们用力一挥手，道："还看什么看，拿了工钱不用做工吗？砌墙！"

邻家泼妇脸涨得通红，就此回去显得丢人，若是不走，又实在不敢跟这样通着天的人物作对，登时僵在那里。

他那男人做了点小生意，手头有几个闲钱，自觉在村里有些身份，方才那种场合便没露面，由着自己婆娘撒泼。这时他看出不妙，连忙出现在院门口，沉着脸道："邻里之间当和睦相处。人家修房子砌墙，你瞎掺和什么，回家！"

那泼妇有了台阶，赶紧领着三个儿子四个女儿，灰溜溜地跟着男人回家了。

薛父和薛母此时只顾围着女儿问长问短，这几年来的变化和这一路究竟如何到的铜仁，哪是三言两语能说清的，是以也顾不上工匠这边。工匠们也不清楚叶小天的身份，还以为他是薛家的姑爷子呢，不过叶小天也确实把自己当姑爷子了。

一听叶小天吩咐，那些工匠学徒们便请示："东家，这墙砌多高啊？"

叶小天意气风发、挥斥方遒地道："砌两丈！"

一个学徒咋舌道："东家，你修的这是院墙，不是城墙啊。"

叶小天冷笑道："不是有人说挡了他们家风水吗？我就是要砌出一堵城墙来，砌！往上砌！有多高砌多高！能砌多高砌多高！"

水舞流着眼泪同父母双亲讲着，她讲到小姐之死，薛母忍不住也是泪流不止；她讲到这几年来带着遥遥度日的艰辛，薛父便唏嘘不已；她讲到这一路上所遇到的苦难，父母双亲便提心吊胆。

那些学徒哪有什么主意，东家姑爷让修，那就修呗，他们也估计这是薛家要跟邻居怄气，修得还挺用心。于是，薛家便竖起了一堵墙，普天之下除了薛家，再也没有一户人家会把自己家的院墙修这么高，堪称天下第一墙。

夕阳把温暖的金色阳光铺洒下来,大地凸凹不平,山峦起伏不定,于是那阳光便也一片斑斓,看起来就有一种恬静的感觉。

工匠学徒们回家了,怀里揣着叮当作响的工钱,与潺潺的流水一起快乐地走向村外。叶小天站在院子里,看看那堵高高的墙,再看看薛父那张难看的脸,干笑道:"材料用光……呃……再买就是了……"

一幢有些残破的房子,一堵威严耸立的高墙,薛父薛母和叶小天薛水舞,还有小乐遥,被夕阳拖曳出五道长长的影子。影子里,福娃坐在那儿,津津有味地啃着竹笋……

第九章

你是小天哥哥

一

不管怎么说，叶小天千辛万苦地把女儿送回来，这是一份天大的恩情。那堵怎么看怎么别扭、只靠邻居一侧、突兀而起、拔地三丈的高墙也就不好追究了，薛父只能苦笑着上前向叶小天道谢。

叶小天趁机说明来意，薛父一听顿时沉下了脸色。

薛父硬邦邦地道："小天兄弟……"

叶小天道："大叔可别这么称呼，晚辈承受不起。"

薛父不理这碴，继续道："你费尽周折送我女儿回来，这是一份大恩情，我薛家上下感激不尽。可是你送我女儿回来，我就得把女儿嫁给你，这没有道理……"

叶小天道："当然没有这个道理，晚辈和您说的也不是道理。其实这事根本与道理无关，说白了，就是晚辈与令爱一路而行，朝夕相处，患难与共，相濡以沫，日久生情，如今已经两情相悦，所以顺理成章，我们就该……"

薛父登时脸色大变，僵尸般向前一跳，一把掐住叶小天的脖子，大怒道："你说什么，你说什么？你和我女儿怎么了？你对我女儿做了什么？"

"喔……喔……"

薛父方才与邻家泼妇对敌时都没有此时这般悍勇，一听女儿似乎已被此人占了便宜，登时勇如猛虎，红着眼睛就掐住了叶小天的脖子。叶小天倒是想说话，可他哪里还说得出来啊。

叶小天憋得脸通红，不断用手指着自己的喉咙。水舞见状，赶紧上前拉开父亲，嗔道："爹，你胡思乱想什么呀，我和叶大哥怎么样也没怎么样！"

薛父瞪着眼睛，紧张地问女儿："怎么样也没怎么样，那到底是怎么样？"

水舞顿足道："就是怎么样也没怎么样嘛。"

薛母此时已经听明白了，连忙上前劝道："老头子，你别急，咱们的女儿是什么样的人,你还不清楚吗?她是不会做出伤风败俗有辱门庭的事来的。"薛母说到这儿,转向叶小天,和颜悦色地道:"小天兄弟,你说是不是呀?"

叶小天听得一头雾水,茫然道:"啊?怎么样?不是,是什么?"

薛母摇摇头,叹笑道:"年轻人,你的心思,老身明白。可我这女儿早就许配了人家的,毁婚背诺那不是做人的道理。年轻人,你的恩情,我一家人很感激,可是却不能因此将女儿许配给你。"

叶小天诚恳地道:"大婶,我是真心喜欢你女儿。水舞虽然不说,可我也看得出,其实她是喜欢我的。你不想毁婚背诺,难道就想让女儿出嫁之后过得不快活?晚辈是诚心诚意向二老请求,晚辈如今也算小有积蓄,足有小二百两的银子呢,娶了水舞过门后必能安度度日,叫二老放心。"

薛父大声道:"不成!我薛家和谢家是几十年的交情,这婚书都下了的,还能悔婚不成?你不要再说了,念在你送我女儿回来,我不想与你恶语相向,可你要再不走,我就不客气了!"

叶小天还想再说,薛父已经撵人了:"叶家小哥,请你马上离开!"

水舞实在看不下去了,生气地道:"爹!叶大哥是我的大恩人,如果不是他,女儿就算现在还活着,都不知要落到何等可怕的下场,你怎么能这么对他!"

薛父怒道:"不这样对他又怎样对他?招他当上门女婿?难道知恩图报就得让你以身相许?你这丫头,没羞没臊,难怪他明知你已订婚还敢找上门来,你若检点些,怎么会招蜂引蝶!"

薛水舞被老爹劈头盖脸一顿训斥,眼圈一红,眼泪就掉了下来,哽咽道:"女儿怎么就招蜂引蝶了,哪有当爹的这么说自己女儿的。"

薛父怒道:"还敢犟嘴,越大越没规矩,滚回屋去!"

薛水舞气得一跺脚,转身就进了里屋。叶小天见此番出师不利,不想和薛父弄得关系太僵,以后不好见面,觉得还是暂且撤兵,有了充足准备再来才好,于是赶紧说道:"好好好,晚辈这就走,大叔息怒,晚辈改日再登门拜访。"

薛父怒气冲冲地道:"走,快走,改日你也不用再来了,我们薛家不欢迎你。"

薛父说着,忽然看到怯怯地站在一边的乐遥,又道:"还有这个小丫头,你也一并带走,她又不是我们薛家的人,我们薛家可养不起闲人。"

一听这话,薛母不干了,对薛父道:"当家的,你怎么可以这样,这可是小姐的骨血,咱们当初可没少受小姐关照,这份恩情怎么能忘。如今小姐早逝,只留下这么一个孩子,咱们……"

薛父反感地道:"小姐,小姐又怎么样?小姐家里早就败了,就连小姐的亲生父亲都不认她,咱们只是拿钱做事的府里下人,难道还应该替她抚养孩子?你个老婆子就会心慈面软，回屋去！"

这时避回屋去的水舞听说父亲要把乐遥赶走，马上又赶了出来。这几年她和遥遥相依为命，虽然遥遥不是她的骨肉，却早已情同骨肉，要把遥遥赶走，她如何能够接受。

当下母女俩就和薛父争执起来，薛父吹胡子瞪眼拍桌子踢凳子，可这事母女俩根本难以接受，一家人争得不可开交。叶小天见状，说道："大婶、水舞，你们不要争吵了，遥遥跟着我就好。"

水舞红着眼睛对他道："这怎么可以，叶大哥……"

叶小天打断她的话，微笑道："没关系，你和遥遥亲，我又何尝不是，这一路下来，我们早就情同一家人了，是不是？"说着，他向水舞悄悄递了个眼色，暗示她少安毋躁。

叶小天这句话一语双关，可水舞这一次却没有辩驳，她红着眼圈看着叶小天，心中突然萌生了一种要跟他走的冲动，可是……脚下如同坠了铅块，这一步，好难迈。

叶小天又转向薛父，笑吟吟地道："气大伤身，大叔偌大年纪了，还是该修身养性，消消火气吧。水舞千里迢迢刚刚回家，一家人不要闹得不愉快，晚辈这就告辞了。"

叶小天说完抱起遥遥就走。水舞的眼泪"唰"的一下就流下来，她追到门口，无力地倚在门框上，掩面哭泣起来。

遥遥已经开始懂事了。眼见水舞和她父亲的这番争吵，已经把遥遥吓着了，遥遥一时竟没有丝毫挣扎。福娃根本没人招呼，不过它是很聪明的，跟定遥遥不动摇，一见最要好的小主人走了，马上跟了上去。

叶小天刚刚走出院门，一丝微笑就浮现在了他的眼中。他是有心理准备的。

叶小天担心的是水舞的父亲如果是个认死理的方正君子，认准了既已交换婚书，女儿无论如何也不得另嫁，那这事还真就不好办了。人家是水舞的父亲，他再怎么也不能对未来老丈人用些不妥当的手段，那样就只能从谢家着手。

但是薛父将乐遥赶走的举动却让叶小天看到了希望，薛父绝对不是一个威武不能屈、富贵不能淫的方正大丈夫。既然如此，叶小天就可以有的放矢，直至达成自己的目的。

只是现在叶小天还有最重要的一点没有搞清楚，他不清楚薛父究竟想要什么。小二百两的银子，对一户普通人家来说已经是一笔庞大积蓄了，虽然他不可能把这笔钱全给薛家，但是哪怕只拿出五十两做聘礼，那也是寻常百姓人家望尘莫及的，普通人家的聘礼连五两银子都勉强。然而薛父却毫不犹豫地拒绝了，看来这个条件是无法打动他的。

叶小天抱着乐遥登上马车，心中暗想："只要你有所求就好，等我弄清楚，保证你把女儿乖乖送我做老婆。"

叶小天把乐遥往车上一放，乐遥才清醒过来，她突然"哇"的一声哭了出来，猛地跳起来，搂住叶小天的脖子，号啕大哭道："娘不要我了，娘不要我了，呜呜呜……"

叶小天抱着她小小的身子，轻轻拍着她的后背，柔声道："别哭了，你娘不在，小天哥哥还在呢，小天哥哥答应你，早晚一定会把你娘接出来，咱们一家团聚！"

乐遥抽抽搭搭地道："那老头好凶……"

叶小天笑呵呵地道："有小天哥哥在呢，小天哥哥本事大，专治凶人恶人！"

乐遥泪眼模糊地问道："真的吗？"

叶小天骄傲地扬起了下巴："我是谁？"

"你是小天哥哥！"

乐遥破涕为笑，紧紧搂住了叶小天的脖子。

·※·※·※·

薛父态度这般恶劣，叶小天在弄清他的真正想法之前，势必不能再赖在薛家，两人关系一旦恶化，想要补救可就难了。是以离开薛家之后，叶小天立即赶着马车回了城。

到了客栈，吩咐小二卸套喂马，叶小天牵着乐遥的手，领着福娃刚刚走进客堂，就听一个大嗓门道："掌柜的，你们这旮旯儿招人不？俺挺能干的，真的。"

这特殊的口音和调门，使得叶小天下意识地停住脚步转眼望去。只一眼叶小天就认出了此人，这人可不就是当初为了对付孟县丞，苏循天找来的那个"有力证人"？

掌柜的笑着摆手拒绝了那丑陋大汉，大汉也不纠缠，悻悻地往外就走。他忽然看见叶小天牵着一个小女孩的手，正一脸诧异地打量他，顿时把牛眼一瞪，道："你瞅俺干啥？"

叶小天要是他老家那儿的人，马上就得把脖子一梗，同样瞪起牛眼："我就瞅你咋啦？"然后两人晃着膀子上前，你一拳我一脚，当即便得大打出手。幸好叶小天这辈子还没出过山海关，所以他只是笑吟吟地说道："你是毛问智吧？"

毛问智一听顿时大惊失色："哎呀妈呀，你咋认识俺呢，你是俺狱友吧？"

第十章

好事多磨

一

叶小天心道，我若向你解说身份，少不得又要啰唆半天，便顺水推舟，认可了毛问智的说法，笑道："是啊！不过我只关了一个多月。"

毛问智兴奋地道："那就难怪了，最近关进去的人太多，俺认不过来，不过俺是元老级的人物，就没有不认识俺的，就连新来的狱卒都是向俺请教大牢里的事。小兄弟，你才出来几天，看你这模样混得不错啊。"

叶小天心中忽地一动："我在三里庄露过脸，不少围观两家争吵的百姓都见过我的模样，再想去了解薛家情形恐怕不太容易，如果能有此人帮忙，他一个生面孔，大概要容易许多。"

想到这里，叶小天便笑道："你还没地方安顿吧？正好，我这还有一间房空着，你先住下吧。"

毛问智一听大喜，忙不迭谢道："大哥，一看你就是讲义气的人！到底是一起坐过牢的，咱们这关系铁啊。"

转眼之间，叶小天就从"小兄弟"升级成了"大哥"，这毛问智看着鲁莽，却也有着他的狡黠，叶小天听了只是付之一笑。

毛问智唠唠叨叨地说着，跟着叶小天往里走。薛水舞那间房还没退，如今她被父亲留在家里，叶小天不能让遥遥一个人住，就把自己的行李搬去了她的房间，把自己那间让给了毛问智。

一切安顿妥当，叶小天带着乐遥又来到毛问智的房间，随口问起毛问智的来历，毛问智登时一拍大腿，感慨万分地道："要说俺这经历，那真是一把辛酸一把泪，闻者伤心，听者落泪啊！"

叶小天一听这是要"说来话长"的意思，马上就后悔了，但是毛问智已经不给他机会拒绝，马上就讲起了自己的血泪史……

薛父赶走叶小天后，回到堂屋里站定，侧耳听听，就听女儿房中传出一阵"嘤嘤"的哭泣声，时而还有老妻劝解女儿的声音。薛父皱了皱眉，转身又走回门口，在门槛上坐下来，沉默地想着心事。

当叶小天说他有小二百两的积蓄时，的确曾经打动过薛父，但是只那么一瞬，他就打消了念头。这笔钱叶小天能给他多少？水舞一旦远嫁京城，他们老两口以后能指望谁？

谢家那个大小子如今可出息了，在水西田氏家里当三管事呢，虽然从道理上说是给人当下人，可下人跟下人不同，宰相门前七品官哪，田家的三管事那是等闲人物吗？

薛父早就找过谢家，想要姑爷子跟他一块儿去靖州接女儿回来。可那谢传风却一直推诿，说是田府事务太多走不开，大有悔婚之意，可薛父相信那是因为他没有见过女儿现在的模样。

几年前，女儿还是个没长开的黄毛丫头，虽然眉眼五官挺灵秀的，可毕竟是个小丫头片子。如今则不然了，女儿就像抽了条的柳枝，那可是越长越俊俏了，如果现在让谢家大小子看见，还不迷死了他。对！还是讨这个女婿能得济！

想到这里，薛父长长地吁了口气："明儿我就去一趟老谢家，让老谢给他家大小子捎个口信，叫他回来一趟，只要让他看到我女儿的模样，这个女婿就跑不了他！"

客栈里边，毛问智盘着大腿，正跟叶小天侃大山："俺吧，本来是沈阳卫的人，沈阳卫你知道不？那可老远啦，在关外呢。俺们家吧，本来是堡子里最穷的一户人家，俺爹娘死得早，俺靠给王老财家放羊混饭吃。可后来俺成了俺们堡子最富的人，你知道为啥不？俺就知道你不知道，打破你的头你都想不到……"

叶小天："……"

毛问智得意扬扬地道："有一天吧，俺正在山上放羊呢，忽然就听天空'咔嚓'一声巨响，山谷里头就火光冲天，把俺吓得腿肚子转筋哪，那羊都趴窝了，直泻肚子。等了一阵吧，就没再出啥动静了，俺就到山谷里去看，你猜咋了，那地上有一个大洞，老深啦，里边闪闪发光。俺就核计，这是有宝啊！俺就刨啊，刨啊，费老鼻子劲了，最后你猜俺挖出个啥？哈哈，俺就知道你不知道，打破你的头，你都想不到……"

叶小天无语地看了看遥遥，遥遥掩着口打了个哈欠，对叶小天道："小天哥哥，我去找福娃玩。"

听众少了一位，毛问智兴致不减，手舞足蹈地比画："俺挖出一块狗头金啊！哎呀妈啊，这么大一块狗头金啊，好几十斤重啊，结果俺一下子就成了俺们堡子最有钱的人了，王老财他们家都比不上俺有钱。"

叶小天疑惑地道："那你怎么……到了这里，还落到这般田地？"

毛问智道："横财容易招横祸啊，你知道不？俺们堡子那一带吧，有一股绺子，闹得可凶了。绺子你知道不？就是胡子、土匪，明白了吧？那一阵，他们在俺们堡子那一带闹得特别凶。

"俺最有钱啊，能不怕吗？俺钻过地窖，请过保镖，都觉得不靠谱，后来俺就想了一个妙计：俺爬房顶。一般来说，绺子闯进你家，翻箱倒柜、掘地三尺都可能，但是往房顶上找的可没有。

"所以吧，俺天天晚上揣着金子睡屋顶。你是不知道啊，那大雪寒冬的，俺穿了三层棉袄，外边又套了一件老羊皮袄，整得跟熊瞎子似的，怀里还得揣上一瓶烈酒御寒。

"俺天天晚上睡屋顶，这一睡就是半个月，弄得俺都快疯了，那时候俺的想法就变了，俺就想，要不就让绺子抢一回？他要是抢过了，就不会再来了，俺也不用再受这罪了，结果俺等啊等啊，干等那绺子也不来，把俺愁得吃也吃不下睡也睡不着，他们咋就不来呢？"

叶小天："……"

毛问智道："俺都快让他们给逼疯了，俺不要钱了行不？于是俺就把钱都分给堡子里的穷人了，这一下俺又变成穷光蛋了。"

叶小天纳闷地道："那……你继续放羊去就好了，跑到关里来干什么？"

毛问智讪讪地答道："那不是因为俺有俩糟钱的时候臭显摆吗，把王老财给得罪了，他不用俺给他放羊了。俺就一路打着短工往南走，因为关外的冬天贼冷贼冷的，俺核计要是到了暖和地方，冬天不好过点吗。"

叶小天道："那你又因何入狱呢？"

毛问智道："因为俺到了葫县以后吧，还是给人家放羊，俺给牢头他们家放羊。再后来吧，他媳妇就勾搭俺，你说俺一个壮小伙子，又没有过女人，哪禁得起她勾引啊，所以俺就把她睡了。"

叶小天点了点头，钦佩地道："大侠好本领！你把牢头的老婆都给睡了，他居然没把你弄死在狱里，算是很对得起你啦。"

毛问智道："你可拉倒吧，他为啥不杀俺？因为他得着甜头了，为了让他消气，他老婆给自己妹子喂了药，让他给睡了。他那小姨子长得可水灵呢，比她姐漂亮得多，他偷着乐去吧……"

叶小天两眼发直："这样一个人，真能帮我打听到薛家的情况吗？哎！蜀中无大将，权且让他试试吧……"

自从听说了毛问智的悲惨历史，叶小天对这个一条筋的蠢货就不抱太大希望了，不过眼下无人可用，也只能先拿他将就着，万一这厮误打误撞，真的查到些什么呢。

毛问智听他一说事由，便很自信地笑起来，毛问智拍着胸脯对叶小天保证道："这事你就交给俺吧，你放心，俺就是穷人哪，俺最明白那些穷人啦，俺扮成乞丐找他们打听去，肯定能问出来。"

叶小天苦笑道："但愿吧！"

毛问智这人倒挺仗义，他吃着叶小天的，用着叶小天的，还真给叶小天办事。向叶小天打听明白三里庄的位置后，毛问智便揣了三天的饭钱，拎起他的打狗棍直奔三里庄去了。

叶小天暂时把希望寄托在了毛问智的身上，如果他打听不到什么，那时再另想办法不迟，反正水舞也不会马上出嫁。毛问智走后，叶小天在客栈无所事事，便领了乐遥出去游览铜仁城，福娃自然是他们的跟屁虫。

这样的"三人组"是很吸引眼球的，不过旁人只是看看，有些好奇而已，暗中却有三个乞丐悄悄地跟了上来。叶小天打发了一个"乞丐"去三里庄，却万万没有想到另有三个"乞丐"正盯着他。

杨三瘦远远地追着叶小天，因为有福娃这么明显的一个目标在，倒也不用担心会跟丢了人。杨三瘦跟踪了一阵子，喃喃地道："看他们如此悠闲，是打算在铜仁长住吗？"

岳明已经不耐烦了，忍不住建议道："大管事，咱们想找人烟稀少处下手太难了，不如快刀斩乱麻。趁街头人群稠密容易脱身，由我出手，用飞刀取他性命，然后回转客栈，再取水舞性命，以免夜长梦多。"

杨三瘦犹豫片刻，沉声道："机灵一些！"

岳明一阵兴奋，终于可以脱离苦海了。他答应一声，暗暗摸出一口飞刀藏在掌心，便向叶小天三人靠近过去……

第十一章

求才若渴

一

杨三瘦之所以带着岳明出来,是因为他是自己的心腹,此外还有一个重要原因:他是自己那些心腹之中唯一的高手。作为一个家丁护院却会用飞刀,难道这还不是高手?

岳明只盼这一刀下去就能结束苦难,回到杨家继续享清福去,因此抖擞精神,悄然靠近叶小天一行三人,寻找着下手的机会。

发飞刀的方式有旋飞和直飞两种,旋飞当然更远一些,直飞则要近了许多,不过直飞更有准头。发力的方式则有甩臂和抖腕两种,要想旋飞,大多采用甩臂的手法,但那样动作较大,在这大街上人烟稠密的地方很容易会被人发现。

所以岳明只能用寸劲抖腕的方法来发刀,而以寸劲发刀,且刀是没有缨穗定向的柳叶飞刀,有效杀伤距离不会超过三丈。即便如此也非旦夕之功可以练成,因此岳明对自己的飞刀一向很自傲。

叶小天负着双手悠哉游哉地走在前面,乐遥和福娃紧随其后,两个小家伙一边走一边还在玩耍,福娃走着走着,就会拿头去偷袭乐遥的屁股,虽然用力不大,也会撞得乐遥一个趔趄。福娃乐此不疲,乐遥也是"咯咯"直笑。

旁边出现了一个较气派的门户,门口搭着脚手架,旁边堆着砖瓦和石材,几个匠人正在那里忙活着。叶小天随意看了一眼,见门楣上四个大字"铜仁府学",这才晓得到了铜仁的官办学堂。

岳明藏身于行人之中越靠越近,渐渐与叶小天三人同行。眼看已经进入有效距离,岳明攥紧飞刀,突然一抖腕,柳叶飞刀脱手而出,从人群缝隙中直取乐遥的太阳穴。

乐遥虽只是个小丫头,岳明却毫不手软,这一下直取她的要害,谁料福娃那倒霉孩子假意老实地走了几步,恰好此时撒着欢地跳起来,一头拱向遥遥的另一处要害——屁股。"

"哎呀！坏福娃！"乐遥被福娃拱得"咯咯"笑着向前一栽，柳叶飞刀险之又险地擦着她的后脑飞了过去，乐遥毫无察觉。

岳明气得一跺脚，有心再补一刀，奈何他已无刀可补。他一共只有三把飞刀，当初被齐木府上护院关进水牢的时候搜走了两把，只有藏在靴底的这把保命飞刀得以幸免。而这口保命飞刀……

飞刀擦着乐遥的后脑飞过，"砰"的一下打中路旁脚手架上的一个墨盒，黑盒被打得粉碎，墨汁流淌出来。飞刀则旋转了两圈反弹回来，刀柄砸在福娃肉乎乎的大脑袋上。

飞刀坠地，福娃近水楼台，突然发现眼前出现一个闪闪发光的东西，生怕被别人拿去，于是立即抢也似的探出熊爪，用锋利的爪尖将那飞刀扣住、抓紧，然后塞进了嘴巴……

"嘎嘣嘣！嘎嘣嘣……"

天下吃货虽多，谁能比得上这个熊孩子？三寸长的柳叶飞刀被它吃炒豆似的很欢乐地吃掉了。而福娃偷吃东西的时候，旁边脚手架上墨盒刚刚打碎，一个匠人发出惊呼声，叶小天、遥遥和路人都向那匠人看去，甚至没人发现福娃偷吃。

岳明站在街对面，哭丧着脸回过头去，向杨三瘦摇了摇头。杨三瘦恨恨地一跺脚，向他打个手势："撤！"

飞刀弹射回来时，已经沾了点墨汁。福娃嗅觉何等灵敏，那口飞刀只够它塞牙缝的，实在不够吃。这时嗅着味道就走过去，捡起一块碎掉的砚台塞进嘴巴："嘎嘣嘣……"

味道不好，福娃泄气地吐出一口碎石头渣子。那匠人以为找到了罪魁祸首，立即扯住叶小天的袖子，大叫道："你不要走！你家养的这只貔貅打烂了我们的东西。"

"哟！这倒是个识货的，认得这是貔貅！"叶小天见这匠人认识自家这个吃货，心中大生好感。

福娃一向很乖，叶小天可不认为是自家福娃惹祸。不过小家伙有时淘气，现场也没有别的"凶手"，叶小天想，大概真是自家福娃惹事，匠人用的墨盒也不值几文钱，赔了他就是，免得再生口角。

想到这里，叶小天连忙赔罪道："是是是，这位大叔，你别生气。畜生哪懂人事，你这墨盒值几文钱，小可赔给你就是了。"

这时周围匠人都围拢过来，其中一个匠人道："哎哟，不好，把黎老爷写的这副对联都给染了。"

那是一副写在宣纸上的对联，本来叠着放在脚手架上，就用墨盒压着。此时有匠人将纸打开，就见纸已被墨汁浸透，黑乎乎一片，除了最后一个字，什么都看不见了。

那匠人的师傅一看也急了，嚷道："墨盒打碎了也就算了，这字可是黎老爷写了叫我们刻在大门上的，黎老爷可不是好脾气的人，这字没了，我们可不敢去找黎老爷再讨。"

叶小天听得大皱眉头，本以为是几文钱的事，却不想惹出了大麻烦。也不知这黎老爷是什么人，既能为府学大门题对联，想必是当地士林中的名宿或者就是这府学的训导、教谕。

这些文人对自己的墨宝最是重视，虽然只是几个字，你说它一文不值也成，说它价值千金也成。万一这个不是好脾气的黎老爷狮子大开口，全部银子赔给他都不够。

"有了！"

叶小天眼珠一转，计上心来，马上对那匠人道："不要喊，不要喊，这字刚刚浸染，还认得出来。"

叶小天说完抢过那副对联，"唰"的一下展开，迎着阳光照照，点点头道："哦，原来是这副，认得了，你们看出来没有？"

旁边那几个匠人只看到纸上一片黑，什么都没看出来，匠人师傅道："黎老爷这副我们还没看过呢，写的什么？"

叶小天指点道："喏，你看，这里颜色深些，迎着阳光一照，马上就显现出来了，好了，我已认出来了。"说着话，他一展一收，把那宣纸一团就扔到了一边。

既然这些工匠还没看过写了什么，随手编一副给他们也就是了，叶小天心中大定，道："大叔莫急，取笔墨来，我给你写出来不就完了吗？如此一来我少了麻烦，大叔你也不必被黎老爷责骂。"

那匠人听了不由意动，旁边有个徒弟提醒道："师傅，这人……写的字和黎老爷笔迹一样吗？要是不同，让黎老爷看出来……"

匠人猛然惊醒，道："对啊！我们是要把黎老爷这副对联雕在门柱上的，你的字迹与黎老爷不同，黎老爷一看就穿帮了。"

叶小天沉着地道："什么笔体，是王体颜体还是三宋，抑或是苏黄米蔡，把那副对联取来，我再看看。"当下就有人去把那团成一团的宣纸取来，上边只有最后一个字："瞧！"

叶小天心道："瞧什么瞧，这究竟是要瞧什么？"

那匠人紧张地问道："黎老爷这笔体，你模仿得了吗？"

叶小天打个哈哈，道："既非自创字体，有何模仿不得，这是……哦，这是瘦金体嘛，且待我把这副对联写出来，你比对一下就是。"那匠人没法，只得取来一副宣纸，备好笔墨，铺在一块石板上，请叶小天书写。

这位黎老爷的笔体确实是瘦金体，叶小天当初在天牢跟着那班来自官场的人杰精英学的东西并不系统，杂七杂八，但要说到书法，这瘦金他可是精通的。他方才一直在考虑的是：这个该死的黎老爷，究竟写了什么。

这些工匠也没看过这位黎老爷的对联，那就好办了，只要最后一个字也是"瞧"字，自然就能糊弄得了他们，写好了字马上溜之大吉，他们再发现不对也没办法了。

叶小天想到这里，微一思忖，挥毫写就一副对联："地位清高，日月每从肩上过；门庭开阔，山川常在掌中瞧。"叶小天写罢，搁下笔端详一下，自信满满地对那匠人道："来，你来瞧瞧，可有破绽。"

那匠人连忙拿过那皱皱巴巴的宣纸，和叶小天刚刚写就的一比对，笔画脉络竟是分毫不差，不由大喜过望，道："谢天谢地，居然一点不差。"

叶小天笑道："不用谢，既然如此，小可这就告辞了。"不等那匠人反应过来，叶小天急急向遥遥使个眼色，两人领着"闯了祸"的福娃拔腿就走。

"哎，他们还没赔墨盒钱呢。"

那匠人师傅突然反应过来，抬头看看，叶小天早已走得不见踪影，匠人师傅又端详端详那副对联，心满意足地道："算了，一个墨盒值几个钱，这下总算不用看黎老爷的那副臭脸了。"

· ※ · ※ · ※ ·

黎老爷此时正好臭着脸从府学里出来。

黎老爷名叫黎中隐，前两天刚去过一趟水西，被提学道严厉训斥了一顿。大明各省提学道都是由各省的提刑按察使或按察副使、佥事充任的，贵州提学道则是由贵州提刑按察使大人亲自兼任的。

考察一地主要官员的政绩主要依据钱粮和治安，那么考察负责一地的学政官员的政绩标准是什么？当然是"升学率"，也就是考中秀才、考中举人、考中进士的人数。

铜仁这地方过于闭塞，科考上面始终难有建树，其实不只铜仁，整个贵州都是如此，不要说在科举上比不了江浙，就是比北方诸省也是望尘莫及。那些土司老爷们的直系子侄倒是年年都有进学的，可那个基本上就是"保送生"，成绩不重要，决定他们是否进学的是身份。

铜仁已经连续两年没出秀才、举人了，提学大人今次下了严令，如果今年铜仁府学再没什么建树，他这个府学训导也就干到头了，试想黎训导的心情又怎能好得了。

那工匠师傅生怕再出意外，先停了别的活，把那字贴在门柱上，正要进行雕刻，黎训导沉着脸抬头一瞧，突然站住了，怒气冲冲地喝道："住手！这门柱上的题字，是谁的？"

那工匠心中一跳，暗叫不妙："训导老爷莫非看出来了？不对呀，那笔迹明明一模一样。"

工匠师傅硬着头皮赔笑道："黎老爷，这不是您老的手书吗？"

黎训导喝道："满口胡言，本官题的根本不是这副联，这字究竟谁写的，还不从实招来！"

那工匠师傅一听，暗叫一声苦："被那浑球小子给骗了！"无奈之下，只得一五一十地对黎中隐招了供。黎训导一听更是大怒，道："岂有此理！你这匹夫竟敢如此欺瞒老夫，老夫……"

黎中隐指着工匠师傅的鼻子，声音戛然而止，那工匠师傅大惊，赶紧道："黎老爷，您消消气，您骂我吧，您打我吧，您怎么着我都行，您可千万别气出个好歹来。"

"哈哈哈哈……"

黎中隐突地转怒为喜，哈哈大笑，吓得那工匠师傅急忙退了两步，谨慎地举起了手中的凿子："训导老爷可别是气疯了心，神志出了毛病吧？"

黎中隐喜滋滋地问道："你方才说，写这字的是个少年？"

工匠师傅胆怯地点点头，道："应该……应该是个少年，面相嫩得很，就算不是少年，也是刚刚成年的娃子。"

黎中隐又往门柱上看去，越看越是欢喜："字写得好，这联写得也大气。人才啊！老夫若是把此人网罗门下，还怕他不考个秀才？那老夫今年的进学率不就有保障了吗？"

黎中隐兴冲冲地问道："那人往哪里去了？"

工匠师傅道："往那边走了，他带着一个小女娃，还有一只貔貅，很好认的。"

黎中隐二话不说，拔腿就追！

要说求才若渴，普天之下的师长们，还有人比得了贵州的这些训导、教谕们吗？

第十二章

我信天上掉馅饼

一

叶小天带着乐遥又转悠了一阵,替福娃那个大吃货又买了一筐竹笋。他们刚刚回到客栈,一壶茶才沏上,毛问智就风风火火地回来了,一进屋就大声道:"哎呀妈呀,大哥,你可得麻利点,再迟了,你媳妇俺那大嫂子可就跟别人跑啦。"

叶小天大吃一惊,道:"什么就跟人跑了,你把话说清楚。"

毛问智伸手一摸茶壶,"哧溜"一声,道:"烫死人啦!"转头四顾,顺手拿起一个茶杯,跑到叶小天刚刚洗过脸的脸盆舀了一杯水,"咕咚咚"地喝起来。

叶小天和乐遥面面相觑,福娃则头不抬眼不睁地啃竹笋。

毛问智一连喝了三杯水,这才回到桌边,一屁股坐下,抹抹嘴巴,道:"俺一打听着信儿,立马就往回赶了,你说急人不?薛家那老东西吧,今天去邻庄老谢家啦,说让老谢家招呼他们家大小子也就是你那情敌尽快回来一趟,把婚事办了。老谢特意到他们家来了一趟,对俺那大嫂特别中意,说是婚事就这么定了。这是那老不死的送那老谢头出村子的时候,俺亲耳听说的。你看这事整的,你要再不想办法,俺那大嫂就让别人给睡了……"

叶小天一听勃然大怒:"嘿!我这老丈人还真不是东西,怎么横瞧竖看就是看不上我?不行!就算你已名花有主,我也要移花接木!姓谢的小子,叫他滚远点,老子看上的女人,就没有让给别人的道理!"

毛问智欣然道:"大哥这话中听,霸道啊!你要是竖旗拉杆子,兄弟一定跟你上山!"

叶小天道:"胡说八道,他们家住山脚下,根本不住山上,你究竟去过没有,你可别唬我。"

毛问智笑了,道:"大哥,你不懂,竖旗拉杆子,就是上山当土匪,当绺子,你知道不?咱们把大嫂抢出来,给你当压寨夫人!"

叶小天转怒为喜，道："嗯！这主意不错！明天一早，咱们就去三里庄！"

毛问智道："大哥你急啥呀，听说那老谢家大小子在水西呢，要回来也不是一天半天的事，明天要下大雨，咱们改天再去呗。"

叶小天奇道："明天下大雨，你怎么知道？你会看天气？"

毛问智道："看啥天气啊，俺小时候被王老财打过，那老瘪犊子，当时一脚就踩俺小腿上了，小腿当时就折了。后来倒是养好了，可是留下了内伤，一到阴天下雨它就酸痛，下大雨大痛，下小雨小痛，现在它就痛了，又酸又痛，痛得要命，明天肯定下大雨……"

乐遥攥紧了小拳头，道："下刀子也要去！我娘才不要跟别人！"

叶小天欣慰地看了她一眼，捏捏她的小脸蛋，赞道："遥遥说的对，明天就是下刀子，咱们也得去。"

毛问智道："那成，那大哥你再给俺点钱呗，俺去买两套蓑衣。"

乐遥抢着道："四套！俺和福娃也去。"

毛问智指着正啃竹笋的福娃："就那玩意啊？就它也披蓑衣？这事整得挺邪行啊。"

叶小天摸出些钱来递给他，道："好啦！你就别管它邪不邪行了，快去买吧。"

毛问智答应一声，接过钱，风风火火地出了门。毛问智刚走片刻，就听外边有人叩了叩房门，唤道："请问，此间主人可在？"

叶小天刚倒了杯茶才举到嘴边，听了忙放下茶杯过去开门，一开门就见一个一身儒衫、三绺微髯、相貌清癯的中年人站在门外，正微笑地看着他。房门一开，那人看见屋里的乐遥和墙角啃竹笋的福娃，登时双眼一亮。

叶小天疑惑地道："足下是？"

那人呵呵一笑，抚须道："如此这般，岂是待客之道，足下不邀黎某进去坐吗？"

叶小天忙让开门口，道："哦，原来是黎先生，请进，快请坐。"

乐遥从小受水舞各种大家规矩的教训，和叶小天私相接触时，固然娇憨，充分保留了一个小女孩的童真，可是有外人在时，却特别懂事，她马上为这位黎先生摆正了位子，还吃力地为他斟上一杯茶。黎训导微笑地向她点点头，觉得这小女娃很懂规矩。

乐遥斟完茶，就退到叶小天身侧椅旁站定，眨着一双黑白分明的大眼睛听他们说话。黎训导微笑道："黎某方才向柜上打听过，尊客姓叶，是吧？呵呵，却不知你是路经本地，还是打算在本地长住呢？"

叶小天心中戒意更浓，道："黎先生，不知您问起这些，意欲何为？"

"啊……哈哈哈……"

黎训导抛须大笑，道："你不必心存戒意，黎某就开门见山，跟你直说了吧。黎某乃铜仁府府学训导，今日黎某在府学门口看到一副对联，那字应该就是你写的吧？"

叶小天暗道："糟了！被正主追上门来了。"

叶小天马上答道："这倒没错。不过，在下没钱，在下已经欠了三天的店钱，如果您想索要损失，那在下……"

黎训导摆手笑道："非也，非也，本官非为索赔而来。是这样，本官看你的题字和书法，都是上佳之选，想来文才也必出众，是以起了爱才之心。本官一路寻来是想知道，你是路经此地还是打算在本地定居，如今可有功名在身？"

叶小天斟酌地道："在下要在此地滞留很长时间，至于是否在此定居，目前还没有决定。说到功名，大人就取笑了，在下这点才学哪够资格求取功名。不要说功名，在下实际上就没正经就过学，连学籍都没有。"

黎训导捋须大笑，道："既如此，那就好办了，如果你愿意，落籍之事由本官负责，落籍成为本地人后，年底之前本官就保你一个秀才功名。你若家在外地，又或想要还籍那也不难，反正你有了功名，天下哪里都能去得，你看如何？"

叶小天心中大惊："世上还有这样的好事？难道天上真的掉馅饼？"

叶小天迟疑地道："大人此言当真？"

黎训导道："那是自然，本官还能诳你不成？秀才功名，本官和知府老爷就能选定，知府老爷那边本官一句话就能搞定，只要本官点头，你这秀才功名就跑不了啦！"

秀才功名的取得，确实只需知府或知县圈定，其中训导官、教谕官自然也要起到莫大作用，那为什么黎训导这两年来一人不取，非要去受提学官的责斥呢？实在是因为没人可选！

叶小天迟疑道："天下读书人，莫不想求一个功名，有些人为此皓首穷经苦读一生犹不可得，大人您为何……"

黎训导知道不说实话这少年人戒心难消，只好叹了口气，实话实说道："你说的那种情形，是江浙甚至北方，却不是我西南，尤其是我贵州啊……"

黎训导把情况说了一遍，道："其实也未必就没有了解此地情况的外籍人想落籍本省，以此进仕。只是，要进秀才容易，要进举人就难了，而要科举入仕，那又非得参加南榜科考不可，那就更非我们可以左右的。

"少年时候，谁不觉得自己能脱颖而出？是以不会有此想法，等到在本省取得了学籍，屡试不中再想改籍，那审查就格外严格，不知要打通多少关节才行，有权的不迁籍总也能混个秀才，没权的想迁也迁不走。你可谓是得天独厚，不可错过这个好机会啊。"

叶小天听了登时两眼放光:"这科考还真是撑的撑死,饿的饿死,我在京城时哪曾想过此地还有这般好事。如果我有功名在身,想必薛父那里就会属意我了吧?

"就算不为此事,我以秀才身份回京,我在爹娘面前也无比光彩啊!秀才!我叶小天居然也要成为读书人了,这得多大的雨点才能砸到我头上,一定是我叶家的祖坟冒了青烟!"

叶小天激动得满面红光,脱口就想答应,可他心中一动,忽然想到黎训导之所以如此,恰如葫县教谕顾清歌对徐伯夷的优待,都是为了自己的政绩好看。徐伯夷当初可是每月有六斗廪米领的,自己是不是也应该……

叶小天连忙故作冷静地端起茶杯,他紧张得口渴,想润润喉咙,再想想怎么措辞。乐遥小大人似的站在旁边充当小丫鬟呢,一见叶小天举起茶杯,想起水舞教过她的"端茶送客"的规矩,立即板着小脸,严肃地高呼道:"送客……"

叶小天刚刚想好说词,脸上挂着笑容,把脸扭向黎训导,乐遥一声"送客",叶小天的笑容登时僵在脸上。

黎训导那是什么身份,虽然他急于找一个可造之才,是为了保证自己今年的"升学率",可这事也是给人好处,又不是要别人去杀人放火,此人不答应,另想办法就是了。虽说从别处往这迁人比较困难,也未必就一定办不到,难道还能苦苦央求他不成?

黎训导苦笑一声,站起身道:"哎!人各有志,黎某也不好强求。既然如此,黎某告辞了!"

叶小天呆呆地道:"啊……黎大人……"

黎训导摆摆手道:"不必送了!"

"我……其实我是想答应啊!我不要廪米、我倒找廪米都行啊!"

叶小天在心底呐喊着,欲哭无泪地看着黎训导走出房门,机不可失、失不再来啊!什么矜持、风度,能当饭吃吗?叶小天大叫一声:"不要走!"便恶狗抢食般扑了出去……

第十三章

再见岳父大人

一

"黎训导请留步！"

叶小天一个箭步冲出房间，抢到黎训导面前，满面堆笑道："大人，并非在下不情愿，实是方才惊喜过甚，一时没有反应过来。"

黎训导脸上露出了笑意，道："这么说你是愿意了？如此甚好。你此来铜仁，是经商还是寻亲？"

叶小天道："算是寻亲吧。"

黎训导呵呵一笑，道："那么，你该有大把工夫了，闲暇时要多看看书，功课总是做些准备才好。本官这几天就为你办落籍的事，待籍贯落户，其他的事再与你细说，你有路引吗，给我。"

叶小天急忙掏出路引双手交给黎训导，一个长揖到地，恭敬地道："有劳大人了！"

黎训导解决了今年的生员入学问题，心怀大畅，微笑着离去，叶小天站在那里也是满心欢喜。遥遥从屋里出来，一副懵懂模样，叶小天弯下腰，笑嘻嘻地捏了捏她的小脸蛋，道："小丫头，险些叫你坏了我的好事。"

遥遥委屈地道："人家做的不对吗？可娘说……"

叶小天笑道："不是你做的不对，只是我不懂这些官面规矩罢了，其实我家遥遥很乖的。"

遥遥听了登时欢喜起来："小天哥哥，你为什么这么开心呀？"

叶小天道："哥哥好端端地在家坐着，一不小心就变成秀才了，这可是很多人绞尽脑汁都做不来的事情，哥哥却是得来全不费工夫，你说要不要开心呢？"

遥遥还不太明白叶小天所言，但她知道必定是好事，于是也露出开心的笑容，用力点头道："嗯！开心！"

这时毛问智肩上搭着几件蓑衣回来，听说叶小天要当秀才，登时晃荡着一双牛眼，挺稀罕地上下瞅他。叶小天心情正好，便学着他的口音，瞪起眼睛道："你瞅俺干啥？"

毛问智条件反射般就去撸袖子，脸上一副桀骜神情："我瞅你咋啦？你……呵呵……大哥你尽逗俺……"

毛问智突然反应过来，讪讪地笑了起来。叶小天也笑了，道："快把蓑衣放进屋去，今儿我遇到了大喜事，请你喝酒！"

毛问智一听要喝酒，登时馋得不行，赶紧把蓑衣放回屋里，锁了房门跑回来。遥遥一听要去吃好吃的，也是馋涎直流，蹦跳着嚷道："小天哥哥，我要吃米豆腐，听说可好吃了。"

叶小天道："成成成，让你一次吃个够！"转眼就见福娃扬着一双黑眼圈，正萌萌地看着他，叶小天马上又把脸一板，道："你瞅俺干啥！瞅也没你份，啃你的竹笋去吧！"

遥遥抱着福娃的脖子，贴着它的耳朵小声安慰它："福娃乖啊，别伤心，姐姐偷偷喂你吃。"

叶小天无奈地摇了摇头，这个小丫头，惯得这只食铁兽有些不像话了。毛问智兴冲冲地问道："大哥，你说你要是成了秀才，那薛家是不是得上赶着把闺女给你？"

叶小天也觉得成功把握大增，开心地说道："我觉得也是，咱们明天就去薛家，把这好消息给我那老丈人说说。我若做了秀才，这身份怎么也能配得上水舞姑娘了吧？"

遥遥兴奋地拉住叶小天的手，急不可耐地道："小天哥哥，是娘亲要回来了吗？"

叶小天把她抱起来，往福娃背上一放，扶着她的肩膀，道："是啊！顶多再过几天她就回来了。"

遥遥闻言大喜，一双小短腿在福娃胖胖的腹下轻轻一磕，仿佛骑着高头大马的大将军，欢呼道："喔——吁——驾！"

福娃兴奋起来，撒着欢往前一蹿，真把自己当成千里马了……

贵州菜肴突出了一个酸字，当地人有"三天不吃酸，走路打窜窜"之说，叶小天是有些吃不惯的，但遥遥吃得很开心，至于毛问智，这夯货有吃的就好，还没见有什么是他不爱吃、不能吃的。

一夜无事，第二天果然下起了大雨，叶小天看看那瓢泼大雨，不禁皱起了眉头，有心改天再去。可是这样的大喜事，换了谁都想马上与心上人分享，叶小天这样的年轻人又怎么可能有耐性等下去。

只是这雨大得有些出乎意料，如果带着遥遥可不方便，叶小天好说歹说，才劝说遥遥留在了店里，又叮嘱小二帮忙照看。这样的大雨天，店里没什么客人，那小二便也痛快地答应下来，陪在遥遥房里。

遥遥站在窗口，小猪似的噘着嘴巴，不高兴地看着叶小天远去，福娃也学她的样子，两只前爪扒着窗户，露出一个圆圆的大脑袋，看着两个披蓑衣的人闪进了茫茫雨雾。

雨来得急，去得也快，叶小天和毛问智快到三里庄的时候，倾盆大雨已经变成了绵绵细雨。毛问智把蓑衣帽子从头上推开，对叶小天道："大哥，咱们就这么直接进村吗？"

叶小天想了想道："别，咱们从村后绕过去，最好先见见水舞，然后再跟她爹说。"

毛问智自然没什么意见。眼见前边到了三里庄，两人便向庄后绕去，此时雨基本上已经停了，草地上水汪汪一片，较高的野草都被雨水打得伏低了，荡漾在没过小腿的雨水里，好像水草一般。

毛问智一路踢踢踩踩水，玩得不亦乐乎，叶小天见他这般模样真是好生无奈，这位仁兄和大亨一样调皮，可这都多大岁数了，能别这么调皮吗？然而仔细想想，虽说毛问智童心未泯，和罗大亨有一拼，看起来他活得浑浑噩噩，却比大多数人活得都要快乐呢。

"到了！你先守在这儿，我翻墙进去找水舞，先跟她说……"

叶小天一边说一边回头，看清身后情形顿时一愣，毛问智不见了！身后一片汪洋，一片片野草倒伏在水泊中，随波荡漾着，毛问智凭空消失了。叶小天心里"嗖"的一下升起一股寒意："莫非见鬼了？"

就在这时，水面上突兀地探出一只大手，在水上拼命地挥舞着，激着浪花飞溅，随即一颗人头冒出来，大叫道："救命！救命！我不会……咕咚咚……水……"

人头又沉下去，水面冒出一串水泡，被荡开的浮萍飘回来，又在水面上聚拢，看着和周围的水草一般无二。原来，薛家后面有个死水泡子，水面布满浮萍，大雨过后，池塘水满了，和周围的地面平齐，若不注意细察，还以为也是被水漫过的草地。

毛问智一路玩耍着过来，时不时跳将起来，整个身子重重地砸下去，将水花溅起老高，玩得不亦乐乎。方才他也是这般作为，结果直接跳进了池塘，叶小天回头的时候他刚刚沉了底，双脚在水底拼命一蹬这才浮上来。

叶小天大惊失色，他也不知道这池塘的边缘在哪里，水塘有多深，正仓皇四顾间，毛问智又从水面上冒出来，头上顶着一片浮萍，大叫道："我不会水，救……"一语未了，又不见了。

叶小天急急四顾，见薛家墙头上探出一根扭曲的枯树枝，想必是倚墙堆着些柴禾，矮墙不高，只到人的肩头，叶小天急忙抓住那树枝就往外拽。

薛家这幢老宅年久失修，上次本想大修一番，结果砖瓦全被叶小天砌了墙，而且只砌了和邻居家挨着的那一面墙，这后院的墙还没整修过呢，叶小天用力一拽，"轰隆"一声墙就倒了。叶小天呆了一呆，也顾不得理会此事，连忙拖起树枝救人。

毛问智挣扎着再度出现在水面，叶小天急忙把树枝往前一递，大叫道："抓住！"毛问智手忙脚乱地抓住树枝，从池塘里爬出来，身上沾满绿色浮萍，抹着脸上的雨水道："哎呀妈呀，大哥你刚才那一捅子，差点没把俺眼戳瞎了。"

叶小天没好气地道："多大人了你？一路上就没老实过，看把你嘚瑟的……"

叶小天正数落毛问智，身后传来一个怒不可遏的声音："是你挖的我家墙角？"

叶小天回头一看，见薛父端着个粪杈子，神色不善地站在后院里，薛水舞和薛母站在他身后，一脸惊愕。叶小天赶紧扔开树枝，上前道："岳父大人，纯属误会，其实我想挖的是老谢家的墙角。"

薛父火冒三丈，挥起粪杈子就冲过来，大吼道："你这混账东西，把我家西山墙砌得跟城墙似的，我还没找你算账，你又扒了我家的后院墙，你怎么不把我家房子也扒了。"

叶小天仓皇回避，连连摆手道："且慢动手，且慢动手，我是来报喜的。"

毛问智见薛父抡着粪杈子，也是掉头就跑，结果慌不择路，直奔池塘去了，奔出几步，却没有登萍渡水的本事，身子越跑越矮，又没进了池塘："咕咚咚，救……不会水……咕咚咚……"

薛父一见要闹出人命，不觉愣在那里，叶小天走过来，很客气地道："岳父大人，请借杈子一用。"说完不待薛父回答，就从他手里抢过杈子，倒转杈柄递进水里。

毛问智又从池塘里走出来，肚子圆滚滚的，叶小天看了看薛父诧异的眼神，安慰道："岳父大人不用担心，这厮很能喝水的。"

薛父突然反应过来，恼火地夺过粪杈子，大叫道："我管他能不能喝水！我问你，你又到我家干什么来了？"

这时，远远的几棵柳树后面悄悄探出三颗人头，诡秘地盯着这边，正是杨三瘦、岳明和邢二柱三人。杨三瘦淋得跟落汤鸡一般，抹一把脸上的雨水，冷冷笑道："原来水舞住在这里，这回管教她插翅难逃了！哼哼……"

第十四章

惊　变

一

薛父见了叶小天，真是怒不可遏，他抢回粪杈子，对叶小天道："你们赶快滚！再到我家来，老夫就打断你们的狗腿。"

叶小天道："老丈人，女婿我如今已经是秀才了，这个身份总不会辱没了你家吧？"

薛父一怔："秀才？"

毛问智抹了一把沾在脸上的浮萍，在一旁帮腔道："不错，本府训导大老爷看中了我大哥的文采，已经点了他为秀才，我大哥可是秀才公啊，难道还配不上你的女儿？"

薛母听了大为意动，急忙凑到薛父身边，轻轻扯了扯他的衣襟，小声道："当家的……"

薛父听说叶小天成了秀才，确实怦然心动，可是说到底，他是一个自私自利的人，在个人利益和女儿的终身大事之间更倾向于自己的好处。秀才公又怎么样，免税赋能免到自己家里来？女儿嫁了秀才脸上光彩，光彩能当饭吃？

薛父怎么想都觉得能在田家做管事、就在贵州地界上生活的人，对他帮助最大，想当初他在老爷家里也是当过管事的人，说不定经由谢女婿介绍，也能攀上田家，成为田家的大管事，这些机会叶小天能给他吗？

是以薛父把心一横，义正词严地道："小女早已许配谢家，生是谢家的人，死是谢家的鬼！你就断了这个念想吧，不要说你是秀才，你就是举人、进士，就是做了大官，也和我薛家没半分干系，滚！快滚！"

叶小天深深地望向水舞，道："父母之命，就大过自己的终身？我不觉得做到这一点就是孝顺，我家就从来没有这样的规矩，我爹也从没这样要求过我，可是谁敢说我不孝？水舞，你愿不愿意跟我走？"

水舞眼中蓄着泪水,看着叶小天,嘴唇颤抖着,如何说得出一个"不"字。以前还不觉怎么,回家这两天与叶小天分开,她才觉得越来越离不开他,和他在一起时再苦也是那么快乐,现在她心里充满了忧伤。

薛父见女儿迟疑,生怕她一时冲动说出跟了叶小天的话,这个浑小子就更加锲而不舍。万一他天天上门纠缠,谢家那大小子本来就不情不愿呢,到时以此为理由退婚怎么办?

薛父立即暴跳如雷地冲上去,大叫道:"你滚不滚?你马上给我滚!"

叶小天看了薛父一眼,他从心眼里憎恶这个人,可他能怎么办?不管他有什么办法,都不能对这个人用,只因为他是水舞的父亲。对别人,他可以不择手段,对这个人却不可以,叶小天不是一个循规蹈矩的人,可他更不是畜生。

"薛家这条路走不通,那就只能从谢家想办法了。对谢家,我就不必有这许多顾忌……"

叶小天想着,慢慢退了两步,望着水舞,掷地有声地道:"等着我,我会回来!"

听到这句话,水舞的眼泪"唰"的一下流了下来。

·※·※·※·

眼看叶小天和毛问智越走越远,薛父也叱骂着老婆和女儿回了屋,杨三瘦和邢二柱、岳明就从柳树后面闪了出来。

杨三瘦下巴上淌着雨水,他冷冷地盯着薛家的房子,对岳明道:"不能再拖延了,直接冲进去,趁其不备干掉水舞,然后回城,再趁他们出来吃晚饭的时候弄死乐遥,咱们就回靖州领功请赏!"

岳明一掀衣襟,欣欣然地摸出一把牛耳尖刀,就要往前跑。这刀是他昨天趁一个屠户不备,从人家案板上偷来的。杨三瘦一把拉住他,骂道:"笨蛋!你以为你是官兵杀贼啊,这么明火执仗,先把脸蒙上!"

岳明讪讪地从衣襟上割下一块衬里,杨三瘦又对邢二柱道:"你也去帮忙,我在这里给你们把风!"

邢二柱也有样学样地割了一块衬里蒙在脸上扮成蒙面大盗,二人便向薛家悄悄掩去。薛家后院墙已经倒了,二人连墙都不用翻,便悄悄摸进了薛家。

"哈!我就知道你小子贼心不死,果然又跑回来了!"薛父举着粪权子,从房山墙处一跃而出,大叫道:"快来人哪,抓贼啊!快来抓贼啊!"一边喊着,一边兴奋地扑了上去,抡起粪权子就扫向岳明的腰部。

"混账东西,屡次三番来我家,坏我薛家名声,老子绝不饶你!快来人啊,抓贼啊!"薛父挥舞着粪权子,虎虎生风,越打越是兴奋。

岳明先是被他打了个措手不及，但他毕竟是有武艺的人，一旦稳下身形，薛父就不是对手了。岳明窥个机会掠身疾进，扑到薛父面前，一手揪住他的衣领，狠狠一刀捅向薛父的心脏。

"噗！"

利刃入体，薛父兴奋、狰狞的神色顿时凝固在脸上，渐渐化成一片恐惧："你……你竟然杀我？"

薛父刚才挥舞粪杈子，也只是想打伤这两个蒙面人，根本不敢用杈尖去捅他们，却没想到这蒙面人竟敢悍然对他下死手。

"我要死了，我就要死了……"

薛父看看心口直没至柄的尖刀，眼神中的恐惧绝望越来越浓。岳明恶狠狠地把他推开，正要持刀冲进薛家后门，就听"咣咣咣"一阵铜盆响，有人大叫道："抓贼啊！快来抓贼啊！"

随即有一阵吵吵嚷嚷的声音传来，薛父一番大喊已经把左近的邻居都招了来，就连和他家正闹矛盾的那户人家听说闹了贼，那做小买卖的老汉都领着三个身材魁梧的儿子拎着菜刀擀面杖一类的家伙跑出来。

岳明眼见机会已失，恨恨地一跺脚，对邢二柱道："撤！"

"抓贼啊！真有贼啊！"

有那先跑过来的村民看见两个蒙面人，大惊失色，立即帮着鼓噪起来，同时举起武器向他们冲来。岳明和邢二柱见势不妙只得掉头逃跑，杨三瘦躲在树林里见此情形，不由暗骂："这个废物，还说自己是高手！屁高手！"

眼见全村百姓都要被惊动了，杨三瘦知道接下来必定是全村老少天罗地网般大搜捕，他的腿脚不及岳明和邢二柱利索，干脆笨鸟先飞，抢先向村外逃去。

· ※ · ※ · ※ ·

叶小天和毛问智回到客栈时，叶小天的蓑衣还在，只有裤腿是湿的。毛问智的蓑衣正飘在薛家宅后的池塘里，弄得落汤鸡一般好不狼狈，店家看了忙关切地问候了两句，扬声喊人给他们煮两碗姜糖水。

叶小天谢过店家，问道："遥遥还好吧？"

店家笑道："好！好得很，那丫头乖着呢，一直在自己房里玩，就没出来过，你就放心吧，有小二陪着呢。"

叶小天向店家道了谢，便与毛问智走向后边客房。毛问智自回住处换衣服，叶小天则走向自己和遥遥的住处。他伸手一推，房门闩着，便敲了敲门，道："遥遥，我回来了。"

房间里一点动静都没有，叶小天还以为遥遥在和他闹着玩，他摇头一笑，扬声又道："遥遥，快开门。带你去吃好吃的哦。"

照理说叶小天一提好吃的，遥遥马上就会响应，今天却不知为何，遥遥依旧不吭声，里边只传出福娃婴儿般的一声叫唤。

叶小天心中浮起一丝不祥的预感，如果说遥遥顽皮，有意跟他玩耍，原也不无可能，但是房间里还有一个店小二呢，那小二岂会跟客人开这种玩笑？

叶小天心中紧张，用力又叩了叩房门，唤道："小二，快开门！"

房间里还是没有动静，倒是响起一阵挠门声，想来是福娃的爪子。叶小天大惊，立即退了两步，和身向前一撞，"轰"的一声，那门就连门框一起被他撞了下来，整个往房里砸去。

"遥遥？遥遥！"

叶小天趴在门板上抬头一看，瞳孔顿时一缩，就见那小二趴在桌上一动不动，桌上正有一汪鲜血沿着桌角缓缓淌下来。除此之外室内空空，根本没有遥遥的踪影。

这时毛问智听到惊天动地的一声巨响，马上从隔壁房间跑了过来。他在监狱里光身子光习惯了，在自己房里脱了衣服，还什么都没换上呢，听到这边巨大的声响，马上光着身子跑了出来。

对门一位女客听到动静也打开房门，忽见一个男人光着屁股从自己面前跑过去，禁不住一声尖叫，急急掩住了眼睛。

毛问智赤条条地跑进叶小天房中，左顾右盼，大惊道："出什么事了？啊！小二怎么死了？遥遥呢？"

这时门板突然往上一翻，把趴在那儿发怔的叶小天给掀到了一边，福娃从门板底下爬起来，大屁股往地上一蹾，用两只前爪揉着自己的脑袋。毛问智马上向福娃逼问道："你快说，遥遥去哪儿了？快说！你不说我就……你挠我干什么？你……我的天，我没穿衣服！"

毛问智一抬头，见外边已经有不少客人探头探脑，赶紧抢到床边，扯过一条床单，很麻利地往身上左缠右裹，片刻之后就成了一件衣服，怎么看怎么像个日本浪人。

叶小天被福娃那一掀，忽然清醒过来，他冲到桌前伸手蘸起一抹鲜血看了看，沉声道："人死不久，我们追！"

"好！"

毛问智也顾不上换衣服了，就披着床单，光着两条大毛腿跟了上去。

第十五章

东寻西觅

一

叶小天急急赶到大堂,对店掌柜道:"掌柜的,遥遥被人掳走了。"

店掌柜一惊:"啊?"

叶小天道:"看护遥遥的小二也被人杀了!"

店掌柜大惊:"啊!"

披着床单的毛问智飞奔而来,薄薄的一条床单,垂下来时挺像和服,飞奔的时候飘如披风,掌柜的一见又是一惊:"啊……"

这店掌柜刹那之间"平上去入"四声说了三个,叶小天却不给他机会把四声说全了,直接问道:"掌柜的,方才可有人出入?"

大雨刚停,这客店里出入的人不多,店掌柜略一思忖便想了起来:"啊!有两个人,说是来店里拜访客人,其中一个还背着个竹篓,进去约莫一炷香的时间就出来了,说是要拜访的朋友不在。他们刚离开不久。"

叶小天急道:"他们长什么样子?穿着打扮如何?"

掌柜的思索道:"他们披着蓑衣,穿着打扮还有长相,我都没太注意。对了,两个人个子都挺高,其中一个还留着山羊胡子。"

叶小天二话不说便向外飞奔而去,匆忙间只留下一句话:"有劳掌柜速速报官,我去追那凶手。"

毛问智也不含糊,马上跟着叶小天飞跑出客栈。

二人跑出客栈,东张西望,不知道该往什么方向追。这时候福娃也从客栈里跑出来,伸着大脑袋在地上嗅了嗅,便向一个方向狂奔过去。这小胖子跑起来倒真快,跟小肉球似的滚滚向前,滚出十余丈远,突然又停住,扭头向叶小天发出一声婴儿啼哭般的鸣叫。

叶小天双眼一亮,道:"野兽嗅觉都异常灵敏,福娃一定是闻出了遥遥的味道,跟着它走！"

毛问智惊奇地道："哎呀妈呀，长这么一副熊样，我一直当它是熊呢，搞半天是一只长得像熊的狗啊！"当下甩开两条毛腿，床单飘飘。

大雨过后，街头积水处处，如果没有福娃，叶小天和毛问智根本无从寻找。但是这福娃也不知是不是真的嗅觉极其灵敏，它奔跑一阵就会仰起鼻子在空气中嗅嗅，嗅完了就继续追。

叶小天和毛问智没有别的选择，只能跟着福娃往前走。前方路口一个扛着两根大木的少年看见满面焦灼地跟着福娃跑向远方的叶小天，他愣了愣，便把大木丢在旁边一户人家门口，撒开双腿追了上去。

这少年正是华云飞，华云飞知恩图报，认定了叶小天是救了他的性命、帮他报了父母血仇的大恩人，所以就悄悄跟着叶小天来了铜仁。

华云飞并不知道叶小天是假典史，所以对叶小天假死遁身的缘由并不清楚，但他并没打听，他对此根本不在乎。他只知道叶小天是他的大恩人，他应该报恩，叶小天有什么诡异的变化他并不关心。

华云飞跟着叶小天到了铜仁，叶小天住了店，华云飞便也在附近住下来，他身无分文，城中又无法打猎，所以就在附近一家酒楼找了个活：劈柴。

酒楼每天的劈柴用量可不少，平时需要雇三个人专门劈柴，但是自从华云飞来了，另外两个就转行做小二了。

华云飞一个人就能轻而易举地干完三个人的活，而且用时最多一个时辰。一口利斧在他手中，劈柴就像砸鸡蛋壳一般容易，所以华云飞每天只在傍晚干一阵活，就能供应酒楼全天的劈柴用量。

华云飞也不多干，不图多挣钱，每天白天大多数时候都在客栈周围转悠。他没有试图拜见叶小天，因为他是杀人逃犯，背负二十多条人命，他不想给自己的大恩人再找麻烦。

今天也巧，因为下了暴雨，华云飞料想叶小天不会离开客栈，便没去看护，而是趁着下雨提前把今天的劈柴都劈好了，因为酒楼已经没了木料，又去扛了两根虽然粗重却不宜做房梁家具的木料回来。不想正撞见叶小天神色慌张地跑开，华云飞料定有事，急忙追了上去。

"出城了？"

叶小天站在城门口有些发怔，不过紧张的心情倒是有些放松下来。

拐卖儿童不会用暴力杀人的方法掳人，况且掳卖小女孩没有小男孩值钱，不可能是人贩子入室杀人，就为夺走一个小孩子。

如果是土匪绑票，也只会掳走大户人家孩子，没道理跑到一家客栈，掳走这么一个明显不是大富之家的小女孩。

对方是有备而来，却又没有当场杀掉遥遥，那么一时半晌之间，她一定不会有生命危险。他们掳走遥遥的目的暂时无从推论，问题是，他们要把遥遥带去哪里？大雨过后，一些因为大雨耽误了行程的旅客或者进城售卖蔬菜蛋禽的村民渐渐多起来，城门口比较热闹，福娃似乎因为气味混杂，失去了遥遥的踪迹。

叶小天急忙拉住一个守城官，比画着问道："请问，方才有没有两个身穿蓑衣，个子很高，其中一个肩上还背着个竹篓的男人由此出去，去了什么方向？"

那城门官懒洋洋的，耷拉着眼皮，阴阳怪气地道："小兄弟，这城门口每天进出那么多人，我哪儿记得住都进出过谁。你要问的是个绝色大美人，我就一定能记住了，两个男人……个子高些而已，我记他干吗？"

毛问智见状，也忙拦住路人一一询问，此时杨三瘦三人从三里庄逃回来，刚刚要进城。杨三瘦看见叶小天，不由暗吃一惊，急忙扭过头去，又把蓑衣的帽檐往下拉了拉，至于邢二柱和岳明，没和叶小天打过交道，倒不怕他会认出来。

毛问智走到岳明身前，粗声大气地问道："这位大哥，你见过俩人没有？"

岳明瞪着一双绿豆眼，没说话。毛问智急了，把眼一瞪，道："你傻啊？问你话呢，你有屁没屁的倒是放一个啊！你直眉愣眼地瞅啥呀，你想揍俺是不？你找削是不？"

杨三瘦见叶小天已经转向另外一些进出城门的人询问，便微微抬起头来，笑道："我这兄弟有些憨，你问的话又不清不楚，让他怎么答你。却不知这位兄弟问的是两个什么样的人？"

毛问智眨了眨眼，叶小天问掌柜的那句话他没注意听，当然说不出特征。毛问智想了想，道："就两个男人呗，长得特猥琐，他们偷了一个小女孩，那小女孩叫遥遥，小丫头长得可俊啦，你要见着保准稀罕……"

杨三瘦和岳明、邢二柱面面相觑。毛问智不耐烦了，道："哎呀妈呀，跟你们说话是真愁人，你比你那兄弟吧，也聪明不到哪儿去，整个一对大傻子，俺问别人去吧。"

毛问智又拦住一个百姓询问，杨三瘦向岳明和邢二柱递个眼色，三人便进了城门，在城门洞里停下来。岳明急道："遥遥被人掳走了？除了咱们，还有人打她主意？"

杨三瘦不屑地瞥了他一眼，道："屁！十有八九是人贩子。"

邢二柱开心起来，道："三舅，那咱只把水舞杀了就成了呗？"

杨三瘦赶紧捂他的嘴，低声斥骂："你有病啊！你这么大声，生怕别人听不见是不是，老子怎么带了你这么一条棒槌出来！"

邢二柱唯唯诺诺，赶紧闭上嘴巴。

岳明想了想，压低声音对杨三瘦道："大管事，咱们刚杀了水舞的爹，等他们家一报官，肯定得满城搜索。风头正紧的时候，咱们正好出城避避风头，先跟着他们去找乐遥的下落，要是能从人贩子手里把人弄死，咱们还容易栽赃嫁祸。"

杨三瘦点头道："不错！夫人的交代是把人宰了，不能就这么算了，咱们跟着他们走。"

铜仁古城，东、南、西三面临水，仅北面依山，三里庄就在北面的山脚下。而福娃引着叶小天和毛问智就是往北面来的，所以恰好和从三里庄回来的杨三瘦三人碰见。

叶小天在门口询问一阵，始终不得头绪，只好试着领着福娃继续往前搜索。离开城门不远，福娃突然一声欢叫，原本边嗅边行的动作顿时加快了，叶小天心中大喜，以为福娃是又嗅到了乐遥的气息，赶紧招呼毛问智跟上。

毛问智正跟一个脾气不好的进城人在那边顶牛呢，毛问智瞪着大眼，居高临下地看着那个本地人："你瞅啥呀？瞅你那杨了二正的样……"一听叶小天喊他，毛问智就追着叶小天去了。

杨三瘦与岳明、邢二柱急忙追在他们后面，远远地盯着，但是三人都没有注意到，除了他们还有一个人也在悄悄地跟着叶小天和毛问智，那人正是华云飞。

第十六章

莽莽丛林

一

　　三里庄，薛家。

　　乡亲们七手八脚地把薛父抬回房去，薛父奄奄一息地躺在榻上，薛母瘫坐在丈夫身边哭得泪人儿一般。水舞握着父亲的手，眼泪也像断了线的珠子，"噼里啪啦"地往下掉。

　　薛父已处于弥留之际，他闭着双眼，胸口好半晌才微微起伏一下，过了一阵，突然回光返照地张开了眼睛，薛水舞颤声道："爹！"

　　薛父瞪着一双无比怨毒的眼睛，用力地攥着水舞的手："那小畜生……求婚不遂！他……"

　　薛母哭叫道："当家的，你别说话了，已经请了郎中，等你伤好了再说话。"

　　薛父惨笑一声，微微摇摇头，突然又转向薛水舞，用仇恨怨毒的语气，一字一句地交代："你……要是敢不孝，嫁他……为妻，我做鬼都不瞑目！做鬼都不瞑目！"

　　薛水舞见他浑身痛苦地发抖，忙不迭点头，噙着泪道："女儿不嫁，女儿答应爹，女儿不嫁他！"

　　薛父直勾勾地看着女儿，好像生怕她食言的样子。薛水舞看到父亲的惨状，"哇"的一声哭了出来，她跪在榻前，竖起三指，向父亲发誓："女儿对天发誓，一定不违背父亲的话，若违此誓，天打雷劈！"

　　薛父还是直勾勾地看着她，旁边一位大叔叹了口气，轻轻拍了拍水舞的肩膀，低声道："舞儿啊，你爹已经去了……"

　　"爹！"

　　薛水舞顿时哭倒在地，左右邻居还有不明底细的，互相耳语一番，有那知道些情况的一说，听明白了的人也不禁摇头叹息起来。水舞听到了他们的低声交谈，突然抬起头，擦擦脸上的泪道："不会的，人一定不是他杀的，他不是那样的人！"

薛母恼了，抬手狠狠给了女儿一个耳光，骂道："你到现在还护着他？他是你的杀父仇人。"

水舞噙着泪，执拗地道："娘，不会是他，他绝不会做这样的事。"

薛母大怒，还要再打，被乡亲们劝住。乡亲们虽然劝着薛母，看向水舞的眼神却有些异样："果然是女生外向啊。"

薛水舞咬着牙站起来，一字一句地道："我去报官，我一定要找出杀我爹的真凶，为我爹报仇！"

……

出了铜仁城向北就是连绵起伏的群山，中间有几条岔道，分别通向三里庄等几个小村庄。福娃一路奔跑，沿着中间那条路一直跑到山脚下，便撒着欢地上了山。

毛问智看着那茂密的丛林、险峻的山峰，两眼发直地道："大哥，谁会抢个小丫头还跑进这深山老林哪？别是这长得像熊的狗想回老家了吧？"

叶小天道："少废话，这是熊！"

毛问智恍然大悟："哦，原来是能当狗使的熊！"

叶小天没理他，一边跟着福娃上山，一边道："福娃和遥遥感情最好，它一定是在追遥遥，我们跟着它走！"

毛问智紧了紧已经有些松散的被单，跟在叶小天屁股后面上了山。

一个时辰之后……

邢二柱站在不见天日的茂密原始森林中，担心地道："三舅，咱们这是往哪儿追啊？你说自打咱们离了靖州城吧，囚犯做过了，乞丐做过了，现在还要做野人啊？"

杨三瘦已经疯了心，不耐烦地道："你废什么话，跟上！"

另一片丛林后，华云飞有些疑惑地盯着杨三瘦这三个人，他感觉得出，这三个一路跟着叶小天上山的家伙不怀好意，却不知道他们为什么跟着叶小天，目的何在。

华云飞想了想，从后腰上拔出刀来，选了一根韧性十足的青竹，挥下刀去。他要做一件最趁手的兵器：弓箭。哪怕只是一把不耐损耗的竹弓，到了他的手里，也是一件最犀利的杀人凶器。

叶小天和毛问智跟在福娃背后上了山，杨三瘦和邢二柱、岳明也跟上去了。不过华云飞并不担心，只要一进了山，他就是龙归大海，哪怕让他们先走一个时辰，他也一定能根据他们留下的蛛丝马迹找到他们。

· ※ · ※ · ※ ·

遥遥坐在竹篓里，被人背在肩上，穿梭在丛林之中，那人步履轻盈，如履平地。留山羊胡子的那人跟在后面，他已抛掉蓑衣，露出高高瘦瘦的身材，腰间插着一口极为犀利尖锐的彝刀。

彝刀的铸造就像绍兴女儿红的酿制一样需时良久。家里有了男丁，长辈要在他三岁时就为他锻打精铁胚胎，然后埋入土中滋养七年；等他十岁时再挖出来继续锻打，成了刀胚后再度埋进土里；等他成年后挖出来继续锻打，从此成为他不离身的佩刀。

这山羊胡子的佩刀有老熊皮的刀鞘，刀吞口有磨得锃亮的半圆形老铜刻花，刀身有流水锻纹，刀柄包银缠丝，十分精美。遥遥坐在竹篓里，怯怯地看着山羊胡子："你们是要卖掉人家吗？"

山羊胡子一呆，遥遥怯生生地道："人家长得这么丑，没人肯买的。大叔，你把我还给小天哥哥吧，小天哥哥会给你钱的。"

山羊胡子忍不住一笑，道："我们不是要把你卖掉，放心吧。"说着，他挪了挪佩刀的位置，把刀挪到了腰前。

遥遥缩了下身子，惊恐地道："那你们抓我干什么？啊！你们要吃了我吗？放我走，我不要被人吃了，我想娘亲了，我想小天哥哥，呜呜呜……"遥遥的眼泪来得比贵州的雨还容易，当即泪水滂沱。

山羊胡子啼笑皆非，忙道："你不用怕，我们不是要把你卖掉，也不是要吃了你。我们……是带你去享福的。"

遥遥眨着一双泪蒙蒙的眼睛，迷惑地道："享福？享什么福呀？"

山羊胡子道："当然是一人之下、万人之上的福！小小姐，你不用担心，我们是……"

前边背着遥遥的大汉咳嗽了一声，山羊胡子马上警觉，立即改了口，和颜悦色地对遥遥笑道："总之呢，我们是带你去一个地方，见一个人。等你见了那个人，你就会成为人上人，漂亮衣服啊、好吃的东西啊，你想要什么有什么。"

遥遥嘟起嘴道："人家就想要小天哥哥，小天哥哥会给人家买漂亮衣服，还会给人家买好吃的。昨天我就吃的米豆腐，特别好吃。"说着，遥遥还舔了舔嘴唇，一副回味无穷的样子。

遥遥听说这两个大坏蛋不是要卖了她，也不是要吃了她，稍稍放了心，垮下小脸，可怜兮兮地道："好心的大叔，你们就放了我呗，我不要去做什么人上人。你们放了我，我让小天哥哥请你们吃米豆腐。"

山羊胡子啼笑皆非地摇了摇头，一脸无奈。

· ※ · ※ · ※ ·

山羊胡子和背篓人好像走惯了山道，在密林中行走如履平地，而且对这莽莽丛林好像非常熟悉。他们走路虽快，赶路却并不急，似乎很照顾遥遥的反应，每当遥遥委屈地说腿麻了脚酸了，他们就会停下来，把遥遥放出来让她随意活动。

在这莽莽丛林之中，他们甚至不用看着遥遥，一个小女孩能跑到哪儿去？他们唯一需要注意的，是要找些相对空旷或者野兽不会出现的地方，比如这处悬崖上头。

遥遥坐在一块大石头上，双手托腮望着无边无际延伸向远方的绿浪，小脸挂满愁容。她倒没像一般小孩子一样哭闹不休，一方面是因为之前跟着叶小天逃避追杀，早就习惯了这样颠沛流离的生活；另外也是因为山羊胡子和背竹篓的两个坏大叔对她其实挺不错。

两人不但从不打骂恐吓她，路上对她照顾得也相当尽心，就是打了猎物烧烤后，也是挑最香最嫩的部位给她。除了限制遥遥自由不肯送她回去之外，他们对遥遥的态度真的是无可挑剔。

"小天哥哥会来找我的吧？一定会的！"想起从靖州逃出来的一路上，叶小天总能在关键时刻从天而降，遥遥的小小心灵里便立刻充满了信心。

叶小天伏在草丛中，远远地看着坐在石头上的遥遥以及一旁散坐休息的两个人，纳罕地自言自语："奇怪，这两个人费尽周折把遥遥绑了来，究竟想干什么？"

毛问智伏在一旁，道："大哥，咱终于追上了，要不要上去救人啊？"

叶小天道："已经找到遥遥就不急了，先看看，这两个人像是会功夫的，咱别救不成人，反把自己搭进去了。"

叶小天说完，摸了摸有样学样趴在一边的福娃的圆脑袋，夸奖道："你这家伙，倒也不是只会吃啊，关键时刻还管点用，这次多亏了你了。"

福娃听了他的吩咐，没有冲上去找遥遥，于是用两只前爪捧着一根竹笋，头不抬眼不睁地啃着，叶小天的夸奖当然没有到口的美食实惠。

杨三瘦穿着一身已经刮成了布条子的烂袍子，活像一个跳大神的。他分开双腿骑在一根树杈上，远远地看着悬崖上的遥遥，嘿嘿冷笑："我是跋山涉水啊，翻山越岭啊，好不容易把你找到了，这一回我看你还往哪儿逃！"

第十七章

崖上混战

一

叶小天趴在草丛中动着脑筋，忽然低声说道："问智。"

毛问智："嗯？"

叶小天道："一会儿我去把他们引开，你趁机冲过去把遥遥抢走，找个林深树密的地方先躲起来，他们回来找不到人，绝不会在此死守的，那时你再带遥遥回铜仁。"

毛问智："……"

叶小天扭过头，奇怪地道："怎么不说话？"

毛问智感动地一把握住了叶小天的手，道："大哥，仗义啊！敞亮啊！引他们离开的差使最危险，可你自个儿顶上了。俺这人吧，虽然平时稀里马虎的，但俺可不傻，大哥你对俺是真好。"

叶小天皱眉道："放手！"

毛问智道："大哥，咱都是男人，你咋还不好意思啊？"

叶小天道："你是汗手！"

甩开了毛问智汗津津的手，叶小天顺手抓过两把野草擦了擦。

毛问智道："大哥，俺吃你的，用你的，养兵千日，用兵一时啊，这时候俺要当缩头乌龟那俺还是人吗，俺去引开他们，你带遥遥走。"

叶小天有些不放心，让毛问智引开那两人？这个不着调的家伙，他能完成这么高难度的任务？

叶小天虽然感动于毛问智的真诚，对他的能力还是大打问号，两人你推我让一番，毛问智终于接受了叶小天的安排。叶小天让他伏在原地，自己悄悄闪向一边，准备实施诱敌计划。毛问智则聚精会神地做好了冲锋的准备，忽然，他感觉光溜溜的大腿上有些痒痒，伸手去挠，忽然触到一个毛茸茸的东西……

杨三瘦带着邢二柱和岳明从另一个方向悄悄靠近了悬崖。杨三瘦低声分派道：

"一会儿我一声令下,二柱,你和岳明就同时冲出去,一个阻拦他们,一个宰了乐遥,完事咱们就走。那两个人贩子怎么也不会为这跟咱拼命的,他们都未必能明白怎么回事。"

岳明和邢二柱点点头,分别从腰里抽出了家伙。邢二柱和岳明都没了铁家伙,此时用的不过是磨尖了的木棒,当杀手惨到这种程度,也是蝎子拉屎独(毒)一份儿了。

杨三瘦从石头后面探头出去看了看,见那山羊胡子在一块大石头上躺下来,另一个人正缓缓走动,屈伸腿脚活动着,杨三瘦马上低喝一声道:"冲!"

岳明和邢二柱立即冲了出去,几乎与此同时,坡下不远处传来"嗷"的一声大叫。背篓人霍然扭头望去,就见毛问智从草丛中跳起来,赤着一双大毛腿,抽筋似的上蹿下跳,口中大叫:"哎呀妈呀,毛毛虫啊!可吓死爹啦……"

隐身一侧正想冲出去的叶小天目瞪口呆。已经冲出去的岳明和邢二柱都吓了一跳,二人怔了一怔,岳明率先反应过来,冲邢二柱大吼道:"不用理他,办事要紧!"

岳明说完,便擎着锋利的木桩扑向刚从石头上讶然站起,看着叶小天而露出喜色的遥遥……

密林中,一双手已经将一张竹弓拉成了满月,一支竹箭正搭在弦上,稳稳地瞄着岳明。那双手只是微微一张,"嗡"的一声颤鸣,一支竹箭便离弦而去,直取岳明的咽喉。

背篓人被大叫大跳的毛问智吸引了目光,待他反应过来,察觉另有人扑近时,已经来不及了。眼见岳明将木桩狠狠插向遥遥的头顶,背篓人只急得瞋目大喝,一声大喝仿佛一道惊雷,骤然在山顶炸响。

然而这一声吼,并不能阻止岳明的行动。山羊胡子"呼"的一下坐了起来,见此情景也是大骇,震惊之下出了一身冷汗,他"噌"的一下跃起来,来不及拔刀,就向岳明一腿扫去。

然而,他这一腿固然能扫中岳明的身子,却还是晚了一刹。眼看岳明势必能杀死遥遥,就在这时,那支仿佛来自幽冥的箭突然破开时空,突兀地出现在岳明的眼前。

只是淡淡光影一闪,竹箭便刺进了岳明的咽喉。遥遥张大一双惊恐的眼睛,看着岳明喉头突兀出现的冷箭。这时山羊胡子的一记鞭腿扫到了,他这一腿含愤而发,用尽了全身力道,岳明此时咽喉中箭,根本没有任何抵挡就被他一腿扫飞出去,跟只断了线的破风筝似的飘出了悬崖。

"哎呀妈呀,可……可坏了菜了……"

毛问智又叫又跳,只是喊的内容变了。他打小就怵毛毛虫,刚才顺手一摸,居然把一只毛毛虫抓到了手上,顿时起了一身鸡皮疙瘩,再也控制不住地跳起来。不过他也清楚这一来就坏了大哥的事，心里好不后悔。

可是生理反应他也控制不住，此时还浑身麻酥酥的，好像爬满了虫子似的。他唯一能做的就是一边连蹦带跳，一边喊了句"可坏了菜了"。

邢二柱一见岳明被"放了风筝"，登时傻在那里，本来举着尖木桩是要刺向那背篓人的，这时傻在那里不知该如何是好。他不动，那背篓人可不客气，一个箭步冲上前来，一拳打在他的胸口，邢二柱"哇"的一声惨叫便倒飞出去，"咕噜"滚下了山坡。

叶小天见此情景，把心一横向上猛地冲去。山羊胡子一脚把岳明踢下悬崖，马上擎出彝刀往胸前一横，闪身掠到遥遥身边，一手按在她的肩头，沉声喝道："小心，有弓手！"

背篓人道："明白！"当即抽出刀来，挽个刀花护住了身子，警惕着方才箭矢射出的方向。

叶小天机会已失，此时冲出去无异于送死，可他已经暴露，别无选择，只能争取那万一的机会。背篓人见他不知死活地冲过来，不禁冷笑一声，刀锋"唰"地向前一指。

"小天哥哥！"遥遥又惊又喜，扭着小身子就想挣脱山羊胡子的手。山羊胡子牢牢地扣着她的肩膀，看了眼她欢喜焦急的样子，心中突地一动，急急喝道："不能杀他！"

背篓人本已将刀锋飒然前指，听到这句提醒心头猛地一凛，顿时明白过来："不错！这个人杀不得。小小姐明显是把他当成亲人了，如果我杀了他，让小小姐怀恨在心……"

背篓人急忙把刀身一撤，身形同时一拧，一掌拍向叶小天的肩头，喝道："滚开！"他这一收刀，倒是救了他自己的性命，一支利箭几乎在他侧身的同时，便擦着他的鼻尖飞了过去。

其实华云飞此时所用的弓箭并不称手，那箭是竹箭，分量不够，射出去也难免有点发飘，不只影响准头，而且影响速度。准头的事华云飞可以凭着自己高超的箭技来调整，力道他也没办法了。力道不足，箭速就快不起来。

所以，如果背篓人全力戒备，华云飞虽然已经换了位置，可以打他个措手不及，还是未必能伤得了他。可是这背篓人正想对付叶小天，分心之下难免反应迟钝，而华云飞作为一个出色的猎手最会捕捉机会，所以若非这背篓人突然收手，他就要步岳明的后尘，在刺中叶小天之前便一命呜呼了。

"不要纠缠，咱们走！"

这叶小天不方便杀掉，密林中又有一个行踪飘忽不定、不全力应付就招来生命之险的箭手，山羊胡子当机立断，马上做出了最正确的选择。山羊胡子一把挟起遥遥，不顾她的哭喊，展开身形便向前奔去。背篓人舞着刀花紧随其后，退到林中后立即转身疾行，仗着二人高明的身手和对密林的熟悉，顷刻间就消失了踪影。

这时毛问智才惊魂稍定，又羞又愧地对叶小天道："大哥，对不住，都怪我……"

叶小天望着遥遥消失的方向，耳畔似乎还在回响着她撕心裂肺的哭声。叶小天轻轻摇了摇头，道："他们很厉害，而且……看起来他们很重视遥遥。你不暴露，我也无法把他们两个全都引开的。"

毛问智挠了挠头，突然回过神来："哎，刚才那人想杀遥遥，那鳖犊子，为啥想杀遥遥？"

叶小天也反应过来，扭头看向坡下，邢二柱躺在那儿哼哼唧唧的，还没爬起来。叶小天目光一冷，喝道："把他揪过来！"

杨三瘦躲在石后，眼看如此光景，便一步步向后面的树林退去。刚刚退出三步，背后就被一个硬邦邦的东西顶住了，一个冷冷的声音在他耳边响起："往前走！"

毛问智跑到邢二柱身边，恶狠狠地踢了他一脚，骂道："装死呢你，起来！"

邢二柱痛苦地呻吟道："我……肋骨断了。"

毛问智道："就你这熊样还当杀手呢？想让俺扶你是不？赶紧自己滚起来，麻利点啊，要不把你腿打折，让你以后都不用看天气就知道是晴是雨。"

邢二柱碰上这么个不"怜香惜玉"的家伙，只好哼哼唧唧地爬起来，由毛问智押着向叶小天走来。此时，杨三瘦也在身后人的威逼下，从巨石后乖乖走出来，一步一步蹭向叶小天。

叶小天看到杨三瘦，大感意外，再看到杨三瘦身后的那个持着短刀挎着竹弓的人，叶小天一诧之后，却露出欣然的笑意："云飞兄弟！"

第十八章

秘　密

一

　　叶小天向华云飞点了点头，没有多说什么，眼下还不是他们畅谈的时候。叶小天回首看了一眼乐遥被掳走的方向，满心焦急，可他现在又无法马上去追，现在走了，杨三瘦怎么办？

　　杨三瘦明显是要置乐遥于死地，可他为什么这么做？一句夫人妒心重是无法解释他们为何追杀到现在仍然无止无休的，不能放过他们，也不能轻率地杀掉他们，那就要弄明白原委。

　　华云飞明白了叶小天的意思，说道："叶大哥，你不必担心，让他们先走好了，我追得上！"

　　叶小天听了心中顿觉一宽，随即就觉小腿被蹭了几下。低头一看，福娃不知何时已经走过来，正用它的大脑袋拱着叶小天的腿，大概是催促他跟自己去追乐遥。

　　叶小天心中更是大定，有华云飞这个在丛林中如鱼得水的出色猎手，再有福娃这只"胖猎犬"，那两个掳走乐遥的人是跟不丢的。那就先搞清楚杨三瘦等人出现在这里的原因吧。

　　叶小天道："杨三瘦！杨大管事，你为何想杀死乐遥？"

　　杨三瘦垂头丧气地耷拉着脑袋，一言不发。

　　叶小天突然发起狠来，揪住他的衣领，把他一直向后推去。杨三瘦突然发现脚后跟已经触到了悬崖边缘，整个上身向后仰去，全靠叶小天揪着他才没有跌下去，不由骇然大叫起来。

　　叶小天当初带着水舞和乐遥被他一路追杀吃尽苦头，早已恨他入骨。此刻惊见他出现在这里，原来他竟不依不饶，一直追杀到此处，叶小天当真是火冒三丈，咬牙切齿地道："你说不说？"

　　杨三瘦吓得魂不附体，一叠声地道："说说说，我说！"

叶小天道:"快说!"

杨三瘦道:"这都是夫人的吩咐,都是夫人的吩咐啊。"

叶小天道:"就算你那夫人妒心重,她的对头已经死了,又何必如此不依不饶?就算她视乐遥如眼中钉,乐遥已经被我带离杨府,为何她还要你追杀至此?说!"

杨三瘦刚一犹豫,叶小天的手便往前一送,吓得杨三瘦急忙大叫:"我说,我说,我……我说了之后,你肯放了我?"

叶小天道:"你若老实交代,我就放了你。"

杨三瘦身子悬空,已经吓出一身冷汗,此时无计可施,只得老实交代,道:"二夫人……二夫人其实是被大夫人害死的。"

叶小天呆了一呆才明白他所说的二夫人就是乐遥的亲娘,叶小天道:"那又怎样?难道杨夫人还担心小乐遥有朝一日报仇雪恨?"

杨三瘦情知叶小天精明,有所遮掩的话根本瞒不过他,只得勉强答道:"大夫人……大夫人害死二夫人的时候,才知道……才知道……"

叶小天冷冷地一拧眉,道:"知道什么?"

杨三瘦道:"才知道,乐遥……可能不是我家老爷的种……"

叶小天又是一呆,奇怪地问道:"你说什么?"

杨三瘦已经无可隐瞒,只好老实交代道:"详细情形,杨某也无从知晓,夫人并没有对我说过。只是从夫人的话音里隐约听出,似乎二夫人与他人私通,做过对不起老爷的事。而且那个人大有来头,大夫人也忌惮得很。

"可惜大夫人知道这件事的时候,二夫人已经奄奄一息,救不活了。后来大夫人又发现水舞对二夫人之死的真相似乎已经有所察觉,夫人……夫人就更害怕了……"

叶小天听到这里方才明白,原来乐遥的亲娘为了安葬母亲,嫁给了岁数比自己的爹还大的杨霖,之后却又与他人有了私情,乐遥正是那个人的骨血。

杨夫人妒心重,因为杨霖宠爱乐遥的母亲,所以在杨霖入狱且复出无望之后,下手害死了乐遥的母亲。

很可能乐遥的母亲在临终之际心有不甘,怨恚诅咒了一番,不慎泄露了事实真相,让杨夫人获悉了乐遥的真正身世。而乐遥的亲生父亲大有来头,杨夫人唯恐遭到报复,所以一直忧心忡忡。

那么为何乐遥的亲娘已经逝世两年有余,杨夫人一直没有下手,等到乐遥和水舞离开杨府,这才派人仓促追杀呢?原因还是出于杨夫人对乐遥亲生父亲的忌惮。

她用隐秘的手段害死了乐遥的生母,对外声称她为病故,如果乐遥和水舞在之后的两年中相继死亡,很难不令人产生猜忌。所以她只能隐忍不发,这也是叶小天赶到杨府时,她正要发卖水舞的真正原因。

她是想先把水舞发卖出去，等水舞成了沐屠户的女人，再找机会干掉她，那时大可嫁祸沐屠户虐妻；至于乐遥，少不得还要过上几年，才能找机会干掉。却不想叶小天横空出世，她那不知情的知县大哥又答应把水舞和乐遥让叶小天带走，杨夫人再不动手就永远没有机会了，这才仓促派出杨三瘦永绝后患。

叶小天明白了前因后果，追问道："那乐遥的亲生父亲究竟是谁？"

杨三瘦苦着脸道："这个……我实在不知啊。"

叶小天目光一冷，沉声道："杨夫人一个弱质女流，论年纪又比乐遥的亲娘大出许多，她若想杀乐遥的母亲并不容易，你是杨夫人的心腹，这当中你出力不小吧？"

杨三瘦心中一惊，慌忙辩解道："不不不，这事与我无关，着实与我无关哪。我只是奉夫人差遣买了些砒霜回来，我……我……你答应过我只要说实话，你就放了我的！"

叶小天一字一句地道："没错！我现在就放了你！"

叶小天猛地一松手，杨三瘦"啊啊"地惨叫两声，两只手臂顿时舞得像风车一般，可惜还是定不住他的身子，整个人带着一声悠长的惨呼，便跌进了白云深处。

邢二柱见状，吓得一屁股坐到地上，惨叫道："不要杀我，不要杀我啊，我就是为了混口饭吃……"

毛问智"呸"了他一口，道："哪个杀人越货的贼不是为了混饭吃！"

毛问智拖起邢二柱就往悬崖边上走，一边走一边兴高采烈地对叶小天道："大哥，俺把这小蟊贼也扔下去，就算是向你交投名状了吧？你看你杀人了，俺也杀人了，那咱哥俩的关系是不就更铁了？"

邢二柱吓得魂不附体，突然福至心灵地大叫起来，道："你们别杀我，我就告诉你们一件大事！"

毛问智马上停住脚步，急不可耐地问道："你藏了宝吗？"

邢二柱哭丧着脸道："我要是有宝，还能混得这么惨吗？"

毛问智道："那可说不准啊，想当初俺就拾到了宝，那么大一块狗头金呢，好几十斤重啊！哎呀妈呀，结果我那日子过得那叫一个惨，真是闻者伤心、听者落泪、惨不忍睹……"

叶小天一把推开大发感慨的毛问智，冷冷地盯着邢二柱，道："你有什么大事要说？"

邢二柱道："这件大事跟你也有关系，我要是说了，你肯放了我？"

叶小天很干脆地点了点头，道："好！"

邢二柱看了眼白云飘飘的悬崖外，怯怯地道："不是往那儿放吧？"

叶小天有些忍俊不禁，板着脸道："少废话！你再不说，我现在就放了你！"

邢二柱慌忙道："别别别，我说，我说，但你要发誓真的放了我，我才说。"

叶小天竖指向天，郑重地道："叶某对天发誓，如果你对我说出实情，我绝不动你！如背此誓，天打雷劈！"

邢二柱一听放下心来，说道："好，那我就说。"

毛问智"扑哧"一声，赶紧扭过头去咳嗽："风好大，呛着了。"

毛问智心想："俺大哥还真狡猾，你不动手，这不还有俺呢吗。俺本来就要向你交投名状的，要不你都杀人了，能放心收留俺吗？这事俺懂，邢二柱这小子可真够蠢的。"

邢二柱把他们一路追踪叶小天找到水舞家，试图杀死水舞的时候，却误杀了早已埋伏在那儿的薛父的事对叶小天述说了一遍，叶小天登时呆住了。

毛问智兴高采烈地道："那老家伙死了啊？哎呀妈呀，你们居然还干了一件大好事！"扭头看看叶小天脸色不对，毛问智赶紧闭上了嘴巴。

华云飞蹙了蹙眉，对叶小天道："大哥，这个人不能杀！听他所述，薛父临终是误把他们当成了你们，不留这个活口，恐怕薛姑娘也会误会你的。"

叶小天点了点头，对毛问智道："找根藤子，把他捆上。"

毛问智喜道："成嘞，这事俺拿手，俺当初放羊的时候，哪只羊不听话，俺就找根藤子把它捆上，把它们收拾得服服帖帖……"

毛问智一边说，一边兴冲冲地找藤条去了，邢二柱慌了，大叫道："你说话不算数，你刚才发过誓只要我说了，你就放过我的。"

叶小天一本正经地道："我说过的话一定会兑现！但我刚才没说啥时候放你啊，对不对？"

第十九章

绿色的网

一

几乎无人涉足过的大森林就像海洋的最深处一样，静谧中充满了神秘的气氛。视线所及尽是稀奇古怪的植物，行走之际耳朵里似乎只能听到同伴的脚步声，但是不时就会发现那花花绿绿的植物下面隐藏着一些生物。

面前是从大树上悬挂下来的无数条奇形怪状的藤萝，华云飞走在前面，用竹杖轻轻一拨，藤蔓晃动起来，就有几条较细的藤萝突然活了过来，飞快地攀缘而上。那是颜色与藤萝相似的几条蛇。

百余只硕大的蘑菇错落地生长在松软的腐叶丛中，你这边一脚下去，那边就有几只触觉灵敏的碗口大的甲虫从腐草中钻出来，爬上蘑菇，翅膀频繁地翕张，向你发出"嗒嗒嗒"的示威声。

几个人才能合抱的大树比比皆是，树叶茂密，当下起瓢泼大雨的时候，站在它下面也不会淋到一个雨点。阳光在这样的密林中成了很奢侈的东西，你可以感觉到明亮，但很难看到一束光直接照下来，哪怕正当中午艳阳高照，林中也幽暗异常。

地面早被经年累月的植物落叶覆盖了，不知多少层的落叶烂成了腐泥，踏上去就像踩上了地毯，软绵绵的。叶小天和押着邢二柱的毛问智都有点不适应，但猎犬般走在前面的华云飞和努力学习猎犬的福娃却非常适应这样的环境，不知有多少次遇到那些稀奇古怪、体形可能不大，但是身藏剧毒的生物，都是被他们两个发现并赶走的。

叶小天终于明白，为什么从始皇帝、汉武大帝、唐宗宋祖，直至个性异常霸道的本朝太祖，对这片领地上的原住民不约而同地采取了羁縻政策，如非不得已，绝对不用兵。

在这种地方用兵，简直就是一场噩梦，即便赢了也是一场不忍回想的噩梦。几十万人的大会战在这里根本无法实现，小规模的接触战则只能在不占天时、不占地利、不占人和的情况下，以对方所擅长的作战方式，用人命硬往里填。

也许，一个庞大的帝国往里头填人命也还填得起，但是他们填不起这漫长的胶着战中所产生的巨大的后勤消耗。如此巨大的消耗，就算不至于闹到帝国反旗处处、狼烟四起，也足以令它元气大伤。

华云飞贴在地上仔细观察着一片被人践踏过的草茎，然后跳起来，兴奋地道："大哥，他们走得慢，咱们已经快追上了，离他们不远了！"

叶小天听了也兴奋起来，毛问智钦佩地道："云飞兄弟，你这鼻子真比狗鼻子还灵啊，连离他们远近都能闻出来？"

华云飞知道这是个浑人，只是笑笑，没有说话。

叶小天道："云飞兄弟确实是个能人，你别看他小小年纪，他手上可是沾了二十——哦！二十七条人命！"

毛问智大惊失色，道："真的啊？"

叶小天道："当然，当初他曾在暴雨中手刃强敌六人；后来被重兵围困时，又以利箭射杀了十八个人；再后来他被关进大牢，在狱中又干掉了两个；再加上前两天射死的那个家伙，可不是二十七人吗？"

华云飞淡淡地纠正："二十八人。"他不是在炫耀，他就是很认真地在纠正，他就是这样一副清清冷冷的个性。

邢二柱在一旁听得浑身发抖，这么一个貌似清秀的少年，居然杀过二十八个人，简直是杀人不眨眼的魔头啊。早知如此，就是饿肚子也不跟表舅混哪，这都招惹的什么人哪。

叶小天奇道："二十八人，还有我不知道的吗？"

华云飞道："齐木死后，我还射杀过他的一个心腹。"

叶小天道："这是多久以前的事了，我怎么不知道？当时我已离开葫县？"

华云飞道："没有，只不过这人死在城外密林之中，想必现在已经成了一堆烂肉，还没被人发现呢。"

叶小天努力回想着："齐木的心腹……"

华云飞道："齐木死后，只有他忙里忙外，必是齐木心腹。只要是齐木的心腹，就该死！后来，他背了一个包袱离开葫县，放着大道不走，偏偏钻入密林，也不知是要去哪里，被我一箭杀了。"

毛问智道："大哥，云飞兄弟这才是当绺子的材料啊，比你狠多了。"

毛问智兴冲冲地问华云飞："他包袱里装的啥啊，别是有宝吧？"

华云飞奇怪地看了他一眼，道："我是在杀仇人，又不是做剪径的蟊贼，确定他必死，我就走了，我翻他包裹做什么？"

毛问智竖起了大拇哥，又对叶小天道："大哥，云飞兄弟不但是当绺子的材料，而且是当老大的材料，这样的老大，大家伙服气啊。"

叶小天看了他一眼，没好气地道："我说你究竟是被绺子害过还是当过绺子？怎么一副心向往之的德行？"

毛问智理直气壮地道："就是因为被他们害过，所以才羡慕他们的威风啊！"

前方，华云飞突然站住了，手里持着一路披荆斩棘的刀，脸色渐渐难看起来。

叶小天发现了他的异状，忙道："怎么，追丢了？"

华云飞摇了摇头，一字一句地道："我们……被包围了！"

随着华云飞的这句话，周围的密林一阵晃动，突然从树上面、腐叶下面、斑斓的草丛后面，冒出二十多条人影，一个个身材精瘦，猴子似的，身上只穿着一条兽皮裙或草裙，赤着脚，裸露出来的上身和大腿黑黝黝的，脸上涂着油彩。

叶小天的瞳孔陡然缩如针尖，他们竟然闯进了最不喜与外人打交道的生苗的领地！

· ※ · ※ · ※ ·

叶小天耐心地解释道："我们不是有意冒犯贵寨，我们是跟着两个贼一路过来的。"

一个黝黑的苗人叽里呱啦一阵，叶小天没听懂，看那苗人神色，也没听懂他在说什么。叶小天继续说，继续用手势比画着："这么小，一个女孩，被两个坏人掳走了，我们追，到了这里。"

肤色黝黑的苗人又叽里呱啦一阵，毛问智急眼了："哎呀妈呀，俺说你这人，你出点人动静行不，你说你吭哧吭哧些啥玩意，可愁死人了，大哥你说这可咋整。"

毛问智那大嗓门一说话，四下的苗人还以为他要反抗，立即紧张地端起锋利的竹枪逼近一步，站得远些的苗人则举起了猎弓。叶小天赶紧举起双手，大声道："我们不会反抗的，大家不要激动！"

叶小天又转向毛问智，没好气地道："闭上你的鸟嘴，你不说话会死啊？"

毛问智悻悻地道："俺闭嘴，俺闭嘴行了吧，你说，你说行了吧？这整个就是鸡同鸭讲，他们要能听得懂才怪呢。"

"什么话我们听不懂啊？"

毛问智话刚落，便有一个清脆悦耳的女人声音响起，几片巨大的芭蕉叶被一杆竹枪拨开，一个周身银饰闪闪发光的少女在几个同样只着兽裙、肤色黝黑的苗人陪同下，从一条小径走过来。

叶小天一见来人，顿时眼前一亮，竹还是那竹，花还是那花，草还是那草，只因为有了她，顿时便显得竹也修挺了，花也鲜艳了，草也翠绿了。明眸皓齿，明艳照人，正是展凝儿。

叶小天喜得连蹦带跳，急急招手道："凝儿姑娘，凝儿姑娘！"

他这一蹦，再加上语言不通，周围那些苗人立即持枪又逼近两步，生怕他们暴起伤人。毛问智用斗鸡眼看着鼻子尖底下锋利的枪尖，一叠声地道："大哥，你可别扭大秧歌了，这儿马上就要出人命了。"

展凝儿看见叶小天，一双美丽的大眼睛登时就直了，待见众苗人的动作，她马上用苗语大喝了一声。华云飞懂得一些简单的苗语，知道她是在喝止这些苗人，叶小天不敢蹦了，乖乖站在那里，庆幸地道："这真是救苦救难的观世音菩萨啊，总算找到一个会说汉话的了。"

展凝儿在几个苗人的陪同下走到叶小天身前，上下瞧他两眼，揶揄地道："我到了深山老林，你都能追过来，这回还说是巧合？"

叶小天苦笑道："确实是巧合。"

展凝儿冲一脸警惕的苗人武士摆了摆手，叽里咕噜地说了几句苗语，那些苗人似乎很听她的话，便收起了竹枪，远处的苗人也把弓箭收起来了。毛问智拍拍胸口，走过来道："真玄乎，差点儿就死在这儿，大哥，她也是你女人啊？"

展凝儿一双俏眼登时瞪得溜圆，狠狠地看向毛问智，吓得毛问智退了两步，避到叶小天背后，小声嘀咕道："大哥，俺这二嫂子可有点凶啊，你说你咋调理的啊，这也不行啊……"

叶小天没好气地道："你闭嘴！"转脸又看向展凝儿，赔笑道："这家伙是个浑人，说话不太着调，你不用理他。"

展凝儿"哼"了一声，扬起下巴乜着叶小天："老实交代，你跑到这儿来干什么了？"

第二十章

苗人禁地

一

叶小天道："凝儿姑娘，你还记得那天你上山时路过三里庄，见到的那户人家吧？那个站在车上的小女孩。"

展凝儿道："记得，不是你女儿吗？"

叶小天窒了一窒，他终于尝到说谎的恶果了，除非你之后再不与此人有所接触，否则，你说过一个谎，就要用无数个谎去圆它，直到有一天再也无法自圆其说。

叶小天硬着头皮道："这个……那女孩其实并不是我的女儿……"

展凝儿一副"果然如此"的冷笑模样，叶小天叹了口气道："不过……我原也不算说谎，因为我本打算娶她干娘过门的，如果那样算的话，说她是我女儿也不为过。"

展凝儿皱了皱眉："她干娘？"

叶小天道："就是和她在一起的那个女子。"

展凝儿道："我越听越糊涂，这究竟是怎么回事？"

叶小天苦着脸道："此事说来话长……"

展凝儿哂笑道："你以为我这一回还会上你的当？行，话再长我也听，你若不说个仔细明白，我就把你交给他们处置，决不出面干涉了。"

展凝儿说完转身就走，轻飘飘地又撂下一句他根本听不懂的话，这句话当然不是说给他听的。然后那些苗人就用锋利的长矛威吓着，示意他们跟着走。

叶小天和华云飞、毛问智成了人家的俘虏，他们押着自己的俘虏邢二柱，跟在展凝儿身后不远处，被一群高度警惕的生苗押送着，穿行在茂密的原始大森林中。

前方渐渐出现一条崎岖的山间小道，沿着小道又东拐西拐地穿行一阵，前方突地豁然开朗。一株株笔直高耸的云杉树突然取代了高矮交错、藤萝密布的场景，一道道金灿灿的阳光从那云杉的缝隙间成片地洒进来，投映在碧绿的草地上。其情其景，如梦似幻。

他们向那云杉树群走过去，就像要走进金色的阳光里。云杉树林的宽度不过百余米，当他们走出去，就看见一个巨大的山谷，一汪碧绿湛清的湖水，湖上烟波浩渺。

湖水的尽头，是一个落差极大的瀑布，远远就能听见那瀑布巨大的轰鸣声。瀑布挂在两片红黄色的山崖之间，仿佛一条纯白无瑕的冰绢披挂下来。那浩渺的烟波正是瀑布从数百米高处轰然砸下激腾而起的雾气，雾气在阳光的折射下，在空中形成了一道七彩的虹桥。

那七彩虹桥半弯于空中，虹桥之下，悬崖之上，赫然有一座气势恢宏的宫殿。隔着这湖，透过那氤氲的雾气，都能看清那高大笔直的石柱，以及沿着悬崖向上延伸的气度庄严的石阶。

石阶尽头彩虹之下，是一座长方形的高大建筑，其风格同传统的中式建筑截然不同。巨大石制建筑上有一排排拱顶装饰的金碧辉煌的门或窗户，顶端是一个个高耸入云的塔尖，殿堂正中最上方，却是一个圆形拱顶。

叶小天瞪大了眼睛，惊讶地看着这不可置信的一幕。

奇迹，简直是奇迹！

这些苗人所过的生活说不上是茹毛饮血但也差不多了，他们甚至连件像样的衣服都没有，却愣是在深山老林、悬崖峭壁间开凿出这样一座宏伟壮观的巨大石制殿堂！

也许……这不是他们建造的宫殿，只是偶然被他们发现，可……那又是谁在这里建造了这样一座宫殿？千百年来这里就人迹罕至，只有这些苗人世世代代生活在这里，有谁能动用如此庞大的人力物力，在这里建造这样一座神殿？

不过……叶小天看着那座神殿，总有一种隐隐约约的熟悉感，似乎他在哪儿见过风格类似的或在某一点上相仿的建筑，只是一时却又想不起来。

展凝儿似乎感觉到了叶小天等人内心的震撼，又或者她知道叶小天等人在深山中突然发现这样一座神圣殿堂，一定会感到极度震撼，她忽然回眸一笑，傲然道："那里就是蛊神的殿堂，侍神他老人家就住在那里。你不用怀疑，这座殿堂，就是我们苗人先祖建造的。"

叶小天瞪目道："苗人先祖？那……大概是什么时候的事？"

展凝儿道："这我可算不清，不过自从第一代侍神尊者建造了这座圣殿，都已经传了四十七代了，这座神殿怎么也有一千多年光景了吧。"

叶小天和华云飞骇然对视了一眼，毛问智两眼放光地看着那座气势恢宏的以整座悬崖为基座的巨大石制宫殿，用很笃定的语气道："那旮旯一定有宝！"

· ※ · ※ · ※ ·

叶小天本以为展凝儿会把他们带到那座令人震撼的神殿，谁知七拐八拐，他们却在一片茅屋区停住了。这里的植被比较低矮，一些茅屋就散乱地建筑在这片土地上，这里就是苗人们的住处。

叶小天等人被带进了一间相对宽敞，似乎平时用做族人聚会的厅堂，这里都是用粗大的原木制成，风格简陋而质朴。

展凝儿坐在一张用巨大原木凿挖而成，无须楔铆铁钉而浑然一体的大椅上，身子微微地倾斜着，右膝抵着那粗陋粗大的扶手，轻轻摩挲着下巴，对叶小天道："好啦，现在你可以说啦！"

叶小天叹了口气，情知这一次再也无法掩饰，遂把他如何离开京城，如何到了靖州，又如何带着水舞和乐遥离开，以至沦落葫县却阴差阳错成为典史的全部经过对展凝儿说了一遍。

展凝儿听得时而笑得打跌，时而凝神关注，叶小天这经历不可谓不曲折、不可谓不精彩，对她来说实在是一个引人入胜的故事。

叶小天一直说到从典史任上假死脱生来到铜仁，才长长地吁了口气，可怜兮兮地道："有水吗？口都渴了。"

展凝儿对一个苗人说了几句，那人便从腰间摘下一只竹筒递给叶小天，叶小天拔下塞子咕咚咕咚地灌了个水饱，展凝儿道："你这经历，听着实在离奇，可若说片刻之间你就能编得这么圆满，我却不信，相信你这回说的是实话了。你大老远从京城跑出来，还真是吃尽了苦头呢。"

叶小天叹了口气，苦笑道："贫僧自东土大唐而来，专程去往西天求亲的。一路上自然要历经九九八十一难，方成正果。"

展凝儿不明白叶小天的这句俏皮话，要是乐遥在这里，那一定会乐得嘎嘎大笑了。展凝儿道："你到了铜仁又如何了，怎么又跑到这里来了？"

叶小天道："我正要说到这里，说不定还要请你帮忙。"

展凝儿想到，他方才所说的经历中涉及她的部分，当真是每一次气势汹汹向他兴师问罪，最后都反被他利用，她心中羞恼不已，当下暗暗决定："任你说得天花乱坠，这次我也决不帮忙了！"

叶小天又把他到了铜仁，如何碰上薛父从中作梗，如何雨天登门，如何返程时发现乐遥被离奇掳走的经过说了一遍，然后诚恳地道："凝儿姑娘，那丫头命运多舛，着实可怜，我看你与这些苗人关系匪浅，还要请你多多帮忙才是。"

展凝儿听了也不禁动了怜悯之心，爽快地应道："好！"她唤过一个苗人向他说了一番，那苗人点点头，拍着胸脯说了几句什么，便快步离去。展凝儿安慰叶小天道："你放心，这里是他们的地盘，只要那两个人还没离开他们的地界，就一定会被他们找出来。"

叶小天说得口干舌燥，就为了这句话，急忙大喜谢道："多谢凝儿姑娘！"

展凝儿顿时一呆："咦？我刚刚才说不帮他什么了，怎么又这么痛快地答应了？"这时候，厅外一个男人的声音悠然响起："表妹，听说有外人闯来此地，被你抓住了？"

随着声音，安南天施施然地走了进来，一见叶小天，安南天顿时一愣："艾典史，你……你怎到了此地？"

叶小天看着安南天，脸色渐渐垮下来。安南天不悦地道："艾典史，你这是什么表情，怎么安某就这么不招人待见吗？"

叶小天苦笑道："安公子误会了，在下只是想到，又要把刚才对凝儿姑娘所说的话再从头到尾说上一遍，就觉得头痛。"

安南天看了看展凝儿："表妹，他对你说什么了，为何一对我说，便要头痛？"

展凝儿"扑哧"一声笑了出来，站起身道："我才懒得讲，让他说给你听吧。"

展凝儿起身往外走，走到叶小天身边时停下身子，说道："你且在此等候，一旦有了消息，我就告诉你。"

叶小天刚刚抱起拳头，还未行礼，就听外边忽又响起一个人的声音。那人说的是苗语，叶小天听不懂，但是听那语气，却似乎带着一种阴阳怪气的感觉。叶小天注意到，展凝儿和安南天的脸色马上沉了下来。

"格格沃长老，他是我的朋友，不是什么不三不四的奸细！"

展凝儿对厅外沉声说道，她这句话是用汉语说的，语气硬邦邦，显得极为不悦。

从厅堂外缓缓走进来一个人，这人同普通苗人战士不同，他穿着一袭黑袍，式样有些像"一口钟"的连体袍，胸前挂着一个银制的造型狰狞可怖的虫形佩饰。叶小天看到他的这副样子，脑中突然电光石火般一闪，突然明白方才为什么看到那座宏伟神殿时会生出一种熟悉的感觉了……

第二十一章

干爹？

一

叶小天忽然记起他在京城时曾经看到过西洋传教士盖的教堂，虽然那教堂的规模、气派都远不及这座神殿，甚至只能说是寒酸，但是那教堂在风格、样式上分明与这神殿相同。

而此刻这位身穿黑袍的苗人长老，如果把他胸前所挂的蛊神挂坠换成一个十字架，可不就是一个活脱脱的西洋传教士吗？

叶小天心中登时疑云大起，这也太像了吧？难道仅仅是一个巧合？是上千年前东西方的两个宗教圣人不约而同地产生了同一种关于建筑和服装的思路，还是两者之间有什么关联？

如果说这大山深处的奇怪神殿和那些西洋传教士之间真有某种奇怪联系的话，那也未免太荒唐了些。难道说一千多年前就有传教士跑到东方来传教，而且一头扎进了这么荒僻的地方？

叶小天正在浮想联翩的时候，那个被展凝儿称为格格沃的长老已经傲然走了进来，一双警惕的眼睛盯在叶小天身上。

这位格格沃长老身材高瘦，有些豆芽菜的趋势，脸很长，鼻梁很高，眼窝略有些深陷，浓密的长发以一个银箍束住，盯着叶小天的眼神像鹰一般锐利。

他叫格沃，是蛊神侍下八大长老之一，之所以称他为格格沃，是因为这个格字在苗语中是一个尊称，专门加在部落首领或者身份尊贵的长者名字之前，其他七个长老包括苗人部落的头领名字前边也都有一个格字。

格格沃"嘿嘿"地冷笑了一阵，道："展姑娘，侍神传承在即，这可是我苗族大事，你代表令尊来到这里，又把你表哥也领来，这也就罢了，虽然你表哥不是我们苗人，毕竟渊源深厚，可是其他人却是不应该领来的。我很怀疑，你一再出山，现在又领了外人进来，究竟有何图谋。"

因为展凝儿说的是汉话,这位格格沃长老便也改说了汉话。他是这苗人部落的长老,虽然苗人很少与外人打交道,他们这些长老和首领却不是这样,总要时而出去走动走动的,汉话当然是他们必须要学会的一种语言。

展凝儿怒道:"图谋?我能有何图谋?"

格格沃冷笑道:"自然是图谋侍神传承了。"

展凝儿怒不可遏地道:"侍神传承是蛊神他老人家从天上传下的意旨,自有侍神尊者来指定,我对蛊神一向敬畏,怎会觊觎神侍尊位?"

格格沃冷笑道:"这可不好说,人心隔肚皮呀!这个人,在我们完成侍神传承之前,不许离开这里。我已经传下命令,在此期间,不许任何人进出领地,你们好自为之。"

安南天怒道:"你凭什么连我的自由也敢限制?"

格格沃冷笑道:"就凭这是我的地盘,就凭八大长老之中以我为尊。哦呵呵呵……"

格格沃冷笑着离开了,毛问智挠了挠头,对叶小天道:"大哥啊,这个鳖犊子笑得真是太难看了,俺看了就想削他。"

安南天欣然看了毛问智一眼,道:"英雄所见略同,这位兄弟很有眼光,请问尊姓大名?"

两人那边对答不提,这边展凝儿忍了忍心头火气,对叶小天道:"实在对不住,你现在只好先留在这里了,等我们完成神侍传承再说。"

叶小天纳闷地问道:"什么是侍神传承?"

展凝儿道:"侍神尊者是侍奉蛊神的仆人,是蛊神在人世间的代言人,也是我们各部苗人最尊敬的长者。每一代侍神尊者在临终之前都会有所感应,他会提前做好准备,在他回归蛊神怀抱的时候指定他的继承人,成为新一代的侍神尊者。"

叶小天皱眉道:"就像皇帝立太子一样?"

展凝儿道:"差不多。"

叶小天道:"他不该事先就指定继承人吗?"

展凝儿道:"自然不是,侍神尊者只有在即将被蛊神召回天国的时候,才会获得蛊神的指示,知道下一任侍神尊者将由谁来担任。一般来说,侍神尊者会从八大长老中选拔,但是有时候蛊神也会降下神谕,另行择选。

"曾经有一任侍神尊者的继续人,就是神殿的一个负责劈柴的仆人,他当时正在后院里劈柴呢,就被选定为侍神尊者,当即披上法袍,登临圣殿,成了一神之下、万万人之上的侍神尊者。"

展凝儿向湖水对面悬崖上的神殿一指,道:"你看到了吗?当那圣殿里响起连续不断的钟声，殿顶燃起滚滚浓烟，就是上一任侍神尊者归天了，居住在四下的苗人会纷纷赶到这里，拜见新的侍神尊者。新的侍神尊者会披上法袍，手持黄金圣杖，站在高高的圣殿上接受所有人的膜拜，侍神传承一旦确立，那就再也不可更改了。"

叶小天道："那……这一任侍神尊者，什么时候会死啊？"

展凝儿一脸古怪的神气，道："你很盼着我们的侍神尊者死掉吗？"

叶小天道："那倒不是，可他要是不死，我岂不是就不能离开这里了？我不离开，又怎么去找乐遥？"

展凝儿摸了摸鼻子，犹豫道："这可不好说，曾经有一任侍神尊者感应到自己即将回归天国，于是各部纷纷派人前来，准备送侍神归天，迎新尊者继位，但是大家足足等了三年，侍神才真的归天。"

叶小天大惊，道："三年？三年黄花菜都凉了！"

展凝儿为难地道："这件事……格格沃既然起了疑心，我也不好放你离开，毕竟他身份尊贵，无端得罪他，对我父亲大为不利。你要知道，虽然蛊神殿的各位长老只能约束这些苗人，并不能指挥我们的部落，但是对我们的部落却有极大的影响力。

"再者说，他既然下了命令，那些苗人一定会听他的，不会按我的意思放你离开。那个小丫头嘛，我拜托附近苗人部落帮你寻找吧，他们人多势众，总比你一个人盲人瞎马要容易许多。"

这时安南天插嘴道："格格沃长老是侍神尊者最有可能的继任者，他很紧张这事，生怕有什么外来原因影响他的继承，你若强要离开他一定不准的。"

叶小天又气又急，可是到了人家的地盘，他也没有办法，叶小天只能怒气冲冲地道："那就是说，我被那个只会'哦呵呵'的白痴给软禁了？"

展凝儿道："他敢！你是我的客人，他可以不让你走，但是在这苗人部落内，你一定会受到最好的优待，绝不会有人难为你的。"

· ※ · ※ · ※ ·

叶小天怒气冲冲走在路上，毛问智远远地追着，使劲叫着："大哥，大哥，你等等俺！"

华云飞则一言不发，只是远远地跟着叶小天，他知道叶小天正在气头上。他不是能言善道的人，无法出言安慰，只能远远跟着。他的弓和刀都被没收了，此刻也是赤手空拳。

叶小天在村落中满面怒气地走着，那些苗人大概已经得了展凝儿嘱咐，倒也没人来阻止他。村落中有不少妇人、老人和孩子在活动，别看那些在外狩猎的苗人打扮原始，这村落中的人穿着打扮却正常了许多。尤其是那些苗家小姑娘，衣饰鲜艳，容颜俏丽，果然是深山育俊鸟，柴屋出佳丽。只是现在叶小天正在气头上，自然也无心去欣赏她们的俏丽风姿。

前方出现一条小溪，溪上架了几根粗大的原木，并作一排捆绑着充作桥梁，叶小天怒气冲冲走上桥头，就听小桥对面"咣"的一声锣响，从灌木丛后便跳出七八个苗人来，有男有女，有老有少。

叶小天吓了一跳，这架势莫非是要劫道？他急忙摆出一个格斗的姿势，但是一看人家人多势众，尤其是当先一条大汉，身材魁梧，一身肌肉仿佛铁铸的一般，马上又换了一个挨打的姿势，护住自己的要害。

就见那苗人大汉一个箭步跳到叶小天身边，欢欢喜喜地叽里呱啦一番。叶小天看他模样不像是要打人，也不像是在说"此路是我开，此树是我栽"，便放下护住头面的手臂，呆呆地问道："你说什么？"

那苗人大汉愣了愣，哈哈大笑起来，道："原来这位尊贵的客人不会说我们的话呀，不要紧，我会说你们的语言。我叫格哚佬，是这个部落的首领，你是我家的有缘人，我想请你做我儿子的干爹。"

叶小天被他没头没脑的一番话搞得晕头转向："这是什么情况？怎么莫名其妙跳出一个人来，就要拉我去给他儿子当干爹，我天生一副干爹相吗？怎么就没人拉我去当干岳父呢？"

第二十二章

Oh，my god！

一

叶小天茫然道："干爹，什么干爹？"

格哚佬见他不懂苗语，料想他也不懂苗人风俗，便笑着向他解释了一番。

原来，此地苗人一生中要起三次名字，都是很重要的仪式。第一次是起乳名，在孩子出生的第三天早上，要请巫师来做法事，由父母或祖父母为孩子取名，名字前边的字都是咪字，后边才是名字。

孩子长大成人后，再把咪字去掉，加上父名或母名为姓，习惯是名在前，姓在后，组成他的新名字。等他年老以后，根据地位身份，还会再改一次名字，以此喻示人生的三个重要阶段：少年、壮年和老年。

如果孩子在刚出生第三天的早上哭闹不休，那是很不吉利的，巫师也不会在这个时候为他做法事。按照部落的习惯，家中长辈就要到村中小桥旁埋伏，等到第一个毫不知情的人从桥上经过，那他就是蛊神选定的孩子的干爹，要把他请回家去，由他安慰孩子，直到孩子停止哭泣，并为他取名。

叶小天听格哚佬说了一遍，这才明白其中缘由，他左右走不掉，帮人点忙又算什么。再说他听说这个苗人是这个部落的首领，心中更是动了心思，或者可以走他的门路离开吧。

因此叶小天很爽快地答应下来，道："行，你家在哪儿，我跟你去！"

格哚佬很开心，笑道："我的儿子正在神殿，请跟我来吧。"

叶小天一听他的儿子在神殿，心中不觉惊奇，随即恍然："普通村民生了孩子，要请巫师祝福，为他做法事，这部落首领的儿子身份当然也不同，请侍神尊者赐福就是应有之义了。"

叶小天对这神秘的侍神尊者很好奇，而且想着如果能接近侍神尊者，或者会请他开恩放自己离开，这一下更是非去不可了。

毛问智和华云飞跟了过来，可是因为大家要去的是神殿，是以格哚佬很抱歉地拒绝了他们二人同行，叶小天便让他们二人先回村子了。

要去神殿可以从两侧山峦间绕过去，但那样的话就要绕远了，格哚佬和家人把新生儿的干爹亲亲热热地请到了湖边，登上了一条竹筏。竹筏划破碧悠悠的湖水，仿佛破开平整的镜面，荡出一条条丝绸般柔美的涟漪，驶进了雾气氤氲的湖面，驶向高大巍峨的神殿。

竹筏在湖水尽头靠岸了，轰隆隆的瀑布水声就在耳畔轰鸣，眼前是一条曲折的石阶蜿蜒向上，叶小天跟着他们爬了几百阶石阶，这才来到庄严的神殿脚下。神殿建筑在悬崖上，巍峨高耸，仰望着它，会有一种窒息的压迫感，就连叶小天置身其下都感觉到异常肃穆与神圣，那些不怎么开化的生苗对神庙的敬畏程度可想而知。

到了这里，格哚佬和家人都不再说话，神情肃穆起来。他们引着叶小天一直往上走，一直走到神殿大门前，那高高耸立的至少六人才能合抱的石制巨柱下，也不见有什么人出入。

格哚佬悄声对叶小天道："到了，进了神殿以后，你不要乱说话，把孩子哄得不再哭闹后，你就退到一边，等着侍神尊者为孩子赐福，之后你再为孩子取个名字，回去后我请你喝酒。"

叶小天为难道："啊……我不太会哄孩子啊。"

格哚佬小声道："不要紧，你熬到他累了，自然也就不哭不闹了。"

叶小天："……"

迈进高高的殿堂门槛，只见里边是一座极恢宏壮观的殿堂，穹顶上是类似飞天的神女和持矛的战神画像。两旁贴着石制墙壁的是一个个高达十丈的巨人雕像，隆鼻凹目，头发卷曲，走在其间的人就像一头迈进了巨人国的小矮人。

"不对劲，这神庙一定和洋人有某种关系！"

曾经因为好奇去西洋传教士的教堂参加过一次弥撒的叶小天马上就做出了判断。他的心怦怦地跳起来，太古怪了，在这深山老林中矗立的这座古老神殿充满了古怪，如果不是他急于离去，他一定会好好探究一番。

殿堂上，一个女人抱着一个婴儿，那婴儿正在哇哇大哭，女人一副不知所措的模样。在殿堂的尽头，有一张石制的巨大宝座，宝座空着，但是宝座下方侍立着十多个只着寸缕遮住羞处、身姿曼妙、容颜动人的美女。

格哚佬低声对叶小天道："别盯着她们看，她们是神妃。"

叶小天奇道："神妃？蛊神还要娶妃？"

格哚佬道："当然，她们都是各个部落选送的美人，自愿终生侍奉蛊神，由侍神尊者代替蛊神与她们行男女之道，她们身份尊崇，不可亵渎。"

"这个侍神尊者一定是个神棍加淫棍，啊！也不知他多大年纪了，还占有这么多美女，真是令人发指！羡慕死我了……"

叶小天脑子里胡思乱想着，又偷偷瞄了眼那些美艳迷人的神妃，便把眼神垂下来，格哚佬轻轻碰了下他的胳膊，小声道："你去哄哄孩子，等他不哭不闹了，我便去请侍神尊者为他祈福。"

叶小天也不懂他们的规矩，只管按照格哚佬所说走上前去。那苗装妇人大概就是这小娃娃的生身母亲，她一见丈夫陪着一个汉人青年进来，就晓得这是给孩子找的干爹，便向叶小天感激地一笑，把孩子递给了他。

叶小天笨拙地抱着小婴儿，哄道："哦！小宝贝不哭哦，你要不哭，回头让你骑福娃玩，福娃憨憨的，圆圆的大脑袋，毛茸茸的短尾巴，特别可爱。"

叶小天一边说，一边向小娃娃扮鬼脸。那小娃娃是个小男孩，眉心还点着一颗红点。也不知是因为叶小天与他们本族迥异的语言吸引了他，还是叶小天扮的鬼脸引起了他的兴趣，小娃又哭了几声，便停止了哭泣。

他瞪着一双黑如点漆的眸子，好奇地看着叶小天，咧开嘴巴露出了笑容。

他的母亲欣喜地看了丈夫一眼，格哚佬高兴地道："蛊神他老人家的意旨不容违抗，这人果然是孩子命中注定的干爹。我去请侍神尊者。"

格哚佬走到宝座前的台阶旁，向一位神妃施了一礼，低声说了几句什么。那妙龄神妃嫣然一笑，转身袅袅娜娜地行去。

叶小天逗弄着那小家伙，小家伙越来越开心了，不再哭闹，只是瞪着一双清澈的大眼睛关注着叶小天的神情，时而咧开嘴巴无声地欢笑起来，两只小手还一动一动的。

突然，有人用苗语很恭谨地说了一句什么，殿堂上的人马上都单膝跪地，虔诚地行礼。叶小天被孩子母亲拉了一把衣襟，反应过来，也连忙抱着孩子单膝跪地，然后偷偷向上边看去。

就见一个白袍老者，头上戴着一顶金灿灿的法冠，拄着一根金色的法杖，缓缓地走上宝座。这老者岁数很大了，脸上布满了老年斑，他穿的那袭白袍镶着金色的边，领口则是三条红金色的纹线，看他个子并不高，身材也有些羸弱，但是行走之间很具威严。

那老者在宝座上坐下，旁边立即有一个身姿曼妙的神妃接过了他的法杖。老者抬起眼睛向阶下看了一眼，恰与偷窥的叶小天的眼神碰个正着，老人不由微微一挑眉，似乎有些讶异于有人竟敢直视他。

叶小天见这老者满脸褶皱，就像一个放久了的苹果，已经流失了太多水分。只有那双眼睛还充满了生机，尤其是他一挑眉的动作，甚至给人一种诙谐有趣的感觉。

侍神尊者盯着叶小天仔细看了看，突然用汉语说道："你是汉人还是某个部落的少酋长？"

叶小天一听他会说汉话，赶紧接着他这话茬道："啊！尊敬的侍神尊者，我是一个汉人。我是追查两个掳走人口的贼人来到这里的，结果您手下的格格巫大沃师，哦，格格沃大巫师就说我是奸细，不准我走啦。还请尊者您高抬贵手放我离开，我急着去救人哪。"

格哚佬急得向叶小天不住地使眼色，叶小天也不理他，难得有这样的好机会，而且看这个老尊者很好说话的样子，叶小天当然要抓住机会了。

侍神尊者莞尔一笑，慢慢靠在椅背上，一只手轻轻捋着白胡子，对叶小天道："你也信奉至高无上的蛊神吗？"

叶小天道："我——"

他刚想说我要信也只信太上老君，突地心头一动，脱口说道："尊敬的侍神尊者，我信奉的……是全能的上帝！"

叶小天说这句话的时候就在注意观察侍神尊者的神色，侍神尊者讶然道："上帝？你是儒教弟子，信奉昊天上帝？"

叶小天猛然清醒过来："坏了！听那洋人啥神父的说过，好像是为了让我们大明的人能听明白，他们借用了我们老祖宗敬奉的神祇的名字来称呼他们的至高神，他们的神其实并不叫上帝。这一下没有出其不意的效果了……"

原来，"上帝"一词本就是中国上古之时就有的称呼，儒教继承了商周礼制，便也继承了对至高神祇的信奉，那就是上帝。当然，儒家所敬的上帝并不像其他宗教信奉的至高神一样那么具体，实际上他们所说的上帝指的就是上天。

叶小天赶紧补救道："尊者误会了。我说的这个神，正式的称呼叫……高的！"

侍神尊者愕然道："高的？"

叶小天道："对，高的。"

第二十三章

权力之争

一

"高的，高的……"

侍神尊者喃喃地重复着这个词，突然若有所悟。

侍神尊者笑了笑，神色更加平静了："哦？高的，是何方神圣啊？"

叶小天道："这是西方神圣，西方人信奉的一位大神，如今西洋人已经乘着大船，漂洋过海来到了咱们大明，传的就是这位大神的教派。据西洋人说，是他开天辟地，哦……这可抢了咱们盘古大神的生意了，也是他造了人，哦……这又抢了咱们女娲娘娘的功了，后来他还弄出了光，呃……羲和的活也被他抢着干了……"

叶小天一阵胡说八道，侍神尊者听得有趣，突然仰起头来哈哈大笑，畅快的笑声在神殿上回荡不已，所有人都露出了吃惊的神色。

侍神尊者因为高贵的身份，在神殿上几乎就没有露出过微笑，更不要说这样的大笑了。自从他知道自己死期将近，开始着手安排后事以来，就更没有露出过笑脸了。想不到因为叶小天的这番话，他竟笑得这么开心。

侍神尊者缓缓收住笑声，可笑声还在空旷的神殿上不断地回荡。侍神尊者伸出食指，笑微微地向叶小天点了点，道："这个人很有趣。哚佬啊，回头你要常常带他过来和本尊聊聊天，本尊……很寂寞啊……"

格哚佬恭谨地答应了一声，叶小天听了暗暗叫苦："本来我想请这老家伙开恩放我走的，怎么他却要我陪他聊天啊？我怀里哄着个小的，现在又要哄这老的，我究竟算干什么的啊？"

侍神尊者向叶小天微笑着招招手，道："把孩子抱过来吧。"

格哚佬连忙向叶小天示意了一下，叶小天抱着孩子上前。侍神尊者抚着婴儿的额头，口中念念有词，也不知在说些什么，过了一会儿，他似乎有些疲惫了，缓缓抽回手，倚在椅上闭目养神。

叶小天也不知道这仪式究竟有没有结束，抱着婴儿傻乎乎地立在那儿，大殿上一片寂静。过了好一阵，那些神妃们才明白过来，敢情这位汉家哥哥根本不知道尊者已经赐了福，所以才立在那儿不动。

叶小天听到神妃少女们的窃笑声，有些茫然地回过头，就见一位体态高挑婀娜的神妃款款地走上前来，向他嫣然一笑，妖娆地做了个"尊驾请回"的手势。

面对这样一个火辣辣的尤物，叶小天想看又不敢看，一双眼睛不知该往哪儿放才好，只好看着怀中婴儿稚嫩单纯的小脸，一步步地走下石阶。

格哚佬从叶小天怀中接过孩子，亲切地向他做了个"邀请"的手势。叶小天回过头，见那位侍神尊者倚在椅子上好像已经睡着了，只好无奈地跟着格哚佬往外走。

格哚佬一家人走出大殿的时候，格格沃长老正好从山下上来，一眼看见叶小天，格格沃阴鸷的眼神顿时变得更加深沉起来。他快步迎上来，沉着脸道："格哚佬，你怎么把一个汉人带进了神殿？"

格哚佬笑眯眯地道："啊！原来是尊敬的格格沃长老啊，这个年轻人是伟大的蛊神为我的儿子选定的干爹，刚刚陪我一同在神殿请尊者他老人家为我的儿子赐福完毕。"

格格沃一听更不高兴了，不悦地道："什么，尊者还接见过他？"

格哚佬笑道："尊者不只见到了他，而且还很喜欢他。尊者吩咐，要我时常带他来神殿，尊者要和他聊天呢。"

两人这番话是用苗语说的，叶小天站在一旁一脸茫然，除了不懂还是不懂。

格格沃一听尊者赏识叶小天，而且破例邀请他时常来神殿，望向叶小天的眼神更是充满了敌意。他冷冷地"哼"了一声，走到神殿门口，想了想终究没有胆量进去诘问尊者，便愤愤地绕到神殿后面去了。

格格沃是继任尊者的最热门人选，原因是他在八大长老中地位最尊，很有希望成为蛊神选定的最佳继承者。事实上大多数时候尊者秉承蛊神之意选定的继承人也确实是长老中威望地位最高的那个。

但是尊者只是一个传话的人，决定这一切的是"蛊神"，蛊神选定了谁，它就会通过尊者来指定。

对这一点，格格沃一直有些怀疑，他会用蛊，而且是个用蛊高手，但他养了一辈子蛊，用了一辈子蛊，却从来没有见过蛊神，他甚至怀疑世上是不是真的有这么一位神。

曾经有一位侍神尊者临终时秉承蛊神的意志，选定了一个劈柴人作为继任尊者，这事他当然也知道。他所知道的甚至比展凝儿更详细，他怀疑那个所谓的劈柴人其实是上一任尊者的私生子，从那个继任者的年龄上来看大有可能。

不过这种事，也就只有像格格沃长老这种仅次于尊者，最接近蛊神的人才敢如此怀疑了，距这位神越远的人越不敢怀疑它的存在，又怎么可能会产生什么不敬的想法呢？

正因为格格沃怀疑世上是否真的有这么一位蛊神，而这位蛊神又是否真的关心自己在人世间的代言人是谁，所以才怀疑所谓尊者秉承神的意志指定的继承人，根本不是出自那位虚无缥缈的蛊神。这正是格格沃最担心的事。

因为他虽是八大长老之首，但尊者本人并不喜欢他，而指定继任者的如果不是什么蛊神，实际上就是这位尊者，尊者绝不可能指定他。所以这段时间格格沃十分紧张，私底下频频动作，试图对尊者施加影响。

同时，对任何越过他接近尊者的人，他都保持着绝对警惕，担心这些人也会向尊者施加影响。而展凝儿正是他警惕的人之一，因为他和展家的关系很不好，展家是最不希望由他来继任尊者的。

尊者很喜欢展凝儿这小丫头，展家之所以派展凝儿来，而不是由展家的当家人亲自赶来，恭候新的尊者诞生，还真有利用尊者喜欢凝儿这一点，想影响他作出决定的意思。

因此格格沃一直十分警惕展凝儿，阻止她接近尊者，结果现在又莫名其妙地冒出了一个叶小天，这么快就和格咪佬拉扯上关系，并且取得了尊者的信任。如此种种，站在格格沃的角度来看，当然是展凝儿的迂回之计。

"展家果然是有所图谋的，这个小子十有八九就是他们找来的说客，不行，煮熟的鸭子可不能就这么飞了，我得找他商量商量。"

格格沃越想越不安，走到一半忽然站住脚步，反复想了想，转身又朝外走去。

·※·※·※·

叶小天与格咪佬一家分乘三条竹筏荡过湖水，刚刚穿过水雾层，就看见对岸有几条人影正站在那里向这边眺望，再驶近了些，叶小天便看清楚那是华云飞、毛问智和邢二柱。

邢二柱是他们的俘虏，可这苗寨都是四处透风的木屋，连锁都没有一把，这些苗人家园的锁就是那一望无际的大森林，根本没有可以关押邢二柱的地方，苗人更没有帮俘虏看俘虏的道理，所以他只能和毛问智、华云飞形影不离了。

除了这三个人，湖岸边还站着两人。其中一个在阳光的照射下浑身闪闪发光，就像一身银鳞的美人鱼，尤其是她身形舒展移动的时候，那一身银光闪烁，耀得人两眼发花。

都不用看脸，叶小天就知道那必是展凝儿无疑。这人若是展凝儿，那她旁边那个男人自然就是安南天了，竹筏再驶近了些一看，果然就是他们兄妹二人。

叶小天心中掠过一丝暖意，这展凝儿看着虽然凶巴巴的，其实倒是个古道热肠的好姑娘。她原本可以不必在乎自己死活的，但是华云飞和毛问智回村里一说，她就迎出来了。

叶小天向他们招了招手，毛问智也马上兴高采烈地向他招起手来，等竹筏靠了岸，展凝儿便笑吟吟地迎上来，先向格哚佬拱了拱手，道："哚大哥，你好。"

格哚佬跳上岸道："啊，原来是展姑娘啊，你可是要去神殿吗？"

展凝儿撇撇嘴道："我才不去呢，还是避避嫌疑吧，省得每次去了，格格沃就像防贼似的。"

格哚佬看着是极粗犷的一条大汉，却是粗中有细的人，否则如何能做得了部落酋长。格格沃长老和展家的那些纠葛他也略知一二，格哚佬不想掺和其中，因此只是憨憨一笑。

展凝儿道："我是来接我朋友的，听说哚大哥请他做了孩子的干爹？"

一听这话，格哚佬便笑起来："啊！原来他就是你托我关照的那位朋友啊，不错，他就是我家娃娃的有缘人，这孩子本来哭闹不止，一到了他的怀里，马上就咧嘴笑了呢。"

展凝儿诧异地看了叶小天一眼，道："真看不出，你不只会哄女人，还会哄孩子。"

叶小天傲然道："我是谁？除了生孩子，还没什么能难倒我的。"

展凝儿似笑非笑地道："那么……哄老丈人呢，你行不行？"

第二十四章

太阳妹妹

一

这一下可戳中了叶小天的死穴,叶小天张了张嘴,苦笑着叹了口气,道:"哎,我如今想哄也没机会啦。"

毛问智大嘴巴,开口就说:"大哥啊,你就别假假咕咕地尽整事了,那死老头子忒不是东西,死就死了呗,死了正好,省得他从中作梗。"

叶小天瞪了他一眼,道:"什么话!以后不许再说这种浑话了!"

毛问智撇撇嘴道:"不说就不说。常言道,女儿哭,真心实意。女婿哭,黑驴放屁,那老头死翘翘了,你真伤心才怪呢,指不定还心里偷着乐呢,偏不准俺说,真是虚伪!"

叶小天假装没听到,对格哚佬道:"哚首领,一时半晌,我怕是无法离开此地了,这是你的地盘,还请你多多关照。"

格哚佬拍着胸脯道:"你放心,你是我儿子的干爹,在我的地盘上,你就是我,没人敢冒犯你的。只是尊者他老人家发话之前,你可不能离开此地,这一点还要请你多多见谅。"

叶小天又叹了口气,心中暗暗担忧:"此时再追,我也无从追索了,掳走乐遥那丫头的两个人究竟是什么身份呢?他们又把乐遥带去了哪里呢?唯一可以确定的是,遥遥不会有生命危险……"

格哚佬带着叶小天几人来到了他的家,虽然他是一个部落的首领,但是这个部落在某些方面还保持着近似于原始社会的生活状态,生产、生活资料基本上是共享的。

作为酋长的格哚佬,也只是房子比别人大了些,用材什么的没有任何区别,都是就地取材的山中大木。房舍院落不要说没有雕饰,就是用作家具的木料都没有刨得平整,充满了山野气息。

因为格哚佬刚刚生了儿子,家里大摆酒宴,肉和菜都是山中所猎所采,酒则是自酿的糯米酒,流水席已经开了三天了,在那儿喝酒吃肉的都是村中的乡邻,见到格哚佬都热情地打着招呼,向他表示祝贺。

格哚佬也甚是豪爽,同乡亲们一一打着招呼,从一桌桌酒席间穿梭而过,大声道:"太阳妹妹,太阳妹妹,快摆一桌酒席出来,我要请孩子的干爹和展姑娘他们吃酒。"

随着格哚罗的一声呼喊,一个系着青布白色小碎花围裙,头系青布帕,颈上戴着个银项圈的俏丽少女从里屋走了出来,青葱般挺拔,柳眉杏眼、腮凝新荔,生得非常标致。

叶小天对展凝儿悄声道:"格哚佬长得这般粗犷,没想到他妹妹倒是柳枝条一般水灵。"

展凝儿抿嘴一笑,道:"谁说那是格哚佬的妹子来着?那是他的女儿。"

毛问智道:"一个女孩家,咋个叫太阳呢,多难听啊,应该叫月亮妹妹才对。"

那小苗女大概也懂几句汉话,听出毛问智嫌弃她名字,有些生气地瞪了毛问智一眼,这才转向父亲说话。

安南天摇着折扇,对毛问智道:"毛兄你有所不知,这苗人习俗与汉人有所不同。有些比喻是恰恰相反的,比如说,苗人是用金子比喻女人,用银子比喻男人,用太阳形容女人,用月亮形容男人……"

毛问智恍然大悟,道:"原来如此,哎呀妈呀,用月亮形容男人,俺全身上下哪有像月亮的地方啊,哦!也就这大腚……"

叶小天赶紧道:"别胡说,你找个地方坐着去,这么多酒肉都堵不住你那张破嘴!"

这时那位太阳妹妹已经走到格哚佬面前,格哚佬笑呵呵地向女儿吩咐了一番,那小苗女脆生生地答应一声,便折身回了屋。

毛问智吃叶小天的,用叶小天的,对叶小天就服气得很,叶小天训斥了他两句,他就不说了。这时有个苗家汉子站起来,端了碗酒送到他面前,毛问智眉开眼笑,马上接过来,大声道:"哎呀,闻着就香,俺这一路尽喝山泉啃野果啦,都快变成猴了,这位大兄弟,谢谢啊。"

毛问智说着,迫不及待地把酒凑到唇边,"咕咚咚"地喝起来,一碗酒下肚,敬酒的那位马上竖起了大拇哥,拉着毛问智就要让他与自己同坐,毛问智也不含糊,抢过去一屁股坐到席上,很快与这些语言不通的苗家汉子打成了一片。

这时那位太阳妹妹又从屋里走出来,后边跟着几个苗家妹子,有抬桌子的,有搬板凳的,很快又成了一席,那菜都是大锅炖的,装了满满几大盆放到桌上,又捧来几坛子自酿的糯米酒。

叶小天、华云飞、安南天和展凝儿与格哚佬同席坐了，邢二柱左看看右看看，不知道自己该如何是好，格哆佬不清楚他和叶小天等人的关系，豪迈地笑道："来来来，一起坐，客气什么。"

邢二柱看了看叶小天，见他没有什么反对的意思，便也别着身子和他们坐到了同一席。

格哚佬笑道："小儿出生第三天，家里正摆酒庆贺，各位能来，就是我的上宾。太阳妹妹，快给大家把酒满上，再替爹向这位小天兄弟敬上一杯，请他给你弟弟取个名字。"

太阳妹妹脆生生地应了，敲开一坛酒的泥封，捧起酒坛子一个个斟起酒来。他们用的碗都是粗陶的大碗，叶小天看了便有些打怵，一抬头，就见毛问智正在另一席上捧着酒坛子牛饮，忽然便羡慕起饭桶酒鬼的长处来。

太阳妹妹给大家逐一斟着酒，轮到叶小天时，因为他是弟弟的干爹，太阳妹妹格外瞧了他一眼，叶小天注意到姑娘的目光，眼光一抬，与她碰个正着，太阳妹妹甜甜一笑，很大方地对叶小天道："干爹好。"

太阳妹妹这句话说的是汉语，只是腔调远不及她爹自然，还带着些苗人本族语言的味道，听着更是特别。叶小天酒还没喝，就先有些飘飘然了："唔，认个干儿子，还饶个这么漂亮的干女儿，貌似这桩生意不算赔。"

苗人好酒，而且好敬酒，敬酒不喝那是极不礼貌的事，这些展凝儿方才就对叶小天悄声说了，因此当那格哚佬豪爽地一杯杯敬酒时，叶小天无从推却，也只能硬着头皮往下灌，结果肉没吃多少，倒灌了个水饱，一会儿就有些天旋地转了。

格哚佬一边用筷子蘸着酒，喂那刚出生三天的宝贝儿子，一边笑着对叶小天道："小天兄弟，你这酒量还得好好练练哪，跟我们苗人打交道，不会喝酒可不成。"

这时邻席有人喝得高兴，站起来捧着酒唱了一首苗人的山歌，叶小天等人听不懂那唱词，调子倒是极好听。那人唱完，已经喝得脸如猪肝的毛问智便拎着一个酒坛子冲上去，叶小天吓了一跳，还以为他要打人，却见他一把摁住那人的后脑勺，就把酒坛子凑到了他的嘴上。

毛问智这番举动，叶小天看在眼里自然觉得有些无礼，可那些山里汉子性情豪爽，纷纷拍手大笑，唱山歌的那位也不含糊，捧着酒坛子就喝起来，一坛子酒喝完，往地上"嗵"地一躺，人事不省了。

毛问智哈哈笑道："俺说哥们儿，你这酒量不行啊。"

那人躺在地上呼呼大睡，纵然不睡，他也听不懂毛问智说什么。毛问智见那人不理自己，便又回到桌旁，与其他酒客吃五喝六地嚷嚷起来，问题是，他们之间根本就语言不通，也不知为何说得那么热闹。

当下就有人过去，将那喝醉酒的汉子架了出去，大概是送回家去，抑或找地方让他歇息醒酒去了，格哚佬哈哈笑道："来来来，咱们也唱。展姑娘，你是这一桌唯一的女宾，你先来。"

展凝儿吃了一惊，赶紧摆手，道："不不不，我不唱，我不会唱。"

格哚佬道："哪有咱苗家女儿不会唱山歌的，展姑娘，在座的都是爽快人，你就不要推辞了。"

展凝儿急得脸都红了，连连摆手道："不不不，我……我真不会唱。"

安南天促狭地向表妹眨了眨眼睛，展凝儿狠狠地瞪了回去，低喝道："看我笑话，还不解围？"

安南天便哈哈一笑，放下酒碗，自颈后拔出折扇，往掌心里轻拍着，对格哚佬道："我这表妹的确不会唱歌，这样吧，我这表哥替她唱上一首。"

展凝儿松了口气，赶紧拍手道："好啊好啊，表哥唱歌最好听了。"

众人纷纷起哄，安南天便站起来，一眼看见太阳妹妹站在一边，便笑道："我这首歌，就献给太阳妹妹吧。"

格哚佬作为主人招待客人，家里的女人都未上席，全都站在一边伺候酒水菜肴，发现少了什么便马上补充。因为格哚佬的老婆刚刚生育三天，不宜活动太多，这些事都是太阳妹妹张罗，此时忙活得小脸蛋红扑扑的，煞是可爱。

苗人大方，听人要唱歌赞美自己，那是很光彩的事，太阳妹妹并没有忸怩羞怯的表现，而是很开心地笑起来，走近了些听他唱歌。却不想因为这歌，便引出一桩事端来……

第二十五章

祸从口出，祸从口入

一

看起来安南天是打算现编词了，他用折扇敲着掌心，琢磨了片刻，便用山歌的调子唱道："太阳妹妹生得乖，蓝色妆裙绣花鞋嘞，两眼好比山泉水，流遍九潭十八湾……"

一首歌唱罢，那些吃流水席的客人轰然叫好，拍巴掌的捶桌子的，叮当作响，作为主人的格哚佬一点不恼，反而眉开眼笑，请客嘛，当然是越热闹主人脸上越荣光。

太阳妹妹也欢喜得很，马上迎过来，为他斟满一碗酒，捧到他的面前，安南天接过酒，豪爽地一饮而尽，又赢得一片热烈的掌声。格哚佬道："小天兄弟，你是孩子的干爹，你也该唱一首，唱完这首歌，再饮一碗酒，你就该给孩子起名字了。"

叶小天为难地道："这……实不相瞒，我不会唱山歌啊。"

展凝儿倒是兴致勃勃："这么喜庆，应应景嘛，怎么可以扫大家的兴呢，唱啊唱啊，唱什么都行，实在不会唱哼哼几声都行。"

叶小天白了她一眼道："我又不是猪，哼哼什么。"邢二柱"扑哧"一声笑出来，生怕叶小天怪罪，赶紧低下头继续啃肉骨头，一向不爱说话的华云飞也不禁露出了一丝笑意。

叶小天想了想，道："歌呢，我一时实在想不出来，我给大家唱段戏吧。"

大家都喝多了，才不管他唱什么，只要有的唱就好，是以纷纷鼓掌叫好。叶小天想了想，便拿起一根筷子，在酒碗沿上"当"地一敲，声音清越，整席客人哪见过这样别致的开场，登时都静下来。

叶小天想着听过的唱词，开口唱道："只听得呖呖莺声花外啭，猛然见五百年风流孽冤。宜嗔宜喜春风面，翠钿斜贴鬓云边。解舞腰肢娇又软，似垂柳在晚风前。庸脂粉见过了万万千，似这般美人儿几曾见。我眼花缭乱口难言，魂灵儿飞去半空天。游遍了梵王宫殿，谁想到这里遇神仙……"

叶小天唱的是《西厢记》，本来《西厢记》中最经典的一段唱词是"碧云天，黄花地，西风紧，北雁南飞。晓来谁染霜林醉？总是离人泪。"可是这一段风格太悲了，不适合眼下的气氛，叶小天喝得有点蒙，一时又记不起其他的戏词，就把那段词唱了出来。

其实叶小天只是随便唱上一段应付一下，安南天方才说他那首山歌是献给太阳妹妹的，叶小天这首歌可不是。然而他又不可能刻意说明是随便唱唱，那太阳妹妹自然以为也是献给她的歌。

她听那歌声曲调婉转，与她族中山歌的风格大相径庭，词可基本不懂，便眼巴巴地看向展凝儿，展凝儿来过她家两次，彼此还算熟悉。

展凝儿去过南京，听过不少戏曲，此时听叶小天这一段唱字正腔圆，不逊于台上那些角儿们的唱腔，不觉听得痴了，及至发现太阳妹妹眼巴巴地看着自己，知道她听不懂，忙用苗语向她解说了一下叶小天这段唱词的含义。

太阳妹妹人生得美，又是酋长的女儿，追求者众，夸赞她美貌的山歌也不知听过多少，可那些歌不是把她比作花儿就是比作鸟儿，再不然就是绿树青山，哪听过这样形容一见自己便魂销魄散的惊艳感的赞美，还把她夸作仙子。

太阳妹妹满心欢喜，一双美目看着叶小天便泛出异样的光彩，她喜滋滋地上前，也敬了叶小天一碗酒，叶小天看着人家姑娘那双会说话的大眼睛，有心不喝，又如何说出口，只好硬着头皮把这一大碗酒又灌了下去。

这一碗酒下肚，叶小天再也忍不住了，迷迷糊糊地就坐了下去，太阳妹妹见了，不禁抿嘴一笑，扭头向一个小姐妹说了几句苗语，那个小姐妹便笑着走开了。

毛问智喝得已经有点人来疯，一见叶小天唱了段戏，赢得这么多人的喝彩，忙也站起来，大着舌头，豪迈地道："俺也来一首，俺也唱首歌，献给……太阳妹妹。"

说完不等别人作答，毛问智便左手叉腰，右手拢在嘴巴上，高声吆喝起来："大姑娘美来嗨大姑娘浪，大姑娘走进了青纱帐……"

毛问智此时舌头根太硬，唱得有些含糊不清了，不过勉强还能叫人听得懂，只是太阳妹妹可不懂何谓浪，何谓青纱帐，她把疑问的目光再度投向展凝儿，这回展凝儿也听不大明白了，便扭头看向叶小天。

叶小天此时两眼发直，坐在那儿左摇右晃，看人都成双影儿的了。这时候太阳妹妹的那个小姐妹走回来，端了一碗酸梅汤，太阳妹妹接过来，递给叶小天，叶小天还当是酒，此时的酒对他来说已经与水无异，接过来便一饮而尽。

展凝儿道："你这兄弟，唱的什么？"

叶小天傻笑道："他唱……唱的是大姑娘美啊……大……姑娘浪……"

"嗯？"

展凝儿和安南天对视了一眼，不太明白，展凝儿道："浪什么浪，浪是什么意思？"

叶小天直着眼睛道："他瞎唱的，呵呵呵，你们不用理他，浪……浪就是浪荡，不检点，风骚呗。呵呵呵，这……小子会唱啥曲儿？指不定是在哪儿……逛窑子时学的……"

京城一带，"浪"字是贬义的，其含义正如叶小天所说。但在关外，它的意义就丰富了许多，有时可以用作贬义，有时也可以用作褒义，用作褒义时常是指一个人漂亮大方。

叶小天当然不明白这个词在关外的意思，而且已经喝得大脑死机了，顺口就把自己的理解说了出来。展凝儿顿时脸色一沉，就算毛问智是无心，这么说一个女孩子也是非常失礼的事。

太阳妹妹见展凝儿脸色难看起来，忙用苗语问她，展凝儿用苗语气呼呼地回答道："你别理他，那是个浑人，他瞎唱呢，词怪难听的，你就别问了。"她声音压得比较低，不想格哚佬听了不快，但是对太阳妹妹却没有遮掩。

太阳妹妹听了顿时明白过来，那个傻大个一定是说了什么极难听的话，所以展姑娘才不好启齿。她咬了咬嘴唇，轻轻退了两步，乜向毛问智的眼神便微微闪过一抹煞气。

毛问智唱得好不尽兴，唱完了大着舌头高声对那些酒友们嚷道："咋样，唱得咋样？哥们儿这歌一唱，全都盖了吧，厉害不？"

那些酒友们听不明白他在唱什么，也不知道他在说什么，不过见他眉飞色舞的样子，也知道他在自夸，于是纷纷叫好，拍桌子捶凳子，比刚才都要热闹。太阳妹妹脸上红一阵白一阵，只觉好不屈辱。

这时毛问智那不知死活的家伙居然主动讨酒来了："俺说大妹子，旁人唱歌你都敬酒啦，俺唱歌你咋不敬酒呢？"

太阳妹妹狠狠地瞪向毛问智，眼睛里好像有两把小刀子，毛问智居然看不出来，傻乎乎地端着空碗还在讨酒。太阳妹妹目光微微一闪，突然转身捧起一坛酒，向他走过去。

太阳妹妹为他斟满一碗酒，复又嫣然一笑，完全看不出一点气恼的神色了。毛问智捧起大碗，把一碗酒咕咚咚地喝光了，向众酒友亮了亮碗底，得意扬扬地坐下。太阳妹妹把酒坛子放回去，便转身进了屋。

叶小天这一桌无人注意这段小插曲，格哚佬正高兴地对叶小天道："小天兄弟，你给孩子起个名字吧。"

此时叶小天早已神志不清了，听人和他说话，就以为是在劝酒，于是指着酒碗，大着舌头道:"酒,酒……"

苗人本就有见着什么就给孩子起个什么名字的习惯,格哚佬只当他是给自己儿子起名为"酒",格哚佬琢磨了一下,道:"酒,酒儿,小酒儿,哈哈,这名字好!老婆,老婆,咱儿子有名字啦,就叫'咪酒'。"

叶小天用力点头,舌根发硬地点道:"酒!对!酒,米酒……"

小家伙被他的母亲从父亲怀里接过去,嗅到母亲身上熟悉的味道,小家伙的小脑袋立刻拱呀拱地找起奶来,浑然不知某个酒鬼这么不负责地给他起了个将要伴随他一生的名字"酒",并且因为当地苗人习俗是子以父名为姓,他的儿子也要"酒"上一生。

酒宴散了的时候,叶小天和毛问智都喝多了,华云飞和邢二柱一人架着一个,回到了格哚佬安排给他们的住处,叶小天和毛问智往榻上一躺,就伴着山野间的青草香气呼呼大睡起来。到了半夜时分,华云飞和邢二柱突然被一阵叫嚷声吵醒了。

房间中央的篝火还亮着,二人爬起来循声看去,就见毛问智躺在榻上,双眼紧闭,双手在胸前挠来挠去,口中时而叫唤一声,时而嘟囔一句:"俺烧心哪,刺挠啊,咋这么不得劲呢……"

华云飞还以为他是喝多了说梦话,一笑之下便想躺下再睡,不想不知何时毛问智已经把自己的袍子扒开了,露出了赤裸的胸膛,华云飞借着篝火的光亮看到毛问智赤裸的胸口,顿时头皮一麻,浑身泛起一种冷飕飕的感觉……

第二十六章

饶舌之蛊

一

　　毛问智的胸口高高隆起，皮肤已经变成了黑紫色，仿佛下边有一头怪兽正要挣脱束缚爬出来似的在皮肤下面不住地蠕动，带得那皮肤也一起一伏，显得十分可怖。
　　与此同时，毛问智的胸口不断地长出绿色的长毛，毛问智在昏睡中不时挠上两下，似乎每挠一下，那绿毛都更茁壮一分。邢二柱看到这一幕，吓得一声尖叫，抓过被子掩住身子，牙齿便开始打战。
　　华云飞惊怵地道："这是什么玩意？"
　　他握着刀，想了想，悄悄挪近叶小天，拍了拍他的身子，想把他唤醒。叶小天酒醉之后不吵不闹，不哭不叫，属于酒品最好的那一类人：睡觉。叶小天睡得正香，忽然被华云飞拍醒，叶小天睁开蒙眬的醉眼，道："嗯，怎么了？"
　　忽然看见华云飞紧张的面孔，叶小天的酒意一下子就醒了，能让这个一向冷静沉稳的少年露出慌乱紧张的神色可不容易。叶小天一下子坐起来，急问道："出事了？"
　　华云飞向毛问智指了指，叶小天扭头一看，惊得一下子跳了起来："这是谁恶作剧，把他胸毛都涂成绿色的了？"
　　华云飞："……"
　　邢二柱拉着被子，遮住身子和大半边脸，只露出一双眼睛，战战兢兢地道："他……他不是被人涂了胸毛，他是刚刚……刚刚长出来的。"
　　"什么？"
　　叶小天一听大惊，急忙跳下地，从篝火中捡起一块燃烧的木棍，走到毛问智面前俯下身去仔细端详。叶小天酒醉之后头脑还没完全清醒过来，迷迷糊糊才会有此举动，否则眼见如此诡异的情景，他又哪敢如此大胆。
　　叶小天走过去时，恰好毛问智的胸口皮肤下面停止了蠕动顶拱，一片平静，叶小天弯着腰仔细观察了一阵，啧啧称奇道："真的，是长在身上的，这家伙怎么长出绿毛来了,莫非是成了精的树妖?"

叶小天一边说,一边伸出手去,揪了揪毛问智胸口的绿毛,这一揪,毛问智那胸口立即又蠕动起来,吓得叶小天一跳好远,惊叫道:"这是什么鬼东西,怎么……怎么会乱动。"

华云飞同山里人打过交道,隐约听说过一些有关蛊的事情,此时想起来,如此诡异的一幕似乎就是中了某种蛊毒,其他毒哪能有此怪异效果?华云飞脸色凝重地道:"大哥,恐怕他是被人下了蛊。"

"下了蛊?"

叶小天一听更是大惊失色,他刚才还用手去摸呢,一听是蛊,登时起了一身鸡皮疙瘩,叶小天急忙道:"我刚摸过的,会不会传染,会不会传染?我不会也长一身绿毛吧?"

叶小天一边说,一边扔下火把,拉开自己的胸襟低头看,还好,胸口白皙,平滑如镜,微微有些肌肉隆起,并没有长出绿毛。华云飞轻轻摇了摇头,道:"还没听说蛊毒也能传染的,大哥不用担心。"

叶小天一听,这才放下心来,又看了看毛问智,奇道:"这究竟是怎么回事,谁会给他下蛊呢?"

这时邢二柱又一声尖叫,把惊弓之鸟般的叶小天吓得一跳,急急转身去看邢二柱。就见邢二柱牙齿打战,指着毛问智道:"他他他……他的嘴……"

叶小天又是一跳,转身看向毛问智的嘴,一见毛问智的嘴,不由也是一声尖叫,就见毛问智的嘴巴忽然之间变成了两条大香肠,难怪这一阵他不说话了,没准是沉甸甸厚厚实实的两块唇肉堵死了嘴巴,说不出话了。

华云飞脸色沉重地对叶小天道:"大哥,咱们怎么办?"

叶小天两眼发直地看着毛问智,看了半晌,突然一个箭步蹿向门口,华云飞不知道他想干什么,赶紧追了出去。邢二柱拉着被子,看看躺在榻上的毛问智,又看看门口,突然怪叫了一声"不要丢下我",就抓着被子跟了出去。

华云飞跑出住处,就见明月当空,清霜遍地,夜色下一片明亮,远处隐隐有瀑布声传来。叶小天昂首站在月色中,长长地吸了口气,双手拢上嘴巴,便放声大呼起来:"展……凝……儿……"

华云飞:"……"

叶小天的一声呐喊,于静寂的夜色中仿佛一道惊雷炸响,先是蟋蟀蝈蝈一类的昆虫停止了鸣叫,接着是周围树上的鸟雀一通乱飞,紧接着散落在灌木山坡中的一幢幢木屋相继亮起了灯光。

最后……

叶小天的住处被火把的海洋包围了。

叶小天光着脚站在房前，看着四下影影绰绰的火把光影，惊讶地道："白天瞧着村子里好像没有这么多人，怎么一下子钻出来这么多人。"

格哚佬在几条大汉的陪同下走过来，老远看见叶小天，便用汉语大声道："小天兄弟，出了什么事啊？"

叶小天喜，迎上去道："啊！哚大哥，你来得正好，我这里有人中了蛊毒，你一定是明白的，快请给他看看。"

格哚佬奇道："有人中蛊？怎么可能，谁会给你们用蛊啊？"格哚佬说着便随叶小天进了房间，毛问智此时已经神志昏迷，躺在那儿一动不动，完全不知道外界已经闹出这么大的动静，只是时不时无意识地嘟囔一句："烧心啊……真不得劲。"

格哚佬一看毛问智的胸口，脸色就是一变，失声道："饶舌蛊？"

叶小天紧张地道："他果然中了蛊？这蛊要命吗，会不会传染？"

格哚佬摇了摇头，道："这蛊不会致命，只是等蛊毒完全发作，毒虫上侵破坏喉咙，这个人就再也开不了口说不了话啦。你这朋友莫非得罪了什么人，怎么会有人给他下这种蛊呢？"

叶小天道："得罪人……这还真不好说，这厮得罪人是很正常的，他就是得罪了人自己也未必知道，可他才到这两天，又与这里人语言不通，何时得罪过人呢？"

这时候，安南天也穿戴停当，在两个护卫的陪同下过来了，他施施然地穿过人群，道："让一让，让一让，叶小天，你三更半夜喊我表妹做什么呀？啊？"

一眼看清毛问智的模样，安南天吓得也是一声怪叫，赶紧退后两步，拍拍胸口道："这骤然一看还真是吓人，这是出什么事了？"

叶小天道："他中了蛊。"说完又转向格哚佬，道："哚大哥，你是这里的首领，一定有办法救他吧？"

格哚佬摇摇头，道："养蛊很麻烦，还很凶险，我不会养蛊。这样吧，等天亮了，我去请格德瓦长老来，或许他有办法。"

叶小天道："还要等天亮？蛊毒会不会提前发作？"

格哚佬道："没那么快，深更半夜不好去打扰长老，还是等天亮再说。"说完，格哚佬就转向他的部众，生气地用苗语大声喝问道："你们之中，是谁向他下蛊的，不知道他是我的客人吗？给我站出来！"

那些举着火把的村中百姓面面相觑，都没有说话，这时候，远处出现一团银光烁烁之物，在月色下显得异常醒目，叶小天喜道："凝儿姑娘来了！"

安南天奇怪地道："隔着这么远，我都看不清，你眼力居然这么好？"

叶小天道："还用看人吗，你看那闪闪发光的，除了她，还能有谁？"过不片刻，就听叮叮当当一阵响，走过来的果然是展凝儿，展凝儿一见叶小天，便没好气地道："你深更半夜鬼哭狼嚎做什么，喊我什么事？"

叶小天道："你明知我在喊你还姗姗来迟，都来了这么多人了，你才到？"

展凝儿道："女人穿衣打扮很麻烦你不知道吗？"

叶小天叹了口气道："这倒也是，光是你这一身银饰，如果换了我佩挂起来没两个时辰都做不到，你能这么快就赶过来，已经令我很是意外了。"

展凝儿乜着他道："讽刺我是不是？当我听不出来？你搞出这么大阵仗，究竟什么事？"

叶小天闪开身子，让她看到毛问智的模样，展凝儿和她表哥一样，也是吓得往后一跳，按着心口道："这么吓人，他中蛊了？"

格哚佬道："嗯！这是饶舌蛊，可以让人哑掉，从此再也说不了话，却不知是谁下的蛊，这人也太不像话了，明知是我的客人，还敢对他下手。"

展凝儿听到这里，脸上倏然闪过一抹异色，似乎想到了什么。

叶小天恰好看见她的神色变化，脱口问道："是你下的蛊？"

展凝儿没好气地瞪了他一眼，怒道："放屁！我根本就不会下蛊！"

叶小天瞪大了眼睛，道："哦……你不会下蛊？那你……那疯蛊……"

展凝儿脸蛋一红，急忙改口道："我……我就会那一种蛊。"

格哚佬看看叶小天，又看看展凝儿，狐疑地道："你们两个在说什么？"

展凝儿赶紧岔开话题，咳嗽一声，板起脸道："我想，我知道是谁下蛊了。"

叶小天、安南天和格哚佬不约而同地问道："是谁？"

展凝儿悠悠然道："太阳妹妹！"

第二十七章

解铃还须系铃人

一

叶小天惊道:"太阳妹妹为何要给毛问智下蛊?"

展凝儿向毛问智一努嘴,道:"那你就要问他喽。"

叶小天看了看毛问智的香肠嘴,对展凝儿赔笑道:"你看他这副样子,就算醒着还能说话吗?他想说话,只怕得有两个人帮他抬着嘴唇才行,好姑娘,你就告诉我们吧。"

展凝儿哼了一声,道:"谁让他口不择言,唱那么难听的歌的。"

叶小天大惊,道:"怎么人家唱歌不好听,你们苗家姑娘就要给人家下蛊吗?这也太霸道了吧?"

展凝儿又好气又好笑地道:"我不是说他歌唱得难听,是说他的歌词难听。说是献给人家太阳妹妹的歌,却唱什么大姑娘浪,说人家姑娘放浪风骚不检点,还不该整治他吗?"

叶小天张口结舌,"啊啊"半晌,才道:"他这么唱,的确太不应该了,可他虽然混账,也不该糊涂到这种地步吧,他当时真说过这首歌是献给太阳妹妹的?"

展凝儿想了想,当时还真没注意,邢二柱脱口说道:"说过!他亲口说过这首歌要献给太阳妹妹,我听见的。"

叶小天和华云飞一起恶狠狠地瞪向他,邢二柱这才醒悟失言,连忙缩着下巴,乖乖退到了一边。

格哚佬站在一旁已经听明白,听说这毛问智对自己女儿不敬,对一个未出阁的黄花闺女说出这样的话来,脸色已经很不悦地沉下来。

叶小天暗暗叫苦,却又不能眼看着毛问智变成哑巴,虽说他若变成哑巴,大概会更可爱一些。叶小天只好赔着笑脸向格哚佬道歉,好话说了一箩筐,格哚佬才松了口,硬邦邦地道:"看你面子,我就不跟他计较了,等天亮,带他来我家吧。"

叶小天苦着脸道："又要等天亮？"

格哚佬道："这还是看你面子，不然就让他哑掉算了，侮辱我的女儿，我怎会如此轻饶了他！"

叶小天不敢再说，只得唯唯称是，格哚佬带着人走了，那些村民见没什么大事，也都各自散去。安南天陪他们说了一会儿话，打个呵欠，也叫上表妹带人回去了。一时间又只剩下叶小天和华云飞、邢二柱三人，陪着一个昏迷不醒的毛问智。

天快亮的时候，毛问智痛醒了，他先是发现叶小天、华云飞和邢二柱正围着自己，紧接着就发现自己的胸口又痒又痛，上面长出了浓密的绿毛，惊骇之下想要问个清楚，不料想开口说话的时候才发觉嘴唇发木，已经肿胀得全无知觉。

最后果如叶小天所说，他是托着嘴唇说话的，只是没有夸张到让别人帮忙托着而已，毛问智一手揪着上嘴唇，一手托着下嘴唇，含糊不清地叫冤："没有啊，俺真没撩拨她啊。"

叶小天道："你是不是唱什么大姑娘浪来着？"

毛问智托着嘴唇道："啊！"

叶小天道："人家好端端一个未出阁的黄花大闺女，你说人家风骚浪荡，有你这么骂人的吗？你要是随便唱个曲开心助酒兴也行，你还点明了是献给人家太阳妹妹的，你怎么就这么浑呢？"

毛问智急了："没有啊，俺哪说她风骚浪荡了？俺是说浪了，可这个浪不是那个浪啊，浪就是……就是夸一个姑娘长得漂亮、大方、爽朗。"

叶小天道："扯淡，你们家夸人家姑娘，就说人家浪啊？"

毛问智道："啊！"

叶小天："……"

华云飞突然明白过来，道："慢来慢来，大哥别急，我来问他。"

华云飞对毛问智道："你是说，在你们关外，浪是夸人家姑娘好，夸人家漂亮、好看、性情直爽的一个词？"

毛问智道："啊！"

华云飞道："大哥，这分明是个误会了。"

毛问智道："可不，在俺们那旮儿浪就是夸人的，这事真整岔劈了。"

叶小天怒道："各地方言确实有些意思相拧的，这是谁不懂装懂，跟人家姑娘说毛问智唱的浪是风骚放浪的？"

华云飞嘴角抽搐了几下，低声道："大哥，是你说的。"

"是吗？"叶小天干笑两声道："这个……我喝多了，不记得了……"

毛问智欲哭无泪地发牢骚："大锅你不懂你问俺哪，你别瞎解释啊，你这不祸祸人呢吗，俺唱锅锅都能唱出毛病来，俺招谁惹谁了……"

※·※·※

一大清早，公鸡刚喔喔叫，叶小天就带着毛问智来到了格哚佬的家，叶小天让毛问智先等在外面，自己入内见到格哚佬，把语言上的误会对他解说了一遍。

格哚佬曾经出山走动过，见过世面，晓得同一个词汇在不同地方的意思确实大相径庭，细想想毛问智也确实没有理由侮辱自己的女儿，便接受了叶小天的解释，把他的女儿太阳妹妹唤到面前。

格哚佬问女儿是不是她下的蛊，太阳妹妹倒很坦白，坦承不讳。格哚佬就把从叶小天那儿听来的解释对女儿说了一遍，太阳妹妹对叶小天的解释有些半信半疑，不过她对叶小天还是很有好感的，再加上又有父亲出面解释，便勉强点了点头，用生硬的汉语道："干爹，你带他进来吧。"

叶小天大喜过望，赶紧出去把毛问智唤进来，毛问智一见太阳妹妹便战战兢兢，明明是一个明眸皓齿的俏丽小姑娘，在他眼中真比凶神恶煞还要可怕得多，叶小天还是头一回见他这么乖，连说话都不敢大声了。

太阳妹妹站在屋檐下乜了毛问智一眼，便踮起脚去够屋檐下挂着的一串咸鱼，太阳妹妹身材娇小，踮着脚伸着手才勉强够到，叶小天见她有些吃力，忙上前帮她把咸鱼摘下来。

太阳妹妹冲叶小天甜甜一笑，道："谢谢干爹！"

叶小天可是全然没有昨日听她这么叫时那种酥酥的感觉了，想起发生在毛问智身上的怪异情形，叶小天心里就有点发毛，面上却又不敢表露出来，于是很矜持地向太阳妹妹微微一笑，尽显长辈风范。

太阳妹妹从那串咸鱼上拆下一条，又找来一根麻绳，将那条咸鱼穿上，踱到毛问智面前，绕着他走了一圈，一只手在他身上按来按去。毛问智硬挺挺地站在那儿，一动也不敢动，额头上渐渐沁出豆大的汗珠。

太阳妹妹转了一圈，又绕回毛问智身前，对他道："弯腰！"

毛问智屁都不敢放一个，立即把身子折成了九十度，太阳妹妹把那条咸鱼往他脖子上一挂，拍拍手，用生硬的汉话道："成啦，回去，走出五百步的时候，把鱼摘下来丢掉。"

毛问智露出一个比哭脸还难看的笑脸，道："是！谢谢太阳妹妹，谢谢太阳妹妹。"

太阳妹妹冷冰冰地哼了一声，转向叶小天时，又露出甜美的笑脸："干爹，要不要在我家吃早餐？"

叶小天赶紧摆手道："不啦不啦，陪着这浑球折腾了一晚上，好困，我先回去补个觉。"

叶小天领着毛问智同格哚佬一家人告辞，急急忙忙就往外走，走不多远，叶小天扭头看了毛问智一眼，惊奇地道："咦，你嘴唇开始消肿了，比刚才小多了呢。"

毛问智板着脸一言不发，目不斜视地往前走，叶小天连忙追上去，道："干吗，生我气啊，我也不知道你们那儿浪字这么讲啊，再说我当时喝醉了。"

毛问智很严肃地摆摆手，还是一言不发，也不多看叶小天一眼，嘴唇翕动着继续前行。叶小天有些纳罕，再度追上去，就听毛问智小声地数着："三十六步，三十七步，三十八……"

叶小天哑然失笑，只好摇摇头，陪着毛问智一步一步地数回去。两人数到小桥边的时候，展凝儿一身光鲜地从岔路口走过来，一见毛问智直眉瞪眼的窘样，便掩口笑道："太阳妹妹帮他解了蛊啦？"

毛问智目不斜视，生怕数错了一步，他极认真地数着步子过了桥，叶小天站住脚，向展凝儿拱手道："多谢姑娘提醒，要不然我们还不晓得怎么回事呢，太阳妹妹已经帮他解了蛊毒了，要他数五百步后抛掉咸鱼，他怕数错了步子，所以不敢答话。"

展凝儿笑道："难得，难得他能这么老实，你能这么客气。"

叶小天赧然道："其实我对姑娘你一直客气得很，只是有时候阴差阳错，若不动心机，就被你打成猪头，奈何？"

展凝儿瞪了他一眼，道："我有那么霸道吗？"

叶小天嘿嘿一笑，避而不答，心中又想："贵州三虎之一，你说霸不霸道。"

叶小天忽又想起一事，忙道："呃……昨夜姑娘说，你并不会下蛊，那我所中的疯蛊……"

展凝儿马上打断了他的话，道："谁说我不会？我就会那一种，你确是中了疯蛊，而且无解的，你就不要想着还能治好了。"

两人在桥这边说话的当口，毛问智已经谨慎地数着数过了桥，继续往前走，走出大约几十步，拐过一片灌木丛，前方突然出现一个黑袍人，身后还带着两个白袍侍卫，正是蛊神殿的格格沃长老。

格格沃长老上次在叶小天身边见过毛问智，便停住脚步，傲然问道："那个叶小天呢，他在哪儿？"

毛问智眼看就要数完五百步了，生怕被他一打岔忘记了数字，也不敢答应，只是昂首挺胸地往前走，格格沃的眉毛跳了跳，心道："这人怎么谱比我还大，我胸前挂蛊神坠，他胸前挂咸鱼，这算什么？咸鱼教的？"

格格沃带些怒气道："本长老问你话呢，叶小天在哪儿？"

毛问智摆摆手，直眉瞪眼地从他身边走过去了……

第二十八章

谈蛊色变

一

　　格格沃见毛问智如此倨傲，不觉着恼，立即回身喝道："你给我站住！"
　　两个白袍侍卫一见长老大怒，马上拔刀冲了上去。
　　"四百九十八步，四百九十九步，五百步！哈，到啦！"
　　毛问智终于数足了五百步，这五百步，他可是一点也不敢马虎，毛问智从脖子上摘下咸鱼，往地上一扔，忽然发觉那咸鱼肚子鼓鼓的，不由惊讶了一声。方才太阳妹妹为他戴上咸鱼的时候，这咸鱼明明是扁扁的身子，鱼干嘛，怎么可能肚子鼓鼓？
　　毛问智纳罕地蹲下，仔细看看那条咸鱼，顺手拾起一根木棍，捅了两下，不小心把那鱼肚子戳破了，突然有数不清的白色小虫子从里边争先恐后地爬出来，把毛问智吓得一跳老高，转身就跑。
　　格格沃的两个侍卫刚追上来，就见毛问智甩开两条大毛腿跑回来，不由得一呆："我们还没吓唬他呢，他怎么吓成这副德行？"
　　毛问智看到他们如见救星一般，变声变色地大叫起来："啊！虫子啊，好多虫子啊，白白胖胖的恶心死人的虫子啊，可吓死爹啦！"
　　毛问智一边叫一边又"跳起了大神"，格格沃瞪着手舞足蹈的毛问智正要发火，忽然一眼看见地上那条咸鱼，见有许多白虫子从里边爬出来，不由恍然道："哦！饶舌蛊。"
　　格格沃上下看了毛问智几眼，问道："有人给你下蛊吗？"
　　毛问智刚刚镇静下来，听他询问，下意识地就想说一句"关你屁事"，但是他突然想起这老家伙一口就叫出了"饶舌蛊"的名字，心头不由一凛："别是这老家伙也会下蛊吧？他不是什么蛊神殿的长老吗，他一定会下蛊。"
　　若是换作昨天以前，毛问智对蛊毒一类的说法一定不屑一顾，现在却是敬畏莫名，他学了个乖，马上老老实实地答道："是！哚首领的女儿太阳妹妹给俺下了蛊，今儿一早对她好一番央求,她才给俺解掉,说是叫俺走五百步后再把鱼丢掉,俺怕数忘了步子,所以……"

格格沃道:"哦,原来如此,五百步只是一个大概的时间,你站在原地估摸时间差不多了,把鱼丢掉也就是了,倒不必一定要走上五百步。"

毛问智虚心求教道:"什么时间差不多了?"

格格沃向地上那条鱼干努了努嘴,道:"自然是等你体内的虫子钻进那条鱼腹的时间。"

毛问智大吃一惊,道:"那些……虫子,本来是在俺肚子里的?"

格格沃微笑着点了点头,毛问智立即弯腰大呕起来。

格格沃本来是要问他事情的,见此情形只好捏着鼻子让开两步,他见毛问智呕得太夸张,还好心劝道:"你不要呕了,那些虫子在你肚子里时并不是这副样子,比这可要狰狞多了,自你体内出来后,它们就不再是蛊,这才变成普通虫子的模样,还有什么好恶心的呢?"

"呕……呕……"

毛问智最怕虫子,一听说这些恶心虫子在他身体里时比现在的样子还要恶心,更是大呕特呕起来,格格沃站在一边好不郁闷,总不能让他一边呕吐一边和自己说话吧,那多恶心?堂堂蛊神殿长老,站在一边陪人呕吐,更不像话。

眼见毛问智呕个没完,格格沃摇了摇头,带着两个随从转身离开了。等他们一走,毛问智就直起了腰,他恶心虫子不假,呕吐也不假,但这真里却掺了一半的假,他有些故意夸张了。

方才格格沃问他的那句话他听到了,他知道这老家伙对叶小天不怀好意,可又怕他下蛊,不敢明着对抗,才耍了一点小聪明。等格格沃一走,他马上钻进林子,朝来路飞奔而去……

蛊,自古就有这么一个字,它最初的时候并不仅出现于苗疆,也并非神秘到了许多中原地区的人闻所未闻,否则造字的圣人也不会造出这么一个字来了,只是由于适宜发展的环境不同,它在苗疆这个地方发扬光大了而已。

就像辣椒传进中国,哪儿都有种,偏偏就在川、湘、黔一带最为盛行。又比如芥末在春秋战国时就是中国人惯用的调料,却在日本发扬光大。还有咸菜,自三国时期传入朝鲜,几乎就成了他们的标志。

蛊,上边一个虫字,下边一个器皿的皿字,言下之意,虫子放在器皿内,为蛊。事实上也是如此,养蛊人就是把许多毒虫放在一个器皿里,让它们互相吞食,最后活下来的那只未死的毒虫,便成了蛊。

当然实际上的操作不仅仅这么简单,其中还有许多秘法,这只是养蛊人的简单介绍，造出蛊这个字的人显然也知道这种养蛊之法。李时珍此时已经老迈了，他的《本草纲目》已经完成，当中也提到了蛊，言曰："取百虫入瓮中，经年开之，必有一虫尽食诸虫，此即名曰蛊。"

显然，李时珍也知道蛊的养法，他本就是湖南湖北一带的人，又常入深山采药，尝尽百草，接触这种事物的机会自然极多，所言当有所据。不过，李时珍在书中说，蛊是一种专治毒疮的药。

苗人习蛊者大多也是用来治病的，他们住在深山大泽之中，环境相对恶劣，各种毒虫毒蛇又多，中毒是家常便饭，有"毒中王者"的蛊来克制各种毒虫，相对就安全得多。苗人部落里的巫师除了问卜吉凶，最大的作用就是当兼职医生，他们研习蛊术的目的也就在于此。

这是展凝儿向叶小天介绍的内容，展凝儿当然不会蛊术，其实大部分苗人也都不会蛊术，但是展凝儿毕竟是苗人的一分子，再加上她出身世家，这种秘辛掌握得就多些。

展凝儿道："习蛊术的多是妇人，一则是为了给家人治病，防治各种毒虫，二来女儿家习了蛊术，便也多了一门防身的技艺，我们苗家女子是'嫁出去的姑娘，泼出去的水'，即便受了丈夫欺负，娘家也是不会跑到女儿家里去为她撑腰的，部落首领也不理会这种家务事，想要有所保障，就唯有修习蛊术。"

叶小天心想，如果桃四娘习有蛊术，而且舍得对丈夫下手，那么徐伯夷也就不敢那么对她了吧？可是想想要是娶个苗女在身边，一旦得罪了她，她就有可能神不知鬼不觉地在饭里、水里或者酒里给你下蛊，叫你从此乖乖驯服，叶小天便有种毛骨悚然的感觉。

叶小天道："我看毛问智中了蛊毒之后，其形其状诡异可怕至极，如果你们苗人尽习蛊术，那不是打遍天下无敌手了？"

展凝儿道："蛊是要用自己的血来养的，要捉很多毒虫，有时候一罐子毒虫全死了，还得从头培养，历经数年甚至十数年时光，才能养成一只蛊虫，用过之后就没有了，还要从头养起，你以为这是撒豆成兵那么容易。再说万物相生相克，蛊也不是无敌的，天下间尽多奇人异士，太过倚仗蛊术，难免招惹祸灾。"

两人正说着，格格沃便领着两个侍卫从远处走来，毛问智路径不熟，从密林中穿过来时，格格沃已经到了，只好站在林边树后偷偷摸摸看着，对这些会摆弄毒虫的家伙，毛问智现在是深为畏惧。看着看着，毛问智突然发现，对面林中似乎也有人。

格格沃见了叶小天，倨傲地扬起了下巴，道："叶小天，原来你在这里？"

叶小天知道这格格沃对自己颇有敌意，不禁皱起了眉头，道："原来是格格沃长老，长老找我有什么事吗？"

格格沃道："有位贵人听说你很受尊者赏识，颇有些好奇，想要见见你。"

叶小天奇怪地道："谁要见我？"

这格格沃在此地已经是贵人了，能被他尊称为贵人的，又是什么人？展凝儿已经明白过来，冷笑道："姓杨的要见我朋友做什么？他鬼鬼祟祟自己不露面，却打发你来，你堂堂蛊神殿长老，成了替人跑腿传讯的下人吗？"

格格沃老脸一红，恼羞成怒地道："展姑娘，你怎么可以对本长老口出不逊？我……我是进村去找格哚佬商量事情的，顺道替他传个口信而已。"

叶小天向展凝儿问道："他说的贵人是什么人？"

展凝儿横了格格沃一眼，说道："那人就是安宋田杨四大天王中的杨天王，就因为有他全力支持，格格沃才野心勃勃想成为新一任尊者，你不用理会，那人口蜜腹剑，不是好人！"

展凝儿话音刚落，旁边林中便传出一阵朗声大笑："哈哈哈，展姑娘，杨某何时得罪了你呀，叫你对我有这般成见？不过，能蒙你赞一声天王，杨某也是心中窃喜呢……"

第二十九章

杨天王

一

叶小天本以为展凝儿口中那个口蜜腹剑的小人必定生得獐头鼠目,却不料从林中走出来的居然是一个成熟、英俊、潇洒、极富魅力的中年男人,身材颀长,面如冠玉,目似朗星,温文尔雅,那是最令少女为之心动的一种男性魅力。

同一个这样的成熟的充满了男性魅力的男人站在一起,像叶小天这样年纪轻轻、相貌清秀的青年,就像站在太阳旁边的一颗星星,立即就被夺走了所有的光辉。

尽管如此,偏偏还令你生不起半点抗拒反感之意,你会觉得像他这样的人,本就应该一出现就吸引所有人的眼球。 只不过,展凝儿貌似不是正常的女人,见了这样令少女们一见便会为之倾心疯狂的美男子,她不但没有一点着迷的样子,反而露出了明显的敌意与厌恶。

那个美男子施施然地向他们走过来,步履非常从容,叶小天注意到,他只穿了一袭玉色轻衫,衫角领口的花纹淡到不细看就看不出来,可就是这样一身素色衣衫,穿在他的身上,却让他整个人焕发出一种美玉般的润泽光彩。

他的衣衫一尘不染,发髻梳得一丝不乱,脚下那双靴子,就连白色的靴缘都没有染上一丝灰尘,常有人把皎洁纯净、美丽绝伦的女子比喻为玉人,这个已过中年的男子,竟也能够给人这样一种感觉。

展凝儿扬起下巴,冷笑道:"看吧,我就说你藏头露尾,你这毛病还真是一点没改,既然说要格格沃长老替你传信,你自己偏偏还要跟来,躲在一旁鬼鬼祟祟。"

中年美男子哈哈一笑,道:"展姑娘,你误会了。杨某托格格沃长老捎信的时候,还不知道这位小兄弟是你朋友,及至得悉此事,杨某为了表示对展姑娘的敬重,这不就亲自赶来了吗?"

叶小天看着这个很具魅力的中年人,心道:"他就是贵州四大天王中的杨天王?却不知这位杨大土司叫什么,对京城那些官,我门儿清,对贵州这边的土皇帝们实在是不大了解。"

那号称杨天王的中年男子笑吟吟地对格格沃道："有劳格格沃长老了。"

格格沃拱手还礼道："土司大人客气了，既然土司大人亲自来了，那么我就告辞了。"

格格沃向那中年男子点点头，举步向村中走去。中年男子转向叶小天，道："叶兄弟，你不要误会，杨某对你没有丝毫恶意。只是尊者他老人家近几年来都不大见外人了，就连身边八大长老，他肯接见的机会都不多。杨某自从到了蛊神殿，也只蒙他老人家接见过一回，却不想小兄弟你竟能受到尊者青睐。杨某动了好奇之心，又因深山枯燥，无所事事，这才邀你一见，听说你还是展姑娘的朋友，那好极了，展姑娘，不如就由杨某做东，邀你二人饮宴，可好？"

展凝儿硬邦邦地道："你让我去我就去，那我多没面子，你那地方，本姑娘不想去。"

杨天王不以为忤，微笑道："好，那我给足你面子，我们就在这里吧。"

杨天王往山坡上一指，道："幕天席地，面临大湖，听涛饮酒，不亦快哉。"

展凝儿皱了皱眉，道："我出来时不曾说与表兄，若是回去晚了恐表兄着急……"

叶小天察言观色，心中暗想："别看展姑娘对他的样子看起来凶巴巴的，恐怕只是占了女儿家身份的便宜，知道使使小性子也不会真的得罪了他。但是真要拂却此人颜面的时候，她还是顾忌很深的。安家不是安宋田杨四大家中的土司王吗？排名第一的土世司家。她外公是土司王，又何须忌惮他人？看起来，这排名是一回事，实力却是另一回事了，这个杨大土司虽然在四大天王中排名居末，论实力却未必如此。至少那田家既然在开国时候就被太祖皇帝阴了一把，接着又被成祖皇帝揍了一顿，元气至今就没恢复过来，田家排名第三的这把金交椅，可能早就坐不稳了。"

叶小天对贵州的土司老爷们不太了解，正常来说，以他的身份，就算定居贵州，和这些大人物们也是八辈子都不可能有半分交集，也没有必要打听他们，田家的经历，还是他到了铜仁之后才渐渐了解到的。

但是叶小天此时察言观色，所做出的推测竟是八九不离十。安宋田杨四大家中，排名居末的杨家，实力此时已经隐然跃居首位，成为真正的土司王了。只是依据家族传承之悠久和实力排序叫惯了的安宋田杨四大家，大家一直就这么叫了下来，这又不是华山论剑，时不时还要重新排排名。

杨天王颔首笑道："呵呵，安南天吗？好，那么就请展姑娘先去知会令兄一声吧，如果令兄有暇，不妨请他同来。杨某先去准备，三炷香的时间之后，杨某在山上恭候大驾。"

杨天王说完，便向两人拱拱手，微笑着离去。

叶小天道:"这人是谁啊,看起来很威风的样子。"

展凝儿道:"他是播州土司,叫杨应龙。唐末时候,他的先祖杨端打败了南诏,割据播州,从此不管江山如何变幻,杨家都占据播州,世袭罔替,到如今已有六百多年了。杨应龙是隆庆五年继承他爹职位的,在位仅九年,杨家便势力大涨,此人很是了得。"

叶小天赞同地道:"我看也是,杨应龙,人中之龙啊!此人有权、有财、有貌,不过凝儿姑娘你好像很讨厌他啊?"

展凝儿凶巴巴地瞪向他道:"怎么,我不能讨厌他吗?"

叶小天赶紧道:"可以,当然可以,只是……我看这位杨天王实在挑不出一点叫人讨厌的地方呢。"

展凝儿冷笑道:"那是因为你还不了解他那不足为人道的嗜好。"

叶小天道:"此人有何嗜好?"

展凝儿鄙夷地道:"此人……此人性喜渔色……"

叶小天道:"哦……男人不色,何来男人本色?不色,是没有能力色。这位杨天王位高权重,称霸一方,再加上一副风流倜傥的好相貌,喜欢女色,也无可厚非啊。"

展凝儿脸蛋微微有些晕红,似乎有些忸怩:"你不懂!他……他要只是好色原也没有什么,只是此人性好妇人。而且色胆包天,但凡他看中的妇人,不管什么身份,他都要想方设法弄到手,真是……真是无耻……"

叶小天道:"原来和曹操一个毛病啊。"

展凝儿道:"嗯!就是跟白脸曹操一个德行!"

叶小天道:"啊……啊……"

展凝儿瞪眼道:"你啊什么?一副心向往之的臭德行,你很羡慕是不是?"

叶小天无辜地道:"我哪有,我只是觉得不可思议,放着黄花大闺女不要,偏偏喜欢妇人,唉,这些有权有势的人,大概是对越容易得到的就越没兴趣,比如你表哥……"

展凝儿"啪"地一拍刀柄,叶小天立即收声,小声嘀咕道:"我又没说假话,凶什么凶?"

展凝儿拔出刀子一指叶小天,娇叱道:"我有凶过你吗?"

叶小天:"……"

这时,早已走到二人身边,却因为二人一直在斗嘴,以致被完全无视了的毛问智咳嗽一声,彬彬有礼地道:"请问两位,俺可以插一句吗?"

叶小天奇怪地看了他一眼,道:"你一向爱诈唬,什么时候变这么乖了?"

毛问智苦着脸道:"不乖不行,苗女凶猛啊!"

展凝儿："……"

叶小天心道，这货哪壶不开提哪壶，这丫头要是一发飙，倒霉的十有八九还是我，于是赶紧岔开话题道："你要说什么？"

毛问智这才想起正事，一拍后脑勺道："你们快看山上。"

叶小天和展凝儿扭头向山上望去，不知何时，突然出现了许多身着锦衣的豪奴，那里一片杂草丛生，中间零落地生长着几棵小树，那些豪奴抽出锋利的佩刀一通劈砍，片刻工夫就将小树伐去，绿草平齐，仿佛一块鲜绿的地毯。

随后又有十六名赤裸着肌肉的力士扛来一捆捆从西域重金买来的豪华精美的驼毛地毯，将它们平铺在绿草地上，接着又有人在地毯四周插下铁头的竿子，开始架设天窗花架，又把一匹匹锦绸花缎绕着那竿子围成幔墙。

幔墙刚一围好，就有许多鲜衣豪奴出现，捧着各式坐具、卧具、长几、矮凳，以及金银各式器皿，一一走进围幔当中去，又有许多彩衣妙龄少女，或抱琵琶，或持长箫，轻盈地自林中走来，仿佛一群美丽的仙子。

那个地方正是杨应龙方才信手一指说要宴请二人的所在。那里本来杂草丛生，可是就只这片刻工夫，这片平平无奇的荒草地就变成了一座行宫，豪奴竭诚侍奉，丽人赏心悦目，丝竹之声隐隐，酌金馔玉，富丽堂皇。

这杨应龙的信手一指，竟然有点石成金的神效，叶小天不由惊叹道："大丈夫当如是也！"

展凝儿乜着叶小天道："彼可取而代之。"

叶小天惊喜地道："我行吗？"

展凝儿飞起一脚，没好气地道："行个屁！你以为你是项羽啊！"

第三十章

赤裸裸的挖墙脚

一

叶小天"哎哟"一声，捂着屁股道："你还说你不凶……"

展凝儿冷笑道："这就叫凶？这还是轻的呢！走，赴宴去，记住，一会儿多吃菜少喝酒，话不要乱说，一切看我眼色行事。"

展凝儿像只傲娇的孔雀般走在前面，叶小天受气的小媳妇似的跟在后面，小声跟毛问智嘀咕："你说她这么凶，将来怎么嫁得出去。"

毛问智道："大哥，这话可不对啊。俺只听说过讨不着老婆的光棍，就没听说过嫁不出去的姑娘。这女人吧，她再丑再凶，只要不挑，就一定嫁得掉，再说人家展姑娘长得仙女似的，还能没人要？"

展凝儿负手而行，好像没有听到他们两人说话，其实一直竖着耳朵听着，听到这里，下巴翘得更高了。叶小天板起脸道："人家请我吃酒，你跟来干什么，病才刚好，回去歇着吧。"

毛问智道："大哥说的是！俺现在还真是哪儿都不想去，二柱说的对，这旮旯太危险了！"毛问智说完就迫不及待地溜掉了，叶小天本想拿捏这吃货一把，不想竟是这样一个结果，只好哭笑不得地看着他远去。

山坡上魔法般出现了一座美丽的行宫，那帐顶有些像游牧民族的帐篷，却又不完全相似，它不在乎实用性和耐损度，更注重华丽的装饰效果，上边金银的花饰在阳光下熠熠放光。

展凝儿走到那座华美的行宫前，马上就有锦衣侍卫上前，向她弯腰一礼，做出有请的姿势。

展凝儿见杨应龙没有亲自出迎，不由冷笑一声，不过细论起来，杨应龙虽与她是同辈，却是杨氏大土司，身份比她父亲还要高些，原本就无须出迎，她也挑不出不是，便不悦地走向那道锦缎悬挂的帐门。

"呵呵，你们来啦，坐，请坐上座！"

杨应龙早已在帐中相候了，帐中铺着名贵的波斯地毯，靠垫、坐枕、矮几，一应俱全，矮几上有金杯玉盏，还有盛着色诱人涎的水灵灵的各色水果。

杨应龙换了一身便袍，卧于一张巨大的白熊皮上，倚着靠枕，一见他们进来，便笑吟吟地坐起，道："展姑娘，叶兄弟，请坐！"

杨应龙下首早已设好两张席位，一左一右，自然是给叶小天和展凝儿准备的，展凝儿随手挑了一张座位坐下，叶小天便也在另一边席后就座。

这时两名白衣侍女捧着细颈长瓶上前为他们斟酒，叶小天自昨日经历了毛问智的遭遇以后，心里也有了些阴影，虽瞧那酒浆澄澈，心里还是有点担心，但他瞧了展凝儿一眼，见她神色自若，便也放下心来。

且不说以杨应龙的身份，要对付像他这样的人就没有下毒的道理，就算想下毒，也不会当着展凝儿的面。展凝儿固然忌惮杨应龙，杨应龙对安家和展家又何尝没有忌惮，如非已成死敌，不会贸然下毒手的。

那两个侍女虽是身份卑微的奴仆，但玉颈修长、身材高挑，浓黑的云鬓高挽，如同两只天鹅般美丽高雅。她们弯腰斟酒时，领口半敞，可以看见纤巧的锁骨和一痕雪玉般的肌肤，衣袍下有两颗珠状物微微摇颤出诱人的涟漪。

叶小天正是知慕少艾的时候，美丽的异性对他而言有种特别的吸引力，如此美景岂不心动，不由深深地看了两眼。杨应龙看似随意，其实一直在观察他的神色，见此情景，不由微微一笑。

两个美貌侍女斟完酒后便轻移莲步，悄然退到一边，捧瓶站定。围幔旁边，又有许多美貌乐师，这边菜肴一上，檀板轻鸣，丝竹弦管便合奏起来，声音柔和，既不会影响主人与客人谈话，又能很好地烘托气氛。

两个粉光脂艳、美丽动人的舞姬身着诱人舞服姗姗而上，将一只青铜莲花的香盒置于三席中间，点上一枝天竺占婆香，便在袅袅轻烟、淡淡幽香中玉足轻踏，飞雪回旋般舞蹈起来。

杨应龙作为主人，先向二人敬了一杯酒，持箸挟了口菜，笑道："杨某和展姑娘熟悉得很，在水西的时候经常可以见到。倒是这位叶兄弟面生得很，你也是水西人？"

叶小天欠身道："杨土司误会了，在下本是京城人氏，因为一桩事情离开京城，在葫县的时候与展姑娘相识。"

"哦？"

杨应龙愣了愣，看看展凝儿，再看看叶小天，露出恍然神色，道："原来如此，呵呵，小天兄弟俊逸不凡，一看就是人中龙凤，展姑娘那就更不用说了，水西大族、名门之后，两位般配得很，难怪一见钟情了。"

展凝儿先前说叶小天是她朋友，只是出于好心，想给叶小天一个保护，可不想真被人误会他们是情侣，再加上刚才上山时叶小天还在背后嘲笑她嫁不出去，展凝儿正生气呢，这时正好反唇相讥。

展凝儿马上道："杨土司，你这眼光着实差了点，本姑娘就算不是一只天鹅，难道就得嫁给一只癞蛤蟆。"

杨应龙一愣，叶小天马上反击道："杨土司的确是误会了，在下就算是一只癞蛤蟆，难道就非得娶一只母癞蛤蟆？"

"你……"

展凝儿瞪着叶小天，杏眼中几欲喷火，看样子若非在他人宴席上，就要对叶小天报以老拳了。叶小天回了她一个挑衅的眼神，心道："就兴你羞辱我，还不许我还嘴吗？"

杨应龙哈哈大笑道："你们还真是一对欢喜冤家，好好好，不是情侣便不是情侣，今日饮宴当一团和气，你们不要斗气啦。小天兄弟，你与展姑娘既非情侣，缘何受展姑娘之邀来到这里呢？"

叶小天苦笑道："杨土司，在下并非展姑娘相邀而来，而是为了追索两个掳走亲人的贼一路到了这里，谁知竟引起了格格沃长老的猜忌，不许我们离开，这才有了阴差阳错见到侍神尊者的事。"

杨应龙目芒微微一闪，追问道："掳走亲人的贼？"

叶小天点头道："不错！在下有一个小妹，虽然没有血缘之亲，却患难与共，情同手足。在铜仁的时候，我把她寄放在客栈中，去寻访另一位朋友，谁知她却出了事……"

叶小天把发生在铜仁的事对杨应龙简单地说了一遍，恳求道："杨土司，格格沃长老既是你的朋友，能否请你代为说项，让他放我们离开啊，遥遥被人掳走，迄今下落不明，每每想起我都揪心得很。"

杨应龙深深地望了叶小天一眼，缓缓点头道："原来如此，回头我跟格格沃长老谈一谈吧，不过他这人固执得很，只怕不容易说通。"

杨应龙微微一笑，道："却不知叶兄弟你是如何得到尊者赏识的，若是能让格格沃明白这一点，说不定他就会放你离开了。他这个人啊，什么都好，就是有些功利心，对这尊者之位，他眼热得很呢。"

叶小天摇头道："在下也不知那位尊者为何要留我聊天，当时……似乎也没说什么。"

叶小天就把当时同尊者见面交谈的内容对杨应龙说了一遍，杨应龙看出叶小天不似作伪，可仔细想想他和尊者见面所谈的内容，反而更加摸不着头脑了。

因为叶小天说话诙谐有趣？岂有此理！尊者平素不苟言笑，呆板讷言，是个喜欢说笑话的人吗？再说尊者作为一个用蛊高手，确实有种很奇妙的感应，可以预知死期将近，一个明知快死的人，还这么有心情听笑话？

杨应龙思来想去，也只能将尊者对叶小天莫名的好感归结为缘分了。世上也只有这种东西，才是不可捉摸也没有道理可讲的，或许叶小天就是合了尊者的眼缘，所以引起了尊者的兴趣。

想到这里，杨应龙放下酒杯道："呵呵，或许是因为尊者与你有缘吧，叶兄弟，杨某有一件事想拜托你，来日你同尊者聊天的时候，可否探一探他的口风，问问他是否已经确定传承人选呢。"

叶小天道："我听凝儿姑娘说过，似乎尊者要在归天之前才会获得蛊神指示？"

杨应龙作为一个上位者，同格格沃一样，对于蛊神是否存在存有疑虑，即便蛊神真的存在，一个神会无聊到干涉人间的信徒们选首领？杨应龙一直深深存疑。杨应龙真正在乎的是蛊神在苗疆各部之中的影响，是作为蛊神代言人的尊者可以发挥的巨大作用。

杨应龙淡淡一笑，道："展姑娘所知也是有限，有的人天年将尽时，提前很久就已卧床不起人事不省了，这时蛊神即使赐下神谕，一个昏迷不醒的尊者又如何向信徒们传达呢？所以很多时候，尊者都是提前得到神谕的，只是因为担心节外生枝，所以秘而不宣。"

叶小天心中暗道："果然如此。"

虽然他知道了蛊毒的可怕，却还是不信有什么蛊神。作为天牢狱卒，他见多了落败的上位者，早就明白了这样一个道理：决定一切的是实力和智慧，即便真有神明，那也是神是神，人是人，神不会来干涉人的世界。

杨应龙道："还有一点，如果尊者还没有选定继承人的话，那么……"

杨应龙的神色有些严肃起来，他微笑的时候，给人的感觉和煦如春风，但只是颜色稍稍一正，便有一种不怒自威的威仪，尽管叶小天见惯了大人物，心还是不由自主地跳快了一些。

杨应龙道："那么……我希望你能为格格沃长老说几句好话，呵呵，尊者听到了，蛊神也就会听到，这对格格沃成为下一任尊者将会有很大帮助。"

叶小天没想到杨应龙如此直白，而且是当着展凝儿的面，他们两家各有支持的人，杨应龙这墙脚挖得也太明目张胆了吧？

叶小天道："恐怕……凝儿姑娘不会同意我这么做吧。"

杨应龙微笑道："她此时听而不闻，视而不见，如何反对呢？"

第三十一章

当面密议

一

叶小天一听此言，骇然向展凝儿望去，就见展凝儿依旧坐在那里，手里端着酒杯一动不动，脸上始终保持着不变的神色，就连眼睛都没有眨动一下。一股寒意顿时浮上叶小天的心头："他娘的，难道杨应龙也是一个用蛊高手？"

帷帐后面，格格沃掐捏着指诀控制着蛊虫，从缝隙间看到叶小天震惊的神色，不由阴阴一笑。

杨应龙笑吟吟地道："我们说什么，她现在完全不知道。等她醒来，只要我们依旧在觥筹交错，她也不会发现时间已经偷偷溜走了那么一小段。叶兄弟，杨某的建议，你看如何？"

"这个嘛……"

叶小天用微微颤抖的手指去拈酒杯，借此低头以掩饰心中的惊骇，脑筋急急地转动着，展凝儿如此怪异的表现，十有八九是中了蛊毒，这杨应龙什么时候下的蛊呢，他不会也对我下了蛊吧？如果我拒绝，便图穷匕见？

杨应龙见他低头沉吟，微微一笑，"啪啪啪"地三击掌，那两个捧瓶侍立、优雅清丽如天鹅的美丽少女立即踏上几步，两个粉光脂艳，正在翩翩起舞的妖娆少女也立即敛袖收势，俏生生地站住。

杨应龙道："杨某的身份，你应该已经清楚了，只要你帮我办成这件事，我看你也蛮机灵的，就收你到我手下做事，绝不会亏待了你。这四个女孩你若喜欢，也全都送你，如何？"

四个美丽的女孩俏生生地站在叶小天面前，听到这句话，四双灵动妩媚的大眼睛一起投注在叶小天身上，眸波微微露有些许羞涩，有个脸嫩的捧瓶少女，颊上已经浮起两抹动人的嫣红。

腻脂如玉，暗香浮动，只要点点头，帮人顺势插针地说几句好话，便是四个活色生香的小尤物到手，世上又有几个男人能够拒绝这样的诱惑？叶小天的呼吸不由自主地急促起来。

他甚至没有意识到，杨应龙许诺给他的真正最大的好处，是可以从此跟在杨应龙身边。跟着这个播州的土皇帝，只要能够得到他的信赖，成为他的心腹，那在播州就是一人之下、万人之上的权贵，到时候财帛子女还不是予取予求？

杨应龙微笑地看着叶小天，他看到了叶小天的挣扎，但他笃定叶小天不会拒绝他给予的诱惑，杨应龙决定再加一把力，他又拍了两下手，帐帘一挑，便有两个力士抬着一只铁斗走了进来。

他们的脚刚一踏在那名贵的波斯地毯上，便深深陷进一个脚坑。铁斗上，是冒了尖的沙子，金光灿烂，那是金沙，满满一斗金沙。杨应龙微笑道："只要你答应，这些金子也是你的！"

"为什么杨应龙这么高高在上的一个大人物，肯付出如此巨大的代价拉拢我这样一个小人物？为什么他笃定我会在尊者面前起大作用，仅仅因为尊者说过一句想跟我聊天？这也太荒唐了吧？"

叶小天是个出身低微的年轻人，这世间有许多诱惑是他极度渴望的，比如金钱、地位、美女、权力、尊荣，可是他特殊的生长环境，又使他比大多数同龄人具备更多的理智和自制力。

杨应龙太慷慨了，慷慨得叶小天心中警铃大作，叶小天举起酒杯，又慢吞吞地放下，这一举一放之前，被扰乱的方寸之心已经慢慢平静下来。眼前这个人的家族，自唐朝末年便已成为播州之王，迄今已传承二十七代，眼前这个人，是杨天王。他的饵，是那么好吃的？

叶小天问道："土司大人，您只需要在下说几句话，便付出如此巨大的代价，如果在下根本无法达成您的希望，土司大人岂非损失惨重？要知道，当时尊者只是随口一说，我在尊者面前恐怕根本起不到土司大人所希望的作用。"

杨应龙摇了摇头，道："叶兄弟，你还太年轻，你不会明白，一个寂寞到无人可以信任的老人，就像一个无助的孩子，如果他对一个人产生了好感，就会对这个人产生依赖，这个人能够对他产生的作用是你无法估量的。况且，近几十年来，尊者专心钻研蛊术，对外界的一切人和物都很少动心，他从不曾对一个人这么有兴趣，这个理由对我来说已经足够了。"

叶小天当然不会蠢到去问他为何这么看重一个隐居深山的神秘教派的精神领袖，他很认真地想了很久，才缓缓点头道："我答应你，但是我不能保证我的话真能对尊者有什么影响！"

杨应龙微笑起来："有你这句承诺，那就足够了。"

叶小天道："之前我和尊者说过些什么，土司大人并不知道。可见尊者身边那些人里并没有土司大人的耳目，那么回头我和尊者说些什么，土司大人又如何知道？你就这么相信我，不怕我敷衍你吗？"

杨应龙呷了一口酒，道："你能为了一个素不相识的小女孩奔波千里，甚至不怕搭上自己的性命，你的承诺就足以赢得我的信任。呵呵，这几个女人，还有这斗金沙……"

叶小天道："这个嘛……现在不太方便，想必土司大人也明白的，所以就有劳土司大人代为保管了，事成之后，小天自会来取。"

杨应龙瞄了他一眼，笑吟吟地道："你就不怕我事后反悔？"

叶小天道："以土司大人您的身份地位，说是一言九鼎也不为过。一斗金沙、四名美女，怎么及得上您的信誉值钱！"

杨应龙哈哈大笑起来，举杯道："我真是越来越欣赏你了，你不妨认真考虑一下，如果到我麾下做事，我一定会重用你的！请酒！"

"土司大人请！"叶小天也举起了杯。

杨应龙呷了口酒，从容地道："你能为一个无亲无故的小丫头不计艰险进入蛮荒之地，侠肝义胆，令人钦佩。不过你此时离开怕也无从寻找了。这样吧，杨某吩咐我的人帮你打探一下。"

叶小天刚要道谢，展凝儿突然冷笑着插口道："我已让本地部落帮着找人了，这是他们的地头，如果他们都找不到，就说明那贼人早就远遁了。杨大土司此时才出手，是不是慷口头之慨啊？"

对于展凝儿突然说话，杨应龙毫不惊讶，好像早知道她会此时醒来，杨应龙微笑道："尽人力、听天命而已，杨某也是一番好意啊！"

叶小天呆了一呆，展凝儿竟然在此时醒过来了。再一想杨应龙说的话，叶小天便明白过来：展凝儿中招，很可能就是在自己向杨应龙讲述与遥遥相识经过的时候，所以杨应龙才从这里拾回话头。

叶小天看了看展凝儿，展凝儿神色如常，丝毫没有发觉方才一段时间她如泥胎木偶，对外界的一切无知无识，叶小天对这神奇莫测的蛊术更是心中凛凛、暗生畏惧了。

不过想起方才杨应龙酒色财气数管齐下的拉拢，叶小天又感觉杨应龙不可能给他也下了蛊，否则这财帛女子再贵重，难道还能比命更值钱？一个人如果肯为这些东西动心，又岂能不为保命而答应替人做事？

这样一想可就奇怪了，杨应龙为何舍易就难不用蛊毒呢？叶小天突然想到了一种可能，要说用蛊，恐怕无人能出侍神尊者其右，如果杨应龙给他下蛊，一旦见了尊者，很可能就会被尊者发现。想到杨应龙因为这层忌讳不敢对他用蛊，叶小天稍稍心安了一些。

·※·※·※·

杨应龙方才明明已经与叶小天谈好一切，这时却又煞有介事地向叶小天询问与尊者接触的经过，并请他代格格沃长老说项，叶小天自然委婉拒绝。展凝儿见叶小天没有答应杨应龙的请求，脸色这才好看了些。

酒席宴后，杨应龙飘然离去，那些袒胸力士、锦衣豪奴用比方才更快的速度把锦帐行宫拆除，原地连一点瓜果皮核都没留，如果不是那被砍得平齐的野草，你根本不会想到方才这里竟是一副完全不同的景象。

村中，安南天在毛问智的引领下向这边走来，无所事事的福娃扭着大屁股跟在后面。

安南天是不愿意见到杨应龙的，作为同辈人，长辈总喜欢对各个家族的杰出子弟品头论足一番，杨应龙是长辈们一致认可的人中龙凤，安南天的老爹乃至祖父虽然对杨应龙的迅速崛起深为忌惮，但又不无遗憾，如果这个年轻人是自己家族的后辈那该多好。

所以心高气傲的安南天从小就对杨应龙极为反感，除非不得已，他是不愿意和杨应龙打交道的。可是表妹上山这么久了，他还真有点担心，虽说这杨应龙是出了名的好少妇之色之徒，未必会对表妹感兴趣，可万一……

一开始安南天还不想来，后来越想越不安，于是就让毛问智领他来了，福娃这些天吃了睡、睡了吃，闲极无聊，一见毛问智又要外出，于是也撒着欢地跟了出来。

第三十二章

美妙的误会

一

山坡上，叶小天看着空寂一片的草地慨叹道："杨天王真是好大的排场，笙歌曼舞、锦衣华帐，顷刻间来，顷刻间去，叫人仿佛做了一场华丽的美梦，所谓王侯也不过如此了吧？"

展凝儿撇撇嘴，不屑地道："很了不起吗，如果我想，我也可以。"

叶小天道："你外公是土司王嘛，当然可以啦。嗯，豪奴美婢，锦帐醇酒，邀我饮宴的此间主人却是一个妙龄美貌少女，这可不就是文人墨客笔下的狐仙故事吗？嘿嘿，一定香艳旖旎得很啦。"

展凝儿对文人墨客着实痴迷了一阵，倒是因此读过不少书，不过"四书五经"一类的东西读着太过枯燥，她读着读着最后总是去梦了周公，这种文人士子臆想出来的杂书，她倒是看过许多，自然明白叶小天在说什么。

展凝儿乜着叶小天道："又开始做梦了，我邀你来做什么？切了你做太监吗？"

叶小天道："凝儿姑娘，你可是个姑娘家，怎么什么都敢说啊？"

展凝儿扬起下巴道："我霸天虎有什么不敢说的？"

叶小天忽然笑起来，道："是啊，这儿又没有什么文人才子，你当然不用装温柔淑女了。"

展凝儿冷笑一声，刚要反唇相讥，忽然想起若非他出面揭穿，自己还要被徐伯夷那斯文败类骗得死心塌地，怒气便小了些。可是只一转念，又想起叶小天方才说就算是只癞蛤蟆，也不会娶一只母癞蛤蟆的话来，展凝儿不禁又瞪起了眼睛，向叶小天兴师问罪道："刚才你说什么来着？你说就算你是只癞蛤蟆，也不会娶我这只母癞蛤蟆？"

叶小天暗叫不妙："坏了，她怎么想起这事了？"叶小天赶紧打个哈哈，道："那只是在杨应龙面前才这么说的嘛，男人好面子，凝儿姑娘你多体谅。"

叶小天一边说一边拔腿就想溜走，这时山间忽然吹来一阵风，因为地上野草已经伐平，有细沙被卷起，展凝儿眼睛正瞪得老大，登时眯了眼睛，泪水长流。展凝儿眨了眨眼睛，偏偏那沙子不肯随着泪水淌出来。

叶小天本想拔足逃跑，扭头一看，展凝儿站在那里，伤心得泪都流出来了，心中大悔，自己这么说似乎真的太伤人家女孩子的心了，叶小天赶紧回身道歉，道："我只是随口说说，你哪会是癞蛤蟆呢，世上的母癞蛤蟆如果都像你这么美，那所有的男人都宁愿做只公癞蛤蟆了，你别哭了好吗……"

展凝儿气得咬牙切齿，偏偏瞪不起眼睛，她一只眼睁一只眼闭，泪水迷离地道："放你的屁！我……我眼睛眯了。"

叶小天这才明白是自己自作多情，看看展凝儿难受的样子，叶小天犹豫了一下，道："要不……我帮你翻翻。"

展凝儿本来不情愿，可那沙子磨得眼睛实在难受，自己又无法弄出来，她本是苗疆女子，性情爽朗，不似汉家女一般忸怩，便大方地点了点头，叶小天凑上去，道："你仰起脸来。"

展凝儿乖乖仰起小脸，叶小天小心地翻开她的眼皮，寻找那粒顽固的沙子，这时安南天和毛问智刚刚走到山下，毛问智向山上一指，道："就是那……哎呀妈呀，俺大哥这是干啥呢？哈哈哈……"

站在安南天和毛问智两人的角度看去，展凝儿正小鸟依人地依偎在叶小天怀里，叶小天则捧着她的小脸深情地吻下去，那姿势真是要多暧昧有多暧昧。

山坡上，叶小天全然不知此刻的一幕已经被人看在眼里，并且生出了误会，他仔细观察一阵，道："没有沙子啊，你转转眼珠，我再看看。"

展凝儿转了转眼珠，叶小天喜道："啊！看到了，你别动，我把它吹出来！"

山坡下，毛问智兴高采烈，安南天则目瞪口呆，毛问智转眼看到安南天的神色，小心地道："安大哥，你生气啦？"

安南天道："我生个屁的气啊？要是有人能把这丫头收走，我高兴还来不及呢。就是……就是……"

毛问智道："就是啥啊？"

安南天叹了口气，道："他怎么就亲起来没完了呢，倒是让凝儿喘口气呀……"

毛问智道："你这表哥当得……可真体贴！真的！"

山坡上，叶小天用力吹了几下，可那粒顽固的沙子还是不肯出来，展凝儿眼睛被他一吹弄得更痛了，展凝儿气恼地跺了跺脚，道："你行不行呀？"

叶小天道："怎么不行？是你眼皮太紧了，你别动，马上出来，马上就出来。"

叶小天无奈之下使出了绝招，伸出舌尖飞快地一卷，然后如释重负地松开展凝儿，微笑道："这下好了吧？"

展凝儿微微闭着眼睛转了转眼珠，果然不痛了，只是……

展凝儿用一只眼睛瞪着叶小天，道："你拿舌头舔我？"

叶小天摊手道："不然怎么办，就是取不出来啊！"

展凝儿恨恨地飞起一脚，早有准备的叶小天飞身就走，叫道："喂！你不要恩将仇报啊！"

山脚下，安南天见此情景对毛问智道："看到了吧，你看到了吧？这种女人，有人要就是她的福气了。"

毛问智道："作为表哥，这么说自己的表妹不太好吧。"

安南天唏嘘道："我要不是她表哥，早就诅咒她一辈子嫁不出去了。你是不知道，从小到大，我在她手里吃了多少亏，说起来是闻者伤心、听者落泪、惨不忍睹呀……"

毛问智："……"

·※·※·※·

叶小天和展凝儿一个追一个跑地从山上下来时，安南天和毛问智已经不见了踪影，素知表妹脾气的安南天才不会蠢到留下，一向男儿性格的表妹这还是头一回跟男人这么腻歪，万一她不好意思了，想"杀人灭口"怎么办？

毛问智自从被太阳妹妹下了蛊，看什么都觉得有危险，已经到了风声鹤唳、草木皆兵的程度，一看安南天跑了，他也马上溜之大吉，只有福娃对叶小天最亲，而且没眼神，连蹦带窜地迎上山去。

福娃看见叶小天在前面跑，展凝儿在后面追，还以为他们在做游戏，于是也兴高采烈地陪着他们跑来跑去，有它掺和着，本来展凝儿很容易就可以抓到叶小天，不知怎么，却让叶小天溜进了村子。

看着叶小天远去，展凝儿站住脚步，远远地望着一人一熊落荒而逃的身影，眼神渐渐复杂起来，不知怎么，这种亲密的接触，忽然让她有了一种很特别的感觉，她说不出来，只觉得心烦意乱。

叶小天跑进村子，回头看看展凝儿没有追上来，不由松了口气，他还真有点怕那个霸道女子。目光一转，忽然看见湖对面那座气势恢宏的圣殿，叶小天不由停住了脚步。

圣殿隐于水雾之中，叶小天的心仿佛也浸在一团迷雾里面，现在他心中不解的谜团越来越多了：乐遥在哪儿？抓她的人是什么来历？尊者为何对他独具好感？杨应龙为何肯下这么大的代价攫取一个对世俗权力影响不大的尊者之位？

这种种谜团，一时都没有答案，叶小天隐隐觉得，那两个不知从何处来又往何处而去的贼，之所以掳走遥遥，又来到这么一个地方，似乎也不是一种偶然，难道遥遥的失踪也和这个神秘之地有关？

不远处，华云飞和毛问智并肩站着，一开始他们每次有人出去时，总会留一个人看着邢二柱，渐渐地他们发觉其实根本不用看着，邢二柱是没办法一个人走出这片丛林的。

自那以后他们就不再看着邢二柱了，邢二柱形单影只无处可去，反倒时常主动追在他们身后，此刻邢二柱就站在他们两人不远处。华云飞远远看着叶小天，若有所思地道："大哥似乎有心事。"

毛问智大大咧咧地道："他有啥心事啊，是心里有人了。"

华云飞奇道："有人了？"

毛问智道："不错，大哥吧，喜欢展姑娘了。"

华云飞讶然道："不会吧，那水舞姑娘怎么办？"

毛问智道："那能咋办？凉拌呗，一个做大，一个做小，不就结了？咱们大哥现在都是秀才公了，早晚还是要当官的，要是只有一个女人，他出门都不好意思跟别人打招呼。"

华云飞颔首道："这倒也是，不过……展姑娘好像是苗人吧？我记得苗人是一夫一妻的。"

毛问智道："有钱有势的苗人也是这样？"

华云飞道："唔……"

毛问智："没话说了吧？我说兄弟，你知道啥叫规矩不？规矩，是给需要遵守规矩的人立的。你要有本事，你就不用守规矩，你只需要给别人立规矩，要不咋叫人上人呢，老霸道了！"

华云飞摸了摸鼻子，苦笑道："好像……还真是这样。"

叶小天自然不知这两人在后面的议论，他本来正眺望着迷雾中的圣殿，此时目光却落向湖面，湖面上正有一叶小舟破雾而出，船头站着一个少女，穿着极简单的衣服，以致婉约动人的身材曲线一览无遗。

小船划过平静的水面，站在船头的她就像是踏波而出，自雾中来。

岸边有些正在汲水的苗家女子，纷纷起身向她行礼。

叶小天不认得这个仙妃般的美人，但他认得这个女子的装束，她来自神殿，她是神妃。叶小天心道："莫非……那位侍神尊者要召见我了？"

第三十三章

神奇尊者

一

　　那个神妃果然是奉尊者之命来邀请叶小天的，叶小天跟着她登上小舟，再度来到神殿脚下，登岸后沿着石阶一阶阶走上去，神妃没有把他引入大殿，而是领着他绕着大殿向后面走去。

　　大殿外是一排排巨大的石柱，石柱上满是岁月沧桑的痕迹，走在这宏伟的建筑脚下，人会不由自主地感到自身的渺小，这大概也是设计这座神殿的人的本意，仅仅通过一座建筑，就在不断地给人以暗示，增加自己的威严。

　　神殿的侧后方有一座楼梯，楼梯也是石质的，并不宽，甚至有些狭窄，这么庞大的一座神殿，如果有需要，这个地方自然不可能造得这么节省，那么就只有一种解释：通过这里进出神殿的人并不多。

　　石阶一层层曲折向上，每一层都有通向神殿内部的拱形通道，叶小天沿石阶而上的时候，随意地往那拱形通道里看了一眼，发现里边无论是拱顶还是两侧，都有大量的石雕，仅这就是一项极庞大的工程。

　　神妃在最高一层的通道口停住了，回身向叶小天微微一笑。叶小天跟在她的身后，嗅着如麝如兰的幽香，看着她那娇嫩圆润的小蛮腰款款地扭动，无疑是一种赏心悦目的享受。

　　当这个神妃转过身时，叶小天的目光早已移开，脸上是坦然、从容、真诚、亲切的微笑，一派君子之风。神妃向他嫣然一笑，朝拱形通道内打了个手势，示意他自己进去，叶小天点点头，目不斜视地从她面前走了过去。

　　通道很长，最外缘有光线透入，显得很明亮，越往里走，光线越昏暗，两侧石制的雕像仿佛也要活过来似的，居高临下地注视着他，使得叶小天越来越感到压抑。

　　走着走着，叶小天突然站住脚步，豁然一笑："真是糊涂了，这也应该是设计者的初衷之一吧，如果有人来此觐见尊者，先是看到这么恢宏的神殿，再走过如此庄严甚至有些阴森的通道，等他见到尊者时，怕是惶恐到话都说不出来了。可我怎么也会受此影响呢？"

叶小天在原地静静地站了一会儿，终于彻底摆脱了环境对他的影响，再往前走，有一座座足有三个人身高的沉重拱形木门，门都是关着的，叶小天也不多看，他一直往前走，一直走到通道的尽头，眼前便又明亮起来。

叶小天已经来到神殿的后方，先是一个巨大的空中花园，花园建造在下方殿堂的屋顶，各种奇花异草，古树老藤，还有挂着累累果实的果树，有一道喷泉把澄澈的泉水喷吐到空中，再浇落到一具巨大的石雕上。

叶小天先是有种惊艳的感觉，他游目四顾，欣赏着这仙境一般的所在，然后他就看到了侍神尊者。

一畦地上，种满了低矮的植物，翠绿的叶子，枝茎上缀着一颗颗红玛瑙似的果实，侍神尊者正弯着腰一颗颗摘着，后边有一个侍者模样的人捧着一只竹篮接着。

叶小天走过去，捧篮人听到脚步声回头望了他一眼，这是一个年近四旬的中年人，从他的穿着打扮来看，应该就是侍弄这座园子的园丁，尊者扭头看到叶小天，便笑呵呵地走过来。

他对那园丁吩咐道："拿去清洗一下。"然后对叶小天道："来，过来坐。"

尊者蹒跚地走到空中花园的边缘，在一条长椅上坐下，拍了拍旁边的位置，示意叶小天也坐。叶小天并不是他手下那些诚惶诚恐的信徒，因此毫不推辞地坐下，尊者眼中不禁闪过一丝欣赏的笑意。

如果叶小天对他诚惶诚恐，那他又如何同叶小天谈心呢？他需要一个平等的人来交谈，可悲的是，他在这个位子上太久了，以致他现在想要什么都有，唯独没有朋友，没有一个可以平等交往的人，成了一个高高在上的孤家寡人。

"你叫叶小天是吧，你是哪儿人哪？"

尊者笑微微地开了口，听到叶小天的回答后，尊者用缅怀的语气道："京城？我去过那个地方，年轻的时候我曾游历天下呢，我去京城的时候，正是正德天子在朝，正德皇帝是个很有趣的天子。"

叶小天惊奇地道："尊者见过正德皇帝？"

尊者捋须微笑，轻轻颔首道："嗯！正德天子不喜欢繁文缛节，不讲究上下尊卑，儒家礼法成训祖制，于他而言统统都是狗屁。他建了一座行宫，名叫'豹房'，豹房里不仅蓄养珍奇野兽，而且喇嘛道士、和尚术士，武林高手、倡优艺人，但凡有一技之长者，无所不容。那时候，我正游历京城，小小露了一手功夫，被正德天子请进了豹房，呵呵，豹房豹房，正德天子自己，其实就是那头桀骜不驯的豹子，满朝文武约束不了他，鞑靼人也对他头痛得很……"

讲起自己年轻时候的事，尊者满面笑容，他唏嘘感叹了一阵，又对叶小天道："对了，你上次对我说的那个西方教派，他们漂洋过海到京城传教了？可否对我说说他们的事情？"

叶小天对此自然知无不言，不过他所知其实也有限，当初纯粹是闲极无聊，加上对黄头发蓝眼珠的洋鬼子感到好奇，才跑去看看热闹，真要让他说得详细些，其实他对洋鬼子的宗教还真没什么了解。

不过他所说的只言片语，或者很表面化的描述，尊者听得都很认真，叶小天讲了一阵，便赧然道："我知道的，其实也就这么多了。"

尊者点了点头，轻轻叹息道："天下真的很大呀，年轻时候游历天下，我以为能去的地方都去过了，想不到天外有天，还有这么多的所在，如果早知道，也许我会去看看……"

尊者转向叶小天，微笑道："你的疑问是对的，我们蛊神教和西方番人的确大有渊源，也许两教之间也有莫大关系呢，可惜老夫已没有时间去求证了。"

叶小天怵然一惊，他本以为自己的心思掩饰得很好，试探的手段更是巧妙，却没想到这个老人竟然早就看出来了，这时他才想到，眼前这个孱弱的老人其实是一教之主。

太阳妹妹只是一个十五六岁的小女娃，只懂些粗浅的蛊术，一出手就是那么恐怖的手段，这个玩蛊的老祖宗又该是何等厉害的人物？只怕有神鬼莫测之能吧？

叶小天见识过许多达官贵人，可眼前这位老人比他见过的达官贵人更多，甚至就连皇帝都见过。他的阅历、知识来自别人的讲述，而这个老人却曾游历天下，在这个老人面前动心机玩心眼，他怎么能是对手？

一念及此，叶小天冷汗涔涔，尊者似乎看出了他的忐忑，微笑道："害怕了？你不用担心，老夫不会把你怎么样的。"

尊者扭头看向远方，远处是一座奇怪的山峰，那座山峰是红色的，在那座山峰周围的一片山峦，植被也异常稀少。

尊者道："有人有野心，觊觎尊者之位，私下串联，勾结外人，试图谋夺宝座。呵呵，其实以他的本领，他既然有这份心，这尊者之位让他坐坐原也无妨。不过……"

尊者的脸色慢慢沉下来："不过，他的野心不仅仅是做这个尊者，他还有更大的目的。蛊神教传承已近一千五百年，在我手里也有近四十年光景了，我希望它能好好地存在下去，而不是被人利用，就此断送千年传承！"

叶小天更是心惊，他没想到这个老家伙对杨应龙与格格沃长老私相勾结的事都一清二楚，甚至……杨应龙想收拢自己的事，想必他都心中了然了吧，否则他何必跟自己说这些话。

　　杨应龙之所以公开在那山上设宴,不就是因为这老头早就不问世事了吗?难道这一切都是假象,这领域内的一举一动,其实都在这个老家伙不动声色的掌握之中?

　　尊者似乎知道他心中所想,突然从那红色的山峰处收回目光,微笑着对叶小天道:"杨应龙那个人,心术不正!别看他天赐丰盈,早年发达,功成名就,若不知收敛,早晚必遭灭族之灾,你离他远一些。"

　　叶小天吃惊道:"尊者竟然知道……"

　　尊者微笑道:"如果发生在老夫眼皮子底下的事,老夫都不知道,那就不叫不问世事了,那叫老糊涂……"

　　一个奇异的念头突然跃上叶小天心头:"什么天年将尽,别也是这老头搞的鬼吧,他故意装着要死,趁机把那些魑魅魍魉野心家都引出来,好一网打尽?"

　　尊者莞尔道:"不,老夫是真的天年将尽,快要死啦。"

　　叶小天被他一口道破自己心事,只惊得目瞪口呆,汗毛都竖了起来。

　　尊者向他眨了眨眼,眼神中有些孩子气的调皮:"你别忘了,我可是蛊神侍者,不是神也是半神了。神,固然没有你所想的那么神,可总要比凡人本事大一点,你说是不是?"

第三十四章

佛也不快乐

一

叶小天骇然道:"您……您会他心通?"如果你在一个人面前无论动了什么念头,他都能马上知道,这是一件多吗可怕的事!

尊者怔了怔,道:"他心通?"

尊者随即恍然,微笑道:"啊!佛家六通?"

尊者昔年曾走遍天下,对三教九流都有了解,微微沉默片刻,便缓缓道:"嗯,他心通。如来知他众生心中所念。如实知之。有欲心知有欲心。无欲心知无欲心。有瞋恚心知有瞋恚心。无瞋恚心知无瞋恚心。知天、知地、知人、知物、知灵……"

尊者又轻笑着摇头:"我没有他心通的本事,不过,我有心蛊。"

叶小天道:"心蛊?那是什么?"

尊者道:"人力有时穷,因为自身有种种缺陷和不足,所以人类才发明了各种工具作为辅助,从而做到了原本做梦也不敢设想的事。心蛊,就是人借来帮助自己了解他人心思的一种工具。"

叶小天讶然道:"世上还有这样的工具?"

尊者微笑道:"世间万物,各有奇妙,有些事情,我们人类做不来,但是其他生物却可以。我们不能飞天,鸟儿可以;我们不能在水中呼吸,鱼儿可以;我们嗅不到的味道,猎犬可以;我们听不到的声音,蝙蝠可以。有些奇异的虫子,是可以感应到你的想法的,但是作为异类,它感应到了也不明白,可是如果我们能把这种能力借用过来,我们自然可以明白同类在想什么,我这么说,你明白吗?"

尊者已经说得很浅白了,叶小天当然听得懂,叶小天惊羡地道:"那……那岂不是说,天下间无论什么人动了什么心思,都不能瞒过你?"

尊者摇了摇头,涩然道:"当初修习心蛊的时候,我也以为掌握了这门读心术,我便能洞烛一切,从此纵横天下,无往而不利。可是等我真正把它学到手,我才明白这是灾难与痛苦的根源，莫不如不学。"

叶小天讶然道："怎会如此？"

尊者道："天下间没有无所不能的本领，读心术也是如此。我掌握了读心术，也只有当别人站在我面前，当他心有所思时，我才知道他此时在想什么。人心最是难测，这一刻这般想法，下一刻又是另一种想法，有谁能拿捏得准呢？

"你一旦以为他想要这么做，全力以赴地去应对他的这种想法，可下一刻他很可能已经改变了主意。那时，你反而会犯下先入为主的错。更令人悲哀的是，你真正能够常常看到的，永远都是你身边的人，你的亲人、挚友、追随你一生的部下……

"每个人都有私心杂念，可是这种私欲他们会用理智、感情和对你的忠诚来压制，他们心中或者会动一动念头，却绝不会付诸行动，但你只能知道他在想什么，却不会明白他究竟会不会那么做，即便知道他不会做，你还是会不开心。

"你原本若不知，很好；可是他只心中动了动念头，你便知道了，你对他还能像以前一样好吗？你对他的态度发生了变化，他对你还能像以前一样好吗？有些原本可以避免的不幸，因此便成真了。"

叶小天想了想，不由暗自心惊，他明白了：掌握这种能力，的确不是一种幸福而是一种噩梦，如果他有这种能力，他和父母、兄弟，还能如此相亲相爱吗？如果他有这种能力，他还能交下任何一个朋友吗？

难怪杨应龙说尊者几十年来少见欢颜，从来没有什么朋友，是个孤独寂寞到了极点的老人，或许每一代修习这门蛊术的人，最终都会落得这般下场，那的确是挣扎一生也无法摆脱的痛苦。

尊者微笑着看着叶小天，那张仿佛因为挥发了水分而满是褶皱的苹果似的圆脸上有种安详而欣慰的神情："你是个聪明的孩子，已经明白我的意思了吧？别人想什么你都知道，很有趣吗？不！无趣至极，相信我，那绝不是一种令人羡慕的能力，你的人生将会因此变得毫无生趣。

"人常说，佛能洞察人心，如果这是真的，那么佛一定不快乐。神若有这种能力，神也不会快乐。所以，我从三十年前就闭关苦修，别人都认为我在精研蛊术，确实没错，我是在研究蛊术，但我研究的是如何封闭自己的这项能力，否则，我活一天，便痛苦一天。"

叶小天："……"

尊者叹了口气，道："六年前，我终于成功了，我封闭了读心术，从那时起，才觉得自己活得像个人。"

叶小天道："可……尊者刚才……"

尊者莞尔道："你把想法都写在脸上了，我还看不明白？"

这时，那个园丁已经洗好了水果，用一个银盘盛着端到他们面前，尊者微笑着对叶小天说："来，尝一尝，这就是你说的那个西方国度特有的水果。"

红色的果子盛在银盘中，刚用泉水洗过，水灵灵的，呈心形，拇指大小，上边有金色的细小颗粒，叶小天拈起一粒填入口中，汁多而甜美，而且没有核，确实非常美味。

园丁把盘子放在两人中间的小几上，尊者也拈起一粒，咀嚼着甘美多汁的水果，微笑着看向远方，那里是一座植被稀少、呈土红色的高山。尊者见叶小天也把目光投向那里，露出好奇之色，便道："那是我们的一个禁地，叫'雷神禁地'。因为那片山区经常打雷。不知你听过没有，有句老话，叫'汉怕官，苗怕雷'。

"你们汉人呢，是最怕见官的，'饿死不出门，屈死不告状'，而我们苗人，却是最敬畏雷神的，那个地方经常打雷，不下雨的时候也会打旱天雷，所以周围部族都把那里列为禁地。

"以前也曾有过胆大的人闯进去过，可是那里边地形非常复杂，方向难以识别，即便是最有经验的猎人，一旦闯进去也很难再走出来，从那以后，这个地方就更没人敢去了。"

说到这里，尊者很突兀地问道："你觉得德瓦这个人怎么样？"

叶小天一呆，道："德瓦？"

尊者道："对！哦，你应该称呼他为格德瓦，他是神殿的八大长老之一。"

叶小天忽然想起来了，毛问智中了蛊毒，部落首领格咪佬闻讯赶来时，说的就是要找格德瓦长老为他诊治。叶小天摇了摇头，道："这位长老，我不曾见过，只听格咪佬说起过他。"

尊者笑了笑道："嗯！他一向本分，不大在外走动，自然不像格格沃一样招摇。呵呵，这是他的长处，也是他的短处啊。"

叶小天正纳罕的工夫，尊者突又换了话题，笑问道："你说的西洋人，老夫是没见过，不过这种西方的果子，相信你也是头一回尝到，味道怎么样？"

尊者有时候给人一种很睿智、很精明的感觉，有时候又像一个常见的老人，思维跳跃很快，突然想起一个话题便跟你扯上几句，等你注意力刚刚集中在这个话题上，他又莫名其妙地提起了另一件事。

叶小天只能顺着这位老人的意思，陪着他东拉西扯，直到夕阳西下，彩霞满天，尊者才意犹未尽地站起来，道："别人在我面前都是战战兢兢的，只有你不一样，和你聊天，老夫真的很开心。希望你能经常来陪陪我这个寂寞的老人。"

叶小天忙起身道："是！那晚辈这就告辞了。"

尊者点点头，对一直侍立一旁的园丁道："阿宝，替我送送客人。"

苗人的名字，不论男女都是单音名字，长辈称呼晚辈时，只呼他的单名就行，比如"宝""翁""里"，同辈之间才需要在前边加上敬称"喋"，这个园丁的名字看来就叫宝，尊者年轻时曾游历天下，对单名大概有些不习惯，才加了一个"阿"字。

阿宝点点头，向叶小天做了一个"请"的手势，便领着他向外走，这个阿宝似乎不大喜欢说话，叶小天默默地跟在他的后面，阿宝一直把他送到拱顶长廊的尽头，那个美丽妖娆的神妃竟然还侍立在那儿等候。

阿宝面无表情地向那个神妃点点头，转身回去了，那个神妃向叶小天嫣然一笑，又做了一个手势。

也许这座神殿里，只有尊者才会说汉语，所以其他人都只用肢体语言同叶小天交流，这一来叶小天就像进了聋哑院，想说话都找不到个人，也只能闷不作声地跟在那个美人身后走出神殿。

走在体态妖娆的美人身后，偷窥她香艳似雪的身姿，嗅着她幽幽浮动的暗香，叶小天在可以洞烛一切的侍神尊者面前那种如履薄冰的紧张心态才渐渐松弛下来。

那个神妃把他送到湖边，没有送他过湖，只是向撑船的人用苗语嘱咐了几句，便微笑着请叶小天登上了小舟。

高高的神殿上，有无数个拱形的窗户，窗户上都装饰着石雕的猛兽，石兽踞伏其上，翅膀收敛，利爪紧紧扣着窗户上缘，一副蓄势待发的模样。其中一扇窗里，一身黑袍的格格沃长老看着乘舟离去的叶小天，脸色阴沉，那眼神，恰似窗上踞伏的石兽。

叶小天离开神殿，紧张的心神登时松懈下来，但是他的好心情只持续到登岸，他登上湖岸刚走出不远，刚到小桥边，就有一条人影倏地从灌木丛后闪了出来。

叶小天吓了一跳："不会是又有人来认干爹吧？"

待他看清了这个人，好不容易放松下来的心情登时又紧张起来，这是一个极美丽的少女，粉光脂艳，眉黛含烟，叶小天不知道她的名字，却知道她是杨应龙的人，这个少女正是杨应龙宴上翩跹对舞的两个少女中的一个。

这个少女同那神妃一样，向他做了一个妩媚的邀请的姿势，但她是会说汉话的，她檀口轻启，娇声沥沥地道："白筱晓见过叶大哥，土司大人有请！"

第三十五章

风箱里的老鼠

一

叶小天看到白筱晓出现，就知道杨应龙一直派人监视着他的行动，无奈之下，只好硬着头皮跟着白筱晓来到杨应龙的住处。

杨应龙的住处设在村外一片茂密的丛林之中，这里有十几顶帐篷，杨应龙的起居寝帐最大，帐中豪奢异常，自然不用细表，他就在这里接见了叶小天。

杨应龙看着叶小天，微笑道："尊者果然接见了你，直到傍晚才让你回来，对你还真是青睐有加呢。怎么样，你们都谈了些什么？"

叶小天道："在下目前当然不能冒昧地问他将要传位给谁，所以，基本上是他在说，我在听。"

杨应龙颔首道："理应如此，不过……闲聊总也有闲聊的内容吧，说来听听。"

叶小天刚想有所选择地对他交代，心念突然一动，便把他和尊者相见交谈的内容对杨应龙和盘托出了，就连尊者懂得读心术，并且知道杨应龙别有用心的事都讲了出来。

当叶小天说到尊者对杨应龙的评价时，看到杨应龙毫无惊讶的神色，就知道自己赌对了。杨应龙是什么人？叶小天相信戏台上的一句话："大奸者必多疑！"

杨应龙擅用心机，就不会轻率地相信别人。叶小天不知道杨应龙凭什么能断定自己说的是真话还是假话，或许这世上还有什么"测谎蛊"呢，这地方乱七八糟无奇不有，谁知道呢？反正杨应龙一定有辨别他所言真伪的手段，因此叶小天没作丝毫隐瞒。

杨应龙对叶小天的坦诚很满意，他听叶小天从头到尾说了一遍，微微点头道："我幼年时听人讲述蛊道异术，曾经提到过心蛊。炼制心蛊的蛊虫极难寻找，而且极难炼成，要从幼年时起，就精心饲养心蛊的蛊虫，炼成之后才能人蛊合一，借助蛊力探察他人心思。

"这心蛊一旦炼成，除了洞察人心的作用之外，没有其他任何威力，所以很少有人做这等费力不讨好的事，却不想尊者居然修炼了心蛊，而且炼成了……啊！呵呵，哈哈，哈哈哈……"

杨应龙突然惊呼了一声，仿佛想通了什么，接着更失笑出声，叶小天不明所以，奇怪地看着他，杨应龙笑了一阵，才对叶小天道："你不晓得，曾经有一任蛊神侍者，把蛊神传承传给了一个劈柴人。"

叶小天轻轻"啊"了一声，道："这个……我倒是听展姑娘提起过。"

杨应龙笑吟吟地道："那么她有没有说，那个劈柴人就是这一任蛊神侍者。"

叶小天这才真的大吃一惊，那个幸运的劈柴人就是这一任的蛊神侍者？想起他今日见到那位蛊神侍者时的情形，尊者气度雍容，谈吐优雅，还真的无法和一个神殿里的劈柴仆人联系起来。

杨应龙道："天下没有不透风的墙，尊者登位不久，就有风声传出来，说他是上一任蛊神侍者的私生子，只是此事捕风捉影，没有任何真凭实据。如今看来，他真的是上任蛊神侍者的儿子才对。"

叶小天不解地道："何以见得？"

杨应龙道："你要知道，那心蛊修炼极为不易，光是寻找、搜罗修炼心蛊的异虫，就不是一件容易事。再一个，心蛊要从幼年时就开始修炼。如果这一任蛊神侍者不是上一任蛊神侍者的儿子，他一个成年后只是神殿劈柴人的小小孩童，家境可想而知，谁来帮他穷尽心力搜罗修炼心蛊的蛊虫？又是谁指点他修炼心蛊？

"心蛊炼成后，除了洞察人心，别无他用。一般人即便有机会修习蛊术，也只会选择治病救人或杀人无形的蛊术，修炼心蛊做什么？如果你炼了心蛊，我现在对你突起杀心，难道你能靠心蛊自救？"

叶小天恍然道："所以，这一任尊者只有是上一任尊者的私生子，上一任尊者很早就决心把位子传给他的儿子，才会穷尽所能帮他搜罗修炼心蛊的蛊虫，又从他幼年时起就教他修炼。因为上一任尊者很清楚，他儿子长大了是要统驭群雄的，只有身居上位者，这洞察人心的本领对他才有大用。"

杨应龙微笑颔首道："孺子可教也！"说到这里，杨应龙微微一撇嘴唇，轻蔑地道："蛊神指定？哼！装神弄鬼！大位传承，果然是由尊者做主！"

杨应龙想了想，又摇头叹道："虽然我很想拥有知道别人在想什么的本事，不过确如尊者所说，如果别人只要站在你面前，随意有个什么想法你都知道，那的确是一件很痛苦的事，我总算明白他为什么走遍天下，又为什么离群索居了。

"呵呵，原来他用了三十年时间苦修，不是为了研习更高明的蛊术，而是要'自废武功'，可怜！可叹！如果上一任尊者知道他的一番苦心，反而害得儿子一生痛苦，一定后悔不迭吧？"

叶小天道："他已经知道你派我去的目的，我不可能从他那里探听到什么，更不可能向他进言了。土司大人，你看是不是……"

杨应龙淡淡地道："其实他早就清楚我的目的，我对格格沃长老的支持他也很清楚。我让你去，只是想知道他究竟属意何人，也好有的放矢。他识破了也没什么。他想通过你对我提出警告？笑话！我杨应龙是知难而退的人吗？这尊者之位，我是志在必得！他肯老老实实交出大位最好，如果想跟我斗法，那就试试！"

叶小天疑惑地道："我曾见识过太阳妹妹的蛊术，实在令人触目惊心，尊者身为蛊神教的第一人，一定掌握着更高明的蛊术，你就不怕他用蛊术来对付你吗？"

杨应龙目视叶小天良久，这才淡淡一笑，道："这个秘密告诉你也无妨，蛊术的确很厉害，但它并不是无敌的，有些方面它甚至不如砒霜，砒霜至少是无法预防的，而蛊则不然。

"蛊是一种毒虫，既然是虫子，就总有一些相克的东西，这些东西虽然珍稀，却也并非绝无仅有，如果自幼服用，蛊是无法上身的。四大土司世家传承千年，都有各自的法门以保护家族的实权人物。"

叶小天这才明白过来，杨应龙负着双手在名贵的波斯地毯上踱来踱去，过了许久，他才抬起头来，对叶小天道："你做得很好，看样子尊者还会见你，你只管顺着他的意思陪他聊天就好，至于进言一事，就不用提了。"

叶小天暗自苦笑，杨应龙不遗余力地收买他，本来是为了让他当内间，谁知他这个内间也太失败了，第一次出手就被人揭穿了身份，而杨应龙还不罢休，眼下分明是把他当成了一个传话筒或者一个示威的工具。

叶小天无奈之下只得答应下来，等叶小天一走，杨应龙便皱起了眉头，喃喃自语道："格德瓦？他为何提起格德瓦，他最信任的人不是格崩佬吗，难道这格德瓦才是他属意的传承人选？

"不对，他既然知道我和叶小天有所接触，又怎么可能向他透露消息？可是，众长老中，众望所归者不过三人，如果他属意的人是格崩佬，又怎么会把他打发到那么远的地方去坐镇？真真假假，虚虚实实，这个老家伙一定是在故布疑阵，可是……他真正选中的人究竟是谁呢？想不通、想不通啊……"

·※·※·※·

叶小天回到村中时，展凝儿正抱着格哚佬的儿子，和格哚佬的妻子并肩而行，边走边说话，看到叶小天，展凝儿并没把他的干儿子抱过来，而是交给了格哚佬的妻子，径直向叶小天走来。

展凝儿向叶小天身后的方向看了一眼,眉头一挑,道:"去见杨应龙了?"

叶小天苦笑道:"我刚一上岸,就被杨应龙的人'请'走了。"

展凝儿冷笑道:"杨应龙的野心越来越大了,如果侍神尊者再被他掌握,恐怕他就更要得寸进尺了,难怪外公让我来。"

叶小天揶揄道:"让你来干什么?我看你整天晃来晃去,也没做什么。"

展凝儿道:"我需要做什么吗?我来,就表明了安家的态度,不管是尊者还是八大长老,只要想蛊神教好好发展下去,就得好生考虑考虑我们安家的态度。"

叶小天摇摇头,他不相信安家会把这么重要的事寄托在展凝儿这么个小丫头的身上,难道是因为安家太过自信,或者并不很在乎蛊神教的势力?接连见识了尊者和杨应龙的手段之后,叶小天可不认为自己轻而易举就能猜透这些大人物的想法。

叶小天想了想道:"你们安家支持的是谁?格格沃肯定不是了,难道是格德瓦?"

展凝儿摇了摇头,道:"八大长老中,论资历、论地位、论势力,以格格沃、格崩佬、格德瓦三人为最,未来的尊者人选,十有八九出自这三人之中,这三个人里和我们安家、展家友好的是格崩佬、格德瓦。格德瓦胸无大志,他的眼光只在这一亩三分地上,不是一个合适的人选,我们看重的是格崩佬。"

展凝儿说到这里,语气顿了一顿,道:"杨应龙找你,应该是问你和尊者说了些什么吧?你告诉他了?"

叶小天摊摊手道:"不说行吗?杨应龙磨刀霍霍,我这条小鱼若不听话,还不是他砧板上的肉?"

展凝儿鄙视地道:"没骨气!"

叶小天叹了口气,道:"姑娘,我可没有一位土司王做靠山,只好识时务者为俊杰了。"

第三十六章

大限之期

一

自从那天之后,尊者还是经常邀请叶小天聊天,毫不忌讳他有可能向杨应龙通风报信。在聊天的时候,尊者倒是不时通过叶小天暗暗敲打杨应龙,希望他知难而退,安分一些。

杨应龙也是一样,明知尊者可以通过叶小天知道他的态度,偏偏当着叶小天的面,很直白地表达了自己的心愿,借叶小天之口向尊者表达了自己不达目的誓不罢休的决心。

尊者和杨应龙之间的矛盾虽然激烈,其实不过是一种内部矛盾,其情形类似于老皇帝即将死去,需要传承他的皇位,而诸子都在用各自不同的手段,希望得到老皇帝的认可。

杨应龙这一派系就类似于一个有资格继承皇位的皇子,他手中掌握着极大的权力,于是就通过展示自己的力量,想迫使老皇帝面对现实,为了江山永固代代传承而选择他。

这种关系从某种角度来说固然是敌对的,但两者之间又有着共同的利益:都希望该教势力更加茁壮。这一来就比敌我关系要复杂许多,他们不是简单地斗个你死我活,如果杨应龙一派能完全控制局面,尊者必然要改变主意,除非他希望交给下一代的是一个四分五裂的江山。

叶小天就仿佛一头夹在风箱里的老鼠,不过他自己倒是甘之若饴,在风箱里跑来跑去很快活,每次往来他只要向一方通报一下另一方说过什么就成,这个"内间"成了一个公开的"信使"。

来往的次数多了,叶小天同这位老尊者也熟悉起来,几乎快成忘年交了。这天又在楼顶花园陪尊者聊天的时候,叶小天壮起胆子问起了蛊神教的渊源。这个教派立教已有千余年,却和洋鬼子有莫大关系,这件事一直令叶小天深为好奇。

尊者"呵呵"地笑起来，道："我还以为，你对此事并不关心呢。"

尊者沉默片刻，缓缓说道："这是本教一桩秘辛，一向只有历任尊者才知道。"

叶小天可是深知，对不该知道的秘密，所知道的越多越危险，蛊神教的事跟他本无丝毫关系，为了好奇心送了性命可就不值得了，叶小天赶紧阻拦道："既然是贵教的秘密，那我就不听了吧。"

尊者莞尔道："无妨，毕竟是一千五百年前的旧事了。再说，以你的身份，即便你说出去，有谁会信呢？一个不好，还会给你招来杀身之祸，你是个聪明人，我相信你会听在心中，烂在肚里。"

叶小天听了只能苦笑。尊者又沉默片刻，缓缓说道："苗人自古养蛊，但以前并没有蛊神教，也没有蛊神的说法。"

叶小天心道："所有的神，当然都是被后人一点点塑造成神的。就比如那老聃、关二爷、钟馗……不都是活生生的人，被人捧成了神？"

尊者道："古时西方有一个强大的帝国，叫大秦，他们的最高统治者叫执政官，那一任执政官叫克拉苏，他率领大军入侵另一个庞大的帝国安息国，却被安息军队围歼，全军覆没，他本人也在这一战中丢了性命。

"但是他的第一军团，却在他的长子普布利乌斯率领下杀出了重围，逃到了东方的郅支城。他们本想在那里落脚，却不想东方也有一个强大的帝国，就是当时的大汉国。

"大汉国当时有个名将正在西域任副校尉，这个人叫陈汤，他率领大军讨伐这支大秦残兵，击溃了普布利乌斯的兵阵，将这支军队全部俘虏。可是普布利乌斯却在他的贴身侍卫们的掩护下再次逃脱了。

"普布利乌斯扮作商贾，一路辗转逃到了此地，来到了苗人的地方。他在这里见识到了神奇的蛊术，并且拜在一位精通蛊术的大巫师门下成为弟子。三十六年后，他创立了蛊神教，成为第一任蛊神侍者……"

叶小天恍然大悟，难怪他发现这里的建筑、服饰等方面有许多和洋鬼子相似的地方，原来是有一个西方人早在千余年前就来到这里，学习当地山苗精通的蛊术，并以蛊术为根本创立了蛊神教，由他一手设计并建造的神殿当然有诸多西方风格。

尊者轻轻吁了口气，道："第一任尊者是西人，但他一生的大部分岁月却在这里度过，他到晚年的时候，已经完全把自己当成了一个苗人，他一手创造的蛊神教也传回了苗人手中，到我已经是第四十七代尊者了……"

尊者道："我是苗人，也是从小生长在神殿里的人，我希望蛊神教能够永远传承下去，生生世世庇护我们苗人，可是这个尊者，我是真的不想做，杨应龙、格格沃、还有许多人，为何就那么热衷这个职位呢？"

尊者微微眯起眼睛，苍老的面孔上皱纹因之显得更加浓密了，他看着前方，那个名叫阿宝的园丁正在前方花圃中忙碌着，侍弄着一大片可以散发出浓郁香气的奇花。

尊者向阿宝扬了扬下巴，对叶小天道："你看他，不是很好吗？与世无争，自得其乐。我最留恋的就是我当年在神殿做仆人的时候，尊者对我露一个笑脸，美丽的姑娘跟我说一句话，午餐的时候有一口肉吃，我就会很开心。现在的我，却很不快乐……"

叶小天随着他的目光向阿宝望去，阿宝穿着粗布衣裳，正在辛勤地侍弄花草，他的额头正有汗水沁出来，脸上泛起了健康的潮红色，可是那样的田园生活真的幸福吗？

历经世事的尊者或许已经返璞归真，然而作为一个年轻人，叶小天却不敢苟同尊者的志向。他也曾甘心做一只四九城里的小家雀，那是因为他没有机会往高处走，机会与风险太不成比例。

如果成功的把握再稍稍大上那么一点点，他会不动心？他会甘于与世无争的田园生活？或许这是年轻人与老年人之间的区别吧。

叶小天暗暗叹了口气，安慰尊者道："身居高位也许有很多烦恼，可是毕竟也享受到了许多常人享用不到的好处。小时候爹娘带我去京郊亲戚家走动，我很喜欢他们的生活，可也仅限于做客时才喜欢，真让我面朝黄土背朝天，我是绝不情愿的。"

尊者依旧微笑着，没有说话，叶小天又道："或许是因为晚辈太年轻，没有您老游历天下、遍经世事的感悟，所以想法有些幼稚吧……"

尊者微笑着，依旧没有说话，叶小天有些奇怪，他看着尊者，试探地伸出手，轻轻碰了他一下，尊者就微笑着歪向一边，倒在长椅上。叶小天惊诧地张大了嘴巴，过了半晌才醒过神来，神殿花园里立即传出一声惊恐的高呼："快来人哪……"

· ※ · ※ · ※ ·

阿宝冲过来，见尊者这副模样，他也不敢乱动，手足无措一阵，便对叶小天道："你先看护尊者，我去寻人帮忙。"

叶小天点头应是，阿宝便急急奔去，叶小天试了试尊者的呼吸，感觉他气息虽然微弱，但是还有气，稍稍心安了。他刚想收回手，尊者却突然张开眼睛，一把攥住了他的手腕，把叶小天吓了一跳。

尊者喘息着道："大限到了，大限到了，呵呵，想不到我的大限之期就在今日，我本以为至少还能再撑一个月，人算终究不如天算啊。"

叶小天惊道："尊者，你是说……你是说……"

尊者淡淡地道："这有什么不好启齿的？不错，我就要死了。"

叶小天一时不知该如何安慰他才好，尊者脸色一变，道："我只预感到大限将至，却不知会在今日，格岜佬如今还在兕寋寨不曾赶回来，你……你帮我一个忙。"

叶小天急忙道："尊者请说。"

尊者颤巍巍地从怀里取出一块玉牌，那玉并非什么名贵的玉石，但是年头很久远了，经常摩挲之下，黄色的玉石泛起了油润的光泽。

尊者把玉牌递给叶小天，语气虚弱地道："你把……这块玉牌交给展凝儿，让她持玉牌去兕寋寨，召格岜佬回来。岜，只要一见这块玉牌，就会明白发生了什么事。"

叶小天心道："这老家伙虚虚实实地搞了半天鬼，现在终于说了实话，他选定的继承人应该就是格岜佬，在生死攸关之际却打发格岜佬离开神殿，应该是为了保护他，以免他被杨应龙等人盯上。"

叶小天接过玉牌，问道："尊者为何不派神殿的人去？"

尊者道："我出事是瞒不住人的。我在，还压得住他们，只要我一出事，他们就会蠢蠢欲动了，那时候神殿的任何人想要离开，都会引起有心人的注意，只有……让凝儿帮忙了。她背后的安家和展家与格岜佬一向交好，这件事，她会愿意帮忙的。"

叶小天惊讶地瞪大了眼睛，尊者微微一笑，道："我知道，你跟杨应龙只是虚与委蛇，要论关系，你更倾向安家一些。"

叶小天咳嗽一声道："我和安家一点关系都没有，我只是对凝儿姑娘有些好感，你们苗人的事我根本就不想掺和。"

尊者道："可是这蹚浑水，你已经蹚了。"

叶小天咬牙道："好！我替你把玉牌交给她。可是你……"

尊者疲惫地闭上了眼睛，气息微弱地道："你走之后，我会立即启动蛊神大阵封闭神殿，等格岜佬回来，你快去，我会……用秘法吊着性命等他回来的，快去！"

第三十七章

千　年

一

"当当当当当……"

神殿上空响起了急促的钟声,叶小天被人带出神殿,站在高柱石阶下,看着一队队的武士迅速跑来,把整座神殿团团围起,这么多的人,真不知道他们平时都待在什么地方。

叶小天回头望去,湖水对面正有一艘艘竹筏穿破迷雾,像离弦的箭一般疾驶而来,那是格咪佬、安南天、展凝儿等人和村中勇士。远处山峦上也有一排人影飞奔跳跃着,那是杨应龙及其手下。

叶小天深深地吸了口气,摸了摸袖中秘藏的玉牌,指尖触处有些涩意,那是因为他的手掌不知不觉间便沁出了汗水。

格咪佬、展凝儿、安南天等人健步如飞地跑上石阶,一见叶小天呆呆地站在那儿,格咪佬马上问道:"出了什么事?出了什么事?"

叶小天回头见是他们赶来,便道:"尊者突发疾病,怕是不行了。"

格咪佬脸色一变,道:"什么?快去看看尊者!"当先便向神殿跑去,安南天和展凝儿对视了一眼,也马上跟了上去。叶小天本来向展凝儿悄悄使了个眼色,可惜展凝儿此时的注意力全在神殿上,根本没有注意到,叶小天无奈,只好也跟了上去。

"站住!不许靠前!"

神殿武士一见众人靠近,立即兵戈相向,格咪佬怒道:"你们看清楚,是我!宝翁,你个臭小子,你还是我部落里的人呢,居然也敢拿刀对着我,我可是你的部落首领,我要见尊者!"

一个武士统领模样的人沉着脸道:"尊者有令,任何人都不见。你们候在外面,如果尊者想见谁,我们会向尊者传禀的。"

"你……"

格哚佬跺了跺脚，气得额头青筋都绷了起来，可他也知道，这些武士只忠心于神殿、忠心于尊者，别看这其中不少武士选拔自他的部落，可是自从他们成为神殿武士，便不是他所能调度的了。

格哚佬无奈，只能站在神殿外候着，这时展凝儿忽然觉得有人挠她手背。展凝儿一扭头，就见叶小天不知何时已经站到了她身边，目不斜视地看着神殿，手却轻轻悠荡着，好像不经意地碰触她的手背。

展凝儿大怒："这个混账，胆子越来越大了，我的油也敢揩，而且……在这个时候……"

展凝儿的眉头刚刚挑起，叶小天忽然咳嗽了一声，用手掩住口，低声道："接着！"

展凝儿一呆："接？接什么？"

随即她就发觉手心碰到了什么东西，展凝儿心中一动，立即不动声色地接过来，笼在袖中用指肚轻轻一摸，似乎是一块牌子。

展凝儿用疑惑的眼神看向叶小天，这时格哚佬已经安静下来，整个现场一片肃静，叶小天为避免引起别人注意，已经不能说话了。

又过了一阵，杨应龙领着人从远处疾奔而来，走到近处时，杨应龙才恢复了从容的步伐，但是看到他红润的脸色，叶小天就知道这位杨天王一路也是飞奔不止。

杨应龙急急赶到现场，一见格哚佬等人都肃立在神殿前，焦急的心情这才放松了些，他走上前来，问道："神殿鸣钟急促，可是尊者出了事情？"

那个侍卫统领欠身道："杨土司，尊者突发重疾，现在已经苏醒。"

杨应龙变色道："尊者早早传下神谕，说是大限将至。如今突然重疾，想必是大日子到了，我等应该去探望尊者，听候尊者降下神谕才是。"

那侍卫统领道："尊者苏醒后已经降谕，所有人候在神殿外面。不得谕命，任何人不得擅入。"

"什么？"

杨应龙抬头看了眼高高耸立的神殿，脸色急急变幻一阵，大声道："神侍传承是关乎兴亡的大事，尊者怎么会对我们拒而不见，莫非你想软禁尊者，图谋不轨？"

那侍卫统领脸色一变，道："杨土司，我等是奉尊者之命行事！"

杨应龙冷笑道："等我见到尊者，才知你所言是真是假。如果尊者现在真的不想见任何人，只要尊者亲自下令，杨某自会退出神殿恭候。"

杨应龙说着便大步走向前去，那侍卫统领立即上前拦住，杨应龙大怒，一掌掴在他的脸上，厉喝道："你敢拦我？来人，给我往里冲，谁敢阻拦，格杀勿论！"

那侍卫统领拔刀喝道："杨土司，你不要逼我！"

两下里正要兵戎相见，神殿里突然一声高喝："住手！"就见格格沃领着几个黑袍人急急走了出来，对那侍卫统领道："宝翁，在你面前的是杨土司，你是什么身份，也敢对土司大人动刀动枪！"

名叫宝翁的侍卫统领退到一边，欠身道："格格沃长老，尊者有命……"

格格沃把手一挥，道："尊者有命，那也要分对谁。杨土司身份尊贵，就算让他进去，尊者也不会怪罪你的。如果尊者现在真的不想见任何人，我再陪杨土司出来便是。"

宝翁迟疑道："这……"

格格沃把眼一瞪，阴森森地道："怎么？难道你对本长老也敢动刀？"

宝翁无奈，只得又退两步，欠身道："属下不敢！"

格格沃冷哼一声，转身对杨应龙道："杨土司，请！"

杨应龙大步向前，带着七八个侍卫，叶小天趁着杨应龙和神殿侍卫发生冲突的机会，已经对展凝儿悄悄交代了一句："这是尊者的令牌，要你赶去兕棻寨，把令牌交给格峎佬，召他回来！"

展凝儿一听，立即意识到尊者选定了格峎佬作为继承人，不由大喜，这正是她外公和父亲最属意的人选。展凝儿握紧了令牌，对叶小天不着痕迹地点了点头。

杨应龙走出几步，突然一回头，对留在外面的部下们吩咐道："四下布防，不许任何人离开！"

杨应龙的部下都是军人，立即持矛散开，于神殿武士守卫的圣殿外围又布了一层防范。格哚佬冷笑道："谁要走啦？你能见尊者，我也能！跟我走！"格哚佬挥了挥手，立即率领七八名贴身侍卫向神殿中闯去。

宝翁很无奈，虽然他是侍卫统领，虽然他对尊者敬如神明，可是眼前这几个人身份地位都不一般，平时他们都不敢有什么冒犯的举动，如今一听尊者病危，他们马上跋扈起来。他这个侍卫统领却无计可施，总不能真的对格格沃长老、格哚佬首领以及杨土司等人动手吧。

格哚佬一走，安南天马上也跟了上去，展凝儿见杨应龙的人于外围布防，一时走不掉，便也快步跟了上去，叶小天很想知道尊者情况如何，又岂会一个人留在外面。

他们闯进神殿，便往里边走去，叶小天已经来过多次，但是除了第一次是在大殿见到尊者，其他几次都是在殿顶花园，这还是头一回深入神殿内部，这座石制的巨大殿堂恢宏壮观，里边也不知有多少条通道、多少间房子。

叶小天随着他们一层层登上去，直到第九层，才豁然出现一个巨大的拱形大厅，厅中金碧辉煌，灯烛如昼，大厅的尽头有一扇巨大的金色大门，而其上又有一道围栏，那是二楼的平台，平台两侧都有楼梯，平台正中还有一扇门，比楼下的大门要小许多，却更加精美奢华。

他们一路上来，很少看到人，直到这一层，才发现那些神妃全都在这里，她们跪在柔软的地毯上，正向那一上一下一小一大两扇金门的方向顶礼膜拜。

杨应龙傲然走过去，立即就有一名神妃站起，伸出玉臂拦住了他的去路："杨土司，尊者现在谁也不见！"

杨应龙蛮横地伸出手中连鞘的刀，将那名神妃的手臂格开，冷冷地道："除非尊者亲自下令，否则谁能拦我！"

杨应龙把手一挥，喝道："去，禀报尊者，就说杨应龙求见！"

那些神妃都站起来怒视着杨应龙，她们当然不会替杨应龙传报，却有一名杨应龙的手下恭声答应一声，大步向前走去。那些神妃冷冷地看着，却也无人上前阻拦。

大厅中一片寂静，匆匆赶到的格哚佬见杨应龙如此大胆，不由大为愤怒，但他还来不及诘难，就听大厅中传出一阵惊呼声，那些惊呼声正是来自杨应龙的部下。

他们都在盯着那扇大门，看着前去通禀的同伴，就见那个同伴越走步伐越慢，头发以肉眼可见的速度奇迹般地变长、变白，站在侧面的人甚至可以看见他的脸迅速苍老、褶皱。

那个人一步步往前走着，完全不知道自己身上正发生奇异的变化，听到众人的惊呼声时，他才回过身来，用很奇怪的眼神看了大家一眼。一看到他此时的样子，众人不由大骇，马上退了几步。

叶小天陡然看见他此时那副鬼样子，也不由头皮发麻，身上一阵阵发寒，登时起了一身鸡皮疙瘩。只见那人眼窝深陷，满脸皱纹，飞速生长又飞速变白的头发正在脱落，浑身的血肉好像被什么东西一下子吸光了似的，满是皱纹的皮肤紧紧贴在骨头上，就像一个活生生的骷髅。

那人看到大家露出惊恐的神色，有些疑惑地张了张嘴，但他一句话也没说出来，嘴巴刚张开，口中的牙齿就开始一颗颗脱落，这时他才发觉不对，但他整个身子也开始向地上散架……

大厅中静得一根针掉在地上都能听得见，所有人的目光都盯在他身上。眼看着他渐渐塌作一团，皮肉全无，变成森森白骨，随即那白骨也化成了飞灰，地上只剩下一套衣服。

杨应龙声音打战，骇然问道："这是什么？"

方才说话的那个神妃冷冷地答道："'千年！'"

杨应龙的目芒倏地一缩："蛊神阵？"

神妃冷冷地点了点头："不错！你有千年寿，那便走进去！"

千年寿，谁能活上一千年？

杨应龙望着近在咫尺的那扇门，再也说不出话来。

第三十八章

暗　战

一

杨应龙面对如此恐怖的一幕，心头也不禁浮起一丝寒意。无声无色，毫无迹象，你不知道他的蛊毒是布在空中还是地上，一个活生生的人走进去，片刻工夫就连骨灰都不见了。

"千年"，"千年"，好一个"千年！"

杨应龙有祖传的避蛊秘法，但是面对这么恐怖的蛊毒，他也不确定自己的避蛊之法究竟能不能奏效，他不敢冒这个险。况且，就算他能应付，那么能走进这扇门的也只能是他一个人，谁知道门后是不是只有尊者一个人。

杨应龙脸色极其难看，他原地僵立很久，才缓缓后退道："走！我们到外面等！"杨应龙一直退到大厅门口，这才转身向外走去，在此之前，他甚至不敢以后背迎着那扇门。

叶小天眼见如此一幕，不由暗暗慨叹："天下之大，果然是无奇不有。以前在京城时，我自以为身在天子脚下，已然是见多识广了，今日才知我是井底之蛙，就只这一次在山中所见所闻，就比幼年时听过的许多神怪故事还要诡奇莫测。"

杨应龙铩羽而归，格哚佬自然也没有勇气闯进去，一群人气势汹汹地闯进来，又灰溜溜地走出去，来到了神殿外面。

格格沃和杨应龙鬼鬼祟祟地嘀咕了一阵，便一头钻进了神殿，杨应龙咬牙切齿地冲着神殿运了半天气，大声吩咐道："来人，把我的大帐就设在这神殿外，时刻等候尊者消息！"

杨应龙一声令下，他的人马上回去传讯，吩咐留守的人拆了帐篷，把东西搬来神殿。

展凝儿把安南天拉到一边，和他说了一阵悄悄话，看样子是把玉牌的事告诉了他。安南天神色登时紧张起来，但他马上就掩饰住了，小声同展凝儿说了几句话，展凝儿便点点头，走回来对叶小天大声道："走，咱们回村，由着他们折腾去！"

杨应龙听到声音冷冷地回头看了她一眼，又扭过头去，望着巍峨的神殿忧心忡忡："消息很快就会传开，附近九峒八十一寨的生苗都将派人赶来恭迎新尊者的诞生，到那时众目睽睽之下，可是什么手脚都做不了啦。莫非这个老家伙就是打的这个主意，想等各寨人都到齐了，再公开宣布继承人选？这个继承人……到底是谁呢？"

叶小天陪着展凝儿登上一条竹筏，另有几个安、展两家的侍卫也跟着过来，登上了另一条竹筏，叶小天对展凝儿道："你交给他了？"

展凝儿向他使了个眼色，叶小天会意，马上不再说话。那操筏的苗人把竹筏子摆到对面湖岸，展凝儿登岸走出一阵，才对叶小天道："我对表哥说了，表哥派人陪我去找格峒佬。"

叶小天咋舌道："他自己怎么不去？兄寞寨在哪儿，你一个女人，能行吗？"

展凝儿道："最熟悉山中情形的人就是我，也只有我认识格峒佬，我不去谁去？况且我会武功，表哥比我差远了，你以为我就放心让他去？再说，他是男人，杨应龙一直认为是他代表安、展两家，不会认为担此重任的是我一个女儿家。兄寞寨距此仅一天一夜的路程，我快去快回。"

叶小天点点头，道："凝儿姑娘，尊者病危，没人顾得上我们了，我也想马上离开。遥遥被人掳走，不找到她，我放心不下。"

展凝儿停住脚步，略一迟疑，便爽快地道："成！我留个人领你们离开。"

叶小天摇头道："不必！我不回铜仁，我想继续找下去。"

展凝儿道："那你就更需要我帮忙了，再往前走有许多苗人的山寨，你一个汉人，语言又不通，如果没人领着，不要说找人，只怕你们自己都寸步难行。"

叶小天一想大有道理，便长揖道："既如此，多谢凝儿姑娘了。"

展凝儿深深地望了他一眼，轻轻颔首道："保重！"

·※·※·※·

杨应龙在神殿外徘徊，心中焦急万分。格格沃回神殿很久了，一直没有消息出来，显然他什么都没有打探到，难道那个老家伙真的封闭了神殿内部，什么人都不见？他的目的何在？

杨应龙相信尊者即将归天，尊者不会拿这种消息开玩笑，而且"千年"这种蛊术"杀人一千自损八百"，一旦使用这种蛊术，施术者本人也会遭到反噬，必死无疑，所以除非面临十万危急的局面，又或者施术者本就生命垂危，否则他是不会施展这门蛊术的。

然则尊者归天的事情既然不假，他封闭神殿不许任何人进出是意欲何为呢？

杨应龙突然站住了："只有一种可能——他在等人！"

杨应龙越想越觉得自己的担心有道理，尊者这么做，只能是在等人。他马上就要死了，却迟迟不宣布继任人选，而是封闭神殿，禁止人进出，那么一定是因为他等的人不在神殿，这个人是谁？

不在神殿的人千千万万，杨应龙怀疑的主要对象还是集中在八大长老身上，他在心中快速把八大长老的行踪过滤了一遍，不由一惊："格峁佬！"

这个老东西，上次有意提起格德瓦，果然是故布疑阵！"天子"垂危，哪有不把"太子"留在身边的，他既然属意于格峁佬，却偏把格峁佬派离身边，原来是故意误导我们。

杨应龙马上想到，尊者要通知格峁佬，一定会派人去，否则等格峁佬自行得到消息再赶回来，会拖延很久，尊者的命能不能撑到那时还很难说。

杨应龙突然站住脚，回身问道："尊者病发时，谁在他的身边？"

几名心腹手下面面相觑，他们也是听到告急的钟声才随杨应龙赶过来的，哪里知道这些事，白筱晓快步上前禀道："主人，今日叶小天被尊者邀来聊天，后来尊者就出了事，属下也不知……"

杨应龙大怒，一记耳光狠狠扇了过去，斥骂道："混蛋！怎么不早告诉我？"

杨应龙下手奇重，这一记耳光，白筱晓吹弹可破的脸蛋立即肿了起来，嘴角流出一丝鲜血。白筱晓不敢争辩，甚至不敢去抚摸一下脸颊，只是惶恐地垂下头，道："是！"

其实这事也怪不得她，告急钟声敲响以后，杨应龙急急赶来，马上就和神殿武士发生了冲突，随即闯进神殿，又被"千年"给逼出来，这整个过程中哪有她插嘴的余地。

杨应龙突然想起展凝儿刚与叶小天联袂离开，目光顿时一闪，急忙向白筱晓招了招手，白筱晓连忙凑到他身前，杨应龙低声嘱咐几句，沉声道："快去！这次再出了纰漏，我扒了你的皮！"

白筱晓脸色一白，急忙应道："是！"

她很清楚，杨应龙这句话可不同于一般人的威胁，杨应龙此人丰神如玉，手段却酷厉如修罗……

白筱晓暗暗打个冷战，不敢再想下去。

·※·※·※·

格峒佬的部落就在神殿对面，没有人比这个村落里的人更清楚神殿那急促的钟声代表什么了。当钟声响起的时候，格峒佬立即带着人乘着竹筏奔向神殿，而村中许多老人妇女则纷纷走出来，忧心忡忡地看着神殿的方向，更有人虔诚地跪在地上，向神殿的方向膜拜祈祷。

华云飞和毛问智站在村口，眺望着神殿的方向，福娃自幼跟人类混在一边，学了很多拟人化的动作，见二人扬首眺望，福娃也直立起来，努力抻着它那圆圆的脖子，做出眺望的样子，虽然它根本不知道应该看什么。

华云飞疑惑地道："村里人如此慌张，格哚佬还亲自带人赶了去，莫非神殿出了大事？"

毛问智道："这鸟不拉屎的地方，能有啥事？还能再冒出个魔殿，派兵攻打神殿了？哎呀，别是那土皇上驾崩了吧？不是早说他快死了吗？"

华云飞点头道："很有可能！"

毛问智大喜："那可好啦！那个整天穿得跟黑无常似的老鳖犊子不是说他们大当家的一死，咱们就可以走吗？这下咱们总算可以离开了。"

华云飞却蹙起眉头道："大哥还在神殿呢，他不会有事吧？"

华云飞刚说到这里就看到了叶小天的身影，华云飞心中一喜，可还不等他举步迎上前去，立着呆看半响的福娃终于明白要眺望什么了，它欢喜地叫了一声，胖胖的身子就窜了出去。

叶小天与展凝儿在村口分了手，展凝儿带着人往她的住处走了一段，回头看看无人监视，马上闪进了丛林之中。

叶小天差点被热烈欢迎的福娃再度撞倒，他安抚地拍了拍福娃的脑袋，对迎上来的华云飞和毛问智简单说明了发生在神殿里的事情，几人一边往村里走，叶小天一边道："现在他们顾不上咱们了，咱们准备一下，马上离开！"

毛问智兴奋地道："太好了！这鬼地方，俺是一天都不想呆了。"

几人其实也没什么好收拾的，只是想多带些食物以备不时之需，可是当几人回到住处时，叶小天突然发觉好像少了什么人，他四下一扫，讶然问道："邢二柱呢？他去哪儿了？"

华云飞和毛问智这才发现，一向不用看管，总是老老实实跟在他们身后的邢二柱不见了。邢二柱一直以来就像他们的影子，以致他们已经完全忽略了这个人，而此刻，他们的影子不见了……

第三十九章

糊涂丛林

一

邢二柱有点憨,他一辈子最在乎的就是吃,一辈子最怕的就是饿肚子,但这绝不代表有了生命危险的时候,他还是傻乎乎地只顾填饱肚皮。他虽然憨了一些,却并不傻。

岳明是杀害薛水舞父亲的凶手,他就是帮凶,叶小天不杀他,不代表薛家能饶了他,不代表官府不追究他。这一点,即便邢二柱有点憨,心里也很清楚,所以他一直就在想着如何逃走。

一个本来就有些憨的人,一旦故意装傻,很容易就能瞒过许多精明人,所以当他每天傻乎乎地跟在叶小天等人身边撵都撵不走的时候,叶小天、华云飞渐渐就忽略了他,给他制造了出逃的机会。

他在装憨卖傻的时候就已在悄悄做着准备,今天神殿的钟声敲响,整个部落都为之骚动起来,华云飞和毛问智也赶到村口探看,他觉得机会终于来了,于是背起事先准备好的小包袱,逃进了村后丛林。

包袱里是他这些日子偷偷藏起的一些食物,他不认识路,但是有了这些食物,他相信就算会走些冤枉路,最后还是能走出大山。

叶小天发现邢二柱出逃后,立即追入了丛林。邢二柱是杀害水舞父亲的凶手之一,而且从那天邢二柱交代的情况看,水舞的父亲很可能错把凶手当成了自己和毛问智,邢二柱是洗雪冤屈的关键证人。

华云飞是个出色的猎人,哪怕只有一点细微的痕迹,都休想瞒过他的眼睛,但是山后丛林中还有许多村落中百姓活动的痕迹,要从这些痕迹中甄别邢二柱的痕迹,华云飞也没办法,所以叶小天三人在丛林中着实浪费了一番工夫,这才渐渐锁定邢二柱逃走的方向。

福娃也跟着他们兴高采烈地跑着,可它毕竟不是真正的猎犬,上一次循着遥遥的气味从铜仁城一路追出来，是因为遥遥对它而言很重要，它是有意识地去追。

这一次不然，它没听懂叶小天的话，也不明白叶小天指手画脚是让它去嗅邢二柱的气味，所以这一次它完全帮不上忙，跟着叶小天三人一路撒着欢，对它而言就是一个快乐的游戏。

邢二柱背着小包袱狂奔着，等他满头大汗、心跳如擂鼓的时候，才扶着一棵树站住，呼呼地喘着粗气。气息稍稍匀了些，回头一看，发现距那村落已经很远了，他的脸上不禁露出了轻松的笑意。

这时，右侧突然传出一阵树叶窸窣的声音，邢二柱像只受了惊的兔子似的猛地一跳，一抬眼就看到了展凝儿。

展凝儿是带着人去兕窠寨的，她没想到会在这里遇到邢二柱。邢二柱看到展凝儿心中便是一惊，紧接着又见几个武士提着刀从灌木丛中钻出来，只当他们是帮叶小天来捉自己的，吓得转身就逃。

展凝儿一见他逃，下意识地叫道："抓住他！"

展凝儿对他和叶小天的关系多少了解一些，但她此刻身负重任，本不想节外生枝，下令抓人完全是一种本能：她本来就是肩负秘密使命的人，突然遇到一个鬼鬼祟祟的人，而且一见他们马上就逃，展凝儿如何放心让他离开。

于是，一个糊里糊涂地逃，一个糊里糊涂地追，早已跑得筋疲力尽的邢二柱奋起余勇，拿出吃奶的劲再度狂奔起来，靠着丛林复杂地形的掩护，居然跟他们周旋了一阵子。

可他毕竟气力已衰，速度越来越慢，眼看就要被展凝儿的人抓住了，前方一阵枝摇叶动，竟然又钻出几个人来。头前一个黑衣蒙面人，看那曼妙动人的体态，应该是个女人，手中握一把明晃晃的长剑，后边跟着几个同样身穿黑色劲装、脸上蒙着黑巾的大汉。

邢二柱怪叫一声，急转身便往斜刺里冲去，心中暗暗叫苦："大家不是都往神殿去了吗？华云飞和毛问智那两个家伙从哪儿找来这么多帮手，这一下我只怕是逃不掉了。"

这时展凝儿也带着人冲过来，一见前面出现几个黑衣蒙面人，立即警惕地站住，展凝儿还没喝问对方身份，对面那个黑衣劲装女子好看的黛眉便挑了起来，娇叱一声道："杀！"

这个蒙面女正是杨应龙手下的白筱晓，一见展凝儿出现在这里，身边还带着侍卫，她就知道不出主人所料，展凝儿果然是去找格峒佬的，当下毫不犹豫便下令动手。

两个女人恶狠狠地碰撞在一起，这一番交手煞是好看。女人气力天生就比男人小，即便下了苦功，气力比同样练过武功的男人也要弱些，所以就需要用技巧和速度来弥补不足。

展凝儿和白筱晓都是以快打快，再加上女人身子轻盈，一时间就如同两团旋风在丛林中卷来卷去，枝叶树叶被她们的利剑绞碎，伴随着她们奇快无比的身影在空中飞舞，形成一副很炫目的画面。

其他那些大汉的搏斗就相对简单多了，刀刀见血，拳拳到肉，杀得难解难分。邢二柱趁着双方恶战，好不容易又逃开一段距离，他脚下如飞地拨开一丛灌木，一头扎了进去……

"哎呀……"

毛问智隐约听见前面有些动静，刚刚分开茂密的枝叶，就见一条黑影迅猛地扑进他的怀中，将他一头撞倒。紧随其后的华云飞还以为毛问智遭到了野兽袭击，立即将尖刀扬起。

邢二柱扑在毛问智怀中，两人的嘴巴近在咫尺，大眼瞪小眼地互相看看，突然"哇"的一声，一起叫了出来，然后邢二柱就像身上安了弹簧似的跳起来，"嗖"的一下，他又冲了回去。

"追！"

华云飞看清那人是邢二柱，不由大喜，也顾不得去扶毛问智，便拔腿追了上去。叶小天见状也马上跟了上去，毛问智被邢二柱那一下撞得有些岔气了，他捂着肚子站起来，一瘸一拐地追上去，等他拨开树丛，已经看不见叶小天等人的身影，远处有厮杀叱喝声隐隐传来。

毛问智循着声音小跑着追过去，等他看到眼前的一幕时，不由又惊又奇。叶小天正绕着一棵大树跑来跑去，后边有两个蒙面人持刀追杀；华云飞被一个黑衣蒙面杀手缠住，一时来不及救援，急得大叫。

现场有许多黑衣人正和展凝儿一群人在殊死搏斗，地上横七竖八躺了些尸体，唯独不见邢二柱。毛问智急急赶上两步，面对如此怪异的一幕，有心想问一句以解心中疑虑，可大家都在"忙"，他能问谁？

这时毛问智感觉脚下一软，似乎踩到了什么东西，低头一看，吓得怪叫一声，一下子就跳了起来。原来邢二柱正仰面躺在他脚下，突着一双眼睛怒视着他，毛问智定了定神，这才发现邢二柱已经死了。

这个家伙胸口插着半截断剑，衣袍殷红一片，已经死得不能再死，他精心准备良久，好不容易逃出村子，却阴差阳错一再被人发现行踪，最后被混战的双方杀掉，到死都还以为人家就是为了追杀他而来，却不知他只是一条无辜的池鱼。

展凝儿的武功比白筱晓要高超一等，渐渐占了上风，忽然见叶小天被黑衣刺客追杀着，形势十分危急，展凝儿娇叱一声，突然人剑合一，和身扑了过去。

"噗！"

展凝儿一剑刺入一个黑衣刺客的心口，随即迅速拔剑向身后反撩，"铿"的一声火花四溅，堪堪挡开白筱晓刺向她后心的一剑。

追杀叶小天的第二个黑衣刺客刚从树后追出来，见此情形一刀劈向展凝儿的脑袋，展凝儿脚尖在地上一点，一式"斜插柳"窜了出去，那人劈出的一刀险之又险地贴着她的身子劈下去，削下了一片衣袖。

叶小天自然不能让慨施援手的展凝儿落入险境，立即一头扑向那个刺客，撞在他的侧后方。那人正想再劈一刀，双脚还未完全落地，就被叶小天撞飞了，可这一来，叶小天就与刚刚扑上来的白筱晓面对面了。

白筱晓已经知道这叶小天对主人阳奉阴违，暗中帮着展家通风报信，对他哪还肯手下留情，当下凤眼含威，满面煞气，将剑尖毫不犹豫地刺向叶小天的心口。

展凝儿刚刚跃开身子，惊魂甫定，眼见势危，急忙又和身扑过来。这时华云飞刚刚结果与他纠缠的那个杀手，但他距离太远，已经来不及扑过来，当下就把手中的刀遥遥掷了出来。刀化光影，呼啸而至，白筱晓听到刀刃破空的风声，急忙舞剑疾闪，又让叶小天逃过了一劫。

这一切说来复杂，其实都只是刹那间事，片刻工夫，几个人把追杀者、被杀者、救人者、被救者的身份轮番演绎了一遍。白筱晓急急闪避华云飞那一刀，展凝儿趁机把叶小天扯到身边，喝道："此处危险，我们走！"

展凝儿一边说，一边大声吩咐："拦住他们！"说完一把拉起叶小天，转身就逃，那边毛问智见状，也向华云飞高声喊道："小飞，大哥都走啦，咱们也撤吧！"

华云飞抽身退到他身边，与他且战且退，只是他们与叶小天中间隔着厮杀的双方，只能暂时退向相反的方向。展凝儿的手下为了让她脱身，尽管人数不占优势，还是奋起余勇拼命厮杀，以拦阻追兵。

白筱晓想到任务失败的可怕后果，虽见一时抽不出人来，身边只剩下一个黑衣侍卫，还是一咬牙根，领着他向叶小天和展凝儿消失的方向追了过去。这一逃一追的双方都未注意，他们所奔的方向正是"雷神禁地"。

第四十章

雷神禁地

一

　　杨应龙在神殿外守了很久，里边始终没有传出尊者的消息，也不知格格沃在忙些什么，也没有消息送出来，杨应龙暗暗着急起来。掌握蛊神教，继而通过蛊神教控制九峒八十一寨生苗，关系到他长远的打算，岂容有失。

　　这时，距蛊神殿最近的另外两个生苗部落的勇士已经在其酋长的率领下急匆匆赶来，听了尊者的吩咐之后，也在神殿外驻扎下来。杨应龙见状更加焦急，这要是等九峒八十一寨的人全都赶来，众目睽睽之下，他如何能阻止尊者假蛊神之名指定继承人？

　　一旦格峁佬成为尊者，他本身就拥有很大的实力与威望，八十一寨中有二十多个部落和他关系密切。格德瓦对尊者一向忠诚，虽然不开心，想必也会接受尊者的决定，全力辅佐格峁佬。到那时格格沃名分已失，纵然是八大长老中实力最强的一个，也不可能控制蛊神教了。

　　白筱晓那边盯展凝儿的梢，也不知有没有结果，杨应龙自然不敢把这一注全押在对展凝儿的怀疑上，思来想去，便又派人去村子找叶小天，想向他详细询问一下尊者发病前后的情形。

　　不料去村里寻找叶小天的人很快回报：叶小天已不知去向，展凝儿也下落不明，白姑娘带的那批人也不知所踪。杨应龙更加紧张起来。安南天正与几个心腹商量要不要也把营帐迁到神殿，以便能第一时间获悉尊者的消息，杨应龙突然领着几个人闯到了他的面前。

　　安南天摆手制止了手下的蠢动，皮笑肉不笑地向杨应龙拱了拱手，道："杨兄有何见教？"

　　杨应龙沉着脸道："把叶小天交出来！"

　　安南天心中微微一惊："叶小天？莫非他发现什么了？"脸上却是一副讶异的神

色，道："杨兄说什么？"

杨应龙道："据我所知，尊者生病的时候，只有叶小天在他身边，现在尊者重病，神殿封锁，内外消息不通，具体情况不明。我想了解一下，尊者究竟发生了什么事，可是我的人去找叶小天，却发现他已不知去向。"

杨应龙盯着安南天，一字一句地道："与他一起消失的还有你的表妹展凝儿，他们去哪儿了？"

安南天撇了撇嘴角，道："看你一副如临大敌的样子，我还当发生了什么事。你要找他们啊，他们去哪儿了……我怎么知道？"

杨应龙厉声道："事关神教大事，安南天，莫非你串通叶小天，想要图谋尊者之位？"

杨应龙身后的武士"铿铿"地拔出刀来，安南天的人见状立即也拔刀相向，气氛顿时紧张起来，可安南天依旧满脸不在乎，"哧哧"笑道："杨应龙，你好大的威风啊，看这架势，四大家你都已经排名第一了！"

杨应龙双手一按，制止了手下，沉声道："不敢当，我只是不想传承大事受到影响。展凝儿究竟去了哪儿？"

安南天轻佻地一挑眉头，道："我那表妹一向野惯了，我可管不了她。说不定她跟叶小天两情相悦，跑到哪儿去卿卿我我了，你想知道，自己去找啊。"安南天嘴里说着，心里也在急急思索："叶小天怎么会不见了呢，他去哪儿了？"

·※·※·※·

展凝儿拉着叶小天在丛林中一阵狂奔，一开始还是奔着晃寨的方向，但是很快就迷失了方向。

展凝儿虽然来过多次蛊神教总坛，可每一次都前呼后拥一大堆人，不需要她刻意去记道路，而且她走过的路都是山民们已经踩出来的山路，现在却是在丛林中奔波。

当展凝儿发现自己迷路的时候，他们已经跑到了雷神禁地的边缘。展凝儿听说过雷神禁地，但远看与近观景致又有不同，此时就在雷神禁地山脚下，她却没有发现自己即将闯入。

"筱晓姑娘，他们快要逃进雷神禁地了。"

白筱晓和那个黑衣蒙面的手下越追越近，眼见展凝儿和叶小天就要逃进雷神禁地，不由大急。白筱晓也熟知雷神禁地的故事，她不想冒险闯入，一见叶小天和展凝儿毫不犹豫地跑向雷神禁地，不由大急，立即咬牙喝道："拦住他们！"

当下白筱晓也顾不得那名手下了，深深一提气，施展轻功提纵术，足尖一点便是近三丈的距离，疾如飞鸟般向展凝儿和叶小天追过去。

提纵术极耗体力，白筱晓是不会轻易施展的，否则你追上了人家，却已耗尽体力，那又有什么用？此时她却顾不了那么多，一用提纵术，她的速度足足快了三倍，在展凝儿和叶小天即将闯入雷神禁地的时候，白筱晓终于追了上来。

"杀！"

白筱晓娇叱一声，奋起余力一剑刺去，展凝儿急急止步旋身，手中剑化作一团光影，与她的剑重重地碰在一起。

"铿"的一声，两口质地上乘的宝剑同时折断，受此巨力影响，两个人不约而同地错开，展凝儿向外闪出三步，有些趔趄地站住，白筱晓却因刚刚施展提纵术有些脱力，抢出两步便一跤栽倒在地。

叶小天一见机不可失，马上和身扑了上去，他不懂搏击术，小时候跟人打架斗殴倒是会些死缠烂打的本事，当下双手双脚齐动，把白筱晓整个身子绞住。白筱晓突然被男人抱住，不禁又羞又气，尖声叫道："你给我滚开！"

可她双腿被叶小天的双腿绞住，上身也被叶小天紧紧抱着，凭借腰力像条上了岸的鱼似的拼命弹跳了几下，非但没有甩开叶小天，反而被叶小天缠得更紧了，两人此时的情形就像一对正在交媾的蛇，缠得严丝合缝。

叶小天急叫道："凝儿姑娘，快杀了她！"

白筱晓比他力气大，叶小天感觉快要搂不住她了，情急之下，突然来了一个头锤，重重地磕在白筱晓的鼻子上。白筱晓鼻子一酸，登时热泪长流，明明是个高手，却被叶小天这地痞斗殴的手段折腾得狼狈不堪。

展凝儿这才反应过来，急忙跃过来，可这时叶小天和白筱晓已经满地打起滚来，翻来翻去不停变换着位置。展凝儿手中提着半截断剑，情急之下竟不敢下手，生怕错手刺在叶小天身上。

在白筱晓的奋力挣扎下，叶小天快要抱不住了，他紧扣在白筱晓背后的十指渐渐有松脱的感觉，不由大叫："快动手啊！"

白筱晓恨极，突然一口咬住了叶小天的耳朵，这等关口，师父教授的功夫被白筱晓忘得精光，用上这泼妇打架的手段反而奏了奇效，叶小天疼得哇哇大叫，双手下意识地松开了。

白筱晓一挺小腹，竟把叶小天从身上弹起两尺来高，不等他再落下，便猛地一蜷腿，狠狠一脚把叶小天踹飞了出去。

"哇……"

叶小天一声惨叫，仰面摔进一片灌木丛，被柔软而有弹性的枝条接住，只是脖颈上出现许多血痕。

这时那黑衣蒙面人已经追过来，一见眼前情形，立即人喝一声向展凝儿冲去，展凝儿虽然武艺高强，却没有这种生死相搏的战斗经验，称手的兵刃已断，长剑变成了短刀，一时不免有些手忙脚乱，好歹仗着她的武功远胜对方，这才没有吃亏。

双方交手十余回合，展凝儿渐渐适应了这种打法，手中断剑猛地缠住那黑衣人的长刀，贴着刀刃倏然滑落，只听那黑衣人一声惨叫，四根血淋淋的手指跌落，掌中刀也随之落地。

展凝儿一脚将那黑衣人踢翻在地，白筱晓趁机滚地一翻，抢到长刀，奋力向上一撩，展凝儿只见白光一闪，想也不想便纵身疾退，只听"哧"的一声，被白筱晓一刀划断了腰带，再稍慢片刻，就得被她开膛破肚。如此毒辣的手段，把展凝儿惊出一身冷汗。

展凝儿此时已经没有称手的兵刃，可没有把握同这个武功相差不多的对头较量，叶小天此时被灌木丛架住，脚下无根，颤颤巍巍，还没挪到地上。展凝儿飞掠过去，一把将他从灌木丛上扯下来，架住他的膀子，也施展轻功提纵术，速度陡然加快，向前疾飞而去。

其实白筱晓此时已经力竭，展凝儿只要再补上一剑，她必死无疑，可惜展凝儿却被她的悍勇吓住，只当她还有余力一战，是以选择了逃跑，错失了将她杀死的机会。

白筱晓拄着刀半跪在地上，恨恨地看着展凝儿和叶小天逃去的方向，再看看四指已断、捂着手痛呼不已的手下。想到主人残忍的手段，她不禁咬了咬牙，硬着头皮向雷神禁地追了进去。

她的那个手下已经断了四指成了废人，白筱晓也没指望他还能再起什么作用，是以也没理会他的死法。

十指连心，那人被展凝儿一剑削断四根手指，只觉痛楚难当，他拉起衣襟，用牙撕扯下一段，将自己的手掌草草裹起，已是疼得满头大汗。

这人也清楚自己已无力再战，正想回去向杨应龙报讯，目光一转，突然发现地上有一方莹润的玉牌，他急忙上前拾起，仔细看看那玉牌上雕刻的花纹，再翻过来看了看背面的字迹，登时大喜过望。

杨应龙图谋蛊神教久矣，他手下这些死士自然明白这块玉牌意味着什么，这人赶紧揣好玉牌，向来路飞奔而去……

第四十一章

黄雀在后

一

"轰……"

一道惊雷挟着霸道无匹的天地之威狠狠地劈在土红色的山顶岩石上,天雷击下的那一刹那,天地为之变色,距山顶还有二十余丈距离的叶小天和展凝儿只觉头发"唰"的一下,全都朝天竖了起来。

"轰……隆隆……"

就像藏在山头的一头即将得道的万年大妖此刻正在渡天劫似的,又是一道惊雷不依不饶地劈下来,劈得展凝儿两股战战,脸色苍白。

很多平时胆子很大、外向活泼的女孩子会怕一些稀奇古怪但对她完全无害的东西,比如打雷时,就有些女孩子躺在床上,听着窗外的雷声,把被子蒙在头上簌簌发抖,好像她是狐狸精转世似的。

展凝儿恰恰就是这么一个人,她天不怕地不怕,就是怕打雷。此刻听着那可以摧毁一切的可怕雷声,想起本族许多关于雷神的传说,一向胆大的展凝儿吓得动都不敢动了。

"老天!这是……这是雷神禁地……"

展凝儿惊呼起来,第三道惊雷持续劈下,又是一记旱天雷!

展凝儿双膝一软,不由自主地跪了下去,惶恐地道:"我们误闯禁地,激怒雷神了。"

"激怒你个头啊!"

眼见风云变幻,头上突然传来一阵麻酥酥的感觉,叶小天的第六感在这时奇迹般地发生了作用,他一边没好气地吼着,一边猛扑过去,抱住展凝儿就向山坡下滚去。

"轰隆隆……"

两个人的身子刚刚滚离原地,一道惊雷就准确地劈在他们方才所站的地方,激起的无形气浪把他们两个人的身体像皮球一样抛向空中，一路翻滚着掉落山坡。

"哎哟，痛死我了……"

叶小天的身子在山石之间连磕带碰，痛楚难当，他艰难地爬起来，就见展凝儿已经爬起来，跪坐在地，望着山顶，脸色苍白，口中喃喃自语："希送大索搏略，希送大索搏略。"

展凝儿惊恐之下，不由自主地说起了母语，希送就是苗人所敬的雷神的名字，大索是雷，大索搏略就是打雷，展凝儿此刻脑海中只有一个念头，就是他们误闯禁地，激怒雷神，雷神开始打雷了。

叶小天揉着胳膊肘凑过来，奇怪地问道："你念什么咒呢？"

展凝儿回首看向他，绝望地道："我们激怒雷神了。"

叶小天不耐烦地挥了挥手，道："雷神老爷子眼神不好，劈得不准，你不用理他，不过这地方倒是真有点邪门，怎么转都转不出去，明明看得见太阳，辨得清方向，这也太古怪了。"

展凝儿身份地位高，又有一身好武功，在叶小天面前一向强势，此时却被时而响起的雷声吓得六神无主，一见叶小天如此淡定，顿时把他当成了主心骨，急忙靠近了些，似乎这样就多了些安全感。

展凝儿问道："那咱们现在怎么办？"

叶小天叹了口气道："我本想爬上山坡，居高临下方便认路，谁知雷神老爷子正在上面玩得不亦乐乎，这个法子看来是行不通了。咱们跑过来时，太阳在这边，按照时辰来算，咱们应该是从西边跑过来的，那咱们就往西边走，最多半个时辰应该就能出去，一路记得看看地形地貌。"

展凝儿连连点头，两个人便朝着叶小天选定的方向走去。

这里的地貌环境非常恶劣，地上都是崎岖不平的褐红色、深褐色的石头，也许千百年前这里曾经是一座火山，这些石头就是由岩浆构成的。

在起伏不平的石头山里，又有面积大小不一的温泉，氤氲的雾气笼罩其上，不知道水有多深。在这样的地方，仅有少量低矮的、稀疏的植物生长着，其中很多叶子都是红色的，连展凝儿也不认识这是什么植物。

两个人向他们认定的西方走了大半个时辰，便停住脚步，面面相觑起来。从这里抬头仰望，他们看向那座土红色的高山的角度和他们刚刚从山上滚下来时向上看的角度一模一样，叶小天甚至记得脚旁那块岩石，他的胳膊就是磕在这块岩石上，到现在还隐隐作痛。

叶小天叹了口气道："我们迷路了。"

展凝儿摇了摇头，沮丧地道："我记不住地形，这儿的地形几乎都差不多。"

叶小天蹙眉思索片刻，在地上找了找，捡起两块石头，把其中一块摆在身旁突起的岩石上，对展凝儿道："跟我来！"

两人走出一段距离，叶小天又把第二块石头摆在另一块突起的岩石上，展凝儿奇怪地问道："你在干什么？"

叶小天得意地道："把这两块石头'连起来'，是一条直线，我们就按照石头'连'成的直线往前走，走一段距离，快要看不见第一块石头的时候，就再摆一块石头，这样，我们就一直是沿着直线走，不会再绕圈子了，还能走不出去吗？"

"对啊！"

展凝儿欣然道："想不到你的小聪明还有大作用。"

叶小天难得谦虚一回，微笑道："也没什么，我看工匠师傅盖房子砌墙的时候就用这法子，只不过他们那两块石头之间真有一根线，咱们这根线看不见罢了。"两人一边说一边走，后边一块山石后面，探出了白筱晓苍白而美丽的面孔。

白筱晓跟着他们闯进雷神禁地后就迷了路，直到方才叶小天和展凝儿绕着这座山头打转转的时候，她才发现二人，悄悄地跟了上来。

白筱晓是苗人，自幼形成的对雷神的敬畏，令她也胆战心惊。但是主人残酷的手段实在是比死还可怕，两相比较，她宁愿激怒雷神也要闯进禁地，杀死叶小天和展凝儿完成任务。

但是这个地方实在是太诡异了，明明看得见远山，可就是走不出去，她想先悄悄跟着叶小天和展凝儿，最好是让他们找到出路，那时再出手干掉他们。

白筱晓提着取自黑衣手下的那口刀，仿佛一缕阴魂，悄悄地蹑在了他们的身后，叶小天二人专注于寻找出路，竟毫无察觉。

·※·※·※·

断了四指的黑衣人一路奔向神殿，隔着浩渺的神湖，已经远远可以看见那座神圣庄严的建筑，黑衣人摸摸怀中的玉牌，脸上不禁露出了得意的笑容。

这么多兄弟出来，死的死、伤的伤，不想这桩天大的功劳却落在他的头上。土司老爷虽然酷厉，却是赏罚分明，有了这桩大功，必定能够得到重赏，到时候荣华富贵享用不尽，岂不比如今这般过着刀头舔血的日子好上十倍？即便断了四指又如何。

黑衣人兴奋异常，本来已是极疲惫的身子，想到将要迎来的好日子，却是热血沸腾，浑身好像有使不尽的气力，脚下也陡然加快了步伐。

"嗯？"

黑衣人突然觉得颈上有些痒，他没在意，只是伸手挠了挠，这一挠，便触及一根细如牛毛的东西，黑衣人挟在指间一看，竟是一根吹箭，目芒顿时一缩，但他已经来不及看清是谁下手了，脚下又迈出一步，整个身子便一下子软了下去。迷蒙间，他看到几双草鞋出现在眼前，便陷入了永久的黑暗。

十几个形容剽悍、身手灵活的山苗出现在黑衣人身体四周，有人用苗语嘀咕道："这是杨应龙的狗腿子，跑到这儿来干什么？"

另有人蹲下，在黑衣人身上搜查起来，片刻之后，那枚玉牌便被他翻出来，几个苗人聚在一起嘀咕了一阵，似乎有人认得这块玉牌，立即大声叫了起来，片刻之后，便有几个山苗护着一位黑袍人从林中脚步匆匆地出来。

这人同格格沃穿着相同款式的黑色长袍，胸前也有一枚银色的蛊神坠，颌下一缕络腮胡子，方正脸膛，浓眉阔目，一看就极具威仪。

有人把那枚玉牌交到他的手上，一见这枚玉牌，那人的眼角便急剧地跳了几下，他当然认得这枚玉牌，因为这是从第一任蛊神尊者就开始传承下来的一件信物。

这块玉牌并没有什么特别的用处，平时除了充作尊者的信物，只有一项最特别的能力，它能抵抗一种特殊的蛊：千年！

千年是尊者才会炼制的一种极特殊的蛊毒，一旦施展开来，根本没有人能够进入布了蛊毒的场地，只有持有这块玉牌才能出入无禁。这块玉牌怎么会在这个黑衣人手里？

黑袍人看向神殿的方向，浓重的眉毛微微地蹙了起来："玉牌来自尊者，这是确定无疑的了，杨应龙的人显然是杀死了尊者的信使，要把这块玉牌交给杨应龙，可是尊者……要把玉牌交给谁呢？"

如果展凝儿此时在这里看到这个黑袍人的话，她一定会大吃一惊，因为这个黑袍长老正是与安、展两家关系最为密切，平素也最受尊者赏识信任的那位格崩佬。按照尊者的命令，他此时本应在晃寨寨的，可是他竟出现在了这里。

第四十二章

奇诡之地

一

黄昏，残阳如血。猩红的夕阳铺洒在褐红色的岩石地面上以及氤氲的温泉水面上，将整个大地都染成了血色，仿佛地狱一般。叶小天和展凝儿垂头丧气地坐在一汪泉水旁。

叶小天的主意很好，可这里并非一马平川的平地，有一处处泉眼、一座座起伏的石丘，他们不时需要绕行，而且绕行的距离还不短，如何能做到走直线？尽管他们最后没有又绕回那山脚下，却还是迷了路。

这眼泉水的温度不高，可是水的颜色却有些怪，即便在近处看，也透着一种怪异的明蓝色，其实这是因为水中含有较多某种矿物质的缘故。叶小天和展凝儿当然不明白其中缘由，所以虽见水中有鱼儿游动，推断没有毒，展凝儿还是不肯喝上一口。

叶小天口渴难忍，大胆地灌了个水饱，他甚至用木棍刺中了一条肥肥的大鱼。那条鱼足有十多斤重，和鲤鱼有些像，大概是从未见过人类的缘故，那条鱼对蹲在水边的叶小天毫无防范，所以被他轻易地刺中，弄到了岸上。

叶小天搜罗来一堆干柴和干草树叶，一边用两块石头"嚓嚓"地打着火花，一边扭头看看展凝儿，见她嘴唇都有些皲裂了，便道："喝两口吧，这水只是颜色看着怪了些，没有毒的。"

展凝儿舔了舔嘴唇，终于忍耐不住口渴的折磨，来到泉眼旁，掬起一捧水，小心地喝起来。

叶小天两只手都快酸麻了，才终于打着了火，火堆燃烧起来，叶小天把那肥鱼也不清理，便整个穿在木棍上，架在火上烤，很快鱼香味就传了出来。

展凝儿抱膝坐在篝火旁，忧心忡忡地看了看天空，太阳已经完全落山了，一轮月亮正慢慢爬上来，展凝儿叹了口气道："雷神禁地应该不会很大，为什么就是走不出去呢？我们不会一辈子就困在这里了吧？"

叶小天正小心地转着鱼肉，以免肥鱼烤煳了，听到展凝儿的话，叶小天乜了她一眼，忽然笑起来。

展凝儿蹙眉道："你笑什么？"

叶小天道："我觉得困在这儿也不错啊。这儿有水喝，有肉吃，还有一位漂亮的姑娘陪着我，要是出不去，我们就做了夫妻，在这里生一堆孩子，啊！想想还真不错！"

"放屁！"

展凝儿恼了，"蹭"的一下站起来，叶小天立即道："喂喂喂，你要干吗，这儿可只有我们俩，要相亲相爱才是，你要是把我打跑了，只剩你一个人，要是再打雷的话……"

叶小天刚说到这儿，远处便传来一声滚滚的闷雷声，吓得展凝儿一哆嗦，再也不敢大发雷霆了，叶小天得意扬扬地笑起来。

叶小天对雷神禁地估计不足，他虽然也觉得这儿地形有些诡异，可他觉得只要饿不死，想出去总有办法的，就这么大的地方，等把这儿都摸熟了，还走不掉？因此毫不担心，这才有心情和展凝儿开玩笑。

鱼熟了，叶小天顾不得烫，抓下一块鱼肉来，手忙脚乱地塞进嘴里，含糊地道："嗯！好香！来，快来吃肉！"

远处一块岩石后面，白筱晓探头观察了一下这边的动静，嗅着随风隐隐飘来的肉香，悄悄咽了一口唾沫。

·※·※·※·

密林中一处隐秘的山洞，篝火生在山洞深处，因为山洞曲折，有效地挡住了火光，只要稍离洞口，就很难发现里边的光亮。山洞里，一群山苗静静地坐着，他们刚刚吃过晚餐，此时正在休息。

山洞最深处极其宽大，洞窟有十余丈高，数十丈宽窄，石壁上一道高大的身影正在不断地来回移动着……

火堆旁，格峒佬负着双手，紧蹙双眉来回踱步，心中委决不下。他是尊者最信任的长老，也是实力仅次于格格沃的长老，人人都知道他对尊者忠心耿耿，可又有谁知道他同样觊觎尊者之位？

当初被赶离神殿赴兕寞寨一带传教，他就已经耿耿于怀：这么多年来忠心耿耿地侍奉那个老家伙，不就是为了有朝一日能继承他的位子？现在却把他赶走，尊者之位分明是与他无缘了。

从那时起，他就动了异心，想要通过自己的努力攫取尊者之位，在传出尊者大限将至的消息之后，他就只是偶尔才在兕寞寨一带公开露上一面，其他大部分时间，他都守在神殿左近,秘密联络亲信以应突变。

如今看来,尊者应该即将归天,神殿周围已是各方势力云集,尊者封锁神殿,显然是要等玉牌所传的人赶到。可惜的是当时手下动手太快,没有留活口,否则倒可以弄清楚这方玉牌究竟是要交给谁的,以便釜底抽薪。

格峁佬此时绝不会想到,这块玉牌就是给他的,知道真实底细的只有叶小天和展凝儿,还有一个安南天,猜出尊者用意的却是杨应龙,这几个人又怎会胡乱宣扬这个消息?

结果格峁佬明明拿到了玉牌,却不敢轻易现身,还在这里拼命猜测尊者究竟属意何人,也算是造化弄人了。

"不能再等了!"

格峁佬站住了脚步,仔细算盘着:"一旦玉牌传唤不至,难保尊者没有后招,如果他在断气之前把继承人找到了,公开向九峒八十一寨宣布,事实已成,除非冒着成为九峒八十一寨之敌的危险,否则谁也不敢再向继任者发难,那时就大势去矣。

"眼下只有利用这方玉牌潜入神殿,万不得已就干掉尊者,直接假尊者之意登位,到时安家与我交好,安南天那一派的势力一定站在我这一边。格哚佬和格德瓦那一派虽也属意于尊者之位,但是他们实力不及我,更不及格格沃,不敢生出异心,也只能拥戴我登位。唯一的对头格格沃虽有杨应龙撑腰,那时必也无计可施,等我成为尊者,再找机会干掉他,大局可定!"

想到这里,格峁佬眼中闪过一丝果决的光芒:"不入虎穴,焉得虎子!既有玉牌在手,这神殿,我是无论如何也要闯一闯了!"

· ※ · ※ · ※ ·

明月当空,皎洁如纱。水面上始终弥漫着水雾,被月光映照着,如梦似幻。傍晚时看来地狱一般的景致,此时却有一种天堂般的优雅。

叶小天靠着一块光滑的石头睡得正香。石头有些温暖,大概也是因为地热的原因。白天奔波了一天,叶小天是真的累了,所以此时睡得很沉。

展凝儿睡在不远处另一块巨石上,石头光滑,中间有个不大的凹陷,正好存身,虽说石头硬了些,可是对身心俱疲的她来说,已是一张最好的床,所以她睡得也很香。

月色下,不远处,一群红色的虫子缓慢地爬过来,无数的虫子在夜色下有些发黑,褐红色的岩石完美地掩饰了它们的行踪,只有当它们爬过地面时,才能隐约发现它们的存在。无数的虫子汇集在一起,就像一张淡黑色的地毯,沿着地面缓慢地铺展过来。

那条十多斤重的肥鱼只被叶小天和展凝儿吃了三分之一,地上扔着鱼骨头,树枝上还穿着大半条鱼，鱼腥味吸引了虫子的注意，那片漫无目的向前铺展的"虫子地毯"渐渐向叶小天和展凝儿睡觉的地方席卷过来。

白筱晓蹑手蹑脚地走过来，嗅到鱼的香气，不禁吞了一口唾沫，这一天她也是又累又饿，饥肠辘辘了。看一眼熟睡中的展凝儿和叶小天，白筱晓便伸手把那穿着大鱼的树枝拿到了手中。

大鱼一烤，鱼鳞已经脱落，因为鱼肉够肥厚，不会咬到没被清理的内脏，白筱晓很放心地一口下去，那烤鱼虽已有些凉了，但仍香气扑鼻，鱼肉入口，勾得人馋涎欲滴。

白筱晓狼吞虎咽地啃了一阵，将大鱼又消灭了一部分，腹中饥火这才消去了些，白筱晓又把鱼小心地放回支架上，轻轻举起了手中的刀。

略一思索，白筱晓决定把展凝儿干掉，留着叶小天。展凝儿武功比她高明，太危险了，如果错失这个好机会，下次未必还有机会下手，而叶小天不通武功，可以任由她摆布。

白筱晓对这诡异的禁地也充满忌惮，不愿一个人面对，所以才想把威胁更小的那个人留着做伴，要杀也得等闯出这片禁地之后再说。主意已定，白筱晓便向熟睡中的展凝儿悄悄摸了过去。

"噗……"

白筱晓眼看就要接近展凝儿了，脚下却发出一声踩破了什么东西的声音，她急忙止步，小心地一看展凝儿，见她没有惊醒，这才往脚下看去，脚下并未发现什么，于是小心翼翼地又迈出一脚。

"噗……"

又是一声响，白筱晓懊恼地止步，看看展凝儿还没有醒，忙悄悄蹲下，试图看看她究竟踩破了什么，她把头往地面低了低，隐隐好像有什么东西在蠕动，便又伸手一摸。

地上正是蠕动而来的那些虫子，方才被白筱晓踩死了很多，但是更多的虫子蜂拥过来，已经沿着她的脚面，迅速爬向她的身体。白筱晓伸手去摸时，地上的虫子突然张开翅膀，向她的脸面猛扑过来。

这种虫子自我保护能力极差，轻易就能被人辗死，它虽然长着翅膀，可是能飞跃的距离也不远，顶多也就一尺，但是此刻已经足够了，细小的飞虫立即扑了白筱晓一头一脸。

"啊……"

一声凄厉到了极点的惨叫，惊醒了熟睡中的展凝儿和叶小天。

第四十三章

各怀鬼胎

一

叶小天和展凝儿被凄厉的惨叫声惊醒，二人霍然坐起，就见一个人似乎正用双手拼命地抠挖着自己的脸，挣扎着发出如同厉鬼一般的惨嚎声。展凝儿腾身跃起，闪到叶小天身边，惊惶地问道："怎么回事？"

叶小天在月光下看到白筱晓那身装扮，再听到她似曾相识的声音，脑海中突地灵光一闪，失声叫道："她是杨应龙的人，就是追杀咱们的那个女人。"

展凝儿被那凄厉的惨叫刺激得汗毛都竖了起来，紧张地道："她怎么了？"

这时候，白筱晓嘶吼的声音突地戛然而止，她仰起脸，张开双手向着天空，张大嘴巴似乎要呐喊什么，偏偏却没有半点声音，只是喉头似乎有嘶嘶的气流声。

她这一仰头，叶小天和展凝儿站在她的侧面，透过明亮的月光恰好可以看到她的侧影，就见她的整张脸已经完全变成了一个骷髅，骷髅的嘴巴大张着，拼命地向天昂着。

她的脖子好像融化了似的正在迅速消失，片刻工夫喉头位置就只剩下一条颈骨。然后，那骷髅头缺少了支撑，猛地向下一垂，整个人也一下子摊在地，抽搐了几下，便没了动静。

眼见如此恐怖的一幕，展凝儿吓得一声尖叫，冰凉沁汗的手紧紧扣住叶小天的手臂，颤声道："她怎么了？她这是怎么了？"

叶小天惊恐地倒退了几步，离开了他方才睡觉的岩石，忽然注意到地面上似乎有一片诡异的阴影正缓缓蔓延过来，叶小天立刻惊叫道："快走！"当下也顾不得多说，抓起展凝儿的手便落荒而逃。

天亮了，阳光灿烂。叶小天站在昨夜休息的地方，头上艳阳高照，身上阵阵发寒。

昨夜他们也不知该逃向何方，仓皇之中还跌进了一眼温泉，手忙脚乱地爬出来之后就躲到了一处高高的岩石上,就这么担惊受怕地站了半宿。

若不回去弄个明白,他们从此以后只怕再也无法安睡了,所以等到天亮,他们就又返了回来,好在他们夜里逃得不远,竟然找了回来。

地上有一具黑色劲装裹着的骷髅,白骨森森,一夜之间,一个大活人便连肠腑内脏都不见了,地上只剩下一具完整的骨头架子。叶小天用木棍轻轻敲了敲那副骷髅的头骨,疑惑地四下打量,忽然发现了一些杂乱的脚印。

这种地方没有松软的泥土,本不该留下脚印,可是当你脚下布满了虫子,密密麻麻,那么当你每一脚踩过,都会留下一个脚印,一个由虫子尸体组成的脚印。

叶小天走过去,蹲下身子仔细观察了一阵,又用树棍挑了挑,扭头向一旁道:"凝儿姑娘,你别吐了,快过来看看,这是什么?"

凝儿用泉水漱了口,用手帕掩着嘴,脸色苍白地走回来,问道:"什么?"

叶小天用树棍挑了挑,在那虫尸脚印的边缘,有些没有被完全碾成肉泥的虫子,其中还有大半截身子完整的,勉强可以辨认。叶小天将一只虫尸挑出来,蹙着眉头道:"你认识这种虫子吗?"

凝儿蹲下身子,强忍恶心,仔细地看了看那截虫尸,摇头道:"我不认得。"

叶小天的目光转向一旁早已燃成灰烬的火堆,旁边木架子上有大半鱼的骨架,骨架很完整,但鱼骨架上的肉被剔除得干干净净,连一丝肉渣都不剩,那绝不是人类可以办到的。

叶小天缓缓地道:"她昨夜遇到的,应该就是这种虫子。"

凝儿吃惊地道:"这种一踩就死的小虫子?会有这么可怕?"

叶小天道:"也许一条这样的小虫子不可怕,可要是成千上万条的话……"

叶小天没有说完,他慢慢抬起头,打量着远远近近褐红色的岩石,喃喃自语道:"难怪所有闯进这里的人都出不去,迷路或许是个原因。可是这里甚至没有他们生活过的痕迹,恐怕他们进来没多久就在睡梦中变成了骷髅。"

凝儿惊恐地道:"可……可是我们一具骷髅都没见过呀。"

叶小天道:"也许咱们还没看见,又或许这里除了吃肉的虫子,还有喜欢啃骨头的虫子,谁知道呢,这鬼地方,出些什么稀奇古怪的东西都不稀罕。"

展凝儿看着叶小天,突然抽噎起来,大颗大颗的泪珠扑簌簌地顺着她的脸颊滚落下来,这位富贵人家的娇娇女,被如此恐怖的一幕吓得魂飞魄散,再也无法维持她的矜持与高傲了。

叶小天看到她这副样子,真比昨夜看到白筱晓从一个活生生的人变成一具骷髅时还要惊怵,这位霸道蛮横的大小姐居然哭了?叶小天无奈地道:"展大小姐,你哭什么啊,哭有用吗,咱们……"

展凝儿"哇"的一声，突然大哭着扑进了他的怀抱，紧紧搂住他的脖子，浑身簌簌发抖："我不要死在这里，我不想被虫子吃掉，这里太可怕了，你带我走，你快带我走！"

叶小天张开双手，也不知该不该抱抱她，万一她清醒之后翻脸说自己揩油呢？叶小天苦着脸解释道："不是我不想走啊！这么多的'鬼打墙'你叫我怎么走啊！要能走我早就走啦……啊！你咬我干什么？"

被恐惧摧毁了理智的展凝儿突然一口咬在叶小天肩头，痛得叶小天大呼不止。好半晌，展凝儿才松了口，直勾勾地看着叶小天，叶小天被她可怕的眼神吓得倒退几步："你……你要干什么？"

展凝儿脚尖一挑，突然把白筱晓弃在地上的那口刀挑了起来，伸手一抓，正好扣住刀尖，将刀柄往叶小天身前一递，沉声道："要是那些怪虫再来，我们跑都跑不掉的时候，你一定要杀了我！"

叶小天："啊？"

展凝儿道："答应我！"

叶小天苦笑道："那还不是一样会死。"

展凝儿悲声道："总好过被虫子咬死吧？"

叶小天道："你死了难道虫子就不吃你了？我看它们不像那么忌口的样子啊。"

展凝儿眼泪汪汪地道："至少我不用看着它们把我吃掉啊。"

叶小天想了想，被虫子吃掉，的确是不如自杀痛快，便叹口气道："也罢！到时候我先杀你，再自杀，咱们做一对同命鸳鸯吧！"

·※·※·※·

密林中，山洞口，格崩佬焦急地转着圈子。

自从得到玉牌，格崩佬已经派出两拨人手，却始终打听不到神殿最新的情况。本来他在神殿中也有耳目，可惜外围已经被杨应龙、安南天，以及陆续赶来的山寨的人围了个水泄不通。

杨应龙和安南天互相提防，格哚佬对他们两个人都深怀戒心，三方各怀鬼胎，再加上其他各峒各寨的人陆续向神殿集中，结果每一个人都等于被困在了那里，谁也无法明目张胆地采取一些行动。

虽然格崩佬已决意凭借玉牌潜进神庙，可行动之前他想先了解一下神殿的最新情况以策安全，所以他接连派出两队手下，命令他们一定要同神庙内的人取得联系，然而迄今还不见回报。

忽然，远处有条人影在树丛中一闪，格崩佬立即赶上两步，站在高处向远处眺望，只见林中有一道人影正飞快地向这边奔来，不等那人跑到面前，格崩佬认出那是自己属下，便快步迎了上去。

"神殿内情形如何？"

"回禀长老，杨应龙、安南天、格哚佬等人都守在神殿外，神殿内外已经隔绝，任何人都无法出来，属下费尽心机才同神殿内的人取得联系，据说正在神殿的七位长老此刻都在第八层大殿静候消息。"

格崩佬急道："尊者还没有传下意旨？"

那人道："是！也不知尊者在等什么，他在第九层神殿外布下了蛊神绝杀大阵'千年'，整个最高一层神殿现在没有任何人敢踏进一步，谁也不知道里面情形如何。"

格崩佬握紧了手中的玉牌，原地急急踱了几圈，道："第九层神殿无人看守？"

那人苦笑道："长老，有'千年蛊'布阵，还需要有人看守吗？不过长老想上第九层很难，外面人太多了，谁也无法偷偷潜入。"

格崩佬冷笑道："那我就堂堂正正地走进去！"

那人吃惊地道："长老？"

格崩佬狡黠地道："他们谁也无法进去，不是吗？"

那人恍然大悟，兴奋地道："对啊！长老赶到神殿，只要踏进千年阵，便再也无人能够阻止你了。"

格崩佬也是心怀鬼胎，所以才一直打着偷偷潜入的主意，如果他对尊者忠心耿耿毫无二心，早就揣着玉牌直闯神殿了，到时候向尊者说明玉牌的来由，如果尊者指定了谁来继承，他大可打起尊者的名号去迎接继承人，当着九峒八十一寨那么多人，谁敢阻挡？

可是，格崩佬也在觊觎大位，虽然玉牌不是他从尊者派出的信使手中抢来的，心虚之下他还是不敢去面对。如今他肯做此决定，一方面是因为别无他计，另一方面也是因为他的心态已经发生了变化。

对于权位尊荣的热衷，已经让他的野心和胆量进一步膨胀，他已打定主意，一旦被尊者察觉他的野心，他就杀掉尊者，尊者已奄奄一息，难道还能是他的对手？别人进不去第九层神殿，到时是黑是白还不是他说了算？

格崩佬沉声道："马上集合人手，咱们去神殿！记住，就对人说咱们是在兕寀寨听说尊者病危，这才急急赶来的！"

"哈哈哈哈……我就知道你绝不像你表现出来的那么忠心！格崩佬，神殿你就不用去了，因为……我来了！"

随着一声长笑，密林中突然钻出一群人来……

第四十四章

峰回路转

一

随着那一声长笑,密林中一下子涌出许多人来。格崩佬一见朗声长笑的那人,目芒顿时一缩,来人竟是杨应龙!

杨应龙穿着一身与他手下一样的黑色劲装,腰间佩着一口刀,冷冷地看着格崩佬,慢慢伸出手,攥住刀柄,一字一句地道:"交出通行玉牌!"

格崩佬乍见杨应龙,心中顿时一惊,他万万没有想到本该守在神殿外寸步不离的杨应龙居然换了与手下一样的装束,神不知鬼不觉地离开了神殿。

杨应龙是跟着格崩佬派去探听消息的那个手下悄悄蹑来的,那人虽然机警,又岂能瞒过杨应龙的耳目?但杨应龙有意放过了那个人,任由他与神殿中的内线取得联系,然后跟着他一路潜来,终于发现了格崩佬这条大鱼。

虽然格崩佬方才的话他没有听全,但是一看格崩佬这副鬼鬼祟祟的模样,杨应龙就料定格崩佬根本不知道这块玉牌本就是送给他的,杨应龙当然不会把真相告诉他。

格崩佬迅速镇定下来,冷笑道:"交出玉牌,难道你就会放过我了?杨应龙,这是我们蛊神教内部的事,你是一方土司,荣华富贵享用不尽,可不要轻易牵涉到本教中事来,否则只怕后患无穷!"

杨应龙道:"杀了你,神教就是我的,又哪还有内外之分?动手!"

杨应龙一声叱喝,身后的武士立即蜂拥而上,已然戒备的格崩佬的手下也悍不畏死地迎上去,双方立即展开了一场混战……

此时,又当残阳如血。

……

雷神禁地里,叶小天和展凝儿又结束了一天徒劳无功的探索,依旧没有找到出路。展凝儿已经发现玉牌消失,可现在生命都没保障,也顾不上长吁短叹了。傍晚时分,夕阳西下的时候,两人需要考虑的就是今晚的睡眠安全问题了。

昨夜那一幕，现在想起来还叫人汗毛直竖，那虫子无声无息，顷刻间就能把一个活生生的人啃噬成森森白骨，若不是白筱晓恰于那时摸到他们身边想下毒手，结果做了他们的替死鬼，现在他们早就变成一具骷髅了，这个问题不解决，谁还睡得着。

　　叶小天突发奇想，道："不如我们找一个浅一些的温泉，泡在水里面睡觉。如果那些虫子能下水，水里的鱼早被它们啃光了，所以水里一定安全。"

　　展凝儿怯怯地道："万一水里也有什么古怪的东西呢？"

　　叶小天想了想，心里也有点发毛，展凝儿思索了一下，喜道："要不，咱们两个轮流睡，一人半宿，醒着的人注意观察四周情形，有火堆照着，那虫子爬得又不是特别快，应该没问题。"

　　叶小天道："转悠一天，你我都又累又乏，万一半夜睡着了怎么办？再者说，这么轮流休息，明天更没精神了，白天还怎么找出路？"

　　展凝儿道："那你说怎么办？"

　　叶小天四下看看，发现不远处有一片树林，较之谷外的森林虽然稀疏了许多，但是依旧有许多高矮不一的树木，尤其是树下的野草野花长得茂盛，有些枝叶很大的怪草怪花长得比人都高。

　　叶小天道："我们去那边，多弄些柴草树木，在宿处四周点上火，那虫子不就进不来了？"

　　展凝儿的眼睛亮起来，道："好主意！就这么办！"

　　二人挑了一处临泉水的所在，这样至少有一面不用点火，否则光是木材都不知要准备多少。

　　三面大火的确能有效地防止各种野兽昆虫侵入，其实那些虫子也未必就正好从这里经过，昨晚那些虫子倒有大半原因是被鱼腥味吸引过去的，但是外围有个火圈，总是让人觉得更安全些。

　　两人这一晚睡得很安稳，半夜的时候又起来加了一把柴，这样即便火灭了，凭着灰烬的余温也能在天亮前隔绝蛇虫的侵入。

　　天亮了，叶小天爬起身来，伸了个懒腰，浑身的骨节"咔嚓"直响，虽说四周设了火墙，可一开始他还是无法入睡，只要一想起那种怪异的虫子来就感到毛骨悚然。

　　直到近三更天他才沉沉睡去，可这一觉毕竟睡得舒坦，清晨起来只觉精神体力都恢复了许多。叶小天转眼四顾，不见展凝儿的身影，只有三面火墙还散发出袅袅的清烟。

　　叶小天心头一紧，刚要纵声高呼，忽然发现展凝儿正蹲在泉水边洗漱，这才安下心来。叶小天举步走了过去，展凝儿听到脚步声，回眸望了他一眼，叶小天笑道："昨夜睡得可好？"

展凝儿轻轻叹了口气，道："你这人，还真是没心没肺。昨夜睡得好又如何，咱们走不出去，又有这种怪异的虫子时刻威胁着生命，你还笑得出来。"

叶小天蹲在泉水边，"哗哗"地撩起清澈的泉水洗脸，含糊不清地道："我哭就有用了？如果我号啕大哭一番，咱们就能走出去，再也不用碰见那鬼虫子，那我就哭给你看。"

展凝儿在旁边一块青石上坐下，双手抱膝，道："咱们不能这么胡乱闯了，怎么也得想个法子，好好试探出去的路，要不然恐怕再转悠十年都未必走得出去。"

叶小天盯着泉水中的游鱼，道："找路的事一会儿再说，你不饿吗？"

展凝儿道："怎么不饿，我都饿得前胸贴后背了，可……这针尖大的鱼，能吃得饱？"

叶小天扭头看了展凝儿一眼，她的腰带被白筱晓一剑削断了，到了这雷神禁地后，随便扯了一条青藤缠在了腰间，裹束得紧了，倒是曲线更加明显。叶小天怎么看，都不觉得有前胸贴后背的效果。

展凝儿看到他贼兮兮的眼神，羞恼地道："你看什么？"

要不是这鬼地方只有叶小天跟她做伴，展凝儿早就跳起来一脚把他踢进泉水里了。叶小天干笑两声道："没看什么。这里有小鱼，应该就有大鱼，咱们往上游走走，到水深的地方，说不定就有大鱼可抓了。"

说着，叶小天站起身向泉水小溪的上游方向看了看，又道："你看那边树丛茂密，说不定还有什么野果子可以食用，走，咱们过去看看。"

展凝儿有些害怕地道："咱们在空旷的地方，如果有什么怪异的东西摸过来，咱们还能看得清楚，摸到林子里去……"

叶小天道："看得到就一定逃得掉？说不定有什么怪兽能飞能跑，碰到了那就上天无路了。走吧，那片地方咱们还没去过，说不定是条出路。"

叶小天说完，不由分说便拉起了展凝儿的小手，展凝儿在这禁地里面变得比在外面时候温驯了许多，那小姐脾气也很少发了，乖乖地跟着叶小天向前走去，手也没有抽出来。

叶小天很少有机会同女孩子如此亲近，何况又是一个身份高贵、容颜俊美的少女，握着她那柔软的小手，叶小天不禁心中一荡，心想："这丫头，不发脾气的时候，其实蛮可爱的呢。"

叶小天带着展凝儿一路向前探去，渐渐地，藤蔓拦路，步履艰难了，叶小天用那口刀劈砍着藤蔓，一路向前摸去，前方水声渐渐响亮，砍开一丛蒿草，前方突然出现一条银亮亮的瀑布。

瀑布不高，湍急的水流注入崖石下的一个水湾，这里的水很清澈，但明显深了许多，从水面上就可以看到水底有许多游鱼，每条至少都有一尺多长。

叶小天喜道："就是这里了。"

他放开展凝儿的手，挥刀便去砍伐通向水湾的野草野花，展凝儿嗅到一股奇异的香气，抬眼望去，见前方草丛中生长着一株一人多高的野花，那花正盛开着，碗口大小，香味就是从那花瓣中散发出来的。

展凝儿道："这花好漂亮。"伸手便去摘那花瓣，叶小天挥刀劈开一片野草丛，又用另一只手里拿着的树棍向前敲打了一阵，以免有蛇虫藏匿其下，听到展凝儿的话，他也扭头看来。

展凝儿的手刚刚触及那朵花的花瓣，那朵花的花瓣突然收缩起来，好像要把她的手裹进去似的，吓得展凝儿惊呼一声，急忙缩回了手，这时那碗口大的花朵已完全收紧，从花芯里喷出一股粉色的花粉。展凝儿嗅到那花粉，只觉一阵天旋地转，便一头扑倒在地。

叶小天急道："你怎么了？"

他赶过来刚刚抱起展凝儿，就觉得头脑一阵晕眩，刚刚立起的身子向下一扑，压在了展凝儿的身上，两个人都人事不省了……

第四十五章

惊险重重

一

阳光透过一棵棵高大的树木透射到森林中,迅速驱散着林中的雾气。

杨应龙提着血淋淋的长刀纵目四望,格峁佬的人已经完全不知去向。

他们从昨天傍晚开始战斗,格峁佬的人最初凭借人数优势占了上风,但是杨应龙的人又陆续赶来两批,渐渐压制住了格峁佬一方。

这场鏖战一直持续到午夜,林中突然起了大雾,本来昏黑的夜色中,即便点起火把也不容易分清敌我,再有这一团团的迷雾渐渐弥漫开来,这场仗就更没法打了。

格峁佬趁机带人撤离,只留下一小部分人马缠住杨应龙,就是这一小部分人马在迷雾中也发挥了大作用,杨应龙直至天明时分才把这些利用迷雾不断发动袭击的敌人解决掉。

"大人,没有找到格峁佬的尸体!"几名心腹急急跑到杨应龙面前禀报,杨应龙把牙一咬,恨恨地一挥刀,喝道:"走!回神殿等他!"

杨应龙是绝不允许格峁佬进入神殿的,否则大势去矣。他出来的时候,已经吩咐留守在神殿的人一旦发现格峁佬,无论用什么理由也不能让他进去,因此倒不担心格峁佬这么快就能进入神殿。

何况从他和格峁佬接触的情况来看,格峁佬显然还不清楚尊者这方玉牌就是交给他的,那么心怀鬼胎的格峁佬在留好后手之前也不会轻率进入神殿。

杨应龙收拢残兵,将轻伤者留下照顾重伤者,带领其他人迅速赶回神殿"守株待兔"去了。远远一座山峰上,已然带领残兵退至此处的格峁佬观察着杨应龙一群人的动静,眉头锁成了大疙瘩。

杨应龙显然是回神殿守候去了,两人既已撕破脸皮,格峁佬想安然返回神殿的可能性已经变成了零,这下怎么办?难道真的杀进去?

格峁佬不是没有想过这个办法,可是不到万不得已,他不想用这种手段,他不怕跟杨应龙撕破脸皮,他担心的是不知道尊者那边有何意图、做了哪些安排,万一他强行闯关,那个老不死的却还有力气硬撑着走出来,他将如何解释自己的行为?那时就真的身败名裂了。

可是,如今进入神殿的唯一钥匙就在自己手上,难道眼睁睁坐失良机,直到尊者选定的继承人出现在神殿天台上,接受万民膜拜,而自己也将再次屈居人下,永无翻身的机会?他不甘心!

格崈佬心中挣扎良久,脸上的肌肉不断抽搐着,显出几分狰狞。过了许久,他才咬紧牙关,做出了决定:"来人,召集咱们的人手,和跟咱们关系密切的那几家山寨首领取得联系,实在不行,咱们就强行闯进神殿!"

"遵命!"

一直侍立身旁候命的几名心腹立即抱拳领命,纷纷飞奔而去……

·※·※·※·

暖洋洋的阳光晒在叶小天的背上,因为他吸入的花粉少,最先苏醒过来。叶小天一醒过来,就觉得鼻子发痒,忍不住一连打了几个喷嚏。

叶小天突然发觉身下软绵绵的,这才发现他是伏在展凝儿的身上,赶紧坐起身来,晃了晃脑袋,昏倒之前的情景才慢慢回想起来。

叶小天抬头看了一眼旁边那株怪异的鲜花,心道:"这个地方果然有好多古怪,有能把人啃光的虫子,还有这种能把人迷倒的花。"

他轻轻推了推展凝儿的身子,轻声呼唤了几声,展凝儿依旧处于昏迷中,不过叶小天有了自己的经验,倒没有太担心。

这时他才注意到展凝儿仰卧的身姿,纤腰软软,胸膛茁壮,那浑圆优美的形状,在他这样的初哥眼中,真有种让人耳热心跳的魅力。

叶小天忽然觉得口干舌燥,小心肝敲鼓似的扑通起来,一双眼睛痴痴地流连在那奇秀迷人的"玉峰"上,已是一刻也舍不得挪开。

虽然展凝儿正昏迷着,即便他做些什么人家姑娘也不会知道,可他就是鼓不起勇气。那种感觉,就像他小时候有一回在右邻穆四叔家院子里玩耍,忽然看见穆四叔家的窗子开着,桌上放着一枚水灵灵的蜜桃,只要他一伸手就拿得到,可他就是不敢伸手。

那一次,他在窗前逡巡来去,不住地观察四周的情形,不断地给自己打气,最终当他伸出手,飞快地抓起那颗水蜜桃的时候,心都快要跳出腔子,紧张的耳鼓都有种嗡嗡的感觉。

这一次他还没有伸手,心就已经跳到了嗓子眼,耳鼓就有嗡鸣的感觉了。

"就摸一下，我……就摸一下……"

叶小天跪坐在展凝儿身边，那姣好完美、曲线玲珑的胴体就在他的眼前，仿佛一枚鲜美多汁的水蜜桃，不断刺激着他的感觉，诱惑着他的欲望，挣扎了许久，叶小天终于下定了决心。

他颤抖着伸出手去，眼睛紧张地盯着展凝儿的脸蛋。他的指尖似乎触到了展凝儿的衣襟，其实还没有触到，就看到展凝儿的眼睫毛似乎眨动了一下，吓得叶小天赶紧缩回了手。

展凝儿没有动静，还是昏迷地躺着，叶小天懊恼地捶了一下脑袋，痛恨自己的胆怯："怕她什么，她又不会知道。我……我可是受她连累才困在这儿的，只是收一点点补偿嘛……"

叶小天努力说服着自己，哆哆嗦嗦地再度伸出手，就在他的指尖堪堪触及那神秘的令男人无限向往的所在时，展凝儿突然轻哼一声，张开了眼睛。

只这一声轻哼，听在叶小天耳中就似一道惊雷，他的手就像被蝎子蜇了似的，"嗖"的一下缩了回来。

展凝儿张开眼睛，就见叶小天脸庞红如鸡冠，眼珠子瞪得圆圆的，紧张地看着自己，展凝儿顿时吓了一跳，赶紧低头看看自己身子，生怕一低头就看见一副森森白骨。

"还好！"

展凝儿松了口气，安慰叶小天道："我没事，刚刚……那花喷的是什么？"

叶小天差点被人家捉贼捉赃，心正跳得厉害，生怕展凝儿发现什么端倪，连忙打个哈哈，开玩笑道："刚刚那花，是情花。"

展凝儿奇道："情花？"

叶小天一本正经地道："是！情花喷淫雾，你和我都中了淫雾了。"

展凝儿道："淫雾……"

叶小天道："是的，所以……你现在是我的人啦！"

"哇！"

叶小天一语未了就腾云驾雾般飞了起来，"嘀"的一声落进泉水，吓得鱼儿四下游走。叶小天一通狗刨爬上岸来，抱怨道："你不想做我的人，我做你的人就是了，你踢我干吗？"

展凝儿刚刚苏醒过来，头脑还不太清楚，听他一说，只当是真的，羞恼之下一脚就把他踢了出去，这时她坐起来，发现身上并无异状，当然知道他是在开玩笑。想起刚刚苏醒时他对自己那么紧张的样子，展凝儿心里也有些过意不去，不过展大小姐当然是不会道歉的，只好红着脸道："谁叫你胡说八道，活该挨打！"

叶小天见她模样，知道没有对他刚才的神情有所怀疑，心事放下，语气就轻松下来："开个玩笑嘛，这么暴力，看以后谁敢娶你。"

展凝儿瞪了他一眼道："要你管！自从认清了徐伯夷的真面目，我才发现男人个个都贱，人家这辈子还不嫁了呢！"

叶小天拧着衣服上的水，道："是啊是啊，我是剑，你是剑鞘。"

"哇！"

叶小天惨叫一声，再度落水，把那刚刚聚拢回来的鱼儿吓得再次一哄而散。好在展凝儿脚下有分寸，每次都是用了巧劲把他撩起来，叶小天虽然落水，倒是毫发无伤。

叶小天拼命地刨着水不让自己沉下去，对展凝儿道："我们现在是同舟共济啊大小姐，你要把我淹死了，你就在这……咕咚咚……孤老终生吧……"

展凝儿嗔道："你再胡说八道，就让你淹死算了。"说归说，她还是抄起一根树枝，探进水里让叶小天抓住，叶小天抓着树枝，被她拉到岸边，一边往上爬，一边道："许你骂我，却不许我还嘴，这是什么道理？"

展凝儿嘴角一翘，道："废话！要不然你以为我这霸天虎的绰号是怎么来的？"

"哇！"

叶小天刚刚站上岸，就再一次飞到了水中，不过这一次可不是展凝儿踢的。展凝儿站在岸边，呆呆地看着叶小天，方才她只觉得耳畔生风，似乎有道人影一掠而过，紧接着就撞在叶小天身上，把叶小天撞飞出去，再度摔落水中。

"那条人影……是谁？"

第四十六章

人心兽意

一

展凝儿惊讶地看向水中,那道高大的人影从密林中横冲直撞地跑出来,一头撞飞了叶小天,随即便一头砸进了水底,因为力道过于凶猛,激起的水流将湖底淤泥全都搅了起来,此时水中浑浊一片,只能隐约看到一条黄色人影,一股股鲜红的血迹,从水底向水面浮起。

这时,正在水面上拼命狗刨的叶小天大叫起来:"啊!有虫啊!吃人的虫!"

展凝儿吓了一跳,慌忙四顾,急声道:"在哪里?在哪里?"

叶小天道:"在水上,水面上,快拉我上去!"

展凝儿这才发现,随着那条人影跃入水中,水面上浮起了许多小虫子,大约百十来只,这些虫子似乎已经被水溺死,漂浮在水面上,随着波浪起伏,并没有挣扎游动的痕迹。

展凝儿连忙找到一根较长的树枝,探进水里把叶小天拉上岸,叶小天惊魂稍定,喘息地道:"刚刚是谁?动作好快,一下子就把我撞飞了。"

展凝儿道:"那人正在水底,别是死了吧?"

叶小天也看向水中,道:"不能吧,如果死了,怎么不飘上来?"

叶小天话音刚落,水面便一阵翻涌,一条身影从浑浊的水底翻上来,肚皮朝天躺在水面上,一见这人模样,叶小天和展凝儿顿时吃惊得说不出话来。这并不是一个人,而是一头猿,一头巨猿。

虽然它躺在水面上,不容易比较身高,可也能够目测出,它的身高比叶小天高出近一倍,肥硕健壮的身材至少有叶小天三四倍以上的体重,难怪它轻而易举就把叶小天撞飞到水潭中去。

这头巨猿健壮有力的左肢已经被那种怪异的虫子吞噬了大片皮肉,本来它皮糙肉厚,刀剑也难伤它,再加上体表有浓密的体毛,一般的蛇虫都难以下口,可是那虫子似乎有腐蚀作用，他的左肢受伤处连皮毛都不见了，血肉模糊。

见此情景，叶小天恍然道："这头巨猿也碰上了那种虫子，而且吃了大亏。"

展凝儿闻虫变色，道："那些虫子不会追来吧？"

叶小天安慰道："放心啦，就它那种奔跑的速度，恐怕快马都追不上，何况虫子。再说它既然懂得跑到这里用水来对付那些虫子，说明那些虫子轻易不会到这一带来。"

叶小天一边说，一边用树枝划着，想把那头巨猿弄上岸。同贵州地区常见的猿相比，这种猿大了一倍不止，本来是极罕见的一个物种。可是两人在这鬼地方，什么奇花怪虫都见过了，只是体形大了一些的巨猿，倒不觉有什么稀罕了。

展凝儿见他用树枝费力地要把那头巨猿拉向岸边，不禁说道："看样子已经死了，没救了。"

叶小天道："谁说我要救它，我们不是还没吃早饭呢吗。"

展凝儿看看那只巨猿健壮肥硕的体型，皱眉道："这东西的肉咬得动吗？"

叶小天道："肯定没问题，拿来烧烤，一定又香又有嚼头。"

叶小天把那巨猿拨到岸边，费了好大的力气也无法把它拖上岸，它实在是太重了，足有六七百斤。最后还是在展凝儿的帮助下，叶小天才把这头巨猿弄上岸。

叶小天呼呼地喘了一阵粗气，便拿起刀，绕着那巨猿转悠了两圈，琢磨着从哪儿下刀。展凝儿的饥虫也爬了上来，咽了口唾沫道："左腿就别要了，看着好恶心。"

叶小天道："是啊，还不知道那虫子有没有毒，我先把它左腿卸掉。"

叶小天说着，握紧刀柄，把刀高高举过了头顶，这头猿的大腿比他的腰都粗，再加上皮糙肉厚，刀锋再利，没有个十几刀恐怕也剁不断这条腿，他当然要用尽全力。

但是，就在他把刀高高举过头顶的时候，那头巨猿慢慢张开了眼睛，一双铜铃般的大眼与叶小天的眼神堪碰在一起。一猿一人，大眼瞪小眼地瞪了半晌，叶小天突然一撩自己的袍襟，刀锋挥落，"哧"的一声割下一条长襟，然后单膝跪地，抻开布条，就为那头巨猿包扎起来。

见到那头巨猿醒来，展凝儿骇得心惊肉跳，她武功再高，也对付不了这么一头身高接近她一倍，体重顶她六七个，雄壮如山的巨猿，要不是叶小天还在，她干不出独自逃生的事来，早就溜之大吉了。

待见叶小天突然做出这样的举动，展凝儿的眼珠子都快掉到地上了："这……这也太无耻了吧？这样都行？"可是看到那头巨猿的动作，展凝儿突然发现——这样子还真的行！

那头巨猿一睁眼，看到叶小天举刀而立的样子，立即瞪起了铜铃般的大眼，一口可怕的牙齿也龇了起来。待见叶小天割下一条衣襟，蹲下身子为它裹伤，它的表情立刻变得柔和起来，低沉地哼哼了两声，虽然它那大嗓门听着依旧像是低沉的咆哮，但是腔调明显不是在发怒。

可怜这头巨猿，一辈子也没见过刀枪这种兵器，方才见到叶小天高举长刀，它只是本能地感觉到了危险，它是有些智慧的，可是哪里比得了人类的复杂心思，待见叶小天为它裹伤，它马上把叶小天刚才的举动当成了善意。

它已是这荒谷中最后一头上古巨猿，形单影只，如今突然见到两个形体与它相似的生物，对它又这么友好，智商有限、性情单纯的它还能不把叶小天当成朋友？

叶小天和它对视的刹那，便从它的眼神中发觉它是有些智慧的，有了和福娃打交道的经验，叶小天早就知道很多动物都有一定的智商，大概同几岁大的小娃相似。

如果被这巨猿当成敌人，他相信这头巨猿即便身上有伤，也能轻而易举地把他撕成碎片。他的腿软得已经跑不动了，所以当机立断，马上割下一条袍襟，为他想要吃掉的"食物"包扎起了伤口。

蹲下身子为巨猿裹伤的时候，叶小天的心还在打鼓，生怕这巨猿不理解他的行为，跳起来把他撕碎，待见那巨猿哼哼两声，躺在那儿一动不动，叶小天这才放下心来。

那巨猿的大腿实在太粗了，叶小天一条袍襟只缠了一圈半就用光了。做戏做全套，叶小天只好继续撕扯自己的袍子，等他手忙脚乱地把那头巨猿大腿上的伤裹好，自己那件袍子已经扯成了背心，两条裤腿也撕掉了。大明第一条现代式的短内裤，就此诞生在苗疆深山丛林中的雷神禁地。

"呼……噜噜……"

巨猿坐起来，温和地喷了个鼻息，冲叶小天龇着牙齿，看得出来，这头形似人类的动物是想向叶小天表达一种友好的态度，只是它的鼻息动静太大，龇牙一笑，看着也狰狞无比。

叶小天胆战心惊地挤出一个比哭还难看的笑脸，那巨猿看不出叶小天的勉强，它伸出巨大的手掌，轻轻摩挲了一下叶小天的头顶，大概这是它小时候它的父母对它的一种宠溺亲热的表情，这时便用在了叶小天的身上。

叶小天那体形跟它一比，还真像一个婴儿，叶小天动也不敢动，被它那粗糙的大手摩乱了头发，脸上还挂着那副很牵强的笑容。展凝儿站在一旁看了，突然忍不住想笑，可是此情此景，又如何笑得出来。

那头巨猿笨拙地抚了抚叶小天的头顶以表示亲昵，随即便爬起来，抬头向远处眺望了几眼，用力吸了吸鼻子，那粗大的鼻孔用力抽缩了几下，便四肢着地，一瘸一拐地向前走去。

叶小天如释重负，为了掩饰自己方才的窘态，便向展凝儿笑道："哈！本公子吉星高照，一场杀机，被我略施小计，便逃过去了。"

展凝儿刚要说话，那头巨猿突然又走回来，低吼了两声，用头拱了拱叶小天的身子，叶小天茫然地看着那头巨猿，努力挤出一副笑脸，讪讪地道："猿大哥，你还有事吗？"

那头巨猿大概也明白叶小天不懂它的意思，突然人立而起，伸出那蒲扇般的大手，将叶小天的小手握住，牵着他向前走去。叶小天上身穿着件满是线头的小背心，下身一件只能遮住羞处的肥大内裤，光着两条大腿，站在身高几乎是他一倍的巨猿身边，像个被人牵住手的小孩子。

叶小天不敢反抗，扭过头来，扁着嘴，可怜兮兮地对展凝儿道："救救我，我不想当兽人……"

展凝儿站在原地发了半天怔，忽然壮起胆子追了上去……

此时，神殿之外，神湖之畔，格峒佬和杨应龙终于撕去一切伪装，展开了正式的决斗。

格峒佬宣称：惊闻尊者噩耗，这才赶回，杨应龙围困神殿，隔绝内外消息，居心叵测。于是他打起维护神教的大旗，悍然向杨应龙发动了进攻。杨应龙则反咬一口，宣称格峒佬不听尊者教诲、试图谋夺尊者之位，毫不示弱地发起了反击。

格哚佬一派以及陆续赶来的各苗寨部落都退到一旁，严守中立，眼看着双方在神殿外杀得血流成河，此时，谁也没有注意到，高高的神殿第九层上，正有一道苍老、阴沉而得意的目光，冷冷地注视着他们杀作一团。

汨汨的鲜血沿着石阶流下去，把神湖水染成了一片猩红……

第四十七章

算　计

一

　　老态龙钟的尊者与前两天相比更加苍老许多，也许是因为施展"千年蛊神阵"耗去了他太多的精血。他默默地站在神殿最高处，透过那扇窗子看着神殿外石阶上厮杀的双方，嘴角噙着一丝阴冷的笑意。

　　血渐渐把湖水染红了，尊者的眼眸中也露出了嗜血的光芒。阿宝站在他的身后不远处，静默着，一如每天侍奉在他的身边。

　　"权力啊，令人疯狂……"尊者轻轻叹息了一声，又轻轻摇了摇头，带着一丝怜悯的口吻，仿佛他与神殿外那场厮杀并无关系。

　　阿宝张了张嘴，却又闭上，尊者虽未回头，却似乎已感觉到了他的疑惑，缓缓问道："你想说什么？"

　　阿宝道："尊者，小人不明白，既然格崩佬是尊者您秉承蛊神的意志选定的继承人，为什么不放他进来，或者现在走出去向所有人指定他的身份？只要您一句话，就能结束这场厮杀。"

　　尊者微笑着回过头，反问道："谁告诉你，他是我选定的继承人？"

　　阿宝目瞪口呆，讷讷地道："难道格崩佬不是？"

　　尊者微笑道："当然不是！"

　　他又转过头，看向外面，看着双方拼命地厮杀，脸上露出愉悦的表情，微笑道："格崩佬貌忠实奸，早就觊觎大位，他以为可以瞒过我的眼睛？格格沃就更不用说了，早就野心勃勃。当年，他师傅本是八大长老之首，最有希望成为继任者，而上一任尊者选择了我，他一直耿耿于怀。

　　"格德瓦还算老实，虽也热衷于权位，倒是不敢有所妄动，但他勾结格哚佬，却也不无向我施压的想法。现在我'生死未卜'，格崩佬和格格沃、杨应龙一派又斗得你死我活，我倒要看看，格德瓦和格哚佬是否还能忍得住！"

阿宝越听越是心惊，失声道："他们……竟然全都不是您选定的继承人？"

尊者笑了起来，道："当然不是，等他们这些有野心、有异心的人都死光了，我才会向九峒八十一寨公开宣布，谁……才是我的继承人！"

阿宝讷讷地道："可是……自从神殿布下千年蛊，任何人都无法进出。没有玉牌在手，就是尊者您都无法离开，进出神殿的唯一钥匙已经给了他们，就算他们都死光了，您又如何……如何……"

尊者回过头，慈祥地看了他一眼，道："傻孩子，不把真正的钥匙交给他们，他们会横下心来决一死战吗？格峁佬、格格沃都是本教长老，地位尊崇，如果不让他们暴露真面目，并借他们彼此的手除掉对方，老夫虽贵为尊者，又岂能不教而诛？至于'千年'……"

阿宝已经是个四十多岁的中年人，但是在尊者眼中，却是一个孩子，而且以尊者的年龄和地位，称呼阿宝为孩子并没有什么不妥。阿宝真的就像一个孩子，静静地聆听着尊者的教训。

尊者又转向窗外，轻轻地道："'千年'受我的心神控制，与我一体同命。当我归天的时候，千年蛊的毒自然也就解了……"

·※·※·※·

巨猿把叶小天当成了它的朋友或者说是亲人，在它认为叶小天对自己抱有善意之后，很容易就接受了他。

它把叶小天带回了自己的住处。展凝儿一开始远远地跟着，巨猿发现之后，只是扭头看了她一眼，没有表现出任何敌意。看来它在接受叶小天的同时，也接受了这个和叶小天同为人类的生物。

巨猿住在一座山洞里，山洞在一片陡峭如镜的山体峭壁下，旁边有一条奔涌的大河，河水滔滔涌入山体下方，下边应该有一条很大的地下河。

叶小天在寻找出路的时候，曾经发现过一条规模与这条大河相当的大河，想必就是这条大河的上游，当时叶小天曾大喜若狂，以为循着这条河一直走，就能找到出路，但是他往上游和下游分别探察了一番，结果发现两头都是连接着山体下的地下河，而那山体都是垂直陡峭高达数百丈的悬崖峭壁，根本就爬不出去。大概也正是这块禁地如此特殊的地理情况，才保证了这里不受外界侵扰，一些早已在外界灭绝的物种才在此存活下来。

回到它的住处，巨猿立即拿出它的食物请叶小天享用，叶小天这才发现，体形如此巨大的巨猿，它的食物居然不是肉食而是植物。这种植物叶小天还很熟悉，因为他经常见到福娃那只吃货没完没了地进食这种植物，那是竹子和竹笋。

叶小天这两天在山谷中还不曾发现过竹子，不过这山谷实也不小，还有大片地方他们不曾走过，因此也未多想这竹子和竹笋的来历。

叶小天和展凝儿当然没有好牙口去啃竹子，竹笋倒还可以充饥，两人剥去竹笋外边的硬皮，将嫩芯吃了。巨猿见叶小天接受了它的食物，喜得抓耳挠腮，它蹲在一旁，眼巴巴地看着叶小天和展凝儿啃竹笋，显得很欢乐。

只是山洞里储存的竹笋实在太少，竹子倒有一捆，眼见叶小天和展凝儿剥出竹笋嫩芯，三口两口就吃光了，巨猿挠着头皮想了想，又拖着受伤的大腿走出山洞仰头张望了一番，便一头钻进了山洞旁的密林。

过了一会儿，巨猿从密林中蹒跚地回来了，一只手遮着脸面，另一只手拿着一只巨大的野蜂窝，在它头顶有大群的野蜂嗡嗡地盘旋着，可这巨猿皮糙肉厚，只要用大手往脸上一挡，其他部位都有毛发护着，那些野蜂根本拿它没有办法。

那些野蜂又跟了一阵，便掉头往密林中飞去，巨猿则抓着那只巨大的野蜂窝回到山洞，用力掰开，递给叶小天和展凝儿。

"蜂蜜！"

叶小天眼睛一亮，赶紧接过来，免得那汩汩流淌的蜂蜜都浪费了，展凝儿还有些怕这只巨猿，她接过蜂窝，便赶紧闪到了叶小天身旁。

巨猿蹲在地上，看着他们舔着蜂蜜，把自己粗大的手指伸进嘴里，舔了舔刚刚黏在上面的蜜汁，又咧开了嘴巴。如今彼此熟悉了些，叶小天看着它那狰狞的笑脸，倒是觉得可亲了些。

那巨猿舔净了手指上的蜂蜜，蹲坐在地上看着他们吃蜂蜜，突然又想起了什么似的，拍了拍额头，便扭着屁股钻进了山洞深处。叶小天如今已经知道它对自己毫无恶意，倒是毫不担心。

过了一会儿，那头巨猿又从山洞里出来，两只大手笨拙地捧着一张芭蕉叶似的红色的植物叶子。它像献宝似的走到叶小天身边，把那树叶放在地上，指了指，示意叶小天拿起来。

叶小天还当它又拿出了什么珍藏的宝贝，低头一看，却见那片红色的树叶上面盛着许多小虫子，正是他见过的那种可以迅速腐蚀皮肉的怪虫，叶小天吓得一声尖叫，一跳老高。

叶小天这一叫把那头巨猿也吓了一跳，巨猿双手抱着脑袋，蹲在地上左顾右盼，不明白发生了什么事情。展凝儿惊恐地盯着那张树叶看了半晌，没好气地瞪了叶小天一眼，道："那是死的。"

"啊？真是死的？"

叶小天战战兢兢地靠近，仔细看了看，又捡起根草棍小心地戳了戳，这才如释重负地出了口大气，道："果然是死的。"

那只巨猿伸出一只比胡萝卜还粗的手指，向叶小天示意了一下，还咂摸了一下嘴，示意这是很美味的好东西，叶小天却连连摇头，这东西有没有毒、能不能吃且另说，光想到这东西可能吃过人肉，叶小天就完全没了胃口。

那头巨猿见他不吃，这才很遗憾地把那片树叶小心地拖到自己面前，用两只大手捧起来，伸出大舌头一卷，那些虫子便不见了踪影，巨猿细品着那虫子的味道，眼睛都眯了起来，一副很享受的样子。

叶小天见此情景，隐约猜到了几分，这头巨猿恐怕是以那种虫子为美味的，今天看它受伤，十有八九是它主动去招惹那群虫子，大概失了手，这才被虫子爬到身上，亡命地逃到泉水旁。否则以这头巨猿的机警，如今又是白天，一群行动比它迟缓千百倍的虫子想偷袭它，只怕是难如登天。

叶小天所猜想的倒是八九不离十，只是他没有猜到的是，这只比福娃还嘴馋的吃货，刚才去偷袭了虫子的老巢，而且居然把虫王给吃掉了。那种怪虫只有一只虫王，虫王生育所有的虫子，并且控制所有虫子的行动，但它本身没有任何能力，甚至因为过于肥胖，连动弹一下都很困难。

这只贪嘴的巨猿吃掉了那只虫王，把那种怪虫彻底激怒了，怪虫倾巢出动，因为巨猿受伤，身上有血腥味，那些怪虫已经循着血腥味不舍不弃地追杀过来……

第四十八章

机关算尽

一

格峁佬率领着他的心腹，一步步地攻向神殿，几乎是靠人命堆，才终于踏上神殿的石阶，从水上杀到了陆地。

其实本来有十几个苗寨与他关系甚为密切，他事先也派人联络过了，但是这些山苗对尊者敬畏异常，他们可以拥戴格峁佬上位，却没有胆量背叛尊者，如果配合格峁佬，同格格沃一派的人大打出手，显然是会触怒尊者的。

有些部落首领即使蠢蠢欲动，在格哚佬、格德瓦等人的大声呼吁下，最终也保持了观望。他们的中立，使得格峁佬的行动遇到了严重阻碍，好在杨应龙从播州带来的人手有限，格格沃又一直专注于在神殿内部发展个人势力，外面可以利用的武力不多，这才使得格峁佬在付出重大牺牲后，终于登上湖畔。

他们一登上岸便士气大振，一时杀得杨应龙的人节节败退，格峁佬也提着刀亲自冲杀在前，他这位长老同格格沃那种只是专心于权谋和蛊术的长老不同，若论武力之悍勇，他同样是个人物。

蛊毒在这种场合几乎派不上用场，除非是像尊者所施展的那种大范围的蛊毒阵，可是这些长老穷尽一生也未必炼出，再者神殿内的蛊毒阵不知用了多少人力物力来布置，谁又能在这片石阶上布下那种大范围的蛊毒以备不时之需？所以双方只能用刀枪来较量。

双方撕破脸皮正式决战以后，格格沃也从神殿里走了出来，他费尽心机也无法进入尊者布下的蛊毒阵，正垂头丧气之际，听闻格峁佬带人杀至神殿，格格沃急忙走出来，与杨应龙站到一起。

杨应龙眼看格峁佬大施淫威，一口刀连斩自己四名手下，不由冷哼一声，夺过一口九环大砍刀，便纵身扑了过去，居高临下，借着下扑之势，狠狠一刀劈向格峁佬的头顶。

一式简简单单的力劈华山（真正杀人的招式又有几招讲究花哨？左右不过就是速度、力度加合适的角度），杨应龙这一刀格崩佬不敢不接，他把手中刀一横，两刀一磕，"铿"的一声巨响，双方的刀刃上都出现了一个豆粒大的缺口。

杨应龙占了自上而下的便宜，这一式重击打得格崩佬踉跄后退三步，险险跌回水里，杨应龙却是身形一顿，不等身体完全站稳，便如秃鹰般跃起，又是凌空一刀。

格崩佬身边几个心腹急急赶来想救援，却被杨应龙的人死死缠住，杨应龙抢了先机，便一刀紧似一刀，格崩佬被他完全压制住了，又限于地形施展不开，杨应龙突然斜挥一刀，角度极其刁钻。

格崩佬急急后退一步，一只脚踏进没入水下的石阶，才险险避开要害，但这一刀已经斜斜划破了他的胸襟，鲜血迅速染红了他的衣襟。

杨应龙一刀斜挑向空，忽然发觉刀尖上似乎钩了件什么东西，定睛一看，顿时站住了脚步，本来他再冲上前去补上一刀，退无可退的格崩佬必死无疑，可是刀尖上挑着的东西太重要了，杨应龙只看了一眼，便顿住了身子。

那是一块玉牌，连着一截绳索，随着刀锋的上扬，那块玉牌从刀尖上滑出去，又往空中飞了两尺多高，便坠落下来。

格崩佬一声惊呼，顾不得胸口流血，便向那块玉牌猛扑过去。玉质再硬，也禁不住这般磕碰，如果摔在石阶上必然粉碎，那可是他登上尊者之位的最关键的宝贝，如果失去它，他所付出的一切都将化为流水。

杨应龙也没想到这一刀竟将玉牌挑了出来，眼见格崩佬不管不顾地扑向玉牌，杨应龙狞笑一声，一刀斩向格崩佬的手。格崩佬没想到杨应龙不夺玉牌，竟然先斩他的手，欲待缩手已然不及，他的五指刚刚抓住玉牌，便惨叫一声，血光迸现，一条胳膊便和身体分了家。

那只手紧紧抓着玉牌落在石阶上，格崩佬跃起的身子也摔在石阶上，他已经红了眼，两脚连蹬带踹，迅速扑到那只断臂前，伸出另一只手抓向自己的断臂。

"啊！"

格崩佬刚从断臂手中抓出玉牌，忽地又是一声惨呼，这条手臂也被杨应龙斩断，杨应龙哈哈大笑，正要扑上去捡起玉牌，格崩佬的几名心腹手下已经不管不顾地冲过来，红着眼睛向杨应龙扑去。

他们都是格崩佬的心腹，已经跟着格崩佬走到这一步，再也没有退路了，格崩佬落得这般下场，也就等于宣告了他们的死刑，他们如何能不拼命？

杨应龙虽然武艺高强，也被这几个人的亡命打法搞了个手忙脚乱。格格沃站在台阶上，恰好看到那块玉牌扬在空中的情景，作为八大长老之首，再也没有人比他更熟悉这块玉牌了，只一看见，格格沃便心中一烫，再也顾不得危险，一溜烟地扑下来，冲向那块玉牌。

格咡佮像一条被抛上岸的鱼，疼得扭动着身躯，可更痛的却是他的心：完了，一切都完了，一生的图谋，最大的愿望，尊荣与权力，都永远离开了他。他痛苦地扭动着身子，忽然看到了从台阶上扑下来的格格沃。

格格沃两眼放光，他飞奔着，激动得脸庞上都泛起了红晕。格咡佮看在眼里，心中突然生起无比的怨毒："我隐忍半生，尽心竭力地服侍那个老家伙，最终换来了什么？我费尽心机，好不容易才得到这方玉牌，最终却要为你做了嫁衣？"

那股强大的怨念，甚至压制住了他身体上巨大的痛楚，格咡佮突然蛇一般扭动着身子拼命地向那块玉牌爬去：为了得到这块玉牌，他先后丢了两条手臂，现在他依旧不惜一切，但他的目的已不再是得到这块玉牌，而是……毁了它！

格格沃顺着石阶跑下来，但格咡佮虽然失去了双臂，却比他距那玉牌近得多，格咡佮先他一步挣扎到了那块玉牌旁，咬紧牙关，狞笑着用力抬起头，然后用他的额头对准那块玉牌狠狠地磕了下去。

"不要啊！"

格格沃惊叫一声，眼看还差着四五阶台阶，竟一下子扑了上去。格咡佮充耳不闻，用额头用力磕着那块玉牌，一下，两下，三下……

格咡佮磕得砰砰直响，额头一片瘀青，那块玉牌终于被他用自己的额头磕成了碎片，碎片划破了他的额头，鲜血直流，格咡佮却疯狂地大笑起来。他失去了双臂，身子卧在血泊中，笑得像个疯子。

"混蛋！混蛋啊！"

格格沃扑到了他身边，眼见玉牌已经变成碎片，恼恨之下一脚将他踢开，然后心疼地蹲下，手忙脚乱地捡着碎片："这……这这……这还能拼凑起来吗，不知还有没有用，你这个该死的混蛋！"

格格沃一边捡着碎片，一边大声咒骂着格咡佮，格咡佮却猛地扑过来，张开血盆大口，一口咬住了他的脖子。

"啊！"

格格沃大声惨呼起来，双手握着玉牌碎片，拼命地击打着格咡佮的身体，两人翻滚扭打着，突然"扑通"一声一齐滚落进湖水。

"救命，我不会……"

格格沃拼命地挣扎起来，格咡佮现在唯一的念头就是让他陪自己一起死，他死死咬住格格沃的脖子不放，扭动着身子竭力往湖底沉去。

这里是码头，落水就极深，格格沃又不会水，双腿乱蹬却触不到底，心里不由发慌，关键时刻终于松开了双手，任由那玉牌碎片沉落湖底。

但他依旧挣不脱峁佬死死咬在他颈上的嘴，拼命挥舞的双手也止不住下坠的身体，两个人翻滚着，一起沉入了湖底，翻涌的湖面渐渐恢复了平静。此时，岸上的人正厮杀成一团，根本无人注意到他们，即便注意到了，又有谁能抽身来救他们性命？

尊者站在神殿的最高处，眼看着由他主导着的发生在下面的这疯狂的一幕，忍不住开怀大笑起来："哈哈哈哈……这些疯子，尊者之位，已经迷了他们的心窍，死得好，死得好啊，他们个个都该死，他们要是不死……"

尊者一面笑一面说，一面说一面转身，似乎想把他的喜悦同身边唯一的人分享，但是他的身子只转到一半，后背就突然传来一阵剧痛，尊者闷哼一声，笑声顿时戛然而止。

尊者的身子摇晃了一下，他扶住窗台，慢慢转过身子，不敢置信地看着阿宝。阿宝双手攥着一把带血的尖刀，颤抖地看着他，脸色苍白如纸。尊者哆哆嗦嗦地举起手，指着阿宝道："阿宝，你……"

尊者还没说完，阿宝突然"呀"的一声，猛地扑上来，又是一刀捅进了他的心口，尊者捂着胸口，鲜血从指缝中汩汩流出，他踉跄着跌退几步，一跤歪坐在榻上。

阿宝颤声道："你……你也该死，你比他们……都该死！"

第四十九章

穷　途

一

"我？该死？"

尊者眼中有一抹叫人看不透的深深的悲哀："为什么？"

阿宝咬牙切齿地道："为什么？你说为什么？因为我不想天天呆在这个鬼地方，侍弄那些花花草草，一直到死！因为我不想天天陪着你这个死老头子！就因为你是蛊神尊者，就因为你路过我们村子时，顺口夸了我一句'这孩子机灵'，我就得被家人荣幸之至地送到你的身边侍候你，天天陪着你这个面目可憎言语无趣的老头子，陪着那些不会说话的花花草草，你以为我不生厌吗？"

尊者颤声道："我……我……"

阿宝激动的颊肉一直都在哆嗦："是！你对我很好！你整天钻在那间破房子里研究你的蛊术，偶尔出来一趟，还抽时间教我读书识字，教我说汉话。这山里九峒八十一寨，除了八大长老，认识字的就没几个，我比他们都有学问，可是你知不知道……"

说到这里时，阿宝的声音嘶哑起来，两行热泪顺着脸颊滚滚而下："你知不知道，如果我不曾读书识字，如果我不知道天下有这么大，天下间有那么多精彩有趣的地方，我心里的痛苦会更少一些？

"识字读书之后，我更想走出去了，可是我走得掉吗？谁敢稍稍表现得对你不敬，那就是大逆不道，我敢有半句怨言吗？我还要表现得非常喜欢待在你身边的样子，天天侍弄那些该死的花草！"

尊者如遭雷击，脸色灰败，再也说不出半句话来。

阿宝道："杨土司答应我，只要我肯为他做事，为他通风报信，等他扶保格格沃长老登上尊者之位，他就赏我一些金子，送我离开这大山深处，送我到中原去，到那花花世界去。"

阿宝的脸庞激动得涨红起来："我朝思暮想，朝思暮想啊！那天，听你对叶小天说你懂得读心术，我站在一旁都快要吓死了，我真觉得自己的胆都要吓破了，幸好……幸好我以前只是有些抱怨，幸好你又说早就封闭了读心术，而我是在那之后才认识杨土司的，哈哈哈……自作孽、不可活……"

阿宝疯狂地大笑起来，尊者眼中悲哀、痛苦的神色越来越浓，他用苍凉而低沉的声音道："自作孽，不可活，自作孽，不可活……呵呵，是啊，老夫是自作孽……"

阿宝因为脸庞有些扭曲，所以显得有些狰狞："老东西，你知道杨土司为什么收买叶小天吗？他根本就不是希望通过叶小天探听你的消息或者影响你的决定，有我在你身边，他还需要其他耳目？他这么做，只是为了迷惑你，让你认为他对你完全不了解，这才能令你放松警惕。"

阿宝一口气说了一大串话，呼吸有些粗重起来："没想到你这老家伙还是留了一手，居然布下了'千年'，害得我也出不去，无法跟他们取得联系，你想把他们都害死？你休想！你害死了杨土司，就是害死了我！就是害死了我走出大山的希望！"

尊者身子抖得就像风中的一片落叶，嘴唇不断地哆嗦着，却一句话也说不出来，此时此刻，他心如刀割，也不想再说什么了。阿宝咬紧牙根道："老家伙，你本就天年已尽，就不要再挡我的前程，你去死吧。"

阿宝举起匕首，向尊者猛扑过来。尊者定定地看着他，眼中那抹悲哀浓到让人心痛，眼看阿宝举着匕首咬牙切齿地扑近，尊者突然在床头一扳，"轰"的一声，那张巨大的华丽的床从中间裂开一道口子，尊者和身下那华丽的被褥一起落了下去。

阿宝被这突然的变故吓得一呆，等他反应过来，挥起匕首狠狠刺去时，尊者已经落进大床裂开的那道陷坑，他身形落下的最后一刹，眼中所看到的就是阿宝决绝地刺出的一刀。

这一刀没有刺中尊者的身体，却深深地刺进了他的心里，尊者痛苦地闭上了眼睛。他本就要死了，原本没必要再逃，但他必须逃，因为……他不想让阿宝背负弑父的罪！

·※·※·※·

叶小天看着远处蹲在河边喝水的那头巨猿，暗自沉吟："这头巨猿看起来很通人性的样子，它对这片禁地一定非常熟悉，说不定它能带咱们离开，只是如何让它明白我的意思，这可有点难。"

叶小天想对展凝儿说出自己的这个想法，一扭头，就见展凝儿眉眼弯弯，正掩口失笑，不由奇道："你笑什么？"

展凝儿道："你看你现在这副模样，真是像极了猴子，难怪那头巨猿把你当成兄弟。"

叶小天此时发髻早就散了，披头散发、袒胸露腿，真有点像个野人，不过怎么说也跟猴子不沾边。叶小天不服气地道："我这不是还穿着衣服呢吗，虽说短得像短裙苗……对了，你也是苗女，就没穿过短裙苗的裙子？"

展凝儿笑吟吟地道："我又不是短裙苗，为什么要穿她们的衣裳？不过……我小时候还真因为好奇穿过的。"

叶小天登时两眼放光，色兮兮地问道："也是光着屁屁穿吗？"

"哇！"

嘴欠的叶小天又飞了起来，好在展凝儿踢他的脚法日益熟练，这一脚看着凶猛，却还是用的巧劲，叶小天落在地上，依旧毫发无伤。

可是这一幕却被刚刚返回的那头巨猿看到了，巨猿不顾左肢的伤势，迅速地跑过来，冲着展凝儿龇牙咧嘴大声咆哮着，还用两只比钵还大的巨拳嘭嘭嘭地捶着自己的胸口。

展凝儿骇得花容失色，也不管它能不能听懂，一迭声地告饶道："好啦好啦，你别冲我发脾气啦，我不欺负你兄弟了还不成？"

叶小天爬起来，得意扬扬地走过来，道："恶人自有恶人磨，这回不冲我凶了吧？"

展凝儿狠狠瞪了他一眼，巨猿立即一声咆哮，作势一动，展凝儿赶紧冲它露出笑脸："人家跟他开玩笑啦。"

叶小天想拍拍那巨猿的肩膀，可惜那巨猿人立而起时，个头实在是太高了些，他举高了手都够不到那头巨猿的肩膀，只好在它后腰上拍了拍，笑眯眯地道："猿兄，算啦，咱们好男不跟女斗。"

现在叶小天有巨猿撑腰，说话也有了底气，展凝儿恨得牙根痒痒，却真的不敢再招惹他。巨猿俯下身子，见叶小天笑嘻嘻的，开心的表情，它还是看得懂的。

叶小天手舞足蹈地向它比画道："开玩笑的，她跟我开玩笑呢，懂？就是玩耍。"

叶小天推了巨猿两下，巨猿纹丝不动，叶小天又挥起拳头，假意捶打了它两下，做出转身要逃的样子。巨猿终于明白过来了，咧开嘴巴很兴奋地叫了两声，然后就抬起了它那巨大的脚掌。

叶小天差点儿跪了，这要是让它来上一脚，自己就得贴到岩壁上去，抠都抠不下来，叶小天忙不迭摆手，急急比画不肯让它尝试，那巨猿只当这也是跟它玩耍的一部分，兴致勃勃地凑上来，叶小天欲哭无泪，转身就逃。

那头巨猿刚要追赶，突然站住脚步，仰起头来努力地嗅了嗅空气，又转过身去，冲着远处大声咆哮起来，那咆哮声是如此巨大，以致整个山谷都隆隆作响。

叶小天本来已经逃进山洞，听到那愤怒的叫声，生怕它伤害了展凝儿，又急急赶了出来，就见那头巨猿背向山洞，以拳擂胸，冲着远处愤怒地咆哮着。叶小天纳闷地道："它怎么了，好像发火了？"

眼见巨猿发狂，展凝儿已经知几退到叶小天身旁，听到这话，摇摇头道："我也不知道，它好像突然就大发雷霆了，不过……好像不是冲你……"

这时，巨猿已经从人立状恢复了正常，用两只巨拳嗵嗵地擂着地面，震得大地都发出了颤抖，叶小天知道那头巨猿对自己甚是亲热，不会伤害自己，便壮起胆子走过去，安抚道："猿兄，出什么事了，你不要这么生气。"

巨猿看起来非常紧张，它突然张开嘴巴，冲着远处又是一声咆哮。叶小天近在咫尺，它这一声咆哮，一股气浪顿时把叶小天的头发都吹得飞扬起来，那巨大的声音把叶小天的耳鼓震得嗡嗡作响，一时间什么都听不见了。

巨猿伸出大手，一把抓住叶小天，像一个巨人提着一个破玩具，一瘸一拐地就往丛林中冲去。

叶小天被它那一声吼震得晕头转向，他看到展凝儿在一旁张嘴大呼，却什么也听不见，叶小天放声大呼道："猿兄，你干什么啊，快放我下来，别到处乱跑啦，咱们玩点别的成不成？大不了人家让你踢一脚，只准踢屁股哦，喂！喂喂！"

那头巨猿根本听不懂叶小天在喊些什么，尽管它腿上有伤，步履蹒跚，可是走得依旧比叶小天全力奔跑还快，但是当它快跑到丛林边缘时，却突然猛地站住，又是一声愤怒的咆哮。

叶小天的耳朵刚刚恢复了一些知觉，又被它这一声咆哮震得什么也听不见了，巨猿抓着叶小天转身就走，叶小天像一个小孩子手里的布偶娃娃，被甩荡来甩荡去，在巨猿转身的一刹那，叶小天突然发现地面上有一幅灰白色的"地毯"正缓缓蔓延过来。

虽然只是看到那么一刹，叶小天却立即明白那是什么了，他的身上陡然掠过一丝寒意，根根汗毛都竖了起来，放声大叫道："跑啊！快跑啊！好多虫啊，可吓死爹啦……"

这句话本是毛问智的口头语，叶小天吓得语无伦次，顺口就学了来。

第五十章

等 死

一

展凝儿正发足猛追，突然见那巨猿又掉头跑回来，不由愕然站住，心道："莫非它在和叶小天玩游戏？"随即她就听到叶小天歇斯底里大叫起来，可叶小天被大步奔跑的巨猿甩得忽上忽下，语气断断续续，根本听不清他在喊什么。

巨猿提着叶小天从展凝儿身边一掠而过，这巨猿虽力大无穷，可是就算它没受伤也带不了两个人，生死关头自然是照顾它的好兄弟，至于另外那个和它兄弟相比奇怪一些、丑陋一些的人类，它才懒得搭理。

展凝儿一见巨猿从她面前跑过去了，只好发力猛追。那巨猿的洞穴是死的，巨猿没有跑回去自寻死路，它疯狂地向远处波涛汹涌的大河奔去，可是只跑到一半，它便发出一声愤怒而绝望的大吼，再度逃了回来。

展凝儿正发足猛追，一见它掉头，赶紧向旁跃开一步，否则就要被它撞飞了。展凝儿站住脚步，怒声道："叶小天，你们两个在搞什么鬼？"

叶小天被巨猿提在手里，双手挥舞着比画："虫啊！虫啊！"

展凝儿怒道："哪里有虫？"

她下意识地回头一看，就见一张灰白色的"地毯"从大河方向滚滚而来，距她的后脚跟只有两尺之遥，吓得展凝儿"妈呀"一声，"嗖"的一下跃出两丈多远，追着巨猿飞奔而去……

然而他们还能跑到哪儿去，那头巨猿智商有限，凭着本能跑来跑去，可是除了山洞一侧，三面都被那种怪虫包围了，叶小天被它甩得忽上忽下都快吐了，如今耳朵听不见，眼睛看不清，胸中翻腾奔涌，都快被晃断气了，自然出不了什么主意。

漫无边际的怪虫大军成千上万。尽管低级物种智商几乎为零，但传承繁衍是一切生物的本能。巨猿毁了它们的老巢，杀死了母虫，并且把巢里的虫卵都吃光了，没了母虫，这批怪虫一死，这种奇异的物种就将灭绝。如此大仇，它们自然是倾巢出动。

巨猿不再带着叶小天奔跑了，它能活动的范围已经越来越小，无数的怪虫正向山洞一步步逼近，一眼望去，根本看不到那灰白色"地毯"的边际究竟在哪儿，巨猿又因智商有限，只会本能地规避危险，自然不会选择冲向敌阵。

怪虫大军越来越近，展凝儿脸色苍白如纸，她绝望地看向叶小天，只见叶小天脸色蜡黄，额头沁出一颗颗豆大的汗珠，展凝儿颤声道："快杀了我！"

那头巨猿眼见已经没有出路，仰天长啸一声，突然抓着叶小天蹿上了那笔直陡峭的悬崖。它一开始没有选择这条路，是因为腿受了伤，攀缘这样的峭壁要比平地奔跑更加辛苦，但此时生死攸关，它就管不了那么多了。

"杀了我，快杀了我！"

展凝儿站在峭壁下，看着巨猿抓着叶小天蹿上悬崖，回头看了眼不缓不急、涌动铺展而来的虫子大军，绝望地向叶小天呼叫："把刀丢给我！"

叶小天看到她泪流满面的模样，心头热血一涌，突然奋力挣扎起来："放开我！你这死猴子！放开！"

巨猿一手攀着岩石，猝不及防之下，被叶小天挣脱了，只听"刺啦"一声，它的手中就只剩下了一件撕烂的背心状的衣服，叶小天光着脊梁摔了下去。展凝儿没想到他竟然会跳下来，一时呆在那里："你……你……"

叶小天顾不得身上疼痛，从地上轱辘起来，冲着那只巨猿打躬作揖地比画："猿兄，你救救她，你带她走，快带她走。"

那只巨猿咧了咧嘴，它显然明白了叶小天的意思，巨猿突然仰天咆哮起来，声音打雷似的，震得山谷中远远近近响起一连串的回声。啸声未止，巨猿突然一跃而下，大手一抓，就把展凝儿的腰肢扣在手中，粗壮有力的双足向地面一顿，提着她飞身而起，再度跃上悬崖，迅速向上攀缘了几下。

"叶小天！"

展凝儿根本没有想到，在这生与死必须有所抉择的时候，叶小天会选择放弃自己救她性命，当她被巨猿一把抓起腾身跃上峭壁，她才反应过来，尖声叫着叶小天的名字。

叶小天仰着脸向她笑了一下，展凝儿见了突然泪如泉涌，她痛苦地捂住脸，不忍再看叶小天被虫子啃成白骨的模样，但是就在这时，她忽然听到了叶小天乱七八糟地叫喊起来。

她猛地张开眼，就见叶小天光着脊梁，只穿一条短裤，手中舞着钢刀，劈砍着看不见的敌人，向那大河奔涌的方向狂奔过去，一边跑一边喊："我不想死！谁叫我是男人呢！你敢吃我，去你八辈祖宗的！啊啊啊……"

眼见此情此景，展凝儿莫名地"扑哧"一笑，可这一声笑出口，她的心就痛到碎了，热泪彻底模糊了她的眼睛。

叶小天奔跑着、狂叫着，那口刀已不知被他甩到了哪里，他嘴里乱七八糟地喊着，双腿鲜血淋漓地竟然支撑到了河边，然后想也不想便一头扎了进去，他奋力施展着狗刨游泳术，可那河水太过汹涌，他只挣扎了片刻，便被滚滚河水卷入了地下河，再也不见了踪影……

·※·※·※·

尊者在等死，这一刻，他不知道除了等死，自己还能做什么。因为手臂颤抖，阿宝没有刺准他的心脏，但他本就要死了，又流了这么多血，生命正从他身上一点点流逝。

人到临死的时候，似乎总会想起一生的历程，那一生历程，浓缩在短短的瞬间，飞快地在人的脑海中重演……

他是神殿的砍柴人，但他从小就知道他是尊者的儿子，是尊者的私生子。他的父亲苦心栽培他，并且最终让他继承了自己的尊位，而他在晚年的时候也想把宝座再传给他的儿子——阿宝。

他当初继承尊者宝座的时候，教中就有风言风语出来，他很清楚，如果蛊神传承这层皮被人扒开，尊者的位子就坐不稳，野心家必然会不择手段地攫取他留给儿子的位子，而众多的信徒因为已经清楚继承人的指定并非蛊神的意志，也将不会再无条件地支持，那时胜者为王，他的儿子将很难保住这个位子。

所以，他不能让信徒们知道尊者指定继承人是有私心的，他要让蛊神亲自指定继承人的说法深入人心，以保证合法继承者的公信力，为此他比他的父亲做得更加隐秘。

为了怕身边人发现他和阿宝的父子关系，他甚至不敢让自己的儿子知道彼此的身世，有什么关系？作为一个父亲，他并不希望儿子回报他什么，只要能看着儿子功成名就、大权在握，他就心满意足了。

为此，他对阿宝隐瞒了父子关系，免得儿子不小心泄露了机密，或者被人看出端倪。为此，他煞费苦心地要把格昴佬、格格沃这两个野心家除掉，就连权柄稍重的格德瓦，尽管对神教忠心耿耿，他也想一并除掉，只为他的儿子能顺利上位。

可他万万没有想到，他的儿子竟然有自己的想法，最后更是为了他自己的理想，亲手干出弑父的事来。

尊者忽然想到了他穷尽三十年岁月才废去的心蛊，他的父亲穷尽心力，搜罗到了心蛊的原虫，教他炼制了心蛊，本是为了帮他更好地坐稳这个位子，可心蛊带给他的却只有无尽的痛苦，让他痛苦一生。

他耗费了三十年心血，才想出了压制心蛊的办法，把它永远地封印在了自己的体内，并且再不把它传给自己的儿子，以免自己的儿子重蹈覆辙。可他一心想要传位给儿子，把儿子牢牢地拴在自己的身边，却成了儿子的另一种心蛊，让儿子也痛苦了半生。

想到这里，尊者呵呵地笑了起来，可他的笑声并没有传出多远，因为他的身边还有隆隆的水声。

这座神殿不仅宏伟庞大，而且巧夺天工。本来这里是一片悬崖峭壁，悬崖峭壁间有一眼喷泉，将巨大的水流喷涌出来，再落下去，变成一片碧湖。当初第一任尊者巧妙地利用了这里的地势，巨石建成的神殿就依托这片悬崖，其中一大半就是利用这悬崖的石体凿挖而成。

最终，一座宏伟的神殿拔地而起，那从悬崖半山腰处喷涌出来的水流在神殿建到第八层时，正好穿过神殿，一部分泉水被引向空中花园，成了那处仙境般的花果园中的喷泉，水的主流则穿过神殿从另一侧冲出去，变成那道从悬崖峭壁下涌出的瀑布。

神殿里的用水都是采自这道泉水，从第八层往下，都有水槽可以随时取用这道泉水。而尊者的卧室就建在这道横穿神殿的大河的上方，此时他和身下的被褥，正落在这条大河的边缘依托山体开凿出来的一块平坦的巨石上，他的脚边就是奔涌的河水。

"我的父亲，因为一己私念，害得我一生不快活，可他直到死，都认为他是为了我好。而今，我又为了我的一己私念，害得我和我的儿子都痛苦不堪，呵呵……天理循环，报应不爽，大概……大概天上真的有个蛊神，因为我们父子的私心而惩罚我们……"

尊者感觉生命正从他身上一分分流逝，他躺在那里一动不动，茫然地看着头顶的岩石等死，忽然"哗啦"一声水响，似乎有什么东西碰到了他的脚。

"这么快就追来了？我的儿子一定要亲手送他的父亲归天吗？"

尊者自嘲地一笑，慢慢撑着身子坐起来，然后他就看到赤条条的一个人正贴着那奔腾汹涌的河水，静静地伏在他的脚下。这人已经昏迷，双腿血肉模糊，脸色苍白如纸，但尊者一眼就认出了他：叶小天！

第五十一章

出　路

一

"叶小天？他怎么在这里？"

尊者看到叶小天赤条条地伏在水边，不禁满腹疑惑，打破他的头他也想象不出叶小天怎么可能出现在这儿。

尊者对叶小天本没有什么善意，当初杨应龙利用叶小天向他故布迷阵，他同样利用叶小天向杨应龙施放烟雾，但是人之将死，心态也就发生了变化，尊者艰难地挪动着身子，把自己挪到了叶小天身边。

尊者见叶小天遍体鳞伤，不过大多都是擦痕，只有两条腿上伤势严重了些，尊者仔细看了看他的伤势，竟然认出了是被何物所伤。

尊者不由大为奇怪："这好像是被千年虫所伤啊，他在哪里碰到千年虫了？如果是千年蛊，毒性超过千年虫百倍，他早就迅速衰老化成飞灰了，又何止是腐蚀了肌肉。"

尊者全然忘记了他当初炼制千年蛊时，曾有一只千年虫的母虫逃脱的事情。一旦中了千年蛊，连他也救治不了，而且那毒性发作的速度也根本不给他救治的时间，但这千年虫的毒他倒是能治。

尊者见叶小天肚子鼓鼓的，好像完全没了气息，费力地把他翻过来，让他屁股朝天，肚子顶在一块突起的岩石上。又哆哆嗦嗦地从怀里摸出一瓶药，拔去塞子，轻轻洒在叶小天的双腿上。

其实叶小天只要不死，这皮肉也能慢慢长好，只是双腿不免全是斑斑伤痕，有了这药一则好得快些，二则迅速生肌，能够避免将来留下难看的大片伤痕。尊者洒完了药粉，顺手把瓶子扔到一边。

做完这一切，尊者已经耗尽了力气，躺在那儿喘息起来。至于叶小天是死是活，如今只能听天由命了。

第九层神殿里，阿宝站在长长的走廊下，进退维谷。当大床合拢的时候，阿宝立即抢过去扳动了尊者刚刚扳过的机关，他哪敢让尊者逃出去，一旦尊者对人说出一句刚才发生的事，他就性命难保。

可是那机关也不知是不是只能使用一次，阿宝扳动之后，那床却没有任何动作，阿宝转身就往外跑，可是拉开门跑进长长的走廊，他却又是一呆，他不清楚尊者现在是否已经断了气，如果尊者还有气，那'千年大阵'就还有效，他如何敢走出去？那千年蛊他用一双肉眼根本看不见，是以站在那儿，不敢踏出一步。

叶小天趴在石头上，嘴里涌出一股股清水，过了许久，他突然咳嗽几声，又吐出几口水，悠悠地苏醒过来。

叶小天苏醒之后，只觉双腿有种清清凉凉的感觉，竟然感觉不到一点痛楚，他张眼四顾，发现了卧在身边的尊者，看见尊者，叶小天也吓了一跳。他还记得他从那些疯狂的虫子中间跑过去，一头扎进了河水，被迅猛的河水吸进了地下河，已经窒息而死了。

可他现在不但活着，而且好像……有光从石窗里射进来，光线还算明亮，他看看四周的模样，他好像是在神殿里，尊者却脸色苍白地躺在他身边就要死了，叶小天想象力再丰富，也想象不出这里究竟发生了什么。

叶小天翻身坐起来，看看双腿，依旧血肉模糊，大片的皮肉都被腐蚀掉了，不过还好没有变成森森白骨，而且丝毫不觉痛楚，叶小天嗅了嗅鼻子，隐隐闻到一股药味，心里稍稍明白了一些。

叶小天推了推尊者，道："喂！尊者，你醒醒，尊者……"

这时叶小天才发现尊者胸口有殷殷血迹，不由吃了一惊，他还以为尊者跑到这么古怪阴湿的地方是蛊神教的什么特殊规矩，大限将至的尊者都要在这里等死呢，可是看这情形，却是被人给刺了一刀啊。

叶小天手上用了点力，大声唤道："尊者！尊者！"

尊者双眼紧闭，一言不发，叶小天急忙探了探他的鼻息，心头不由一凉，尊者已经没气了，他才刚刚断气，身体还是温的，可叶小天心中却一片冰冷，他迅速想道："这要是被人看见，我再跳进地下河也说不清啊，卷进地下河我都大难不死，要是被这帮野人活活打死，我得多冤……"

叶小天头脑灵泛，死去活来诡谲重重之际，却马上就想到了这个关键问题，马上就想开溜，也无心去探究尊者为什么受伤，又为什么会出现在这个地方，可他想要开溜之际，才注意到身上赤条条一丝不挂。

叶小天跃下水的时候明明还穿着那条"短裤"，想来只能是被湍流从身上卷脱了，叶小天的眼睛便定在了尊者的身上。

可是尊者根本就是一个老毒物，也不知道身上还有什么稀奇古怪的东西，要是脱他的衣服时被咬上一口，岂非完蛋？再者说，尊者已经死翘翘了，如果他的衣物出现在自己身上，岂不是一样说不清？

叶小天自忖，水舞的娘亲很可能已经把他当成杀人凶手了，可那一时半晌至少要不了他的命啊，要是被尊者的手下当成了凶手……

这样一想，叶小天连尊者身下的床单被褥都不考虑了，把牙一咬，转身就走，这时叶小天才发现要走也很困难，他明明置身于神殿之中，面前却有一条水流汹涌的大河，他在河水的这一侧，紧靠着石壁，水面宽约三丈，他要如何才能过去？

叶小天东张西望，突然发现紧贴石壁似乎有个什么东西，他走过去仔细一看，竟是一个铁铸的扳手，叶小天双手握住扳手用力一提，只听吱呀一阵响，头顶石壁便闪开一个洞口，一具石梯缓缓落到了他的面前……

· ※ · ※ · ※ ·

阿宝站在长廊里，前方不远处就是施放蛊毒的区域，阿宝不敢走过去。可又怕尊者从机关里沉落下去后一时没有断气，万一对什么人说出自己就是杀人凶手，所以急着想把杨应龙放进来。

挣扎良久，他突然心生一计，于是提起那把带血的匕首，咬着牙从自己的小指上挥过，一声闷哼，一根小指便落了地。阿宝强忍痛楚，捡起那根小指向前一抛，那小指在地上滚了几滚，依旧好端端的。

阿宝大喜：尊者死了，终于死了！阿宝立即迈开大步，向那足有百丈的长廊尽头跑去，他跑得是如此欢喜、如此忘情，以致完全没有听到隐隐传来的石门开启的吱呀声。

此时，杀气腾腾的杨应龙已经带着人冲进了神殿，玉牌毁了，他已经失去了进入神殿第九层的手段，只好进来再想办法。格哚佬、格德瓦立即也率人追了进来，正侍立在第八层的几位蛊神教长老回头看看他们，全都面无表情。

他们没有野心争取尊者之位，眼下神教分明是发生了重大变故，尊者自闭于九层神殿，迄今不曾发下只言片语的意旨，他们对杨应龙、格崈佬等人的博弈也就只能视而不见了，谁是最终的胜利者，服从于谁便是。

杨应龙提着刀冲到第八层大殿，眼看着面前的石阶，却不敢踏上一步，正咬牙切齿的工夫，阿宝从上面的长廊一路飞奔过来，出现在楼梯口，一见杨应龙，阿宝大喜，立即大叫道："尊者归天啦，尊者归天啦！千年蛊已解！"

杨应龙闻言大喜，立即叫道："快！快抢传承！"

杨应龙一个箭步便向石阶上冲去，格哚佬畏惧尊者，一直不敢有所表现，这时听说尊者已死，却没指明传承，哪肯让杨应龙抢了先，马上拔刀冲了上去，大吼道："本教传承岂容外人干涉，给我拦住他！"

杨应龙只听耳后生风，急忙侧身一闪，格哚佬一刀劈在石栏上，"铿"的一声火花四溅，杨应龙便挥刀迎了上去，两人的手下见状，纷纷举起兵刃冲上去，就在神殿内展开了激烈的搏斗。

那些长老们见尊者的近侍宣称尊者已死，面面相觑之下，默默地退到了一旁，他们现在唯一能做的，就是静候双方杀个你死我活，直至决出新的尊者人选。

叶小天顺着石梯爬上去，放眼四顾，见是空荡荡一个石室，他刚一上去，地上那道洞口便"轰"的一声闭合了，看起来严丝合缝，同周围其他大块石质地板一模一样，完全看不出那里是一道门户。

叶小天摸了摸石板缝，又用脚跺了跺，根本打不开，只好另寻出路。他发现空荡荡的石室墙壁有三张石台，一张石台上放着一具头盔，式样很古怪，头盔上端还有鸡冠状的红色羽毛。

第二张石台上放着一副盔甲，很简单的几块铁板，不过怪异的图案很精美，上边的金漆已经斑驳，看起来非常简陋。

第三张石台上却是一枝长矛，一头套了铁箍，另一头是细细长长的矛尖，同叶小天见过的矛完全不一样。

第五十二章

奇　迹

一

叶小天对这石室中的奇怪陈列毫不理会，他总不能披上两片铁甲出去，据他所知，九层是尊者和神妃们的住处，偌大的殿堂，溜出去随便划拉一下也能找到一件蔽体的衣服。

叶小天直接奔了门口，见一道沉重的石门，上边还加了一道沉重的石闩，从外边是根本进不来的，除非把这道门硬生生撞开。却不知神台上供奉的那几样破烂是什么东西，居然这么神秘。

叶小天费力地搬开石闩，又用力拉开沉重的石门，溜出门去左右看看，便沿着长廊蹑手蹑脚地走去，走过一道长廊，再往旁边一拐，此起彼伏的厮杀声便传进了他的耳朵，叶小天顿时一愣。

杨应龙和格哚佬率领各自的手下一边搏斗一边冲上了第九层，此时第九层神殿上混乱不堪，到处都是双方殊死搏杀的场面，一座座石屋全都门户洞开，兵刃铿锵声、呐喊咒骂声不绝于耳。

阿宝拼命奔跑着大声呼救，可惜大家都在拼命，没人顾及他。在他身后，有个格哚佬的手下，正挥舞着竹矛不停地追杀。

忽然，阿宝看见一条人影从前方左边的石屋里跑出来，一头扎进了右边的石屋，那人竟然赤条条一丝不挂，是光着屁股的！阿宝顿时一呆："这儿怎么会有人不穿衣服？"

仅仅是这么一愣神的工夫，背后那人就一个虎跃追上了他，手中竹枪狠狠向前一刺，阿宝一声惨叫，血淋淋的矛尖就从他的前胸透了出来。阿宝双手握着矛尖，绝望地摇晃了一下身子，一头扑倒在地。

前方那道门口，"嗖"的一下探出一颗披头散发的人头，向外鬼鬼祟祟地瞄了一眼，又"嗖"的一下缩了回去。

叶小天贴着门边站定，摸着自己的小心肝，紧张得胸膛里怦怦乱跳："这他娘的究竟是什么状况，怎么神殿里你杀我我杀你杀得不可开交？真是要了老命啊，我这要跑出去，还需要什么弑杀尊者的罪名？直接就被他们砍了。"

叶小天正叫苦不迭的时候，分属于杨应龙和格哚佬手下的两个武士一边用苗语大声咒骂着，一边闯进房来，两人一个进一个退，一人持刀一人持剑，乒乒乓乓砍个不停，叶小天见状马上闪身溜之大吉。

那两人厮杀着冲进这间石屋，突然看到一个人光着屁股跑出去，是男是女都没看清，就见这人披头散发，屁股倒是又圆又白，二人顿时一怔。可是敌人就在身畔，他们来不及多想，马上又挥起刀剑向对方冲去。

"天哪！天哪！这是天要绝我叶小天吗？"

叶小天欲哭无泪，在迷宫似的一间间石屋中不停地跑来跑去，躲避着混战的双方，不少人都看到了他那道裸奔的身影，只是叶小天溜得比泥鳅还快，再加上披头散发，竟没人看清他的模样。

叶小天逃来逃去，最后又逃回了那间石室，突然看到供台上那副盔甲，叶小天想也不想便冲过去，手忙脚乱地扣上头盔，又手忙脚乱地摘下头盔，先套上盔甲，再扣好头盔，这才一把抓起那根长矛冲了出去。

他不能待在这屋里坐以待毙，就算他落了石闩别人进不来，可他早晚总要出去的，如果等到双方混战有了结果，一方完全掌握了神殿，莫名其妙地出现在这里的他，下场将更加凄惨，冲出去还有一线生机。

虽然他不擅长武力，不过有这副破烂盔甲护身，再加上手中这杆长矛，如果碰上有人对他不利，怎么也能支撑一下，不至于赤手空拳被人一刀两断。

叶小天是这么想的，却不想一旦披挂起来，又拿起武器，就会被人视作敌人，而且他这副打扮，不管是杨应龙的人还是格崞佬的人都把他当成了对方的人，叶小天这一下更是东躲西藏，狼狈不堪。

"我不是格崞佬的人，我也不是杨应龙的人，你们不要欺人太甚！"

叶小天挥舞着长矛，冲着面前一个拿竹枪的苗人大嚷，那苗人听不懂他在说什么，偏偏他还把格崞佬和杨应龙两个人的名字都提到了，那苗人瞪着眼睛对他嚷嚷了一句苗语，叶小天苦着脸道："我听不懂啊大哥，你能说汉语不？"

"呀！"

那苗人武士终于说了一个叶小天能听懂的汉字，武士一挺竹枪，冲着叶小天当胸便是一刺。叶小天疾退，退进了尊者的卧室，墙边有个三脚架，上边架个火盆，木炭燃得正旺，叶小天拿长矛一挑，想以火炭阻敌，可惜手忙脚乱，功夫又不过关，长矛扫在支架上，把那支架扫倒了。

墙边有个壁炉，火盆一倒，燃得正旺的木炭直接倒进了壁炉，壁炉里早就放了引火之物，燃烧的通红的木炭一倒进去，"轰"的一声火光便起，也不知那引火物是些什么东西，滚滚浓烟顺着石室的烟囱便冒了上去。

神殿外广场上，除了杨应龙和格哚佬两派的人马，其他九峒八十一寨的人马全都聚集于外，翘首企盼着尊者的指示，他们还不知道神殿内已经打成了一锅粥。这时突然有人高呼："冒烟啦！冒烟啦！"

神殿外万头攒头，黑压压一片人一起抬头望去，就见神殿顶上腾起了笔直一道烟，通常燃起的烟都是黑色的，这道烟却是白色的，显得有些诡异，白色烟柱在湛蓝的天空下异常明显。

"尊者归天了！"

神殿外无数的信徒呼啦啦地跪了下去，向神殿顶礼膜拜，然后又站起来，抻长了脖子虔诚地望着神殿最高层的阳台。无所不能的蛊神让尊者重回了他的怀抱，但他会为信徒们指定新的尊者以指引他们、庇佑他们。神烟升天，马上就该鸣响圣钟，他们新的主人会身披法袍，手持黄金圣杖，出现在他们面前。

叶小天扫倒了火盆，舞着长矛胡乱比画两下，倒拖长矛就跑，那苗人拔足便追，叶小天也不会什么回马枪，只管撒开双腿，见旁边还有一道门，一头便撞了进去，里边光线昏暗，但是有道螺旋形的楼梯向上，叶小天想也不想，便顺着楼梯跑了上去。

那苗人挺着竹枪不依不饶地追上去，二人顺着楼梯跑到上面，却是一座钟楼，中间悬挂着一口大钟，叶小天立即绕钟便跑，那人挺枪疾追，如此这般绕了几圈，那人突然反向追去。

叶小天猝不及防，急忙掉头就跑，险些被他一枪刺中。叶小天腿上有伤，虽然多亏尊者神奇的药物，他全无疼痛的感觉，却还是影响了速度。如此周旋了几圈，眼见这样下去早晚必被那人捅死，叶小天突然扯开了钟楼木架上的一条绳索。

叶小天一手抓着那条绳索，在手臂上猛地绕了两圈，另一只手持着长矛向那苗人奋力一刺，阻止他追近，随即便向钟楼外奋力一跳。

他已经看到钟楼外是一个阳台，距钟楼至少两三丈距离上下，他也不知道这条绳索够不够长，可是比起被人用竹枪捅死，他宁愿冒险一试。

绳索果然不够长，距地面还有小一丈的距离便到头了，叶小天重重地撞在墙上，又摔在地上，那绳索被他一松，就听钟楼上那口巨钟当当地响了起来，原来那条绳索竟是钟绳。

叶小天狼狈不堪地爬起来，扶正了头上的鸡冠子头盔，拄着长矛，一瘸一拐地走向阳台边缘，他可不是想不开要自杀，他是盘算着以自己的武力值，在这神殿内的混战中根本没有活路，不如看看从这里能不能逃进湖里，或许他的狗刨游泳术才是他救命的最终手段。

听到神殿上传出的钟声,神殿外又是一阵骚动,九峒八十一寨的部落信徒激动地鼻息咻咻,有些年迈的信徒更是热泪盈眶。这时候,叶小天光着屁股,披甲戴盔,挂着长矛出现在了阳台上。

"轰……"

无数人同时下跪,竟然汇聚成了一道爆破似的气浪,无数人顶礼膜拜,用苗语虔诚地高呼着:"侍神尊者!侍神尊者!"

叶小天站在阳台上,被眼前这一幕惊呆了,他怔怔地看着神殿外广场上无边无沿的人群,莫名其妙地左右看看,真的没有别人。

"他们拜的是我?"

叶小天突然想起了展凝儿对他说过的话:"当圣殿里响起连续不断的钟声,殿顶燃起一股滚滚浓烟,就是上一任侍神尊者归天了,居住在四下的生苗都会纷纷赶到这里拜见新的侍神尊者。新的侍神尊者会披上法袍,手持黄金圣杖,站在高高的圣殿上接受所有人的膜拜,侍神传承一旦确立,那就再也不可更改。"

钟声还在回响,叶小天猛一回头,向上仰望,就看到了那道滚滚向天的白色烟柱,叶小天顿时惊愕得合不拢嘴巴:"这……这……这就是法袍?这就是黄金圣杖?女人说话就是不靠谱,喜欢添油加醋。"

巧之又巧的是,叶小天不但所穿戴的正是第一代蛊神侍者留传下来的所谓法器——当年征战沙场时的那套战袍,而且就连光着大腿都正好符合尊者登位时的要求,那些古罗马战士就是光着大腿的。

当然,这身"法袍"是做过多次修整的,比如那盔上鸡冠似的红色羽毛,还有那杆长矛的杆都不知换过几次了。

上一代尊者登位已经是四十年前的事,年轻一辈根本无缘参与上一次尊者登位时的仪式,仪式过程以讹传讹难免有些走样,这也是叶小天这身穿戴出现在神殿内,却被那些武士们不断追杀,没人把他当作尊者的原因。

神殿外这些人其实大部分也不知道尊者登位时的打扮原来竟是这副模样,可他们先是看到了白烟升起,接着听到了圣钟鸣响,紧跟着看到叶小天登上神台,先入为主,不把他认作尊者才怪。真正认可叶小天这身装束的是那些年老的信徒,许多都是部落长老,甚至就是某个山寨部落的酋长。

叶小天的头有点晕:"我本来是要跳湖的,突然拜我做尊者……哎呀,人家还光着腚呢……"

第五十三章

真享福

一

叶小天忽然意识到他还光着屁股，赶紧把大腿并拢起来，不过正在顶礼膜拜的那些信徒又有谁敢那么仔细地打量他？

叶小天大腿并拢，身形拔高，显得更加威严了，神殿下方万千信徒更是膜拜不已。

叶小天披着罗马式板甲，手执长矛，头上戴着一顶火红的鸡冠状战盔，迎着阳光，站在高高的露台上，一时不知该如何是好了。

当钟声响起的时候，正在交战的杨应龙和格哚佬同时一怔。杨应龙早从阿宝那里知道，存放传承圣器的所在除了尊者没人能打得开，他们要想进入那间石室除非用暴力手段把它撞开。

可现在格哚佬带着人正跟他战作一团，他哪有闲暇赶去撞门，反正他打不开，别人也打不开，他正想先解决了格哚佬这些人再去打开石室取出传承法器，格格沃虽已死了，大不了再推一个傀儡上去，到那时木已成舟，谁也无法阻止他，却不想钟声竟然敲响了。

杨应龙和格哚佬互相看了看，突然收起刀剑，一起向阳台跑去。如果尊者传承已经有了着落，他们还你死我活地拼个什么？

当冲进尊者的卧室，看到阳台上果然有人站在那里，穿着尊者传承必需的法器，正接受万民膜拜，他们登时待在那里。

"这人是谁？螳螂捕蝉，黄雀在后啊！"

杨应龙牙根紧咬，恨不得扑上去一脚把那人踢下阳台。他手下果然有人按捺不住了，扬起刀便向前冲去，被杨应龙手疾眼快，一把抓住。

格哚佬虽然有心扶保与他交好的格德瓦登位，但他并没有背叛尊者、用武力达成目的的意思，方才之所以和杨应龙大打出手，是因为他听说尊者已死，而且还未及留下传承。

如今眼见新的尊者已经站到露台上，格哚佬自然只有服从的份，眼见杨应龙的人要冲上去对尊者不利，格哚佬立即挺刀拦上，却不想那人被杨应龙一把拉住。

杨应龙阴沉着脸色，缓缓摇了摇头。这个时候，已经不能再有什么动作了，如果此时对那个人有任何不利的举动，神殿外那些狂热的信徒立即就会变成疯狂的暴民，他们会冲进神殿，杀掉所有人。

叶小天茫然地站在神殿露台上，突然感觉身后似乎有人，他蓦地转身，就见杨应龙、格哚佬还有他们众多的手下都站在那儿，把窗口门口挤得满满当当，却没有一个人走过来。

格哚佬蓦然发现尊者竟然是叶小天，不由惊愕地瞪大了眼睛，杨应龙的表情和他也差不多。格哚佬虽然有些不甘，还是垂下了手中的刀，眼神也垂下来，露出驯服的神色。而杨应龙见到叶小天，先是一惊，慢慢地，却变成了微笑的模样。

这个结果对他来说并不算太坏，一个单纯热血的年轻人总比一个阅历经验丰富的人更容易引诱、拉拢，何况他此前对叶小天"还不错"，两个人的关系未必就不能更近一步。

虽说叶小天明着接受了他的拉拢，暗地里却向展凝儿通风报信，分明是摆了他一道，不过现在叶小天莫名其妙地成为尊者，更印证了他和格格沃此前曾经一度怀疑过的一个想法：叶小天是安展两家派来的人。

只是当时他们没有想到，叶小天此人竟然负有这么重要的使命，他并不是来帮助与安家交好的格崊佬，居然是亲自上阵，自己来充当这个尊者。既然安家能收买他，那自己也能，只要有足够的代价。

另外一种可能，就是这个小子爱上了展凝儿，年轻人嘛，总是会有一些不切实际的幻想，可他什么身份？能娶展家的姑娘吗？如果他做了尊者，就更加不可能，到时自己总能有机可乘。

想到这里，杨应龙脸上的笑意更浓了，此时他当然还不知道白筱晓追杀展凝儿的时候，情急之下想把叶小天也一起干掉，即便知道他也不会放在心上，在他而言，世上只有永远的利益，没有永远的敌人，他一样有把握把叶小天争取过来。

· ※ · ※ · ※ ·

巨猿提着展凝儿，单臂攀附在悬崖上，眼看叶小天一通狗刨，被滚滚河水卷入地下，不禁仰天一声长啸，声音无比悲凉。

它自幼生长在这座山谷中，早已失去了所有的亲人，叶小天是它看着最投缘的人，巨猿早已把他当亲人一般看待，可转瞬之间又失了他，巨猿心中满是孤单寂寞与愤怒。

它仰天悲啸一声,这才提着流泪不止的展凝儿向悬崖顶上扑去。那种小虫子的视力和听觉几乎为零,完全靠嗅觉来行动,巨猿爬上悬崖,山风浩荡,将气味全部吹散,那些虫子完全嗅不到了,在它们的嗅觉中,仇人最浓烈的味道来自洞穴之内,于是无数的虫子浩浩荡荡地爬进了洞穴之中。

等那巨猿提着展凝儿爬到山顶把她放下,展凝儿看见外面的世界,"哇"的一声又哭了出来,捶打着巨猿哭骂道:"你这死猴子,你能出得来,为什么不早点把我们送出来,你把他还我,你把小天还给我……"

展凝儿的粉拳对这头巨猿来说无异于挠痒,巨猿完全不明白她这样的举动是什么意思,想跟它玩耍?看表情又不像,巨猿挠了挠头,看向山谷下,又是一声悲痛的长啸。

展凝儿伏在崖上哀哀哭泣了好半晌,抹着眼泪转过头去,忽然看见远处有一道笔直的白色烟柱,不由为之一愣。又过片刻,又有隐隐的钟声传来,展凝儿心道:"尊者已死,新尊者已经登位了。"

这时候,展凝儿已经完全没有心情去理会究竟是谁得到了尊者之位,管他是格峒佬还是杨应龙,即便是杨应龙扶保格格沃得到了尊者之位,获得了九峒八十一寨山苗的支持,也让她外公去头痛吧,她现在满心都是无尽的哀伤。

展凝儿又往山谷下依依不舍地瞥了一眼,对她的救命恩人道:"那群虫子找到了你的家,你已经回不去了,你要不要跟我走?"

巨猿瞪着铜铃般的眼睛莫名其妙地看着她,展凝儿噙着眼泪又比画了几下,那巨猿似乎听懂了,禁不住便是一阵抓耳挠腮。

这头巨猿独自住在山谷中,早就寂寞难耐,想到外面的世界看一看,可是它虽力大无穷、身体强壮,几乎没有什么天敌,但是对陌生环境的畏惧,却是生物的本能,所以它除了时常爬上悬崖,依照小时候父母的教诲,在左近采些竹子、竹笋,从不向更远的地方踏出一步。如今这个人愿意带它离开,它当然求之不得。

巨猿又探头向山谷里看了一眼,呜呜咽咽地叫唤了几声,竟然落下了几颗眼泪。它慢慢转过身,伸出巨灵神一般的大手抓住展凝儿,把她放在自己肩头,便按照她的指示,飞快地向远处奔去。

·※·※·※·

叶小天在神殿里,走到哪儿都有一大群人跟着,这时候,他已经充分领略了这些大人物的变脸神功。方才咬牙切齿欲置之于死地的,心生嫉恨暗自不服的,此刻全都毕恭毕敬,真正对他极尽虔诚的却是九峒八十一寨酋长中的大部分。

幸存下来的神殿六大长老也暗暗松了口气,对于杨应龙的野心,他们也略知一二,他们可不愿意成为杨应龙的马前卒,但是一旦杨应龙控制了神殿,这是必然的结果。

叶小天这个突如其来的外人成了尊者,虽然有些出乎他们的意料,但是比起受杨应龙控制的格格沃,他们还是更乐于见到如今这副局面。

至于上一任尊者的尸体,因为历任教主都以侍神自居,且能预感死期,所以大多会提前做好准备,不让教徒看到他的死状,这倒省了叶小天一番解释,回头他再找机会返回水源房,悄悄把尸体处理掉就是。那里平时很少有人去,再加上存尸的地方是在石壁上凿出的洞穴里,相对阴暗些,不易被人发现。

华云飞和毛问智带着福娃在丛林中追索了叶小天好久,最终全无下落,福娃一度曾经嗅着叶小天的气味追查到雷神禁地左右,不过不知道是不是出于野兽敏锐的本能,它没有踏进禁地。

华云飞和毛问智核计了一番,与其在茫茫大海般的丛林中继续盲人瞎马地找下去,还不如回到村子等候消息,万一叶小天已经和展凝儿一起逃回村子呢。

两人回到村子守了一天,还不见叶小天和展凝儿的消息,正自按捺不住,想再出去碰碰运气,光屁屁的叶小天便闪亮登场,接受万人膜拜,蛊神教的新任尊者新鲜出笼!

此时此刻的叶小天当然没有再光着身子,他已经在六大长老的侍奉下换上了一袭洁白的镶金边的长袍,头戴一顶真正的金冠,瞧着人模狗样的。

闻讯赶来的华云飞和毛问智站在人群中,毛问智搓着大手,喜得合不拢嘴:"哎呀!哎呀!哎呀妈呀,你说这扯不扯,咋就不小心还当上尊者了呢,你说这事整得……"

叶小天已经在心里接受了这个现实:"当尊者也不错啊,发动九峒八十一寨人马帮他找遥遥,不比他一个人强?至于水舞那儿,嘿嘿!来自薛家的阻力想必也能迎刃而解了。说到自由,上一任尊者当年不是还周游天下过吗,想必是不禁止尊者外出的,就算不允许离开,在这样的洞天福地生活,还有那么多的神妃……哎呀……这幸福来得太快……"

叶小天心花怒放:"我得把爹娘和大哥都接来,真享福啊!"

这时候,八大长老中唯一的女性,也是年纪最长的,其职务有些类似于传功长老的格彩佬端着两碗黑漆漆的药汤向他走来……

第五十四章

六大长老的难题

一

叶小天是个有礼貌的好孩子，一向懂得尊老敬贤，眼下身份不同，更加注意表率作用，一见这位白发苍苍的老婆婆亲手端着两碗黑漆漆的粥，颤巍巍地向他走过来，赶紧主动迎上去，礼貌地接过粥碗，笑道："还是阿婆细心，知道我饿了。阿婆，这是什么粥啊？虽然不好看，闻着倒挺香的。"

格彩佬长老也是会说汉话的人，不过她大概只是年轻时候游历过中原，这么多年不使用汉语，腔调已经有些生硬。她笑眯眯地答道："可不敢当，您称我一声彩长老就是客气啦。这碗粥可是好东西，它的原料由四位长老同时照料着，每六十年才成熟一株，用以熬粥，只有历任尊者登位时才能享用。"

叶小天一听不禁喜上眉梢，这么难得，不用问，肯定是好东西啊！莫非一口喝下去，就会有一股真气上冲泥丸下冲涌泉，奇经八脉一齐贯通，登时就达到三花聚顶、五气朝元的无上境界？

格彩佬依旧笑眯眯，她慢吞吞地解释道："这碗粥，一旦服用，万蛊不侵，呵呵，就是蛇虫蚊蚁，以后都不敢近你的身了。"

毛问智道："哎呀妈呀，俺闻着挺香的，还以为是啥好东西，闹半天就是一碗能喝的蚊香啊……"几大长老对他怒目而视，华云飞见状，赶紧把这个惹祸精扯到一边去了。

叶小天在雷神禁地的经历还历历在目，那怪虫已经在他心里烙下了阴影，现在谈虫变色，见到一只蟑螂都想躲得远远的，一听说这碗粥喝下去能避天下一切蛊毒，蛇虫蚊蚁更是不在话下，登时大喜，赶紧端起粥来咕咚咚一饮而尽。

叶小天本就饿狠了，此时正饥肠辘辘，这一碗稀粥片刻工夫就喝个精光，咂摸咂摸味道，感觉和蛋花汤没太大区别。

叶小天把空碗递给格彩佬，抹抹嘴巴，意犹未尽地端起另一碗粥，兴冲冲地又问:"阿婆……彩长老,这一碗又是什么好东西呀?"叶小天问着,已经把那粥碗凑到了嘴边。

格彩佬笑眯眯地道:"这一碗就没什么稀奇了,不过就是一碗绝嗣汤。"

"绝世汤?听着就很厉害的样子,喝了它会不会万毒不侵啊?"听了他的话,几位长老都笑起来。

格德瓦解释道:"尊者,这碗汤是禁绝生育的,是绝嗣,不是绝世。"

"噗!"

叶小天一口汤刚喝进嘴里,听格德瓦这么一解释,一口就喷了出去。

"呸呸呸!呸呸呸!"

叶小天把一口汤吐得干干净净,变色道:"绝嗣?你是说,喝了这碗汤,就不能生孩子了?"

格德瓦见他脸色大变,会错了意,忙凑近他耳边,低声解释道:"尊者不要误会,喝了这碗汤,男人还是男人,能力比以前还要强大许多,只是不能生育后代罢了。"

叶小天道:"这是什么道理?为什么不能生育后代?"

几位长老面面相觑,这条规矩神教每一个信徒都知道,偏偏这位尊者却是空降下来的,什么规矩都不明白,真要跟他解释起来,只怕还要费一番周折。

格彩佬斟酌了一下,缓缓说道:"这是自我教第一代尊者传下的规矩。为了避免神教成为一家一姓之天下,所以每一代尊者登位时,都要服下这碗绝嗣汤,不留下自己的后裔。"

格德瓦道:"不只是尊者,就是我们这些长老也都服过断嗣汤。尊者是蛊神的侍者,不需要自己的后代。蛊神所有的信徒,都是他的孩子,都会像对父亲一样崇敬他。"

叶小天心道:"废话!再崇敬那也不是亲生的!"

叶小天脸色难看地把那碗汤还给了格彩佬,作为从小生长在中原地界的他,"不孝有三,无后为大"的观念早已深入骨髓,如果要让他断子绝孙,给他个皇位他也不干。

叶小天现在总算明白为什么上一任尊者拥有那么多如花似玉的神妃,却没有一个子嗣了,也明白上上任尊者的儿子是以劈柴人身份做掩护的一个私生子。

一开始他还以为上上任尊者本有许多儿子,只是不好传位给他们,以免让信众认为他假公济私,这才别出心裁,赋予其中一个儿子劈柴人的身份。

闹了半天尊者根本不能生儿育女,上一任尊者根本就是上上任尊者在继任之前甚至在成为长老之前偷偷生下的一个儿子。如果这件事早早曝光,他可能连长老都当不上。

格彩佬诧异道:"尊者?"

叶小天道:"断子绝孙的尊者,我不做!"

六大长老听到这句话,顿时愕然。拒绝做无上尊荣的侍神尊者?千百年来,这种事在蛊神教从来没有发生过,以致六大长老一时不知该如何应对。

他们这些信徒一生研究蛊术,痴迷于强大的蛊术,对蛊神的存在从不怀疑,或许其中有些人产生了一些疑问,那也已是成为资深长老,接触到神教最核心机密之后的事了。

因此,对于成为尊者,他们没有任何心理障碍,反而热切无比。即便他们当年还年轻的时候,被上一任长老选定为自己的继承人,也是欢天喜地、感激涕零地喝下绝嗣汤,现在他们的新任尊者居然拒绝登位!

格德瓦脸色难看地道:"尊者……"

叶小天赶紧摆手道:"别别别,你可别这么称呼我。贵教这个规矩太没人性了,格德瓦大叔,你们另选高明吧,这个尊者,我不做。"

格德瓦的脸都黑了,你不做?你不做你披上法袍手执圣杖登上露台干什么?你还点燃了圣烟,敲响了圣钟,你当这是唱大戏呢?上一任尊者也不知在想什么,怎么就指定你做尊者了?

如今九峒八十一寨全都把你认做了尊者,你说你不干了?尊者不是你想当就能当,也不是你想不当就不当,你把这神圣传承当成什么了?这事一旦传开,所谓蛊神指定传承的说法马上就得穿帮,我们还如何维护神教对九峒八十一寨山苗的绝对控制力?

对于叶小天获得传承,格德瓦倒没有怀疑,因为这套传承法器若是没有先尊者授予,根本不可能落到叶小天手上。

此时大殿上人虽众多,却都是九峒八十一寨的头面人物,除了酋长还有各部落里威望隆重的长老,八十一寨,就算一寨只来两三个人,也有两百多号人了,是以拥挤非常。

大殿中虽然拥挤,靠近尊者宝座的位置却没有人敢过来,以此显示对尊者的尊敬。但即便如此,他们离得也并不远,这时见众长老围着新任尊者,一个个脸色十分难看,众人都不禁面面相觑,大殿上渐渐静下来,所有人都往这个方向看着。

格彩佬有些心慌,这位新尊者万一当众嚷开不愿做尊者,那整个神殿的威信立即就得一落千丈,无论这事如何解决,先把尊者稳住再说。

想到这里,格彩佬咳嗽一声,向其他五位长老使个眼色,对叶小天道:"尊者,请先到后殿休息,这等大事不便轻率决定,咱们到后面再说。"

叶小天先是有些犹豫,转念一想:"我才刚刚登位,我可是蛊神指定的继承人,你们总不会把我搞死，然后胡乱抓一个人充数吧，那你们如何向九峒八十一寨的人解释，他们又不傻。

"再说，那碗'蚊香'我可是已经喝了，你们的蛊再厉害也对付不了我，如果打架的话……我打不过年轻人，要是连你们这些七老八十的老头子老太婆都打不过，我还不如找块豆腐一头撞死。"

想到这里，叶小天也耍起了光棍，很干脆地道："好，咱们后面谈！"

格彩佬胡乱找个理由向大家交代一下，便与其他五位长老拥着叶小天向后面走去，杨应龙一直想走过来和叶小天攀谈，但他先是被安南天缠住，再后来六大长老陪叶小天说话，他一个教外的人，虽然身份尊贵，也不便冒昧上前，此时见六大长老陪着叶小天走向后殿，不由暗暗着急。

六大长老陪着叶小天登上第九层神殿，此地刚刚被蛊神教的侍卫们打扫干净，地上的血污也已清洗干净，只是有些门窗处的刀剑痕迹还宛然在目。

六大长老陪着叶小天进入尊者会客的小客厅，苦口婆心好一通规劝，叶小天就是不肯松口，而且眼见六大长老如此低声下气，料定他们忌惮重重，不敢把自己怎么样，叶小天的底气更足了。

格德瓦见状，微一沉吟，便对叶小天道："尊者，这是自本教成立以来便传下的规矩，无人敢于违反。如今尊者对此规定不满，我等也没了主意。尊者可否在此稍息，容我等商量个办法出来？"

叶小天道："自然可以，我在这里等你们。"

六大长老向叶小天缓施一礼，徐徐退出小厅，房门被门口的侍卫关上了，六个长老转身来到对面另外一个小厅，也不就座，就那么脸色难看地站在那儿。格德瓦道："尊者不知何故，仓促选定此人为继任者，偏生他又不肯依照我教规矩办事，如今可如何是好？"

第五十五章

传承风波

一

叶小天扮出一幅气鼓鼓的模样坐在椅子上，等六长老一出去他就跳了起来，跑到门边扒着门缝向外看，见六长老进了对面的房间，叶小天这才转身回来，长长地吐出一口浊气。

"唉！本以为是一桩天大的好事呢，没想到还要付出断子绝孙的代价，这个什么鬼尊者实在太不靠谱了，我还是琢磨琢磨如何当秀才比较正经，一样光宗耀祖嘛。"

叶小天暗自想着，忽然注意到这小客厅中雕金饰玉，华贵异常。这可是蛊神教近十五个世纪的收藏，自然拥有无数宝物，只是许多珍贵之物叶小天未必认得，但金子银子他可不会认错。

他端详了一下，从壁柜上拿起一只造型精美的金盘，用牙咬了一下，确认是金子无疑，就想揣进怀里，可那盘子太大，而且很沉，揣在怀里很容易被人发现，叶小天依依不舍地放回去，突然双眼一亮，又发现一枚金蛋。

这枚金蛋纯金打造，里边是镂空的，上边镶了好多红的蓝的宝石，看起来很名贵的样子，叶小天啧啧叹道："真是有钱，连客厅里都摆这么值钱的东西！"顺手抄起来塞进自己衣袖。

叶小天在客厅里搜寻了一圈，捡了几样块头较小，又不容易被人发现的宝贝揣起来，忽然觉得腹饥难忍，本来他就饿得厉害，再被那碗稀粥一勾，这饥火着实难耐。

门外两名侍卫正在站岗，其中一人就是神殿侍卫统领宝翁，这一次尊者登位的过程实在是太血腥了些，如今尊者已经选出，他生怕尊者再发生什么意外，所以亲自守在门外。

房门突然一开，里边探出一个头来，把宝翁吓了一跳，定睛一看，才认出是尊者，赶紧便向叶小天施礼。叶小天拉开房门，摆出一副威严模样向他摆摆手，咳嗽一声，端起架子道："这个……嗯，我要进膳。"

宝翁瞪大眼睛看着他，不明白他在说什么，得！不用装什么贵人了，叶小天挠了挠头，便向宝翁比画起来，他张开嘴巴，一只手做出捧碗的姿势，嘴里还发出稀里呼噜的声音。

宝翁见尊者这副模样，忍不住有些想笑，可那样就太不敬了，他赶紧憋住，向叶小天恭敬地点了点头，又用苗语回复了几句，也不管叶小天能不能听懂，便向长廊尽头走去。

对面客厅里，六大长老愁眉苦脸，他们没有那个能力把尊者当傀儡，也没有那个胆量和魄力，可这个尊者偏生给他们出了一个天大的难题，说服不了尊者，又不能强迫他，那怎么解决？

如果叶小天执意不肯做这个尊者，那所谓蛊神传承就成了一个传遍苗疆的大笑话，早晚九峒八十一寨也会像山外那些熟苗一样，渐渐形成以各自土司为最高统治者的独立势力，他们的影响力将变得非常有限。

然而，答应叶小天的要求？那是传承千年的规矩啊！唉，真是作茧自缚！当初第一任尊者宣称继任者的选立是秉承蛊神的意志，其实就是君权天授的一种宣传，是为了尽快树立起继任尊者的威信，却不想千年以后出现了叶小天这么一个异类，六大长老想到可能出现的严重后果，不禁忧心忡忡。

过了半晌，格彩佬缓缓说道："我觉得，上千年的规矩，也未必就不能变通一下。"其他五位一起看向这位最年老的尊者，格德瓦动容地问道："格彩佬，你的意思是？"

·※·※·※·

宝翁很快就给叶小天送来了饭，他竭力领会尊者的意图，为了达到稀里呼噜的效果，他送来的是一碗香喷喷的面条，上边还有两个荷包蛋。

六大长老正在隔壁商量如何解决这个问题，叶小天料定宝翁对此还不知情，也不敢把那断子绝孙粥下到他的面条里，再说那汤看着清亮，也不像掺了东西的样子，因此放心大胆地吃起来。

叶小天正吃得稀里呼噜，忽然听到门外又响起两个人的对话声，叶小天赶紧把面条扒拉干净，起身走过去拉开房门，就见格哚佬正站在外面和宝翁说着话。

格哚佬一见叶小天，便露出满脸喜色，虽说与他交好的格德瓦没有当上尊者，可叶小天是他儿子的干爹，这关系岂不更近一层？格哚佬喜滋滋地对叶小天道："尊者，我正有事要见你，可是宝翁不许我进去。"

叶小天道："啊！原来是哚大哥，快请进来。"

格哚佬连声道："现在可不能这么称呼了，您是至高无上的侍神尊者，阿哚可不敢跟您称兄道弟。"他嘴里这么说，却是眉开眼笑，举步正要进去，忽又一扭头道：

"你们跟我进来。"

叶小天心道："还有人来？"便主动往后让了几步，格哚佬走进小厅，片刻之后，身后跟进十多个十四五岁、花容月貌的苗家妹子，宝翁不放心，也跟进来站在门边。

这些姑娘似乎都精心打扮过，浑身香喷喷的，彩衣鲜丽，戴着出嫁时才会佩戴的闪亮亮的银饰。叶小天匆忙扫了一眼，只觉个个靓丽，一时看花了眼，也分不出谁更俊俏一些，倒是目光扫到格哚佬身边时，发现太阳妹妹也在其中，不免有些意外。

太阳妹妹正站在格哚佬身边，见他看来，羞答答地垂下头去，神情妩媚，说不出有多诱人。叶小天疑惑地道："哚大哥，这是……怎么回事？"

格哚佬听他依旧称呼自己为"哚大哥"，骨头都轻了几分，连忙赔笑道："这是各寨挑选的第一批神妃，一些路途较远的村寨来时匆忙，还未及奉献神妃，只能过些时日再选送，先由她们来侍奉尊者的起食饮居，也好照顾尊者的生活。"

"啊！她们……都是送给我的？"叶小天一听口水都快流出来了，忽然又想起自己正向六大长老拒绝做尊者，不免有些依依不舍起来。

格哚佬道："是！还请尊者看看，如果尊者对哪个不满意，还可以由她所在的村寨更换人选。"

姑娘们都眼巴巴地看着叶小天，神情紧张忐忑，生怕未被尊者相中，如果被尊者退回去，那就是她的奇耻大辱，会受到整个部落的鄙视，今后想嫁人都困难至极。

叶小天被这么多漂亮姑娘瞅着，居然感觉有些不好意思起来，他贼兮兮地瞄了一眼众少女，一个比一个水灵，跟一把刚采下来的香葱似的，哪有不满意的。只是……要做尊者就不能生儿育女，叶小天心里直犯堵。

格哚佬笑眯眯地道："尊者，您对她们可还满意吗？"

叶小天支吾了两下，突然想起了什么，忙岔开话题道："对了，我怎么没有看见前任尊者的神妃，平时她们好像就在这一层居住的。"

格哚佬脸上现出了一抹异色，还以为叶小天看中了前任尊者的哪一个神妃，是以略显尴尬地小声道："尊者，前任尊者的神妃，您是不能碰的。况且，她们已经不在了……"

叶小天奇道："不在了？已经遣回她们各自的部落了？"

格哚佬摇摇头道："一旦侍奉神明，怎么可以再返凡尘？前任尊者归天，她们自然也追随尊者去了。"

叶小天心头一寒，失声道："你是说……她们……死了？"

格哚佬微微一笑，道："不，她们是追随尊者归天了。"

叶小天怒道："是谁下的手？"说着，他已看向侍立在门口的宝翁。

格哚佬讶然道："何须别人下手？每一任尊者归天，侍奉他的神妃都会跟他一起走,这是千百年来的规矩,能够追随尊者进入天堂,她们都欢喜得很。"

那些年轻貌美的苗家妹子纷纷点头,显然觉得格哚佬所言理所当然,叶小天听了半晌无语:"蛊毒虽毒,又怎及从小灌输给人的一种思想,自杀都能心甘情愿欢天喜地,他们中的'毒'真是太深了……"

格哚佬见叶小天半晌无语,不禁有些紧张起来,忙道:"尊者可是对她们不太满意吗?"

叶小天道:"啊……这个……啊……"

他还没"啊"出个所以然,忽然有个侍卫急急跑来,气喘吁吁地对站在门口的宝翁说了几句话,格哚佬站在叶小天身旁听得清楚,讶然道:"一位带着巨猿的姑娘?她说她叫展凝儿?尊者……"

叶小天喜道:"她果然没事,猿大哥也被她带出来了吗,哈哈哈,走,咱们去看看!"

叶小天说完便兴冲冲地抢了出去,格哚佬和宝翁连忙跟了上去,太阳妹妹和附近部落选送来的准神妃们一个个面面相觑,也不知是该追上去,还是待在这儿等着尊者回来。

一楼大厅里,展凝儿抓着安南天的手,一迭声地问道:"你说真的?他还活着?他……成了尊者?"

安南天连声道:"当然是真的,一会儿他下来你就知道了。"说着手上一紧,把她拉到一边,小声道:"详情我还不清楚,反正他莫名其妙地就得到了尊者的传承,登上神台接受万民膜拜成了尊者。你先别说太多,小心出什么纰漏。"

另一边,那头比常人身高超出一倍的巨猿已经成了众人围观瞻仰的怪物,因为它是展凝儿带来的,所以这些人理所当然地认为它不会伤人,一个个围着它惊叹观赏,品头论足。

巨猿还从来没有见过这么多人,遗憾的是这些人虽然外形和它最为相似,只是身高太矮了些,站在他们当中,巨猿颇有一种鹤立鸡群的感觉。

它被那么多人围着,指手画脚,吵吵嚷嚷,心中很不耐烦,性子上来,顿时以拳擂胸,发出一声震耳欲聋的咆哮,骇得那些围观者连忙后退,其中一个拄着拐棍的某部落长老手脚不利索,还一屁股跌坐在地上。

正乱作一团的当口,那头巨猿突然一怔,猛然抬起头来用力吸了吸鼻子,突然发出一声长啸,庞大的身子极其利索地来了一个后空翻,然后强壮的双腿用力一蹬,纵身扑上二楼,紧跟着又向三楼扑去。

神殿武士只当这头巨猿凶性大发,这要冲上去伤了尊者怎么办?登时乱哄哄地追了上去……

第五十六章

只争朝夕

一

叶小天刚刚冲到第七层，就见一条黑影挟着一股劲风迎面扑来，山一般高大，堪堪撞及他的身子，陡然停住。叶小天惊出一身冷汗，下意识地往后一躲，可是只退出一步，便觉腰间一紧，整个人便腾空而起，在空中剧烈地摆荡起来。

那头巨猿行动敏捷至极，三蹦两蹿就跳上楼来，一把将叶小天抓在手中，兴奋地舞动起来。一时间，金球、银勺，各种各样被叶小天藏在身上的金银器皿叮叮当当地掉了出来。

那巨猿皮糙肉厚，打在身上毫无感觉，倒把格咪佬和宝翁等人吓了一跳：尊者身上怎么有这么多的暗器？

这幢神殿建筑每一层举架都很高，那巨猿把他拦腰抓在手中，举在空中挥舞也不至于撞破他的头，但叶小天被摇得上气不接下气，他刚吃过一碗面条，被摇得胸中翻腾不已，只好连声叫道："放我下来！放我下来！"

那巨猿长臂一收，又把叶小天搂在胸前，热情地拍了拍他的后背，就这几巴掌，差点把叶小天拍背过气去。

格咪佬和宝翁见叶小天被一头巨猿抓走，马上拔出刀来，可此时巨猿正抡着叶小天，用它的方式表示欢喜，格咪佬怕伤了叶小天，一时不敢冲上去，接下来再看那巨猿的动作，却似和叶小天十分亲热，格咪佬和宝翁不免迟疑起来。

这时那些神殿侍卫已经冲上来，一见尊者被巨猿抓住，大骇之下立即挺起刀枪冲过来，叶小天费了吃奶的劲才从巨猿胸前探出头来，一见众侍卫举着刀枪冲过来，生怕他们伤了巨猿，巨猿要是凶性大发，自己可就真的危险了。

叶小天立即大叫道："统统住手！它是我兄弟！"

那些侍卫哪里听得懂叶小天的话，还是格咪佬反应快，赶紧冲上前去拦住他们，把叶小天的话又重复了一遍，那些侍卫这才停住脚步，惊讶地看一眼巨猿庞大无匹的体型，又看一眼叶小天，心生敬畏："侍神尊者果然不是平常人，他兄弟竟然不是人而是猿，而且它生得如此高大神勇！"

叶小天拍拍巨猿的手臂，示意它放自己下来，欣然道："猿兄，你果然是有本事的，凝儿姑娘也被你救出来了吧？"

那巨猿不懂叶小天在说什么，不过看他眉开眼笑的样子，巨猿也很高兴，于是咧开嘴巴露出一副笑脸。

这时展凝儿、安南天、杨应龙等人纷纷跑上来，展凝儿一眼看到叶小天，登时忘形地大叫了一声："叶小天！"

叶小天扭头一看，人影还没看清，就被人紧紧抱住，耳边响起那熟悉的哭泣声。展凝儿自从懂事起哭的次数加起来都没在雷神禁地这一段时间多，有幸欣赏过她如许之多哭声的人自然非叶小天莫属。

叶小天拍着展凝儿的肩膀安慰道："好啦好啦，我这不是没事嘛，不要哭啦，让人看见多不好意思。"

安南天看见这一幕，心中暗道："啊！表妹果然和他有一腿，看来用情还挺真，这可有点麻烦了，以前他是个穷小子，你想随便玩玩也就算了。现在他成了侍神，可不能招之即来挥之即去了。"

· ※ · ※ · ※ ·

九楼小客厅里，六大长老还在激烈地辩论着，浑然不知外边发生的一切。格彩佬道："破坏一条规矩同尊者拒不受命、使我神教威严扫地相比，哪一个后果更严重？"

格德瓦迟疑道："我们担心的并不是坏了规矩，而是担心一旦尊者可以生儿育女，那么神教是否还可以千秋万载地传承下去。一旦有了自己的骨肉，必然会想让自己的子孙传承基业，那神教岂非成了一家一姓之天下？"

格彩佬沉吟道："也许我们可以借鉴佛道两家的做法。"

格德瓦道："你是说？"

格彩佬道："出家人一旦遁入空门，便跳出三界外，不在五行中，割断尘世间一切情缘。方丈、住持的传承，可与他俗家的子女全无半点干系，如果我们借鉴这一做法……"

格德瓦打断她的话，冷冷地道："彩长老，咱们这位尊者年轻得很，据我所知，他还不曾婚配，更谈不上子女了。他是汉人，讲的是不孝有三，无后为大。只要不解决绝嗣的问题，我看他是绝不会登位的。如果他当众宣布退出蛊神教，不肯接这个位子，我们就要在九峒八十一寨面前丢尽颜面，不要说今后再让九峒八十一寨对我神教俯首贴身、尊崇信任，就是那野心勃勃的杨应龙，恐怕也会趁机出手。"

格彩佬不慌不忙，淡淡地道："你别急，我还没说完。"

她缓缓地看了一眼其他五位长老，又道："我教第一任尊者，还传下一条规矩，继任尊者如果在继任之前不曾游历天下，那么继任尊者之位后，就要补上这一课，一定要游历天下，增长见识，以免故步自封，之后才能主持教务。所以，这一任尊者，是一定要离开神教，游历天下的。"

格德瓦眉头一皱，道："你的意思，是想让他利用游历天下的机会偷偷成亲，生儿育女，满足他留下后代的愿望，然后再死心塌地回来做尊者？"

格彩佬道："我的意思是改变教规，允许尊者和长老有俗世姻缘，只是一旦成为尊者或长老，就得割舍尘缘，就像佛道两家的出家人一样。那样的话，他在游历天下期间，任他成亲娶妻、生儿育女，只是待他游历期满，应该掌握教务大权的时候，饮下断嗣汤，安心在神殿主事就成了。"

"这个……"

格德瓦犹豫了一下，低声对其他几位长老咨询道："你们的意见如何？"

几位长老窃窃私语了一番，渐渐达成了共识：如果叶小天拒绝担任尊者，会造成什么样的严重后果，他们很清楚。只要不妨碍神教的传承，对于叶小天是否娶妻生子，他们的态度是无可无不可。

这样的话，要想圆满解决此事，他们事实上已经没有第二条路可以选择，见几位长老纷纷点头，格德瓦松了口气，转向格彩佬道："那么，彩长老认为，以多长时间为限比较好？"

格彩佬微微闭上眼睛，仔细沉思一阵，说道："以十年为期如何？"

几位长老碰了碰目光，再度点了点头。

·※·※·※·

"三十年！"

"十年！"

"必须三十年！"

"尊者，例代尊者游历天下，最长的也没超过十年。三十年，太久。"

小客厅内，叶小天被请了上来，六大长老开始和叶小天讨价还价。

叶小天道："三十年不久啊，你看，我现在还没老婆，我得找吧？我找着了，得三媒六证往回娶吧？娶了老婆得生孩子吧？可这孩子也不是想生就生的，也许三五年，也许七八年，孩子生下来我得养吧？养大了得给他找媳妇吧……"

格德瓦忍无可忍地道："尊者，你不会是想等到你孙子给你娶回孙媳妇，这才回神殿主事吧？"

叶小天喜道："这样也可以吗？"

格德瓦差点没气晕过去，格彩佬沉着脸道："尊者，如果你的作为威胁到整个蛊神教的存在，那就休怪我们对尊者不敬了。虽然蛊现在对你已没有作用，可我们的手段可不仅是蛊。"

叶小天变色道："老阿婆，你想干什么？"

格彩佬威胁道："虽然犯上是大逆不道之举，可是如果尊者把我们逼得走投无路，我们也不介意给你下毒，让你变成一个鬼傀。那样虽然会有很多麻烦，可是我们也是逼不得已……"

叶小天心头暗自一惊："这帮老家伙要跟我翻脸了！哪有这样的道理，有人哭着喊着想当尊者却当不上，我现在不想当了都不行？"

叶小天思索半天，苦着脸道："二十年！爷爷，奶奶，二十年，行吧？"

几位长老退到一边又窃窃私语起来，叶小天已经让了一步，他们也不敢逼得太紧，这尊者是蛊神教必不可少的精神领袖，但真要说到具体教务，其实也没多少，他们这些长老就能完成。

更重要的是，这个精神领袖必须树在那儿作为象征，管不管事倒没什么，上一任尊者继位后在教中只待了一年，然后游历天下九年，回来后又主持教务七年，之后的三十多年一直在闭关苦修蛊术，其实就没怎么管理过教务，都是他们代劳。

这样的话，二十年的时间貌似也不是不可以忍受。格彩佬虽然未必能活到那一天，可格德瓦等人才五十出头，他们整天在山里修身养性，又兼养蛊摸索出了一套滋养身体的独特医道，活个八九十岁轻而易举，便等他二十年又如何？

众长老计议已定，便又回到叶小天身旁，由格彩佬肃然宣布道："好！我们答应尊者，希望尊者也能言而有信！"

叶小天心想："我得争取在一年内找个媳妇，再一年内生个儿子，这样的话还来得及等到他成亲再出家，唉！二十年太短，只争朝夕啊！"

第五十七章

善后事宜

一

"尊者，您这几天需要接见各峒峒主、各寨寨主、各山山主，以及各部落长老。安宋田杨四大土司及黔地大小几百位土司正陆续派人送上贺礼，尊者也应慰勉一下。还有，四川、云南等地一些苗家部落也正派……"

叶小天不耐烦地道："不是说我一登位就要出去游历吗，等他们都到了，再一个一个见过，那得等到猴年马月啊？"

格德瓦无奈地道："这个……是您登位之后必须要做的事啊，尤其是安宋田杨四大家，怎么也得见一见，他们的态度，可是影响到您地位的稳固和影响力。不过，杨应龙此人居心叵测，他这次亲自赶来，明显是想打尊者宝座的主意，同他接触时，尊者要多留个心眼。"

叶小天道："这你放心，见人说人话、见鬼说鬼话的本事，我还是有的。这样吧，九峒八十一寨的那些峒主山主寨主和长老，你安排个时间，我一块儿见一下。外地来的那些贺客，就只安宋田杨四大家我见一下好啦，其他人一概由你们接待，就说我很忙。"

格德瓦："这……"

叶小天道："你放心，有时候，你越端着，人家越拿你当回事。一个神秘的尊者，岂不是更让他们心生敬畏？嘿！装神弄鬼这点事，你比我明白，咱们当着真佛不烧假香，你说是不是这个理？"

格德瓦十分尴尬，拿这个油腔滑调、不按常理出牌的尊者一点办法也没有。不过话又说回来，这个尊者同以前那些尊者还真是不一样。

不管是上上任尊者，还是上任尊者，在他们面前都是喜怒不形于色，长老们永远也猜不透他究竟在想什么，同这样的上司接触，真是身心俱疲，可是和叶小天打交道却轻松惬意得很，而且跟这个年轻人在一起久了，长老自己也开朗起来，似乎年轻了几岁。

格德瓦苦笑着答应了,叶小天赞赏地拍拍他的肩膀,道:"好极了,那这些事就麻烦你了。我很忙,我真的很忙,我必须尽快离开神殿,所以没有必须由我处理的要紧事,你就不要来打扰我了。"

格德瓦道:"是!还有一件事,得尊者您来拿主意,各部落为你奉献的那些神妃,您还没有最终确定人选,除了先前送来的那十六位姑娘,各部落现在又陆续选送来四十多人,您要是都满意,那就都留下……"

叶小天转身正要走,听到这句话一下子顿住了脚步:"那些姑娘啊……"哪个身心健康的男人没有幻想过三宫六院?想到那些姑娘们青春的气息、俏丽的模样、婀娜的身姿,叶小天心中就一阵难过:"无后为大啊。"

叶小天一想到不能有一个延续自己血脉的小宝宝,就从心底里觉得无法忍受。起码的良知他还是有的,又怎忍耽误了人家姑娘。

于是,叶尊者忍痛叹息一声,对格德瓦道:"你也知道,我马上就要去'游历天下',把他们选作神妃,难道让她们等我二十年?蹉跎了青春且不说,等我回来她们都成了年过三旬的怨妇了,算了,你叫他们不要再送人来了,已经送来的也送回去。"

格德瓦叹息一声道:"这样的话,虽然不是尊者没有看中她们,不致影响她们今后的生活,可是她们一定会很伤心很失望的,她们可是真心虔诚地愿意把自己的一切奉献于尊者。"

叶小天何尝不很"难过"?格德瓦啰里啰唆,把叶小天那颗本就不甚坚定的色心都快说活了,叶小天赶紧打断他的话道:"好啦,她们的心意本尊已经清楚了,她们如此心诚,那二十年后可以让她们的女儿来完成她们的心愿嘛。"

格德瓦无限景仰地望着这位一千五百年来,本教最伟大的一任尊者,真是一句话都说不出来了。

· ※ · ※ · ※ ·

被选送到神殿来的姑娘们离开了,格德瓦对她们说得很客气:"尊者要秉承本教一直以来的规矩,很快就要离开神殿游历天下,归期难以确定,因此不需要留人在神殿服侍。不过你们虔诚的心,尊者已经代表无所不能的蛊神接受了,神会赐福于你们的。"

姑娘们离开的时候很伤心,有好多人是哭着走出去的,清纯稚嫩的她们是真心相信伟大蛊神的存在,也是真正虔诚地想要把自己完全奉献给尊者、奉献给蛊神,这种虔诚的心态,常人自然是无法理解的。

叶小天站在高高的露台上,恰好看到她们依依不舍结队离开的身影,这么多位姑娘中，叶小天认识的只有太阳妹妹，他看到太阳妹妹登上竹筏，还依依不舍地回头，恰好看到了站在露台上的他。

隔着这么远，只能依稀看到太阳妹妹那张清纯美丽的面孔，本来无法看清她的目光，但是叶小天却似乎能够感觉到太阳妹妹那幽怨的目光。叶小天心里暗暗叹了口气："干女儿，其实我也很幽怨的……"

展凝儿站在叶小天身旁，神色不善地瞅着他，酸溜溜地道："挺舍不得吧？"

叶小天正气凛然地道："怎么会呢！如果我想留她们，还不是一句话的事？"

展凝儿也不明白自己是怎么回事，她或者还没意识到，从禁地那一刻起，叶小天的身影已经牢牢镌刻在她的心里，看到叶小天依依不舍的样子，她不由自主地就吃醋了。

如今听叶小天这么一说，展凝儿神色刚刚一缓，就听叶小天又叹了口气，幽幽地道："我还年轻，不懂得控制，一下子给我这么多漂亮姑娘，我会死的……"

展凝儿："……"

一旁，福娃和猿大哥你看看我，我看看你，神色间颇不友好。猿大哥的智商只相当于几岁的孩子，福娃的智商比它还要低一些，它们都把叶小天当成自己的亲人，自然就有了争宠的念头。

叶小天多抚摸谁一下，多喂谁一根竹笋，它们那颗简单的兽心里就会觉得叶小天似乎更疼爱对方一些，所以彼此间很不友好。这种敌对状态，大概得等它们两个厮混出感情来才能改变，但现在还不行。

只是猿大哥只要一龇牙咧嘴，就是一副狰狞的凶相，福娃却是怎么扮都是萌萌的，它的眼睛瞪得再大也是一幅窘态。猿大哥喉咙里发出一声低沉的咆哮就像打了一个闷雷，福娃即便是仰头长啸，依旧是婴儿般的鸣叫，逊得很。

叶小天要离开神教之前还有很多事要做、要谈。包括会见一些重要的部落首领，与六大长老以及刚刚补位上来的两位新长老磋商一些琐碎事情，了解掌握神教的历史和一些规矩。

虽说每一任尊者都要游历天下，可是神教是不会放任一位尊者独自远行的，万一尊者出现意外怎么办？所以每一任尊者远行，其实明里暗里都有大批随从跟随以保证安全。

叶小天情况特殊，此前他甚至没有接触过蛊术，虽说蛊神侍者最重要的使命是同蛊神沟通，传达神的意旨，蛊术高明与否并不重要，可是作为蛊神教的尊者如果不会用蛊就成了笑话，也需派人随侍教他练习蛊术。

可叶小天只答应学习蛊术，却坚决反对派人保护。他可不希望今后二十年难能可贵的自由生活也被他们搅乱，如果身边每天都有一群人盯着，这对那些出身世家、身份高贵的人来说，可能从小就已习惯了，但是对叶小天来说却是难以忍受的一件事。

叶小天喜欢唱反调，各位长老似乎也习惯了，他们不愠不恼，只管和叶小天磨着，试图找出一个双方都能接受的办法。

现在的情况是：他们不敢逼迫太紧，令叶小天不满；叶小天也不敢逼迫太甚，真要把他们逼急了，这帮老家伙没准真能干出把他弄成活死人的事来，到时就说他正在冥想，正跟蛊神沟通，一沟通就是一辈子勉强也说得过去，神的世界谁搞得懂呢。这样一来，双方的关系基本上还算融洽。

在拖延了两天之后，杨应龙终于得到了叶小天的接见，杨应龙事先已经想过种种拉拢叶小天的手段，可是当他走进小厅，见到身着白色镶金边华贵礼袍、头戴金冠的叶小天时，却马上打消了打算。

这场会见毫无意义，因为格彩佬和格德瓦等八大长老担心尊者年轻识浅，会在老谋深算的杨应龙面前吃亏，是以全体出场陪同了，在这种场合下，杨应龙还能说什么？

杨应龙改变了主意，依照礼节恭贺叶小天成为尊者并敬献了一份厚礼之后，便和叶小天随意寒暄起来。闲谈中，杨应龙获悉叶小天将按照蛊神教的传统游历天下，他心中一动，立即又有了一个好主意。

第五十八章

棋　子

一

"我有一句话，一直想问你，不过一直没敢问……"

神殿的空中花园里，叶小天吞吞吐吐地对展凝儿道。

展凝儿正欣然观望天堂般的美景，突然听到叶小天这句话，一颗芳心顿时小鹿般跳了起来。此时，彩霞满天，展凝儿的脸蛋似乎也浮上了一层炫丽的晚霞。

不远处，福娃和巨猿正在争抢一堆竹笋，叶小天本来给他们分得正好，按照体形，巨猿应该拿福娃的几倍才是，但是福娃作为一只从早到晚不停进食的吃货，饭量实在不能以体形来估量。

所以叶小天大概分了一下，给了巨猿满满一筐冒尖的竹笋，给了福娃大半筐，然而巨猿和福娃显然对此都不满意，它们曾经尝试要较量一番，以武力决胜负。

初生熊猫不怕猿的福娃根本不怵巨猿的庞大体形，不过叶小天把它们分开了，还严厉训斥了它们一通，所以它们现在不敢再尝试打架。

于是，福娃跑到巨猿身边的筐里，一只只地往外掏竹笋，再抱回自己那边。巨猿更实在，直接把福娃的那口竹笋筐给提了过来，最后一猿一熊选择了一个很文明的决斗方式：看谁吃得快！

它们把两筐竹笋合为一堆，正抢着往嘴里塞。

安南天和华云飞、毛问智站在一棵果树下，毛问智不停地摘下树上的果子塞进自己的嘴巴，安南天则和华云飞并肩而立，远远地看着叶小天和展凝儿，眼见二人似乎真的陷入了情网，安南天心里那个愁啊，可他对这个霸道表妹的事还真不敢插嘴。

展凝儿心里有些慌乱，有些害怕，又有些期待。她低下头，用细若蚊蝇的声音道："你想问什么，那就问呗。"

叶小天道："那我可问了啊，你不许生气又打我。"

展凝儿抿着嘴唇摇摇头，发觉不对，又点点头，脸更红、心更慌了。

叶小天道："你……绰号叫什么来着？"

展凝儿一呆："不是应该问闺名和八字吗？哦！我的名字他早就知道了，那接下来应该问生辰八字啊，莫非因为已经知道了我的名字，又不能漏过这个环节，所以问我绰号？这汉人规矩还真多……"

展凝儿垂下头，羞羞答答地道："那是人家乱叫的啦，给人家乱起绰号，叫什么霸天虎。其实……其实人家一点都不霸道。"

叶小天道："对对对，就是霸天虎，我一直好奇啊，不是说，贵州有三害……啊！不不不，是贵州有三虎吗，还有另外两虎，都叫什么啊？"

展凝儿越听越糊涂，心道："这时候问她们两个干什么，真不知道他在想什么。"

展凝儿心里这般想着，还是老老实实答道："另外两个呀，一个叫夏莹莹，绰号'胭脂虎'，是夏家的大小姐，夏家和宋家是姻亲。还有一个叫田妙雯，绰号白虎。"

叶小天惊叹道："白虎？贵地果然民风开放，这么隐秘的事都能叫得这么响亮。"

展凝儿抬起头，茫然道："什么事隐秘啦？"

叶小天心道："莫非她根本不明白何谓白虎？这么说起来，这只白虎恐怕也未必是我理解的意思。"

展凝儿果然不知叶小天想到哪儿去了，嫣然一笑道："因为她生得白，喜欢穿白，可是得罪了她的人又大多没有好下场，所以才得了这么一个绰号。你问这些做什么？"

叶小天心道："果然不是我想的那样。"

叶小天干笑道："没什么，我就是好奇，这个问题一直藏在心里，难得有这么个机会，问问你而已。"

展凝儿一听大失所望，幽怨地低下了头去。

叶小天看出她有些不开心，却不明白她为什么不开心，有心活跃一下气氛，便道："你看这里何等空灵美丽，远处还有瀑声为伴，不如你唱首歌来听听。"

展凝儿一听，就像当初参加格咪佬家宴时拒绝唱歌一样，慌忙摆手道："不不不，我不会唱歌，要不……要不你唱一首吧。"

叶小天笑道："凝儿姑娘，什么时候变得这么小气啦。苗家妹子哪有不会唱歌的，你们可都是天生的黄鹂鸟啊。"

展凝儿难为情地道："我不会，真的不会嘛……"

叶小天鼓励道："唱一个吧，随便唱一首，什么都行。"

展凝儿看到叶小天殷切的目光，竟然鼓不起勇气拒绝，她犹豫了一下，才道："那……那我就唱一首，要是唱得不好，你可不许笑我。"

叶小天欣然道："你唱，你唱，怎么会呢，我才不会笑你。"

展凝儿酝酿了一下,挺起骄傲的胸膛,慢慢吸了一口长气,叶小天微笑地看着她,这样灵秀可人的一位姑娘,那歌声该是何等的天籁啊!

"郎在高山打一望啰喂,姐在哟河里哟。情郎妹妹哟,衣哟洗衣裳哟喂,洗衣棒捶得响啰喂,郎喊哟几声哟,情郎妹妹哟,衣哟姐来张哟喂,棠梨树,格格多,人家讲我的姊妹多,我的姊妹不算多……"

叶小天听着展凝儿的歌声,整个人都呆在那里,腮肌不受控制地抽搐起来。那天在格哚佬为儿子办的庆生宴上,他也是听过几首山歌的,此刻听着展凝儿的歌声,与那山歌的曲调似乎有那么一点点像。

好吧,其实就是跑调了,可你跑调也就算了,平时说话挺动听的嗓音,为什么一唱起歌来就仿佛鬼在哭、狼在嚎、巨猿在咆哮?真是惨绝人寰哪,苗人如果都有展大小姐这样的歌喉,只怕三千年前就已征服全世界了。

展凝儿唱到一半,突然停下,害羞地道:"就唱这一段吧,下边人家不太会唱,会跑调的。"

叶小天的眉毛一阵乱跳:"大姐,你的调早就跑到天方国去了好不好?"

展凝儿轻轻扬起眉梢,含羞地瞟了叶小天一眼,道:"人家唱得还行吗?"

叶小天努力让麻痹的五官挤在一起,拼凑出一个比哭还难看的笑容:"嗯!唱得挺不错的。我觉得你就是有点放不开,只要再给自己一点信心……"

叶小天其实挺会说谎的,他谎话一想就来,眼皮都不眨,但是此时此刻,他实在不忍心继续说谎了,再说下去会遭天打雷劈的,真的丧良心啊!

展凝儿得到叶小天的鼓励,却是心花怒放,向叶小天嫣然一笑,那美丽动人的笑容,倒是让叶小天受到强烈刺激的神经稍稍得到了舒缓。

这时候,宝翁已经带人把毛问智和华云飞请走了,只是他来到花园的时候,叶小天正被展凝儿的穿脑魔音震慑得魂不守舍,是以根本没有注意到。

侍卫统领宝翁找到毛问智和华云飞时,彬彬有礼地道:"尊者不日就将离开神殿,两位是我们尊者的好朋友,我们长老有些话想托付两位,并有厚礼馈赠。"

为了可以和尊者沟通,宝翁已经紧急调了几个会说汉话的侍卫到身边来,这次就是带着他们过来的,他们中的一人把宝翁的话向华云飞和毛问智一说,毛问智赶紧把啃到一半的水果扔掉,在衣服上擦了擦手,喜出望外地道:"你们长老太讲究啦,还要送礼给俺们,这多不好意思。"

说是这么说,他已迫不及待地迎上去,华云飞对礼物倒是无可无不可,不过他已打定主意追随叶小天,听说有关于叶小天的事情托付给他们,倒是很爽快地答应下来。

宝翁把他们带到神殿八楼一间长老会晤议事的殿堂,就见殿堂上光线昏暗,两根大柱旁有几只奇异虫状的香炉，正燃着一种带有奇香的香料，烟雾袅袅。可大殿上空无一人。

毛问智东张西望，问道："长老呢，有啥礼物送俺啊？"

华云飞突然若有所觉，猛一回头，发现宝翁不在身后，立即向门口扑去，但他的身子刚刚跳到空中，便一头栽了下去。毛问智赶紧抢上去扶他，埋怨道："你咋毛手毛脚的呢，这是怎……"一句话没说完，他的身子一软，也倒在地上人事不省了。

这时候，格德瓦从帷幕后面转了出来，沉声道："动手！"

格德瓦和几名武士适时出现，两人抬一个，架起华云飞和毛问智就走。

…………

神殿西北方向一片山坡林地，面向大湖，背向青山，架设着十几座营帐。在蛊神教尊位已定的情况下，杨应龙又把他的营帐迁回了这里。

白筱晓下落不明，在杨应龙想来，她应该已经死了，杨应龙身边的心腹，都由格格沃帮他下过蛊毒以便控制，同时他们的家人也都在杨应龙的掌握之下，叛逃潜逃都是不可能的。

如今尊者也见过了，八大长老显然是不想让他和尊者有太多接触，在这里他是玩不出什么花样的，是时候打道回府了，作为播州之主，他有太多的事情要处理，不可能长久守在这里。

可是，九峒八十一寨，是他急欲掌握的一股强大力量，那些桀骜不驯的山苗，也只有通过蛊神教，才能让他们俯首帖耳，如今看来，这唯一的希望只能放在叶小天身上。

杨应龙望着神殿的方向，嘴角噙着一丝阴冷的笑意，沉吟良久，突然向侍立身后的一个女子道："安排一下，把遥遥想办法送回他的身边。"

身后那个女子本来正垂首恭立，闻听此言惊讶地抬头，道："主人？"

杨应龙淡淡地道："欲成大事，本非一时一日之功。我正当壮年，等得起。此人重情义，就让遥遥回到他身边去吧，说不定……将来会是一颗意想不到的棋子！"

第五十九章

意外之怒，意外之喜

一

晚风徐来，拂乱了展凝儿额头的青丝，也扰乱了她的芳心。

她凝视叶小天良久，忽然低下头，痴痴地道："此间事了，我也该回水西了。你既要游历天下，哪儿不能去？如果你来水西的话，我……我知道其实人家唱得并不好，我一定……一定好好练一首歌，等你来了水西，唱给你听。只唱给……你一个人听……"

少女心事，已经表白得如此明显，却又如此含蓄。展凝儿并不是一个内蕴委婉的人，但是值此境地，却是不由自主理所当然地便表现出来。少女的娇羞中蕴含的是无限情意。

而叶小天在情场上实是呆瓜一只，别看他平时油嘴滑舌，仿佛很有经验，但是对男女情事实是毫无阅历，人家把自己的心事剖白得如此清楚，他脑海中想象的却是杀伤力更加惊人的歌声。

"天啊！我根本不该让她唱歌的。水西能不去还是不去了吧，当务之急是找老婆，生儿子，时间紧迫啊……"

展凝儿见叶小天呆呆不说话，还以为他明白了自己的心意，于是头垂得更低了，也愈发娇羞不可名状。如果她知道叶小天此刻所想，恐怕不是飞起一脚把他踢下神殿，就是揪住他的耳朵大吼："你就是一个骑驴找驴的蠢货！"

叶小天正支吾着不知该如何回答，华云飞和毛问智突然走了过来，后边还跟着格德瓦。华云飞神色如常，毛问智却是一见叶小天就咋咋呼呼地扑上来，哭诉道："大哥，虫啊，有虫啊……"

叶小天闻虫色变，一跃而起，惊恐四顾道："在哪儿，在哪儿？"说到这里，叶小天忽然想起自己喝过"蚊香"不怕虫子，心中稍安，赶紧又大义凛然地道："你们先走，我掩护！"

毛问智哭丧着脸，指着自己的肚子道："大哥，俺怎么走啊？虫在俺肚子里，俺走它也走啊。"

叶小天奇道："你说的是蛔虫？"

毛问智说话颠三倒四，格德瓦本想让他自己现身说法，听他越说越不像话，只好咳嗽一声，上前说道："尊者不必担心，我只是给他们服下了一种蛊虫，只要每年返回神殿领颗丹药，就能压制蛊虫的发作，不会出什么事的。"

叶小天惊道："你给他们服蛊毒干什么？"

格德瓦道："尊者执意不肯让神殿派武士护卫，这样一来，尊者的行踪我们如何了解？尊者如果遇到危险谁来解救？身边总要有几个忠诚可靠的人来服侍尊者，我们才放心，无奈之下，我们只好出此下策了。"

格德瓦说到这里，又微笑道："虽说强中更有强中手，蛊毒也并非不可解，但是本长老亲自下的蛊，又是用的最麻烦的手法，天下间能解此蛊的绝无仅有，呵呵，这样一来有他们跟在尊者身边，我们也就放心了。"

"放心？我看你是放屁！"叶小天勃然大怒，一把揪住格德瓦的衣领，威胁道，"你马上给他们解毒，否则你信不信我会杀了你！"

格德瓦说的话他相信，蛊神教当然不希望他们的尊者死掉，哪怕这个尊者有点不着调，把他蛊在那儿也比让他死掉有益。

蛊神教一千五百多年的传承，历任尊者中很少有登位后才去游历天下的，因为他们之中的大多数人都是从长老中选择，而长老大多在做弟子的时候就已游历过天下，但是他们也必须考虑到尊者如果遇到意外猝死在外的情况。

善用蛊的人，大多也善医术，所谓水土不服、瘴疫生病引起的死亡基本可以忽略不计，但遇上兵荒马乱却也在所难免。如果尊者猝死，他们肯定有一套应对的措施，比如宣布这位尊者受到红尘世界的引诱，对蛊神不再虔诚，因此受到惩罚。

但是不管怎么说，既然是蛊神选定的继承人，这样解释也就说明蛊神识人不明，对蛊神教的威信还是会有一定的影响，所以没有人愿意出现那样的局面，因之蛊神教为了叶小天的安全煞费苦心。

但是格德瓦给华云飞和毛问智下毒，还有另外一层目的：他们担心叶小天不想当这个尊者，离开蛊神教后干脆溜之大吉，甚而隐姓埋名，那他们再神通广大也无处去找了。

通过这段时间的接触，尤其是看到叶小天为了毫无关系的遥遥不惜以身涉险，这帮老奸巨猾的长老看出叶小天此人很重情义，所以想用华云飞和毛问智作为他的羁绊，认为只要拴住这两个人，就不怕叶小天跑掉。

叶小天还真曾一度动过逃之夭夭的念头，却不想格德瓦竟用这样的办法拴住他，当然恼羞成怒。

格德瓦被叶小天揪住衣领，却是不愠不恼，微笑答道："我信！尊者要杀我，其实不用动手，您只要吩咐一句，属下立即就从这神殿顶上跳下去。老夫年纪大了，早死几年晚死几年又算什么，只要尊者能心系神教，德瓦虽死无憾。"

叶小天立马泄了气，这个老流氓跟他要无赖，他还真没办法，难道真逼死这老家伙？

格德瓦微笑着整理了一下衣衫，向叶小天欠身行礼，道："尊者如果没有别的吩咐，那属下就告退了。尊者不允许武士们追随，属下不敢抗命，可是身为尊者，如果您不懂一点蛊术，说出去也有点不像样子，陪同尊者游历天下并传授尊者蛊术的人还是需要的，属下会帮您安排一个合适的人选，属下告辞！"

格德瓦笑吟吟地转身离去，毛问智眼泪汪汪地道："大哥，俺肚里有虫……怎么办啊？"

叶小天没好气地道："你就当它是蛔虫好了，又不会要你的命。"

毛问智道："哦！俺就怕它长得不像蛔虫，其实蛔虫已经很恶心了，要是不像，大哥，俺别的不怕，就怕虫子。"

叶小天白了他一眼，对华云飞歉然道："我没想到格德瓦会这样做，实在对不住你。"

华云飞微笑道："叶大哥，你不用跟我这么客气。自从大哥你帮我报了父母双亲的血仇，云飞就已打定主意要追随大哥一生一世。如今更是有了充足理由，大哥你想赶我走都不成了。"

叶小天把手搭在他的肩上，感动地捏了捏。毛问智摸着自己的肚子，悲伤地道："我也想跟着大哥啊，有吃有喝，还不用坐牢。就是不想肚里有虫……"

展凝儿看着这三个活宝，正想劝说他们几句，宝翁突然带着几个人飞快地跑过来，一见叶小天，宝翁便满面喜色地迎上来，兴冲冲地说了几句话。叶小天茫然道："你说什么？"

宝翁手下一个武士刚要站出来帮他翻译，展凝儿已经喜形于色地道："发现遥遥的踪迹了！"

叶小天大喜，赶紧问道："在哪儿？在哪儿？"

· ※ · ※ · ※ ·

山路上，叶小天、华云飞、毛问智和展凝儿等人在几十个神殿武士的护送下匆匆而行。他们一边走，一边由一个苗人向叶小天解说着，展凝儿陪在叶小天身边，一句句帮他翻译。

展凝儿道："距此四十里，有一座跳虎洞，那里怪石嶙峋，有许多石洞，平时很少有人去。今天附近部落有几个猎户，追着一头受伤的野猪闯进跳虎涧，意外发现似乎有人在石窟中活动。他们之前曾经接到过格哚佬发出的求助消息，知道要抓捕两个带着一个小女孩的男人，发现在那洞窟活动的人正是两个男人，而且行动鬼祟。他们马上就赶过去，想要查个明白。不想那两个人竟然抢先出手，伤了一个猎户，猎户们出手反抗，射死一个男子，另外一个仓皇逃进树林，现在大家正在追赶……"

叶小天打断她的话，急急问道："那遥遥呢，有没有找到她？"

展凝儿又向那个苗人询问了几句，回过头来，喜气洋洋地道："找到了！他们说，在那洞窟中发现几堆篝火灰烬，有居住过的痕迹，于是一边派人去抓逃走的那个男人，一边进洞窟搜索，在里边找到一个女孩。

"只是他们部落首领已经赶往神殿。部落中无人与她言语相通，只是听那孩子哭叫时曾不止一次提到过'遥遥'，料想她就是格哚佬部落委托寻找的那个孩子。因为带她赶路不便，便派了这个脚程快的先来报信，本想随后就把人送来的，谁知你这么急性子……"

叶小天心中一块石头落了地，喜道："遥遥没事吧？"

展凝儿笑道："我问过了，那孩子好好的，看起来并未受过什么虐待。"

跳虎涧一处悬崖上，站在这里可以看到山谷中湍急的大河以及嶙峋的怪石丛，曾经掳走遥遥的那个山羊胡子提着他的彝刀站在悬崖上，一脸绝望。这里叫跳虎涧，也许猛虎跳得过去，但他不能。

那些山间猎户极为剽悍，将他的同伴悍然射死，此刻正气势汹汹地追上来。

其实在接受命令的时候，山羊胡子就已经绝望了，因为杨应龙的命令是："把遥遥还给他们，不要让他们生出疑心。你们就放心地去吧，你们的家人，我会好好照料。"

山羊胡子很清楚他们的主人是什么性情，他心硬如铁，冷血无情，他决定的事就决不会再做更改，虽然他很疼遥遥，但他的儿女并不少，遥遥并非他唯一的骨肉，想用遥遥作为人质也不是不可能的。

他们更清楚如果抗命，他们的父母妻儿将遭受怎样残虐的对待，所以，他们只能心甘情愿地来送死，这条绝路，本就是他故意选的。山羊胡子向悬崖下望了一眼，攥紧了手中的刀，大吼一声，义无反顾地向猎户们扑去。

"嗖"的一声，一支利箭射来，山羊胡子刀光一闪，将那利箭劈开，纵身跃起，锋利的刀便高高举过头顶，向猎户们当头劈下。

但是他的刀并未伤及任何人，他的人还在空中，三柄雪亮的猎叉便向空中迎了上来，从他的两肋和腹部狠狠捅进去，又狠狠抽出去，当他重重地摔在地上时，身上九个窟窿，鲜血汩汩。

山羊胡子断气了，眼睛依旧睁得大大的，死不瞑目！

第六十章

我欲归去

一

"遥遥！"

"小天哥哥！"

叶小天在半路上便遇到了遥遥，遥遥由一个苗家汉子背着，正走在山路上，一眼看见叶小天，遥遥就激动地挣扎起来，那苗家汉子刚把她放下，她就像只快乐的燕子，一头扑到叶小天怀里，"哇"的一声大哭起来。

护送遥遥前来的几个苗家汉子本来无所谓地站在一边，及至听说眼前这个清秀的年轻人就是蛊神尊者，慌得他们连忙跪倒在地，虔诚地向叶小天叩头不止。

叶小天拍着遥遥的后背，柔声安抚着她，替她擦去眼泪，然后先把她交到华云飞手上，便走过去，把那几个苗家汉子一一扶起，向他们郑重道谢。

那几个苗家汉子听人翻译，才知道尊者是在向他们表示谢意，慌得他们差点又趴下磕头，叶小天这才明白自己这个尊者身份，在这些粗犷质朴的山苗汉子心中，当真是有至高无上的地位。

谢过了他们之后，叶小天又接过遥遥，安慰她道："好啦好啦，咱不哭了，这不是回来了吗，以后小天哥哥一定好好保护你，再也不会叫人把你抓走了。你这些天在什么地方，那两个坏蛋有没有欺负你？"

遥遥抽抽搭搭的，尽是说这些天怎么想小天哥哥，怎么担惊受怕，叶小天一边安抚一边询问，耐心地询问了许久，才把遥遥说的颠三倒四的话渐渐理出一个头绪来。

遥遥说那天叶小天冒着大雨离开客栈后，便有一个店小二来房里陪她坐着，她和那小二不熟，便只管和福娃玩耍，小二就坐在桌前看着他们。

过了一阵，忽然有人推门进来，店小二有些诧异地站起来，询问来人身份，可是有个山羊胡子突然一个箭步就冲到他的面前，奇快无比地递出一刀，刺进了他的咽喉。

那小二身子一软就坐了下去，头重重地磕在桌子上。遥遥见状吓得想要大叫，却被另一个人飞快地掠过来，用一块带着药味的布捂住了嘴巴，紧跟着她就不省人事了。

等她清醒过来时，发现已经被人装进竹篓背上了山。他们在丛林中走了很久，自从那天在一处悬崖和叶小天等人意外相遇后，两个人带着她又走了好远的山路，后来又用那块有药味的布捂在她嘴上，她就昏了过去。

等她再次醒过来，发现自己正在一个山洞里，旁边有一个身着锦衣的中年人正笑眯眯地把玩着她那块从小佩在胸前的小木牌，见她醒来，那人就说他是遥遥的亲生父亲，这次接她回来，是要带她回家去享福的。

遥遥当然不肯莫名其妙地认一个爹，不过她从小就很懂事，也没有哭哭闹闹，只是双手抱膝，贴着洞壁坐着，不肯开口唤那人一声父亲，只管用沉默来应对。那人独自说了一阵，自觉无趣便走开了。

之后还是由那两个人负责照看遥遥，倒是从不曾虐待过她，只是从不许她离开山洞一步，过了一天，那个自称是她父亲的人又来看她，逗她说话，遥遥还是不理会他，那人也不生气，只是笑吟吟地陪她说了一阵话，便又走掉了。

如此这般，那人陆续又来过几回，但每次时间都很短，而且中间相隔的时间也很长，好像很忙的样子。反正他每次来遥遥就闭紧嘴巴不吭声，只是听那人讲，说她还有几个哥哥姐姐，等他忙完这里的事情就带她回家，以后再也不会受人欺负。

一直到昨天，遥遥突然又被山羊胡子迷倒，再苏醒时发现自己已经到了另外一个山洞，她在山洞里听见山羊胡子在洞口和另一个人商量，说是她爹爹死了，原本答应他们的好处也没了，不如把这孩子偷走，如果她家里在乎，就讹些钱财，如果不在乎，转手卖掉也不算白跑一趟。

遥遥听到他们的对话后很害怕，她装着什么都没有听到的样子，趁他们放松警惕出去取水的时候溜了出来，和他们在附近数不清的山洞里捉起了"迷藏"，再后来她就发现了这些苗人叔叔。

此时，叶小天一行人正在路边歇息，叶小天坐在一块大石头上，把遥遥抱在膝上听她述说，当他听到那人自称是遥遥生父时，不由大感震惊，但是仔细想想又很有道理，若非如此，那两个人处心积虑掳走遥遥又不伤害她的举动根本没有合理的解释。

只是，遥遥的生父到底是谁呢，他又是如何死掉的？这几天死掉的人着实不少，里边有权有势有地位的人也不止一个，一时却不清楚究竟是谁了。

叶小天问遥遥，遥遥也不清楚，她在那个自称是她爹爹的人面前从不说话，那人也就只是无奈地笑，那人对她描述过她母亲的样子，以此证明他的确是遥遥的生父。可是遥遥的娘死的时候遥遥还很小，她对自己的生母印象都浅薄得很，又哪能证明那人说的是不是真话，即便是真话，她对那人还是很有隔阂感。

那人见遥遥在他面前始终一言不发，却也不曾再对她说过别的，每回来看她时，都是问她吃得好不好，睡得好不好，再就是保证忙完了手头上的事情就带她回家。

叶小天又问起那人模样，遥遥也是语焉不详，她小小年纪，哪能说得清楚别人的长相，顶多说一句那人个头挺高，那人长着胡子，那人说话很和气等等。

展凝儿插嘴道："算了，遥遥还这么小，你问不清楚的。不管那人是谁，反正已经死了，如今遥遥找回来就好。眼看天色不早，咱们还是回神殿去吧，否则今晚怕是要宿在外面。"

叶小天摸着遥遥颈上挂着的那个木牌正若有所思，听到展凝儿这句话微微点了点头，看看泪痕未干的遥遥，柔声道："走，咱们回去，过两天，小天哥哥带你回家，回咱们自己的家。"

遥遥搂着他的脖子，欣喜地道："哥哥会一直照顾遥遥，再也不丢下我吧？"

叶小天微笑着点点头，道："嗯！只要你愿意跟着，哥哥就照顾你一辈子！"

那几个苗人一直毕恭毕敬地站在一边，叶小天坐下时他们也不敢坐，这时才有一人托着一口刀上前，垂首对叶小天说了几句话。

展凝儿听了对叶小道："他们说，掳走遥遥的两个恶人都已死了，这是从其中一个人身上搜来的佩刀。"

叶小天伸手把那刀抓过来，但见那口刀有老熊皮的刀鞘，半圆形老铜刻花的刀吞口磨得锃亮，刀柄包银缠丝，十分精美，长短重量也很趁手，便顺势挂在了自己腰间。

·※·※·※·

叶小天就要离开神殿，去"游历天下"了。此时，经过八大长老一番辛苦地筛选，也终于为叶小天选出了一个可以随侍身旁、教他蛊术的人。

格德瓦领着那人来到叶小天身边，介绍道："尊者，这是我们为尊者挑选的随侍尊者并教授您蛊术的人，他叫冬天。"

叶小天看了看那人，头顶半秃，蒜头鼻子，个子又高又瘦，穿着一袭黑袍，微微佝偻着身子，似乎有点罗锅，一双不算大的眼睛微微地眯着，透着阴沉的气息，心里先就有些不喜，问道："冬天？他是冬天生的？"

格德瓦笑道："不，我们苗人是子父连名，以父名为姓，姓还放在后边。他叫冬，他父亲叫天，所以他叫冬天。他爷爷叫波，所以他父亲的全名叫天波。"

叶小天"哦"了一声，又上下打量冬天几眼，冬天脸上依旧没有什么表情，不过腰杆却向叶小天下意识地弯了弯，看样子他只是天生一副面瘫脸，倒不是故意扮出这么一副冷傲的神态。

叶小天忍不住又问道："他为什么总是眯着眼睛看我，一副不怀好意的模样。"

那人显然是懂汉语的，听了叶小天这话不觉有些尴尬，格德瓦笑着解释道："冬天眼神不好，要眯着眼睛才能看清尊者的模样。他已经是要常伴尊者左右的人了，不认得尊者的长相怎么行。"

格德瓦说完，笑着转身道："冬天，快上前见过尊者，以后你是要随侍尊者左右的，有暇时便传授尊者蛊术。"

冬天垂首道："是！"

格德瓦道："尊者，冬天是我的得意弟子之一。本来我是属意由他来继承我的衣钵的，可惜这孩子不通人情世故，唯好研习蛊术，处理教务上不是最合适的人选，不过由他教授尊者蛊术，却是最好人选了。"

叶小天一听，这分明就是一个另类的书呆子啊，只不过书呆子读的是圣贤书，他研究的是蛊，这样一个人跟在自己身边，肯定不会乱掺和自己的事情，本来对冬天的形貌有些不满意的，这时看着倒有些顺眼了。

神殿八大长老率领神殿众人都在神殿外列队恭送尊者，叶小天带着华云飞、毛问智走出去，与他们一一寒暄道别，走到队尾时，却发现当地部落酋长格哚佬也带着全家人来了。

尊者这一走，少则三年五载，多则十年八年，这么一个难得的拉近关系的机会，格哚佬又怎么会错过？他还特意抱了叶小天的干儿子——小咪酒来。

咪酒正在父亲怀里酣睡，小指还噙在嘴里，粉嘟嘟娇憨可爱的样子惹人怜爱，叶小天把他抱在怀里，忽然想到自己娶妻生子后，也会有一个这样可爱的小宝宝，虽然他现在还不曾做过父亲，心里却一下子有了那种父子情深的感觉。

"富贵荣华、如云美女……也换不回一个亲生骨肉，值得的！"叶小天想着，在熟睡的咪酒颊上轻轻吻了一下，格哚佬见他真情流露，确是发自内心地喜欢这个孩子，不禁笑得有些合不拢嘴。

叶小天把咪酒还给格哚佬时，忽然注意到旁边似乎有两道幽怨的目光正望着自己，他目光倏地一动，转头看时，却见太阳妹妹正轻轻抿着嘴唇，低头看着她自己的脚尖。

叶小天忽然想起了自己对格德瓦说过的那句话，心想"如果二十年后，太阳妹妹真把女儿送来服侍我的话，那我怀里这小子岂不成了我舅舅？舅舅是我干儿子，干儿子是我舅舅，这辈分究竟是怎么论的？"

第六十一章

不解风情

一

　　湖对面，安南天负手站在岸上，悠然看着对面的神殿。因为水雾的关系，从这儿只能影影绰绰地看到对面的人影，如在仙境，如在梦里。

　　展凝儿坐在他旁边，正拿着钓竿在钓鱼，鱼漂一直在剧烈地抖动，她的眼神直勾勾地看着水面，却仿佛完全没有看到鱼漂的异动。

　　安南天轻轻吁了口气，叹道："世事难预料啊。谁能想到，一群人抢来抢去，有蛊神教的第一长老、第二长老，还有世俗的土司老爷，大名鼎鼎的杨天王，最后却便宜了这个小子。"

　　展凝儿咬着唇不理他。

　　安南天偷偷乜了她一眼，继续叹气："可惜啊，尊者是不能婚配的。我费了好大的劲才打听到，由于叶小天的坚持，八大长老退让了一步，允许他成亲娶妻，但是呢，只能有二十年尘缘。可惜啦，只有二十年……"

　　展凝儿还是咬着唇不说话，心中痴痴地想："只要过得快活，二十年夫妻，也好过味同嚼蜡地过一辈子吧……"

　　安南天继续摇头，继续叹气："好歹相识一场，人家就要走啦，唔……还是打着游历天下的幌子去找媳妇，你就不去跟他道个别？"

　　展凝儿突然像一只猎豹似的跳起来，凌空一记鞭腿。

　　"啊！"

　　安南天惨叫一声跌进了湖里。那钓竿平静地躺在湖岸上并没有被鱼拖走，因为那鱼已经脱钩。

　　安南天居然会水，水性还很好，他踩着水游到岸边，狼狈地爬上来，对展凝儿怒道："你又欺负我，为什么踢我？"

　　展凝儿冷冷地道："谁叫你在心里笑我。"

安南天叫起了撞天屈:"我哪有在心里笑你?"

展凝儿冷笑,脚跟轻轻抬起,脚尖点地,跃跃欲试:"你敢说没有?"

安南天老老实实地闭上了嘴,屁都不敢再放一个。

展凝儿冷哼一声,拾起钓竿,坐回马扎继续钓鱼,安南天拧了一把衣服上的水,瞄了她一眼,忍不住又嘴欠了:"要去道别你就去,别这么婆婆妈妈,你在这跟个受气小媳妇似的有用吗?看看你那饵,都被鱼啃光了,你能钓着什么鱼?"

"哇!"

展凝儿又是一记鞭腿,杏眼喷火地瞪着砸进水里的安南天,一字一顿地道:"我乐意!"

安南天再一次从水里爬出来,恼火万丈地道:"你够了啊!展凝儿,你再敢踢我一脚试试,我可会翻脸的,我翻起脸来比翻书还快,一旦翻脸,我自己看了都害怕。"

展凝儿没说话,已经做好第三次落水准备的安南天顿时扬扬得意起来:"啊!看来表妹心里其实还是有点怕我的,我一撂重话,她就不敢发作了。"

安南天抹了一把脸上的水,向展凝儿定睛一看,却见她正瞪大眼睛看着湖面,一脸不敢置信的表情,那神情说不出是惊喜、是羞怯,还是激动。安南天下意识地一扭头,这才发现他会错了意,展凝儿不是怕了他的狠话,而是她的情郎正踏浪而来。

叶小天站在竹筏前面,一袭白衣,飘飘若仙。风拂起他的衣带,碧浪被竹筏荡开,白色的浪花就在筏尖上翻腾,从湖这边看去,就像叶小天正踏在浪尖上。

安南天看在眼里,不由得也是暗赞一声:"还真是人靠衣装,这么一打扮,倒真是风度翩翩佳公子呢。"

安南天心里想着,下意识地就说了出来,素知他癖好的展凝儿冷冷地睨了他一眼,道:"你敢打他主意,我就阉了你!"

安南天听了觉得很痛心,小时候哪怕只有一串糖葫芦,他都可着表妹先吃,表妹却不肯把她的男人让他先尝,尽管他本来就没想过要吃窝边草,可表妹推让也是好的嘛。

安南天注意到表妹很不自然地掠了掠鬓边的发丝,又悄悄地拉了拉衣襟,胸膛挺高了些,心里更不是滋味了:"唉,女生外向,古人诚不我欺呀!"

安南天正自怨自艾的时候,那竹筏已经箭一般驶到湖边,又稳稳地停在那里,尊者就在筏上,那划筏子的人激动得浑身是劲,这一遭可是使出了浑身解数。

竹筏一停稳,叶小天就跳上了岸,方才他就看见安南天落水了,估计是又跟表妹拌嘴了,他不好让安南天知道自己见到了他狼狈一幕,于是故作惊讶地道:"啊!南天兄,脸这是怎么了?"

安南天从容自若地拧了把水,微笑道:"啊!方才表妹钓到一条大鱼,我上前帮她遛鱼，结果不慎跌入湖中。"

叶小天恍然道："原来如此，那鱼想必不小，可否容我一观？"

安南天惋惜地道："可惜，脱钩了。"

两人说了一番鬼话，叶小天便站到了展凝儿身边，安南天站在一边解下外袍拧水，竖起耳朵想听他们说话，却不想展凝儿很温柔很体贴很关照地对他道："表哥，天气有些寒冷，你快回去换套衣裳吧，免得着凉。"

"哦！"安南天乖乖往回走，一转身就咬牙切齿，也不知道在嘀咕些什么。

展凝儿飞快地看了叶小天一眼，又垂下头去，低声道："你准备……去哪儿？"

叶小天心道："我自然是回铜仁，出得世间，还得是朝廷认可的功名地位，秀才公放到哪儿都是秀才公，那才是光宗耀祖的事。这尊者却只好躲在深山老林里摆威风，接着我当然是赶紧娶妻生子，哎！希望水舞的娘不会对我生出什么误会……"

叶小天想着，便斟酌地道："我打算先去铜仁，有些未尽之事需要了断。之后嘛，走一步，看一步吧。"

展凝儿轻轻"嗯"了一声，道："那……你会不会去水西？"

叶小天打算只要解决了薛家之事，娶得娇妻回去，便直奔京城，与父母共享天伦之乐，无缘无故跑去水西做什么？是以略一沉吟，道："这个嘛，我看看吧，现在还不好说。"

"什么？"

展凝儿这才知道自己当日会错了意，上次在神殿花园她倾诉情意，对叶小天提出邀请，却被"肚里有虫"的毛问智给打断了，她还以为叶小天答应了呢，此时一听，她柳眉一挑，便有些恼了。

"你明明……"

展凝儿脱口而出，可只说了三个字，才想到叶小天确确实实不曾答应过她，那只是她一厢情愿的想法，心中不觉气苦："难道他还念着那位薛姑娘，我比她差在哪儿了？脾气不好，人家可以改嘛……"

叶小天见她神色怪异，笑道："怎么这副表情？我说错话了吗？我要是说错了什么、做错了什么，你可一定要跟我说，千万别憋在心里，反正我也不会改，别再把你憋出什么毛病来。哈哈……"

"你……"

展凝儿大怒，腿抬起来，却没有踢，只是轻轻放下，低着头对叶小天道："我答应过你，会好好练一首歌。如果你来，我唱给你听。如果你不来，我这一辈子，都不会再唱歌了……"

"什么？"

叶小天好奇地想再追问一句，展凝儿却已转身快步离去。叶小天纳罕地看着她的背影，轻轻挠了挠头，失笑道："她怎么样子怪怪的，不会是爱上我了吧？"

转念一想，叶小天自己都觉得好笑，这怎么可能，也太自恋了，人家可是展家的大小姐，在贵州地面上公主一般尊贵的存在。

要说这大明朝，当皇帝的憋屈，公主更是威风不起来，真要说到逍遥自在，展凝儿这位土司家的小公主倒比真正的皇家公主更威风几分。他是什么身份，哪里高攀得上，再说人家这位小公主喜欢的是那种出口成章的读书人，他"出口成脏"还差不多。

叶小天压根没想过会去水西，更没想过会再跟展大小姐有交集，所以也没有深思她的话。向展凝儿道别之后，叶小天便与华云飞、毛问智、遥遥还有那位面瘫脸的冬天先生一起赶赴铜仁，至于格德瓦是否另派有人暗中追随，叶小天一路上仔细观察了一下，好像还真没有。

叶小天当初匆匆追赶掳走遥遥的两个贼人，离开客栈很仓促，连行李都没有拿，店钱自然也没有结，此番回来自然还是去了那家客栈。

叶小天迈进客栈大门，正要招呼客栈掌柜，就见府学训导黎中隐黎老爷子臭着一张脸从里边出来，那店掌柜的满面赔笑地跟在后面。

叶小天与这位黎训导只见过一面，可是这位黎训导是他求取功名的关键人物，自然牢记在心，一见是他，叶小天赶紧迎上前去，长揖一礼道："后学晚辈叶小天，见过黎训导！"

黎中隐今天是第三次来客栈问叶小天的消息了，那店掌柜的也是再不曾见过叶小天，刚刚答复了黎训导，正要送他出门。

黎中隐为了保住自己的前程，这一次无论如何也得选个秀才出来，好不容易找到一个合适的人选，也多方运作铺好了路子，却不想此人又牵涉人命案子，就此下落不明，是以心情十分不好。

他刚走到门口，便被叶小天拦住，向他长揖施礼，黎中隐先是一呆，继而大喜，一把抓住叶小天道："原来是你，你可算回来了！这些日子你去了哪里，叫本官好找。"

第六十二章

人命草芥矣

一

叶小天叹道："哎！内中缘由，实是一言难尽，说来话长啊！训导大人是来寻找晚辈的？且请训导大人与我一同回房，咱们沏上茶再慢慢说。"

那店掌柜看着叶小天，目瞪口呆地道："啊！客官，你居然回来了！"

叶小天道："我的行李还在这里，我为什么不回来？"

掌柜的支吾道："可是……"

叶小天道："看你如此慌张，莫非我那客房你转给了别人？"

叶小天还真说着了，那掌柜的当然不能把两间客房空这么久，他把叶小天的行李保管起来，房门修好后，安排了别的客人住进来。就这还是在那段风波发生后过了一段时间，一开始客人大多听到些风声，要么不住他的店，住也是不肯要那间出过人命的房的。

这掌柜的当然不会承认，赔笑道："哪能呢，只是那房间发生过命案，客人们都不肯住，官府又常来勘查，一时也住不得人了。您既然回来了，老朽给您另外安排一间上房就是。"

叶小天倒不在乎换房，点头答应下来，那掌柜的便赶紧安排起来，吩咐小二去准备客房，掌柜的便回到叶小天身边，赔笑道："客官，不只黎大人来寻过你许多回，官府也来找过你许多次了。"

叶小天道："想是询问小二之死？说实话，我也不清楚，我当时回到房里，就发现遥遥失踪，小二伏在桌上已经断气了。"

掌柜的道："那是，那是，这孩子……找回来了？那掳人的凶手呢？"

叶小天拍了拍遥遥的后背，道："孩子找回来了，那两个凶手，劫了这孩子逃入山林，被山中生苗给杀了。"

掌柜的一听便苦起脸来，唉声叹气地道："那凶手要是能活捉回来才好，否则可有些麻烦。"

叶小天警觉地道："怎么？官府总不会认为是我杀了店小二吧？"

掌柜赔笑道："怎么会呢，客官您无缘无故为何要杀小二？这点事，就连老朽都想得明白。只是……"

掌柜的四下看看，压低声音，诡秘地道："可是城郊三里庄有一户薛家，却向官府告状，说是你杀了他们家男人呢。为此官府三番五次来我店里查问你的下落。"

叶小天心头一沉，他最担心的事终于还是发生了，可恨那邢二柱试图逃跑，已经死在林中那场乱战中，否则有这个证人在场，自己的罪名马上就可以洗刷，现在却有些困难。

叶小天刚想到这里，黎训导已经板着脸对店掌柜道："速速安排好房间，老夫要与他说话。这些事不必拿来聒噪了。"

那掌柜的一见黎训导有些不悦，连忙答应一声，一溜烟走掉了。黎训导转向叶小天，缓颜道："三里庄那件事，我也略知一二，那薛姓男子，可是你杀的？"

叶小天急忙摆手："大人哪，小天岂会干出这样的混账事来，此事说起来，和我突然离开铜仁也有莫大的关联，一言半语说不清楚，一会儿小天再详细向您叙说。"

这时那小二已经安排好了房间，一共四间，华云飞、冬天和毛问智各一间，遥遥现在自然是跟叶小天睡在一起的，叶小天也不放心让她一个稚幼女孩单独睡在一个房间，可福娃和巨猿就成了难题。

那店掌柜看着体形骇人的巨猿，很担心它会伤人，还是叶小天再三保证，那店掌柜才战战兢兢答应给它和福娃开一间房。

其实如果是一头牛、一匹马，叶小天就让人牵它去马廊了，可是巨猿实在是更像人一些，再加上两人曾同生共死，叶小天自然不舍得拿它当牲口看待。至于福娃那就更不用说了，这么可爱，可是遥遥的一块宝呢。

可是那巨猿实在太高壮了些，那门它居然挤不进去，后来叶小天加了钱，掌柜的才苦着脸吩咐小二把窗子卸了，让它从窗户跳进去。叶小天为了让它们安心待在室内，还拿钱让小二在附近买了几筐竹笋回来。巨猿和福娃大喜，马上又开始了竞吃比赛。

叶小天房里，叶小天请黎训导上座，奉了茶，便坐在下首，把那天暴雨中发生的一切，向黎训导原原本本地说了一遍。至于到了山苗地境，恰又遇到蛊神教新任尊者即将登基一事，因为太过惊世骇俗，就被叶小天略了过去。

饶是如此，那曲折离奇的经历，黎训导还是听得惊叹不已，黎训导听了叶小天的话，颔首道："老夫明白了，县试在即，你多少也该看看书了，回头老夫就叫人给你送些书来。"

叶小天说明自己这段时间的经历，本来是为了取信黎训导，免得被他误以为自己是杀人凶手，却不想黎训导对此提都不提，居然直接为他考学做起了安排，叶小天不由一呆。

黎训导会意，微微一笑道："你说没有杀人，那便没有杀人。你专心备考就好，这件事你不要操心，一会儿我去知府衙门打声招呼就是了。"

一桩人命案子，在黎训导眼中，竟是如此轻描淡写的一句话，叶小天虽然松了一口气，不知怎的，却偏偏有些不舒服。

黎训导又坐了一会儿，便起身告辞，叶小天和一旁陪坐的华云飞、毛问智把他送出客栈，眺望着黎训导离去的背影。毛问智啧啧赞叹道："真黑啊！也真爽啊！人命案子，在人家眼中不过是一件区区小事，比考秀才的事差远啦，还是做官好，在这种地方做官好啊。"

这时，三人都没注意到，街角有个人一直在那儿逡巡，方才叶小天三人进入客栈时，那人就跟过来偷听了他们几句话，这时又紧紧地盯了他们几眼，便返身快速离去。

·※·※·※·

"大娘，大娘，我看到了，我看到他们回来了！"

一个半大孩子连蹦带跳地闯进薛家，薛母正在院子里喂鸡，听到这句话，手一哆嗦，一把麸子都撒到了地上，她急忙迎上去，颤声道："你说发现他们了？"

那半大孩子用力点头："嗯！就是他，上回跑来咱们村子帮大娘家砌墙的那个人，他带了好几个人又回到那家客栈了。"

薛母脸上掠过一丝戾气，狠狠地道："好！他们杀了我们当家的，倒是逍遥自在，居然还敢明目张胆地回来！"

薛母急急走到廊下，摘下挂在屋檐下的筐子，把一筐鸡蛋都递给了那孩子，道："拿去！这些鸡蛋，是大娘谢你的。"

"谢谢大娘！"

那孩子每天帮她去城里盯着，每天可以领一个鸡蛋，这一下给了他一筐，把那孩子喜得合不拢嘴，他赶紧捧着鸡蛋筐回去向他娘报喜了。薛母拍了拍手，扯下围裙，对里屋喊道："水舞，水舞，快点出来，陪娘去城里一趟。"

片刻之后，水舞穿着一身素色衣裳出现在门口，容颜清减了许多，脸颊瘦瘦的，下巴尖尖的，倒是显得一双眼睛更大了。只是原本清丽俏媚的容颜，这时多了几分憔悴。

水舞低声道："娘，又要去府衙吗？女儿总觉得，那两个人不会是他们。"

薛母怒道："当真是女生外向，那是你的杀父仇人！"

水舞身子一颤，软弱地解释，道："女儿不是……"

薛母冲上来，一把抓住她的手腕向外就走，咬牙切齿地道："那杀人凶手又回来了，你跟我走，咱们去衙门，叫官府抓他，替你爹爹偿命！"

水舞大吃一惊，失声道："他回来了？他又回铜仁城了？"

水舞的眼睛突然焕发了光彩，道："娘！如果他是凶手，他还敢回来吗？女儿就说……"

"啪！"

水舞还未说完，薛母就一记耳光重重地掴在她的脸上，水舞捂着脸，吃惊地看着她的母亲，薛母怨毒地瞪着水舞，一字一句地道："你这个不孝女，你敢再替那个畜生说一句好话，我就不认你这个女儿！"

"娘……"

水舞委屈地叫了一声，眼泪扑簌簌地落下来。

…………

知府衙门，黎训导对提溪长官司长官张铎拱手道："老大人，咱们铜仁已经五年没出一个秀才了，这次去水西，上边很是训斥了下官一番。本府文教，下官自当负首责，可是老大人您面上也无光啊。这一次，下官好不容易发现一个可造之才，或可替我铜仁府挽回些颜面，不想又生出这许多是非，下官无奈，只好厚颜向老大人您求恳了。"

黎训导口中的这位老大人其实一点都不老，他过了年才三十岁，老大人只是一句官场上常用的对上司的尊称。这位张铎张大人是子继父职成为这铜仁知府的，年仅二十九岁。

张知府一身肥肉把一张圈椅挤得满满当当，还有外溢的趋势，他打个哈欠，对黎训导道："成了，本府知道啦。这事吧，你做得是不怎么样，这都几年了，咱堂堂铜仁府偌大的地方居然出不了一个秀才，我都替你臊得慌。"

黎训导尴尬地道："老大人，下官说的是那桩官司……"

张知府又打了个哈欠："啊？啥官司？哦！本府知道啦，这事你就不用管了，总之呢，无论如何，今年咱们铜仁府一定得考出个秀才来，最好再考出个举人，替本官增增光。哈哈哈……"

"嗵嗵嗵……"

张知府正咧嘴大笑，忽听前院传出击鼓声，黎训导赶紧起身，施礼道："大人有公务在身，那下官就告辞了。"

"去吧去吧……"

张知府像轰苍蝇似的冲着黎训导摆摆手，然后提足丹田气，冲着厅外一声大吼："谁啊这是，大白天的，击什么鼓！"

身为知府，这种话实在不像人话，他的嗓门也大得出奇，把刚刚走出门去的黎训导吓得一个趔趄，险险摔个跟头。

第六十三章

清官难断

一

不一会儿就有衙役从前边衙门跑到后宅来向张知府禀报,这张家的宅院着实不小,那衙役一路跑过来,累得气喘吁吁:"大老爷,三里村薛刘氏击鼓鸣冤,状告叶小天害死其夫。"

张铎刚听黎训导禀提过此事,这么短的时间倒还不曾忘了,顿时眉头一皱道:"她不是来过了吗?本府在查,正在查!明白吗?本府公务繁忙,总不能每天就处理他们家那点破事吧,叫她回去,再敢胡乱击鼓,办她个扰乱公堂。"

那衙役道:"大老爷,那薛刘氏说,她发现了叶小天的踪迹,请大老爷派人索拿!"

张知府顺手抄起案几上的茶杯就摔了过去,破口大骂道:"滚!老子刚说了很忙,你听不明白?官府是他们家开的,她让抓人就抓人?叫她回家等着,老子有时间的时候自会派人去抓,再敢扰乱公堂,先打她二十大板。"

那茶杯碎在那衙役脚下,骇得那衙役一动也不敢动,得了大老爷这句吩咐,他才松了口气,一溜烟地跑了出去。

"什么?大老爷正忙?人命关天哪……"薛母悲呼一声扑了上去,两个衙役把水火棍交叉一挡,瞋目大喝:"滚!再敢上前,严惩不贷!"

薛母放声大哭道:"差爷,你们不能这样啊,我丈夫死得冤枉!杀人凶手就在客栈里,你们只要一去就能把人拿来,各位差爷……"

薛母突然明白过来,急忙从怀里往外掏钱,攥了一把大钱往那衙役手里塞:"差爷,民妇不敢劳动你们白辛苦,这点钱请各位差爷拿去喝茶。"

那差役勃然大怒,老爷既有这种吩咐,毫无疑问这叶小天是有后台的,这人能抓吗?明明不能抓的人,你还拿钱引诱我,害我想拿又不敢拿,你这不是馋人吗?再说了,你这蠢妇也太不懂事,你这么当人塞钱,老子就是能收又怎么收?

那衙差头儿怒气冲冲地抢上来，揪住薛母的衣领，正正反反就是几个大耳光，又用力向前一搡，把薛母搡了一个屁股蹲儿，衙差头儿怒喝道："马上滚！否则本都头立刻办你个贿赂公差！"

薛水舞扶住母亲，愤怒地道："你们身为公人，不执行公务，还敢殴打告状人？"

衙差头儿上下看她两眼，冷哼一声，把袖子一甩，便扬长而去。薛母盘坐在地上，捶地大哭起来："我那丈夫死得冤啊！你们身为官府，不为百姓做主，苍天哪，你开开眼吧……"

两个衙差把水火棍一收，站回衙门口，对她的哭诉充耳不闻。薛母哭骂了一阵，眼见官差根本不理，这样下去不是办法，她把牙一咬，"噌"的一下站了起来，转身就走，那守门的差官看见，把嘴一撇，微微露出冷笑。

薛水舞眼见母亲走的不是回家的路，赶紧追上去道："娘，你去哪里？"

薛母咬牙切齿地道："我去找那叶小天，要他给你爹偿命！"薛水舞一听顿时呆在那里，眼见母亲像疯了一样越走越远，薛水舞赶紧快步追了上去。

·※·※·※·

客栈里边，遥遥正生气地训斥巨猿和福娃。

巨猿哈着腰垂着头，福娃憨憨地站着，圆滚滚的身子，两只爪子不时互相碰几下，好像在扳指玩。

这两个家伙在房间里吃竹笋，争来抢去，最后不出所料地又打了起来。叶小天等人闻讯进门时，巨猿正用大手卡着福娃圆圆的脖子，身矮臂短的福娃则一记"猴子摘桃"，袭击巨猿的下体，闹了个两败俱伤。

遥遥叉着腰，气得小脸蛋儿绯红："大个儿，你看看你，你这么大的个子，欺负小孩子，你好意思吗？"巨猿龇了龇牙作为回应。

遥遥又对福娃道："福娃，你说你比它小那么多，吃得少点也是应该的，就不能让让它，怎么就那么嘴馋？"

福娃轻轻碰着两只前爪的指尖，仿佛在"逗逗飞"，趁遥遥不注意，悄悄用脚掌把地上还没啃完的半截竹笋往自己身后拨拉了几下，一屁股坐了上去。

遥遥小大人似的继续训斥："你们两个，以后要乖一些，谁不听说，就不给谁饭吃了，听明白了没有？"

叶小天好笑地摇了摇头，也只有这小丫头才把巨猿和熊猫当成同类这么交流，不过……童心未泯，挺可爱呀。这时，店掌柜的急慌慌地闯进来，一见叶小天便道："客官，大事不好！"

叶小天赶紧道："掌柜的，你别急，它们俩没打坏东西，如果打坏了，我照价赔偿就是。"

掌柜的急得语无伦次："不不不，不是这事。客官，你快躲躲，三里庄……哎哟！"

掌柜的还没说完，就一个跟头栽了出去，后边冒出杀气腾腾的薛母，手中提着一口雪亮的菜刀。这菜刀是她半路上从一家卖刀具的摊子上买的，她已经气疯了，眼神直勾勾地，拿起菜刀就走，还是从后边追上来的水舞付的钱。

"姓叶的，你还我丈夫命来！"薛母大吼一声就向叶小天扑去，叶小天大吃一惊，慌忙走避，急急说道："伯母，你听我解释，我正打算去你家，你放下刀，薛伯父不是我杀的。"

"吼！"巨猿一见有人伤害叶小天，咆哮一声扑了过来，叶小天急叫道："大个儿，别伤了她！"

巨猿以前很少和人类接触，也不明白刀枪的厉害，"砰"的一拳就迎在薛母的刀上，薛母只觉虎口一震，手中的刀"嗖"的一下飞了出去，撞在天花板上，又砸到店掌柜面前，把正要爬起来的掌柜吓得一个哆嗦。这时再看那刀已经卷了刃了，连刀都扭曲走形了，掌柜的大骇："这是猿啊还是金刚，身子比铁还硬？"

薛母手里攥着刀柄，看看地上那口菜刀，恨恨地把木柄一摔，买到假货了！手中没有刀，她依旧不肯罢休，绕开巨猿十指箕张，狠狠掐向叶小天的脖子。

这几天那巨猿别的没学会，却因为它总和福娃打架，渐渐听懂了"不"的意思，它知道叶小天不想让它伤了这个人，虽然不明白其中道理，还是遵从无误，它只伸出两根粗大的手指，一拎薛母的衣领，就把薛母提在了空中。

薛母的脑袋顶着天花板，脸涨得通红，满目怨毒依旧如同索命的厉鬼，挣扎着冲叶小天嘶喊："给我……丈夫偿命！你……偿命！"

叶小天这时已经看到水舞眼里噙着泪花冲进来，却无暇理会她。叶小天仰起脸对薛母道："伯母，伯父真的不是我杀的，毛问智可以帮我做证，你听我解释一下好不好！"

水舞这么久了才见到叶小天，却是在这种情形下，心中悲苦难以言喻，眼见母亲被那可怕的巨猿提在空中，勒得脸庞紫红，已经快透不过气来，急忙叫道："小天哥，你先叫它把我娘放下。"

叶小天这才反应过来，忙道："放下！大个儿，快把她放下！"巨猿不情愿地一松手，薛母"扑通"一声掉了下来，摔在地板上，一时头晕眼花，薛水舞扑过去扶住她道："娘，你没事吧，娘？"

薛母稍稍缓过点气来，对水舞厉声道："你如果还认我这个娘，就去杀了他，为你爹报仇！"

水舞含泪道:"娘,你就不能听他解释一下吗?他说我爹不是他杀的,我相信他,他不是那样的人。"

薛母又是一记耳光狠狠掴在女儿脸上,突然泪如泉涌,嘶声吼道:"你爹死了,你爹死了啊!不是他,你爹好端端的,怎么会死?杀了他,你快去杀了他!"薛母用力一推,薛水舞猝不及防跌坐在地,忍不住掩面大哭起来。

毛问智大声道:"俺说这位大婶子,本来俺觉得你是个挺知情达理的人儿,不像你家老头子那么糊涂,怎么那个老头子一死,你就跟鬼迷了心窍似的呢?俺跟你说,那天吧,俺和俺大哥一块儿去你家,本来是想告诉你家那死老头子,叫他少狗眼看人低,俺大哥吧,马上就要当秀才了,谁知道你家那个死老头子吧,哎呀妈呀……你属狗的啊,你咋还咬人呢?"

薛母听他一口一个"死老头子",恨极之下扑上来抱住他的大腿就咬,把毛问智吓了一跳,慌忙跳开。叶小天怒道:"毛问智,你别老说废话,赶快解释清楚。"

毛问智道:"俺说,可你得先把她拉开啊,这跟疯狗似的,你还想咬啊,俺警告你啊,你别以为你是老娘们俺就不敢削你……"

这时遥遥迎上来,脆声对薛母道:"老婆婆,小天哥哥是好人,他不会害人的。"

薛母本来是极通情达理的一个妇人,而且她把小姐当成自己的女儿养,所以小姐的女儿她虽未照料过,也有很深的感情。可是自从丈夫死后,仇恨已经占据了她全部的心灵,什么都不顾了。

听到遥遥这么说,疯狂的薛母恶毒地咒骂道:"他不会害人?他不会害人那就是你害人!你这个小扫把星,先是克死了你自己的娘,现在又来害我们家的人,你给我滚开!"

薛母一把将遥遥甩开,遥遥一屁股坐在地上,"哇"的一声大哭起来,水舞着恼起来,抱住遥遥,怒道:"娘!你讲讲道理好不好?"

这时呆呆站在旁边看热闹的福娃一看乐遥被欺负,顿时不干了,它大叫一声,一个头锤就把刚刚站起来的薛母撞飞了出去,别看它个头小,力气可不小,这一下竟把薛母撞得倒飞出门,"砰"的一声撞在对面墙上,滑到地上时已人事不省。

华云飞见此乱象,不禁叹气摇头:"哎!清官难断家务事,大哥这下有难了!"

第六十四章

洒脱小天

一

薛母悠悠醒来,就见叶小天沉着脸色站在她面前,手里牵着一个小女孩,女孩还在抽抽搭搭地抹眼泪。

遥遥真的很伤心,被人骂她不怕,可是即便她是如此幼小,也明白被人冠以这样一个恶毒的罪名有多可怕,她不想承认薛母强加于她的指责,却总是忍不住自问:"是不是真的因为我不好才害死了娘亲,才会伤害别人?"于是,小遥遥越想越伤心。

薛母一眼看清叶小天,容颜立现狰狞,猛地大吼一声,向叶小天扑去,但叶小天手疾眼快,猛地抬起手,"啪"的一记响亮的耳光,便扇在了她的脸上,打得薛母当场愣住,水舞也吃惊地瞪大了眼睛。

毛问智见状却是眉飞色舞,这才是大哥啊!你看人家这派头,打老丈母娘都不怵!这耳光扇得,跟甩响鞭似的,真是太敞亮了。

叶小天沉着脸道:"我跟你素不相识。因为水舞的原因我才敬你一声伯母,对你的无理取闹,我一再忍让,你不要得寸进尺。"叶小天把遥遥抱起来。

薛母嘶声道:"姓叶的!你这个杀人凶手,你……"

叶小天截断她的话道:"我姓叶的没有杀你丈夫,杀死他的另有其人!原本我还不知道那人是谁,但是我从你家返回城里后,发现遥遥被人掳走,追寻遥遥的过程中才发现真相!"

叶小天把杨三瘦、岳明、邢二柱如何追杀遥遥和水舞,如何跟着自己找到薛水舞的家,在自己走后又如何想潜进去杀害水舞,及薛父如何在厮打中被杀的经过说了一遍。

薛水舞听得惊讶不已,这才知道杨夫人居然不依不饶,一直派人追杀到这里。不过,母亲偷人可不是什么好名声,叶小天替乐遥隐瞒了这件事,只说是杨夫人嫉妒遥遥母女受宠,因而必欲置之死地。

薛母用充血的眼睛瞪着叶小天，问道："你说的那三个人呢？"

叶小天沉默了片刻，道："两个当场死掉了，另外一个……本来被我们抓住了。可是我们在山村中住下，寻找遥遥下落的时候，他趁机逃跑，也被杀掉了。"

薛母冷笑道："也就是说，这只是你的一面之词？"

毛问智大声道："老婆子，俺也是当事人！"

薛母厉声道："不错！你也是当事人，你有什么资格做证！"

毛问智一呆，挠头道："俺是想说……俺是见证人。"

华云飞平静地道："陪同叶大哥进山寻找遥遥的还有我，叶大哥所言半字不假，那三个人也追着掳走遥遥的人上了山，想要杀死遥遥，其中一个还是被我射死的。"

薛母其实听叶小天说完就已经相信了他的话，叶小天如果要否认，也不会编出这么复杂的故事，更不会承认认识真正的行凶者，他只要一口咬定离开薛家后便再未回去，薛母其实也拿他没办法。

可是薛母尽管已经相信了叶小天的话，却下意识地不想去承认，她心中刻骨的仇恨需要宣泄，但她无法把这郁积许久的恨意发泄在三个已经死去的人身上，况且这事细究起来，其实还是要怪在叶小天甚至遥遥身上：如果杨夫人不是憎恨遥遥母女，杨家的人怎么会追来铜仁？如果叶小天不去薛家纠缠，杀手怎么会找到薛家？叶小天就算不是主犯，在她心中也是帮凶。

薛母咬牙切齿地道："即便你说的是真的，如果不是你，我男人会死吗？"

这句话叶小天当真无法辩驳了，他只能沉默。

薛母冷笑起来，看看叶小天，又看看怯生生的遥遥，一把抓起水舞的手腕，对叶小天厉声道："你有本事！老身杀不了你，铜仁告不了你，就能任你一手遮天？你休想！老身就是变卖全部家产也要告你！铜仁府不管，我就去水西，告到死也要告！"

叶小天脸上依旧毫无表情，可是一颗心却慢慢地沉了下去，眼前这个老妇人已经被仇恨折磨成了一个偏执的疯子，这种偏执到不可理喻的老人，叶小天在京城老巷子里并非没有见过，任何道理在这种老人面前都说不通，他们的脑筋已经糊涂了，偏执地认准一个死理，死都不会悔悟。

薛母说完，拉着水舞就走。水舞心中悲苦，左右为难，一边是她需要安慰的母亲，一边是她朝思暮想的情郎，此情此景她能做何选择？她和叶小天重逢，连一句温馨的话都没有说上，就被她的母亲拉着离开了。

出去的时候，水舞回头看了叶小天和遥遥一眼，看到叶小天毫无表情的面孔和遥遥有些畏惧陌生的眼神，突然心如刀割，泪水忍不住地流下来。

毛问智咳嗽一声，对叶小天道："大哥，照俺看吧，天涯何处无芳草……"

冬天自从到了客栈，便一头钻进他自己的房间，把那大包袱放下，摆弄起各种瓶瓶罐罐来，叶小天等人也不理他，彼此互不干扰最好。也不知是因为这屋动静太大还是怎么，冬天不知何时也钻了进来，众人居然没有察觉。

这时冬天眯缝着眼睛，对叶小天道："尊者，可有需要属下效劳的地方吗？"

他个子很高，却佝偻着背，头顶半秃，肉头鼻子，眼睛再这么一眯缝，说话又慢声细语，怎么看都是一副很阴险的模样，叶小天听了他的话双眼一亮，迫不及待地问道："你有办法令她回心转意？"

冬天双手交叠，轻轻放在胸前，眯缝着眼睛仔细想了想，摇头道："令人改变心意，便是神也没有办法。尊者如果看她不顺眼的话，属下倒可以想办法让她永远从尊者面前消失。"

叶小天叹了口气，摆手道："好了，你回去继续摆弄你那些瓶瓶罐罐吧，这件事你帮不上忙。"

冬天欠身道："是！"便双手交叠放在胸前，佝偻着背，脸上没有一丝表情地走出去。门外有个小厮模样的人，背着一个书篓正向屋里探头探脑，看见冬天出去，连忙给他闪开了道路。

华云飞看到那人，扬声问道："你是干什么的？"

那小厮连忙欠身道："小的奉黎训导吩咐，给一位叶小天叶公子送些四书五经、圣人典藏。"

华云飞看了叶小天一眼，对那小厮道："你进来吧。"

那小厮有几分眼力，进来一看，那位叶公子一定就是面无表情地站在那儿的这位了，小厮便放下书篓，施礼道："奉黎老爷之命，给叶相公送些书来。"

叶小天深深地吸了口气，凝固的神色渐渐缓和过来，对那小厮道："劳驾了，请回复黎训导，就说晚生一定用心读书，不负训导所望。"那小厮向他还了一礼，轻轻退了出去。

毛问智揉了揉鼻子，道："大哥，这事吧，是挺纠结的，不过你如今是什么身份？那老婆子眼瞎，你知道不？这么个好女婿……"

叶小天笑笑，道："好啦，你就不用劝了，我没事。你要闲得慌，带遥遥出去走走，散散心，小孩子，不能总憋在屋里。"

毛问智道："那大哥你……"

叶小天道："我要开始读书！"

叶小天说罢，就把那篓书都搬到桌上，随手翻开一本，便在桌边坐下，认真地读起来，毛问智张口结舌，半晌说不出话来，华云飞轻轻拉了拉他的衣角，向他使个眼色，又弯腰抱起遥遥，柔声道："小天哥哥要好好读书，准备考秀才，云飞哥哥陪你出去玩好不好？"

遥遥很懂事，乖巧地应道："好！要带上福娃。"

毛问智揉着鼻子道："带上！再带上大个儿，还有俺！"几个人说着便走出去了，房门轻轻地关上，叶小天依旧拿着书册，并没有如他们所想象的那样满面愁容。

叶小天的性情很洒脱，他中意水舞，但并不代表他今后的人生便只为情爱而活，更不会纠结那些剪不断理还乱的情绪，长吁短叹地做一个痴男怨女。考取功名，这在许多人是做梦都想不到的好事，如今机会就在眼前，他会因为情感事耽搁？这火不是还没上房吗！

他有父母需要孝敬，他有一个可爱的小拖油瓶需要照料，他有两个一个比一个饭量大的饭桶需要养活，准确地说，是三个饭桶。此外，还有忠心耿耿的云飞，不通世故的冬天，他有这么多的责任，又岂会纠结于一个疯老婆子。

当务之急是解决功名的问题，娶妻生子当然也是刻不容缓，他钟情于水舞，一路保护一路追求，任何困难他都会想办法去解决去面对，但是面对水舞的生母，他没有办法。

这个老妇人再可恶，有些办法对她也是不能用的，这是做人的良知。如果他和水舞因此有缘无分，叶小天会很坦然地另择贤妻，至于水舞，他会尽己所能给她一个交代，毕竟薛父之死，他确实有些干系。

叶小天自有他自己的打算，他做事向来只求问心无愧，并不在乎过程和手段。只不过，这一切，都得等他先拿到功名再说。

第六十五章

考秀才

一

接下来这些天，叶小天居然真的专心读起书来。叶小天以前学的东西很杂，其中不乏高深的学问，毕竟在天牢中传授他学问的那些人虽然品行不佳，可学识却是极好的。

能成为京官而且是京官中的大官，哪一个不是进士出身呢？只不过这些人传授的学问都是只言片语，零碎得很，而且未必适合科举考试，如今能系统地读一读圣人经典以及众多先贤的试卷，叶小天真正把心思沉浸其中，倒也颇有乐趣。

如是者一连十多天，叶小天一直在专心读书。这些日子华云飞偷偷跑过几趟三里庄，打听到那个被仇恨蒙蔽了心窍的薛母果然把房子变卖了，带着女儿去了水西，竟是摆出了一副破釜沉舟的架势。

华云飞有些担心，回来后找个机会把这件事告诉了叶小天，叶小天只是淡淡一笑。且不说他问心无愧，即便薛母真的再把状子递到了提刑司，仅凭她一面之词，也没有凭据拿他，更何况他还有黎训导这个坚强后盾。

在这无法无天要权要势的地方，一个孤老婆子能使出什么花样？对她的偏执，叶小天也是无可奈何，只能由着她去了。

又过了几天，便到了院试之期。说到秀才，后人心中总不免浮起一个穷酸秀才的形象，就像官员中的知县，因为戏曲的缘故，后人把七品官当成了芝麻绿豆大的官，心生轻视，似乎不足一提。

其实不然，七品正印，那可是一方父母，就算你考中进士，能直接外放一任知县，那也要极强硬的后台替你运作才办得到。这秀才也是一样，在功名里头它属于最低的一档，但在地方上那也是极了不起的，要过五关斩六将才能考取。

读书人想考秀才先要考童生，考童生只要读完四书五经，并能依照朱熹的《四书集注》等书写些粗浅的八股文就行。即便如此，有些读书人到了知命之年还是童生。

童生试又分三个阶段，第一阶段在县里考，主考官是本县县官，要考四五场，分别考八股文、试帖诗等，但是这一阶段在黎训导的运作下，已经由铜仁下属的一个县办理完了，换而言之，叶小天现在已经是童生。他的籍贯自然也落在了那个县。

之后还要府试，由当地知府担任主考，铜仁知府是张铎张大人，这位土知府点了头，一应手续连个过场都没走，便顺顺当当地给叶小天办了下来，接下来就是现在将要举行的院试了，过了这一关才算是秀才。

院试本应由各省学政主持，不过贵州地区有些特殊。几十年前贵州还没有自己的提督学院，贵州学子要考学需要就近到云南、四川、湖南三省去参加，再高一级的贡试则要去应天府金陵赴试。

不过规矩一向是可以变通的，许多有学问的南方读书人自信贡试可以顺利通过，便不愿先去南京再去北京地折腾，而是寄籍北直隶顺天府在那儿应试，考中举人后直接参加进士考。

后来贵州也设了提督学院，不过因为成立时日尚短，许多规矩都不严谨，包括院试，本应由本省学政主持考试，可本府学政是提刑按察使兼任，他哪有工夫跋山涉水跑来铜仁主持考试，于是就放权给土知府张铎了。这也是黎训导有十足把握可以让叶小天考中的原因。

院试分为两场，一为首试，二为复试，录取者就是生员。

一大早天刚蒙蒙亮，叶小天就提着考篮赶到了府学考场，华云飞和毛问智都陪他来了，就连遥遥都起了个大早，福娃和大个儿自然也是一路跟随，这副阵容很是引人注目。

至于那位冬天先生，他经常在房间里鼓捣各种瓶瓶罐罐一直到半夜，习惯了晚睡晚起，叶小天就没叫他。

叶小天虽然从未参加过考试，也大约知道一些考试的盛况，可是等他到了充作考场的府学大门外，却见衙役列阵两旁，威风凛凛，人数众多，考生却是寥寥无几，送考生前来的父母长辈倒是不少，其中不乏拄着拐杖步履蹒跚的白发翁，真是盼孙成龙心切呀。

等到入考场时，拆发髻、脱鞋子进行搜检时，叶小天才惊愕地发现，来考试的居然不是那些少年人，而是那些老年人，零星还有两个中年人，那拄着拐杖步履蹒跚的老翁居然也是考生。

叶小天并没有什么夹带，他也不需要夹带，因为考题他已经知道了，就连那篇八股文都是黎训导捉刀，替他代笔让他背熟了的。考功名考到这个份儿上，大概也只有相声里那位被考官误认作九千岁亲戚，从而连升三级的张好古才能媲美了。

府学里已经按照考场的规矩重新布置过，只是那考场里零零落落，压根就没几个人，看样子这铜仁府的文教方面还真是很弱。

叶小天领了试卷考号，进了号房，举手研墨时忽然心生感慨："我叶小天本是一介狱卒，却不想竟有今天，不但做了九峒八十一寨近十万人的尊者，又能走进考场提笔答卷，我家祖坟一定正在冒青烟呢……"

过了一会儿，一个小吏举着考题牌在场中巡走，高声宣读题目，果然与黎训导偷偷告诉叶小天的题目一模一样。

叶小天写八股毕竟是初学乍练，破题、承题、起讲、入手、起股、后股、束股这些规矩在一番突击训练下他已经懂了，真要写出好文章却还有些吃力。

但是现在文章早已熟记在胸，他只要默写出来就行，这便容易多了，因此叶小天把全部精神都用在了写字上，他的字写得倒是真挺漂亮，一张卷子写完一字不错，连个墨点都没沾上。

叶小天写完卷子，左顾右盼了一番，见众老翁都在埋头答卷，心道："我此时交卷太显眼了，不如再多坐一会儿。"

叶小天又苦挨了近一个时辰，这才拿起卷子起身交卷，主考官本应是土知府张铎，可张铎哪会跑来这里受罪，已经全权委托黎训导。黎训导起了个大早，有些困倦，此时正坐在椅子上打瞌睡。

小吏上前接过叶小天的卷子开始糊名，黎训导听到动静醒过来，一睁眼，见是叶小天，便招手道："你来！"

叶小天连忙赶到他身边，黎训导低声埋怨道："怎么这么久，可是不曾背熟？"

叶小天也压低声音，道："学生自然背得滚瓜烂熟，只是看其他童生都没交卷，学生想还是不要太显眼。"

黎训导叹了口气道："你这孩子，太小心了些，那些人已经考了大半辈子，也就那样了，哪里还能有所长进？我铜仁府士林后继无人哪，要不然你以为本官为何找你。待点中了你，本官要带你去见知府大人，你且回去做些准备。"

拜望土知府，是因为这位张知府从中出了大力，至于张知府异想天开地想让叶小天再接再厉，去水西贵阳府参加贡试考举人的事，黎训导却没有说，因为他以为张知府在开玩笑。

叶小天一听，自然明白什么叫"做些准备"，叶小天心领神会地道："老师放心，学生一定会叫知府大人满意。老师那里，待出榜之后，学生也自当前往府上拜访。"

黎训导捋着胡须微笑点头："孺子可教，去吧，去吧。"

"是！学生告辞。"

这时候叶小天也不好说太多，便向黎训导长揖一礼，自有小吏引着他离开考场。

考场外，毛问智、华云飞和遥遥一直在等着他，福娃憨态可掬地蹲坐在一棵参天古树下打着瞌睡。一见叶小天出来，毛问智和华云飞还有遥遥立即一拥而上，毛问智紧张地问道："大哥，考得怎么样？题难不难？"

叶小天没好气地白了他一眼，毛问智已经服过蛊毒，对他忠心不二，所以叶小天有事也不瞒着，事先拿到考题的事毛问智是知道的，居然还问出这种话来，难道我就笨到如此不堪造就？

毛问智见他不答，还没好气地白了自己一眼，不禁欢天喜地道："啊！大哥神态如此不屑，那一定是发挥得极好了。"

叶小天失笑摇头，道："你呀，忽然叫我想起一位在葫县认识的兄弟来了，你要是见了他，一定跟他合得来，因为你们俩是一对活宝。"

这时一道黑影从天而降，却落地无声，稳稳地停在叶小天的面前，向他龇牙咧嘴，却是那只巨猿独自在树上玩耍，看见叶小天出来，从树上一跃而下。

遥遥拉着叶小天的手，开心地道："哥哥，毛大叔说哥哥要是考中秀才，就是有身份的人了，以后就能当大官了，是吗？"

叶小天心道："想当官起码也得是个举人，秀才似乎还差了点。"不过见遥遥开心的模样，叶小天不忍叫她失望，便含糊应道："嗯，是吧！不过，只是有资格做官了，做不做呢，那还要看哥哥喜不喜欢。"

"嗯！"

遥遥用力点头，眉开眼笑地道："那当然，哥哥这么大的本事，要是让哥哥做一个弼马温似的小官，大个儿都要笑话你啦。哥哥要么不做官，做就做个齐天大圣一样的官。"

遥遥是真的很开心，不仅因为叶小天考中了秀才，还因为去了一块心病。哥哥这么好运气，马上就考中秀才做齐天大圣了，说明人家根本就不是扫把星嘛。

叶小天哈哈大笑，伸手抱起遥遥，道："对，咱们家遥遥说的对，要是不给大官咱就不做，咱就来他个大闹天宫。哈哈，走，咱们提前庆祝一下，下馆子去！

第六十六章

冤家聚首

一

薛母变卖了全部家产,带着女儿风尘仆仆地赶到了贵阳府,她一路向人打听,得知贵州地面上负责刑狱的最高衙门是提刑按察司,进了贵阳城后便问着路向提刑司衙门赶去。

水舞的容颜愈发憔悴了,她悲哀地望着原本善良甚至有些懦弱的母亲,此刻却被仇恨蒙蔽了心窍,变得如此陌生,心情无比痛苦,忍不住泣声哀求道:"杀害爹爹的是杨家的人,他们死在叶小天手上,等于是叶小天替爹爹报了仇啊,娘!你为何如此执迷不悟,非要把他告上公堂不可?"

薛母冷冷地看了女儿一眼,那冷漠、固执的目光中隐隐透着一丝疯狂,薛母一字一句地对女儿道:"你爹临终是怎么说的,你忘记了?你相信你爹的话,还是相信他的话?"

水舞流泪道:"我……"

薛母恨声道:"如果不是他,你爹还活得好好的。就是他害死了你爹,他就得偿命!"

水舞哭泣道:"娘……"

薛母没有理她,转身拦住一个路人,原本冷若冰霜的面孔迅速变成了一副和蔼可亲甚至有些谦卑的模样:"劳驾,请问提刑按察司怎么走?"

水舞呆呆地看着与往昔判若两人的母亲,目中渐渐露出绝望的神色:"娘疯了,娘亲一定是疯了……"

贵州提刑按察司作为省道一级的衙门,是朝廷在贵州的一个门面,所以这衙门建得还是相当气派的,青砖铺地,雄狮守门,照壁螭龙,威风凛凛。

薛母拽着薛水舞的手来到衙门口,往常见到刀都低头躲着走的她,此时却是挺胸昂头,迈开大步就冲了过去。

守门的四个带刀衙役一开始没注意这个蓬头垢面、目光呆滞的老妇人，待见她直挺挺地冲着衙门口走过来，四个人才发觉有些不对劲，立即就有两个人迎上去，提刀一拦，厉声喝道："干什么的？"

薛母左右看了看，一脸纳罕地问那两个衙役："两位差爷，这儿是提刑按察司衙门吧？"

其中一个衙役没好气地说道："废话！那么大的一块牌子挂在那儿，你都看不见？"

薛母马上满面堆笑，道："差官老爷，这儿既是提刑司衙门，怎么……没有鼓啊？"

那衙役呆了一呆，奇怪地道："什么鼓？这又不是戏班子，要鼓干什么？"

薛母做着敲鼓的动作，道："告状的鼓啊，没有鼓，民妇怎么告状？"

那衙役哈哈大笑起来，道："岂有此理！你当这儿是什么地方？这是提刑司！"

薛母认真地道："对啊，就是提刑司，民妇才来的，民妇要鸣冤告状啊。"

那衙役不耐烦地道："去去去，提刑司接状子，你听谁说的？我看你是戏文看多了吧！你是哪个县的便回去哪个县告状，到提刑司来告状，亏你想得出，百姓们若是都到提刑司来告状，我们老爷便是千手千眼观世音，都要活活累死。"

薛母道："差官老爷，民妇已经去过府县了，可是他们包庇那罪犯，不肯查办凶手啊。民妇身负血海深仇，却走投无路、求告无门，无奈之下这才来到贵阳府，求差官老爷您成全，替民妇向大老爷通禀一声吧。"

那衙役一听府县官不肯接她的状子，心头便是一突："府县官为何不办她的案子？可别是哪位土司老爷一时犯了倔性，闹出了人命案子吧，要是土司犯案，到了我这提刑司一样棘手。我提刑司本来就不直接面向百姓接受诉讼，我可千万别揽这差使，回头大老爷心里犯了堵，就该轮到我走投无路了。"

想到这里，那衙役把脸一板，喝道："走走走！有冤情诉讼，须得通过府县。他一次不接，你再告一次便是，怎可越级上告？如果府县不肯秉公执法为你申冤，那你该告的就是府县官了，要告府县官的话，你就该去布政使衙门。"

薛母惊道："啊？告官？"

那衙役道："走！赶紧走！再堵在这里，我就要办你个妨碍公务了，快走，快走。"

那衙役推推搡搡，把薛母赶出去老远，这才返身回去。薛母站定身子，呆呆地望着那衙役的背影，不禁悲从中来。她千辛万苦从铜仁赶来，满腔的希望都寄托在提刑司，却不想提刑司竟然不接受百姓诉讼，居然就这么把她搪塞了回去。天下之大，难道就再也没有能够申冤的地方了吗？

薛母越想越是气苦,水舞趁机上前劝道:"娘,咱们还是回铜仁吧。"

薛母一把推开女儿,号啕大哭起来:"天杀的叶小天哪,你害得我家破人亡,我跟你有不共戴天之仇哇!老天爷啊,官府也不肯为民妇申冤,你让我这个孤老婆子怎么办哪,求求你一个雷把那害我全家的畜生给劈了吧!"

大街上许多行人,突然见这老妇号啕大哭起来,嘴里还说些莫名其妙的话,便觉此人有些不正常,是以纷纷走避,避恐她突然疯病发作,其中却有一个青袍人,本来正缓步徐行,突然听到叶小天三字,登时站住了脚步。

他带着一个小厮在路边站住,静静听薛母哭骂,薛母指天跺地、号啕痛骂,语无伦次地说了半晌,那人才把她所叙说的情况理出一个头绪,弄清了薛母哭诉的情况,那人的双眼顿时亮了起来。

他扭头对那小厮低语了几句,便向薛母的方向微微一笑,转身离去。那小厮走过去,对又哭又骂的薛母道:"这位老人家请了,你方才的哭诉,我家老爷都听见了,请你跟我回去,我们老爷想仔细听听你这桩案子,如果确有冤情,我家老爷愿意为你做主!"

薛母一听,就似溺水的人突然抓住了一根救命稻草,她甚至都没问问这人所说的老爷是谁,便一迭声道:"我去!我去!我这就跟你去!"

薛母兴冲冲地跟着那小厮便走,连水舞都不顾了。水舞生怕母亲有什么意外,急急在后追赶,三个人匆匆行了一阵,却见前方赫然出现一座气势恢宏,丝毫不亚于提刑司的衙门。

水舞抬头一看,就见门楣上赫然一块牌匾:"贵州承宣布政使司"。那小厮站住脚步,对薛母道:"我家老爷就在这处衙门里做事,你跟我来,从角门进去,一路小心着些,切勿高声言语。"

薛母只求有人能接她的状子,是以唯唯诺诺,连声答应。水舞见那小厮引她们所来的地方是布政使司衙门,知道他不是什么恶人,这才放下心来,眼见母亲随那小厮进了角门,水舞无奈,忙也跟了进去。

那小厮引着这母女俩不走衙门里的仪门正道,只管沿着一侧角门小道曲折前行,穿过一处处厢房院落,忽而出现在一处僻静的宅院里。

小厮引二人进入正堂,内中正有一名官员高坐,年仅三巡,相貌清朗,身着一袭绿袍,薛母曾在京官府上做过丫鬟妈子,见识虽说不多,可是从官袍还是能区分出级别高低的。此人身着绿袍,应该是个八品或九品的官。可她这时已经迷了心窍,也不管这人官大小,便抢上一步,纳头拜道:"青天大老爷,求您为民妇做主啊!"

那官员没曾想薛母进门便拜,赶紧绕过公案,亲手将她扶起,满面春风地道:"老人家在这里不必拘泥身份。方才本官在路上,听你似乎有天大的冤情,本官一向最好为人主持公道，你别急，坐下慢慢说。"

那官员说罢，便吩咐小厮上茶，请薛母坐了，让她从头说起，薛母添油加醋地把叶小天如何大雨天赶到她家却被丈夫赶走，又如何去而复返，争执杀人的经过说了一遍。

水舞在一旁听母亲所言不尽不实，几次三番想要插嘴，都被薛母厉声喝止，那官员听罢，呵呵一笑，颔首道："本官明白了，此人求婚未成，便蒙面杀人，想着除去你的丈夫，以便再无人从中作梗，便可迎娶你的女儿。"

薛母一拍手，喜道："大老爷英明！就是这样，他恨我丈夫不肯把女儿嫁他，便想杀了我丈夫，到那时我一个孤老婆子还不是任他摆布？偏偏我就不信这个邪，这个仇我一定要报！"

那官员想了想，笑眯眯地道："本官不管刑狱，如果贸然为你出头，不免有越权之嫌，会引起同僚忌惮。这样吧，我修书一封，介绍你去见我的一位好友，他叫李秋池，是贵州第一讼师，你让他帮你出面，先把官司递上来，布政司这边，我会替你打点，一定让你见到布政使大人。"

薛母感激涕零，连声道谢："好好好！老天爷开眼，老天爷开眼哪。如果这血海深仇能报，民妇一定为大老爷您修一个长生牌位，早晚三炷香，日日叩拜。"

那官员呵呵一笑，摆手道："老人家言重了。"

薛母擦了擦眼泪，又感激地道："还未请教，大老爷您是……"

那官员微微一笑，道："本官贵阳府照磨所照磨，徐伯夷！"

第六十七章

李大状

一

李秋池的住处距贵阳府的几处最高官邸不远，他是讼师，而且是有名的大讼师，需要时常和官方人物打交道，住得太远便有许多不便，而且住在这一带也能彰显他不同寻常的身份。

经过徐伯夷指点的薛水舞母女很容易就找到了李秋池的住所。前后三进的院落，园中布置颇具匠心，三步一景，五步一变，竟有几分江南园林的味道。

因为他们持有徐伯夷的书信，所以李府家人直接把她们带了进来，直到幽静雅致的书房门口这才让她们停下，自行进去禀报。

李秋池正开着轩窗，绘制一幅山水图，这幅山水图取自窗外的景致。贵阳城城中有山，山中有城，城在林中，林中建城，自然优美的风光景致随处可见。

李秋池刚刚绘完最后一笔，正端详着自己的大作颔首微笑，那家人轻轻走进来，欠身道："老爷，徐公子亲笔书信介绍了一对母女来，说是有一桩大案子，先请老爷听听仔细，之后他还会和老爷您亲自参详。"

李秋池欣然笑道："哦？有什么大案子让他如此上心，看来是有很大油水，叫她们进来吧。"

李秋池把笔架在笔山上，便在书案后缓缓坐了下来。

要做本省最有名的状师，除了自身的本事，自然还需要各方面的关系，李秋池在贵阳府可谓手眼通天，本来徐伯夷只是一个小小照磨，还未必能让他李秋池看在眼中，不过李秋池与他结交，看中的是他的长远。

徐伯夷是从葫县来水西的，不久就抱上了"白虎"的大腿，被田家安排到了布政司做了照磨官，前途远大，是以李秋池很快就和他搭上了关系，从此称兄道弟，亲密异常。

这"白虎"，李秋池也只敢在心里叫叫，以他的身份，就是背后都不敢宣于口，生怕一个不慎传进那位田大姑娘的耳中，那位姑娘喜怒无常，高兴时或许只是付之一笑，若是正不开心，只怕他就要倒大霉。李秋池是靠嘴巴吃饭的，岂会干出祸从口出的事来。

这"白虎"闺名妙雯，是安宋田杨四大土司中田氏一族的大小姐。妙雯这个闺名听着就婉媚贤淑，表面上看来也是这样，甫一接触这位天之骄女的田大小姐的人都觉得她温柔妩媚，不愧大家闺秀，可是相处稍久，就不免叫人敬而远之了。

作为三虎之一，她既不像夏莹莹一般飞扬跋扈，也不像展凝儿一般武力超卓，可是谈笑间就能令人灰飞烟灭，熟知她性情的人自然敬而远之。其实从她为自己起的绰号就能多少了解一点她的性情了。

她自号"怜邪姬"，听着就是一个很怪异的名字，然而初次相逢的人，还是很容易就会被她美丽的容貌、优雅的谈吐、温柔妩媚的样子所迷惑。

薛母和水舞进了书房，毕恭毕敬地见过了李大状，李秋池笑吟吟地请她们坐了，开口问起她们要告的冤情，薛母就把她对徐伯夷所说的话又重复了一遍，李秋池听到一半，眉梢便轻轻扬了起来。

他耐心听薛母说完，这才向她要过徐伯夷的亲笔书信，展开来仔细看了一遍，笑容可掬地对薛母道："好！这件事我帮你，不过那叶小天不是易与之辈，李某还需做些准备，你们住在哪里，且留下地址，回去耐心等待，李某这边有所准备后，自会使人去唤你们。"

薛母一进城就冲着提刑司去了，还没有找过住处，听李秋池这么一说，不由一呆。不过自从听说有人肯替她申冤，她的神志似乎清醒了许多，转念一想，不由喜道："李讼师，我们母女还不曾找过住处。不过我的女儿自幼许配了人家，她那未婚夫婿就在这水西田家做管事，我们母女这就投奔他去。他姓谢，叫谢传风。"

李秋池笑道："原来是田家，好，田家我熟得很，那你们去吧，李某这里有所准备后，便去寻你们。"

薛母千恩万谢，拉着水舞就走。李秋池这才看了水舞一眼，心道："倒是灵秀得很，好生调教一番，必是一个俏媚的尤物，可惜了，只能做一个下贱人的妻子。"

薛母带着女儿离开不久，徐伯夷便兴冲冲地亲自登门了。自从徐伯夷攀上田家，得到田家大小姐妙雯姑娘的赏识，一步登天成为布政司照磨，便动了报复艾典史的念头。

凭他一个权柄极轻的照磨，自然对付不了虽比他低上一级，却权柄更重的一县典史，不过他背后还有势力庞大的田家，这便有了十足的底气。不料他派人回葫县探听情况，竟意外地听说艾典史已经"为国捐躯"了。

他派去的那个人一路风尘，眼见事情已经打探完毕，便想去青楼舒坦舒坦，却不想正碰上在青楼喝得酩酊大醉的苏循天，苏循无酒醉之后，口齿不清地向姑娘们夸耀他在衙门如何风光，如何斗垮本县豪霸齐木，其中便提到了"艾典史"。

当时苏循天语焉不详，却已隐隐透露出其中别有内情的意思，姑娘们只是陪他打情骂俏，没人注意这个，徐伯夷派去的人就是为了"艾典史"而去，不免就上了心。

于是他改变主意，上前与苏循天攀谈，又置了一席好菜，叫了好酒与苏循天同饮，从他口中套出了那个天大的秘密，待他返回水西向徐伯夷禀明经过，徐伯夷才知道那艾典史竟是个西贝货。

奈何此时叶小天已不知去向，他派去那人只套问出艾典史的真实身份以及假死遁身的经过，苏循天便睡成死猪一般，其他全然无法询问了，徐伯夷无可奈何，也只得忍下了这口气。

毕竟凭他的身份，还没有能力挑战整个葫县官吏，就算他有后台，田家也不会为了他的私仇去得罪这么多人，那些官员多多少少大大小小也都有点后台，他算什么身份，田家会为了他得罪那么多官吏？谁知天从人愿，那个叶小天的消息居然自己飘到了他的面前。

李秋池也吃过叶小天的暗亏，徐伯夷与他做了密友之后，曾经就叶小天的事对他发过牢骚，是以这一狼一狈都很清楚艾典史就是叶小天，两个人凑到一块儿，就跟打了鸡血似的，兴奋异常地核计起对付叶小天的计策来。

·※·※·※·

铜仁府试揭榜之期，叶小天不出所料地赫然登榜，因为这是五年来铜仁出的第一个秀才，是以很是轰动。尽管只有一个秀才，知府衙门还是按照惯例举行了庆祝仪式。

依照规矩，入选的秀才应该齐集知府衙门，衙门鸣锣放三眼铳，新生列队从府衙侧门进入大堂，向知府老爷四拜，然后由知府老爷发放秀才专用的蓝色儒衫。

只有一个秀才，未免寒酸了些，可是张铎张知府还真不在乎这个，仪式照旧。于是，就见府衙大门前两队衙役鸣锣清道，又有一队士兵朝天鸣放三眼铳，一时间硝烟弥漫，叶小天从滚滚硝烟中钻出来，泪流满面。

府学训导黎中隐和颜悦色地道："呵呵，考中秀才，光宗耀祖，也难怪你真情流露，只是马上就要去见知府大人，赶紧擦掉眼泪，切莫在知府大人面前失礼。"

叶小天举起袖子擦眼泪，心道："谁他娘的真情流露了，我是被烟熏的好不好？"

叶小天回过头，就见硝烟正慢慢散去，清者上升，浊者下降，中间渐渐呈现出华云飞、毛问智和冬天三个人的身影，毛问智正向他兴奋地招手，毛问智腹部……还有一只小手在摇晃，却是可怜的小遥遥，身子尚在烟雾中看不见。至于大个儿和福娃，这种场合却是不便带来了。

叶小天微微一笑，转身随着黎中隐进了府衙。

大堂上，张知府端坐在公案后面。

叶小天进去，在黎训导的引领下向他一连四拜，张知府笑眯眯的，有心做出一副礼贤下士的模样来，可他试了两次，肥肉卡在椅子上，实在站不起来，大落落地受了叶小天四拜，摆手道："起来吧，来人，给秀才公赐袍。"

当下就有一个衙役捧了蓝色儒衫，帮叶小天穿戴好，廊下奏起鼓乐，又有两名衙役走上前，给叶小天帽子上插了碗口大一朵金色绢花，身上交叉披了红绸，叶小天打扮完毕，又向知府老爷四拜。

张知府努力地挺了挺肥硕的腰杆，还是站不起来，便向左右示意了一下，两个衙役赶过来，一手搀着大人的手臂，一手按住椅子扶手，"嘿"的一声同时发力，把知府大老爷从椅子里拔了出来。

张铎站起身，呼呼地喘了两口粗气，对叶小天和颜悦色地道："本府身子有些不便，接下来的仪式就由黎训导代劳吧。你们且去，仪式完成后回府衙来，本府设宴为你庆祝。"

接下来本该由知府大老爷引领全部新选秀才——也就是叶小天一人啦，入文庙拜孔子，行三跪九叩大礼，再至府学由知府和学官互拜，学生向学官两拜，然后在府学设宴。

如今土知府张铎一句话，这些啰唆规矩自然还是由黎训导代劳。黎训导一听知府大老爷亲自设宴，也觉脸上有光，连忙与叶小天向他道谢不止，随即吹鼓手吹吹打打，把这对师徒送了出去。

张知府站在大堂上，满意地看着叶小天施礼退下的身影，微笑颔首："嗯！这个年轻人，一看就是有学问的样子，得让他去水西考举人，人才，不能埋没在本府手中啊！"

第六十八章

怜邪姬

一

叶小天被人吹吹打打送去文庙拜过了孔子，便与黎训导回转府衙。毛问智等人像看大戏似的一路嘻嘻哈哈地跟着，半路上叶小天抽个空隙对华云飞道："我去府衙赴宴，不好带你们同行。你带他们四处走走，到了饭时寻个地方用餐。"

叶小天又把他拉到一边，小声叮嘱道："问智这人说话办事不太着调，冬天那老家伙又只会和虫子打交道，不通世故得很，你年纪虽小，却要你多用些心思了，且莫让他们惹出是非。"

华云飞颔首道："大哥放心，小弟自当尽力，不会让他们惹出是非来。"

叶小天点点头，扬声对遥遥道："遥遥乖，你先跟着云飞哥哥去玩，小天哥哥要去一趟知府衙门，明日得空，再陪你去郊外玩耍。"遥遥乖巧地点头答应，几个人便停下脚步，目送叶小天离去。

知府衙门里，张铎在三堂摆下了一桌酒宴，黎训导和叶小天谢过了知府大人，便依次在下首坐了。大腹便便的张知府在上首坐，与他二人谈笑风生。

叶小天本以为一府正印，又是世袭罔替的权贵，必然是极为自矜的人，拿腔作调大摆官威是免不了的，却不想这位张知府竟是毫无架子，令人大生好感。

酒过三巡，菜过五味，张知府喝得高兴起来，忽然抓起汗巾擦了擦额头的汗珠，兴冲冲地道："如此佳宴，岂可有酒无诗呢。本府忽然诗兴大发了，你们两个要不要听听？"

黎训导大惊道："知府大人又要有佳作问世了？下官自当洗耳恭听。"

花花轿子众人抬嘛，叶小天也连声说道："是是是，学生正当洗耳恭听。"

张知府拍了拍两只胖手，便又有两个力大的家奴过来，将张知府从圈椅中拔出来。张知府沉吟着在庭上踱步，叶小天低声对黎训导道："恩师，知府大人是世袭官，不用科举便可入仕，不过毕竟是世家出身，学问想必是极好的。"

黎训导微笑着颔首道："不错，铜仁虽然相对封闭了些，但是田氏家族从隋朝时候就已是思州、思南的统治者，从而把我儒家文化带到了这里，寻常百姓固然连识字的都没几个，可是权贵人家却是风俗与我中华相同的。"

叶小天恍然颔首，虽然自觉文化有限，未必能欣赏得了知府老爷的大作，却也做出一副温文尔雅的模样，举杯在手，欣欣然听张知府吟诗。张知府轻拍额头，在厅中踱了几步，突然喜道："有了，你们听着。"

张知府伸手一指堂前那株铁树，大声吟道："千年铁树不开花，莫非尚未到千年？人家秀才才十九，你这木头不如他！"

"咳咳咳咳……"

叶小天一口酒差点没喷出去，急忙闭住嘴巴，呛得咳嗽不止，脸庞涨得通红如下蛋的母鸡，他急忙抬起衣袖擦了擦眼角憋出来的泪珠，生怕有什么不妥的举动被张知府看到，惹恼了这位土皇帝。

黎训导神色从容，拍手大呼道："好诗啊！好诗！知府大人这首诗以树喻人，意味深长，回味隽永，令人深思，当真是好诗啊。"

叶小天震惊地看向黎训导："这人好无耻！一点文人风骨都没有了，这么肉麻的马屁，换了我就绝对说不出来。你好歹也是府学的老师啊，为人师表，还要脸吗你？这……也叫诗？"

黎训导满脸笑容地鼓着掌，不动声色地对叶小天递过一方手帕，道："擦擦鼻孔，酒喷出来啦。"

张知府哈哈大笑，得意扬扬地回到首座，乜斜了叶小天一眼，道："叶秀才以为本府这首诗如何？"

"好！好极了！"

叶小天急忙拿开正擦鼻孔的手帕，满脸钦佩地道："学生早就听说知府大人世守铜仁，以文藻自振，声驰士林。大人的诗，怊怅切情，意味深长，今日一听，传言果然不假。"

张知府一听，更加开心，哈哈大笑地指着叶小天道："你是个识货的人，嗯，本府这诗确实深奥了些，也只有你这样满腹才华的读书人才能品出其中意味。你如此年轻，便有这般才华，只做一个秀才未免可惜了。本府有意保举你到贵阳府参加贡试，替我铜仁夺个举人回来，你看如何？"

"啊？"

叶小天一听，顿时就像一口吞下个苦瓜："我要早知道拍马屁有这么严重的后果，打死我都要坚守节操啊！"

· ※ · ※ · ※ ·

李秋池府上，李秋池和徐伯夷呷着香茗，商量着对付叶小天的策略。

李秋池微笑道："这个叶小天的毛病，当真是一抓一大把。第一条大罪就是冒官。"

徐伯夷道："不错！只是，此事牵涉的人太多，被他冒充的那个艾典史已经得到朝廷嘉奖，以县丞身份迁回原籍下葬了。这件事捅出来，连朝廷都脸上无光，很可能会低调处理。到时候，不光葫县上下被我们得罪光了，就是朝廷诸公对你我也必然生出看法。"

李秋池赞同地点了点头，道："不错。那么第二条，就是冒籍参试了。依我朝规定，童生参加秀才考试，需要他的祖父在当地居住二十年以上，有坟墓，有田园，方可参试。"

徐伯夷忙提醒道："秋池兄不要忘了，川陕云贵地区是有些特殊的，所以礼部特许，凡移居境内完纳丁粮满二十年者，也可参考。"

李秋池瞥着他道："难道他们家在贵州完纳丁粮满二十年了？"

徐伯夷只是卖弄自己的学识，目的达到，便一拍额头，轻啊一声道："小弟糊涂了。"

李秋池自得地一笑，复又沉吟道："这一条，可用。只是不妨当作备用。"

徐伯夷道："秋池兄的意思是？"

李秋池恶狠狠地道："冒籍参考，一经查获，不过是剥夺功名，永世不准参考，却要不了他的命！"

徐伯夷道："这么说，秋池兄是打算在薛家命案上做做文章了？"

李秋池道："不错！"

徐伯夷微微蹙起眉来，道："这件事却也有些难处。"

李秋池道："此话怎讲？"

徐伯夷道："我向那薛刘氏问话时，她的女儿几次插嘴，似乎薛刘氏所言不尽不实。我听她女儿所言，害死她爹爹的似乎是靖州杨家的人。这老婆子却一口咬定是叶小天，究竟谁的话不尽不实，现在还不好说。"

李秋池仰起脸来，思索地道："靖州杨家？靖州杨家。哦，我想起来了。"

这李秋池身为讼师，对贵州所有强大势力及其所属派系全都了如指掌，徐伯夷一说靖州杨家，虽然不属贵州，可博闻强记的李秋池竟也想起一些联系来。李秋池道："靖州杨家，那不是播州杨家的分支吗？"

徐伯夷一呆，道："竟有此事？"

李秋池道："绝对不会错！"

徐伯夷喜道："那就成啦！播州杨家何等了得，四大天王中，播州杨天王的实力已经隐隐然达到了坐二望一的地步，如今只比安家稍逊一筹。提刑司也好、布政司也罢，谁敢招惹杨天王这个麻烦。"

李秋池脸上掠过一丝阴冷的笑意，道："所以，官府也不愿把杨家牵扯进来。不过，薛家那姑娘确实有些古怪，似乎与那叶小天有些瓜葛，如果作为受害人的女儿却为杀人疑凶做证，终究是个麻烦。到时候得把她控制起来，免得叫她坏了咱们的大事。"

徐伯夷道："秋池兄所言甚有道理。"

二人计议已定，又闲坐片刻，便各自分头行事。徐伯夷回到布政司刚刚坐定，侍候他起居的那个小厮便上前禀报："老爷，刚刚田府来人，请老爷您抽空去一下。"

徐伯夷一听是田府传唤，哪敢等什么有空，立即起身奔了田府。田家自二田争锋，中了朱元璋和朱棣两父子的算计，已然元气大伤，在安宋田杨四大家中虽名列第三，实际上实力已经居末。但是瘦死的骆驼比马大，田家依旧是贵州官场上一股不可小觑的政治势力。

田府占地三百亩，整个府邸建筑如果从空中俯瞰下去，仿佛一头择人而噬的猛虎，有一府八院九层的建筑格局，一道道门户进去，叫人有一种"侯门深似海"的感觉。

第八进院落一个幽静娴雅的角落里，徐伯夷匆匆赶到，脱去官靴，只着布袜，在侍女的引领下，沿着木质地板的长廊走到尽头临着山林溪水的一处房屋外，廊下风铃叮当，室内却有淙淙琴声传来。

那侍女站住脚步，恭声道："小姐，徐伯夷到了。"室内没有回答，只是琴声一停，铮铮地拨弄了两下，那侍女微微欠身，退过一旁，徐伯夷向她颔首致谢，屏住呼吸迈进房去。

房间布置极是淡雅，外间一处温馨雅致的客房，一侧有红梅卧雪的屏风隔断了之后的空间，正前方纵深处又有一道门户，却是建在林间山中的一处平台，平台上有大树如盖，树下一个白衣女子背向这边，正轻拭琴弦。

这女子就是自号怜邪姬，外人却暗中称她为白虎的田妙雯，如今已双十年华，她嫁过三任丈夫，三任丈夫都在换过婚帖至迎亲之前的这段日子里离奇暴毙，从此凶名远播，再也没人敢要她了。

徐伯夷抬头看了一眼田妙雯的背影，隔着一道珠帘犹觉柔媚入骨，哪里像头猛虎了，徐伯夷不敢多看，仿佛那女子背后长了一双眼睛，能够看到他似的，立即眼观鼻、鼻观心，毕恭毕敬站定，道："小姐。"

那女子纤纤十指轻轻下压,止住了琴音,柔婉清美的声音道:"你到照磨所这段时日,我一直在关注你的表现,很不错。"

徐伯夷喜上眉梢,连忙欠身道:"谢小姐夸奖。"

那女子又道:"不过,要在这水西给你安排个闲职容易,若想你更进一步,纵然不是进士也得有个举人功名才好提拔,毕竟你不是我田氏嫡系,不好直接做官。如今贡试在即,我想让你辞了照磨,考个举人回来,如何?"

徐伯夷恭谨地道:"但听小姐吩咐!"

那女子轻轻地拨弄了几下琴弦,淡淡地道:"既如此,你去吧,好好备考,若是中了,我自会送你一个正经前程!"

第六十九章

水舞之伤

一

田府在水西地面上可是赫赫有名的人家,极为好找。

薛母带着水舞向路人一打听,便很容易地问到了田府的所在,田府守门家丁听说她们是谢管事家的亲戚,倒也不敢怠慢,连忙把她们请进门房,先沏了两杯粗茶奉上,这才进去通报。

水舞坐在门房里,心情十分忐忑。对于小风哥哥,她的印象还停留在十二三岁时候,那时的小风哥哥正陪公子读书,有空的时候就会带她一块出府玩耍,这么多年过来,两人俱已成年,却不知他已变成什么样子。

如果不曾遇到过叶小天,水舞此时忐忑中难免带些娇羞与期待,因为她即将见到的是她将要陪伴一生的丈夫,可现在心中却是一片惶恐:难道……真要嫁给他了?

她的母亲是绝不肯让她嫁给叶小天的,她能违抗母命吗?母亲固执地把叶小天当成仇人,可那明明是自己的恩人,自己夹在中间又该如何自处?

水舞正凄惶自伤、纠结无奈之际,一个身穿青袍的年轻人带着两个家丁来到了门房,他一进门,水舞就觉得此人有些熟悉,仔细一看,依稀看出几分谢传风当年的影子,只是毕竟已经成年,变化实也不小。

谢传风很是不耐烦地走进门房,他的父亲已经托人捎过几次家书过来,催他回家完婚,不过谢传风都以田府事务太忙为由拒绝了。到了水西地面,成了田府管事,地位高了,眼界也高了,谢传风已经不大看得上同为奴仆出身的薛家。

薛水舞在他印象中,就是那个跟在他屁股后面一起玩耍的黄毛丫头,实也没有什么出色的。这田府里俊俏丫头有的是,他年纪轻轻就做了三管事,前途远大,不知多少俊俏丫鬟主动朝他抛媚眼呢,还愁找不着媳妇?

如今一听薛母竟带着姑娘主动找上门来,谢传风心中很是厌恶,可两家毕竟是世交,不好做得太绝情,他一路走来,还在想着如何推却这门婚事,可是进了门房拿眼一扫，眼前却是顿时一亮。

门房里就这么一位年轻姑娘，自然就是水舞。这还真是女大十八变啊，几年没见，居然出落得这么漂亮，还别说，府里的丫头比她俊俏的着实挑不出几个，虽然不是没有，可那都是大小姐身边的人，心气高、眼界高。

再者说大小姐一旦出嫁，那些大小姐的身边人，是要跟着大小姐嫁出去做通房丫头的，哪是他能染指的人。不过就算那几个丫鬟身材相貌不在水舞之下，可气质却还是比不上。同样都是侍候人的丫鬟出身，怎么水舞往这儿一站，就有一种优雅脱俗的气质，这分明就是一位大家闺秀啊。

谢传风再一转眼看到薛母，原本的不耐烦便全然不见了，他笑容满面地迎上去，向薛母施了一礼，亲热地道："大娘，我是传风啊，咱们可有年头没见啦。"

薛母高兴地站起来，上下打量谢传风，越看越满意，薛母笑道："你这孩子，虽说你和舞儿还未完婚，可毕竟是订下了亲事的，怎么还叫大娘。水舞，还不快来见过你传风哥哥。"

水舞硬着头皮走上前，向谢传风福了一礼，道："小风哥哥。"

谢传风对薛水舞是越看越喜欢，连忙殷勤地道："大娘……啊不，岳母大人，呵呵，水舞妹子，你们远道而来，着实辛苦了，来来来，先到我的住处歇息一下，我这就为你们安排住处。"

谢传风领着薛母和水舞往他的住处走，他带来的那两个家丁自然接过了水舞和薛母的包袱，一路殷勤相送。

田府占地三百亩，如此庞大的宅院，身为三管事的谢传风自然有他的一席之地，在第三进院落左跨院里有一处僻静的小院，就是谢传风的住处，居然是独门独院、一进三间的房舍。

谢传风吩咐那两个家丁道："去，把东厢房收拾干净。"又把薛母和水舞请到正堂，奉了茶，双方坐下叙话。

薛母没说几句话就把她带着水舞赶赴水西的目的说了出来："贤婿啊，我这次来水西，就是为了你岳丈的人命官司。你在水西地头熟，人面广，还得多帮老身出把力才是。舞儿年纪也不小了，等这件事办完了，你就跟老身回铜仁，正好让你们两个完婚。"

水舞忍不住道："娘，女儿已经忍了很久，真的忍不下去了。咱们薛家不能恩将仇报啊，小天哥哥是我的大恩人，不是咱们家的大仇人，娘！你……你叫女儿怎么说你才明白，你怎么就这么糊涂了呢？"

薛母在徐伯夷和李秋池面前所说的添油加醋的话，其中有实情也有她臆想出来的场面，可是说过两次以后，她自己就当了真，这时听水舞再次反驳，不禁勃然大怒，跳起来骂道:"你这忤逆不孝的丫头,猪油蒙了心,自己亲爹的血海深仇都不想报了,还在袒护那个小畜生。"

谢传风现在对这个小媳妇可中意得很,哪舍得让岳母大人这么骂,赶紧劝道:"岳母大人,您别着急,听听水舞妹子怎么说,我有分寸,会分辨是非的。"

薛母现在把他当成依靠,倒是听话得很,便气呼呼地坐下了,水舞流着泪把叶小天如何护送她离开靖州,费尽千辛万苦赶回水西的经过说了出来。

她怕谢传风生出别的想法,再者一个姑娘家,也不好意思把叶小天一路对她的追求当着她的未婚夫说出来,故而便略去了这一部分。

薛母坐在一旁气愤地道:"如今这世道,上哪儿去找这样侠肝义胆的人来。他护送你回铜仁,原本就没安好心,有什么恩情好谢?他明知你早有了夫家,却向咱家求亲,你爹不允,他便挟恨杀人,难道不是这样?"

谢传风年纪轻轻就能成为田府三管事,自然生了一颗七窍玲珑心,是极精明伶俐的人。水舞叙述中匆忙略去了一些东西,他听着她吞吞吐吐,似乎有些不尽不实,再听薛母这么一说,脸色立即难看起来。

谢传风心道:"千里跋涉,若说只是路见不平,实在有些说不通,他们孤男寡女的,路上莫不是发生了一些什么?要不然,那叶小天何必如此卖力?他们若没有私情,到了薛家,他又为何开口提亲?薛伯父临终亲口交代是死于叶小天之手,为何她还如此偏袒叶小天?"

男人家最重妻子名节,如果是纳妾狎妓,赏的就是一个姿色,要的就是一个玩物,都是不甚在意的,可妻子不同,哪怕她是天仙国色,一旦被别人玷污,立刻就一文不值了。

谢传风阴沉着脸色,眼见水舞与母亲争辩,极为袒护那个姓叶的,心情越来越差。过了半晌,谢传风实在忍无可忍,终于霍然站起,沉着脸道:"大娘、水舞,既然李大状已经答应接手,那叶小天有罪无罪,自有官府公断,你们两个就不要争吵了!"

薛母气愤地瞪了女儿一眼,没好气地道:"你出去,到东厢帮着收拾收拾,我和女婿说说话!"

薛母把女儿赶出客堂,对谢传风道:"贤婿啊,这真是女大不由娘。等这次事了,你们两个还是早点完婚吧,把她交给你,老身也就放心了。"

谢传风阴沉着脸色,阴阳怪气地道:"大娘,你是放心了,可我不放心啊。"

薛母一呆,奇道:"贤婿有什么不放心的?"

谢传风冷冷一笑,道:"那姓叶的千里相送,孤男寡女这一道上可不知发生过什么事,一到了你家,那姓叶的便开口求亲,水舞又如此偏袒,连父仇都弃而不顾了,大娘！虽说我姓谢的不是什么尊贵人物，可要娶妻，也得是清清白白的人家，清清白白的身子。"

薛母一听就急了，马上替女儿辩解道："水舞从小知书达理，岂有不守名节的道理。贤婿你这么说，可就冤枉了她。"

薛母一向老实木讷，恰是因为这种性格，受了丈夫被害的刺激，才变成了偏执狂，神志时而就不清醒，但她心底里其实还是疼爱女儿的，自然不想女儿名声有损，只是她头脑不甚清楚，说话颠三倒四，以致引人猜疑。

谢传风道："大娘，话是这么说，可谁不爱自己的儿女啊？你自然可以替水舞做证，可要真是有点什么，呵呵，我谢传风在这儿也算是有头有脸的人物，我可丢不起那人。"

薛母气得直打哆嗦，道："你这孩子，怎可如此羞辱我的女儿，我生的女儿，我最清楚，她不是不守规矩的人！"

谢传风摇摇头，淡淡地道："大娘，你我两家一向交好，冲着这份交情，我也不会赶你们出去，你们就在这儿住下吧，别的事，以后再说。"

薛母急道："什么叫以后再说，那你和水舞的婚事？"

谢传风不耐烦地道："我不是说了以后再说？"说完拔腿就走，薛母那偏执狂的劲又上来了，一把扯住他道："不行，你现在就说清楚，你和水舞的婚事，究竟怎么样？"

谢传风一把甩脱薛母的手，怒道："你不要纠缠不清好不好？想让我娶你女儿？成！那就先让她跟我洞房，如果还是处子，我便娶她为妻。如果不是，嘿嘿！我纳她做个小，都是看在两家一向交好的面子上。"

薛母道："成！那你们就先洞房，再成亲！我的女儿，我心里有数，她绝不会丢了我薛家的脸。"

薛水舞离开客堂后并没有走远，生怕母亲又说出中伤叶小天的什么话来，却不想竟听到这样一番荒唐的对话，薛水舞怒不可遏，从门外闪身进来，大声道："我不同意！"

谢传风瞥着她，对薛母冷笑道："怎么样？你的女儿，还是你去教吧。"

薛母气得暴跳如雷，冲过去又是一巴掌，恶狠狠地骂道："你这丫头真是鬼迷了心窍，怎么就不成？这是证明你清白的机会啊，难道你宁愿污了名节，从此抬不起头做人？"

水舞没有躲闪，她悲伤地看着已经疯掉的母亲，流泪道："娘！鬼迷了心窍的人不是我，而是你！这样荒唐的条件你都答应，你把自己女儿当成什么人了？"

薛母大怒道："什么人？你说是什么人？只要你们入了洞房，不就证明你的清白了？你这丫头，怎么纠缠不清。"

水舞颤声道："娘，女儿……女儿和您老人家，真的是说不清楚了，女儿心里好苦，好苦，你知不知道？"

水舞一边说一边往门外退，刚才进院子时她就看到院子里有口水井，退出了房门，水舞突然一转身直奔那口水井，想都没想，纵身一跃便跳了下去。薛母呆了一呆，疯狂地大叫起来："快救人哪！快救人哪，我女儿跳井啦！"

谢传风一见也吓了一跳，赶紧招呼来那两个正清理东厢房的家丁，七手八脚把水舞从井里捞出来。水舞已然溺水窒息，众人七手八脚好一番抢救，水舞才吐出几口清水，渐渐有了呼吸。谢传风见状，这才松了口气。

水舞悠悠醒来，无力地睁开眼睛，就见谢传风一脸冷笑，不屑地对她的母亲道："你看，如果她不是心虚胆怯，怎么会跳井自杀？嘿！你养的好女儿啊，想跟我谢家攀亲？不好意思，在下敬谢不敏了。"

水舞听到这话，一股气血逆冲，"哇"地喷出一口鲜血来，薛母正要跟谢传风理论，陡见女儿吐血，不由大惊，慌忙蹲下，握住她冰凉的手道："女儿，你怎么了？女儿？"

水舞睁着一双空洞无神的眼睛，仿佛在看着她的母亲，又仿佛什么都没看见，只是喃喃自语道："娘，你发发善心，让我死，让我死了吧……"两行清泪，顺着她的眼角缓缓地流下……

第七十章

初到贵地

一

叶小天是很有自知之明的，诗词歌赋他懂些，八股文也会写，讲起高深的学问偶尔他也能插上几句，但是真要参加科举，那么系统完整地学习四书五经并钻研吃透，他的功力远远不够。

可是那位自命风雅的知府大人既无自知之明，也无识人之明，他看叶小天顺眼，便觉得叶小天是个可堪造就的人才，于是很热衷地要求叶小天赴水西参加贡试，给铜仁争个举人回来。

叶小天当时就想推却，却被黎训导悄悄拉扯他的衣角制止了，出了知府衙门后，黎训导郑重地告诫他："咱们这位知府老爷，你要是顺毛捋怎么都好，你要是逆了他的心意，那就一定倒霉。他让你去考，你去就是了，考不上他也不至于生气，可你要是不去，那就一定得罪了他，你是本府秀才，得罪了本府大老爷，你还如何在此地发展？"

叶小天听了无可奈何，只好决定去水西走一遭，举人他是根本不用指望的，到时候也没人提前泄露考题，提前替他捉刀，他只管应付一下就是。这样一想，叶小天倒是毫无压力。

过了几天，叶小天便去知府衙门领了参加贡举的路引凭证，又接受了知府老爷的一番"谆谆教诲"，打点行装直奔水西。

水西地面上知道叶小天的人寥寥无几，他在蛊神教荣升尊者，苗疆各大部落派去的人大多没有见到叶小天本人，只是送上礼物，受到了某位长老的接见。

即便是见过叶小天的人，也不可能打听叶小天的过往，更不会回去之后便画出叶小天的模样，让本部落的人记个清楚，顶多是对部落酋长提两句这位尊者"很年轻，眉清目秀"一类的话了事。

况且水西地面上真正的大族世家以彝人居多，他们可不信奉什么蛊神，对蛊神传承也毫不关心。不过在蛊神教而言,这也符合他们游历的要求,如果每到一处就前呼后拥,到处彰显尊者大人的身份,那还游历什么?这就有悖教规了。

贵阳府比铜仁可热闹了十倍不止,叶小天一行人一进城,就见到处热闹一片,街市繁华,人群熙攘。距贡试之期还早,他们也不着急,就在人群中边走边看,东张西望地瞧风景。

只是他们一行人居然有一头那么高大罕见的巨猿跟随,又有一头可爱的熊猫同行,免不了也有许多人看着他们指指点点,尤其是很多小孩子追随在他们后面,倒也成了贵阳一景。

前方路口正有一个草台班子在表演各种杂耍,包括武术和气功。那班主扎着红腰带,光着膀子,抱拳向众人大声道:"各位乡亲父老,咱们兄弟初到贵地,没别的手艺,卖两把力气图大家一个乐呵,您有钱的捧个钱场,没钱的捧个人场,下面给大家表演的是——油锅捞铜钱。这可是一门上乘气……"

他刚说到这儿,就见人群上空出现一头巨猿,那巨猿比普通人高出近一倍,自然如鹤立鸡群一般。紧接着叶小天一群人就走过来,一见有杂耍的,小孩子都喜欢,遥遥兴奋地往前挤,却挤不过去,便拍着巨猿的大腿让它弯腰,把自己抱到了它肩上。

他们一到,许多正围观杂耍的人纷纷扭头看去,指指点点,窃窃私语。那班主一见这架势,立即升起一种危机感,他还以为这是另一个杂耍班子到了贵阳,这不是跟他抢生意吗?

一口油锅架起来,底下烧起柴火,那班主一边用眼角瞥着叶小天一行人,估量着对方的实力,一边心不在焉地提起一桶油倒进锅里,不一会儿工夫,那油就沸腾起来。

这班主抱着拳又走了一圈,卖力地吆喝了一阵,佯作运气,比比画画一番,大喝一声,便把手插向油锅,四下围观的百姓果然把注意力从巨猿身上移开,紧张地盯着他。

遥遥见他把手伸向沸腾的油锅,吓得尖叫一声,赶紧捂住了眼睛。

"啊!烫死我啦……"

班主的指尖刚刚戳进油锅,就一蹦五尺高,像只大马猴似的满场蹦跶起来,场边观众看得目瞪口呆,就见那班主五根手指通红,都被油烫烂了,四下群众登时一阵喧哗。

那班主的婆娘赶紧上前帮他敷药包扎,又有班子里的人敲着铜锣满场游走,说他们班主昨儿吃多了红薯,方才不小心泄了真气,所以气功没有护身,还请大家多多原谅。

有些围观百姓见这班主如此可怜,倒是动了怜悯之心,顺手就扔出些铜钱,叮叮当当地落在那人的铜锣上面。那班主的婆娘一边帮丈夫包扎，一边小声问道："你怎么搞的，怎么还把手烫了？"

那班主痛得直冒冷汗，小声答道："那不是又来了个杂耍班子吗，还带着一头巨猿、一只熊猫，想必是有些独门绝技，我正琢磨他们会不会抢了咱们生意，一时马虎，忘了往锅里倒醋了。"

那婆娘心疼地道："看你这手烫的，今天就收了吧。"

那班主道："不行，绝不能让人抢了咱们生意，我还有绝招呢。"

班主一把推开婆娘，举着被包裹得严严实实的"熊掌"大声吆喝道："对不住了各位，各位乡亲父老这么捧场，在下一时高兴，没沉住丹田气，这口气一泄，气功也就散了，惹大家见笑了。没关系，在下还有一手绝活，这就叫您开开眼，来啊，抬上来。各位乡亲父老，您瞧好了，接下来，在下给您表演一手家传绝活：大石碎胸口。"

遥遥一听，害怕地对叶小天道："小天哥哥，咱快走吧。"

叶小天倒是看得津津有味，道："急啥，看完这场再走。"

遥遥道："人家都玩命了，太吓人啦，遥遥可不敢看。"

叶小天奇道："玩什么命了，不就是胸口碎……嗯？"

叶小天突然明白过来，敢情那班主痛得钻心，竟然把话说反了，叶小天忍不住大笑起来，道："不错不错，胸口碎大石我敢看，大石碎胸口，确实有点叫人害怕，咱们赶紧走吧。"

叶小天扬手丢出一串铜钱，带着华云飞、毛问智等人离开了，大个儿肩头坐着遥遥招摇过市，极为引人注意，那班主自然看得清楚，不禁暗暗冷笑："想跟我玩命，吓不死你！我在，这块地盘就是我的，你呀，哪儿凉快哪儿去！"

"让一让，让一让，提刑司公干！"

两个衙差扬起马鞭，吆喝着试图驱散街头的行人，奈何威力有限，只得放慢速度，骑着马儿从人群中慢慢地往前蹭，看到那头巨猿时，两个衙差也不禁露出惊奇的神情。

双方就这么错肩而过，叶小天并不知道这是提刑司派去铜仁提他到水西审讯的公差，这两个差役也不知道走在那头巨猿前边的人就是他们将要赶赴铜仁抓捕的案犯。

李秋池那边准备妥当后，已经把状子递到了布政司衙门，布政司衙门也有自己的刑狱部门，民政案件是归布政司管理的，刑事案件则归提刑司。而且布政司有咨询民情之权，是以布政司便给提刑司发了一道咨情公函。

一见此事都惊动布政司了，提刑司也不好继续装聋作哑，于是便派了两个人前往水西，提叶小天赴水西审理此案。

· ※ · ※ · ※ ·

水西，红枫湖畔，夕阳西下，彩霞满天。

草地上张着一张大网，一个穿着彝家服饰的老妇人坐在网下，正在捻着网线补着网上破漏的窟窿。她的年纪已经很大了，满脸皱纹，可是耳不聋、眼不花，居然还能补渔网，足见身子硬朗。

不远处，一个俏丽的彝家小姑娘笑嘻嘻地跑过来，蹲在老妇人面前，把手放在老妇人膝上，握住她的手，甜甜地叫道："老祖宗，我去你房里找你，不见你的影，就猜你到这儿来了。"

老妇人一见她乖巧可爱的孙女，满脸皱纹都笑开了花："就你丫头聪明！呵呵，今儿又去哪儿疯了，这么晚了才回来。"

少女皱了皱鼻子，鼻翼处荡起可爱俏皮的纹路："人家才没出去疯呢，就是到岛上逛了一圈。"

少女灵动的眼珠微微一转，声音便愈发甜了，甜得有些发腻："老祖宗，人家想去水西玩，好不好？"

老妇人已经拿起梭子，重新织起了网，听到孙女的话，老人眼中便浮起一丝了然的笑意："就知道你这臭丫头没这么殷勤，你前不久不是刚去过水西吗，怎么又要去啊？"

少女嘻嘻地笑："这不是妙雯姐姐约我嘛，盛情难却嘛，人家要是不去该多不好意思。"

少女生得十分甜美，有一种模样是男人见了喜欢、女人见了也喜欢的，大概就是她这种长相了，那是一种诱人的魔力，只要你接近她，就会被她的魔力所吸引。

这样一位在上古时候常被雅称为"倾城祸水"的少女，自然就是声名赫赫的"胭脂虎"——夏家大小姐夏莹莹了。

老妇人叹了口气道："你呀，老大不小的人了，成天就知道疯闹。去吧去吧，要是不让你去，还不知道你有多闹人。"

第七十一章

有缘千里来相会

一

老妇人说得很无奈的样子,可是从她的语气就能听出她有多宠溺这个重孙女。也是啊,老太太一辈子生了六个儿子,六个儿子又分别给她生了很多孙子,偏偏就是不生女娃,夏家的阳刚气旺得都能直冲云霄了。

直到她重孙子这辈,才好不容易生下一个女娃,全家上下还能不当成宝贝供着?然而别看这老太太在重孙女面前一副慈祥和蔼的模样,熟知夏家情形的人却都知道,水西夏家真正当家做主的人就是这个老妇人。

这位老妇人嫁到夏家,说来也是一段传奇。

她本是一个康巴女子,名叫达娃,从小生活在高高的雪山上,当年夏莹莹的重祖父夏文暄到雪山上游玩,看到了她,惊讶于她的美貌,随口夸赞了她几句,说是她若愿意,这么漂亮的姑娘他一定娶回家。

结果第二天早上夏文暄一推房门,就见她挎了个小包袱站在门口,说是已经跟家里人说过了,要跟她的男人下山。夏文暄当场傻眼,他只是看到人家姑娘漂亮夸口一番,哪想到人家会当真?

这位夏家少主结结巴巴地向人家姑娘说明了自己的意思,达娃的眼泪当场就扑簌簌地流下来,她拔出腰间的短刀,抵在自己的心口,对夏文暄道:"好!如果你说的是假话,那么,把刀刺进我的心里吧,反正你已经把它击碎了。"

夏家少主再度傻眼,愣了半响才结结巴巴地说自己已经有了老婆,有了孩子,父母也不一定同意他要个山里姑娘,啰里啰唆说了半天,达娃姑娘听得一脸纳闷,夏文暄看了她的表情也不禁纳闷起来:"达娃姑娘,你听不懂我的意思吧?"

达娃姑娘很奇怪地问他:"我只是不明白,这些事和我爱你有什么关系?"

夏文暄再次呆住,雪山泉水灌溉的女子,和山下的女儿家当真不同,她们不明利害、不懂关系,即便是俗世制定的一些礼仪都不懂,她那双澄澈如雪山泉水的眼睛看见的永远是最本质的东西：你喜欢我，我也喜欢你，那我们便应该在一起。

夏文暄被达娃姑娘那皎洁如雪山一般的心灵震撼了，他把姑娘领回了家。他的夫人也是出身大户人家，性情很好，为人良善，和达娃姑娘接触没多久，就喜欢上了这位纯朴善良的雪山女子，接纳她成为自己家庭的一员，做了夏文暄的侧室。很多年后，夏文暄夫妇已先后过世，她已成了夏家年纪最老、辈分最尊的长者。

夏莹莹得到老祖宗的许诺，开心得不得了，连忙说道："老祖宗答应的哦，那我这就走。人家去哪儿了，老祖宗可得替人家保密，要不然爷爷们啊、伯伯叔叔们啊，还有我爹，又得啰里啰唆没完没了呢。"

夏莹莹说完，嘻嘻一笑，凑上去在老祖宗颊上吻了一下，便像一只快活的小兔子似的蹦跳而去，达娃望着孙女远去的背影，慈祥地一笑。

夏家不常驻水西，其实安宋田杨四大家除了田家，全都不常驻水西。当然，他们在水西都有府邸，家族晚辈也常在那儿露面，但是家族的主事人则很少会出现在那儿。

他们都有各自的势力范围，平时都在自己的地盘上操持事务，不会轻易到水西去，只有田家，因为失去了思州、思南两地的宣慰使官职，成为四大家中的一个隐性家族，把"总舵"搬到了贵阳城。

夏莹莹走开不久，便有一个按照后世标准足有一米九以上的壮硕青年快步走来，看到在晚霞下织着渔网的老妇人，那高大健壮的青年放慢了脚步，走到她身边，抚胸深施一礼，轻声道："达娃老奶奶，请问您看到莹莹了吗？"

达娃的手指灵活地编织着渔网，笑眯眯地对他道："是格龙啊，你找我们家莹莹？"

被称作格龙的青年露出苦笑的模样，道："是啊，我找了她一天了，可是莹莹太顽皮了，和我在岛上湖上捉了一天的迷藏。"

达娃轻笑起来，慢吞吞地道："她呀，去贵阳城了，你要找她，就去那儿找吧。"

格龙大喜过望，道："啊！谢谢达娃老奶奶，我这就去。"

达娃道："那孩子，不喜欢受到家人的拘束，她的去向，可不要告诉别人，不管是谁。"

格龙连连点头，道："是！格龙明白了，格龙一定不对任何人讲，谢谢老奶奶。"格龙说罢，便兴冲冲地离去。

达娃停住手，望着格龙远去的背影轻轻摇了摇头，叹息道："哎！是个好孩子，可惜我们家莹莹不喜欢你呀，那丫头要是喜欢你，看一眼就该爱上你了，就像我当年一样，又怎会整天躲着你。去吧，去吧，早点死心，才能去追求你真正应该喜欢的姑娘……"

· ※ · ※ · ※ ·

叶小天在贵阳城里租了一处独门独院的住处。他们人多，再加上有头巨猿，有只熊猫，住店不如租房子自在。这处地方比较偏僻，幽静的环境也适合读书，当然，叶小天本就不是读书的料子。

不料他们在此住下的第五天，毛问智居然病了。毛问智的身子按他自己的说法，是非常"抗造"的，平时无病无灾，却不想只是一场风寒，说倒就倒下了。一开始他自己还不在意，以为抗一抗就过去了，却不想高烧不退，竟是越来越厉害。

叶小天探了探毛问智的额头，担忧地道："不行啊，太烫了，我还是找郎中给你抓药吧。"

毛问智握住叶小天的手，眼泪汪汪地道："大哥，咳咳咳，大哥，俺吧，一无所有……"

叶小天轻轻拍了拍他的手背，亲切地安慰道："别这么说，至少你还有病。"

换作平常，毛问智早就哈哈大笑了，这时他真情流露，居然没理会叶小天的俏皮话，毛问智动情地道："俺吧，知道俺没啥能耐，跟着大哥你其实就是一'拖累'，可大哥你不嫌弃俺，肯收留俺。你说俺咋就不是女的呢，要不然俺一定以身相许，给大哥你生儿育女、传宗接代，也省得你到现在找不着媳妇，成天抓瞎……"

叶小天叹道："兄弟啊，你正儿八经说话的时候，还能招人硌硬，真是人才啊！我不收留你，天理不容。"

这一回毛问智终于笑了，叶小天也笑起来，又拍拍他的手道："你别胡思乱想，好好休息吧，我去给你抓药。"

"我也去！"站在门边的遥遥立即蹦跳过来，叶小天道："你去也行，不过不要带上大个儿或者福娃了，要不然总有人一路跟来看热闹。"

遥遥用力点头："嗯！"

一见叶小天牵着遥遥的小手从屋里出来，华云飞系着围裙从厨房走了出来，问道："大哥要出去？"

他们这几个人里，居然只有华云飞会做饭，做的饭味道还当真不错，于是每天都是由他挎着菜篮子出去买菜，再回来准备五口人的一日三餐。

叶小天道："嗯，他这病，自己扛不过去，我去给他抓药。"

华云飞扯下围裙道："老母鸡刚炖上，还得有阵子才能好，我陪大哥一起去吧。"

华云飞正要跟叶小天一起出去，西厢房里冬天先生塌着肩膀，眯缝着眼睛，一副很阴险的模样从里边走了出来，慢吞吞地道："我也去。"

叶小天道："冬先生，你不在屋里摆弄那些虫子，跟我出去做什么？"

冬天道："死了！几乎全死光了，我得再去抓批虫子回来。尊者如今要考举人，暂时顾不上炼蛊，我先做些准备，等尊者有了空闲，好传授尊者蛊术。"

叶小天揉了揉鼻子，道："那好吧，一起走。你打算去哪儿抓虫子？"

冬天道："这城里就有山，随处走走吧，我抓的这些虫子只是用来练手的，稍具毒性就行，倒不必一定要奇毒无比的怪虫。"

夏莹莹穿着一身普通的彝家少女的装束，坐在一座圆木架成的木桥上，脱了鞋子，把一双白生生的纤秀柔美的脚丫放进河水，任那清亮如油的溪水滑过她浑圆秀气的足踝。

虽是布衣钗裙，可是天生丽质，依旧娇艳不可方物，只是这片城区人口稀少，这座小桥旁少有行人经过，是以没有眼福阅此佳丽。

夏莹莹嘟着红嘟嘟的小嘴，把一方手帕铺在桥上，把刚才从路过的卖梨人那里买来的梨子洗得水灵灵的，一颗颗地摆上去，然后拿起一颗，张开一口整齐的小白牙，狠狠地咬了一口，就像在咬人，可是又有谁有那个福气，被这样丽质天生的俏媚小佳人咬上一口呢？

夏莹莹真是有点生气了，她才刚到贵阳，那个果基格龙就追了上来，知道她去向的只有老祖宗，一定是老祖宗告诉他的，真是烦人，为什么每个人都想把他们两个撮合到一块儿呢？她根本不喜欢那头大猩猩啊。

夏莹莹越想越生气，又狠狠地咬了一口梨子，小脚丫撩得白色的水花翻腾不已："人家是说过要嫁给他，可是……拜托你们！人家那时候才三岁半，懂什么呀！随便找个男人嫁了，都好过跟了那头大猩猩！"

这时候，叶小天一行人正朝这个方向走来……

第七十二章

祸水倾城

一

夏莹莹欢天喜地地赶到贵阳，盘算着汇齐贵阳的一班小姐妹，可以开心地玩上几天，却不想她前脚刚到贵阳，果基格龙就追了过来。

果基格龙是一个彝族部落首领的儿子，他们家与夏家一向交好，果基格龙和夏莹莹也算是青梅竹马了。不过夏莹莹一直把他当作哥哥，压根没有男女情愫，偏偏这果基格龙对夏莹莹却是痴心一片。

夏莹莹一听果基格龙来了，赶紧溜出了夏家在贵阳城的府邸，带着小路、小薇两个从小玩到大，与她名为主仆、情同姊妹的侍女逃到了这里，暂且租了一间小屋避难。

像展凝儿、田妙雯这些好姐妹那里她都不敢去，因为这些地方果基格龙都知道，到了那里难免还要被他纠缠。

夏莹莹在这里已经躲了两天，每天实在无聊时，也只能出来在这附近散散心，她可最清楚果基格龙黏人的功夫，你打也打得，骂也骂得，总之休想赶他离开，那股子黏劲，可真叫夏莹莹怕了他。

贵阳城城中有山有林，有些地方就相对偏僻了些，叶小天他们所住的地方就属于城中比较偏僻的所在，不过他们搬来时，曾经看到路口有一家医馆，此时便是往那里去。

到了医馆，叶小天把毛问智的风寒症状对那郎中叙说了一遍，那郎中便开了四服药交给他，嘱咐他回去后给病人煎药服下，这个方子对于驱热祛邪最具效果，定可药到病除。

叶小天谢过了郎中，付钱之后提了药包往回走，路上华云飞对叶小天道："大哥，待贡试之后，你有什么打算？"

叶小天叹了口气，回头看看眯着眼睛走路的冬天，压低嗓音对华云飞道："什么游历天下,省了吧,我考贡试,纯粹就是赶鸭子上架,怎么可能考得上?我打算应付完考试,便与黎训导说说,央求知府大人允准,迁籍回京城。"

华云飞沉吟了一下,道:"二十年之期……大哥,我看你这个尊者是跑不了的。"

叶小天道:"这我知道,要不然我急着成家?"

华云飞道:"水舞姑娘……"

叶小天摇摇头道:"水舞是个好姑娘,可惜却有那么一双爹娘。她爹市侩了些,她娘本来还好,谁知因为她男人惨死,变得如此偏激,恐怕神志都不清楚了。对这样一个疯狂的老人,我能怎样?老毛说的对,天涯何处无芳草,呵呵……"

叶小天的笑声有些萧索,他抬起眼睛,望着前方密林掩映下的道路,轻轻地道:"等我回了京城,就央求四婶帮我说一门亲,娶个本分人家的好姑娘,安生度日吧。"

华云飞惋惜地道:"大哥打算放弃了?唉!我也觉得那水舞姑娘很好,谁知她偏偏摊上这么一个母亲,有缘无分哪。大哥要是回京说亲的话,可未必就能找到一个这么情投意合的姑娘了。"

叶小天淡淡一笑道:"要那么情投意合干吗?二十年后我就得撇下人家孤儿寡母,仔细想想,不管娶的是谁家的姑娘,我都对不住人家,感情淡一些也好,这样将来就不会难舍难分。

"再者说,谁家娶亲不是这样?双方老人看着合适就行了,别人能这么过一辈子,我有什么好挑的,说得难听一点,我现在要的就是一个能给我生儿育女传宗接代的人。我顺着这条道往前走,碰到一个女人就娶回家去,又有什么关系?"

遥遥牵着叶小天的手,一直竖起耳朵听他和华云飞说话,两个大人说的话她似懂非懂,但是大概意思却明白了:那就是小天哥哥急着找媳妇,好像还找不着的样子,所以小天哥哥很着急,打算往前走走,随便撞见了谁便娶回家去。

遥遥一听就急了,马上松开叶小天的手,向前跑出几步,一回身,挡在叶小天的面前,用稚嫩的童音道:"小天哥哥,你娶了我吧。"

叶小天一呆,奇道:"你这小丫头,这是闹的哪一出?"

遥遥认真地道:"小天哥哥刚才说的,在这条路上碰见了谁,就娶谁做老婆,人家就是小天哥哥碰到的第一个女孩呀。"

叶小天忍俊不禁,弯腰把她抱起来,哈哈大笑道:"我们家遥遥真是太可爱了!成!那小天哥哥就讨你做老婆,不过嘛,你现在还太小了,哈哈哈,等你长成大姑娘再说。"

遥遥喜上眉梢,对叶小天道:"小天哥哥是大人,可不许骗人家。"

叶小天忍住笑道:"嗯!小天哥哥不骗遥遥。"

遥遥伸出小指,稚声道:"那咱们拉钩。"

叶小天忍俊不禁地伸出手去，遥遥跟他拉了拉小钩，嘻嘻地笑起来。突然，冬天先生半秃的脑袋一下子伸过来，阴沉沉地对叶小天道："尊者。"

叶小天吓了一跳，紧张地问道："出什么事了？"

冬天抬起头，眯着眼望向身侧的山林，一脸深沉地道："此处林深草密，定有许多虫类，我想由此上山，抓些虫子回去。"

叶小天没好气地道："你要抓虫就抓虫，能不能不要弄出这么一副鬼样子来，我还以为出了什么大事呢。"

冬天轻轻点点头，唇角一勾，牵起一抹似阴还阳、似笑非笑的模样："是！"

叶小天无奈地叹了口气，道："你这么老实的一个人，怎么天生一副奸臣相？唉！你需要多久啊，要不要我们在这里等你？"

冬天依旧一脸深沉地点头："用不了多久的，属下炼有一种秘药，只要撒下药末，林中百步之内的虫子都会循着气味过来，片刻工夫便可捉到足够的数量。"说着他从黑袍下"噌"地掏出一个钵大的黑色坛子。

叶小天见了好生惊奇，真不明白这么一个圆滚滚的东西，他是怎么藏在身上的。叶小天颔首道："既然所需时间不多，那你这就上山去吧，我们在这儿等你，一会儿一块儿回去。"

冬天欠身道："是！"

冬天眯着眼睛，佝偻着身子，一步一步向路边丛林中走去，那副模样，就像一只色狼正逼向一个花枝乱颤花容失色的小姑娘。

忽然，"扑通"一声，冬天的身影突然消失了，叶小天一惊，刚要赶过去查看，就见冬天从那路边草丛中爬出来，却是脚下有道沟，冬天眼神不济，没有看见。

叶小天摇了摇头，对华云飞叹道："这位仁兄的眼神实在是差了点，这样的眼神居然能抓虫子。"

华云飞道："要不我陪他上山吧？"

叶小天摇头道："算了，他自幼居于山中，是玩虫子的行家，想必自有一些独门功夫，你就别掺乱了，可别他没出事，反而你被虫咬了。"

华云飞一想也是，正所谓隔行如隔山，这些奇异的蛊术师所掌握的神奇本领，确实不是他们这些世俗人所能了解的，便与叶小天耐心等在路边。

遥遥方才得到小天哥哥亲口承诺，等她长大娶她做老婆，开心得合不拢嘴巴，恨不得又蹦又跳以宣泄心中的欢喜，可是想到自己已经是小天哥哥的老婆，必须温柔贤淑才是为人妇的道理，只得强自忍耐，硬生生扮出一副小淑女模样。

忽然间，她又想起这些道理都是干娘水舞教给自己的，现在干娘家里却和小天哥哥结了仇，不觉又有些难过。

叶小天可不知道她那小脑袋瓜里正转悠些什么念头，叶小天站了一阵，只见一身黑袍的冬天在丛林中时隐时现，也不知在忙些什么，忽然感到有些尿急，便把药包交给华云飞道："你们在这里等他，我去方便一下。"

叶小天转身走到下坡路的地方，钻进草丛方便了一下，正要走出来时，忽然发现前方路上有一道木桥，因为他们来时走的是另一条岔路，中间有树木阻隔，是以不曾发现。

一个少女正坐在小桥上，桥下清泉奔跑，那窈窕美丽的身姿与小桥流水，俨然便是一幅最美的图画。爱美之心人皆有之，叶小天不免向她多看了几眼，忽然发现她身旁摆着几只梨子，叶小天只道那少女是卖梨的，便信步走了过去。

"姑娘，你这梨是怎么卖的？"

叶小天一开口，正低头冲着梨子使劲的夏莹莹抬起头来，叶小天一见她的模样，竟有刹那失神。真是太美了！叶小天见过的漂亮姑娘说起来也不算少了，可是像这位姑娘这样，叫他一见便心生惊艳的，实是前所未有。

夏莹莹此刻正含着一口梨子，嘴巴鼓鼓的，腮帮子有些变形，即便如此，那种从骨子里透出来的妩媚依旧无法掩饰，因为她这样的动作，反而更透着一种特别的俏皮。

夏莹莹努力咽下那口梨子，呆呆地道："啊？"

叶小天见她一身彝家少女打扮，只当她不懂汉话，便比画道："梨子，这个，咔嚓，唔……多少钱？"

夏莹莹看着他数钱的动作，忍不住"扑哧"一笑，这个人还真有趣，以为本大小姐是卖梨姑娘吗？嘻嘻……好像很好玩呀。

夏莹莹这一笑，吹弹可破的脸蛋上顿时绽起两个可爱的小酒窝，叫人看在眼里，仿佛她周身的阳光都乍然一亮，叶小天心头怦然一跳，他还是头一次因为美色当前而自觉失控："祸水，这绝对是祸水级的美女！这样的姑娘若还不算祸水，那天下真就没有祸水了！"

第七十三章

误 会

一

叶小天突然想起他看过的戏曲里和听说书先生讲过的故事里那些强抢民女的纨绔恶少。他并不是因为这位姑娘俏媚可人的姿色替她的安危担心,他只是……很想体验一下当纨绔恶少的感觉。

本姑娘很像卖梨的吗?夏莹莹觉得很有趣,兴致上来,便进入了角色,那灵动的眼珠微微一转,便用汉语脆生生地笑答道:"一文钱三个,很便宜呢,这位客官要不要买呀?"

叶小天讶然道:"啊!原来姑娘你会说汉话。你这梨子,个头小了点,一文钱三个可有点贵,两文钱六个行不行啊?"

夏莹莹笑吟吟地道:"好啊,你自己挑吧。"

两个人都没注意他们这价钱砍得有点古怪,夏莹莹是觉得客串卖梨姑娘很好玩,价钱嘛,贵一些贱一些无所谓。叶小天则是被她那俏美的目光瞟着,还真有点神思不属。

叶小天刚一蹲下,便嗅到一抹如芝如兰的淡淡幽香,叶小天只道那是人家女孩的体香,心中不由一荡:"说书先生说的褒姒妹喜,大概也不过如此了,这样俏媚无双的女孩居然生在西南蛮荒之地,可惜了,这要是在京城,肯定能当西宫娘娘。"

身份高贵的女人家叶小天只碰到过一个展凝儿,可展凝儿一身男儿性格,很少佩香囊涂香粉,叶小天自然不明白他嗅到的其实是一种品流极高的花脂香粉,这样的香脂一两便贵过三两黄金。

叶小天只是看人家姑娘生得俊俏,成心攀谈几句,哪是真的在乎梨子大小,是以挑来挑去,半晌也没挑出几个合适的,恰在这时,叶小天突然觉得臀部被什么东西蹭了一下。

叶小天扭头一看,就见一只黑色的土狗笔直地向前跑去,叶小天见是一只狗儿经过,无所谓地又扭回头来,刚想跟卖梨姑娘说话,突然又听一阵吵嚷呐喊声传来,循声看去,就见十几个男人举着镐锹棍棒气势汹汹地跑来,一边跑一边喊。

这些人有说土话的,也有说汉话的,就听他们喊:"别让它跑了,打疯狗啊!打疯狗啊!"叶小天一听"疯狗",一股寒气"嗖"的一下蹿上了头顶:"什么!疯狗?刚刚它要是咬我一口……"

叶小天刚才以为那狗只是一条普通的土狗,所以坦然自若。如今那狗都跑出好远了,就连那些追打疯狗的壮汉都一窝蜂地冲过去了,他听到呐喊声却突然反应过来,心中一惊,下意识地向前一跳,侧身坐在小桥边的莹莹姑娘猝不及防,"哎呀"一声就被他撞下河去。

"哎呀,对不住,对不住……"

叶小天赶紧上前拉那姑娘上来,好在这小溪不深,那姑娘又是赤着双足,被他这一撞,只是猝不及防裙子下摆被河水打湿了。河水打湿了裙摆,绯色的裙摆贴在曲线优美的小腿上,微微透出肉红色,再衬着那双纤美俏白的美足……美得不可言喻,叶小天一边道歉,一双贼眼忍不住偷瞄不止。

"啊!你这个大笨蛋!居然撞我下河,这要是我大爷爷二爷爷三爷爷四爷爷五爷爷六爷爷知道,一定饶不了你。"

叶小天呆了一呆,道:"你有这么多爷爷?"

夏莹莹气呼呼地跺了跺脚,弯腰抄起裙摆拧水,全然不曾发觉她那晶莹柔美的小腿就这么呈露在人家面前:"那当然,我还有二十六个叔叔伯伯,八十九个堂兄堂弟,一人一拳都能把你打成肉酱!"

叶小天惊道:"你家亲戚好多。"

夏莹莹下巴一扬,得意地道:"哼!怕了吧?"

叶小天二话不说,转身就走,好像后边有狗撵着似的,越走越快。

现代社会人口流动太频繁,而明朝时候则相对稳定,饶是如此,真要说到一家五六代同堂,百十户子孙聚居一起的场面,南方也远远多于北方,因为政权更迭、战争动乱多发生于北方,南方相对稳定得多,所以社会、家庭架构很少受到破坏。

叶小天到黔西南这么久,对这种状况自然有所了解,听这姑娘一说,他只道这姑娘家就住附近,万一她那六七个爷爷,二十多个叔叔大爷,八九十个堂兄堂弟闻声赶来,以为他调戏自己家姑娘,一人一拳,他的要害防护术也没有作用啊。

叶小天的推断本没有错,因为越是这样聚群而居的百姓人家,因为人多势众,在地方上越是霸道,只有他们欺负人,哪有人敢招惹这样的人家。叶小天这时哪还有跟人家漂亮姑娘搭讪的心思,自然是走得越远越好。

叶小天要是道个歉,夏莹莹也就无所谓了,可叶小天二话不说转身就走可惹恼了夏莹莹："这什么人哪，太没礼貌了。"

夏莹莹怒气冲冲地跋上鞋子，提着裙摆就追："喂！你给我站住！"

叶小天听见身后姑娘在喊，心头一紧："糟糕，果然不是善茬儿。"叶小天脚下如风，走得更快了。

前边树丛一转，就绕回了华云飞和遥遥等候他们的地方，一见叶小天回来，华云飞便走上两步，换作平时遥遥早就像只小燕子似的扑上去了，不过她正畅想着如何做一个好妻子，因此只是微笑着扮小淑女，并没有跑上前去。

"别过来，就当根本没人路过！"

叶小天急急向华云飞递个眼色，与他擦肩而过，华云飞一愣，便见一位极俏美的姑娘提着裙摆追了上来，那跑动的身姿动人至极。

叶小天快步从华云飞面前走过，把手放在胸前，向遥遥急急打着手势："小天哥哥闯祸了，你别过来，就当不认识我，就当根本没人从这经过。"

夏莹莹越追越生气，眼见前方路上有人，马上高呼道："拦住他！他是小偷！"

华云飞心中奇怪："大哥偷了她什么东西啦？"

夏莹莹追过来，气呼呼地对华云飞道："你没听见我喊啊，怎么不拦住他？"

华云飞回头看看，茫然道："拦谁啊？"

夏莹莹道："刚刚从你面前走过去的那个人啊！"

华云飞瞪大眼睛看着夏莹莹，奇怪地道："姑娘，没人从这经过啊！"

"你敢骗我？你……小妹妹，刚刚是不是有个人从这儿经过呀？"

夏莹莹气呼呼地瞪了华云飞一眼，又马上换上一副笑脸，两眼弯弯如同迷人的月牙，笑眯眯地问遥遥。

遥遥一脸天真地向她摇了摇头，答道："大姐姐，真没有人从这里经过呀，一直就我和云飞哥哥两个人。"

夏莹莹有些茫然，看看华云飞，一副很质朴的少年形象，再看看遥遥，明明是个天真烂漫的小丫头，他们怎么可能随口撒谎，可……方才明明看见那人从他们面前经过呀。

这路不是笔直的，循着山势弯弯曲曲，再加上树木茂盛，前边有个弯，已经看不见叶小天的身影，夏莹莹撇下他们，不信邪地又追出一段，绕过前边那个弯，赫然看见叶小天正急急前行。

夏莹莹精神一振，立即追了上去。

"大叔，帮……帮我拦住他！"

这是上坡路，夏莹莹提着湿淋淋的裙子，跑得上气不接下气，忽然看见路边草丛中钻出一个头顶半秃的黑袍中年人，夏莹莹不由大喜，连忙向他求助。夏莹莹俏媚可人，开口求人时，还很少有男人会不竭诚效力。

那黑袍中年人微微佝偻着肩膀，眯着双眼，用阴沉缓慢的声调道："姑娘，你要追什么人哪？"

夏莹莹伸出食指，指着叶小天的背影，气愤地道："他！追他！"

黑袍中年人扭头看了看叶小天，又慢慢扭回头，望着夏莹莹阴柔地一笑，慢吞吞地道："姑娘，你看错了吧？那儿哪有人哪？"

夏莹莹又是一呆，那个买梨的家伙明明从那兄妹俩面前走过去了，他们非说没看见，夏莹莹就已经觉得有些奇怪，不过她以为那兄妹俩老实，不敢多事，又或者根本就是认识那个家伙，所以存心包庇。

但是……但是这个黑袍人可是刚从草丛里钻出来的，总不会也认识他吧？夏莹莹用力揉了揉眼睛，那个家伙明明就在前边走。她指着叶小天的背影，讷讷地对那黑袍中年人道："他……他……"

黑袍中年人呵呵地笑了两声，慢吞吞地道："姑娘，这儿除了我，没别人哪！"

夏莹莹心中隐隐浮起一抹不安的感觉，她抬头一看，那个买梨人的身影已经消失了，再看看眼前这个黑袍中年人，他个子很高，腰背佝偻着，头顶半秃，脸颊苍白，有点鹰钩鼻子，眼窝深陷，有些阴森。

他的袍子是黑色的，皱皱巴巴，衣摆上有些泥土，胸口有些泥痕，肩上还有草茎，就像刚从土里爬出来似的。夏莹莹的目光渐渐落在他的手上，他的双手捧在胸前，手上正捧着一只黑色的坛子，好像……骨灰坛子？

几只虫子突然从那坛子缝里爬出来，见此情景，一股寒气倏然掠遍夏莹莹的全身，冬天先生眯着眼睛冲她一笑："呵呵……"

夏莹莹的柳叶眉"唰"的一下变成了剪刀眉，那双俏媚的眼睛蓦然瞪大了一倍！

……

前边路弯处，遥遥奇怪地对华云飞道："云飞哥哥，小天哥哥为什么要躲着那个女人啊？"

华云飞摇摇头道："你小天哥哥行事常有出人意料之举，我也猜不出来。别真是偷了人家什么东西吧？"

他刚说到这儿，就见那位异常俏美的姑娘用比刚才快了三倍的速度跑过来，一边跑一边尖叫道："鬼啊！有鬼啊！"

华云飞还来不及问句什么，那双美丽的长腿就像风车一般，载着夏莹莹从他们身边飞一般飘了过去……

第七十四章

是猫还是虎

一

绿树掩映下,有一幢幽静雅致的农舍,农舍内两位俏丽的小姑娘正像辛勤的小蜜蜂似的忙碌着准备午餐。她们是夏莹莹的两位贴身侍女,其实这么说并不准确,因为她们两人都出身不凡。

她们的父亲都是彝家部落的首领,只是她们父亲所统领的部落附庸于夏家。换而言之,夏氏家主是一位大土司,他们的父亲则是小土司,这一大一小两位土司之间是从属关系。

在她们自己的部落里,她们同样高贵如公主,只不过是被家里送到夏家,做夏家小公主的玩伴罢了,这种情况与当时欧洲国家那些伯爵侯爵的夫人、女儿要去宫廷里陪伴王后、公主有些相似。

她们被父亲送到夏家,其实并不需要做奴仆下人的事,主要任务就是做夏莹莹的玩伴,由此还可加深两个部落间的关系,可谓一举两得。不过,现在为了躲避果基格龙,三个人藏到了这里,有些事就得亲力亲为了。

好在这些彝家姑娘即便身份高贵,也没有娇贵到十指不沾阳春水,家务事还是做得来的,当然,夏大小姐是个例外,夏家三代才出了这么一位姑娘,全家上下如众星拱月一般宠着,她就是想做事也没机会。

小路姑娘正在厨房里杀鸡,因为夏大小姐说她想尝尝小鸡炖蘑菇。蘑菇是夏大小姐亲自上山采回来的,不过已经被小路偷偷换掉了,因为夏大小姐采回来的蘑菇色彩缤纷,鲜丽异常,吃下去能毒死一头大象。小薇在院子里洗着蘑菇,刚刚泡开的蘑菇,得淘上几遍水才能洗干净。

她们都没陪在小姐身边,别看西南边陲民风剽悍,官府政令难行,治安情况较差,但是欺凌妇女这种事很少发生,部落也好、村落也罢,对这种事私刑较官法更严厉,是以民间约定俗成的规矩对人们的约束力反而比法律更强大。

再者，本地最强大的部族就是彝族，即便真有不长眼的人胆大包天，对夏大小姐产生了非分之想，只要小姐报出字号，也能把人吓破苦胆。红枫湖夏家的大小姐、安宋田杨四大金刚中排行第二的宋家的外甥女，敢动她的人还没出生呢，除非是鬼。

院门突然被撞开，夏莹莹风风火火地从外面跑进来，脸色煞白，一脸紧张，就像见了鬼。

小薇讶然站起，问道："莹莹，你怎么啦？"

夏莹莹甩动一双风车般的长腿，冲到她身边，抓住她湿淋淋的手，连蹦带跳地嚷道："鬼啊！有鬼啊！"

小薇愕然道："啊？"

还没等她多问一句，夏莹莹已经松开她的手，风车一般又跑到厨房门口，小路左手提着鸡，右手提着刀，刚从厨房门口探出头来，好奇地道："莹莹，你怎么……"

夏莹莹就扑过去，一把抓住她的手腕子，拼命地摇晃起来："鬼啊！我看到鬼啦！"

小路被她摇得松了手，那只锦雉趁机逃脱，在院子里趔趔趄趄地跑出几步，两只翅膀恢复了功能，奋力一跃，居然跃过矮墙，逃走了，空中只飘落两根漂亮的雉羽。

小路被她疯狂地摇着手，锋利的菜刀也脱了手，剁在门槛上。小路吓了一跳，恼火地道："你胡说个什么鬼啊！这青天白日的……"她还没说完，夏莹莹已经松开她的手，"嗖"的一下钻进房去。

小路和小薇茫然对视了一眼，赶紧一块儿追进去，就见夏莹莹拉开一床被子，脑袋钻在被子里，屁股撅在外面，被底传出她细声细气的声音："我很善良的，我是个大好人，你不要找我好不好，拜托拜托，阿弥陀佛、无量天尊……"

小路没好气地扯开被子，夏莹莹吓得又是一声尖叫，见是她们两个，这才惊容稍褪。小路和小薇在炕边坐下，把夏莹莹围在中间，小路道："莹莹，你究竟怎么啦，这大白天的哪有鬼啊？"

夏莹莹惊恐地道："真的有鬼，真的，我亲眼看到的。"

夏莹莹把她遇到的情形结结巴巴地说了一遍，小路和小薇对视了一眼，不约而同地做出了判断："有人戏弄小姐！"小路一紧腰带，伸手摘下壁上的弯刀，恼火地道："我出去瞧瞧！"

小薇见夏莹莹吓得魂不附体，忙把她搂在怀里，抚着她的头发，温声细语地安慰道："别害怕，咱们莹莹最勇敢啦，像咱们莹莹这么漂亮的姑娘，就是鬼也不忍心伤害呀是不是？乖啦，摸摸毛，吓不着……"

夏莹莹缩在小薇怀里瑟瑟发抖，就像一个没长大的小女孩，此情此景，叫谁看了都很难把她和"水西三虎"联系起来，明明像只可爱的猫，然而，她的确就是凶名在外的三虎之一——令水西豪少闻名色变的胭脂虎。

·※·※·※·

叶小天急匆匆赶回住处，不一会儿华云飞和冬天带着遥遥也赶了回来，华云飞好奇地向他问起经过，叶小天心有余悸地道："哎！别提了，刚刚我去林中方便，见岔路口小桥边有个卖梨的彝家妹子，我寻思老毛正发热咳嗽，不如买几个梨回来给他润润喉咙，谁知我正挑梨的工夫，突然有只疯狗从我身后跑过去，幸亏那条狗疯了，只会跑直道，被人追得也急，没顾上我，要不然一口咬下来，后果不堪设想啊。"

遥遥咬着小指，纳闷地道："可是追小天哥哥的明明是位漂亮姐姐呀。"

叶小天道："那位姑娘就是卖梨的，我见了那疯狗心头一惊，下意识地向前一闪，一下把她撞河里去了。你是不知道，那位姑娘有六个爷爷，二十多个叔伯，八九十个堂兄弟，这样的人家谁惹得起？万一她家里人不讲理，我可难以脱身了。

"三十六计，走为上计，我自然是溜之大吉啦。这几天你们都小心一些，出门的时候要是看到一位长得很漂亮的卖梨姑娘，千万离她远一点，咱们外来户可惹不起这样的坐地户。"

遥遥听话地点头，像小鸡啄米似的。接下来的几天，叶小天果然不再出门了，但有所需，都是让华云飞去采买。这时候，提刑司派往铜仁的人也回来了，他们自然是扑了个空。

徐伯夷得到消息便去与李秋池商量，叶小天已经到了贵阳城，可是偌大的城池，如何查找？既然他是来参加贡举的，等到应试之期他一定会露面，不如到时再把他当场拿下。

计议已定，徐伯夷依旧回去读书备考，李秋池则通过播州杨家留在贵阳的人给杨应龙土司通报了消息，说是有一个叫叶小天的人被人控告谋杀，为了脱身，意图嫁祸靖州杨家，请杨土司留意。

李秋池这么做，一则是想卖好于杨应龙，二来是想借助杨应龙的势力向官府施压，只要播州杨家肯出头，提刑司一定不会自找麻烦，他们甚至不会派人提靖州杨家的人来询问，就会把杀人罪名安在叶小天的头上。

却不想杨应龙得到这个消息后却来了兴趣。他知道尊者在游历期间不能掌理教务，本想在叶小天身边安下一个棋子，来日利用遥遥便可对叶小天施加影响，却不想叶小天竟然惹出了官司。

杨应龙斟酌一番，便修书一封给靖州杨家，同时亲自赶往贵阳。他打算先静观其变，等叶小天麻烦缠身的时候再出手解救，如此一来，岂不就可以向他示好了？

却不想提刑司派人前往铜仁捉拿叶小天的事还惊动了一个人，这个人就是铜仁知府张铎。张仁兄和叶小天算是王八看绿豆——对了眼，他觉得这个少年人很有出息，一定能考个举人替他挣几分面子。

好嘛，叶小天这举人还没考下来，就成杀人犯了。三里庄那桩案子是他亲自"审"的，否定他的审理结果不就是削他的面子？再说叶小天可是他"面子工程"不可或缺的一部分。

张铎很生气，马上写了一封信，将"前因后果"详细说明，派人送到了水西田家。虽说田家已经失去了思州、思南两宣慰使的职务，但是对田家旧地依旧拥有极大的影响力，铜仁张氏还是以田氏家臣自居，这件事自然要拜托田家出面。

如今在田家主事的是年轻一辈中的田彬霏、田妙雯两兄妹，兄妹俩一主外一主内，被誉为四大家族中年轻一辈里仅次于杨应龙的杰出人物，张铎的这封信就送到了田妙雯手上。

田家现在已经失去了名正言顺控制旧地的权力，全靠田氏家族经营思州思南两地达千年之久的强大影响力来对统治各地的旧臣施加影响，对于张铎的请托自然不能等闲视之。

田妙雯派人打听了一下，意外地得知此事竟有徐伯夷从中做手脚，便叫人传徐伯夷来见。徐伯夷此时已经遵照田妙雯的吩咐辞去了照磨一职，在家认真备考，准备考举人呢。

听说田大小姐相招，徐伯夷马上精心打扮一番，直奔田府。要说起来，以田家姑娘的高贵身份，他本不敢有所妄想，可是当初展凝儿痴迷读书人，主动追求他，却让他滋生了野心："原来高贵如公主的女子，在男欢女爱的追求上，也和寻常女儿家一样！"

而田妙雯姑娘曾经许过三次人家的经历，更让他觉得自己大有希望。田姑娘那三位未婚夫都是离奇暴毙，水西权贵因此对她敬而远之，但徐伯夷是儒家弟子，不大相信那些离奇的说法，在他看来，巧合之所以巧合，正是因为它的离奇。

徐伯夷来到田大小姐住处，风度翩翩地施礼拜见，田妙雯坐在珠帘之后，开门见山地道："我听说铜仁府有一对薛氏母女到贵阳来，状告一个叫叶小天的人，你可知晓此事？"

徐伯夷暗吃一惊："此事怎么惊动了田大小姐？"

他却不知，此事惊动的又何止是一个田家。

第七十五章

再相逢

一

徐伯夷暗暗猜测着田妙雯询问此事的用意，斟酌地答道："是！那日伯夷见薛母求告无门、在街头向路人哭诉，一时动了恻隐之心，便指点她去求助李秋池李状师了。"

珠帘随着山间的微风轻轻摆动着，珠帘后面那美丽的面孔因之显得有些迷离，但那双锐利的目光却似两柄剑，刺穿珠帘，定在徐伯夷身上。徐伯夷垂着眼皮，依旧感到被那双锐利的眼睛刺得额头发紧。

过了半晌，珠帘后面传出田妙雯的淡淡一笑："原来如此。叶小天是铜仁张铎亲点的秀才，算是他的门生了。而张铎与我田府的关系，想必你也清楚，张铎来了信，这个面子，我得给。"

徐伯夷暗暗懊恼："这个叶小天，怎么不管到了什么地方，总能和那儿的大人物牵扯上关系。在葫县的时候，他狐假虎威，弄得我声名狼藉。如今来了水西，本以为到了我的地盘上，他就可以任我摆布了，没想到他又搭上了张铎。张铎那个附庸风雅的死胖子，点的什么狗屁门生啊。"

田妙雯清朗优雅的声音还在继续："张铎已经审过这个案子，内中别有隐情，叶小天是受了冤枉的。这件事，我会关照提刑司，不能叫他们冤枉了好人，你就不要再理会此事了。"

徐伯夷暗暗咬牙，强自咽下这口气，态度上更见恭谨："是！伯夷自然唯小姐之命是从。"

田妙雯微微颔首："很好！你回去吧，好好备考，我很看重你，只要你能拿下举人功名，我自会送你一个锦绣前程。"

徐伯夷欠身道："是！伯夷告退！"

他飞快地扬起眼睛向珠帘后扫了一眼，可惜如雾里看花，只能感觉那容颜的美丽，却无法看清什么。徐伯夷暗暗叹息一声，心道："凭我的人品相貌，这守了三次寡的小女人还不动心？迄今不能与她除帘相见，怎样才能撩动她的春心呢？"

徐伯夷想着，言语态度上却是不敢有丝毫蠢动，以免引起田姑娘的反感，反而愈发像个君子，彬彬有礼地向田妙雯告辞，举步退了出去。

珠帘后面，靠墙有两张圈椅，一张椅上坐了一个白衣公子，如果说方才的徐伯夷是故作潇洒，这位白衣公子就真的是温润如玉了。一头墨染似的头发挽个道髻，插一根碧玉簪子，整个人便似谪仙一般出尘。

他把玩着手中一柄描金小扇，静了半晌忽然笑道："这个徐伯夷，不是什么好东西。他本已有了贤妻，却垂涎展凝儿的家世背景，蓄意隐瞒已婚的实情，一面讨好展凝儿，一面威逼妻子与他和离，后来被人揭穿，声名狼藉，这才不得不离开葫县，人品卑劣得很。"

田妙雯淡淡地道："咱们田家要重振门庭，用人必须不拘一格。就是一条狗，也有一条狗的用处。"

白衣公子哈哈一笑，挺身从椅上站起，微笑道："我刚刚收到消息，杨应龙要来水西，真是奇怪，他一向盯着自己那一亩三分地，此番跑来水西，却不知有何目的。"

田妙雯道："大哥不是一向喜欢跟他别苗头吗？可惜他总是守在播州不肯离开，你若去了他的地盘与他争风头，那就是自找不痛快。如今他来了水西，可不正遂了你的心意？"

白衣公子轻咳一声道："那都是少年时候的事了，你以为大哥还是不懂事的少年郎吗？咱们田家想重新崛起，我总觉得这件事要着落在杨应龙的身上，所以对他的一举一动，不能不关心哪。"

田妙雯淡淡地道："你主外，我主内，这是你的事，我不关心。"

白衣公子道："小妹……"

田妙雯轻轻一拂衣袖，起身道："我倦了。"

白衣公子无奈地叹了口气，道："那你好好休息。"他伸手拂开珠帘，轻轻走了出去。

一阵风来，廊下风铃叮当……

· ※ · ※ · ※ ·

薛母端着饭碗走进屋子，正痴痴躺在榻上的水舞一见她进来，立即扭转了身子。哀莫大于心死，水舞不幸，摊上一个唯利是图的父亲，又摊上一个气迷心窍的母亲，未婚夫又是那般无耻，她如今真是恨不得早早死掉。

薛母走到榻边，道："舞儿，吃点东西吧。"

水舞一言不发，泪水却悄然顺着脸颊淌下，打湿了枕巾。

薛母把碗放在榻边几案上，在榻沿上坐下，轻轻叹了口气道："你这丫头，怎么就想不开呢？小风那孩子提出的条件，听着是荒唐了些，可你冰清玉洁的身子，真金不怕火炼，便先入洞房又能如何？到时候他知道你不曾做过对不起他的事情，对你心生愧疚，怕不更加疼你？你总归是要做他妻子的，便先把自己给了他，又有什么打紧？"

水舞惨笑一声，哽咽道："娘？你真觉得这没什么打紧？你真觉得我委曲求全、没名没分地便把身子给了他，他知道我没做过对不起他的事，就会更疼我宠我，而不是从根子上看轻了咱们薛家？"

薛母讶然道："怎么会？那孩子也是我看着长大的，本性纯良，还能干出始乱终弃的事来？"

水舞叹了口气，再也不说话了。一个女儿家的矜持与尊严，在母亲眼中一文不值，她和如今的母亲，真是无话可说了。薛母又端起碗来，道："你都两天没吃饭了，怎么就这般倔强，快起来吃点东西。"

水舞头也不回，冷冷地道："我不吃！娘，你就发发善心，让我死了算了！"

薛母大怒，把碗往几案上重重一顿，发狠道："你怎么就迷了心窍，死心塌地地护着那个姓叶的？好！你想死，我不拦你！就算你死了，我也一定要那姓叶的给你爹偿命！"

水舞坐起身来，怒视着母亲道："娘！你究竟发的什么疯，你说，谁是你的仇人？"

薛母被女儿一问，突然有些发愣，茫然道："谁是我的仇人？"

"当然是叶小天！"

门口突然传来一个声音，谢传风笑眯眯地走了进来，薛母恍然大悟，道："对！叶小天就是咱们家的大仇人！如果不是他，你爹不会死！如果不是他，你爹不会死……"

她像生怕再忘了这个答案似的，翻来覆去说了好几遍。

谢传风笑眯眯地看了水舞一眼，水舞负气地扭过头去。

谢传风已经认定水舞不贞了，即便她的身子还是清白的，那颗心也早归了那个姓叶的，初见她时的惊艳和少年时候的温情因之一扫而空，此刻只有满心的嫉恨。

这个女人已经不再值得他珍惜，她只配被踩躏、被虐待，这是背叛他应得的下场！而那个叶小天加诸他的耻辱，他也一定要洗雪，他是男人，他是田府管事，怎么能容忍一个给他戴绿帽子的人活在世上。

谢传风轻轻扶起薛母，柔声道："岳母大人，小舞只是一时糊涂，您就别生气了。

那姓叶的已经来了贵阳城，呵呵，他居然来贵阳考举人呢，你放心，等他一露面，官府就会把他逮捕法办，替岳父大人报仇！"

"小天哥哥来了贵阳？"

水舞一惊，蓦然回过头去，眼见谢传风扶着薛母缓缓向外走，到了嘴边的话又咽了回去，她知道她就算是问出口，谢传风也不会告诉她什么。呆呆地出了一阵神，水舞的目光落在几上，她忽然端起了饭碗……

· ※ · ※ · ※ ·

叶小天陪着大病初愈的毛问智缓缓行走在山林间。自从到了贵州，城中有山、山中有城的景致他已不是第一次见了，漫步在丛林之中，仿佛不是行走在城里，而是行走在郊野荒山上，那种感觉奇妙得很。

大个儿和福娃跟在他们身后，难得被叶小天带出来，两个家伙撒起了欢，不一会儿就不耐烦亦步亦趋地跟着他们了，大个儿纵身一跃，爬上了一棵参天大树，而福娃则不时揪住几片竹子嫩叶嚼上几口，再追赶小天。

叶小天道："怎么样，恢复得差不多了吧？"

毛问智道："嗯哪！烧都退了，就是两条腿打晃，没力气。"

叶小天笑道："废话，前两天烧得你直说胡话，病来如山倒，病去如抽丝，你再慢慢歇养几天，就能生龙活虎了。"

毛问智道："嗯哪！大哥，我……又想跑肚了。"

叶小天无奈地站住脚步，道："去吧去吧，我在这儿等你。"

毛问智答应一声，捂着肚子跑开几步，忽然又站住，从草丛中扯了几片肥大的草叶子，一头钻进了树丛。

叶小天站了一会儿，还不见毛问智回来，抬头看看，前方只有一条小径，不虞毛问智找不到他，便信步向前走去，刚刚转过一个弯，突然与一个头扎青布巾、背着小竹篓、脸蛋像红苹果似的小姑娘打了个照面。

叶小天的眼睛一下子直了："卖梨姑娘？"

夏莹莹看清叶小天的模样，小脸"唰"的一下变得惨白，手里一把蘑菇掉到了地上，结结巴巴地道："你你你……鬼、鬼、鬼……"

第七十六章

对　质

一

　　叶小天灵机一动，"啊"的一声尖叫，肩膀倏地缩紧，双手捂住脸庞，哆嗦着道："你不要缠着我，我很善良的，我从来都不害人……"

　　叶小天压低嗓音，用呆板的声音道："你……说……谎……"

　　夏莹莹急急道："我没说谎。哦！对了，我就是五岁的时候不小心把一只家雀给弄死了，可我伤心地哭了一整天啊，我还给它修了坟呢，我真不是故意的，你不要害我……"

　　叶小天阴柔地道："就只做过这一件错事？还有吗？"

　　夏莹莹道："还有……还有……对了，四岁的时候，我把我奶奶一条祖传的珍珠项链扯断，用珍珠串了一串念珠，送给我爷爷当生日礼物。嗯……六岁的时候，我把我娘在江南定做的一件湖丝小袄给剪成了一块小手帕，因为那上面绣的鸳鸯好漂亮。我还趁我爹睡觉的时候，在他脸上画了一只小乌龟，我爹是被我逼着假装睡觉的，我知道这样不好……"

　　夏莹莹唠唠叨叨说了半天，感觉身边没有动静，捂住脸的十指悄悄张开一道缝，一看那僵尸鬼已经不见了踪影，夏莹莹立即一跳三尺高，转身就跑，一边跑一边喊："鬼啊！那只鬼又来啦……"

　　夏莹莹上一次受的惊吓着实不轻，小薇和小路哄了她好几天，心神才渐渐安定下来。上一次小鸡炖蘑菇没吃成，今天夏大小姐决定再次上山采蘑菇，小薇和小路本来一直陪着她的，方才只是稍稍避开一会儿，以便用自己采的蘑菇悄悄换掉大小姐采回来的杀人毒药，谁知一转眼的工夫就出了事。

　　两位姑娘离得并不远，一听夏莹莹尖叫，马上从林中冲了出来，夏莹莹一见她们，立即扑进小路的怀抱，像个孩子似的向她诉委屈："那只鬼又来了，他缠着我，他缠着我……"

小路轻拍她的后背，柔声安慰："乖啊，不怕，不怕……"

小路说着向小薇努了努嘴，小薇立即拔出刀，怒气冲冲地向前冲去。

毛问智抚着肚子从树林里出来，一副很舒服的样子："这存货撇清了，真是一身轻快……哎呀妈呀，姑娘你……你不拿针拿线，你拿刀干什么？"

小薇冲过来，一眼就看见了毛问智，一瞧他这副德行，十有八九就是装鬼吓唬小姐的那个家伙，再说这地方是片荒林，除了他也没有第二个人了。小薇漂亮的大眼睛立即瞪圆了，把刀向他颈上一架，喝道："你小子活腻了？屡次三番吓唬我们家莹莹！"

"啊？"

毛问智傻了眼："不是我说，姑娘啊，你们家莹莹是谁啊，她是扁是圆俺都不知道，俺啥时候吓唬她了？"

"你少废话！"

小薇飞起一脚，把毛问智踹了个马趴，厉声喝道："走！跟我去见莹莹，向她叩头问罪，她要是肯饶了你则罢了，要不然，你小子就等死吧。"

叶小天藏在不远处的树丛中，见毛问智被人家抓到，不由暗自着急："你多蹲一会儿不行吗，早不出来晚不出来……"

眼见小薇姑娘又是一脚踢在毛问智屁股上，喝令他起来，叶小天急忙拨开树丛钻了出来，扬声道："慢来慢来，这位姑娘，你抓错人了。"

小薇姑娘一双凤目向他威风凛凛地一扫，见他相貌清秀，一表人才，脸上煞气稍隐，却仍凶巴巴地问道："本姑娘怎么抓错人了？"

叶小天苦笑道："被误认为鬼的那个……不是他，而是我！"

"你？"

小薇讶然瞪大了眼睛，仔细看看叶小天不像说谎，心道："这模样能认成鬼？哎，我们家莹莹还真是极品。"

小薇想着，揪住毛问智衣领的手向前用力一推，把毛问智又推了一个马趴，小薇姑娘纵身一跃就掠到叶小天身边，把刀往他颈上一架，喝道："既然是你，那就跟我走吧。"

叶小天道："姑娘，你放心，我既然出来了，就一定会给你一个交代。你这刀这么锋利，就不要架在我脖子上了，反正我又跑不了，要是不小心划破了我的脖子，那就真的成了鬼。"

小薇姑娘嘴角抽搐了两下，飞起一脚，堪堪踢至叶小天的屁股，瞪着一双漂亮的大眼睛道："少跟我耍贫嘴，你这嘴皮子功夫，还是留着在我们家莹莹面前用吧，要是你能哄得她不生气，我就帮你说几句好话。"

叶小天心道:"这下完了,这户人家不但有那么多男丁,没想到姑娘家也这么厉害,我这一去……幸好这位姑娘好像对我还有那么点好感,我到时多说说好话,看那位莹莹姑娘也是一副好说话的样子,但愿能逃过一劫。"

叶小天想着,只得乖乖跟她走,扭头见毛问智瞪着一双大眼跟着自己,情知这小子说话没轻没重,可别让他跟去再说几句不合时宜的话,真要惹恼了这户人家,两个人就一起倒霉。

叶小天便道:"你跟来干什么?我和人家姑娘解释清楚就没事了,去去去,你先回去。"

叶小天一边说,一边向毛问智努嘴瞪眼使眼色,毛问智看在眼里,突地恍然大悟:"俺咋这么笨呢,俺大病初愈,周身乏力,去了也不顶用啊。大哥这是让俺回去叫人哪。"

毛问智赶紧乖乖站住,目送叶小天被那位很漂亮也很霸道的小姑娘押着离开,大发感慨道:"这人跟人就是不一样,对俺就连踢带骂的,对俺大哥就和和气气。"

小薇姑娘押着叶小天回到方才的地方,见地上丢着一只筐子,莹莹和小路都不见了,小薇却也不慌,料想是莹莹受了惊吓,由小路陪着回了住处,便押着叶小天向她们租住的农舍赶去。

一进院子,就见小路端着一盆热水急急从厨房出来,一见叶小天,一双杏眼立即露出了杀气:"就是他?"

小薇道:"不错!就是他!莹莹怎么样了?"

小路怒道:"被他吓病了,头有些烧,正胡言乱语呢。"

小薇一听也急了,原本对叶小天还存有几分好感,这时却对他怒目而视,道:"看你干的好事!我们家莹莹要是有个三长两短,本姑娘把你千刀万剐!"

叶小天听说人家姑娘吓病了,心中也有些后悔,他只是不想惹上麻烦,所以才想出这么一个恶作剧,没想到居然把人家姑娘吓得卧床不起,心中自然是后悔不迭。

叶小天赶紧道:"这事的确是我不对。好在那位姑娘只是心病,你们带我去,只要她知道我不是鬼,这病自然也就消了。"

小薇一推他的肩膀,娇叱道:"还不快走!"

小路端着热水先进了屋,浸湿一块毛巾,轻轻搭在夏莹莹的额头,夏莹莹躺在榻上,两颊浮起两片病态的嫣红,双眼紧张,密而整齐的漂亮睫毛却像蝴蝶翅膀似的频频眨动,看起来受的惊吓着实不轻。

小路把毛巾往她额头一搭,夏莹莹立即受了惊吓似的双手胡乱一抓,握紧了小路的手,喃喃地道:"别找我,你别缠着我,我是好人……"

小路愤怒地瞪了叶小天一眼,心疼的眸中已有隐隐的泪光闪动。她和小薇从小陪伴夏莹莹，与家人的感情都不及与夏莹莹深厚，眼见夏莹莹这般模样，自然打心眼里疼惜。

叶小天也觉后悔，忙站到榻边，诚恳地道："这位……莹莹姑娘，实在对不住了。"

夏莹莹昏昏沉沉中突然听到他的声音，霍地张开了眼睛，一见他果然站在自己面前，吓得一声尖叫，翻身就往榻里爬，伸手扯过被子，惶急地叫："你走开，你不要过来！"

说完，夏大小姐就跟鸵鸟似的，一头扎进被子，好像她看不见鬼，那鬼也就看不见她似的。如果是平常时候瞧见她这副模样，小路和小薇少不得又要取笑一下她，眼下这般情景，却是无比心疼。

小路也恼了，刀往叶小天脖子上一架，咬牙切齿地道："你干的好事！"

叶小天赶紧道："别别别，你让我跟她解释。"

叶小天苦着脸冲夏莹莹打躬作揖："姑娘，我真不是鬼，那天我只是和你开个玩笑，你看这青天白日的，哪能有鬼呢。莹莹姑娘……"

夏莹莹用被子蒙着头，有气无力地道："你就饶了我吧，我都被你害成这样子了，你还想怎么样啊……"

叶小天哭笑不得，无奈地道："不信你摸摸看，我身子是热的呢，我还有影子，你看，真不是鬼……"

夏莹莹一听要叫她摸鬼，吓得又往榻里缩了缩，尖叫道："你不要过来，你这个色鬼，你不许碰我，我要喊人了。救命，我快死了，呜呜呜……"

小路杏眼圆睁，拔出弯刀喝道："莹莹，你别怕，你看着，我替你杀掉这头恶鬼！"

眼见小路姑娘发了狠，叶小天也急了，立即高声道："且慢！我的确是鬼！"

一听此言，小路的刀猛地滞在空中，小薇也一脸惊愕。叶小天极力否认时，夏莹莹蒙着被子不肯出来，这时叶小天亲口承认了，夏莹莹却倏地掀开被子，张大眼睛看看他，又"唰"的一下蒙上，嗫嚅地道："那你……为啥缠着我？"

"因为……"

叶小天的心思风车般一转，要说鬼话了……

第七十七章

鬼话连篇

一

叶小天一双眼珠子贼兮兮地转着，两口锋利的刀架在他的脖子上，逼得他不得不把脑筋转得像风车一样快："咳！这事，要从很久很久以前说起……"

叶小天先是想到了梁山伯与祝英台的故事，可惜这故事已经流传有上千年，没准这位怕鬼姑娘也听说过，于是，叶小天毅然决定原创一个。

叶小天道："很久以前，我和你生活在同一个村子，青梅竹马，长大以后，我们成了情侣。就在双方父母打算让我们成亲的时候，你突然生了病，郎中说，要到悬崖上采一种带着露水的草药才能治好，于是，我就上了山……"

小薇和小路互相对视了一眼，小薇用口型对小路道："满嘴鬼话！"

小路用口型回答道："听听再说。"

被子悄悄掀开了一角，夏莹莹显然听得很用心。叶小天道："草药，我采回来了，可惜一高兴脚下没踩稳，从悬崖上跌了下来，摔得人事不省。"

被底传出"呀"的一声轻呼，被角掀得更大了些。

叶小天道："你的病好了，便天天守在我身边，盼着我好起来，可是我一直昏迷不醒，请了许多郎中都治不好。后来，你跋山涉水，请来一位大巫，那位大巫说，其实你天年已尽，是我逆了天命，延长了你的寿命，所以受到上天惩罚，要减去我的寿命。我从悬崖上摔下来的时候就应该死了，可是因为你不舍得我，我也不舍得你，所以我的魂魄一直流连着不肯离去。"

叶小天道："那位大巫师替你双眼开光，你这才看到，床上躺着一个我，在你身边还站着一个我，我已经很累很累了，可是因为你不舍得我走，一直在不停地呼唤我的名字，所以我就一直守在你身边，不肯咽下最后一口气，虽然你根本看不见。"

夏莹莹悄悄探了一下头，看了叶小天一眼，又赶紧掩上被子，嗫嚅地道："那……后来呢？"

叶小天强忍住笑，道："后来，你流泪着对我说：'你安心睡吧！下一辈子，我还是你的！'我的魂魄才回到自己身上，断了气。"

夏莹莹轻轻"啊"了一声，听起来有些伤心。

叶小天道："因为我死得早，所以我在地府里拖延着不肯投胎，想等着你。谁知我等得太久，当你来到地府的时候，我却恰好睡着了，你不知道我在等你，当我醒来，你已投胎去了，我拼命追赶，却还是没有来得及。

"阎王说，我错过了和你一起投胎的时机，只能再等一个轮回，可我好想见你，于是我就央求阎王，让我投胎做了一只麻雀，飞到你身边，陪着你……"

被子一下子掀开，夏莹莹亮晶晶的眼睛瞪得好大："麻雀！你……你说的是那只麻雀？我……我小时候养的那只麻雀？"

叶小天深情地望着她，轻轻点点头："不错，那就是我的化身。"

夏莹莹的眼泪突然像断了线的珠子，噼里啪啦地掉下来："对不起，我不知道那是你。真是……对不起……呜……"

小路无力地抚住了额头，小薇仰起头，不断地冲着房梁翻白眼。叶小天微微一笑，柔声道："没什么，我只是太想你，想来看看你，其实能陪你一天，我就很快活了。"

叶小天这么一说，夏莹莹更伤心了，呜呜地哭着，好不伤心。

叶小天道："于是，我又回了地府，我还要再等你一辈子，才能和你一起投胎，可我实在太想你了，所以才……是我不好，忘了阴阳相隔，我本不该现在就来看你，吓着了你，是我不对……"

夏莹莹泪如泉涌，拼命地摇头，抽泣道："不，我不怪你……"

叶小天轻轻叹了口气，深情地望着她，一步一步往外退："莹莹，你要好好地活着，我在下面等着你，等你百年以后，与你一起投胎转世……"

叶小天的后脚跟已经碰到了门槛，心中一阵得意："我这轻而易举就把她忽悠了，我就当着你们的面离开，那两位彪悍的姑娘也不能拦我，哈！我真是太聪明了……"

"呜！你不要走，我不怕了，你留下来……"

夏莹莹被这浪漫的鬼故事感动得一塌糊涂，从榻上飞快地跳下来，就要拉住叶小天，小路和小薇赶紧把她拉住，小路强忍着笑意，咳嗽一声道："莹莹，阴阳隔世，你让他走吧，听他的话，要好好活着。"

小薇瞪大双眼，惊奇地看着叶小天："这个家伙也太能扯了吧？这样子也行？"

叶小天努力控制着，不让自己的眉梢得意地扬起，他用沉痛、留恋的目光最后望了夏莹莹一眼，深沉地道："我走了，再也不会来打扰你的生活。再见啦，我的莹莹，再见……"

"哇！"

叶小天刚要脚底抹油溜之大吉，突然一股大力从背后冲过来，将他整个人撞飞出去，扑通一声砸在地上，等他清醒过来，就发现后背上好像压了一座山，动都动不了。

巨猿毛发戟张，眼似铜铃，一头冲进房子，脚下踩着叶小天的后背，鼻翅翕张，气咻咻地瞪了一眼持刀戒备的小路和小薇两位姑娘，大脑袋便四下张望起来，寻找叶小天的下落。

夏莹莹两眼发直，看着这头自己从未见过的巨猿异种，惊叹道："哇！猩猩精！"

这时，肉滚滚的福娃也从门外挤了进来，夏莹莹一见更是大惊："哇！猫熊精！"

叶小天被巨猿的大脚丫子踩得透不过气来，他用双臂膀艰难地撑着地面，惨叫道："大个子，你抬抬脚，我快被你踩死了！"

"嗯？"

夏莹莹低头看看刚刚把她感动得一塌糊涂的前世恋人，见他脸庞憋得通红，徒劳地在巨猿的脚掌底下挣扎着，却根本爬不起来，夏莹莹突然明白过来："一只鬼怎么可能被踩住？"

巨猿听到叶小天的声音，齐房梁高的脑袋一低，发现叶小天正被它踩在脚下，急忙挪开了脚丫子，叶小天喘了一口大气，幸福地道："啊！真是差点被你这莽撞家伙踩死。"

叶小天言犹未了，就听一声又羞又恼的娇叱："你敢骗我！"

叶小天一抬眼，就见一只比巨猿脚丫子小了很多倍的漂亮小蛮靴直奔自己的额头，"砰"的一声，他两眼一翻白，便晕了过去。

·※·※·※·

水舞穿着一身田府丫鬟的衣服，茫然地在田府里兜着圈子。

自从那天听说叶小天已经来到贵阳考举人，官府准备抓他归案，水舞就放弃了绝食，态度上也有所软化。薛母只当女儿已经回心转意，却不知水舞是想找个机会逃出去，向叶小天通风报信。

然而，田府实在是太大了，而且建筑格局形如猛虎，与中原建筑格局大不相同，水舞从房中偷偷跑出来以后，路上碰到了人便往岔路提前避开，如此一来没多久就迷了路，根本走不出去了。

后宅里，田妙雯陪着展凝儿走出来，一脸遗憾地道："最近手头的事情实在太多，这次狩猎我就不去了，你们玩个痛快吧。"

展凝儿抿嘴一笑，道："我就猜你抽不开身，不像我们啊，整日无所事事。我爹常说，要是我能像你一般能干，他不知要省多少力气。"

田妙雯叹了口气，道："你却不知我有多羡慕你们，无忧无虑，多好。"

田大小姐的性情与展凝儿相去甚远，比起小孩子般纯真活泼的夏莹莹则更显成熟稳重。然而三人同列三虎，再加上家世地位差不多，自然而然地便成了朋友。

其实以这三个人的性情，展凝儿和夏莹莹倒是能玩到一块儿去，对于她们热衷的游戏，田妙雯是根本不感兴趣的，然而与家世将近的姑娘们交往，还有许多其他的好处。再说田姑娘和这两个没有心机的丫头在一起，也觉得很放松。

只是田妙雯最近正在操作贡试一事，她想争取的名额可不只是一个徐伯夷的，她今天能多争取一个名额，来日田家就有可能在官场中多一个可以控制的官员，田家要想声名不堕，如今必须锱铢必较，如何能不尽心竭力，她哪有心情与展凝儿玩耍。

展凝儿叹道："莹莹那丫头，因为躲着果基格龙，也不知躲到哪里去了。你又这么忙，这一次三虎不能同进同退，就只剩下我一个人啦。"

田妙雯听了忍不住微笑起来："果基格龙和莹莹还真是一对欢喜冤家。整个水西，各大世家公子对莹莹莫不敬而远之，唯有他不知死活，就凭这份痴心，莹莹也该喜欢他才是。"

展凝儿想起自己，不禁长叹道："这种事哪有应该不应该的道理。喜欢一个人，又或者不喜欢一个人，其实根本没有道理可讲的。"

田妙雯目光一凝，望着她微笑道："你好像有感而发呀，莫非……已经有了心上人？"

展凝儿俏脸一红，急忙掩饰道："才没有呢，我是看透了，这天底下的臭男人就没一个好东西，根本不值得寄托一片真情。好啦，你正忙着，就别送了，咱们姐妹这么熟，还客气什么。"

田妙雯微笑止步，一转眼正看见水舞从一片竹林小径中走出来，水舞蓦然看见两个女人，下意识地就要再躲回去，田妙雯已然向她唤道："你过来，送展姑娘出去！"

第七十八章

果基格龙

一

毛问智见叶小天被抓走，便想跑回去叫人，半路上先遇到了巨猿和福娃，毛问智向它们指手画脚，巨猿有灵性，居然明白了一点，马上循着叶小天的气味追去，福娃此时已经成了它的玩伴，自然紧随其后。

毛问智有心去追，可这对畜生跑得实在太快，毛问智追不上，只好回去喊华云飞和冬天。华云飞一听大哥被抓这还得了，当即扯下围裙跟他出了门，小遥遥牵挂小天哥哥，自然也追了出来。

只是他们并不知道夏莹莹的住处，追到山上只看见一只筐子，并不见人影，不禁傻了眼。这时候冬天先生眯缝着眼睛，不慌不忙地从怀里摸出一个拇指大的小瓶子，拔下塞子，里边立即飞出一只形似蜜蜂的虫子。

那虫子飞到筐上停顿了一下，便振翅在空中飞翔起来，仿佛在跳舞。冬天先生眯着眼睛道："跟着它！"说完便向前边的灌木丛走过去，被华云飞一把拉住。华云飞道："冬先生，它是往这边飞的。"

冬天"哦"了一声，眯着眼睛，面不改色地道："我眼力不济，看不见，你们跟着它好了，我……跟着你们！"

于是，华云飞抱着遥遥，毛问智直勾勾地盯着那只"蜜蜂"，冬天佝偻着身子，阴森森地盯着他们的背影，一群人从山林中钻出来，直扑夏莹莹的住所。

那只蜜蜂似的虫子飞得很快，时不时振翅飞远，又飞回到他们面前，等它把这一群人引到夏莹莹住处外，华云飞不由双眼一亮，脱口道："就是这里？"

毛问智道："肯定啊！前边就一幢房子。"

冬天听说已经找到了，便掏出小瓶子，慢吞吞地点了些药末进去，往空中一举，那只虫子便飞回来，爬进了小瓶。冬天依旧右臂高擎，仿佛举着一只熊熊燃烧的火炬，要是他左臂下再夹几本书，那就……

毛问智看看冬天，问道："冬天先生，有什么不对吗？"

冬天眯着眼道："没什么，我在等它飞回来。"

毛问智揉了揉鼻子，道："你说那虫子啊？它早就飞回来了，都钻进小瓶了。"

"哦！"

冬天收回瓶子，把塞子塞住，一脸深沉地道："那我们进去吧。"

华云飞把遥遥交给毛问智，挪了挪佩刀的位置，当先向院门冲去。

院子里，叶小天一方和夏莹莹正在对峙。

叶小天站在巨猿大个儿和福娃中间，夏莹莹站在小路和小薇中间，小路和小薇各持短刀，夏莹莹气得脸蛋绯红，看起来就像熟透了的桃子，粉嘟嘟的，叫人有咬上一口的欲望。

夏莹莹用那双漂亮的大眼睛狠狠瞪着叶小天，骂道："禽兽！"

叶小天看看大个儿，又看看福娃，心安理得地想："不是骂我。"

夏莹莹见叶小天一脸无所谓的样子，心中更是气愤，想想自己刚才好幼稚，居然被他一番鬼话骗得眼泪汪汪，真把他当成了自己前世的情人，那种羞窘更让她恨不得有条地缝钻进去。

夏莹莹越想越气，指着叶小天滔滔不绝地责骂起来，这一次大概是为了能充分表达她的愤怒，夏莹莹用的是彝语，那小嘴妙语如珠，噼里啪啦骂了半晌，叶小天呆呆地听着，一个字也听不懂，只是觉得这位小姑娘就算生气的时候都特别漂亮。

叶小天不动，大个儿和福娃自然也不动，他们三个呆呆地站着，被夏莹莹指手画脚地骂了半晌，夏莹莹稍稍出了心头恶气，狠狠瞪了叶小天一眼道："你以为你不吭声就行了？知道我在说你什么吗？"

叶小天茫然地摇了摇头，夏莹莹柳眉一挑，得意扬扬地道："我在骂你！这是彝语，听不懂吧？"

叶小天迷惑地道："嗯！听不懂。你骂我，我却听不懂，那你骂出来有什么用？"

正持刀而立、英姿飒爽的小路和小薇不约而同地扭过头去伸手抚额。

夏莹莹呆了一呆，愤怒地一跳道："反正我骂你了，你能怎么样？"

叶小天无奈地道："好吧，谁让我做错事了呢。说起来，那天我也不是诚心欺骗姑娘，只是不小心把你撞下河去，又听说你家有那么多人，我怕你……怕你们家欺负外乡人，所以才想赶紧离开，如果早知道会吓到你，我绝不会这么做的。如今你骂也骂了，气也出了，咱们就此扯平，好不好？"

"不好！"

夏莹莹委屈地扁了扁嘴："你知不知道我这些天吓得觉都睡不好，饭也吃不香？"

叶小天无奈地道："那你想怎么样吗？"

这时候，华云飞一脚踹开院门，拔刀冲了进来，夏莹莹一见，立即冷笑道："好啊，你们果然是一伙的，来了帮手，以为我就怕了你们不成？"

不知天高地厚的夏大小姐不怕，小路和小薇两位姑娘却有些紧张起来："这些人不知是什么来路，要是不知轻重，真的伤了小姐怎么办？"

跟他们动手，两位姑娘还稍具信心，可是再加上那头巨猿……望着那头比她们高出一倍不止，壮硕得像座山似的，大手仿佛两只大蒲扇的巨猿，两位姑娘心生忐忑。

这时冬天最后一个走进来，眯缝着眼睛看看，对那两位小姑娘手中的刀剑视而不见，一直走到叶小天身边，来了个贴面对视，欣然道："啊！尊……"

叶小天赶紧道："冬大叔，我没事，你先站到一边。"

冬天恍然想起尊者不许他在外人面前称呼尊者，连忙答应一声，便往叶小天身边一站，福娃矮墩墩的，冬天这一站，恰好挡在它前面，福娃便把大脑袋从他和叶小天腿间探出来，冬天这才注意到它的存在。

小路姑娘举着刀，看着对面这奇怪的阵容，脑筋一阵急转："如果就这么放他们走，只怕小姐不会答应，可要真动起手来，我们一定吃亏。这可怎么办，怎么能想个两全之策……"

她刚想到这儿，院门"咣当"一声再度被人推开，一个高大的黑衣男子一弯腰，从那门里钻进来。这院门并不算矮，可那人要弯下腰才不会撞到门楣，身材当真高大得很。

夏莹莹一见是他，惊呼道："格龙，你怎么来了？"

那高大的男子刚刚挺直腰杆，循声看来，立即露出了欣喜的笑容："莹莹，你果然在这里。"他迈开大步走来，因为生得实在高大，两条颀长的大腿只迈了两三步，便赶到了夏莹莹的面前。

夏莹莹柳眉一剔，瞪着小路和小薇道："是你们把我的行踪告诉他的？"

小路和小薇两位姑娘连忙摇头，这时门口涌进一群身穿彝服的壮汉，个个佩了武器，最后又跟进一个彝家服饰的老头，向果基格龙谄媚地笑道："格龙大人，您看是这位姑娘吧？"

夏莹莹看见房东，这才知道自己是被谁出卖的，她不高兴地瞪了果基格龙一眼，道："你烦不烦啊，整天缠着人家做什么？"

果基格龙赔笑道："莹莹，外面坏人多啊，你一个人出门在外，连侍卫都不带几个，我怎么能放心得下呢？"

夏莹莹道："你又来啦，真比我爹还啰唆。我这就叫些侍卫来保护我，你总放心了吧？"

果基格龙道："放心，当然放心，不过……既然我就在这里，又何必再找别人保护,还是我跟在你身边安全。他们是什么人?"

说着,果基格龙冷冷地看了一眼叶小天等人,看到那头上古异种的巨猿时,眸中稍稍闪过一丝惊讶,这样的巨猿,就连他也从未见过。

"他们……"

夏莹莹眼珠一转,突地计上心来,为了摆脱果基格龙的纠缠,夏莹莹马上大声道:"他是我的情郎!"

小路和小薇蓦地瞪大了眼睛,惊讶地看向夏莹莹,果基格龙同样被这句话惊呆了,他惊愕地看着夏莹莹,看了半晌,又慢慢扭头看向叶小天。

叶小天站在对面暗暗叫苦:"坏了,他们家果然有好多的堂兄堂弟,此事若能圆满解决最好,如果他们不讲道理,那就只好让大个儿顶一阵,我们赶紧逃走,搬到别处去吧。"

因为果基格龙和夏莹莹一直是用彝语交谈,他可不知道夏莹莹突然扣了这么一顶大帽子给他。果基格龙扭过头去与夏莹莹又急急说了几句,夏莹莹一口咬定,对面那个男人就是她此番出游一见钟情的男人。

说到最后,夏莹莹还欺侮果基格龙不懂汉语,叶小天不懂彝语,向叶小天甜甜一笑,用彝语说了什么。

叶小天哪知道她是在说"情哥哥,喔?"眼见人家姑娘露出甜美的笑脸,好像不至于闹到不可收拾,叶小天松了口气,连忙配合地向她露出一个笑脸,点点头道:"喔!"

夏莹莹差点没笑出声来,立即向叶小天飞了个媚眼。

果基格龙霍然转过身去,一步一步走到叶小天身边,居高临下瞪着他,叶小天心中嘀咕:"没事长这么高为什么,偏偏还站这么近,仰着脸看你很累的。"不过脸上自然不敢表现出来,他仰脸看着这位"高山巨人",努力露出一副平和的笑容。

果基格龙突然笑了,他微笑着用手戳了戳叶小天的胸口,又指了指自己的心口,一字一句地说了什么。

夏莹莹一听他要跟叶小天决斗,不由瞪大了眼睛,叶小天笑容可掬地点点头,道:"嗯!"

第七十九章

自信爆棚叶小天

——

　　果基格龙见叶小天答应得如此爽快，微微一怔之下，倒是生起几分钦佩。再看叶小天诡异的阵容，心中又提起了几分小心："莹莹看中的男人，一定不是等闲之辈。却不知他是什么出身，别看个子比我小，说不定有一身好功夫，我倒要小心了。"

　　由于自尊心和他一向的自负，果基格龙并没有问起叶小天的身世来历，只是心里暗暗提着小心，又向叶小天点点头，叽里呱啦地说了一通，大意是说自己会遍邀水西豪门子弟作为见证，观看他们二人一战，败者要退出对夏莹莹的追求。

　　叶小天根本不明白他在说什么，见他神色从容，不复方才的倨傲和敌意，自然也要笑脸相迎，礼多人不怪嘛，于是他微笑着点点头，又"嗯"了一声。

　　毛问智在一旁见了，佩服得五体投地："大哥就是大哥，看看人家这本事，连鸟语都懂。"

　　夏莹莹见叶小天居然一口应承下来，答应与这个山地狂人比武，又是好气又是好笑，只是这时她却不好开口，否则事情穿帮，格龙又要变成她的黏豆包，甩都甩不掉。

　　果基格龙向叶小天点点头，道："好！十天之后，咱们花溪见！"

　　叶小天依旧不懂装懂地微笑点头，果基格龙转身就走，带着几十个黑色彝服的大汉呼啦啦地离开了。叶小天暗暗松了口气，心道："啊！她家这些堂兄堂弟们挺好说话的啊，早知如此，我当初何必搞那一出。"

　　他正想着，夏莹莹已经冲到他面前，好奇地打量他几眼，问道："你武功很高？"

　　叶小天一呆，不明白她为什么这么问，叶小天老老实实地摇头道："我不会武功啊。"

　　夏莹莹跺了跺脚，没好气地道："那你乱点什么头啊？"

　　叶小天道："啊？怎么了？"

夏莹莹期期艾艾地道:"刚才那个人……那个人……"

小路挺身而出,替她答道:"方才那个人,是追求我们家莹莹的人,听说你是莹莹的情郎,要和你决斗。与你约在十天之后,花溪之畔,决一死战!"

叶小天大惊道:"啊!跟刚才那个大猩猩似的家伙决斗?"

夏莹莹赞道:"你很有眼光,我也觉得他像一头大猩猩。"

小薇悠然道:"果基格龙曾经一拳击倒一头牤牛,你要跟他决斗,啧啧啧,我看你还是提前操办后事吧。"

叶小天大惊道:"凭什么啊,我不是这位莹莹姑娘的情郎啊!"

小路姑娘的脸颊抽搐了几下,道:"可是我们莹莹方才喊你'咕喔哎',你答应了啊!"

叶小天呆呆地道:"咕……喔哎?什么意思?"

小薇姑娘道:"情郎啰!"

叶小天呆了半晌,霍地转向夏莹莹,怒道:"你陷害我!"

夏莹莹一见叶小天对她怒目而视,想起叶小天装神弄鬼,害得她大病一场的事,把柳眉一挑,得意扬扬地道:"本姑娘就是要陷害你,怎么样啊?你以为本姑娘是那么好吓唬的?嘻嘻,阿你古(我爱你),果基格龙可是听得清清楚楚,这下你完蛋了。"

叶小天的心凉了:"跟那头大猩猩决斗?他一拳都能撂倒一头牤牛,我的身子有牛结实吗?他一拳下来,我前胸就得贴到后背上。我还要娶妻生子,我还要传宗接代,我本来有二十年工夫,这下好了,只剩十天,十天……我连个屁也生不出来啊!"

夏莹莹见他如丧考妣的样子,终于报了一箭之仇,心中那个得意,翘着鼻子,眉梢挑着,冲他得意扬扬。叶小天一见,不由得怒从心头起、恶向胆边生,他像恶虎一般扑上去,托住夏莹莹的小脸,在小路、小薇、毛问智等人的一声惊呼中,一口吻了下去。

夏莹莹惊愕地瞪大了眼睛,她甚至来不及有所反应,一对花瓣似的樱唇就被叶小天狠狠地啄住了。周围几个人全都看呆了,就连巨猿大个儿都看呆了,福娃个子矮,立起身来,努力抻着它那圆滚滚的脖子,还是看得不清楚,急得它直跳。只有冬天先生眯缝着双眼,实在看不清楚,只好暗叹一声"非礼勿视"。

"唔……唔唔……"

夏莹莹长这么大还是头一次被人吻小嘴,整个人都晕了,她的双手像溺水似的胡乱挥舞着,根本推不开他,被叶小天结结实实吻个正着,好半晌叶小天才抬起头,结束了这一记长吻。

夏莹莹的嘴唇濡湿媚红，娇艳欲滴，已然微微有些浮肿。她呼呼地喘了几口大气，那种窒息的感觉稍一缓解，立即瞪起漂亮的大眼睛，又羞又恼地娇叱道："你……你这混蛋，你竟敢……"

叶小天比她还火大，道："阿你古！嗯？阿你古是不是！我叫你阿你古！"左手一勾夏莹莹的下巴，右手一托她的后脑勺，叶小天再度吻了下去。

"唔……"莹莹又晕了。

小路和小薇两位姑娘举着刀，一副跃跃欲试的样子，却不知该如何下刀，这个……这个……莹莹当着她们的面被人非礼了，这可是她的初吻哪，这可如何是好？

又是一记长吻，当叶小天再度抬起头来时，夏莹莹两颊红似晚霞，鼻息咻咻，娇躯发软，两只小手下意识地抓着叶小天的胸襟，只怕一松手整个人就会瘫软在地上。

她眼圈一红，泫泪欲滴，委委屈屈地道："你……你敢亲我……"

叶小天恶狠狠地上下打量她几眼，粗声粗气地道："就是你了，你好好准备一下，三天之后，我来娶你过门！"

叶小天一句话，夏莹莹又被弄晕了，她结结巴巴地道："你……你说什么？娶……娶我？"

小薇和小路终于反应过来，一左一右跳到夏莹莹身边，一只手架住她，横刀胸前，向叶小天怒目而视道："你小子好大的狗胆……"

叶小天道："老子大的何止是胆？你，还有你……"

叶小天也不管两口明晃晃的刀就在面前，伸手指了指小路的鼻尖，又指了指小薇的鼻尖，霸气十足地道："你们两个少啰唆，娶一个我还怕没那么准，万一生女儿呢。再吵，再吵我就把你们两个也收了，给我做小。"

小路和小薇同时一呆，毛问智一看，马上跳出来帮腔道："我大哥可是秀才公，娶你们这样的小村姑，那是你们的福气，你们就偷着乐去吧。"

遥遥本来还有些担心，一听是做小，心事又放下了："唔，只要不是抢了我的饭碗就好……"

小路气乐了，撇嘴道："秀才公？秀才公很……"

她还没说完，夏莹莹忽然一声尖叫，一转身，"嗖"的一下钻进了房门，小路和小薇对视了一眼，不晓得夏大小姐是不是一时想不开，可别做出什么傻事来，急急追进房去。

叶小天道："走，咱们回去，置办彩礼！"

华云飞呆了一呆，道："大哥，你……真要娶她？"

叶小天道："我正急着要生儿育女，娶谁不是娶？这丫头我看着还挺顺眼的，便娶了她又何妨？就是回了京不也一样要求亲说媒？找的姑娘还未必有她好呢，至少她生的孩子一定漂亮。"

叶小天说到这里，脑海中便浮现出夏莹莹那颠倒众生的绝美容颜，最初只是因为她的陷害存心报复，可是亲到那柔软香馥的双唇时，心态却发生了变化："也许这是天意吧……"

华云飞颔首道："有道理！"

毛问智大手一挥，豪气干云地道："大哥说的对，万一她生丫头呢，为了保险，把她那俩姐妹一块儿娶了吧，三块肥田一起播种，就不信一个果子都结不出来……"

几个人乱七八糟地说着便走出门去，门外树林中果基格龙早留了两个人盯他们的行踪，他们也未注意。行走间，华云飞道："大哥，那位姑娘……"

毛问智道："啥是那姑娘，那是咱大嫂。"

华云飞苦笑道："是，咱大嫂说，十天之后，那个大个子要跟你在花溪决斗……"

巨猿还以为是在叫它，连忙凑到三人前面，叶小天飞起一脚，骂道："你个莽撞货，刚才差点被你一脚踩死，以后别急冲冲的。"巨猿挨了一脚，全当是挠痒痒，它还以为叶小天是在跟它开玩笑，抓耳挠腮地退到了一边。

叶小天赶开巨猿，对华云飞道："我是秀才，是读书人，我怎么会跟人动手动脚呢。"

华云飞道："我看那人不会善罢甘休。"

叶小天道："这就是我娶那位莹莹姑娘的第二桩好处了。咱们带着一头巨猿和一只猫熊，目标太明显，本地人一打听就找得到，咱们又不能马上离开。娶了她，她那七八十个堂兄弟不就成了我的帮手？还怕什么大个子。"

华云飞恍然道："不错，这里民风彪悍，动不动就拔刀相向，他们人多势众还真不好对付，要是能拉上大嫂全家当帮手，咱们稳赢不输。只是……那位莹莹姑娘肯嫁吗？"

叶小天自信满满地道："她一个小村姑，看她的穿戴和居处，不过是家境尚可的百姓人家，她要貌，我有，她要财，我也有，她要身份地位，我是秀才，像我这样的好男人，她打着灯笼都难找啊。"

遥遥用力点头："就是，小天哥哥最好啦！"

叶小天哈哈大笑，在她颊上亲了一口，赞道："还是我们家遥遥有眼光。"

遥遥摸着小脸蛋美滋滋的，美中不足的是，小天哥哥亲那位漂亮姐姐可是亲的嘴巴呢。

"人家的嘴太小……"遥遥自信满满地想，"等我长大了，小天哥哥也会亲我嘴巴的！"

第八十章

情　窦

一

　　小路急急跑进卧房，先跑进去的小薇马上回头，竖指于唇，向她做了个噤声的动作，小路马上放轻了脚步，悄悄走进去，定睛一看，就见夏莹莹坐在榻沿上，两眼闪闪发亮地看着前方，但是眼神飘飘忽忽，又好像什么都没有看见。

　　她伸出一根青葱似的玉指，怔忡地摸着自己微微有些红肿的唇，就连小路和小薇跑进来都没发觉。　小路向小薇丢去一个探询的眼神，小薇向外边努了努嘴，两人一前一后蹑手蹑脚地走出去。

　　一到院子里，小路便迫不及待地问道："莹莹怎么了，莫不是被人亲傻了？"

　　小薇叹了口气道："我看，就是被人家亲傻了。"

　　小路惊道："啊？"

　　小薇白了她一眼道："我说的傻当然不是那种傻，我是说，莹莹可能真的动了心。"

　　小路一呆，道："不会吧，就因为被人亲了一下？"

　　小薇道："那小子长得挺俊俏啊。"

　　小路歪着头想想，不得不承认小薇说的话："嗯！的确不怎么讨人嫌。不过……这样的青年才俊多了去了，不至于就因为被人亲了一下，她就动了春心吧？"

　　小薇轻轻叹了口气，道："这可是她的初吻哪，你也不想想，她都这么大了，可是连小手都没让男人摸过。女人的第一次，总是很难忘的，有时候春心萌动其实就只是一刹那的事，或者是因为一句话，或者是因为一个心有灵犀的眼神，又或者……因为一个吻……"

　　小薇说着，语气如梦似幻，似乎她也醉了。小路忍不住窃笑起来："瞧你说的，好像很有经验的样子。你说，你是不是被人亲过了？"

　　"我才没有！"小薇急着撇清："咱们可是打六岁开始就陪着莹莹，再也没分开过，你什么时候见我跟男人交往过？"

小薇乜了小路一眼，道："我记得，你前两年可是不止一次回过寨子，别是……已经有了心上人吧？"

小路也急了："我哪有！那不是因为我娘生病了吗，我才赶回去探望、侍候汤药的，哪有心情找情郎。"

小薇一下子捉住了她的语病："哈！没有心情？也就是说，其实你想找来着，只是没机会？"

小路红着脸道："就想了，怎么样？我就不信你没想过。"

小薇想了想，俏脸也悄悄地红了。哪个少女不怀春？她们又怎么可能没有憧憬过厮守一生的良人？

两个人沉默了一阵子，小路道："你是说，就因为他那么粗鲁霸道地亲了莹莹，莹莹就喜欢他了？"

小薇道："你还记不记得田家四少爷，因为喜欢咱们家莹莹，故意装着喝醉了酒想亲近她，撞了一下她的肩膀，又轻轻踩了一下她的脚，结果被莹莹几十个堂兄弟围殴的事？"

小路道："当然记得，田家四少黑着眼圈去找莹莹她爹告状，结果又挨了她爹一记耳光。"

两个人一齐露出窘态，静了片刻，小薇又道："那你还记不记得，安家大少调戏咱们家莹莹，其实只是占了点口头便宜，结果就被咱们家老爷子追上门去骂，害得安家老爷子用家法狠狠打了他孙子一顿板子？"

小路道："你提这些干什么？"

小薇叹气道："夏家上下对莹莹宠的已经到了无法无天不讲道理的地步，结果呢？结果是害得人人对她敬而远之，连句话都不肯和咱们莹莹讲，个个畏之如虎……"

小路不以为然地道："那也不见得，果基格龙不就是个不怕死的吗？他追咱们莹莹追得紧着呢。"

小薇苦笑道："可是你瞧他那副憨样子，只会用拳头说话，咱们家莹莹从小就被几十个堂兄堂弟围着，个个都是拿拳头说话的主儿，她看都看腻了，能喜欢这样的男人？"

小路憬然道："你是说……"

小薇悠然道："依我看哪，莹莹被人非礼，只怕是这么多人看着，有些害羞了，至于恼吗，却是未必……"

小路"啊"的一声，结结巴巴地道："要是莹莹……莹莹真的喜欢上他怎么办？"

小薇道："让老爷子操心去呗，实在不行还有老祖宗做主呢，你操的哪门子心？"

小路结巴得更厉害了："不……不是，我是说……咱……咱们俩……"

两个人从被送到夏家开始，就打算用以媵嫁了。这是春秋战国时期流行的一种婚姻制度，贵族嫁女，往往连女孩的姐妹们一起嫁过去，这些姐妹的身份就是媵。两汉三国时也有这样的情况，而水西部分地方还保留了这种先秦两汉时期的婚姻制度。

小薇突然也明白过来："那个家伙吗……"

仔细想想叶小天的样子，她居然生不出一点反感，想起叶小天那么霸气地亲吻莹莹的场面，她的嘴唇突然也有些酥酥的了……

·※·※·※·

水舞被田妙雯一叫，不敢再躲闪，硬着头皮走过来，低低答应一声，便站在一边。田府如此之大，仆从如云，田妙雯哪能都认得过来，也不在意，只与展凝儿道别，便让水舞送她离开。

水舞既然扮演的是送客丫鬟的角色，就不好走在人家后面，可是走在前面她又不认识路，只好放慢脚步，眼角捎着侧后方的展凝儿，看她模样与此间主人很熟稔，应该不是头一次登门，希望这位客人能认识路。

展凝儿的确认识路，每逢岔路口，水舞就悄悄观察她的动作眼神，总能抢先一步，如此这般，倒也蒙混过了两进院落，但水舞不可能每次都判断准确，是以也失误了两回。

展凝儿一开始没有注意，后来终于发现了水舞的异状，走到一条交叉路口时，展凝儿心中一动，便向一条侧路一拐，水舞悄悄观察着她的动作，展凝儿眼神一动，脚下刚刚有所动作，水舞已抢先一步拐上了那条道路。展凝儿微微一笑，右手便轻轻扶住了腰间的短剑。

往这边走很长一段路都没有岔道，水舞松了口气，终于不用时刻关注人家的动作了，她本就在大户人家当过丫鬟，步履从容起来，倒也似模似样，引着展凝儿往前穿过一片竹林，跨过一个月亮门，水舞终于发现不对劲了。

前方有参天古树、有艳丽的花圃，分明是主人家的一个花园，花园是不可能设置在客人进出的路径上的，水舞急忙站住，正想找个什么理由遮掩一下，一眼看见展凝儿的神色，她的心便沉下去了。

展凝儿似笑非笑地看着她，手已握住了剑柄："你好大的胆子，敢混进田家偷东西。如果被田家的人发现了，动用私刑把你处死，官府都不闻不问！"

水舞慌忙解释道："姑娘，你别误会，我不是贼。"

说起来她们两个是见过一面的，只是当时水舞站在人堆里，展凝儿随意扫了一眼，根本不会去记她的相貌。而当时展凝儿一身苗装，银光闪闪，水舞的注意力都被她一身闪闪发光的打扮给吸引过去了，此刻的展凝儿却是一身猎装，水舞也未把她和当初在三里庄山脚下遇见的那个苗家女联系到一起。

"是不是贼，我才不关心，总之，你绝不是田家的丫鬟。"展凝儿笑吟吟地说着，作势转身："田家的事，我一个客人不好决断，我看还是把田家的人唤来算了。"

"姑娘开恩！"水舞双膝一软，就跪了下去，乞求道："这位好心的姑娘，求你千万不要叫田家的人来。我不是贼，我只是……只是……"

展凝儿半侧着身子，一副随时喊人的模样："你只是怎样？"

水舞道："姑娘，其实我是田府三管事谢传风的未婚妻。"

展凝儿皱了皱眉，道："那你鬼鬼祟祟扮作丫鬟做什么？"

水舞泣声道："实不相瞒，谢传风与人勾结，想害我的恩公，我想……离开田府去向他报个信，可是这田府太大，我迷了路……"

展凝儿微微有些动容，听起来这故事有些复杂，她四下看了看，对水舞道："你起来吧，咱们到一边说话。"

展凝儿叫起水舞，两人避入一旁树林，水舞无奈之下，便把事情的前因后果对展凝儿详细说了一遍。展凝儿听到一半就呆住了，她万万没想到，竟在这里听到叶小天的消息。

"那个混蛋！"

展凝儿暗暗咬牙："他果然来了贵阳，可他既然来了，为何不来找我。我展家在水西没有宅子，可安家有啊，难道打听安家府邸的所在很困难吗？或许他是想考中举人，再风风光光地来见我？"

这样一想，展凝儿又欢喜起来，双眼刚刚弯成一对月牙，看到眼前的水舞，心情忽又有些紧张起来："小天一直很喜欢她的，如果让她见到小天……这可怎么办？"

展凝儿迟疑道："你知道那叶小天住在哪里吗？"

水舞摇头道："我只听说，他们也找不到他，打算趁他去官府报名参考的时候动手。"

展凝儿微微一笑，道："这样的话，偌大一座贵阳城，你如何找得到他？再说你一个弱女子，独自在外诸多不便。我怜你一片苦心，不如这样，你跟我走，等到应试之期，你再去府衙门前守候，如何？"

水舞大喜过望，连忙拜谢："多谢姑娘成全。"

展凝儿伸手将她搀起，笑容可掬地道："不必拘礼。"

展凝儿又问："你可知贡试之期？"

水舞摇了摇头，展凝儿一见，笑得更可爱了："不用担心，我来帮你打听。"

展凝儿心想："到时我去府衙拦他好了。至于这位水舞姑娘嘛，我把日期往后挪两天……哎呀！不好意思得很，人家不小心记错了，你不会怪我吧？"

第八十一章

下　聘

一

　　堂屋的门开着，阳光斜照进来，正映在毛问智送来的三担聘礼上，金光灿烂，俗不可耐。

　　叶小天本想送些雅致的聘礼，不过华云飞和毛问智一致认为，对方是小门小户人家，是没见过世面的小村姑，送的东西太雅致了她看不出好来，不如绫罗绸缎金银首饰瞅着实惠。

　　叶小天"从善如流"，于是金首饰、银首饰、大红绸缎，尽情采买了个够，大有要拿银子把那俊俏小村姑砸晕的趋势。毛问智自告奋勇接过了这个差事，送聘礼来了。

　　莹莹姑娘呆呆地看着那三挑子聘礼，一脸古怪的神气。小路看到没有她和小薇的份儿，不知怎的，竟然稍稍有点失望。她不是想嫁人，只是……对方厚此薄彼，太不像话了！

　　毛问智摸出几个大钱，打发了那送挑子来的几个伙计，喜气洋洋地唤道："大嫂，这儿就住了你们姐仨啊？你们家中的长辈呢？结婚这么大的事，得跟长辈们说吧？"

　　小薇突然一顿足，又气又羞地骂道："这个天杀的混蛋，还真送聘礼来啊！我去干掉他！"

　　小路急忙拦住她，一双漂亮的大眼睛冷冷地盯住了毛问智，道："要我说，还是先打折这个混蛋的两条腿实在！"

　　毛问智一听不乐意了："俺说几位姑娘啊，你们知道俺大哥是谁不？那可是秀才！秀才啊！如今俺大哥到贵阳考举人来了，一转眼就是举人老爷，就能当官。你们也不想想，天底下有几个当了官还这么年轻不曾婚配的男人？能嫁给我大哥，那可是你几辈子修来的福分！

　　"莹莹姑娘，你给个实在话，你到底嫁不？你要不嫁，这两位姑娘，你们哪个愿意嫁，你点点头，这聘礼俺直接就转给你了，俺大哥吧，急着讨老婆，所以一点都不挑，只要是女的、活的、能生娃的，就行！"

小薇气得直翻白眼，这是什么话，我们有这么差吗？她气哼哼地道："小路，你说的对，咱们先把这家伙的腿打折，舌头也割了吧。"

小路冷笑道："想娶我们家莹莹？就他一个破秀才，还不够看的！我告诉你，花溪之会可没几天了，你们还是赶紧回去操办后事吧，要是花溪之会后他还有命活着，再考虑他那只癞蛤蟆有没有机会吃天鹅肉吧。"

毛问智搓着大手笑道："俺正要跟你们说这个呢，大嫂，你不是有七八十个堂兄弟吗？你看你这都要跟俺大哥成亲了，你也不能过门就守寡啊是不是！花溪决斗这事，要是那大个子不肯善罢甘休，你看你那些堂兄弟能帮忙不……"

小路冷笑道："决斗又不是打群架，还指望别人替他出头？那样的孬种，配得上我们家莹莹？是不是入洞房也要让别人替他上啊？"

一直在发愣的夏莹莹听她们越说越不像话，又羞又恼，顿足道："你们乱说什么啊，好像他打赢了大猩猩，人家就会嫁给他一样，真被你们气死了。"

小薇"唰"的一下拔出刀来，道："莹莹，你别生气，我这就去他们家，把那痴心妄想的小子干掉。"

"别……"

夏莹莹赶紧拉住她的手，小薇惊讶地看了她一眼，夏莹莹支支吾吾地道："不是还有花溪之会吗？不如等格龙动手好啦。"

毛问智咣当着一双大眼，听见三人这番言语，心想："这可跟大哥估计的不一样啊，看来这一架是必须打了，这可不成，我还是赶紧回去给大哥报个信吧，可别叫人一拳给打死，三个如花似玉的小媳妇就便宜别人了。"

毛问智想到做到，转身就走，小路叫道："喂，你干什么去？"

毛问智摆摆手道："俺还有事，彩礼你们可收下了啊，这事就这么定了。"

小路眼珠一转，对小薇道："跟上他，看看他们住哪儿。"

小薇答应一声，急急跟了出去，小路赶到院门口，探头张望了一眼，见小薇跟着毛问智离开了，这才掩门回来，一进堂屋，就见夏莹莹拉着一匹红绸正扭着小蛮腰在身上比画。

小路咳嗽一声，夏莹莹马上镇定地把红绸一丢，背起双手，下巴一扬，不屑地道："本姑娘会穿这么俗气的东西？哼！"

小路的嘴角轻轻抽搐了两下。

不一会儿工夫，小薇就回来了，小路意外地道："跟丢了？"

小薇摇摇头，一脸古怪地道："那帮家伙就住在树林后边，近得很，说起来……

算是咱们邻居。"

夏莹莹"嗖"的一下跳过来，惊喜地道："住这么近啊？哈！还真是有缘！"

眼见小路和小薇都是一脸古怪地看着她，夏莹莹马上直起腰来，清咳一声，板着俏脸道："方才被你们一吓，他们不会因为害怕，偷偷溜走吧？"

小薇道："溜走了不是正好？被这么几个不知所谓的家伙纠缠，揍他们一顿吧，他们又没有恶意。不揍他们吧，把咱们当成小村姑，还摆出那么一副高高在上的嘴脸，痴心妄想地要娶你当老婆。"

夏莹莹沾沾自喜地道："话不能这么说，不知者不怪嘛，再说……他还挺有眼光的。"

小薇目光一凝："嗯？"

夏莹莹急忙改口道："我是说……我们正要借他摆脱格龙嘛，对不对？我就是因为讨厌格龙整天缠着我才从家里逃出来的嘛，结果我刚到贵阳，他又追来了，偏偏我爹还看他挺顺眼，老想撮合我俩，正好借这只癞蛤蟆让他死心嘛。"

小路心道："哪是你爹看他顺眼啦，是你爹发现以前对你保护得太过火了，结果吓得人家小伙子们都不敢接近你，现在担心你嫁不出去了，要不然你以为你能这么自在，没有十个八个堂兄弟跟着就让你出门？"

小薇想了想道："可是，格龙要是真把他打死呢？"

夏莹莹道："那不正好？我就有借口不理他了啊，我爹也不好再帮他说话了。"

小路和小薇面面相觑，正要猜测一下夏莹莹这番话的可信度究竟有多少。夏大小姐又自作聪明地开口了："可是，不给那个家伙一点甜头，万一他被格龙吓跑了呢？"

小路道："那么你的意思是？"

夏莹莹道："我娘说了，男人为了他喜欢的姑娘，是不怕拼命的。所以……不如我牺牲一下，虚与委蛇，假装让那家伙以为我喜欢上他了！"

小薇不放心地道："你不会真的喜欢上他了吧？"

"我？"

夏莹莹葱白似的纤指轻轻一点自己的鼻子尖，黑白分明的大眼睛也成了一个可笑的小黑点："怎么可能呢？要才没才，要貌没貌，要本事没本事，本姑娘会喜欢他？"

夏大小姐把下巴扬到了天上去，傲然走进里屋。

小路轻轻叹了口气，道："我怎么总觉得咱们莹莹是送货上门呢？"

小薇赞同地点头："我觉得也是。"

门帘"唰"的一下掀开了，夏莹莹从里边探出头来，狐疑地看着她们："你们是不是在说我坏话呢？"

小路和小薇一齐摇头："没有！哪能呢……"

"哼！"夏莹莹瞄了她们两眼，"唰"的一下放下了门帘。

"呼！"两位姑娘松了口气。

"唰"的一下门帘又掀开了，小路和小薇吓了一跳，赶紧端起肩膀看着夏莹莹，夏莹莹咳嗽一声，有点忸怩地问道："那个……他住树林的哪边啊？"

小薇伸出一根手指，愣愣地指了指方向，门帘"唰"的一下又放下了。

小路看看小薇，低声道："莹莹想要干什么？"

小薇踮着脚凑过去，掀开门帘悄悄看了看，又蹑手蹑脚地走回来，低声道："她……正换衣服……"

小路一下子捂住了脸："你千万别跟人说我认识她，我丢不起那人……"

毛问智匆匆赶回住处，压根没提人家姑娘的反应，在他看来，那都是装相，只怕她们心里早就千肯万肯了，三个姑娘一块儿嫁过来都肯，真正紧急的只有一件事：花溪之会。

叶小天一听人家姑娘的堂兄弟不会帮忙，不由紧张起来，华云飞见叶小天为难，挺身而出道："我跟他打！"

毛问智道："你打？拉倒吧你，入洞房你也去啊？人家都说了，不能帮忙的。"

冬天轻轻咳嗽一声，眯着眼睛，阴柔地道："尊者，也许属下可以帮忙。"

叶小天大喜道："你有什么好办法？"

冬天右手一举，一只拇指大的白玉瓶赫然出现在叶小天几人的面前，阳光透过那只白玉瓶，里边有道阴影正在扭来扭去。叶小天和华云飞、毛问智仰着头，无限景仰地看着他手中的瓶子，毛问智道："这是啥玩意？"

冬天道："这是吸髓蛊，用九九八十一只剧毒蜈蚣炼成！只要找到那个人，把这蛊下在他的身上，只需三天工夫，就能悄无声息地吸干他的骨髓，让他无声无息地死掉。"

叶小天道："这个……太狠了吧，杀人害命的……不至于。有没有不杀人还能帮我打败他的蛊？"

冬天深沉地点了点头，道："有！"

冬天右手一收一举，又换了一只红色的瓶子："这种蛊是用来增补元气，给垂死之人续命的，垂死之人服用此蛊，可续三日之命。常人服用此蛊，体力、速度、反应，至少可以增强五倍。"

"五倍啊！"

叶小天两眼放光地想了想："增强五倍的力气，我想……我大概有些把握对付他了，嘿嘿嘿，快给我！"

冬天先生摇摇头，惋惜地道："可是……尊者，您万蛊不侵呀！"

第八十二章

炼 蛊

一

叶小天没好气地对冬天道:"你能不能说点有用的啊!看你整天这副死样子,你就是有成仙的金丹,我用不了,那有个屁用啊。"

华云飞解劝道:"大哥别激动,有话慢慢说。"

冬天不愠不恼、不慌不忙地道:"是,属下考虑不够周详,尊者请息怒。只能用在对方身上,还不能伤了他性命的蛊……属下想想……这样的蛊是有,只是属下带的不全……"

冬天一抖手,"哗啦"一声,床沿上便出现了一堆大大小小花花绿绿的瓶子,冬天趴在那儿翻翻拣拣一番,最后挑出一个小瓶子,喜道:"啊!居然还有这个,这种蛊应该可以用上。"

叶小天一把抢在手里,迎着阳光照了照,好奇地问道:"这是什么东西?"

冬天道:"这是属下平素练习蛊术时随便练出来的一种蛊虫,没有大用,中了这种蛊后,会周身无力,就算他强壮如山,身上没有了气力,又怎么能是尊者您的对手呢?"

叶小天大喜道:"你早把它拿出来不就好了,这东西正好合用。"

冬天道:"属下一时把它忘记了。对了,忘了跟尊者说,此物生效缓慢,只有在中蛊者极度悲愤或者大欢喜的状态下才会迅速生效。另外,它生效的时间只有一炷香,尊者要妥善把握。"

叶小天点头道:"这个好办,我到时候先给他下蛊,然后拖延一下时间,故意激怒他就成了,反正看他的样子就爱生气。"

冬天道:"尊者会下蛊吗?"

叶小天一呆,道:"这也要学?"

冬天不紧不慢地点头,道:"当然,下蛊的手法也是要学的。否则,错下在自己身上还不打紧，毕竟什么蛊虫都伤害不了尊者，要是错下在其他人身上就麻烦了，属下也只有这么一只，再要重炼的话，这种特别的虫子，在这贵阳城里也不好找。"

叶小天急道："那还等什么啊，赶紧快教我炼蛊。"一想到果基格龙那令人恐惧的身高和强壮的体魄，叶小天恨不得立刻掌握这门保命绝学，马上拉着冬天进了他的房间。

冬天在屋子里建了一个木架，上边大大小小摆着许多黑色不透光的坛子罐子，冬天眯缝着眼睛，贴在木架子上仔细端详了半晌，才捧下一口坛子，回到叶小天身边。

冬天道："尊者，要学下蛊，先得学会捉蛊。这蛊不是尊者您亲手炼的，不太听您的话，所以这捉蛊的手法，尤其要熟练才成。这里面的蛊虫是一种行动相对缓慢的虫子，尊者您先试试看。"

"好！"

叶小天接过坛子，打开盖子一看，里边黑麻麻一大片小虫子，一见阳光都蠕动起来，看着叫人肉麻，叶小天硬着头皮刚要伸手进去，突又停住，狐疑地看着冬天："这个……你要不要再看看，会不会拿错坛子？"

冬天干笑一声道："尊者，属下虽然眼神不济，不过这虫子，一定不会认错的。"

叶小天释然道："那就好！"

叶小天再度伸出手去，堪堪碰及罐口，突又停住，迟疑道："真的不会看错吧？"

冬天微笑道："尊者，您万蛊不侵啊。"

叶小天恍然道："对啊！我怎么忘了这一点！"

他放心地伸手进去，马上发出一声惨叫，倏地缩回手来，指尖上已经出现米粒大的一个小包，叶小天痛得龇牙咧嘴，眼泪汪汪地道："它咬我！"

冬天轻咳一声，缓缓地道："这些虫子正好处于炼制过程，已经两个月不曾喂食，饥饿很久了。"

叶小天道："你说过我万蛊不侵的！"

冬天颔首道："是啊！所以它的毒，绝不会伤到您。"

冬天鼓励道："吃得苦中苦，方成人上人。"

叶小天咬了咬牙，恶狠狠地盯着那只坛子，毅然伸出手去："为了上人，啊！为了生人，哈！为了……"

·※·※·※·

安南天兴冲冲地赶回府邸，展凝儿刚刚安顿好水舞，从水舞的住处出来。水舞对她千恩万谢，感激涕零，倒令凝儿心中升起一丝惭愧，安南天眼神贼得很，看见表妹异样的神情，立即扬声唤道："表妹！"

展凝儿正要沿着青萝藤蔓的花架拐过去，忽然听到安南天的声音，便又站住，安南天慢悠悠地走过来，上下看她几眼，嘿嘿笑道："表妹，你做什么亏心事了啊，我看你的表情可有点不对劲。"

展凝儿慌乱地掩饰道："胡说八道，人家……能做什么亏心事？"

她这样一说，安南天心中更加笃定了，很感兴趣地问道："究竟是什么事啊，看你平时凶巴巴，可从来没有这么垂头丧气过。"

"胡说八道！"

展凝儿没有像平时一样冲他发脾气，忙不迭转身就走，安南天难得见她心虚，立即紧追不舍。展凝儿走出青萝长廊后，终于站住脚步，扶着石栏长长一声叹息，怔忡出神良久，说道："表哥，人家刚刚做了一件事，也不知做得对不对。"

安南天立即摆出一副成熟稳重的兄长姿态，放轻了声音，亲切地道："表妹，你不会真做了什么伤天害理的事吧？究竟什么事令你心生愧疚，不如说给表哥听听，心里或许就会舒坦一些。"

展凝儿幽幽地道："我觉得，这么做真的是伤天害理呢。"

安南天听了更是心痒难搔，偏偏还得强作镇定，不能露出催促的神色。展凝儿静了一会儿，便把她今天去田府的事情说了一遍，展凝儿说完之后，有些羞愧地道："她……她把我当成好心人呢，我这么做是不是很卑鄙啊？"

安南天眉毛一扬，大声道："怎么会呢？这么做天经地义啊！"

展凝儿欣然道："真的？"

安南天道："那当然！这女人找丈夫，不亚于第二次投胎，这投胎能不能投个好人家，你说重不重要？别说你跟她素不相识，就是亲姐妹也不能让啊，你只是想瞒她两天，也太心慈面软了，要我说干脆把她干掉，这才永除后患！你不忍心下手，我替你杀！"

安南天转身就走，被展凝儿一把拉住，娇嗔道："你疯啦，这么恶毒的事，我怎么做得出来！"

安南天就势站住，叹息道："同人不同命啊，你说你，你和人家夏莹莹同列三虎，你呢，就要跟别的女人抢同一个男人，人家夏莹莹呢，却是两个男人决斗，争一个她。"

展凝儿惊奇地道："两个男人？除了果基格龙，还有男人敢追她？"

安南天道："本来是没有的，但现在有了。九天之后，这两个男人要在花溪决斗，我正想跟你说，到时候一块儿去见识见识。"

展凝儿笑道："这人是谁，好大的胆子，敢向果基格龙挑战，敢要莹莹那只母老虎，他不知道娶了这样的老婆，一旦吵架拌嘴得罪了媳妇，立马就得有上百个大舅子小舅子杀到他家去吗？我倒真要去开开眼了……哎呀，不行！"

安南天道："怎么？"

展凝儿道："十天后贡试，九天后正是考生往府衙报名的日子，我得去府衙盯着！"

· ※ · ※ · ※ ·

人要长得漂亮，穿什么都好看。

夏莹莹大概是扮村姑扮上了瘾，又或者是怕暴露真实身份会吓跑叶小天，所以还是一身村姑打扮，只是那白衣绿裙穿在她的身上，腰肢紧束，螺髻双挽，就像一棵水灵灵的小白菜，又俏又媚。

水灵灵的小白菜主动送上门，准备让猪拱了，可是……猪呢？

夏莹莹瞪着一双俊媚迷人的大眼睛，叉着细得令人嫉妒的小蛮腰，凶巴巴地问毛问智："你大哥呢？"

毛问智道："大嫂哇，你咋还过来了呢，这新婚之前，新人是不能见面的。"

夏莹莹凶巴巴地道："你少废话！谁答应你成亲了？我是来兴师问罪的，你大哥呢？"

华云飞心想："要用蛊术赢那大个子，终究不是什么光彩的事，还是不要让她知道的好。"他怕毛问智说漏了，抢先说道："大……莹莹姑娘，我大哥正在房间里读书。"

夏莹莹怒道："读书？他读什么书？"

华云飞道："贡试将近，我大哥正在刻苦读书，准备考举人。"

毛问智听华云飞一说，也会意过来，忙不迭点头道："对！俺大哥正备考呢，马上就要考举人了，考上举人就能当官了，我说你们可得抓紧着点，过了这个村可就没有这个店了。"

夏莹莹道："哦，正读书啊。那……那我们等他用完功再说吧。"

夏莹莹这么一说，小路和小薇登时没了脾气。兴师问罪？有这么兴师问罪的吗，咱们家莹莹什么时候这么好说话了？夏莹莹背着手打量着他们的房子，清咳一声道："你大哥……他是哪儿人哪？家里还有些什么人？父母啊，兄弟姐妹啊。他今年有二十岁了吧……"

小路和小薇对视了一眼，神情更沮丧了，手中那口刀鸢鸢地便往鞘里插。这样兴师问罪，还好意思舞刀弄枪？

"啊！"

侧厢房里突然传出叶小天的一声惨叫，夏莹莹惊道："啊！这好像是你大哥的声音呢，你们不是说他在读书？怎么叫得这般凄惨？"

华云飞道："这个……这个……这个就是头悬梁、锥刺股了！"

毛问智道："对！我大哥从昨晚读书一直读到现在，实在太困了，所以要头悬梁、锥刺股。"

夏莹莹听了，心有戚戚焉地对小路和小薇道："唉！要说这读书人也挺不容易的，哦？"

第八十三章

甜蜜蜜

一

叶小天正在"头悬梁、锥刺股地读书",房间里不时传出一声惨叫,把夏大小姐听得心惊肉跳,原本她来"兴师问罪"就是装模作样,其实是找理由跟人家亲近,这一下更是没了"问罪"的心思。

过了一阵,叶小天捉虫的手法渐渐熟练起来,被叮咬的次数少了,惨叫声也就少了,夏莹莹这才松了口气,感慨地道:"读书真是辛苦啊,哎!可别把他的腿扎成筛子……"

小路和小薇听了,脸臭臭的,把入鞘的刀又往腰后位置挪了挪。人家大小姐这么一副态度,她们又何必枉作小人。

再说,夏大小姐万一真和这个姓叶的秀才成了夫妻,即便是只有一线机会,那时她们两个是要陪嫁的,如果现在惹得叶小天不高兴……她们也得替自己打算打算不是。

夏大小姐无所事事地在院子里逛了一阵,听到院外传来一片嬉笑声,便信步走出去,就见遥遥正跟大个儿和福娃在捉迷藏。

遥遥和大个儿负责躲藏,胖墩墩的福娃负责抓,大个子一纵身就能跳到大树上去,所以被捉住的总是遥遥。如此一来遥遥不开心,大个儿也不开心,大个儿不爬树了,它特意跑到福娃面前等着它抓,可福娃对它没兴趣,绕过它也要抓遥遥。

夏大小姐看得兴高采烈,马上跑过去,高呼道:"带我一个!"

夏莹莹从小被全家上下保护着,要说"捧在手里怕摔了,含在嘴里怕化了"那是毫不夸张,如此宠溺的结果,就是令夏莹莹单纯得像个孩子,待人接物毫无心机,而这样的性情无疑最合小孩子胃口。

况且遥遥虽小,也有她的小心思,她从小接受的教育就是做大妇要包容,不可生嫉妒心,要维护一家人的和睦,家族才能兴旺。遥遥这个年纪还真没什么嫉妒心,再加上有这样的想法,自然很快就和夏莹莹打成了一片。

福娃似乎也很喜欢这个香喷喷的小姐姐，有了莹莹，遥遥不至于每次都被抓，也开始嘻嘻哈哈地高兴起来，两人两兽玩得不亦乐乎。

当叶小天终于结束了今天的训练，用袖子掩着蜇得猪蹄一般的手从房间里走出来时，就见夏莹莹正翘着屁股躲在后院，捂着小嘴偷笑。

叶小天惊讶地道："莹莹姑娘！"

"嘘！不要吵！笨福娃还没发现我……咦？"

夏莹莹突然反应过来，转身一跳，惊喜地道："你读完书了？"

叶小天一呆，心道："我读什么书？"

夏莹莹又道："你的腿没事吧？"

叶小天又是一呆："我腿怎么了？"

叶小天咳嗽一声道："莹莹姑娘，你怎么来了？"

"啊？我吗？"

夏莹莹被问得一脸茫然，她正玩得兴高采烈，完全忘记了此行的目的。见此情景，小路和小薇窘到恨不得找条地缝钻进去。

叶小天见夏莹莹的样子说不出得可爱，忍不住笑道："对了，彩礼，你还满意吗？令尊令堂可同意三日之后成亲？"

"啊！"

夏莹莹这才想起自己干什么来了，立即手足无措起来，慌张了半晌，才憋出一个理由，期期艾艾地对叶小天道："我……我爹娘出远门走亲戚去了，一时半晌……回……回不来……"

"这样啊……"

叶小天蹙起了眉头，人家爹娘不在家，怎么娶人家姑娘过门？那不成了强抢民女了吗。好在现在已经有了对付果基格龙的法子，不用担心十天后送命，倒也不急着"留种"。

叶小天想到这里，便道："既然这样，那……咱们等你爹娘回来再说。"

"好！"夏莹莹松了口气，马上甜甜地笑起来。

叶小天的猪蹄手现在又热又胀，急着弄点凉水浸一浸，便对她道："你跟遥遥去玩吧，我还有点事。"

夏莹莹喜滋滋地道："好！哎呀！福娃找过来了，我藏哪里？我藏哪里？"夏莹莹东张西望一番，慌慌张张地逃走了。

叶小天摇头失笑，心道："没想到这丫头性子如此率真，跟个小孩子似的，倒是能跟遥遥玩到一块儿去。"

夕阳西下，华云飞系着围裙举着勺子出现在院门口，冲远处喊："遥遥，吃饭啦。"

玩得满头大汗的夏莹莹很自然地跟了过去，小路和小薇的眼珠子都快掉出来了："莹莹这是要干什么？还没过门呢，就到人家家里去开伙了？是不是人家让你今晚睡在那儿你都乐意啊！"

小路和小薇忍无可忍地冲过去，不由分说，架起夏莹莹就走："莹莹，咱们也该回家吃饭了。"

小路把"回家"两个字咬得很重，莹莹这才发觉自己跟过去不妥，于是依依不舍地冲遥遥招手："遥遥，我晚上再来找你玩啊！"

"好啊！咱们晚上还捉迷藏！"

听着这两个"孩子"的一问一答，小路和小薇真是羞得无地自容了。

·※·※·※·

皎洁的明月像一张无瑕的玉盘，高高悬挂在寂静的夜空中。虫鸣唧唧，叶小天坐在溪水旁的青石上，撩一捧清凉凉的山泉水，举起手，看那条银亮亮的线从手中泻下，阵阵清凉让手上的灼痛感减轻了许多。

叶小天曾经服过避蛊的秘药，蛊毒无法伤害到他，但那蛊虫除了是蛊，还具备一般虫子的本能：叮咬。

彩长老曾经说过，服过秘药后，尊者不仅万蛊不侵，而且蛇虫蚊蚁都不会靠近他，但那些蛊虫在瓦罐里已经很久没有进食，叶小天又主动撩拨它们，它们本能地便会发动攻击。

"哈！藏到这儿，它一定发现不了。呀！你在这里？"

夏莹莹跑过来，突然发现月光下的叶小天，不觉有些惊喜，她还以为叶小天又在"头悬梁锥刺股"呢，作为一个温柔贤淑、通情达理的大家闺秀，她当然不会去打扰叶小天用功。

叶小天一抬头，就看到了月光下的她。

夏莹莹向他走过来，每一脚抬起，再落下时都像踩在一根无形的直线上，于是，走在月光下的她，就像走在月光下的一只猫儿，轻盈，妩媚。

看到叶小天举手的动作，夏莹莹好奇地问道："你在干吗？"

此时，周围有青草的芬芳，还有她身上的幽香。天上洒下月光，溪中泛动流光，空中还有流萤挥洒出一道道如梦似幻的曲线，她站在那里，俏媚的双眼就像夜空中璀璨的星辰般熠熠放光。

叶小天的心不由自主地漏跳了两拍，他才不会把手被虫子蛰肿这样的糗事告诉眼前这个小美人，于是他顺势把手又抬高了些，掌心向天，似乎正在托起那轮皎洁的明月，信口道："我要摘月亮啊。"

夏莹莹并不知道这是叶小天遮羞的遁词,一厢情愿地把这句话理解为追求她的一句暗喻。于是,她的嫩脸热了,心像一只将要被人捉住的小鹿,跳得飞快,她掩饰地撇了撇嘴角,道:"吹牛,谁能够得到天上的月亮?"

叶小天仰起头,看着天上那轮明月,微笑道:"为什么不能?只要你有一颗够得到天的心,就一定能摘下天上的月亮!"

月光照在他的脸上,那道剪影落在夏莹莹的眸子里,似乎英俊极了,她的心跳得更快了,她搂了搂裙子,就势在叶小天旁边坐下,试着伸出手去,于是她的手仿佛也正在托着月亮。

夏莹莹看着,竟有一种真的触到了月亮的感觉:"呀!真的蛮有趣的!"

夏莹莹笑逐颜开,叶小天手腕一翻,就捉住了她的手,夏莹莹立刻紧张起来,结结巴巴地道:"你……你干什么?"

叶小天柔声道:"你的手可真软……"

"嗯……是……是吧……"

夏莹莹心慌慌地低下头,轻轻抽了抽手,可叶小天握得太紧,于是她便不再用力。

叶小天看她乖巧得像只小白兔,愈发得寸进尺,轻抚着她柔滑的小手道:"你家里兄弟多,不舍得让你干活吧,你这手比大家闺秀的手还柔嫩呢。你放心,等你嫁过来,我也会疼你的。"

夏莹莹结结巴巴地道:"我……爹娘未必会答应呢。"

叶小天道:"怎么可能?我可是秀才,秀才啊!难道还辱没了你们家不成。到时候我领着你回娘家,咱们往大街上一走,乡亲们都指指点点:'看,那不是莹莹吗?哎哟,旁边那个书生就是她相公吧?真是一表人才,听说人家还是秀才呢,啧啧啧,你看人家莹莹这福气。'……"

夏莹莹听他自吹自擂,忍不住"扑哧"一笑。

小天其实很有自知之明,展凝儿也是个很美丽的姑娘,但是和展凝儿在一起的时候,他就从来没有生起过非分之想,两人身世地位的巨大差距直接打消了他的妄想。

水舞的家世身份与他相仿,在水舞面前他就非常自信,敢于肆无忌惮地表达自己的感情,如今在夏莹莹面前也是这样,一旦拥有自信,他便谈吐风趣、挥洒自如。

可是,莹莹又缘何动心呢?难道以前就没有男人追求过她?却也不然。只是,以前她只要出门,追随的下人就不用提了,光是贴身保护她的堂兄弟就得跟上十个八个,她有机会谈情说爱吗?

那种情况下,有资格接近她的人家世地位都不低,也都清楚她的身份,囿于彼此的身份,有些话就不能肆无忌惮,想对她表示爱慕也得含蓄内敛,如此这般,旁边又有十多只明晃晃的"电灯泡",试问追求者还如何展现自己的魅力?中规中矩的表现怎能引起莹莹小姐的兴趣？更要命的是，即便他能展现自己的魅力，可那时的莹莹还情窦未开，整天只喜欢和手帕交腻在一起玩，岂非媚眼抛给了盲人看？

如今夏家已经尽可能放她自由，身边没有那么多人跟着，她又到了思慕异性的年龄，和叶小天的初遇又是那么叫人刻骨铭心，尤其是叶小天胡诌的那个鬼故事，夏莹莹神志恍惚之际信以为真，真把叶小天当成了自己的前世情人，后来虽然揭穿，却又马上被叶小天掳走了她的初吻，这才彻底掳获了她的芳心。

天时、地利、人和，种种因素的配合，包括所有这一切发生的先后顺序，错了一样少了一样，她都不可能喜欢叶小天。缘分就是这么奇怪，它想来的时候，一切都那么合情合理地来了。

两人手拉着手，叶小天目光灼灼地看着夏莹莹，看得她不好意思地低下头，窘了半晌，她才没话找话地道："你看着挺单薄的，没想到手掌这么宽厚，人家说，手上有肉的人有福呢。"

"是吗……"

叶小天讪笑两声，低头看看自己那被无数只虫子蜇咬了无数次的"猪蹄"，说道："你嘴巴真甜。"

夏莹莹忸怩道："才没有，这是我家老奶奶说的。"

叶小天道："我说的也是真的啊，你的小嘴真的很甜，嘿嘿，我最清楚了。"

"哎呀！你坏死了！"

夏莹莹大羞，想起那个曾令她眩晕，如今努力追忆回想，却总也想不起当时滋味的吻，登时羞不可抑，挥起小拳头软绵绵地敲打在叶小天的身上。

叶小天抓住她纤细的手腕，他俩四目相对，夏莹莹突然意识到将要发生什么，她有些害羞，有些害怕，又有些期待，那种眩晕的感觉似乎又来了。她下意识地伸出舌尖，轻轻舔了舔唇瓣。

她根本不知道这个下意识的动作是何等诱惑，叶小天看到她轻舔唇瓣的妩媚，呼吸顿时急促起来，不由自主地俯下身去，夏莹莹害羞地闭上了眼睛，长长的眼睫毛像蝴蝶的翅膀似的频频扇动着。

"莹莹，天色不早了，咱们该回去了！"

小路姑娘不知从哪儿"嗖"的一下跳了出来，比大个儿的动作还敏捷，叶小天和夏莹莹吓了一跳，倏地分开了身子。

夏莹莹不得不站起身，依依不舍地瞟了叶小天一眼，叶小天小声道："下回别让你姐姐跟着。"

夏莹莹小声道："好！"

两个人相视一笑，心里突然像喝了蜜，有种说不出的甜。

第八十四章

风云际会

一

明月爬到半空的时候，贵阳城中已是一片黑暗寂静，但杨府大宅里却是灯火通明，无数的仆从丫鬟进进出出，忙忙碌碌，因为他们的主人从播州赶来，刚刚入住府邸。

后宅里面，沐浴已毕的杨应龙穿着一袭轻袍，懒洋洋地往官帽椅上一倒，顺手取过一碗酸笋鸡皮汤，小小地呷了一口，闭目品味着，缓缓问道："我叫你打听的那个人，可已探听到他的下落？"

杨府管事恭谨地应道："老奴得到老爷传讯之后，马上派人去了铜仁，却不想那人竟来了贵阳。老奴查遍了贵阳大小客栈都没有他的消息，想必他是租住了民房，这可就不易查找了。不过，他既是来贵阳参加贡试的，到时候一定会去府衙报名，老奴会找到他的。"

"嗯！找到他就好，不要惊动他，这个人，对我有大用！"

杨应龙轻叩扶手，悠悠然又道："水西这边，近来可有什么特别的消息？"

杨府管事想了想，试探地道："怜邪姬对这次贡试似乎很上心。"

杨应龙淡淡一笑，道："关心贡试的又何止一个田家，还有其他的事吗？"

杨府管事想了想，忽然轻笑道："还有一件事，近来在贵阳传得很热闹，只是老爷您对这种事可未必感兴趣了。"

杨应龙没有应声，只是呷了口鲜汤，静静地听着。

杨府管事道："红枫湖夏家的大小姐，一向被水西豪少敬而远之，谁知近来不知怎么，却一下子有了两个追求者。一个是凉月谷果基家的格龙少爷，另一个迄今不知是谁，这两人约定了要在花溪决斗，以决定谁有资格追求夏大小姐。"

杨应龙听了果然不感兴趣，淡淡地道："不知所谓的小孩子游戏。靖州杨家来人了吗？"

杨府管事谄笑道:"老爷您吩咐下来,靖州杨家敢不应承?杨夫人亲自赶来了,只是路途遥远,如今还在路上,靖州杨家已经快马派人赶来送信,说杨夫人一定会赶在贡试之期抵达贵阳。"

杨应龙"嗯"了一声,轻轻打了个哈欠,管事赶紧道:"老爷一路疲乏,先歇下吧,可要人侍寝吗?"

杨应龙站起身,轻轻抻个懒腰,道:"免了,正乏着。"

"是!"

管事答应一声,急忙抢着一步,躬身送杨应龙步入后堂。

此时,田府虽然已一片寂静,但是怜邪姬田妙雯的住处却仍掌着灯。

书案上胡乱摆着几张纸,纸上凌乱地写着一些名字、数字。

田妙雯搁下笔,妩媚的眉轻轻颦起,低声沉吟道:"今年贡试,依旧是我贵州名额最少,和去年一样,只有三十个。"

田妙雯轻轻靠在椅背上,闭着眼睛轻轻拍着额头,喃喃自语道:"三十个名额,按照惯例安家会拿走四个,宋家三个,我田家和杨家各两个,其他土司人家轮流分享十四个,余出五个名额给普通人家秀才。

"这些人家,没有一个是省油的灯,想多争取一个,无异于虎口夺食啊,看来只有把徐伯夷放在普通秀才里边,才有可能多争取一个名额,却不知他有没有这样的实力……"

田妙雯苦思良久,复又拿起笔来,扯过那几张写满人名和数字的纸张,再度推算起来,她那闺房的灯,一直亮到很晚很晚……

·※·※·※·

青青山坡上,叶小天屈指一弹,一只小小的虫子便无声无息地落到了夏莹莹的衣袖上,不等它爬进衣袖,叶小天便故作惊讶地道:"哎呀,有只虫儿!"说着,叶小天伸出手去,把那虫子掸落到地上,又狠狠加上一脚。

"哈!我真是天才啊!这才一天工夫,就能熟练掌握放蛊的手法了。"

叶小天洋洋自得地想。夏莹莹见心上人如此体贴,向他甜美地一笑,大眼睛荡漾着迷人的春光,散发出一种说不出的诱惑。

小路和小薇抱臂站在二人身后十余丈外,无奈地看着他们腻在一起。不过,她们估计这两个人的好日子也快要到头了,果基格龙已经把花溪之会的消息散播到了整个贵阳府,那些豪门阔少一个个闲得不得了,听说这等有趣的事情,都像打了鸡血似的,嗷嗷叫着要去看热闹。

随着消息的散播,距贵阳城并不远的红枫湖一定也会收到消息,等夏莹莹那二十多个伯伯叔叔、八九十个堂兄堂弟，甚至一百多个大侄子们气势汹汹地赶到花溪……

两位姑娘已经可以预见到叶小天的凄惨下场了。

叶小天着迷地看了眼夏莹莹甜笑的俏模样，说道："你还笑呢，还有八天我就要跟那头大猩猩决斗了，你就不担心我被他打死？"

夏莹莹甜甜地道："怎么会呢，有我看着呢，他想打死你，我还不舍得呢。"

叶小天翻个白眼道："其实……我们已经是两情相悦了，有他什么事啊。你又不喜欢他，不如你告诉他不用比了吧。"

夏莹莹巧笑嫣然地摇头道："你都已经答应了他嘛，现在取消决斗多不好意思。我听小路说，如今整个贵阳府的人都知道这件事了呢，要是咱们提出取消决斗，你会被人取笑的。"

叶小天赶紧道："我不介意被人取笑啊。"

夏莹莹瞪大眼睛，道："可我介意啊！你被人取笑，我多没面子，我一定会很生气。"

叶小天无奈地叹了口气，怏怏地道："也就是说，无论如何都得比？"

夏莹莹轻轻扯扯他的衣袖，用甜甜的嗓音道："干什么，生气了呀？"

叶小天趁势佯作生气，板着脸道："说到底，你不就是喜欢看两个男人为你争吗？"

"才不是呢。"

夏莹莹笑得更甜了，嗓音也更甜了，轻轻牵着叶小天的衣袖，柔柔地道："人家只是喜欢看你为我争啊。啊！你看，你看那里……"

夏莹莹欢快地跳了一下，伸手指着坡前。叶小天已经习惯了她的一惊一乍，顺着她的手指一看，就见坡前有三头牛，两公一母，两头长着巨大犄角的公牛正在头顶头，便道："看什么？"

夏莹莹道："你看啊，那两头公牛为了争那头小母牛都要决斗一番的，你是男人嘛，难道还不如一头公牛？"

两头公牛的决斗以一方的失败而告终。失败的公牛落荒而逃，跑出大约一里来地，才在山坡上站住。胜利的公牛得意扬扬地叫着，冲向那头正吃草的小母牛，两只前蹄奋力一扬，突然人立而起，把两只前蹄搭在了小母牛的背上。

这头成年公牛非常强壮，这一起一落力道也大，那头小母牛被它一压，一下子跪趴在草地上，公牛也滑摔到一旁，那头小母牛哞哞地叫着挣扎起来，似乎想要跑开，可那头公牛却猛地跃起，两只前蹄一扬，再一次搭到它的背上。

夏莹莹的两只眼睛瞪得又大又圆，两只小手攥在胸前，紧张得喘不上气来："你看，你快看！那个大家伙不是要争小母牛，它是逮着谁就欺负谁，真是太坏了，哎呀，你快看，这得多痛啊！"

夏莹莹颦着秀气的眉，小脸皱起来，直替那头小母牛疼得慌。叶小天瞪大眼睛，看看那两头正在交配的牛，再看看眼睛眨都不眨、一脸义愤填膺的夏莹莹，脸颊急剧地抽搐了几下。

小薇和小路飞快地跑过来，红着脸拉起夏莹莹就走："莹莹啊，你快来，我在那边树林发现好多蘑菇。"

"我不走，那头大公牛好可恶，我要路见不平……"

"算了算了，人家畜生之间的事，你少管……"

"哈哈哈哈……"

叶小天再也忍不住了，抱着肚子狂笑起来，他觉得自己找的这个小媳妇蛮可爱的，看来今后这二十年是不会寂寞了。

此时，红枫湖夏府中，也响起了一阵豪放粗犷的笑声。

夏老爷子双手叉腰，笑得威风八面："怎么样，怎么样？我就说，就凭我那宝贝孙女天仙一般的俏模样，哪能没有男人喜欢，除非那男人眼都瞎了。以前哪，是你们把她看得太紧了，你瞧瞧，我这才让她独自出去两回，就有人为她决斗啦，要是再让她多出去跑两趟，还不得有人为她点烽火台啊，哈哈哈哈……"

夏老六，也就是成功地为老夏家生下一个宝贝女儿，结束了夏家满门阳刚的历史的大功臣夏天炎发牢骚道："爹，以前明明是莹莹一出门，你就不放心，非得让十个八个人跟着不可，这时怎么成了我们看太紧了？还有啊，烽火戏诸侯，那不是个好比喻。"

"滚你的蛋！"

夏老爷子瞪起眼睛，很利索地给他儿子一脚："就你读过书！少跟老子显摆！我要去贵阳，我要去看看，除了格龙，还有谁家的孩子这么有眼光，喜欢上了我们家莹莹。"

夏老六一听赶紧劝道："爹，您就别去了，您都这么大岁数了……"

"滚你的蛋！"

夏老爷子又是一脚飞起，踢在他儿子的屁股上："我妈还能织网捕鱼呢，我出个门怎么啦，我非要去，你们都跟我去，要是一切顺利的话，这回我就能领回个孙女婿，哈哈哈哈……"

第八十五章

成我之美

一

一辆轻车在十几个家人的护卫下驶进了贵阳城。轴承已经有些摇晃,车子一走就发出吱吱嘎嘎刺耳的响声,棚布上有一层灰尘,随从侍卫的马臀上都放着长布包裹,这一行人一定赶了很长很远的路。

车帘一掀,探出一张五旬妇人雍容的面孔:"贡试之期到了没有?"

一个骑在马上的家人俯身答道:"夫人放心,小的刚刚打听过,两天之后才是贡试之期,咱们没有晚到。"

贵妇人神色微松,颔首道:"那就好。"

家人道:"夫人,咱们是不是先找家客栈休息一下?"

贵妇人摇头道:"不!直接去杨府。"

车帘放下,贵妇脸上的雍容之色顿时消失,换上了一副忐忑的模样。这位贵妇人正是杨霖的妻子,杨应龙相召,她岂敢不来,可这一路上却是惶惶不可终日,唯恐杨应龙已经知道了她害死遥遥母亲的真相。

当初她若知道遥遥母亲与杨应龙的关系,就是借她一百个胆子她也不敢加害,可惜,直到遥遥母亲中毒将死,她才获悉真相。

遥遥的母亲濒死之际,杨夫人撂下狠话,说要把她那小贱种也弄死。遥遥的母亲说出真相,是想让杨夫人有所忌惮,杨夫人确实大为惊恐,她没想到杨应龙只在她府上住了一个多月,居然勾搭上了这个深居简出的如夫人。

遥遥母亲死后,杨夫人寝食不安,唯恐播州会有什么动作,对遥遥自然更加不敢加害,可遥遥母亲过世很久,播州也没什么动静,她的心思又渐渐活泛起来。

在她想来,杨土司与遥遥母亲的那段孽缘应该只是一时见色心喜,花言巧语骗了她的身子,像杨土司那等人物,身边从来不缺女人,只怕早就忘了他在靖州的这段艳遇。

然而，就算他对遥遥母亲没什么感情，可是对他自己的亲生骨肉呢？水舞名为丫鬟，实则与遥遥母亲情同姐妹，遥遥母亲临终之前，甚至让女儿认她做干娘。遥遥的真实身份，水舞十有八九也是清楚的，一旦来日她带着遥遥去播州寻到遥遥的亲生父亲，杨夫人的下场可想而知。

因此，杨夫人才处心积虑地想把水舞和遥遥除掉，只要她们死了，或许播州那位杨土司一辈子都不会再想起他在靖州的这段露水姻缘，她自己也就高枕无忧了。

谁知，杨三瘦离开靖州那么久，迄今还没消息，也不知他完没完成任务，偏偏这时播州杨应龙又传来消息，命杨府派管事之人前往贵阳，配合调查一桩命案。

报讯人语焉不详，杨夫人也不清楚究竟是一桩什么命案，但她基本可以确定，这桩命案与遥遥母亲之死无关。杨应龙是什么人物？如果他想杀人，需要诉诸公堂吗？况且这件事张扬开来，对他的名声也不好。

有了这个判断，杨夫人才敢来贵阳，可是尽管一路盘算得很好，如今真到了贵阳，马上就将见到杨应龙，她的心情还是不免紧张起来。

贵州数得上字号的大土司在贵阳城里都有宅子，但是这些土司基本上都不住在贵阳，因此杨应龙到了贵阳后，很难找到一个身份地位与他相当的人，也就少了许多应酬，这几天一直都歇在府上，知道他在贵阳的人极少。

杨夫人到了杨府，下人通报进去，杨应龙立即传见，杨夫人走进客厅，一见杨应龙正在上首坐着，马上止步福礼道："靖州杨胡氏，见过家主！"

靖州杨氏是播州杨氏的分支，杨夫人以自家人身份参见，两个人的关系就亲近了许多。杨应龙微笑起身，客气地道："夫人一路车马劳顿，辛苦了。来来来，快请坐。"

"谢家主！"

杨夫人在下首轻轻坐下，欠身说道："接到家主传讯后，妾身马上就启程了，只是妾身一介女流，出门在外难免有诸多不便，是以今日才到，希望没有误了家主的大事。"

杨应龙打了个哈哈，笑道："夫人到得很及时，并不曾误了大事。"

这时下人奉茶上来，杨应龙端起茶杯轻轻呷了一口，又向杨夫人示意了一下。杨夫人捧起茶来润了润喉咙，又道："家主派往靖州的人语焉不详，是以妾身至今还不清楚究竟是一桩什么命案，还请家主示下。"

杨应龙道："呵呵，这桩官司嘛，说来蹊跷，却也有趣得很。"

杨应龙已经把这桩官司的卷宗从提刑司调来看过，遂把事情经过对杨夫人说了一遍，又道："铜仁府送来的卷宗上说，害死水舞父亲的，其实是你府上派出的三个下人。"

杨应龙摸着下巴，沉吟道："杨三瘦和水舞，我都有些印象，前几年去你府上时，曾经见过他们，杨三瘦这三个人究竟是不是你派出去的？他们又为何杀人？"

杨夫人听杨应龙讲述经过，这才知道杨三瘦和岳明、邢二柱一路尾随水舞，居然到了她的家乡才找到机会下手，结果却误杀了水舞的父亲，之后追杀遥遥，结果又枉送了性命，真是三个蠢到不能再蠢的废物。

杨夫人道："妾身怎么会做杀人害命的事呢。那杨三瘦原本确是妾身府上管事，不过此人手脚不干净，常常伙同岳明、邢二柱从府上偷了东西变卖，还意图逼奸水舞，被水舞告发后，被妾身重责一顿赶出府去，现已不是杨家的人了。"

杨应龙道："哦？这样说来，杨三瘦是挟怨报复了，那水舞又缘何离开杨家呢？"

杨夫人轻轻叹了口气，道："水舞本是拙夫所纳那位如夫人的贴身侍女，前几年，那位如夫人已因病去世……"

杨夫人说到这里语气稍顿，偷偷观察了一下杨应龙的神色，见他脸显惊讶，却没有悲戚之色，心中顿时一定："看来他对遥遥母亲之死还一无所知，看来并无什么深情厚谊。"

杨夫人急急判断着，又把叶小天拿来诳她的那番假话对杨应龙说了一遍，杨应龙听到"杨霖在狱中多蒙叶小天照料，感恩图报，以女下嫁"的话，心中蓦地一喜："这是老天助我吗？"

他把遥遥留在叶小天身边，是因为看出叶小天这人重情有义，遥遥只要由叶小天抚养长大，两人之间的感情不是父女也是兄妹，遥遥就可以对叶小天施加相当大的影响。

遥遥现在不懂事，对他比较冷淡，可他毕竟是遥遥的生身父亲，到时他再联系上遥遥，他就可以间接控制叶小天了。却没想到，叶小天和遥遥之间居然还有这么一层关系……

杨应龙瞬间就做出了决定："不管这件事是真是假，什么缘由，一定要坐实了它，把遥遥和叶小天的关系确定下来！"至于叶小天总有一天要重返蛊神教，那时遥遥该怎么办，他根本不做考虑。儿女亲情他是有的，但是和他的大业相比，一文不值。

杨应龙闭目冥想片刻，便迅速做出了决定。叶小天究竟有没有杀人，铜仁三里庄这桩命案的幕后真凶究竟是谁，他根本不关心，他关心的是如何把叶小天这个人一步步掌握在手中。

杨应龙缓缓睁开眼睛，微笑道："我明白了，你可安排了住处？"

杨夫人恭谨地道："还没有，家主相召，妾身自然要先来见过家主。"

杨应龙微微一笑，道："那就在府里住下吧。你不必多问，需要你出面时，我会安排你出面，到时怎么说，我会告诉你的。来人！"

一个家人应声出现，杨应龙道："安排夫人住下，好生照料！"

杨夫人到现在还一头雾水，不明白像杨应龙这样的大人物为何关心这么一件小事，所谓杀人命案，在他眼中又算什么。

虽然她暂时瞒过了杨应龙，可是杨应龙若仔细盘问，她难免还是会有许多地方无法自圆其说，而那薛水舞如今就在贵阳，不知她究竟知不知道遥遥母亲与杨应龙的关系，会不会向杨应龙揭发，这种情况下住在杨府叫她如何安心。

可她又不能拂逆杨应龙的意思，只得强作镇定地谢过杨应龙，跟着那家人退下。眼见杨夫人远去，杨应龙轻轻击了击掌，杨府管事悄然出现在他的面前，杨应龙道："待此间事了，杨夫人回转靖州时，杀了她！"

那管事微微露出一丝惊讶，但他根本没问为何要杀杨夫人，天王既然吩咐下来，杀就是了，杀杨夫人这等人物，还不是如宰一鸡、如杀一犬。

水舞坐在窗前，望着窗外一树凌霄花怔忡出神。在安府歇养这些日子，她的气色已经好了许多，展姑娘专门拨了两个丫鬟伺候她，但是并未带她参观安府，寄居他人府邸，她也不好随意走动，因此这些日子连院门都没出过。

院门一开，展凝儿走了进来，水舞在窗口看见，急忙起身迎出门去："展姑娘，贡试之期可打听到了吗？"

展凝儿心虚地笑笑，道："呵，看把你急的，放心吧，我刚刚问清楚，说是……三天之后便是报名之期。"

水舞欢喜地道："啊！三天之后，多谢姑娘。"

展凝儿道："不必言谢，成人之美嘛，我相信如果是你遇上了这样的事，也会这样做的。"

水舞欣然点头道："嗯！"

展凝儿的笑容更灿烂了，心道："这可是你说的哦，那你就成我之美吧！"

第八十六章

红袖添香

一

"小天哥,我给你送小鸡炖蘑菇来啦!"

夏莹莹提着瓦罐,沾沾自喜地夸耀:"这可是我亲手……添柴炖出来的,蘑菇也是我亲手采的呢。"

小路在一旁暗暗擦了一把冷汗,心道:"如果不是我把你采来的蘑菇偷偷换掉,你的小天哥就得到阴间去考举人了。真奇怪,明明教过你辨认蘑菇,怎么就偏挑颜色艳丽的采呢,你当这是采花呢?"

叶小天日夜苦练,终于赶在花溪之会前熟练掌握了施放蛊虫的手法,心情正是大好的时候,接过炖鸡罐子,开心地道:"好啊,来,咱们一起吃。"

"嗯!"

夏莹莹喜滋滋地点头,叶小天又招呼小路和小薇一起坐下,这些时日的接触中,他已经知道这两位姑娘是莹莹的族姐,因为莹莹父母出了远门,由她们来陪伴莹莹,自然对她们也要客气一些。

两位姑娘和莹莹平时就不分彼此,也不客气,一群人围桌坐了,叶小天又把遥遥抱过来,坐在自己身旁,一家人正吃得开心,毛问智从外边走进来,一进门就抽着鼻子嗅:"哎呀妈呀,咋这么香呢!你们这可不对啊,趁俺不在吃独食是不?"

毛问智说着,大大咧咧走过来,伸手就要捞鸡肉,被叶小天一筷子敲在手上:"去,拿筷子去。"

毛问智急匆匆地去取了双筷子回来,一屁股坐在叶小天身边,便在罐子里找起来:"鸡屁股呢,鸡屁股呢,给俺留着呢吧?"

华云飞眼尖,一眼看到刚被他翻过去的鸡屁股,给他夹到碗里,毛问智大喜,一筷子夹起,丢进嘴里,嚼得那个香啊。叶小天道:"怎么样,问清楚了吗,哪天贡试?"

毛问智一抻脖子,把鸡屁股咽下去,道:"打听着啦,贡试后天举行,明天府衙接受报名。"

叶小天一呆,道:"明天?明天不就是花溪之会吗?哎呀,我觉得还是贡试更重要啊,莹莹你看……"

夏莹莹这些日子一直巴望着看心上人为她决斗呢,有时做梦都能笑醒,马上答道:"那怕什么,明天不就是报名吗,叫人替你去呗,又不是替你去应考,我看叫小飞去就行了。"

夏莹莹虽然天真烂漫,倒也知道毛问智不大靠谱,报名这种事还是找个稳妥些的才行。华云飞担心地道:"我去报名?那大哥这里……"

叶小天已经炼成放蛊之术,有了底气,便道:"没关系,你去报名好了,我这边不会出问题的。"

毛问智生怕安排他去报名,看不到决斗的好戏,忙道:"对啊!小飞,这事就得你去,俺打听打听消息还行,这么重要的大事俺可办不好,万一误了大哥的前程,你把俺卖了也赔不起啊。还有鸡屁股没?"

华云飞没好气地道:"你家一只鸡长两个屁股?给!鸡翅膀!"

华云飞应付完了毛问智,又转向叶小天道:"那……明天我去替大哥报名,花溪之会,大哥千万小心。"

叶小天还没说话,夏莹莹已然信心十足地道:"你放心,有我看着呢,谁敢欺负我小天哥,先得问我夏莹莹答不答应!"

吃罢午饭,叶小天就回房看书了,临阵磨枪,不快也光,虽说他对贡试根本不抱希望,不过怎么也得做做样子才是,可问题是夏大小姐也跟了进来,他这书还怎么读?

红袖添香,无疑是一种很浪漫、很温馨的读书场面。莹莹姑娘大概也是想营造这样一种气氛,于是她让小薇去买了香丸回来,没有香炉,就找冬天先生借了一只小坛子代替。

夏大小姐并不清楚焚香的程序,把买来的十二粒香丸一口气全丢进香炉了。片刻之后,罐子里浓烟滚滚,香气呛人,正摇头摆尾做读书状的叶小天丢下书卷,咳嗽着打开窗子,和夏莹莹逃到了屋后的竹林中。

书是读不成了,叶小天就开始学王阳明格竹子。王阳明读了朱熹的著作后,格了三天三夜的竹子,结果屁也没格出一个,倒是把人格得病倒了。叶小天自然不会格那么久,旁边还坐着一个香喷喷、俏生生的小美人呢。所以,格着格着,叶小天的眼神就从身前的竹子贼兮兮地转到了莹莹姑娘胸前。

夏莹莹注意到了他的目光,嫩脸一红,有些害羞地含了含胸,忽又想到自己的胸脯本就不够雄伟，这么一含不是更显小了吗？于是又悄悄挺直了腰杆，低着头，羞答答地道："人家……人家比较瘦，所以有点小。"

"啊！到底是西南边陲的彝家姑娘，如果换作京城女子，我这么偷看，早就一耳刮子扇过来了，哪能和我探讨这样深入的问题。"叶小天心里感慨着，安慰道："没有啊，很漂亮呢！再说了，你才十六岁，过了年才十七，它还会长得啊。"

"嗯！"

莹莹轻轻咬着下唇，脸红红地羞笑："只要你不嫌弃就好。"

叶小天好想伸出手摸一摸她，可惜色心足够，贼胆不足，上一次展凝儿昏迷着，他都挣扎良久，这一次又怎敢贸然出手。

…………

第二天是各地考生齐集贵阳府、到府衙报到的日子，对于许多关心此次贡试的考生们来说，真正的决战之日是在明天，而对众多想在此次贡试中谋得一席之位的土司们来说，真正的决战之期是在贡试之后，所以这一天最令人瞩目的当然还是花溪之战。

且不说这一战牵扯到了红枫湖夏家和凉月谷果基家，还有一位迄今不知底的神秘男子等着大家去揭穿身份呢，再说决战的地方风景优美，也是值得一逛的，权当散心嘛。

故而大队人马都奔了花溪，但府衙门前却是另有一副热闹景象。

一大早，府衙的门还没开，府门前就排起了长长的队伍，十年寒窗的考生们有老有少，一个个激动地看着府衙的大门，如果能踏进那里面，就能鱼跃龙门、脱胎换骨了呀。

徐伯夷直到府衙开门时才施施然赶来，换下了提前替他站位的小厮，看了看长长的队伍，徐伯夷撇了撇嘴角，暗暗冷笑："不过都是些陪榜人物，真以为你们有机会出人头地？哼！三十个名额，早被权贵们瓜分一空了！"

李秋池来得也挺早，他叫人赶着一辆轻车，就停在府衙一侧，车内除了他还有薛母，李秋池把玩着折扇，薛母则目不转睛地贴在窗口盯着外面，搜寻着叶小天。

展凝儿也早赶来了，换了一身男装，沿着长长的队伍缓缓往返，希望能找到叶小天的身影，而杨家管事则已通过角门钻进了府衙，银子递出去，那负责录名的小吏便满口应承，只要看到叶小天这个名字，一定马上暗示于他。

此时，叶小天已经带着冬天、毛问智、遥遥和一猿一熊，以及莹莹、小路、小薇三位美女，直奔花溪去也。

第八十七章

衙前风波

一

展凝儿穿着一身男装，从报名队伍的最前面一直走到最后面，还是没有看到叶小天的身影，这时府衙大门打开，在衙差的吆喝声中，考生们鱼贯而入开始报名了。

展凝儿暗暗苦笑："亏我起个大早，他倒稳当得很，这个时候了还没到。"

薛母因为丈夫的惨死，精神上受到了强烈的刺激，如果说一开始她还是因为相信了丈夫的遗言而把叶小天视作凶手，此刻却已是彻底丧失了理智，偏执到了一种病态的地步。

她根本不会理性地考虑叶小天说过的话，似乎只有夺去他人的一条性命，才能抵消她心头的仇恨。她扒着车窗，努力张大双眼，在进入府衙的人群中仔细辨别着，寻找着那张她永远也不会忘记的面孔。

她很可恶，又很可怜，她现在已经是一个精神失常的疯子。

提刑司的几名巡检换了便装混在人群里，来来回回地巡弋着，等了许久，眼见大半考生都已进入府衙又从府衙里出来，那个老婆子还没进行指认，有个便衣巡检便走过来，不耐烦地对李秋池道："李讼师，这老婆子是不是老眼昏花，认不出人来了？怎么这么久了还没找到那人？"

李秋池还没说话，薛母已然回过头来，紧张地道："差爷，您别急，老婆子这眼神好着呢，他还没来呢，他真要来了，老婆子一定认得出。"

李秋池微微一笑，摸出些散碎银子塞到那个巡检手中，说道："辛苦你们了，报名要持续一天呢，也许他下午才来也说不定。这点钱拿去，请大家买碗茶润润喉咙。"

那巡检收了钱，态度便缓和了许多，道："得嘞，我到衙里头逛逛，可别他已报了名，却被这老婆子看走了眼。"

李秋池拱拱手道："有劳！"

谢传风在一旁早就等得不耐烦了，正想四处走动一下，一听那差官这么说，忙道:"我陪你去!"

自从发现水舞逃走,谢传风心头又嫉又恨,不用想,薛水舞逃走,肯定是找叶小天去了,他认定了自己先前的怀疑果然没错,这对狗男女确实有私情。

今天是他陪着薛母过来的,他不但想送叶小天进大狱,还想把水舞带回去。水舞是他的未婚妻,羞辱了他的颜面,就算他嫌这个女人下贱,不肯再娶她为妻,也不能轻饶了她。

华云飞一大早就来了,排着长长的队伍,耐心地磨蹭着,好不容易轮到了他,华云飞把叶小天的过所和铜仁府开具的考凭交给小吏验看,那小吏看到"叶小天"三字,双眸顿时一亮。

他上下打量"叶小天"两眼,仔细验过一应凭证,给他做了登记,开具了考证,盖上大印,华云飞道了声谢便往外走,这时那小吏用力咳嗽一声,一直站在旁边的杨府管事目光一转,那小吏马上向他递了个眼色。

那管事顺着这小吏的眼神一看,急忙点点头,带了两个下人向华云飞追去。

华云飞身后排的那人是徐伯夷,徐伯夷走到公案前,无意中目光一垂,"叶小天"三字赫然入目,虽然从他的角度看那字是倒置的,可这三个字笔画不多,怎么能看不出来。

徐伯夷微微有些惊讶,暗忖道:"方才那人也叫叶小天?不会是叶小天叫人代他报名吧?应该不会的,这么重要的考试,他有手有脚,何必要人代劳。"

正思忖间,那位提刑司的巡检官走过来,把腰牌向那小吏一亮,说道:"兄弟,在下是提刑司的人,有劳你查一下,有没有一个名叫叶小天的人,来此登记报名。"

那小吏暗暗一呆,心道:"怎么又有人找叶小天,这叶小天究竟是什么来路?"他心里想着,下意识地就做出了动作,向堪堪走到大堂门口的华云飞的背影一指,道:"喏,那个就是!"

"什么?"

那巡检猛一回头,恰见华云飞迈出门去,那巡检立即大吼道:"抓住他!"一个箭步就向华云飞追去。

谢传风刚刚与华云飞擦肩而过,一听那巡检大喊,立即返身追去,一边追一边咬牙切齿地想:"原来就是这小子给我戴了顶绿帽子!"

华云飞出了大厅便脚下生风,他想早点赶回去,或者还来得及赶上花溪之会,虽说叶小天已经有了冬天给他准备的蛊虫,但是对叶小天的安危,华云飞终究不太放心。

谢传风一见,立即大叫道:"叶小天!"

华云飞一听有人呼唤"叶小天",下意识地一转身,谢传风已然狠狠一拳向他击来，华云飞心中一惊，脚下却稳稳地一动没动，只是上身倏然向后一弯，足如铸铁、身挺似板、斜起若桥，谢传风这一拳便贴着他的额头击空了。

谢传风虽不懂武功，可这一拳含愤而发，竟也又快又狠，带起了华云飞额头一绺发丝，华云飞一记"铁板桥"躲过了这一拳，身子倏地弹了回来，一记"霸王上弓"，重重一拳打在谢传风的下巴上。

谢传风闷哼一声，身子往后一倒，却不想后脚跟已经被华云飞勾住，整个人结结实实摔向地面，后脑勺"砰"的一下，登时磕出一个大血瘤子，差点没痛晕过去。

华云飞学的拳法是"白猿通臂"，这套拳法兼习跤法，正所谓"拳加跤，艺更高"，非常适合近战，不要说谢传风根本不懂技击，就算是个很高明的拳手，也很难躲过对方如此迅猛的反击。

华云飞击倒谢传风，靴尖"呼"的一声，带着一股劲风抵在了谢传风的咽喉上，厉声喝道："你要干什么？"

这时候，那个巡检也追了出来，大叫道："抓住他！"

正游弋在外的七八名巡检立即"呼啦啦"一下围了上来，华云飞哪肯让他们形成合围，双臂一摆，正要击向一个看起来有些瘦弱的巡检，那些巡检已经十分麻利地从衣袍下取出了腰刀铁尺，链镖腰牌。

"提刑司巡检办案，胆敢拒捕者，格杀勿论！"

华云飞一惊，心道："糟了，莫非我在葫县的案子发了？"一念及此，华云飞更加不肯坐以待毙了，他正想杀出重围逃之夭夭，却不想那从大厅中追来的巡检已然大喝道："叶小天，你敢拒捕不成？"

华云飞一听"叶小天"三字，又硬生生地止住了动作，沉声道："你说什么？"

那巡检大声道："现有铜仁薛刘氏，告你谋杀其夫，案子已然转到提刑司，你乖乖束手就缚，跟我们去见大老爷吧。"

华云飞顿时恍然："原来是为了铜仁那桩案子，他们把我错认成大哥了。"

这时候，徐伯夷也从大厅里快步跟出来，站在台阶上看着。

李秋池在车上蹙了蹙眉，对薛母道："他就是你告的那个叶小天？"

薛母瞪大眼睛辨认了一下，道："不对！他不是叶小天！"

李秋池眼珠一转，掀开轿帘走了出去，薛母也急急跟了出去。

展凝儿正从队尾走向队首，还没走到头，就听到谢传风大呼"叶小天"，展凝儿心中一喜，急忙快步赶来，还没赶到近前便看到了徐伯夷，但她还来不及向他发作，就被众巡检围困华云飞的情景吸引了目光。

华云飞慢慢放下拳头，冷冷地道："我不是叶小天！"

"他不是叶小天！"

薛母急匆匆地走了过来，大声道："你是冒充的，你说！那个藏头露尾的家伙到哪儿去了？"

华云飞一见薛母，厌恶地皱了皱眉，道："你这个恩将仇报的疯婆子，我大哥哪里对不住你，你非要置他于死地？"

薛母乖戾地尖叫道："我恩将仇报？他害死我男人，他该死！"

华云飞"呸"了一声，懒得再跟这个疯子说话，只是冷冷地道："不可理喻！"

那个从大厅追出来的巡检道："你不是叶小天？缘何以叶小天的名义前来报名？"

华云飞闭口不答，徐伯夷眼珠一转，微笑着走上前来，说道："这位小兄弟，现如今是苦主举告，提刑司办案，你这样也不是办法，难道明日你那大哥就不参加贡试了？又或者从此隐姓埋名浪迹天涯？是否有罪，还要官府查过才知道，你何不请你大哥出来，与苦主对簿公堂呢，是非清白，自有官家公断！"

华云飞并不认识徐伯夷，见这人态度和蔼，话也甚有道理，不由暗自忖道："他说的不错，今日之事若不了结，岂不误了大哥明日贡试？再者，大哥除非隐姓埋名逃亡天涯，此案终究要有个了断才行。铜仁府已经判了大哥赢，这疯婆子又告到提刑司，难道就能翻案了？我是此案的关键证人，如果此时与官府作对，可就不好替大哥做证了。"

想到这里，华云飞勉强答道："我是替我大哥前来报名的，我大哥如今在花溪！"

徐伯夷疑惑地道："明日就要考试，他还去花溪散心？"

展凝儿听见这番话，不禁又好气又好笑："亏我担心他，眼巴巴地守在这里，都没去花溪看看究竟是谁喜欢莹莹那丫头。没想到这个臭家伙明日就要贡试，今天还有心情去花溪看热闹，心可真大。"

展凝儿刚想到这里，华云飞的下一句话便令她呆若木鸡了。

华云飞朗声道："我大哥与一个名叫果基格龙的家伙约在花溪决斗，时间就在今日！"

第八十八章

霸王扛鼎

一

山色青青，枝繁叶茂的树连成了片，流泉飞瀑像一条温柔的白色丝带，穿行于碧浪之间，如诗如画。

山脚下的水像天一样蓝，几十根条石顺着水流的方向排列水中，像一排琴键，蓝蓝的河水就从条石中间穿流过去，这就是跨越这条河流的路。

水中还有几块起伏不大的小汀，涨水的时候这里会被淹没，但汀上自有一些喜水的植物，依旧鲜绿一片。

河边有块空地，周围则是树冠繁茂的看不见树干的大树，树枝沉甸甸地压到地面。

空地上早就站满了闻讯赶来的水西权贵人家的少年，但是他们很自觉地留出了一块空地和两条通道，那是给决斗者预备的。

其他的看客则分别踏上了水中的小汀，又或者站到较高的地方去，于是汀上、林中，处处集结着一群群的人，热闹景象直追赶歌会。

对于决斗这种事，大家都是喜闻乐见的，尤其女方是三虎之一的胭脂虎，一旦娶了她，大舅哥、小舅哥会多到令人望而生畏的地步，这些豪少虽然垂涎夏莹莹的美貌，可两相权衡之下，还是选择了安全第一。

只有果基格龙才敢无视夏家那么强大的阳刚之气，敢于追求莹莹姑娘，而今居然又出了一个不怕死的汉子，还要和果基格龙这种明显以武力见长的家伙决斗，大家自然兴致勃勃。

这些闲极无聊的豪门阔少赶到花溪后，立即就向熟识的朋友打听询问，可惜竟无一人知道那个将与果基格龙决斗的人是谁，这更激起了他们的好奇心。

溪水对面密林之中的一处高坡上，有几片起伏的岩石群，站在这里不用担心大树遮挡视线，是以早早就站了许多人。

这些站在岩石群上的人正是红枫湖夏家的那群汉子，夏老爷子听说有人心仪他的宝贝孙女并且要为他的宝贝孙女决斗，不由老怀大慰，一定要亲自赶来看热闹，于是夏家倾巢出动，几乎所有男丁都来了。如果这时天上掉下一颗陨石，"轰"的一声，红枫湖夏家的成年男丁就得全军覆没。

最底下一片面积比较大的岩石群上，夏莹莹的八十多个堂兄弟再加上几十个已经成年、岁数比夏莹莹还大的侄子们，站在那儿指手画脚、兴高采烈，真不明白他们究竟是一种什么心态。

再往上数丈距离，又有一片较小的岩石群，夏莹莹她爹夏老六和二十多个兄弟站在那儿。岁数大些，相对就沉稳得多，这二十多人比起下面的晚辈就安静多了。

可是再往上还有一片更小些的岩石群，这儿却有六个"老小孩"。夏老爷子和他的五个兄弟就站在这里。夏家人似乎有些长寿基因，六兄弟虽然白发白须，却都健朗得很，看不出一点古稀老人的模样。

夏老大是夏莹莹的亲爷爷，其他五个是夏莹莹的叔爷爷，老夏家就这么一个女娃，六个老头子把她宠得跟自己的眼珠子似的，这时候自然都来捧场了，一个个嘻嘻哈哈，红光满面。

果基格龙带着他的二十多个随从赶到花溪时，一见如此盛况也不禁吓了一跳，他没想到会惊动这么多人，不过他对自己的胜利信心十足，转念一想，那个小白脸如果当着这么多人败得很惨，想必也没脸在贵阳府混了，心中便欢喜起来。

当叶小天一行人赶到花溪的时候，花溪已是人山人海，毛问智惊叹道："哎呀妈呀，咋这么多人呢，这是赶大集啊？"

冬天先生眯起眼睛，努力往四下看了看，他只能看见身边滩地上站了不少人，至于两侧山坡上和水上小汀中的人，他根本看不见，模模糊糊只见一片绿，冬天不禁暗暗撇了撇嘴角："少见多怪。"

冬天先生站住脚四下观望的时候，叶小天等人还在继续往前走，他们一过去，原本让出道路的看客们就又站回原处，把小道给挤满了，冬天一抬头，忽然不见了叶小天等人的身影，不由大急，赶紧往前挤，说道："让一让，让一让。"

"去去去，挤什么，谁让你来晚了。哎哟，把我鞋都踩掉了。"那被踩掉鞋子的人大呼晦气，可是这人挤人的环境中他连腰都弯不了，还如何捡鞋，片刻工夫，那只鞋就被一双双脚踩来踩去、踢来踢去，不见了踪影。

冬天先生挤了半天挤不过去，不由着急起来，大声道："你们让让，我是来参加决斗的。"

这句话登时引起了周围人的一阵哄笑，有人嘲笑道："得了吧，老家伙，就你这样还想骑胭脂虎，不等果基格龙动手，胭脂虎就得把你头上剩下这点毛全都薅光。"

旁边立即有人道："闭上你的鸟嘴！小心有夏家的人在，万一听见你的话，揍得你妈都认不出你来。"

那人悻悻地道："你好言提醒，我念你的好，用不用出口成脏啊？"

那人又道："我提醒什么！夏家的人有多跋扈你不知道吗？尤其是惹了胭脂虎的时候，老夏家那是群起而攻啊。这地方人挨人人挤人，他们要是找不出你来，我们岂不是都得挨揍？"

叶小天抱着遥遥，前边有大个儿和福娃开道，这哼哈二将一高一矮，尤其是那头巨猿太过罕见，引来人人惊叹，倒是没几个人注意叶小天了。

毛问智赞叹道："这儿人比赶集的人都多，贵阳人可真是太闲了。"

叶小天笑道："换一个人怕是没这么多人注意，谁叫莹莹家人口多呢，一传十，十传百，自然尽人皆知了。"

河边空地上有一块怪石，看着就像一个微笑而立的罗汉，石罗汉旁边，果基格龙双手抱臂傲然峙立，看到叶小天，他立即大步迎上来，居高临下地俯瞰着叶小天，冷哼道："你好大胆子，居然真敢来！"

果基格龙刚说完，就听头顶一声低沉的咆哮，果基格龙一抬头，就见巨猿居高临下地俯瞰着他，双眼微微地眯着，很拟人化地露出一个轻蔑的眼神。

果基格龙这一抬头，巨猿喷出的唾沫星子溅了他一脸，他又不好冲一头畜生发火，只好自认倒霉地抹了把脸，大声对叶小天道："我已经等你很久了，咱们动手吧！"

叶小天方才趁他抬头，已经屈指一弹，将冬天交给他的那只蛊虫弹到了格龙的衣袖上，眼见那虫子爬进去，就只等那蛊虫生效了，叶小天笑嘻嘻地转向莹莹，道："他说什么？"

莹莹瞪了果基格龙一眼，再转向叶小天时，立即换了一副甜甜的笑靥："他说，要跟你动手呢。"

叶小天道："慢来慢来，要动手有些话得先说清楚。咱们是文斗还是武斗，是一场定胜负还是三场分上下，需不需要什么人出来做个公证，要不要签生死状，这些事总要先说定了嘛。"

莹莹柔声道："还是小天哥心思细腻。"

莹莹再抬头看向果基格龙，立即把俏脸一板，用彝语凶巴巴地道："喂！我小天哥说了，你们两个是文斗还是武斗。小天哥还说，是一场定胜负还是三场分上下，需不需要有人出来做公证……"

果基格龙听她一口一个"小天哥"，不由得又嫉又恨，鼻孔翕张，咻咻地喘着粗气，快跟旁边那头大猩猩相似了，不等莹莹说完，他就大叫道："什么文斗武斗、一场三场的,全都不用,我们马上动手,谁输了从此再也不许纠缠莹莹。"

叶小天听了莹莹的翻译,斯斯文文地拱手道:"格龙兄此言差矣,为了避免有人输了不认账,又或者因决斗程序而产生纠纷,咱们还是决斗之前说个清楚的好……"

叶小天纯心拖延时间,啰里啰唆地又说了半天,两人这一问一答,中间还需要莹莹不断翻译,四下围观人群渐渐不耐烦了,眼见二人不动武却打起了嘴仗,立即嘘声四起,吵得莹莹的翻译也不得不几度中断。

叶小天一见自己犯了众怒,心中也有些忐忑:"也不知这野蛮人力气弱了没有,万一他还有劲,我岂不完蛋?"

叶小天硬着头皮道:"好!打就打!不过……咱们是不是换个地方,这儿有块石头,太碍事了……"

莹莹对果基格龙一说,果基格龙冷冷地乜了叶小天一眼,忽然转身走到那块一人多高的罗汉状巨石面前,上下一打量,突然把上衣一脱,光着脊梁弯下腰去,双臂一抱。那巨石以他的一双长臂也抱不过来,他只能抱住三分之二。

果基格龙双臂肌肉如丘般胀起,脚下双足一发力,就见那地面泥土如波浪般翻涌起来,一块巨石竟被他连根拔了起来。四下里顿时响起一阵山呼海啸般的叫好。

果基格龙听了叫好声,更加兴奋起来,他成心在莹莹面前卖弄,"嘿"的一声大喝,那块巨石就被他举过了头顶,果基格龙举着那块巨石,走出一步便是一个深深的脚印。

叶小天紧张地屏住呼吸,心中暗暗呐喊:"就这时候,就这时候,老天爷保佑,赶紧让他脱力吧,让他被石头压个半死,我就不用比了。"

大概老天爷也对叶小天的无耻有些看不过眼了,果基格龙并没有脱力,他举着巨石,在众人惊叹的目光注视下,一步一步走到河边,突然奋力向前一掷,那块巨石飞出一丈多远,"轰"的一声砸进河水。

河水溅在果基格龙块垒如丘的肌肉上,更凸显了他的壮硕如山,他微微有些气喘地走回来,傲然看了叶小天一眼,轻蔑地向他屈了屈手指,大喝道:"来吧!动手!"

"动手!动手!"围观者们被果基格龙的神力刺激得热血沸腾了,纷纷攘臂高呼着。

叶小天暗暗叫苦:"怎么蛊毒还未生效,冬天呢?这老家伙去哪儿了?对了,冬天说过,中蛊人在极度欢喜或愤怒的状态下,才能促使蛊毒迅速发作,看来我必须得出大招了!"

第八十九章

我要爱，非常爱！

一

"好！动手就动手！"

叶小天挺身而出，四下围观群众的喧哗声立即停下了。小路和小薇对视一眼，一双粉拳悄悄攥了起来，如果果基格龙想下毒手，她们得及时出手救人才行，总不能让叶小天被人打死啊。

叶小天朗声道："各位，在决斗正式开始之前，我还有几句话要说。"话音一落，四下登时又是一片嘘声，好在这些围观群众都是豪门阔少，不是市井流氓，不至于向他丢些臭鸡蛋、烂菜帮子。

叶小天大声道："这几句话，我必须要说。我要说的是，我答应参加今天的决斗，只是为了向莹莹证明，我喜欢莹莹，我想娶她为妻，我不乏保护她的勇气，不管多么强大的敌人，无论我是不是他的对手，我都决不退缩、永不放弃！"

四周嘘声四起，每个人都认为话说得再漂亮都不如事做得更漂亮，这是叶小天在示弱。但是几年之后，叶小天用他无与伦比的勇气，亲身印证了他今天这番话：无论多么强大的人觊觎他的女人，他都没有退缩，永不放弃，并取得了胜利。

他在今日花溪之会上的这番话立即广为流传开来，成为无数黔地少男向心仪的少女示爱时必说的情话："我喜欢你，我想娶你为妻，我不乏保护你的勇气，不管多么强大的敌人，无论我是不是他的对手，我都决不退缩、永不放弃！"

然而此时的叶小天迎来的只能是讪笑，小天也不在意，向众人抱拳作揖，大声道："各位乡亲父老……"

众豪少面面相觑，长这么大，他们被称为"乡亲父老"的机会屈指可数，这又不是街头卖艺，这个小子对他们的称呼还真是稀罕。

叶小天哪知道这些人的真实身份，还当是贵阳城中闻风赶来看热闹的普通百姓呢，他大声道："但是无论我是胜是败，即便是死了，我都不会把莹莹让给别人！我接受挑战只为证明我的勇气和我对莹莹的爱，我不会把莹莹当成一件战利品，只要她不离开我……"

叶小天看向夏莹莹，深情地道："我就永远不会离开你！"

"小天哥！"

可怜的莹莹姑娘哪听过这么动听的情话，事实上……在众多爷爷、伯伯、叔叔、哥哥、弟弟、大侄子的重重保护下，她长这么大压根就没机会听说一次，叶小天的一番话把她感动得泪光闪闪。

河对面山坡上，夏老爷子手搭凉篷眺望对面，气急败坏地骂："是谁提议说这儿看得清楚啊？真是混账！我连那后生的模样都看不大清楚，那么有眼光的小子究竟是谁家的孩子呢？你们倒是过去一个看看哪！"

莹莹姑娘忘情地扑进了叶小天的怀抱，旁边有多少人看着，她不在乎，她现在就想抱紧她的男人，因为她喜欢！

叶小天抱着莹莹姑娘，目光从她削肩上越过，看着脸色黑下来、双眼直欲喷火的果基格龙，朗声道："格龙，你的决斗毫无意义，无论胜败，我都不会退出。如果你打了败仗，难道你会献出妻子以求苟全？我和莹莹早已一吻定情，我已视她为妻了！"

果基格龙听叶小天说了半天，他心仪的天仙一般的小美人就哭着扑进了他的怀抱，肺都要气炸了。这时听叶小天好像是对他说话，他恶狠狠回顾左右，问道："他说什么？"

旁边一个围观的阔少大声道："他说，他亲过莹莹姑娘啦！"

"什么？"

果基格龙咆哮道："你亲过她？你……你竟然亲了她？"

那阔少扮起了翻译，笑嘻嘻地对叶小天道："嘿！小子，格龙问你呢，你是不是真的亲过她？"

"当然！"

叶小天扶着莹莹的香肩，让她轻轻离开自己的怀抱，用一种雄狮宣示自己领地般的眼光傲然看了看果基格龙，又看了看周围无数羡慕的看客，揶揄道："这个大个子是不是还没亲过姑娘，不知道怎么亲啊？"

叶小天道："他要是不知道，我可以教教他！面对心爱的女人，要这么揽住她的纤腰，深情地望着她，轻轻吻住她的唇，温柔地吮住她的舌头，然后狂热地……"

莹莹姑娘正在意乱情迷，就觉得叶小天的大手轻轻按住了她的后腰，那双令她欢喜令她心慌的眸子盯着她的眼睛，越来越近，忽然，那柔嫩的花瓣就被他攫住了。

莹莹姑娘"嘤"一声，下意识地闭上了美丽的眼睛，她双手环住叶小天的脖子，任他亲吻，渐渐青涩而热情地回应起来。果基格龙的一双眼睛顿时瞪得比牛还大。

这一个缠绵的吻，直把莹莹吻得娇喘微微，身子酥软，柔柔地贴在叶小天的身上，叶小天抱着莹莹香馥柔软的身子，挑衅地对果基格龙道："你不会连怎么亲人家姑娘都不知道吧？"

果基格龙气得攥紧双拳，捶了几下胸口，大声咆哮道："我要杀了你！"便迈开大步向叶小天追去。

叶小天一牵莹莹的手，转身就跑，莹莹此刻迷迷糊糊，就算叶小天说要带她去天涯，她都不会问一句天涯究竟有多远，自然是乖乖跟着跑起来。

巨猿见果基格龙握拳捶胸，这可是猩猩之间互相示威的一个动作，它立即毫不示弱地挺起胸膛，用比果基格龙大一倍的声音捶了几下胸，便向果基格龙追去。

小路和小薇对视一下，也赶紧追去，毛问智抱着遥遥，急得直跳。四下围观的看客早就堵塞了所有的路，叶小天唯一能够逃走的道路只有用条石架在水上的那条路，他牵着莹莹的手，跑在那一块块条石上。

· ※ · ※ · ※ ·

条石铺在碧水上仿佛琴键，他们轻快地跑在条石上，就像琴键上跳动的音符。

莹莹被叶小天拉着跑，果基格龙咆哮着在后面追，巨猿则追在果基格龙后面，莹莹一边跑一边咯咯直笑，这样的场面虽然不如决斗刺激，但无疑更浪漫更好玩，她相信她一辈子都不会忘了这一刻，甜蜜的一刻。

叶小天拉着莹莹跑过小溪，逃到对岸，果基格龙寸步不舍地追了过去。站在对岸最靠近河水的那片岩石群上的近百号人正是夏莹莹的那些堂兄堂弟大侄子，立即呼啦啦地围上来。

"啊！"

夏莹莹一见自己的亲人居然都在这里，不由惊讶地轻呼了一声，但她还来不及反应，她那些堂兄堂弟很自发地绕过了他们，拦住了格龙。

"格龙，你要干什么？"

一个跟格龙认识的夏家子弟板着脸质问果基格龙。

果基格龙双眼赤红，语无伦次："我要杀了他，他……他亲了莹莹！"

叶小天虽然不明白他在说什么，但是看他怒指自己，也大概明白他在说什么，叶小天本就有心激怒他，这时自然要趁机火上浇油。叶小天笑嘻嘻地道："是这样吗？"

叶小天伸手一勾莹莹尖尖的下巴，莹莹俏媚的小脸立即仰起来，一双大眼睛俏媚地睇着叶小天，叶小天一俯身，便在她的樱唇上啄了一下，夏家那百十条汉子登时倒吸一口冷气。

方才叶小天和夏莹莹在对岸，他们虽然看到双方相拥甚至有亲吻动作，但毕竟离得还远，此刻这个吻虽远不及刚才那个火爆，可是他们看得太清楚了，那种心灵上的冲击感……

"啊！我要杀了他！我要杀了他！"

果基格龙气得又捶胸了，伸开猿臂，奋力分开挡在身前的几个夏家兄弟，迈开大步就向叶小天冲去。夏家兄弟正因看到夏家最珍贵的宝贝被一个男人亲吻而惊住，竟然来不及反应。

叶小天拉起莹莹继续跑，莹莹此时已经成了他的小尾巴，哪还有一点自己的意见，两个人只跑出数丈距离，便来到了第二层岩石群，夏莹莹的亲爹夏老六和她的二十多个伯父叔父正一脸怪异地看着他们。

心中最疼爱的宝贝有了心爱的男人，他们自然为她欢喜，可是又有一种最心爱的人被人夺走的感觉，心情异常复杂啊，所以他们一个个看着叶小天，目光不免充满了审视，他们要知道这个家伙配不配得上他们心目中的宝贝。

果基格龙已然追到他们身边，钵一般粗大的拳头举起来，夏老六一见，顾不得审视女婿，马上叫道："果基格龙，住手！"

果基格龙此刻真像一头愤怒的猩猩，哆嗦着对夏老六道："伯父，你不要拦我，我要杀了他，我一定要杀了他！"他冲叶小天大喝道："你不要跑，是个男人就跟我一战！"

叶小天见他浑身都在哆嗦，虽然愤怒的样子很吓人，可是仔细观察，那种威势却不似方才骇人，心道："啊！想必那可恶的慢性蛊毒应该已经发作了吧。"

叶小天不再跑了，向莹莹问道："他说什么？"

莹莹道："他说要杀了你呢，凭什么啊，咱不理他，哦？"

叶小天心道："不是你坚持要我决斗的吗？哎，女人心哪！"

叶小天道："如果我败了，你还爱我吗？"

莹莹含情脉脉地道："爱！"

"有多爱？"

"非常爱！"

叶小天侧了侧脸，莹莹会意，立即踮起脚，在他颊上吻了一下。

果基格龙气得眼前一黑，差点昏倒，夏莹莹大胆示爱，根本无视她老爹和那一群老头子的存在，老头子们的心登时碎了一地。叶小天一指果基格龙，威风凛凛地道："来吧，你敢打我女人主意，我就与你一战！"

果基格龙咆哮一声就冲了上去，叶小天猛地跳起来奋力一拳，格龙仰面便倒，"轰"的一声砸在地上，仿佛连地皮都颤了几下。刚刚心碎了一地的夏家的老头子们，眼珠子登时又掉了一地……

第九十章

雌 威

一

府衙门前，得知叶小天去了花溪的消息之后，众巡检马上押着华云飞赶赴花溪，李秋池命人赶着马车，载着他和薛母也随众巡检一同赶去。

徐伯夷恨叶小天入骨，很想赶去亲眼见到叶小天被拘捕的场面，但他却未同行，他已经答应过田妙雯不再参与此事，如今他的前程全都系在田家，又岂敢做出让田妙雯不快的事来。

而展凝儿却已先他们一步，快马飞奔花溪去了，她不明白叶小天为什么要跟果基格龙决斗，为了夏莹莹？他们两个怎么可能相识，又怎么可能在这么短的时间里相爱？展凝儿又是委屈又是愤怒，她一定要当面弄个明白。

在他们纷纷启程赶往花溪的时候，杨府管家已迅速赶回杨府，把发生在府衙前的一幕向杨应龙做了禀报。杨应龙听说叶小天现在花溪，正是今日与果基格龙决斗的主角，不由大感意外。

杨应龙摸着下巴，暗忖道："京城里来的一个小小狱卒，不但成为统领数十万生苗的尊者，又能相继得到展家和夏家大小姐的青睐，展家属于安家，夏家则与宋家一体，再加上我的遥遥，四大天王中他已和三家牵扯上了关系，真是不可思议，我也想不出别的解释了，只能说……这是他的气运，他的气运正盛，气运之隆，无人能及啊。"

杨应龙慢慢抬起眼皮，缓缓道："去，请杨夫人过来。"

杨夫人一听杨应龙传唤，马上赶到客厅参见，杨应龙对她面授机宜，杨夫人听了百般不愿，可又不敢拂逆杨应龙的意思，眼下只要能瞒过杨应龙，不让他知道自己害死遥遥母亲的事她就谢天谢地了，别的还能计较什么，只得唯唯诺诺，马上带了自己的人驱车直奔花溪。

花溪河畔，叶小天一拳击倒果基格龙，登时震惊了所有人。谁不知道果基格龙的悍勇？当初果基格龙一拳击倒牤牛的事就发生在贵阳府，在场许多人都是亲眼见过的，这样天神般强壮的一个人，竟被那小白脸一拳击倒，莫非那小白脸有一身深不可测的武功？

小路和小薇面面相觑，再度望向叶小天时，眼中不觉便带上了几分倾慕，哪个少女不曾梦想自己的男人是盖世英雄？尤其是她们这种会些武功、家世不俗、眼界也高的姑娘，大概也只有莹莹这个异类才讨厌肌肉男。

果基格龙也呆住了，他躺在地上半天都没反应过来。冬天炼成的这种蛊毒奇妙之处就在于：中蛊者不会有什么不良反应，中蛊人完全感觉不出肌肉乏力，除非他去提拿东西，才会惊讶地发现自己的体力已急剧衰弱。

果基格龙此时并不知道是自己的力量变弱了，还以为叶小天扮猪吃虎，是个绝世高手。他最大的倚仗就是无人能敌的勇力，如果在这一点上也不是叶小天的对手，他还拿什么和叶小天争？果基格龙躺在地上，仰望着湛蓝天空中一朵朵白云，一时间万念俱灰。

"哎呀！这小子，看不出有这么厉害啊，我孙女，好眼光！"

夏老爷子站在岩石上，瞪大眼睛看着一拳打倒果基格龙的叶小天，自豪地翘起了胡子，他拢着双手冲下边喊："莹莹，莹莹，你快过来，快跟我老头子说说话。"

莹莹听见熟悉的吆喝声，抬头一看，不由吐了吐舌头："呀，爷爷来啦。"

莹莹捏了捏叶小天的手，小声道："你等一下，我去见见爷爷。"

"好！"叶小天看着莹莹雀跃地跑上山坡，心道："我就说呢，他们那一大家子人怎么可能没人喜欢看热闹，原来早就到了啊。"

"喂！小子！"夏莹莹的一大堆堂兄堂弟大侄子把叶小天呼啦啦围住了，一个堂兄神色不善地打量叶小天几眼，道："看不出，你还是高手！果基格龙这样的人物，你一拳就能击倒。"

另一个堂兄道："功夫高又怎么样？好虎架不住群狼，如果我们兄弟一拥而上的话，你就算浑身工夫，能是我们的对手吗？"

叶小天只有犯了驴性的时候才会倔得九头牛都拉不回，平时可是油滑得很，马上满面堆笑道："各位大哥，小弟没有得罪你们的地方吧，莫非格龙是你们的朋友？我跟格龙决斗之前可是说好了，谁都不找帮手！"

夏莹莹的一个堂兄道："你要说格龙是我们的朋友，那也不错，不过我们可不是替格龙出头，只是要告诉你，我们家莹莹喜欢上你，那是你的造化，你可不能欺负她，要不然……"

叶小天恍然大悟道："啊！我明白了，你们是莹莹的堂兄弟……"叶小天还没说完，就觉后背一紧，被一柄尖锐的利器顶住了，夏莹莹的一个堂兄弟道："我丑话说在前头，你要是让我妹妹受了一点委屈，嘿！嘿嘿……"

夏莹莹跑到她爷爷面前，有些娇羞地扭过头，先往坡下看了一眼，恰好看见她的堂兄弟们正围着叶小天，好在用刀抵着叶小天后背的那位仁兄角度站得好，夏莹莹没看到他出刀。

不过夏莹莹可是最了解她这些堂兄弟的德行，以前不曾喜欢男人的时候，碰到男人有意接近，她就从心眼里烦腻，巴不得堂兄弟们把人轰走，然而叶小天在她心目中的地位可大大不同。夏莹莹立即冲坡下喊："十九哥，你们干什么呢？"

正沉着脸冲叶小天扮酷的那位堂兄一听小妹在坡上喊，马上换了一副笑模样，用力拍了拍叶小天的肩膀，夸张地大笑道："好小子，有本事！我很欣赏你，哈哈哈……"

与此同时，抵在叶小天后背上的刀子也"嗖"的一下不见了。那位十九哥哈哈地笑着，转身冲坡上招了招手，高声道："小妹，没事，我跟这位小兄弟随便聊聊。"

夏老爷子兴冲冲地赶到夏莹莹身边，眉开眼笑地道："乖孙女，格龙可是比牛还壮啊，那后生居然一拳就把他给撂倒了，好本事，好本事，哈哈！我家莹莹有眼光，那小子叫什么，是谁家的啊……"

莹莹听爷爷夸奖叶小天，心里欢喜得紧，便低下头，故作娇羞状道："爷爷，他姓叶，叫叶小天……"

夏老爷子有些疑惑地皱了皱白眉，转头问道："老五，咱们水西的世家豪门里头有姓叶的吗？"

夏莹莹的五爷爷摸摸后脑勺，迷惑地道："没有啊，姓叶的好像不是什么大户人家吧？"

正低头扮淑女的夏莹莹登时把胸一挺，双手叉腰，变成了世上最漂亮的一只大茶壶，板着俏脸凶巴巴地抢白道："是啊！他本来就不是水西豪门世家出身，那怎么啦？好哇，你们根本不管我喜不喜欢是不是，就想着把我嫁进豪门，替夏家联姻结盟壮大势力？枉我对你们那么好……"

夏莹莹把小嘴一扁，大眼睛眨呀眨，还没眨出泪光，就把六个老头子心疼坏了，夏老爷子飞起一脚，踢在他五弟的屁股上，斥责道："会不会说话！"

夏老爷子转向夏莹莹，满脸堆笑道："莹莹不哭，莹莹乖啊，咱不管他是不是出身豪门，最重要的是人有本事，我看这孩子挺有本事，一拳就撂倒了格龙，哈哈……"

夏莹莹扁着小嘴道："本事？你就知道本事，五爷爷希望人家家里有本事，你就希望人家有本事，非得对夏家有用才行是吧？全都是势利眼，夏家的名声地位难道是靠嫁女儿换来的吗？"

夏老二马上瞪了老大一眼，责怪道："可不，莹莹说的在理儿，你个老东西，这么大岁数了，还不明白做人的道理。最重要的是什么，最重要的是知道疼咱们家莹莹，莹莹啊，你说对不对？"

本来就没哭的夏莹莹马上"破涕为笑"，甜甜地道："还是二爷爷疼我！"说着搂着他的脖子，在他脸上亲了一口，乐得夏老二眉开眼笑，夏老爷子吃醋地道："乖孙女，我才是你亲爷爷啊！"

莹莹还没说啥，他那五个兄弟一起造反了："哎！老大，你这话可不对啊！莹莹是你们家老六生的这不假，可我们这些做爷爷的哪个不疼她？什么叫你才是她亲爷爷，我们都成了外人不成？"

六个白发老头子登时吵作一团，夏莹莹跺了跺脚，不耐烦地道："你们都不要吵了！真是的，一个个都多大岁数的人了，啊？你们六个加起来，都有四百岁了吧，还整天让我替你们操心！"

六个老头子被夏莹莹训得服服帖帖，夏莹莹对六个噤若寒蝉的老家伙道："你们都闭嘴，我去喊他过来，我可先告诉你们，谁也不许吓着他，要不然，我以后再也不理你们了。"

夏大小姐懿旨一下，六个白发老头忙不迭点头。夏莹莹这才满意地一笑，转身去带叶小天来见她爷爷，就在这时，痴痴躺了许久的果基格龙沮丧地从地上坐起来。

他突然发觉，平时只需稍稍一撑便可纵身弹起，这时起身竟然有些艰难。果基格龙心中一动，手下再试了试力，心中突然明白过来，他霍然望向叶小天，愤怒地吼道："你作了手脚！"

第九十一章

凝儿驾到

一

果基格龙愤怒地爬起身来，指着叶小天大叫道："叶小天，你做了手脚！"

夏莹莹的那些堂兄弟们正围着叶小天，闻声齐齐向他望去，其中一人皱起眉头，不悦地道："格龙，你也是条响当当的汉子，输就输了，当着这么多人，如果抵赖的话，可就……"

他还没有说完，果基格龙已然气极大吼道："我没有抵赖，如果真的输给了他，我心服口服。可他方才决斗时明明做了手脚，让我输得不明不白，我凭什么要认账？"

那人好笑地道："我们这么多人都亲眼看着，人家明明只是一拳就把你打倒了，你说他做手脚？他能做什么手脚？"

果基格龙冷笑道："你当我不知道你们夏家上下有多宠着莹莹？莹莹被他花言巧语骗了，你们见莹莹喜欢他，自然要偏袒他了！我现在周身乏力，全无劲道，难道不是中了他的暗算，否则就凭他，能一拳击倒我？"

这时许多看热闹的人都从对岸赶过来，听到果基格龙这番话，不免议论纷纷。有些人认为果基格龙是输了耍赖，但是更多迷信果基格龙强大武力的人却不相信叶小天以这样相对于果基格龙单薄得可怜的体格，真能一拳击倒格龙。

夏家的男人们脸色难看起来，别看他们刚才还在气势汹汹地威胁叶小天，可那是因为叶小天和夏莹莹比起来，无论怎样他们最亲的肯定还是夏莹莹，但是和格龙比起来嘛，对不起，虽然大家平时称兄道弟，还一起喝过酒，可毕竟还不是一家人！

一个夏家兄弟脸色难看地道："好啊！你想自找难看，我也不拦你！小天，人家说你方才做了手脚，令他四肢无力这才输了呢。你就再出手教训他一下，让他无话可说！"

叶小天早听冬天嘱咐过，这种拿来练手的蛊只是恰好具备这么一种失力效果，并不是蛊术师用来治病或防身的法宝，它的有效时间极短，谁知道格龙什么时候就会恢复气力，叶小天哪肯出手再战。

他摇了摇头，一脸无奈地道："方才是迫不得已，毕竟我与他有言在先，不能背诺，也是为了向莹莹和莹莹的家人表示我的诚意。可我毕竟是个读书人，岂能一再与人动手，莽夫所为，有辱斯文！"

小路姑娘大声道："人家叶……姑……公子，可是秀才呢。"

她唤了一声"叶"，才省起自己不知该怎么称呼他。叫姑爷吧，早了点。叫名字吧……眼看着莹莹是一定要嫁他了，那自己早晚也是他的人，女人怎么能叫自己男人的名字呢，是以顿了一顿，才憋出一声"公子"。

小薇惊奇地看了她一眼，小路姑娘俏脸一红，假装没看见。小薇姑娘马上大声道："叶公子不但是秀才，而且明天就要参加贡试，凭叶公子的才学，一定能考个举人回来。"

这么一说，叶小天更是端了起来，下巴微抬，一脸傲然，一副我是斯文人、要文斗不要武斗的德行。

果基格龙被他这副模样气得暴跳如雷，大吼道："你不动手，就是你心中有鬼，你一定是在我身上做了手脚，令我四肢无力这才偷袭得手。你我一定要重新比过。"

这时夏莹莹已经赶了回来，一听这话，两只小手叉腰，瞪起一双漂亮的大眼睛道："想耍无赖是吧？你中了暗算四肢无力？哈！那你此时动手，还不是一样输？找借口，不是男人！"

果基格龙被他心仪的姑娘这样嘲讽，只气得额头青筋都绷了起来，他大吼一声，就往叶小天身边冲去。夏莹莹那些堂兄弟们立即一拥而上将他拦住，果基格龙气急败坏，转眼一看，一弯腰就把地上一块狭长的巨石拦腰抱起，用力一抡，那巨石竟发出"呼"的一道风声，骇得夏家兄弟连忙跳开。

果基格龙大吼道："统统给我滚开，否则我可不客气了！"

叶小天向前一跳，指着果基格龙道："哈！四肢无力！好一个四肢无力！四肢无力尚且有这么大的力气，这要是四肢有力，你还想把这山拔起来不成？"

果基格龙顿时一呆，他方才气极攻心，想也不想，下意识地就按照他蛮力充沛时的习惯拔起了巨石，这可是他极有威慑力的一个动作，通常对手一看他这般神力，不战先已气馁了，可是此时……

"不但耍赖，而且没头脑，连装样子都不会……"四下围观群众立即嘘声连连，果基格龙欲哭无泪，他也不晓得怎么就恢复了力气，这一下真是跳进黄河都洗不清了。

果基格龙气得脸色涨红如猪肝，瞪着叶小天，恨不得把他连皮带骨吞下肚去。果基格龙厉啸一声，将巨石举起，向地上狠狠一砸，整片大地轰一声巨响，那块巨石被他摔成了两半。

果基格龙目欲喷火，戟指叶小天，大喝道："叶小天，来来来，你我决一死战，你有本事今天便打死我，我凉月谷决不会再找你的麻烦！"果基格龙说罢便向叶小天猛冲过来，夏家兄弟齐齐涌来，被势若疯虎的果基格龙一拳一个打得满天乱飞。

叶小天一看果基格龙已经气疯了，立即大叫一声："大个儿！"巨猿听见叶小天唤它，有力的双腿用力一弹，庞大的身躯拔地而起，跃过数丈距离内拥挤的人群，"嗖"的一下落在叶小天身边，顺势把屁股一撅。

叶小天在它屁股上踢了一脚，喝道："去！跟你那位好兄弟亲热亲热！"

这时果基格龙已经冲到叶小天面前，大吼一声，一拳便向他当胸击来，那巨猿侧着跨出一步，果基格龙一拳打在巨猿胸口，能够击倒牤牛的一拳打在巨猿身上，那巨猿稳稳当当，一动不动，反把果基格龙弹退了两步。

巨猿握起双拳，擂鼓一般捶打了几下自己的胸口，血盆大口一张，冲着果基格龙一声咆哮，巨大的声浪把果基格龙的头发都吹得飘了起来，脸皮子一阵起皱。

果基格龙骇然退了两步，对叶小天怒目而视道："你让我跟这畜生打？"

叶小天顺手从旁边一位附庸风雅的豪少腰间抽出一柄折扇，"哗"的一声打开，潇潇洒洒地道："他说啥？"

旁边有人凑趣道："他说，他要跟你决斗，你不动手，却让一头畜生跟他打，那你干什么？"

叶小天道："我负责宠她、爱她！"说着，叶小天揽过夏莹莹的纤腰，在她颊上轻轻香了一下，夏莹莹脸若桃花，说不出地开心。果基格龙本就气极，再一见这等模样，眼前一黑，"啪"的一声仰面便倒。

叶小天马上对左右道："大家都看到了啊，我可没动手，是他自己摔倒的。哎！这样弱不禁风的一个人，居然还说是高手？"

人群中有几个和凉月谷果基家有些关系往来的豪门阔少连连摇头，便上前架起果基格龙，把他抬走了。夏莹莹对叶小天甜甜地道："我爷爷来了，想见你呢。"

"哦！"叶小天一收折扇，想要还给方才那人，那人笑道："不必了，这柄折扇，就送给足下吧。"

叶小天向那人拱了拱手，正要与夏莹莹往坡上走，山坡下一声马嘶，就见一个白袍人疾驰到河畔，一勒马缰，那马人立而起，远远望去，当真威风。

叶小天此时正背向河畔，夏莹莹与他对面而立，正好看得清楚，一见那"俊俏小生"正是女扮男装的展凝儿，夏莹莹只道她是闻讯赶来观战的，心中一喜，便对叶小天道："你等我一下，我去见个朋友！"

夏莹莹快步向山坡下走去，叶小天回头时，展凝儿已经一跃下马，从山脚下一直到山坡上都是人，中间又有些地方长满草木，展凝儿跃下马去，叶小天就看不到她了，是以也不在意。

这时候，夏老六和一帮兄弟走过来，夏家那些兄弟马上给自家长辈闪开了一条道路，夏老六大步流星地走到叶小天身前，上下打量他几眼，道："嘿！你小子，叫叶小天？"

叶小天迟疑道："老伯是？"

夏老六粗声大气地道："我是莹莹她爹！"

叶小天赶紧施礼道："啊！原来是伯父，小天这厢有礼。"

夏老六捋着大胡子道："嗯！斯斯文文，是个读书人的样子。我们红枫湖还没出过读书人呢，真要是有个读书人做女婿也不错，哈哈哈……"

叶小天道："红枫湖？这是伯父居住的地方吗？"

夏老六奇道："莹莹没跟你说过？不错，红枫湖就是老夫一家人所住的地方了，嘿嘿，在那地方，我爹……也就是你爷爷说了算。"

叶小天心道："这还用说，就凭你们这一大家子人口，那个村里肯定是你们家说了算啊。想来莹莹的爷爷在地方上也算是一个有权有势的人物了。"

夏老六神色一正，又道："不过，丑话我得说在前头。你们读书人斯文是斯文，可花花肠子也太多，我那宝贝女儿单纯得很，你可不要欺负她。要不然，我夏老六认识你，我这口刀可不认识你！"

夏老六抽出了他的随身宝刀，他这口彝刀比叶小天在生苗山地得到的那口山羊胡子的刀还要好上数倍，刀亮如雪，锋刃生寒，刀吞口上镶了一颗硕大的红宝石，不但锋利，而且名贵。

夏老六那二十多个兄弟纷纷点头，七嘴八舌地道："对！莹莹喜欢了你，那是你的造化，你对我们家莹莹可得好点，要是你欺负她让她哭鼻子，我们这些老家伙可不答应！"

叶小天心道："莹莹这些堂兄弟就够剽悍了，没想到她的父辈们也是这般脾气，看来这一家人在地方上真是跋扈惯了，粗鲁！这样的人可不好相处，幸亏我家住在京城，等我娶了莹莹便回京城，山高路远，少跟她娘家打交道就是了。"

这时，夏老六突然还刀入鞘，脸色变得无比祥和："小子！我这口宝刀，已经伴随我四十六年了，现在我把它交给你，以后你就用它好好保护我的女儿吧。"

叶小天登时一呆，心道："这老头什么毛病，刚刚还凶巴巴的，怎么突然……"

他马上就明白原因了，因为身后正传来莹莹娇滴滴的声音："爹，小天哥，我二姐来啦！"

第九十二章

乱上加乱

一

　　叶小天一回身，就看到了一身男装、英姿飒爽的展凝儿，叶小天惊喜地道："凝儿姑娘，是你！"

　　展凝儿看到叶小天的背影，心头就是一酸，气、恨、怨、伤心，纠结成一团，待见叶小天转过头来，看到他满面惊喜的模样，凝儿心中却只剩下迷惑与茫然了。

　　她策马从贵阳城一路疾驰而来时，心头百转千回，也不知想象过多少种与叶小天相逢的场面，猜想叶小天陡然见到她出现，一定会露出惊讶、羞愧的神色，在她质问的目光下无地自容。

　　到时候她会找个借口把他带到无人之处痛斥责骂，这个负心人会"扑通"一声跪倒在她的膝下，抱着她的大腿，痛哭流涕地认错，拼命自扇耳光，祈求她的原谅，那她究竟要不要原谅他呢？

　　可是……怎么跟自己想象得完全不一样啊？莹莹讶然张大双眼，看看叶小天，又看看展凝儿，喜滋滋地道："哈！原来你们认识啊？"

　　展凝儿突然明白过来，为什么人家的反应跟自己想象的完全不一样，因为所有的一切都是自己一厢情愿，叶小天根本就没有喜欢过自己，人家也没对自己有过什么承诺，为什么要胆怯羞愧？

　　原来所有的一切都是我一厢情愿啊！一念及此，展凝儿万念俱灰，所有的愤怒都化成了无尽的伤心："你不喜欢我，为什么要对我那么好？"

　　想起叶小天挣扎着从巨猿手中跳落，让巨猿带她爬上悬崖，自己义无反顾地扑向地毯般席卷而来的虫子大军的情景，展凝儿的芳心犹自震颤不已："为什么？我的情意已说得那么明白，为什么你不喜欢我？凭什么？难道我比莹莹就差这么多？"展凝儿鼻子一酸，双眼便泛起了抑制不住的泪光。

　　莹莹兴许在大多数情况下要单纯一些、迟钝一些，可是在有些事上女人天生就具备一种直觉。莹莹当然是女人，是个不折不扣的女人，所以她马上就发现了异样。

夏莹莹看看展凝儿，又看向叶小天，狐疑毫不掩饰地浮上了她的面孔。

叶小天此时正在纳闷，展凝儿出现在水西他不稀奇，他奇怪的是展凝儿怎么会认识莹莹？不过转念一想他又释然了，展凝儿本就不是一个以身世自傲的姑娘，认识几个平常人家的朋友有什么稀奇？当初的徐伯夷和自己，如果以身份而论，哪有资格和展姑娘交往呢？

展凝儿在雷神禁地时曾经对叶小天说起过水西三虎的背景与身份，但她是姑且说说，叶小天也是姑且听听，原以为一辈子都没机会打交道。他记人家姑娘的名字干什么？他唯一记下的只有两个绰号：胭脂虎、白虎。准确地说，是对"胭脂虎"这个绰号还有些印象，真正记得清楚的只有一个"白虎"！

莹莹是个心直口快的姑娘，心里存不住事，想到什么就说什么，她马上就问道："二姐，你们两个……你们是怎么回事？"

展凝儿急忙吸了吸鼻子，不让自己的眼泪掉下来，她扭过头，避开叶小天的目光，带着鼻音对夏莹莹道："我……听说有人为你决斗，特意赶来看看。"

夏莹莹脱口道："不对！二姐，你是不是喜欢他？"

这话一出口，夏莹莹自己就呆在那里。

夏家父一辈、子一辈，环绕周围的众多男子们一起瞪圆了牛眼，夏老爹先是愕然地张大嘴巴，随后就凶狠地盯着叶小天的腰间，琢磨把那口刀抽出来，再重新"送"他一回，剁掉这厮的狗头。

"莹莹，你胡说什么，我不理你了！"展凝儿佯作生气地瞪了莹莹一眼，转身就走。她本想走到无人处时再流泪，可是只一转身，那伤心的泪就忍不住地流下来。

叶小天瞪大眼睛，愕然看着眼前这一幕，不敢置信地道："别开玩笑了，这……怎么可能？我不是在做梦吧？"

夏莹莹瞪了叶小天一眼，气呼呼地道："等会儿我再跟你算账！"说罢拔足向展凝儿追去，扬声唤道："二姐……"

围观的那些水西阔少们兴奋起来，刚刚看了一场别开生面的决斗，现在这一出二女争夫貌似更精彩啊！不虚此行、当真不虚此行。

正摩拳擦掌的看客们突然想起了两位姑娘的身份，一个是展家的掌上明珠，一个是夏家的心肝宝贝，两位姑娘家里可都是位列八大金刚的人物啊，如果再算上这两位姑娘的外公家……一个是安家，一个是宋家，这可是"安宋田杨"四大天王里的头把交椅和第二号人物！

众人看向叶小天的目光立即充满了无限的景仰："真是……不怕死的英雄啊！"

"莹莹，莹莹，乖女儿……"

夏老爹一见女儿追着展凝儿去了，急急呼唤了两声，跺了跺脚，冲着他的儿子和侄子们骂道："一群蠢货，快把她追回来啊！"

那些正怒视着叶小天，打算用目光杀死他的夏家兄弟们赶紧向夏莹莹追去，夏老爹狠狠瞪了叶小天一眼，恶狠狠地道："你小子，好大的狗胆！你等着，等老夫回来再跟你算账！"

夏老爹急急忙忙追女儿去了，他那些老兄弟们也一窝蜂追了下去，夏莹莹只是追赶展凝儿而去，能出什么事？老夏家的人对这个唯一的宝贝闺女可真是宠到了极点。

夏老爷子还站在山坡上等着看孙女婿呢，就见夏莹莹带了一个俊俏"后生"过来，跟叶小天没说几句就跟那人走了，紧跟着他的儿子孙子也一窝蜂地追了下去，夏老爷子奇怪地道："莹莹怎么跟那人走了啊？"

老五眺望着山下，疑惑地道："不会是莹莹见那小子俊俏，又喜欢了他吧？"

老二道："不会吧，这么快就换了人，那多丢人？"

山坡下，展凝儿一路走一路伤心，越走越是伤心，耳听得后边夏莹莹不断呼唤，展凝儿心烦意乱，脚下走得更快了，到了山脚下，牵过自己的马，展凝儿纵身一跃跳上马背，狠狠一鞭，便任那骏马放开四蹄沿着河畔疾驰而去。

夏莹莹追到山脚下，一见展凝儿已纵马离去，恰见一人牵着马儿站在河边上，马上向他一指，道："喂！让我骑一下！"

那人正是红枫湖的一名家仆，他牵的马儿就是夏老爷子的坐骑，一听大小姐吩咐，赶紧"扑通"一声趴在地上，夏莹莹一个箭步冲过去，脚尖在他后背上一点，纵身跃上马背，一兜缰绳，向展凝儿追去。

山坡上，夏老六担心地道："完了完了，大哥，老五不幸言中了，咱们家莹莹移情别恋了，这可咋办？"

"咋办？"夏老爷子瞪起了眼睛，蛮不讲理地道："凉拌！那小子又不是我孙子，我还得替他主持公道不成？当然我家小宝贝喜欢谁就是谁。对了，刚刚那小子是谁啊，瞅着有点眼熟。"

老五道："这小子还在山坡下呢，老大，就这么置之不理了？"

夏老爷子想了想，似乎也觉得自己家有点理亏，便悄声嘱咐夏老六道："你去，许他些好处，叫他嘴巴闭严些，可不许说咱们家莹莹坏话，要不然咱老夏家饶不了他。"

夏老六不高兴地道："这么没面子的事，为什么让我去？"

夏老大道："废话！你不去难道我去？谁让我比你生得早，你不高兴，问咱妈去！"

夏老六没办法，只好厚着脸皮，磨磨蹭蹭地往下走去。

半山腰，小路看了看追下山坡的夏家一群人，瞥了叶小天一眼，小声道："你还不走？等老爷子他们回来收拾你吗？"

叶小天奇怪地看了她一眼道："我为什么要走？我又没做亏心事，我根本就不知道出了什么事，我要真走了，那才是有理也说不清了呢。"

小路道："你这个白痴！夏家的人什么时候跟人家讲过理？你要讲理也得等莹莹在场才行啊。"

叶小天笃定地道："不用，我算发现了，莹莹就是老夏家的命门！只要莹莹还没表态，他们不敢把我怎么样的。咦，你的口气怎么……"

小路白了他一眼道："我口气怎么了？"

叶小天嘿嘿一笑，道："有点关心，有点温柔呢！"

小路俏脸一红，轻啐一口道："呸！马不知脸长！"

叶小天摸了摸脸颊，自语道："我的脸长吗？"

小薇气鼓鼓地道："莹莹刚走，你就要拈花惹草了是吧？"

叶小天道："这也算拈花惹草？那天下的花草还不让我揪光了？再说，我根本不知道凝儿喜欢我，我比窦娥都冤啊。"

小薇嘲讽道："哈！这么说倒是人家展大小姐上赶着追你了？真是马不知脸长！"

"对了……"叶小天突然想起一事，对小路姑娘道："莹莹的爷爷是红枫里的里正吗？"

小路呆了一呆，道："是啊！"

叶小天松了口气，笑道："我就说嘛，哪能一出门就遇到大户人家的小姐，呵呵，我以前戏看太多了。"

小薇嘴角一翘，刚要说："白痴！你以为你遇到的真是个卖梨姑娘啊？哼，就是本姑娘我也是大家闺秀呢。"可是小路突然牵了牵她的衣角，把她拉到了一边。

小薇奇怪地道："你干什么？"

小路微笑道："我相信他，你注意到他看到展姑娘时的表情了吗？那可不像始乱终弃心虚胆怯的样子。还有……"

小路看了眼正向山下张望的叶小天，忍笑道："他还问咱们家老爷子是不是红枫里的里正呢，我想……我知道怎么回事了？"

她知道了，可小薇姑娘还不知道，小薇正想问个清楚，山脚下人喊马嘶，提刑司一班人以及李秋池、薛母等人乱哄哄地赶来了……

第九十三章

纠缠不清

一

"提刑司办案,劳驾请问一下,有个叫叶小天的在哪儿,还请指点一二。"

豪门阔少做事大多不知轻重,偏偏又个个家世不凡,所以官府中人最不喜欢招惹的就是他们这种人,水西地区的豪门阔少较之中原地区的纨绔子弟们更加跋扈一些,提刑司的巡检们说话就格外客气。

"叶小天?"

现在整个花溪两岸还有谁不知道这位"大英雄"啊,水西三虎中居然有两个对他情有独钟,这等没人敢惹的女人,他招惹一个还嫌不够,居然还敢脚踏两条船,此等人物实是男人的楷模、不怕死的典范,大家倾慕得很呢。

马上就有生怕场面不热闹的热心观众极热情地为他们指点起来:"喏!他就在那儿,看到了没有?那个穿蓝袍的就是。算了,我带你们过去吧。"

"多谢,多谢!"

豪门阔少居然变得这么热情,居然主动协助官府办起案来,真令巡检们受宠若惊,连忙点头哈腰地跟在那人后面。那人把他们领到叶小天身边,笑嘻嘻向叶小天一指,道:"喏,就是他!"

几个巡检立即一拥而上,其中一人把铁链往叶小天脖子上一套,厉声喝道:"叶小天,你的案子发了,跟我们往提刑司走一趟吧。"

叶小天大惊,双手抓住铁链,抗拒道:"你们要干什么?我犯了什么案子?"

小路和小薇见状,拔刀娇叱道:"谁敢拿人,给我放开!"

叶小天看了她们一眼,心道:"莹莹这两位堂姐对我可是真好。"

这时候夏老爹没追上女儿,懊恼地打发了几个儿子骑着快马去追,他自己气咻咻地赶回来,要找叶小天算账,一见叶小天被巡检抓住,不由一呆,奇道:"这是怎么回事,谁报的官哪,鹰爪子怎么来得这么快!"

小薇赶紧上前说道:"老爷子,人家官府可不是为咱们来的,好像是……这位叶公子还犯了什么案子,他们来抓人的。"

"竟有此事?"

夏老爹瞪起了一双牛眼,看着叶小天心道:"这个臭小子除了脚踏两条船,还干下什么坏事了,我那宝贝女儿究竟找的是个什么人哪?"

那些巡检一见有人拔刀阻拦,四下人群也有些骚动,不由紧张起来,赶紧提起兵器小心戒备,这时李秋池护着薛母走上山坡,朗声说道:"诸位,这叶小天是一个杀人凶手,提刑司已经接了苦主的状子,还请诸位莫要插手!"

众人闻声望去,就见李秋池手摇折扇,风度翩翩地走来,有人认得他,脱口叫道:"李大状!"

李秋池循声望去,见是熟人,便向那人微笑领首,极尽儒雅地拱了拱手。叶小天一见李秋池,正是他在葫县结下的冤家,再一看薛母,不由大感头痛,对这个疯婆子他真是够了,可是和一个疯子又能讲什么道理。

华云飞跟着巡检们赶来,一见叶小天,有些羞愧地道:"大哥,我去府衙报名时,恰好他们等在那里,迫不得已,只好把大哥的去向告诉了他们。"

叶小天安慰道:"无妨,我不做亏心事,不怕鬼叫门!"

"哈哈哈哈……"

一阵鬼哭般的大笑传来,疯疯癫癫的薛母向他扑了上来:"天理昭彰啊,哈哈哈。提刑司的青天大老爷已经接了老身的状子,叶小天,这一回我看你还往哪里跑,你给我男人偿命、偿命啊!"

薛母一见叶小天,立即两眼放光,虽然走得气喘吁吁,精神却是异常亢奋起来。小路姑娘横刀看看叶小天,又看看那神情眼神有些异样的老妇人,疑惑地道:"老婆婆,叶公子与你有何仇冤?"

李秋池鼓励道:"薛刘氏,你就把你的冤屈对大家说说吧,在场的人都是深明大义、心存正道的人,正好让大家都见识一下这个无耻小人的真正嘴脸!"说着,他把折扇向叶小天一指。

遥遥被毛问智抱在怀里,听他出言辱骂叶小天,立即不忿地大声道:"你才是无耻小人,你是大坏蛋!"

薛母得了李秋池的指点,马上声泪俱下地控诉道:"各位好心人,我们一家人,本住在铜仁府三里庄,日子虽然清苦些,过得倒也太平和美。后来,这个叶小天到了我家……"

薛母一指叶小天,咬牙切齿地道:"他看中了我女儿的美貌,几次三番登门求亲,只因我那女儿自幼许配了人家,我丈夫不肯失信于人,所以向他婉拒再三,可他犹不甘心，便伙同这人……"

薛母一指毛问智，恨恨地道："两个人在一个大雨天再次来到我家，想从我家后院翻进来意图不轨，被我男人发现将他们赶走，谁料二人离开不久便又回来，再次意图潜进我家，被我男人堵个正着，这叶小天竟恼羞成怒，竟将我男人一刀杀死！"

一听这话，四下里顿时一片哗然。觊觎人家姑娘，人家不肯许亲，就悍然杀死其父，恋其女杀其父，实在无耻。

薛母流着泪道："我男人临死之前亲口指认，杀害他的人就是叶小天。这番话不但我听得清清楚楚，我女儿还有当时闻讯赶来的乡亲全都听得清清楚楚，谁知……他是秀才，在知府老爷面前说得上话，一桩人命案子竟被他把黑的说成白的，巧言狡饰，那知府老爷也是个糊涂虫，竟不再接我的状子……"

华云飞大声道："你胡说！你这老婆子疯了心，根本就是把你自己臆想的东西都当了真。就是你女儿都不会认可你的这番话。你家水舞姑娘呢，何不叫她来跟大家说说。"

薛母顿时支吾起来："我女儿……我女儿……"

谢传风一见，立即挺身而出，大声道："诸位，我就是这位老人家的女婿，她的女儿水舞姑娘自幼与我定亲。可是水舞从靖州返回铜仁老家时恰好与这叶小天同路，这小贼便施展手段，甜言蜜语骗了水舞的身子，那水舞的清白之身失于他手，从此竟对他死心塌地！"

谢传风自曝其丑，是因为水舞已经逃走，他唯恐水舞恰巧出来向官府证明杀害其父的人并非叶小天，如今他当众宣扬叶小天和水舞的奸情，水舞如果还出面做证，还有谁肯信她？

谢传风道："我岳母跋山涉水地赶来提刑司告状，我把她们母女接到我家，好生款待。虽然听说水舞与他人苟且，依旧不计前嫌，谁知那水舞得知叶小天到了贵阳，居然窥个机会不告而别前去寻他，连自己的杀父之仇都不顾了……"

谢传风说得痛心疾首，只当众人听了必然义愤填膺，可他偷眼一看，收获的却并不是愤慨的目光，反而……大家的眼神怎么如此古怪？好像有点同情……我需要同情吗？

毛问智大声道："你放屁！害死水舞她爹的另有其人，我和我大哥是冤枉的。"

夏老爹听了谢传风这番控诉，气愤地道："衣冠禽兽！"

莹莹的一位叔父叹息道："斯文多败类啊！读书人哪有好心眼子，我就说嘛，咱们红枫湖坚决不能找个读书人当女婿。"

小路本来是坚信叶小天受了委屈的，可是听了薛母声泪俱下的一番哭诉，还有谢传风不顾绿云压顶的羞辱所做的陈述，也不禁动摇起来，犹豫着不知该怎么办才好。

李秋池趁机对那巡检官递个眼色，道："各位还不拿人？"

那巡检马上道："来啊，把他锁了，给我带回去！"

小路迟疑地对夏老爹道："老爷子，我们……怎么办？"

夏老爹恨恨地道："让他们带走好了，这小子犯了人命案子，到了提刑司还活得了？死了好，省得脏了我的手。"

小路道："这……只怕莹莹回来不答应……"

夏老爹怒道："有什么不答应的，这小子给她灌了什么迷汤，这样子还护着他不成？"

这时巡检将铁链一紧，大喝道："走！"

毛问智急了，冲巨猿吼道："大个儿！"

那巨猿咆哮一声冲上去，伸出巨大的爪子一拨拉，七八个巡检便跌跌撞撞地摔了出去，巨猿把铁链抓在手中，双臂用力一抻，一条铁链便被扯得寸寸断裂，只把一众初见巨猿神勇的巡检惊得目瞪口呆。

李秋池见状赶紧往谢传风身后躲了躲，唯恐这畜生兽性大发，一把将他撕了。福娃不紧不慢地走上去，抄起一块被大个儿扯断的铁链，磨起牙来，听得众人一阵牙酸。

一个巡捕拔出刀，哆哆嗦嗦地指着叶小天道："叶小天，你……你敢拒捕不成？你要是敢拒捕，天下之间你将寸步难行了。"

叶小天听了心中不由一动，如果他躲进生苗山地，不要说一件杀人命案，就是十件八件的杀人命案也没事，朝廷断然不会为了几条人命就逼反数十万凶猛彪悍的山苗，可是他能避进大山里去吗？他可只有这二十年逍遥人间的自由岁月啊。

叶小天想到这里，大喝道："大个儿！"正冲着那些巡检龇牙咧嘴地发威的巨猿立即跑到他面前把屁股一撅，叶小天轻轻拍了拍它的屁股，叹息一声，对华云飞和毛问智道："我跟他们走，打官司去！"

这时人群后面一声高喊："你不用去，我可以做证，人，不是你杀的！"

第九十四章

焦头烂额

一

听见有人证实叶小天不是凶手,众人纷纷回头望去,同时闪开了一条道路,就见一个步履从容、姿态雍容的老妇人,在四五个青衣家丁的伴随下缓缓走了过来。

薛母看见那老妇人,不由一呆,脸上微微露出几分惧色,福身施礼道:"夫人。"

遥遥的母亲自卖自身给杨霖做妾后,从小照顾她长大的薛母也随之到了杨府,自然认得杨夫人。如今薛母的神志已经不清楚,骤然看见多年未见的杨夫人,突然以为自己还在杨府做事,不由拘谨起来。

杨夫人看了眼薛母,又看了看叶小天,朗声说道:"诸位,老身是靖州杨家的人,拙夫名叫杨霖,乃播州杨氏旁支,自祖父时起便定居靖州。老身可以证明,叶小天是冤枉的,薛刘氏的丈夫并非叶小天所杀!"

此言一出,李秋池第一个呆住了,他曾派人给播州杨家送信,邀宠买好,同时也是想通过播州杨家给靖州杨家送个信,让他们有所准备,并且向官府施压,通力合作,把这桩命案结结实实地栽在叶小天身上。谁知靖州杨家果然来了人,却是给叶小天帮忙的,饶是李秋池足智多谋,一时也有些不知所措了。

杨夫人道:"各位,杀害薛刘氏丈夫的实是另有其人,凶手一共有三个,分别是我府上的管事杨三瘦和护院岳明、邢二柱。孔月,你最清楚此事,给在场的各位和官差们说说。"

当下就有一个一脸精明相的家丁上前两步,向众人团团一揖,高声说道:"诸位,那杨三瘦本是我杨府管事,可他辜负了夫人的信任,时常偷窃府上之物变卖,邢二柱和岳明就是他的帮凶。

"后来,杨三瘦又觊觎水舞姑娘的美色,意图不轨,水舞姑娘被逼无奈,为了自保,这才把他偷窃财物的事情向我家主母告发,主母大怒,重责了杨三瘦、邢二柱和岳明,并把他们赶出了杨府。

"这三人把这一切都归咎于水舞姑娘,常思报复。在下平日别无所好,就是喜欢贪杯,常跟这三个人在一起饮酒,酒后常听他们大发怨恨之言,故而知晓此事。

"可水舞姑娘是我家遥遥小姐的贴身丫鬟,遥遥小姐的亲娘临终之际,曾让遥遥小姐拜水舞姑娘为义母。水舞姑娘照料我家小姐,平素并不出门,这三人虽有心报复,却也没有机会下手。哦,遥遥小姐就是这位。"

孔月一指遥遥,对众人介绍道。遥遥认得他,在杨府时,因为夫人厌弃,所以杨府家人对她都很不好,这孔月平素对她和水舞也是恶形恶相,遥遥有些怕他,便把头埋到了毛问智怀里。

孔月咳嗽一声,又道:"后来,水舞姑娘带着遥遥小姐离开了杨府,这三人见有机可乘,便尾随而去,直到酿出了这桩杀人命案。"

当下就有人疑惑道:"你家小姐这般幼小,水舞姑娘缘何带她离开杨府?"

杨夫人道:"这个嘛,却须老身来说明了。"

杨夫人望了叶小天一眼,朗声道:"此事说来,却是我家一桩丑事,本来不宜宣扬,可是事涉人命,而叶小天与我杨家又有莫大关系,老身却是不得不当众言明了。

"诸位,拙夫本在京城为官,却因一时糊涂,贪墨库银,沦为阶下之囚。那时节,叶小天正在京城,对拙夫颇为照顾,拙夫后来受国法制裁,临刑之际,深感宦途艰险,不想再让子孙入仕又或嫁入官宦人家,且感念叶小天对他的好处,便把庶女遥遥许配给他为妻了。先夫遗命,老身岂能违背,故而才让遥遥跟他离开,又虑及遥遥年幼,所以让水舞随他一并离开,以便照料。"

遥遥瞪大眼睛听着杨夫人说话,听她说自己被许配给叶小天为妻,却是杨夫人这一辈子说过的话中,自己听着唯一可意、中听的话,便用力点了点头,大声道:"嗯!我爹说,把我许配给小天哥哥了!"

如果说杨夫人的话众人还不大相信的话,一个粉妆玉琢眉目可爱的稚龄小姑娘说出来的话可没人不信了。

众人之中自然也有人疑惑,何以遥遥小小年纪,她的父亲就把她许配了人家,一般来说这么小就许配人家的都是家境极为贫寒,不过想到她的庶女身份,隐隐也就明白了。

叶小天见杨夫人骤然出现,居然是为了替自己出头,不禁大感惊奇,邢二柱可是向他交代过,他们是奉了杨夫人所命,这才千里追杀,何以杨夫人却突然帮自己洗脱起杀人罪名呢?

叶小天虽然心中疑惑,不过这事明显对他有利,而且杨夫人可以说是最有利的一个证人,他如今怕极了疯狂薛母的纠缠,只盼赶快解决此事,免得被那疯婆子纠缠不休,是以对杨夫人所言,叶小天全都默认了。

杨夫人讲罢，又望了叶小天一眼，微笑道："叶小天，老身所言没错吧？"

叶小天心思电转，暗忖道："这个杨夫人，我早晚是要找她算账的，却不是眼下，如今虽不知她向我示好的目的，但这可是我摆脱杀人罪名的绝好机会。"

想到这里，叶小天大声道："杨夫人所言半点不假！我接了水舞和遥遥离开杨府不久，便被杨三瘦、岳明、邢二柱三人追杀了，一路上历尽千辛万苦，才把水舞和遥遥送到铜仁，不想杨三瘦他们阴魂不散，居然一路追到了铜仁，我……"

叶小天说到这里，心里咯噔一下，暗叫一声："糟糕！扯出一个谎，还得圆个谎！"

人群中果然有人已经回过味来，议论喧哗声顿时响成一片，夏老爹瞪大一双牛眼，向叶小天质问道："嗯？你说这个小丫头片子是人家许给你的妻子？你却向她义母求亲？"

叶小天干笑道："其实事情本来是这个样子的……喂喂喂，你别动手，你听我说，你们听我说……"

围观的水西豪少们热血沸腾了：

"哈！人家把女儿许给他，他却去追丈母娘！真是太有才了！"

"是啊！胭脂虎被他调教得像只小猫，霸天虎为他洒泪而去！英雄啊！"

"太无耻了！不过我喜欢！"

"前辈，收我为徒吧！"

"我真是越来越崇拜他了！"

"我算算啊，展凝儿是安家的，夏莹莹是宋家的，遥遥是杨家的，安宋田杨四大家，就剩一个田家了！"

"哈哈！好汉！你把怜邪姬也收了吧！"

"这厮简直是我贵州男人的公敌啊！"

"呸！明明是我们的大救星！叶大哥，你把三害都祸害了吧，还我贵州一片朗朗青天哪！"

"什么！是哪个鸟人说我妹子是贵州一害的？给我站出来！"

"我没说！"

"不是我！"

"统统闭嘴！大个儿！"叶小天不得已，又向巨猿求助，巨猿一声咆哮，果然镇住了众人。

叶小天趁机道："各位，肃静、肃静！事情其实是这样的。我对杨霖大人有恩，杨大人临终之前便把爱女许配给了我。可杨大人并未言及遥遥姑娘的年纪。等我赶到杨府才发现遥遥姑娘竟然尚在稚龄。我带着遥遥和水舞姑娘在杨三瘦等人的追杀下一路西逃，同甘苦、共患难，朝夕相处，日久生情……"

谢传风跳出来嚷道："看吧，看吧，我就说他跟水舞有奸情，他自己招了吧？这对奸夫淫妇……"

李秋池的鼻子都快气歪了："这个白痴，你是生怕别人不相信杨夫人替他开脱的话吗？"

李秋池立即大喝道："你闭嘴！"

叶小天冷笑道："就算上了公堂，官老爷也得准许我说话！你李大状好大的威风，居然不许我说话！"

李秋池没好气地一指谢传风道："我是说他！"

叶小天"哦"了一声，继续道："我想，遥遥姑娘如此幼小，如何婚配？反倒是她那义母……咳，也就是水舞姑娘啦，我们情投意合，所以赶到铜仁后，我便向水舞姑娘家里求亲，谁知却遭到薛伯父的拒绝。我也没有想到杨三瘦等人居然锲而不舍地跟了来，更在我们离开后闯进薛家，意图加害水舞姑娘，却误杀了薛伯父……"

"你说谎！你说谎、你说谎……"

薛母脸色灰败，头一声是用吼的，第二声却低了许多，第三声的声音更是虚弱。她实际上早已神志不清了，见到杨夫人后，恍惚中就觉得自己还在杨府做事，对杨夫人便有了敬畏之意，叶小天辩白自己不是凶手，薛母执意不信，但是杨夫人出面做证，却不由她不信了。

薛母突然想到丈夫撒手人寰，而凶手业已伏诛，一下子失去了生存的目标，顿时就像一只泄了气的皮球，整个人都蔫蔫的，没了生气。

"至于遥遥姑娘嘛……"

叶小天努力扮出一副光风霁月正人君子的模样，慨然道："杨大人的一番好意，我只好辜负了，不过我会把遥遥好好抚养成人……"

夏老爹大吼道："那你又追我们家莹莹作甚！"

叶小天赔笑道："伯父，这不是因为薛伯母执意认定我是凶手，已经拆散了我和水舞姑娘吗？那时我和水舞姑娘已然劳燕分飞，小子并未一脚踏两船哪！"

夏老爹脸色稍缓，道："哦，如果是这样的话……"

遥遥眨着一双大眼睛，对叶小天这番话半懂不懂，便对毛问智道："毛大叔，小天哥哥说啥？"

毛问智道："小天哥哥说，要把你好生抚养长大。"

遥遥笑逐颜开，得意地道："嗯！等我长大了，就嫁给小天哥做媳妇！小天哥说的！"

夏老爹听见这句话，又是勃然大怒，一把揪住叶小天的衣领子，唾沫横飞地吼道:"你听见了?你都听见了?你现在还有什么话说?你这个花言巧语的衣冠禽兽!"

叶小天以手抚额,仰天悲叹道:"老天哪!你还让不让人活了?你干脆一个雷劈死我吧!"

这时候,一只像是蜜蜂,但是比蜜蜂体形大了不少的蜂子在空中画了几个圈圈,倏地落到了叶小天的鼻尖上,叶小天登时紧张起来,今天已经倒霉透顶了,不会再被蜂子蜇了吧。叶小天紧张地盯着站在鼻尖上的蜂子,登时变成了一个斗鸡眼。

人群里边冒出一个秃头,随即穿着一袭湿淋淋黑袍的冬天先生费力地挤了出来,弯着腰,眯着眼,贴近了一看,正有一个人揪着叶小天的衣领做扭打状,不由喜道:"啊!尊……少爷,决斗才刚刚开始啊,幸好我没迟到。"

第九十五章

冬瓜葫芦

一

　　叶小天雕塑般一动不动，生怕惊动了鼻尖上的那只蜂子，被它蜇个大包破了相。听了冬天的话，叶小天没好气地道："你先收了蜂子！"

　　"哦？哦！"冬天连忙掏出一个小瓶，高高举在空中，那只蜂子似乎嗅到了什么气味，立即盘旋而起，飞到那瓶口落下，钻了进去。

　　叶小天又道："好啦，蜂子已经钻进去了。"

　　冬天道："哦！"

　　冬天收回瓶子，盖好塞子，旁边的夏老爹一直一动不动，用一种很古怪的眼神看着他，等冬天揣好瓶子收进怀里时，夏老爹突然又惊又喜地叫道："冬瓜？"

　　冬天呆了一呆，凑近了去跟夏老爹来了个面贴面，仔细端详半晌，纳罕地道："你是……你怎么知道我的绰号？"

　　"哈哈，果然是你！"

　　夏老爹豪情奔放，揪着叶小天衣领的手顺势一搡，叶小天倒退出四五步，差点被他的准老丈人搡个大跟头，夏老爹张开双臂，紧紧抱住了冬天，亲热地叫道："冬瓜，果然是你！我是葫芦啊！"

　　叶小天站定身子，看着抱着冬天兴奋大呼的准老丈人："什么冬瓜葫芦的，莫非他们都是蔬菜成了精？"

　　夏老爹用力拍着冬天的后背，开心地道："你这家伙，这些年都到哪儿去了，我曾多次派人打听你的下落，都没有你的消息。"

　　冬天也开心地道："哈哈！葫芦，原来是你，我眼神不济，没认出来，你可别见怪。"

　　夏老爹连声道："不会不会，我怎么会怪你呢，说起来，你眼神不济，全都怪我，想起来真是……哎！"

夏老爹说着唏嘘不已，叶小天凑近了些，纳闷地看着这对老家伙，迟疑道："你们认识？"

夏老爹乜了他一眼，道："废话！老子认识冬瓜的时候，你小子还在你娘肚子里呢。"

冬天忙道："是啊少爷，我当年游历天下时和他相识的，曾并肩行走江湖，算是老朋友了。"

叶小天好奇地问道："怎么伯父说你眼神不济全都怪他呢，莫非你们是不打不相识，伯父曾经打伤过你的眼睛？"

夏老爹乍见失散多年的好友，心中欢喜不禁，一时竟忘了找叶小天麻烦，一听他问，便长叹道："我和冬瓜一见如故，怎会伤他呢？想当年，我游历天下，与他相识，遂结为好友。因为冬天不善言辞，时常不作一声，我便给他起了个绰号，叫冬瓜。"

冬天握着夏老爹的手笑道："葫芦在彝人心目中是吉祥之物，他随身就带着一个小葫芦，说是娘子送他的吉祥之物，从不离身，所以我就给他起了个绰号，叫葫芦。"

两个老男人四目相对，大手紧紧握在一起，欢喜地摇了摇，夏老爹便对叶小天眉飞色舞地道："有一次，我路过太行山，言语不慎，得罪了太行山的马匪，那一场恶战哪，我从五指峰一直杀到羊肠坂，来回整整杀了三天三夜，一路手起刀落手起刀落手起刀落，眼睛都不眨一下……"

周围的人都呆呆地听着夏老爹讲古，那些巡检站在一边，突然发觉自己这群人的身份真的很尴尬，貌似在场就没一个人真拿他们当回事的，叶小天这个命案凶手也跟没事人似的站在那里，偏偏他们就没一个人敢上前打断夏老爹的唠叨，他们此时当然已经知道了夏老爹的身份。

四大天王里夏家是排不上号的，八大金刚里夏家也不是第一，但是四大天王八大金刚排在一块儿，要说大家最不愿意惹的无疑却是夏家，因为夏家不但出了名地不讲理，而且老夏家实在是太能生了，还专生男丁。好虎架不住群狼、好汉架不住人多啊。

夏老爹道："可是，好虎架不住群狼，好汉架不住人多啊，最后我终因筋疲力尽，被一群马匪困住，关键时刻，恰好冬瓜经过，救了我的性命，可他自己却受了重伤……"

叶小天恍然道："原来如此，冬天眼神不济，想必就是因为救伯父时受伤了。"

夏老爹羞愧地道："不是！我拖着重伤的冬瓜逃进山里，想采些草药为他治伤，却不想因为认识的草药有限，错把一种含有剧毒的草药掺了进去，结果……冬瓜当年本是风流倜傥，一表人才啊！却因中了这毒，背也驼了，头也秃了，眼神也不济了，冬瓜，我葫芦对不起你呀！"

冬天连声道:"葫芦啊,你不必内疚,这都是无心之过,你我本是生死之交,何必说这些外道话。"

叶小天摸了摸鼻子,咳嗽一声道:"两位老人家久别重逢,应该找个地方好好喝几杯才是,晚辈就不打扰了,告辞!"

叶小天拱了拱手,转身就想溜走,夏老爹突然想起这小子对不住自己宝贝女儿的事来,登时把眼一瞪,喝道:"你给我站住!你……"

"嗯?"夏老爹突然又想起冬天刚才称呼叶小天为少爷,不由奇道:"冬瓜,你跟他是什么关系?你叫他少爷?"

蛊神教的人游历天下是为了增长阅历见识,免得困居深山,久而久之变得愚昧落后,因此在游历天下的时候,他们是不会暴露自己真实身份的,而蛊术也并非蛊神教一家独有,所以夏老爹并不知道冬天的真实身份,只知道他是一个出色的蛊术师。

冬天道:"不错,我孑然一身,周游天下,现在岁数大了,不宜四处走动,所以就依附了少爷。"

夏老爹听说自己的生死之交是叶小天的手下,倒不好当着他的面再对叶小天吹胡子瞪眼睛了,可是想起女儿又颇觉不忿,一时不知该用什么态度对待叶小天才好。

这时候,李秋池向巡检悄悄递了个眼色,那巡检心道:"这夏家的老家伙纠缠不清,我们也不能总晾在这儿啊。"便硬着头皮上前,对夏老爹道:"老爷子,提刑司下了拘牌,要提叶小天审问,您看……"

夏老爹一瞪眼道:"审什么审?方才这位杨夫人不是已经说得清清楚楚吗?你们的案子可以结了,怎么,还不走?是不是要我亲自去跟王浩铭那老匹夫说一声?"

王浩铭就是贵州提刑按察使司的按察使,在夏老爹眼中,却不过是一匹夫。

杨应龙本想等叶小天上了公堂再为他开脱,得知那桩乌龙婚约之后,却立即改了主意。他所图甚大,很多事不宜过早图谋,也不宜亲自出面,与其等叶小天上了公堂再替他开脱,引起蛊神教和其他各位土司的警惕,不如先坐实了叶小天和遥遥的婚事。

没有人知道他是遥遥的亲生父亲,只要他把遥遥和叶小天绑在一起,将来他这个岳父就有足够的把握左右叶小天,因此他已决定避居幕后,让杨夫人替叶小天开脱。

杨夫人得了杨应龙的指示,虽然不情愿却也不敢违拗,这时一听那巡检还是不肯放过叶小天,马上挺身而出,道:"怎么?我杨家的人出面做证,还不能证明叶小天的无辜?你要证人,我跟你去!"

杨夫人亲自出面做证说凶手是杨家人,与叶小天先前在铜仁的供词完全相符,杨家主动把官司揽上身,就等于找到了真凶,这叶小天还怎么抓?再说那巡检又哪敢得罪夏家和杨家?

虽说这个杨家是靖州的，跟贵州不沾边，可靖州杨家却是播州杨家的分支，如果靖州杨家在这里被打了脸，播州杨天王肯善罢甘休？以杨天王的身份，要对付他一个小小巡检，甚至连句话都不用说。

巡检官无奈地看了看李秋池，李秋池心中已然无奈到了极点，窝囊得无以复加。他在葫县时，本来信心满满要替齐木脱罪，谁知这叶小天居然用了最野蛮也最有效的一招——把齐木干掉了，他就是浑身本领还有何用？

这一次他做了充分准备，本有十足的把握，只要把叶小天带上公堂，就能坐实他的死罪，谁知靖州杨家居然主动跳出来承担了这起命案，证人和凶手都找好了，他还有什么算盘好打？

李秋池一辈子就没打过这种窝囊官司，他没理会那巡检的眼神，暗暗叹息一声，趁着脸还没丢光，转身就走，挤出人群，李秋池便悲从中来："想我李大状在贵阳府要风得风要雨得雨，怎么一碰到这个叶小天，根本就没有一展所长的机会呢？难道他真是我命中的克星不成？"

那巡检收了李秋池的钱，不好不应其事，可如今李大状也灰溜溜地离开了，他又何必冒险，马上见风转舵，向夏老爹和杨夫人点头哈腰地道："是是是，那在下就如实回禀按察使大人，这个……杨夫人，您是此案的关键证人，回头少不得还要麻烦您……"

杨夫人道："你放心，老身稍后就去。"

那巡检满脸堆笑，连声道："好好好，那在下告辞，告辞了！"

杨夫人看了叶小天一眼，叶小天上前一步，拱手道："多谢杨夫人仗义执言！"心中却道："今天的事，我承你的情！可遥遥娘、水舞爹的仇，我还是会帮他们报的！"

杨夫人淡淡地道："不必言谢，以后……对遥遥好一些！"说罢，杨夫人带着人也转身离开了。

薛母一直失魂落魄地站在一边，一见李秋池不告而别，急忙追了上去，可她年老体衰，如何追得上急急离去的李秋池，呼喊了几声，李秋池理也不理，薛母追不上，只得站在路边喃喃自语："李大状也走了，我这案子难道就告不下去了吗？我男人……死得冤哪……"

薛母说着，热泪便扑簌簌地流下来。

杨夫人走到路边，忽见薛母呆呆地站在那儿，不由心中一动。杨夫人是何等精明的一个人，早就看出薛母的神志似乎有些不清楚，她现在最担心的就是万一水舞知道遥遥生父是谁，会把遥遥母亲被害的真相告诉杨应龙。如果能把水舞的母亲控制在手中的话，那水舞岂不投鼠忌器……

想到这里，杨夫人马上走上前去，和颜悦色地道："薛刘氏，跟我走吧！"

薛母喃喃地道："夫人，我男人死得冤哪！"

杨夫人安抚道："我知道。你跟我走，这件事我帮你谋划，一定帮你报仇雪恨。"

薛母的眼神登时亮了起来，激动地道："夫人，您肯帮我？"

刘夫人道："嘘！这里人多眼杂……"

薛母急忙点头，道："是是是，奴婢明白，奴婢跟夫人走，跟夫人走！"

刘夫人微微一笑，向两个家人使了个眼色，马上就有两个家人赶上去搀住薛母，带了她向杨家的车马走去。杨应龙府上早就派了人暗中盯着杨夫人的一举一动，立即不动声色地蹑了上去。

山坡上，叶小天还在愁眉苦脸地向他的准老丈人喋喋不休地做着解释，而夏莹莹已经追到了安府。

薛水舞、展凝儿、夏莹莹，三个女子凑作了一堆……

第九十六章

大骗子

一

有了冬天这层关系，叶小天和夏老爹的关系缓和了许多，叶小天好说歹说，总算哄得夏老爹半信半疑地放手了。其实叶小天看他那意思，肯放手十有八九还是因为不了解女儿此刻的心思，所以不便翻脸。

夏老爹走了，挥一挥衣袖，把冬天也带走了。

叶小天对此自然毫无意见，再者让冬天去跟他喝喝小酒，联络一下感情也不是坏事，万一此事还有后续麻烦，说不定冬天就能起大作用。

夏老爹离开没多一会儿，夏六爷就磨磨蹭蹭地走了过来。

自家乖孙女刚刚才跟人家亲过嘴巴，转眼就跟另一个俊俏后生跑了，这让正义感很强的夏六爷很没面子，可夏老大的话他又不能不听，所以他下了山坡后躲在树丛里琢磨了很久，想着怎么跟叶小天开口。

老夏家的人出门一向是大声说话、大口喘气，什么时候跟人低声下气地说过小话？所以夏六爷琢磨了好半天，这才想好怎么说。

这时夏六爷挺着一张老脸，走到叶小天面前，便把事先想好的话一股脑说了出来："小子，这一次，是我老夏家对不住你了！不过，感情上事嘛，实在强求不得，你也不要觉得委屈了，这样吧，你想要什么，房子？土地？金子？只要你不出去胡说八道败坏我家莹莹的名声，老夫都依你！"

叶小天被夏六爷这番话弄得晕头转向，饶是他一向机灵，可今日这花溪之会实在太混乱了些，叶小天的头已经被转晕了，刚刚才把夏老爹应付走，却又来了一个比夏老爹还要老得多的老家伙，他没头没脑地说出一番话来，这是在说什么呢？老夏家对不起我？总算来了个"明白人"！

叶小天一见夏家那些兄弟辈的人还对自己怒目而视呢，赶紧顺杆爬，对夏六爷道："老人家，有你这句话就够了，我什么都不要，只希望……能跟莹莹见上一面，我还有话要对她说。"

夏六爷感动地道:"哎!你对我们家莹莹倒是一往情深呢!我看你这孩子挺顺眼的。可莹莹那丫头……强扭的瓜不甜,你还是死了这条心吧,老夫另外给你一些补偿就是!"

小路和小薇在一旁听了夏六爷这番乱七八糟的话,不由面面相觑:"老爷子别是老糊涂了吧?这儿正说叶小天脚踏两条……不!三条……错了,是四条船,怎么我家六老爷跑来跟他道起歉来了?"

对于夏六爷的古怪态度,叶小天也糊涂着呢,但是这并不妨碍他抓住这个机会,于是就坡下驴,幽幽地叹了口气道:"晚辈什么都不要,晚辈这就告辞了,只是……你们家这些儿郎……"

叶小天指了指那些还对他怒目而视的夏家兄弟,夏六爷立即瞪起眼睛,骂道:"一群混账东西,你们想干什么?啊!人家老说咱们老夏家不讲理,咱们老夏家真不讲理吗?都给我滚开,谁敢动他一根汗毛,老子打断他的狗腿!"

夏家一个兄弟还没搞清楚状况,急忙解释道:"六爷爷,不是的,这小子……"

夏六爷瞪道:"什么这小子那小子的,你给我闭嘴!都给我滚开!这事就这么算了,去去去,全都散了,让人家瞧咱们老夏家的笑话是不是?全都给我滚!"

夏六爷一转身,又对叶小天笑容可掬地道:"你这孩子,老夫是越看越顺眼了,这么着吧,既然你一时也想不好要什么补偿,那你就先离开,回头你想好了,到红枫湖找我夏老六就成!"

叶小天赶紧道:"多谢老人家,那……晚辈告辞了!"

叶小天转身向华云飞和毛问智使个眼色,几个人就跟后边有狗追着似的,急急忙忙往山下走。夏六爷望着他的背影,长叹道:"多好的孩子啊,对莹莹用情也深,却不知另一个后生怎么样,居然能让莹莹对他一见钟情,老夫岁数真是大了,年轻人的事搞不懂啊!"

小路和小薇面面相觑,小薇悄悄对小路道:"你搞懂了没有?"

小路摇摇头:"我迷糊着呢……"

叶小天一行人急急离开,过了河走出山口,赶到他们拴系马匹的所在,回头一看没人追来,这才松了口气。

毛问智道:"大哥,你这女人缘吧,那是没比得上的,可你这丈人缘吧,是真不咋的,先是水舞姑娘她爹跟你喊打喊杀的,现在莹莹姑娘她爹又跟你喊打喊杀的,你说你这咋整的,赶紧找个庙去拜拜吧!"

华云飞道:"你别胡说!大哥吉星高照,命好着呢。现在只是跟莹莹姑娘产生了一点小小的误会,说开了就好了。别的不说,今天不是把铜仁那桩命案说开了吗?大哥这一下不知少了多少麻烦。"

叶小天拍拍脑门，道："但愿吧！凝儿姑娘喜欢我？我到现在还跟做梦似的，她是什么出身，怎么可能喜欢我呢？就是我肯答应，她家里也不可能答应啊！我的要求其实真的不高，我就是想找个媳妇，咋就这么难呢？"

遥遥一听，立即挺起小胸脯，背起小手，在叶小天面前走来走去，从左走到右，从右走到左，还不时用力咳嗽两声。

福娃跟在她后面，抽冷子就拿头偷袭一下，去拱她的小屁股，很快，遥遥就跟福娃嘻嘻哈哈地玩到了一起，完全忘记了小天哥选妻这码事了……

·※·※·※·

"夜色深沉，关灯关门！"
"天干物燥，防火防盗！"
两个更夫，一个拿锣，一个拿梆，慢悠悠地从长街上走过。
墙内房中，火烛还亮着，对桌三人，一席菜，一坛酒。
夏莹莹捧着酒坛子，咕咚咚地给展凝儿满上，酒才斟了大半，展凝儿就抢过酒碗，一干而尽。

夏莹莹道："二姐，你慢着点喝。"
展凝儿喝得两颊酡红，眼神迷离，仿佛根本没有听到她的话。
桌子另一角坐着水舞，她面前摆的却是一只酒盏，水舞看了看展凝儿，又看了看夏莹莹，几度欲言又止。

展凝儿拿一双醉眼瞥着她，口齿不清地道："担心他，是吧？呵呵，你不用担心，他今天……根本就没去府衙。"

说到这儿，展凝儿眼圈一红，伸手又去拿碗，一见酒碗空着，瞪眼道："还不满上？"

夏莹莹负气地道："喝喝喝，喝不死你！你都喝了一晚上了，你就不能跟我说说，你们两个……究竟是怎么回事？"

展凝儿道："还能怎么回事，是我自作多情了。你别多想，我祝你们两个，祝你们两个……"

说着说着，展凝儿突然眼圈一红，嗓音哽咽起来，眼看着眼泪就要落下，她急忙抢过酒坛子，一仰脖子，对着酒坛子狂饮起来。

"你……"
夏莹莹跺了跺脚，干脆不理她，瞧瞧对面坐着的水舞，道："你跟他……"
水舞凄然一笑，道："莹莹姑娘，你不用多心，我跟他没什么的。"

水舞怔了一会儿，幽幽地道："我只是不想我们薛家恩将仇报，所以才逃出来，我跟他，是不可能了……"

夏莹莹听到这里，顿时松了口气，忽又连忙故作关切地道："你们两个是怎么认识的呢？"

"我们两个……"

水舞听了不觉有些出神，怔忡半晌，才缓缓地道："自从我家小姐过世，我和遥遥相依为命，在杨家过得好苦。忽然有一天，他就来了，他说，他对杨老爷有大恩，杨老爷临终把女儿许配给了他，呵呵……"

想到那段又艰险又温馨的岁月，水舞心里酸酸的，却又甜甜的："于是，我就带着遥遥跟他走了。后来我才知道，其实他只是帮杨老爷送封家书，杨老爷许了他五十两银子的酬劳，等他到了靖州才发现杨夫人嗜财如命，而且当地知县就是杨夫人的亲哥哥，他担心酬劳拿不到，还有性命之危，才改口说……"

说到这里，水舞拿起了酒杯，将那辛辣的酒一饮而尽，她酒量甚浅，一杯酒下肚，两颊顿时浮起了红云，道："才改口说，杨老爷把女儿许给了他，他这么说，其实是因为……他把我当成了遥遥……"

"那个大骗子！"

展凝儿把酒坛子重重一顿，咬牙切齿地道："原来你是……被他骗出来的，他……他到处骗人，我也是被他骗了！我……在晃县吃饭，他故意撞翻我的面，还故意跟我吵架，激我去追他，结果我把追杀他的人当成了他的人，两下里打作一团，他却趁机跑掉了，要不然我怎么会认识他？结果到了葫县，我……又被他骗了……"

展凝儿打个酒嗝，狠狠地捶了一下桌子，好像那张桌子就是叶小天，她醉眼蒙眬地睨着夏莹莹，心酸地道："还是他对你最好啊！我们……都被他骗过，只有你没有，他还肯为你决斗，他对你真好……"

夏莹莹俏脸一红，结结巴巴地道："谁……谁说他对我好啦？我刚认识他时就被他骗了，他装鬼，吓得我发了好几天的高烧……"

夏莹莹把他和叶小天相识的经过说了一遍，三个女人顿时呆在那里，过了半晌，展凝儿突然"扑哧"一声笑了出来，水舞紧紧咬着下唇，忍了半晌，突然也憋不住笑了出来。

夏莹莹看看展凝儿，再看看水舞，也忍不住笑了。三个漂亮女人笑得花枝乱颤，笑了半晌，展凝儿突然用力一拍桌子，大声道："这个大骗子，我再也不相信他了！我不要他了，不会为他伤心了！"

水舞轻轻叹了口气，道："我娘对他成见已深，我和他……本来就绝无希望了。"

夏莹莹瞪起一双漂亮的大眼睛，义愤填膺地道："对！我也不要他了！他有本事，再去骗一个媳妇好啦！"

"夜色深沉，关灯关门！"

"天干物燥，防火防盗！"

两个更夫，一个拿锣，一个拿梆，慢悠悠地又从长街上走回来。

房间里静默了好一阵，凝儿心想："我就是不服气，你可以喜欢莹莹，为什么就不能喜欢我？我究竟比她差在哪儿，现在她不要你了，你还想逃出我的手掌心？美得你！"

夏莹莹嘴里说着漂亮话，心里却想："人家好不容易喜欢了一个男人，哪知二姐居然也喜欢他，幸亏他没喜欢过二姐！真是的，防火防盗不重要，防姐妹才重要啊！"

第九十七章

跃龙门

一

夏莹莹追赶展凝儿一去不复返了,冬天又被老友"葫芦"邀去叙旧了,可自己的日子还得过,叶小天便领着毛问智、华云飞,带着遥遥以及哼哈二将回了自己的居处。

虽然夏莹莹还没有回来,可叶小天并不太担心,他对自己这个秀才身份还是很有自信的,相信这个功名对老夏家是有相当大的诱惑力的,最重要的是:他对莹莹有信心。

只要用他那三寸不烂之舌略施小技,他相信就能哄得莹莹那个丫头欲仙欲死了。当然,叶小天这么想也是因为他真的很冤枉!他并没有脚踏两条船,凝儿喜欢他,他也是才知道。

知道这一消息后,叶小天不免有些受宠若惊,但也仅限于受宠若惊。这个时代,门当户对的观念深入人心,他的家世身份和展家一个天上一个地上,就算他是牛郎,也不可能勾得下这位织女来。

比较起来,还是与莹莹的关系更现实一些,虽然老夏家那些大舅子小舅子们会让人比较头痛,可是与莹莹成亲之后远走高飞回了京城,跟他们也就没多少联系了。

当然,这事眼下还不急,当务之急是解除莹莹的误会。不过这事应该很好解决,小天相信凝儿的人品,凝儿不可能对莹莹胡说八道,莹莹只要从凝儿那里弄清经过,一定不会怪他,倒是刚刚曝光的水舞事件和遥遥事件,他得费一番唇舌才能让莹莹理解了。

因为第二天一大早就要去贡院参试,叶小天赶回贵阳城时已是暮色苍茫,无暇再去安府寻访凝儿并找回莹莹,只能先回家去好好休息,以备明日贡试。

第二日一大早叶小天就奔了考场,经过昨日花溪之会,叶小天实在不想带上全家招摇了,他好说歹说总算把毛问智、遥遥和大个儿、福娃留在了家里,只带了比较靠谱的华云飞陪他赴试。

贡试比起乡试时的规矩又严厉了许多,正所谓"十年寒窗无人问,一举成名天下知",这是读书人鱼跃龙门的关键一步,跃得过去就能改变他和他的家族命运,自然全力以赴。而对朝廷来说,这也是选士的关键一步,毕竟一旦成为举人就有资格做官了,朝廷岂能不予重视。

要进入贡院,第一关就是搜检。有考试必有舞弊,而舞弊手段中,成本最低、风险最小的就是打小抄了。要知道如果贿赂考官,不但要花费大量金钱,许多考生家庭根本无法承受,而且一经发现就是杀头,风险实在太大。而打小抄,一经发现不过是永久取消考试资格,戴枷示众一个月,对自忖正常发挥根本没有录取希望的考生们来说,这个险还是值得冒的,所以贡院门前便跪了一溜"出师未捷身先枷"的考生,而且人数还有不断增加的趋势。

贡院大门左边铐着一溜被搜出小抄的考生,大门右边则摆着一溜桌案,上边陈列着搜出来的那些小抄:烧饼里夹带的字条、蜡烛里卷好的小抄、砚台下微雕的四书五经……

还有一位考生赤膊跪在那里,他的内衣已经被扒下来悬挂在大门另一侧,那内衣上有细密的"花纹",走近了仔细看才知道,那花纹都是细若蚊蝇的小字,胸前抄的是《论语》,背后抄的是《孟子》,衣袖上抄的是《大学》……

叶小天站在考生队伍中,就见前边一个考生看了看那些戴枷的作弊者,从筐子里"嗖"的一下掏出一个窝头,三口两口就塞进嘴里,噎得他直打嗝,叶小天见状,便从自己筐里拿出一罐水来递过去。

贡试只有一场,但要考三天,这三天吃喝拉撒全都在贡院那一间小小的考室之中,所以考生的各种物品都带得十分齐全,还有人居然带了锅碗瓢盆、柴米油盐,不知道的还以为是来考厨子的。

那考生感激地向叶小天一笑,又打了个嗝,赶紧向叶小天摆摆手,自己摸出一只水囊咕咚咚地灌起来,等他顺了气,才向叶小天道:"多谢仁兄!"说完又急急拿出一个窝头,三口两口塞进嘴里,好像饿死鬼投胎似的。

叶小天摇头叹息道:"兄台,你也太刻苦了些,想必早餐都没顾上吃吧?"

那人一边打嗝,一边向他龇牙一笑,道:"是啊!没顾上,没顾上……"

他这一张嘴,叶小天赫然发现他嘴巴里的食物中有一团还没嚼烂的纸,上边写满了蝇头小楷,这一嚼,墨迹都晕染开来,嘴巴里一团漆黑,叶小天不禁愕然。

那人一连吃了五个窝头,灌了一肚子凉水,撑得小肚溜圆,回头看看叶小天安详的神态,艳羡地道:"看仁兄你如此沉稳,定然是满腹经纶,有把握考中啦!佩服、佩服!"

叶小天干笑道："兄台你过奖了，满腹经纶我可不敢当，我只是对贡试看得比较淡，若能考上举人固然好，若是考不上却也不甚在意，所以就无所谓了。"

那人听了，又上下打量叶小天两眼，恍然道："那么兄台定然是有一个好爹，家境十分富裕了，令人羡慕，羡慕呀。"

经过极其复杂的检查，五分之一的考生折戟沉沙，第一道大门还没进去，就戴了大枷跪到一边示众去了，幸存下来的考生们在他们又嫉又羡异常复杂的目光下鱼贯而入，领了号牌，一一进入自己的号房，准备迎接连续三天的"监禁"。

叶小天看了看自己的号房，小小一间屋子，前门是完全敞开的，一览无余，号房里只有一张蜷缩着才能睡下的床，隔着一尺远就是挡在门口的一张书桌，中间只有一尺宽。右手边墙角处有只马桶，除此之外，一无所有。

叶小天把他被衙役检查得七零八落的大包小裹扔在榻上，在床沿上顺势坐下，心道："三天啊，这么长的时间，真是难熬！"

这时候，贡院内巡弋的兵丁络绎不绝，院落四周又建有竹楼，有兵丁站在高处监视内外，还有巡视的吏员一步三摇，像看贼似的盯着每个考生打量，如此氛围，许多人都紧张起来，有些心理素质不过关、一考试就怯场的考生刚坐下没一会儿，就脸色苍白头冒虚汗，被巡视的吏员发现，招呼衙役过来两个人搀一个，就送去求医问药了。

可另有一些学霸型人物，却是越逢考试越兴奋，坐在那儿热血沸腾，满面红光，仿佛即将冲上战场建功立业的大将军，比如徐伯夷……

又过了一阵，远处响起一通鼓声，试题开始发到一个个号舍，贡院里顿时肃静下来。叶小天拿起试题展开一看，却是十道墨义，五道疏，五道注。虽然他学的东西杂乱无章，但要他答却也答得出来，只是要说精彩那就未必了。

可是既然已经到了这里，不管能否考上，总要全力以赴才是，是以叶小天十分用心。三天时间十道经义，时间其实是很充分的，所以叶小天也不着急动笔，他一边研墨，一边认真地思索起考题来……

· ※ · ※ · ※ ·

烛花"啪"的一声，熄灭了。

水舞迷迷糊糊地睁开眼睛，发现她和夏莹莹、展凝儿胡乱倒在大床上，展凝儿犹自呼呼大睡，莹莹姑娘像条八爪鱼似的，双腿绞着展凝儿的身子，脑袋拱在水舞怀里，双手却伸在床栏缝隙里，真不知道她是怎么摆出如此古怪的造型来的。

水舞被夏莹莹压得身子有点发麻，便抽了抽身子，夏莹莹被她弄醒了，揉揉眼睛，迷迷糊糊地坐起来睁眼一看，顿时惊呼起来："啊！天都大亮了！小路、小薇，你们两个死丫头怎么不叫我……"

她这么大声一吵，把展凝儿也吵醒了，展凝儿坐起来，两人互相看看，夏莹莹一脸惊讶地道："啊！二姐，你什么时候睡到我家来了……"

展凝儿只觉头痛欲裂，她抚着额头无力地呻吟一声又倒了下去，遮着眼睛挡着明亮的阳光，说道："傻丫头，这是我家好不好……"

"你家？啊！我什么时候到你家来了？"

夏莹莹四下看了看，一扭头又看到了睡在床里的水舞，她呆了一呆，突然傻笑起来："哈！我想起来了，对对对，这是你家……"

水舞愕然看着夏莹莹，心道："这位姑娘的脑袋究竟是怎么长的？"

展凝儿稍稍移开挡住双眼的手，正看到水舞古怪的眼神，便敲了敲自己的额头，无奈地道："你不用奇怪，莹莹一向如此。她这里头……缺根弦。"

三个女人匆匆起来梳洗打扮，早就侍候在外头的安府丫鬟闻声入内帮着三位姑娘好一通忙碌，总算是摆脱了她们女酒鬼的颓废形象。

这时，又有下人来报，说是夏家有几位兄弟一大早就来了安府，要接莹莹姑娘回去，夏莹莹一听马上对展凝儿道："二姐，那我走了。"

展凝儿道："你不用过早餐再走吗？"

夏莹莹道："不了，昨晚酒喝多了，现在我的头还昏昏沉沉的，根本没胃口。"

展凝儿道："哦！那……你……你打算去哪儿？"

夏莹莹毫不犹豫地道："当然是回家！我回红枫湖去，不想在这儿待着了。"

说完，她偷偷瞟了一眼展凝儿，问道："二姐你呢？"

展凝儿马上答道："我去打猎。早就约了人的，谁知……呵呵，算了！我去山里打猎，散散心。"

夏莹莹点头道："嗯，二姐去散心也好。不过我可不喜欢钻林子，再说我也没有二姐你那一身功夫。我回红枫湖，等二姐你狩猎回来，可以到红枫湖来找我玩。"

"好！"

两姐妹依依道别，展凝儿和水舞一直把夏莹莹送出大门，夏家今早足足来了十个兄弟，一见夏莹莹好端端地走出来，顿时松了口气，有位堂兄便道："莹莹，你一声不响就走了，几位爷爷都好担心你，快跟我们回去吧。"

夏莹莹不耐烦地道："知道啦，成天拿人家当犯人看着！"

她回身对展凝儿和薛水舞道："二姐，水舞姑娘，我走了，你们请留步。"

与展凝儿和水舞再度道别后，夏莹莹转身步下台阶，身子刚一转过来，她便偷偷吐了吐舌尖："小天哥今天考举人去了呢，二姐要去山里打猎，这下没人跟我争了！"

展凝儿目送夏莹莹在十个兄弟的伴随下远去，刚要转身回府，她的贴身保镖九当和九高便走过来，把她昨日走后花溪发生的事情悄声告诉了她，展凝儿听了双眼顿时一亮，马上唤过水舞，把薛母昨日出现在花溪、杨夫人为叶小天做证的事对她说了一遍。

水舞听说叶小天已经摆脱杀人罪名，顿时欢喜不已，可是想到杨夫人替叶小天出面做证，又不禁有些纳闷："奇怪！杨夫人为何要帮他？我娘一向畏惧杨夫人，又为何跟她走了？"

展凝儿摇头道："这个就不是我所能知道的了。总之，你的大恩人现在已经安然无恙，你有什么打算？"

水舞忧心忡忡地道："杨夫人一定没安好心，我得马上去找我娘。"

展凝儿道："好！那我派人送你过去吧。九当，备车，送水舞姑娘去杨府。"

水舞向展凝儿福了一礼，感激地道："这些日子多蒙姑娘照料，大恩无以言谢，请受水舞一拜。"

展凝儿连忙将她扶起，二人又言语一番，便有安府家人赶来了一辆轻车，展凝儿请水舞登车，让九当护着她往杨应龙府上去了。

目送水舞的车子远去，展凝儿欣然便想："三丫头回红枫湖了，水舞又去了杨府，叶小天你个臭家伙，等着本姑娘向你兴师问罪吧！"

此时，无辜的叶小天正咬着笔杆，一字一句地琢磨考题呢。

第九十八章

养女不教

一

夏家在贵阳也有一处宅子，比起其他豪门来说并不算大，占地只有不到一百亩。平时也没什么人来住，常到贵阳来的只有莹莹，可莹莹到了贵阳大多是住在安府或田府，同她的好姐妹在一起。

如今夏家一下子来了这么多人，原本空荡荡的夏府才算有了人气，此刻，夏府大厅里人气正旺，夏老爷子冲着他儿子夏老六吹胡子瞪眼："你看看，你看看，一个姑娘家，这都夜不归宿了！昨儿晚上还把我派去接她回来的人都赶回来，你平时太惯着她了！"

夏老六梗着脖子，不服气地道："爹，是我惯着她还是你宠着她呀？你说我有机会管教她吗？打她小，我一说句重话，她扁着嘴往你跟前一站，你就领着她来揍我，非得等她破涕为笑才罢休……"

夏老爷子大怒："混账！还敢顶嘴！"

夏老六脖子又是一梗："不顶嘴你也得让我说话啊！"

"哟！臭小子，还越说越来劲了，你以为你现在有儿有女年过半百了，老子就不能揍你了？你别跑，你给老子滚回来……"

"老太爷、老爷子，莹莹回来了！"

一个夏府家丁兴冲冲地跑进来，父子二人立即停止了争执，喜出望外地迎出去。夏莹莹噘着小嘴走进来，道："人家就是在二姐那儿住了一晚上嘛，你们急匆匆地干什么，还能有人把我卖了不成？"

夏老爷子赔笑道："乖孙女，爷爷还真就怕有人把你卖了，你这丫头太善良、太天真，太不经世故了。对了，凝儿姑娘究竟是怎么回事，那个姓叶的小子是不是欺骗她了？"

夏莹莹瞪了他一眼，道："什么姓叶的小子，人家有名字的，叫叶小天！"

夏老爹忙接口道："是是是，叶小天，这个叶小天是不是欺骗凝儿姑娘了？昨日他跟我解释了半天，我自然是不大信的，不过没弄明白真相之前，却也不好教训他替你出气，你快说，如果他脚踏两条船，爹马上替你去宰了他！"

夏莹莹道："哪有！是我小天哥太优秀了，凝儿姐姐暗恋他！"

夏莹莹得意扬扬地翘起下巴，夏老爷子和夏老爹互相看看，夏老爹茫然道："他哪儿优秀了，我怎么看不出来？"

夏莹莹道："你又不是女人，你怎么看得出来？反正我就觉得好！好得不得了！好啦，我现在回来啦，你们放心了吧？你们赶紧回红枫湖吧，一大家子都跑到贵阳来，像什么话。我走啦！"

夏莹莹拍拍屁股就走，夏老爷子和夏老爹紧张起来，赶紧拦住她，夏老爷子道："乖孙女，你才刚回来，又要去哪儿啊？"

夏莹莹道："小天哥考举人去了呀，这个时候我怎么可以不在身边关心他、鼓励他呢？"

夏老爷子茫然道："不会吧？我听说考试的时候是要封贡院的，就算是王公大臣擅入也是格杀勿论！你去他身边关心鼓励？"

夏莹莹顿足道："爷爷，你怎么这么笨呢，我在外边等啊！"

夏莹莹歪着头，脸上露出甜甜的笑意，遐想地道："我要等小天哥出来，让他第一眼就看到我！"

夏老爷子道："这个……好像要考三天的，你现在就不要去了吧。要不，让你堂兄弟陪你去。"

夏莹莹道："爷爷，你又来了，人家都长大了，真的不喜欢走到哪儿都有他们跟着，很烦的。"

夏老爹紧张地道："乖女儿，外边好乱的，你这么天真善良……"

夏莹莹负气地道："爹！天真善良就活该被骗啊，我知道，你就是说我傻！"

"会不会说话你！"夏老爷子在儿子头上拍了一巴掌，对夏莹莹谄笑道："乖孙女，你聪明伶俐，美丽大方，人见人爱……"

夏莹莹一双大眼睛顿时变成了弯弯的月牙，笑眯眯地道："还是爷爷会说话。"

夏老爷子得意地道："那当然，爷爷吃的盐比你爹吃的饭都多。哈哈哈……你这么可爱的女孩子，你说谁见了不喜欢哪，对不对？"

夏莹莹点点头，道："那倒是！"

夏老爷子赶紧道："所以，得让你哥哥们跟着，有坏人打你主意，立即打死！"

夏莹莹瞪了他一眼道："对！坏人是打死了，好人也吓跑了！有他们跟着，小天哥还怎么跟我说话呀？我才不上当呢，我走了。"

夏老爹赶紧道:"别走别走,你娘来了,你不去看看她?"

夏莹莹雀跃道:"我娘来了?你可不要骗我,我娘来干什么?"

夏老爹道:"我怎么会骗你,你娘还不是听说你有了心上人,所以赶来看看。喏,她现在就住在兰芝园。"

夏莹莹兴冲冲地道:"我去看看娘!"

夏莹莹蹦蹦跳跳地走了,夏老爷子立即对儿子怒目而视:"你看看你把她惯的,太不像话了,小时候这丫头多乖啊,你看看现在……"

夏老爹的脖子又梗了起来:"爹!明明是你宠她好吧?你看看你刚才那副样子,朝廷加封你为骠骑将军、赐斗牛服的时候,你都没笑成这副模样,刚刚眼睛都看不见缝了。"

夏老爷子恼羞成怒:"你这个忤逆不孝的混账,你别走,你给我站住!"

夏老爹绕柱而走:"爹,你就跟我本事,你就别忙着教训我啦,你没听你那宝贝孙女一口一个小天哥的?就算凝儿姑娘那事是个误会,可是那位遥遥姑娘呢?她占了大妇名分,难道咱们夏家的姑娘还能给人做小?"

夏老爷子惊道:"对啊!我怎么把这碴儿给忘了?"

夏老爹道:"你一见莹莹回来就欢喜得找不着北了,能不忘吗?"

夏老爷子又是一瞪眼:"你这臭小子!算了算了,咱们赶紧去兰芝园看看,我那宝贝孙女最听她娘的话,但愿我那儿媳妇能说服她。走,快走!"

父子俩急匆匆直奔兰芝园,兰芝园里,夏莹莹坐在一架秋千上,有一下没一下地悠荡着,正跟一旁侍弄花草的母亲说着话。

夏莹莹的娘已年过四旬,看起来却还是个刚刚年过三旬的美妇,不只是她保养得好,也是因为天生丽质,能生得出胭脂虎这样的绝代娇娃,那模样又怎么差得了?

莹莹娘慢悠悠地剪着花枝,对夏莹莹道:"你都听明白了?凝儿姑娘那事或者是个误会。水舞姑娘那事或者是过去,可是遥遥姑娘呢?她虽然年纪还小,可毕竟名分已定,这件事现在整个贵阳府已是无人不知,你怎么能嫁他,咱们夏家的大小姐还能给人做小不成?"

"娘,你说遥遥啊?"

夏莹莹咯咯笑起来:"怎么可能呀!遥遥还是个黄毛丫头呢,虽然她一口一个小天哥哥地叫着,可我看小天哥简直是把她当女儿养的。"

莹莹娘直起腰来,看了看自己这个没心没肺的女儿,摇摇头道:"她现在小,可用不了几年就长大了啊,到时候你怎么办?给人做小?"

夏莹莹依旧不相信母亲说的话,便顺口道:"做小就做小呗,爹还刚娶了十三姨娘呢,咱们家放火,还不兴人家点灯啊?"

"那不一样！"

刚刚赶来的夏氏父子恰好听见这句话，夏老爹马上接口道："爹纳多少个妾，当家主事的也是你娘一个人。爹最宠的依旧是你娘，那些妾能比得了吗？"

莹莹娘一见老公公也来了，忙见礼道："爹！"

夏莹莹一见爷爷来了，忙从秋千上跳下来，跑到他身边，攀着他的胳膊，撒娇道："爷爷，你说，就凭你孙女这么可爱，会有男人不喜欢宠她吗？"

夏老爷子瞪起眼道："当然不会，谁敢？"

夏莹莹道："那就行喽。爹，你听见爷爷说的话了？你还有什么好担心的。"

夏老爹道："这……你……"

夏老爷子被儿子瞪了一眼，自觉理亏，赶紧帮腔道："乖孙女，你可别把爷爷绕进去，叶小天这人到底人品如何，本领怎样，咱们现在还不清楚。家境如何，与那位遥遥姑娘究竟有没有婚约，咱们还不知道，婚姻大事可草率不得，爷爷虽然疼你，可这事不能依着你！"

夏莹莹道："爷爷，你啰里啰唆地说了一大堆，和我爱他有什么关系？"

夏老爹抢白道："怎么能没关系呢？这些事都没弄明白，你就喜欢他，要跟他共度一生了？你这丫头啊，怎么就这么愚蠢！简直愚不可及！气死我了！"

"哈！你说的！这可是你说的！"夏莹莹指着她爹向她爷爷告状："爷爷，你听见了啊。你儿子说你娘愚蠢、蠢得愚不可及，你要是不揍他，我就向老祖宗告状说你不孝。"

夏老爷子听了哭笑不得，他母亲达娃和他父亲那段浪漫的爱情故事，夏家上下自然都知道，没想到孙女竟然挖了个坑把他爹给埋了："我这孙女真是聪明啊！咦？我这想什么呢。"

夏老爷子赶紧把脸一板，道："你拿老祖宗压我也不行！"

父子俩总算是在同一阵线了，夏老爹赶紧站脚助威："对！你敢去找他，我就打断你的腿！"

夏莹莹瞪圆了眼睛，不敢置信地道："真的？"

夏老爹绷着脸道："对！真的！"

"太好了！"

夏莹莹双手捧在胸前，一脸陶醉："那他一定会对我更好的，爹，你动手吧！"

夏老爹气得两眼发直："这真是我女儿吗？啊？你们说，这真是我的亲生女儿吗？"

莹莹娘不乐意了："夏老六，你这是什么话，你给我说个清楚！"

第九十九章

七十二变

一

　　三天的考试即便是对心理负担没有那么重的叶小天来说都是无尽的煎熬。当他向主考官递上试卷的时候，不由自主地松了口气，颇有一种再世为人的感觉。

　　三天三夜，一直困在那斗室之中，吃喝拉撒都不能离开半步，像犯人一般被人不断巡弋监视着，那种滋味真是不好受。

　　"张知府对我有知遇之恩，受这三天活罪，权当是我报答他的好了。这辈子，我可再也不考试了！"自认不可能中举的叶小天暗暗想着，毫不留恋地向外走去。

　　走到大门口时，叶小天和徐伯夷不期而遇。徐伯夷先看到了叶小天，他负手而立，冷笑地等在那里，一脸鄙夷地对叶小天道："想不到居然有人能跟我一起交卷，卷子交得这么快，别是交了白卷吧？"

　　叶小天看到徐伯夷也是一怔，随即便一脸惊讶地迎上去，笑道："哎呀！原来是徐秀才啊，好久不见了！"

　　徐伯夷哂然道："徐秀才？徐某今天还是徐秀才，十日之后就是徐举人了！"

　　"真的？"

　　叶小天急忙拱起手道："佩服！徐秀才的学识，我一向是很佩服的。徐秀才，自从你灰头土脸地离开葫县，我一直很想你，我是一到清明就想你，我就想啊，那么多人都死了，你怎么就不死呢？"

　　"你……"

　　徐伯夷气得脸皮子发青，贡院门口两排衙役听见这两个秀才斗嘴，忍不住窃笑起来。徐伯夷忍了忍气，拂袖道："似你这等不学无术之辈，徐某懒得理论。"

　　叶小天笑道："那是，那是！所谓秀才者，才能秀异之士也，而举人自然更高一筹。徐秀才你阿附权贵、抛弃发妻，为县中士绅所鄙弃，却能不屈不挠，跑到水西来依旧能兴风作浪，这么有才，你不中举谁中举？比起你来，我真的是不学无术了。"

叶小天乜了徐伯夷一眼，又道："现在你已没有贤良发妻可以抛弃了，正好方便你抱豪门大姑娘的大腿，却不知如今又攀附了谁家，又抱上了谁家大小姐的大腿啊？"

叶小天本是随口取笑的一句话，却不幸而言中，徐伯夷如今果然又抱上了一条大腿——安宋田杨四大家中田家大小姐怜邪姬田妙雯的修长玉腿。言者无心，听者有意，徐伯夷被他一说，脸皮子有些发紫，恼羞成怒道："你敢骂我无耻？"

叶小天连忙摆手道："不不不，我可没说你无耻，我是说，无耻的都是你这样的！"

徐伯夷大怒，拔腿就向叶小天冲去，叶小天马上把装有文房四宝等物的筐子往地上一放，拉开架势道："徐秀才是打算文斗还是武斗？"

眼见双方要动手，守在大门口的衙役才咳嗽一声，厉声喝道："两位秀才，打算在贡院里动手吗，就不怕大宗师取消你们的成绩？"

徐伯夷登时警醒过来，心道："这不学无术的小子根本没有中举的希望，自然破罐子破摔，我有大好前程，岂可受他所激，自误前程。"

徐伯夷立即止步，冷冷地看了叶小天一眼，阴沉沉地道："你最好求神拜佛，祈祷自己不要犯在我的手上，否则，到时候我让你求生不得、求死不能！"

徐伯夷撂下这句狠话便向贡院门口大步走去，叶小天望着他的背影，轻轻蹙起眉来："这厮见了我全无惊讶之色，毫不奇怪我为何来此考试，对葫县之事也只字不提，看来对我冒充艾典史一事清清楚楚，这世上果然没有不透风的墙。只是……我坏了他追求凝儿的大计，他已恨我入骨，为何不用我冒官之罪整治我呢？"

转念一想，叶小天便明白了其中缘由，心情顿时放松下来，对徐伯夷的威胁也就不屑一顾了。

· ※ · ※ · ※ ·

封闭了三天的贡院大门撕去封条，轰然一声打开了，等在门外迎候自家亲人的百姓立即骚动起来："来了来了，有考生出来了！"

徐伯夷从贡院大门里走出来，就见贡院外人山人海，各位考生的家人都是倾巢出动，前来迎接，而他是第一个走出贡院的人，所有人都在注视着他，徐伯夷的虚荣心登时得到了极大满足，淡淡一笑，从容自若地向前走去。

"老爷，老爷，您出来了啊，考得可还顺利吗？"徐伯夷的小厮一溜小跑地迎上去，徐伯夷淡淡地道："不过是考个举人而已，大呼小叫做什么，举人功名，于我而言，如探囊取物！"

那小厮乖巧,立即高声道喜:"恭喜老爷、贺喜老爷!"

这时李秋池缓缓走过来,朗声笑道:"以徐兄之才,自无不中之理。李某这里先恭喜了,三日大试之后,徐兄已然是脱胎换骨,来来来,我已备下薄酒,为徐兄你接风洗尘,请!"

李秋池当初结交徐伯夷,就是看好他的前程,而徐伯夷也自负得很,试卷一交,他就笃定自己必能高中。往常他一个秀才,在同样是秀才出身、而且是贵州第一大状的李秋池面前,总觉得自己低了三分,可现在心态自然不同。

徐伯夷矜持地向李秋池拱了拱手,淡然笑道:"有劳李兄了,请!"李秋池好像根本没有察觉他态度上的微妙变化,笑吟吟地走过来,挽住他的手,一起向自己的马车走去。

人群中,夏莹莹一身青衣、布帕包头,做普通小彝女打扮,可是丽质天生,如此不饰珠玉、不敷脂粉,却别有一种天然的俏美,人群中不少等着迎候亲人的男子,不管是青年还是中年甚至有些老翁,都在偷偷打量她。甚至有个三四岁的娃娃,趴在他娘怀里,噙着手指吮了一会儿,都指着夏莹莹奶声奶气地宣布:"这个姨姨好看!"

他娘立即横眉立目地问道:"有多好看?"

小家伙人不大,却机灵得很,马上答道:"跟娘一样好看!"逗得四下一片大笑。

夏莹莹对这些自然是不关心的,对于她不在意的事,她一向是视而不见、充耳不闻的。这时一见已经有考生从贡院里出来,性急的夏莹莹忍不住了,马上挤向前去。

小路和小薇稍稍用了点力道,为她分开一条道路,夏莹莹站到最前面去,先紧了紧小腰肢,看看荷包挂的位置,琢磨了一下,又从左边挪到了右边,再想一想,举手把青布帕调得更齐整些。

小路和小薇看到她的举动,脸上都露出古怪的笑意,一向只有别人想方设法取悦她,这还是头一回看见她为心上人这么在意自己的打扮,两人都有点想取笑她,不过她们看了看自己明显也是精心打扮过的穿戴,便很有自知之明地打消了这个想法。

展凝儿一身男装,唇上贴了两撇小胡子,本来一直盯着贡院大门,无意中一回头,恰好看到挤上前来的夏莹莹,展凝儿吃了一惊,赶紧往人堆后面一躲,心道:"这丫头不是回红枫湖了吗?她怎么来了?"

看到夏莹莹眉梢眼角的期待与喜气,展凝儿突然明白过来:"啊!这个一向没心没肺的臭丫头,居然骗我!"殊不知,再天真的女子,一旦踏入情场,都懂得用心机的。

展凝儿又是好气又是好笑,对夏莹莹偏偏生不起一丝反感,只是……人家夏莹莹出现在这儿,起码比她理由充分,夏莹莹既然在,她又怎么好意思出现?

看到夏莹莹明显是精心修饰过却异常朴素平凡的装束,再想到莹莹讲过的和叶小天相识的经过，展凝儿恍然大悟，终于明白叶小天为何"骑驴找驴"，对自己视而不见了：他觉得自己配不上展家？他以为莹莹是个普通的小彝女？

想通了这一关键，展凝儿心中突然浮现出一个大胆的想法："如果我把莹莹的真实身份告诉那个睁眼瞎……不好不好，这样做太卑鄙了。不如我把叶小天是蛊神侍者，只能有二十年尘缘的事告诉莹莹？莹莹一定会知难而退的！"

展凝儿躲在人群背后，眼珠子咕噜地转悠起来。

夏莹莹本就是绝色小尤物，虽然布衣衩裙，却也丝毫不掩她的美丽，反而别有一种诱人的韵味，如今她精心打扮过，更是美得不可方物，似乎连一片衣角、一根发丝都透着扣人心弦的俏。

但她犹不放心，又对自己好好打扮一番，这才回头恐吓小路和小薇道："我告诉你们，在小天哥面前可千万别说漏了嘴，你们谁要是泄露了我的身份，把他给吓跑了，我就把谁嫁给大猩猩！"

小路忍笑道："你说的是哪一头大猩猩呀？"

夏莹莹坏笑起来："咱们是好姐妹，我当然也要尊重一下你们的意见，你们要是喜欢格龙那头大猩猩呢，我就把你们嫁去凉月谷，你们要是喜欢小天哥家里的那头大猩猩呢，我也会玉成其事的。"

小薇啐道："你才嫁大猩猩呢！"

夏莹莹哼了一声，仰起下巴道："小天哥哪里像猩猩了？和大猩猩比，他那身材顶多算是一只猴子。"

小路掩口笑道："我怎么觉得和猴子比起来，还是猩猩更耐看些呢？"

夏莹莹得意扬扬地道："小天哥可不是一般的猴子，做猴子，他也是齐天大圣！"

夏莹莹忽然想到叶小天在水舞面前冒充女婿，在展凝儿面前先是冒充地痞、复又冒充"兔相公"，在自己面前干脆扮起了鬼，每次都能成功地把她们骗得团团乱转的辉煌经历，肯定地点了点头道："对！就是七十二变的孙大圣！"

这时，小薇突的一声轻呼："啊！出来了！"

夏莹莹茫然道："谁？"

小薇顿足道："你的孙大圣啊！"

第一○○章

意外之喜

一

叶小天是第二个走出来的,和徐伯夷出来的时间相差不多,但是守候在贡院外的人已经没有方才骚动了,只是期待自己亲人出现的心情更显迫切了一些。

华云飞、毛问智、冬天他们今天当然要来迎接叶小天,但是夏莹莹想让叶小天出来后第一个就看到她,华云飞和毛问智他们又怎能忍心拒绝一位如此可爱的姑娘提出的要求?是以他们就站到了路口。

一见叶小天出来,夏莹莹马上欢喜忘形地迎上去,可是走出几步,她又想起自己当日是负气离去追赶展凝儿,两人直到此刻才再度相遇,莹莹马上又站住脚步,板起面孔,鼓起腮帮子,做出一副气鼓鼓的模样。

"莹莹!"

叶小天一见夏莹莹,不禁又惊又喜,他当日回家后,也曾抱着万一的希望去过莹莹的住处,不料人影全无,这才料定莹莹追赶凝儿还没回来,因为他次日就要赴试,也没有时间再去寻找,不想今日刚出考场就看到了她,倒真是一个意外之喜。

对于莹莹气鼓鼓的样子,叶小天完全没往心里去,因为莹莹姑娘是个喜怒哀乐根本无法掩饰的人,装相都不会装的,明明她的眼睛眉毛都在笑,那副佯装生气的模样除了可爱,还能有什么效果?

"莹莹,没想到是你来接我!"叶小天把筐子递给伸出手来的小路姑娘,向她含笑道了声谢,便对莹莹笑道。

莹莹虎着脸道:"人家才没等你,人家只是恰巧路过这里。"

叶小天心中好笑,却也并不好戳穿,只是说道:"那倒巧得很了,既然遇到了,那咱们就一块儿走吧。"

"好吧……"夏莹莹嘴里说着很勉强的话,脚下已经乖乖跟着叶小天往前走了。

叶小天道:"莹莹,你那天追赶凝儿,我因次日就要应试,实在无法分身,就没去寻你，如今你回来了就好。怎么样，你向凝儿问清楚了吧，我可没做对不起你的事。"

夏莹莹走在他身边，已经快把装生气的事给忘记了，脸上刚刚露出甜美的笑容，听他这一说，不禁有些吃醋地道："凝儿，凝儿，一口一个凝儿，叫得这么亲热，你还想让我相信你跟我二姐没什么？"

叶小天笑道："难道你还希望我和她之间有点什么？莹莹，让我叶小天动心去追的可只有你啊。"

夏莹莹似笑非笑地揶揄道："是吗，那么水舞姑娘怎么算？"

叶小天一呆，略显尴尬地道："你怎么哪壶不开提哪壶呢？水舞姑娘啊，有她亲娘不断地往壶里加凉水，她又那么听她娘的话，我们两个是根本不可能了。"

夏莹莹道："哈！说得这么无奈的样子！因为人家水舞不要你了，你才来追我啊，你当我是捡破烂的不成？"

哄这种天真姑娘叶小天可最拿手了，他嬉皮笑脸地道："哪儿能呢，我这是运气好，老天爷开恩，给我送来一个比水舞姑娘更可爱、更漂亮的姑娘，自从在小桥边吃了你的香水梨子，突然发现你比香水梨子更甜美更可人……我就下定决心要追你了！"

夏莹莹听得心花怒放，却娇嗔地捶了他一拳，啐道："是啊是啊，是你追我，结果追得我跑在你后边，你还装神弄鬼吓我，油嘴滑舌，真不是东西！"

叶小天笑道："谁追谁不是追啊，反正，我能让你开心、让你幸福，让你每天都快快乐乐不就好了？像我这么好的男人，你可打着灯笼都难找哦！"

走在后边的小薇薇带酸味地对小路道："哎，你听听，咱们贵州的牛都被他吹上天了。"

小路忍着笑道："你小心点，别一会儿牛从天上掉下来，再砸你身上。"

两位姑娘咯咯笑起来，叶小天不知道她们在嘀咕什么，听到笑声，好奇地回头看了她们一眼。莹莹被叶小天哄得很开心，简简单单一句情话，就把欢喜填满了她的芳心。

夏莹莹意犹未尽地道："就只是哄我开心？还有吗？"

叶小天道："还有……还有……咱们两个永不分离，就像眼睛和睫毛一样。"

莹莹喜笑颜开："还有吗？"

叶小天道："还有……咱们两个要夜以继日，生上一大堆孩子。"

莹莹道："还有吗？"

叶小天道："莹莹啊，生孩子这件事要做很长时间的。"

莹莹点了点头，似懂非懂，心中直纳闷："生孩子要很久很久吗？难道我娘跟我爹生我也这么吃力？可我家怎么就从没断过生孩子？"

她怕叶小天觉得她不懂，所以明明不懂，还要装出很懂的样子点了点头。

小路听见这句话，不由嫩脸一红，小薇悄声对她道："嘿！跟莹莹开黄腔呢，这要让老爷子听见，不打折他的腿才怪。"

叶小天见莹莹眉开眼笑，便道："不生气了吧？来，给爷笑一个。"

夏莹莹露出一口小白牙，但马上发现自己投降得太快，又把俏脸一板，娇嗔道："凭啥你让我笑我就得笑呀？不笑！"

叶小天道："得了，那爷给你笑一个，嘿嘿！"

夏莹莹轻轻打了他一下，娇嗔道："傻样！"

展凝儿悄悄在人群中跟行着，眼见二人耳鬓厮磨，谈笑风生，眼看着叶小天和夏莹莹越走越远，眼看着华云飞、毛问智向叶小天迎去，眼看着夏莹莹跑上去摸摸福娃脑袋，怂恿它去拱遥遥的屁股，一大一小两个女娃笑闹成一团，其乐融融，忽然心中一酸，再也没了跟下去的勇气，只是黯然伤神地看着他们远去……

· ※ · ※ · ※ ·

"大叔，麻烦你快些，再快一点。"

水舞坐在骡车上，举起袖子，焦急地拭了拭额头的汗，道："快追上了，你看，你看，那辆打着杨家旗帜的车子就是，大叔，你车赶快些，我把所有的钱都给你。"

此时，水舞乘坐着骡车，刚刚驶出一道狭窄的山谷，说是山谷其实并不准确，两道悬崖峭壁仿佛被神斧劈开了似的，中间只有一道缝隙，虽然并不算窄，能容一车通过，两侧还稍有富余，但是往前看、往上看，都只有一线天，行于其间，那种大山将倾的压迫感让人透不过气来。再加上她心中焦急，已是出了一身透汗，一出山谷凉风袭来，倒是颇觉清爽。

恰在此时，水舞发现了母亲的踪迹，前方盘山道上赫然有一辆轻车，在十几个仆人的护卫下正缓缓而行，车前辕上插着一杆旗，上书一个"杨"字，水舞不由大喜，急忙催促起来。

水舞那日由九当陪着到了杨府，九当便告辞回去了，水舞向杨府的人一问，却意外得知母亲已经陪着杨夫人离开杨府，回靖州去了。水舞对杨夫人知之甚深，明知她对母亲不怀好意，岂能不担心焦急。

其实水舞并不清楚遥遥的亲生父亲是谁。身为杨霖的妾，虽然是为了卖身葬母，对这个糟老头子并无感情，可是以她的出身，再加上她自幼所受的教育，廉耻心还是很重的。虽然她痴迷于杨应龙并委身于他，但是即便是对自己最好的姐妹也羞于启齿，所以这件事她是连水舞都瞒着的。可是水舞是她的贴身侍婢，两个人住在一个院子，哪能不见一点蛛丝马迹，水舞后来还是有所察觉。

但水舞也仅仅是有所疑心，而且是在杨应龙已经离去一段时间之后，伴同遥遥母亲同寝时听她说梦话才起了疑心。这时遥遥的母亲才对她多少透露了一点情况，说她有了一个真正喜欢的男人，还把杨应龙送她的那块木牌给水舞看，说那是情郎赠给她的信物，可是杨应龙的身份她还是没讲。

她知道杨应龙是贵州赫赫有名的大人物，更清楚靖州杨家和播州杨家的关系，这件事一旦暴露，于杨应龙的名声会有很大影响，出于爱护情郎的心理，她对那个男人的身份始终守口如瓶，却不想竟把这个秘密带进了黄泉。要不然水舞也不会一门心思想回铜仁，而是先把遥遥送往播州了。

因为这个缘故，水舞并不明了杨夫人带走母亲的真正用意，恰也因为如此她反而更加担心，生恐杨夫人带走母亲是有意加害，以图泄愤。好在她逃离谢传风住处时顺手摸走了几吊钱，于是她马上花钱雇了辆车，追赶母亲去了。

那车把式是个五十多岁的老汉，听了水舞的话，慢吞吞地摇摇头道："姑娘，你急也没用，这盘山道你看着虽近，要追上却不知要多久，如果走得太急了，这骡子一会儿便没了力气，咱们反而更追不上了。

"你看这山路陡峭，怎么追啊？还是等咱们上了山再说吧，下坡的时候我加快些速度，薛姑娘，这可不是我吹，这种盘山路，也就是我蜗牛叔在下坡的时候才敢加速。"

水舞无奈地道："是，那就麻烦大叔了，一会儿下坡的时候请你千万加快一些，我有急事，我一定得追上那辆车才行！"

"好嘞，姑娘你就瞧好吧，驾！"

蜗牛叔耍了一个很漂亮的鞭花，赶着骡车，蜗牛似的往前蹭去。

这位车把式可不是有意拖延，实在是这山路确实难走，弯曲折返的盘山道仿佛一条缠绕山间的大蛇，从山脚到山顶一共十六七个弯，每个弯一往一返差不多都有十多里地，即便如此还是十分陡峭。

就在这时，车把式突然一拉缰绳，惊叫道："坏了！"

水舞霍然抬头向山坡上望去，只一眼，便骇得手脚冰凉。

第一〇一章

不速之客

一

　　水舞抬头一看，不由骇然变色。山坡上杨夫人车队一行人的惊呼声此时顺着山风刚刚飘进他们的耳朵。

　　杨夫人的车队刚刚走到之字形盘山道的一个拐角处，此处的道路更加狭窄陡峭，整个车队的速度都慢了下来，骑在马上的侍卫跳下马来牵马而行，还有两个人上前帮着推那辆车。

　　这时候山坡上突然滚下几块巨石，巨石轰隆隆砸着地面，裹挟着大量碎石泥沙呼啸而下，水舞所乘坐的这辆车的车把式发出惊呼的时候，第一块巨石刚刚落到那处折角的道路上。

　　巨石"轰"的一声，把道路砸塌了，大量泥土翻滚而下，原地腾起一股尘烟。巨石跳跃而下，从拉车的那四匹马前面不足一丈的距离砸下去，惊得四匹马前蹄扬空，嘶啸不止。

　　因为巨石将地面砸得坍陷下去，最外侧的一匹马站立不住，嘶吼一声，便向坡下滑去。这匹马一滑下山坡，另外三匹正人立而起的马也紧接着被拉倒，滑摔下坡。

　　那马车歪歪斜斜被带出路面，在陡坡上滑行了五六丈距离便翻滚起来。马匹和车子一同翻滚了几圈，巨大的扭力冲力再加上碰撞，便把套车的车辕砸断了，车子与马匹分离，向下翻滚得更快了。

　　这时候，后边一块滚落的巨石轰隆隆地追了上来，巧巧向正在翻滚的车子砸去，"轰"的一声巨响，那块巨石在原地稍稍停滞了片刻，便弹起来继续向下滚动，其后无数的碎石泥沙，把那辆已经被砸碎的轻车掩埋了起来。

　　水舞见状，心胆俱裂，惨叫一声道："娘！"便纵身跃下骡车，踉踉跄跄地向山坡上跑去。

　　那块砸碎了轻车的巨石又跌落两阶山路便碎成了三块，但这三块石头依旧十分巨大，因为分裂开来，弹跳下坠的速度变得更快了，蜗牛叔大惊叫道："姑娘！姑娘！危险！危险啊！"

水舞充耳不闻，继续向山上跑去，眼见那石头滚落不断，蜗牛叔生怕哪块石头长了眼，直奔他这辆骡车冲来，到时候躲都来不及，他慌忙牵着骡子调转了车身，向来路匆忙逃去，这一回就绝非蜗牛般的速度了。

山坡上，在第一块巨石砸塌道路的时候，前方两个倒霉的杨府护卫就被砸成了肉泥，后边那些侍卫虽然及时应变，到处躲藏，可是他们又能藏到哪儿去？

况且那几块巨石翻滚而下时带下了大大小小太多太多的石头，哪怕只是一块拳头大小的石头，以这样的高速砸下来，一旦打中他们的要害，那也是足以致命的。

结果当巨石纷纷滚到山下，碎石沙砾渐渐止住的时候，那十几个侍卫已有大多半被砸死，只剩下两个人还活着，其中一个被砸成了重伤，奄奄一息，另一个双腿被一块巨石压在下面，已经疼昏过去。

水舞跌跌撞撞地赶到那片碎石泥土前，见轻车已被石头和沙土埋了起来，外面只露出一部分，立即奋力扒了起来。那些石头都是刚刚崩碎的，尖利得很，水舞心中焦急，只凭一双手奋力挖掘，不一会儿工夫纤纤十指便鲜血淋漓。

亏得那车子虽然散了架，木料之间还是有些支撑作用，水舞顺着一块明显是篷顶的木板奋力地挖着，将上面压着的石头泥土刨开大半，双手抓着那块木板竭尽全力地往上抬。

那块木板被她反复抬起，松动的幅度越来越大，终于被她一下子掀开来，木板下露出来的赫然是薛刘氏被挤压得不成人形的肉体，就连她的脑袋都瘪了，一颗变了形的头颅浸泡在血泊肉泥当中。

水舞泪如泉涌，悲呼一声："娘！"便一头栽倒在地。

水舞这几天不眠不休、担惊受怕地追赶杨夫人，本就耗尽了体力，方才在一线天的山谷中又急出一身透汗，出谷之后受了山风，就已埋下了隐患，此时竭尽全力一番挖掘，又受到如此沉重的打击，登时昏了过去。

空山寂寂，直到小半个时辰后才有马蹄声响起，五六个骑士策马从一线天中走了出来。这五六位骑士都骑着高头大马，头戴遮阳帽，身穿天青色骑装，鞍前挂了刀，鞍后挂了马包，显然是赶长途的旅客。

走出不远，他们就警觉地拉住了马匹，山路虽然本来就不平整，可是此刻却有巨石砸出的大坑，如此明显的标志，岂能不令他们生出警惕。

当中一个身材稍矮，但异常结实，气势较旁边几个身材颀长高大的骑士犹胜三分的中年骑士把马缰绳在手上轻轻绕了几圈，对几个已经提刀在手严密戒备的骑士吩咐道："去！看看是怎么回事！"

马上就有一名骑士答应一声，毫不犹豫地策马沿山道向上奔去，另外几个骑士提着刀，冷然四下观望着，神色间了无一丝惧意，胆气颇高。忽然，其中一人伸手往山坡上一指，大声道："大哥，你看那里！"

中间那个身材矮壮的骑士缓缓扬起头来，他的遮阳帽一直压在眉际，这一抬头才能看清他的容貌，如果叶小天正在这里，看到他的样子一定大感意外，因为这位江湖气十足的中年骑士正是葫县大善人洪百川。

洪百川微微眯起眼睛，向水舞昏倒的方向看了看，轻轻一扬下颌，马上就有一个骑士会意地把马缰绳甩给同伴，举步向水舞昏倒的地方赶去。不一会儿，这名骑士就把昏迷不醒的水舞抱了回来。

那人在洪百川面前停住脚步，对洪百川道："大哥，看来是山石垮塌砸死了人，那里有一辆被砸碎的车子，车子里有两个老妇人，已经被砸成肉泥了，这位姑娘想是悲恸过度，昏厥了。"

洪百川抬头看了看天，湛蓝的天空中静静地飘浮着几朵白云，洪百川又低头看看地上那个明显是巨石砸出的深坑，蹙眉道："天朗气清，无雨无风，怎么山石垮塌得如此严重？"

他的目光又慢慢移到水舞身上，看了看她满是泥土却仍看得出血肉模糊的十指，疑惑地道："肯这样救人，这个女子当与车中人相识，说不定还是至亲，可是看她的样子，却又不像受到山石袭击……"

洪百川正说着，那个奉命前往坡上探看的骑士飞快地赶了回来，向洪百川抱拳道："大哥，山上一共有十一个人，九死两伤，还活着那两个一个重伤，眼看就不行了，另外一个刚刚被我救醒，他的双腿被巨石压住，我抬不动……"

洪百川打断了他的话，问道："你可弄清了他们的身份？"

那骑士道："是，那人自称是靖州杨家的一个家丁，护送他们的夫人返回靖州，不料行至此处，突然从山上滚落了大量巨石……"

洪百川又打断了他的话，问道："可是有人做鬼？"

那骑士摇了摇头道："那人说，事发突然，他们根本就没有看到什么人，片刻工夫就死的死、伤的伤，变成了这般光景。"

洪百川听了，微微蹙起眉头，沉吟道："靖州杨家……"

旁边一个青年汉子低声道："大哥，靖州杨家是播州杨家的分支，杨应龙一系的人，咱们多一事不如少一事。"

洪百川点了点头，对那骑士道："去，把那两个还没断气的结果了，弄成山石砸死的模样。"

那名骑士拨马就走，毫不迟疑。洪百川又看了一眼被另一名骑士抱在怀里正昏迷不醒的水舞，毫无怜悯地道："把她丢回去，照样弄死。"

"是！"

那人答应一声，转身就走，这时他怀中的水舞却在昏迷之中惊悸地叫道："不要！娘！不要啊！娘！小天哥，救我！叶小天，快……快救……"

"站住！"洪百川听到水舞的呓语，马上唤住了那名骑士，眼中流露出古怪的神色："她方才喊什么？可是喊的叶小天？"

那名骑士点头道："是的，大哥！"

洪百川扳鞍下马，快步走到水舞面前，水舞脸上又是泪又是汗，还有一道道的泥痕，但是五官轮廓未变，洪百川仔细端详半晌，突地恍然道："啊！原来是她！"

那个骑士有些动容，道："大哥，你认识她？"

洪百川稍微犹豫了一下，吩咐道："带上她，咱们马上离开！"

·※·※·※·

水西是贵州的政治中心，贵阳则是这个政治中心的大舞台，但是宋、田、杨三大天王的领地却并不在水西地面上，水西是安氏的地盘。

把统治整个贵州的治所设立在安氏领土上，这也等于是对安氏"土司之王"的一种官方承认。

安氏一族世袭贵州宣慰使，统管水西四十八部；实力仅次于安氏的宋氏家族则世袭贵州宣慰同知，是安氏的副手。故而其他大土司只是在贵阳城里置宅子，安家和宋家除了宅子，还建有宅吉（衙门）。

当地百姓称安家的宣慰使衙门为大宅吉，称宋家的宣慰同知衙门为小宅吉，从成化年间起，安氏和宋氏的当家人就不肯留守宅吉府，而是返回自己的大本营主事了，虽然朝廷三令五申，他们依旧置若罔闻，所以这大小宅吉基本上就成了两大土司设在贵阳城的一个象征性建筑。

此刻大宅吉的府门依旧紧闭，府前铺地的青砖缝里都长出了一棵棵青草，然而一旦有人进入大门，却会赫然发现，府中五步一岗、十步一哨，戒备森严，因为"土司王"安国维来了。

第一〇二章

暗　战

一

大宅吉是前衙后宅的标准官署建筑格局,一二三进院落是官衙,从第四进院落开始就是一幢大宅院了,宣慰使在贵阳时,这里就是他和家眷生活居住的地方。

因为这是安氏官署,所以即便是安南天或展凝儿,在安家的主事人安老太爷不住在这里的时候也不方便住进来,所以安家才在贵阳城里另置大宅,这里就一直空置了起来。

如此一来,安家对大宅吉的修缮维护也就不甚用心也不及时,故而此时后宅花园里人为匠作的痕迹就很淡,一花一草、一树一木都充满了野趣,即便是星罗棋布散置其间的亭台阁轩也都爬满了青藤。

一座爬满了青藤的小亭旁,是一汪活水的湖泊,非常清澈,湖岸边水草芦苇杂乱地生长着,水面上不时会有几条肥大的鱼跳起来,扑通一声再砸进水里。

一个穿着开裆裤的小娃娃瞪着一双乌溜溜的大眼睛,正用一根芦苇秆在湖畔水草中戳呀戳,冷不防一条大鱼蹿起来,吓得他"哇呀"一声怪叫,掉头就跑,芦苇也扔掉不要了。

小亭中坐着一个老头,穿一身灰色长袍,白发挽成道髻,只插了一根木簪,手里拄着一根摩挲得锃亮的藤杖,看到那小孩子丢掉芦苇秆撒腿就跑,不禁哈哈大笑起来。

小孩子一头扑进他的怀里,连蹬带踹像只小猴子似的,先是爬到他膝上,又搂住他的脖子,气喘吁吁地叫:"爷爷,大鱼,好大的鱼,怪吓人的。"

老者开怀大笑道:"那大鱼又不吃你,怕什么?"

小孩子腻在他怀里道:"大鱼跳出来吓人,就是害怕嘛。"

老者笑吟吟地道:"那你可要好好练练自己的胆色了,咱们安家的儿郎,可不能有胆小鬼。"

这时安南天缓步走来,看见祖孙俩腻在一起,微笑着站住,欠身道:"爷爷!"

小孩子一扭头见是安南天，立即扭着小屁股从老者怀里往下蹭，双脚刚一沾地，就张开双臂向安南天扑过去，欢叫道："大哥，刚才水里好大的一条鱼，一跳那么老高，可吓人啦！"

安南天弯下腰，哈哈笑着把他抱起来，道："小十六，那鱼真的很大吗？那你就快些长大，等你长大了，把吓唬你的那条大鱼亲手抓起来，吃掉！"

小孩子用力点头："对！把吓唬宝宝的大坏鱼吃了练胆量！"

安南天微笑着转向老者，道："爷爷，凝儿表妹回来了，看样子，她的心情不大好。"

老者雪白的长寿眉轻轻蹙了蹙，道："那丫头，真的喜欢了叶小天？"

安南天叹息道："恐怕是了，我就看不出，那小子除了俊俏一些，还有什么长处，可要是说俊俏，水西豪门阔少中，俊俏丰伟的少年郎难道还少了？"

老者淡淡地道："你看不出来没关系，却不可以把他贬得一文不值。你记住，不止一个人青睐的人，必定有他的长处，你看不出来，那只是你的眼光问题。"

安南天肃然道："是！孙儿受教！"

小十六不耐烦地听他们说大人话，从他怀里蹭下去，拉着他的手道："大哥，陪我去抓鱼！"

安南天哄他道："你去吧，大哥在这儿看着，哪条鱼敢欺负你，大哥就狠狠地揍它！"

小十六一听大感安心，答应一声，捡起那根芦苇棒，兴冲冲地跑向湖边。

老者道："叶小天考举人去了？"

他这一问，安南天脸上便露出忍俊不禁的笑容，道："是！铜仁府学教谕黎中隐五年未取中一名秀才，受到了学政的训斥，无奈之下便弄虚作假取中了他，谁料张铎那草包却真当他有一身才学，执意要他来参加贡试，想让叶小天再考个举人，以证明他教化铜仁有功！"

老者微微眯起眼睛，抚须微笑道："呵呵，尊者游历天下是惯例，如今竟游历到官场中去了，千年以降这还是头一个吧？大隐隐于朝啊，这倒有趣了。"

安南天道："爷爷，我看他可不像是要大隐，他只是不喜欢困居深山罢了。"

老者哑然失笑，道："有哪个年轻人喜欢困居深山呢？红颜美色于少年人而言固然有着莫大的诱惑，可是一旦能予取予求，他就会发现，其实也不过如此，人生的诱惑何止于此。"

安南天皱了皱眉道："如果他去游历天下，与凝儿久不相见，久而久之，想必凝儿的心思也就淡了，谁知他却留在贵州混，这可就不好说了。爷爷也知道，凝儿那丫头从小就死心眼，认准的东西很少改变。

"当初那个徐伯夷,我看凝儿迷的根本不是他的人,而是他的才学和风度,她那时其实还懵懂得很呢,可这一次不同,如果凝儿不肯死心的话……叶小天二十年后可是要归山的,到时候……"

老者白眉一挑,淡淡地道:"规矩是人定的,如果你是那个定规矩的人,你自己就不用守规矩!如果你没那个本事,自然就得遵守别人为你定下的规矩!"

老者说到这句话时,白眉微微一挑,便有一种睥睨的气势迎面而来,这时你才会觉察到他的不凡之处,而方才的他,看起来只是个含饴弄孙的平凡老人罢了。

安南天疑惑地道:"这么说,对凝儿和叶小天……爷爷是乐见其成了?"

老者哑然失笑道:"老夫哪有闲工夫理会这些小儿女之间的情事?这种事还是让她老子去操心吧,我是在想,一位蛊神教的尊者,如果考中了举人,继而做了官,会对贵州的格局产生什么样的影响呢?"

安南天矍然一惊,失声道:"爷爷是说……"

老者淡淡一笑,道:"你带十六去玩吧,这件事我还要好好想想!"

安南天欠身道:"是!"

安南天唤过十六弟,对他耳语一番,也不知许诺了什么,小家伙便兴高采烈地拉着他的手走开了,老者自栏边柱旁取过一根钓竿,娴熟地装上鱼饵,轻轻往水中一甩,便凝眸沉思起来……

……

徐伯夷走进田妙雯的书房,躬身向帘后施礼时,心情不由自主地便有些紧张起来。其实他来拜见田妙雯已经不是一次两次了,照理说早该熟悉,可是每次来到这里,看到这道帘子后面的那个人,他依旧会紧张。

田妙雯心思太慧黠,眼神太锐利,言语也很犀利,与她相处久了,徐伯夷的紧张感不但不会因为熟悉而消失,反而变得更加严重了。帘后传出田妙雯悦耳动听的声音:"这一次你考得如何?"

徐伯夷赶紧垂首道:"今次贡试,只有十道试题,于徐某看来还是比较简单的,相信应该答得不错。"

"呵呵,你说不错,那其实就是很好了?"

"哗啦"一下帘笼声响,田妙雯一挑帘笼,竟从后面走了出来。徐伯夷心头顿时一阵激动,自从傍上田家,他这还是第一次离大小姐这么近,这一次总算能看到田大小姐的真面目了。

徐伯夷很想抬起头来,可是他的脖子却有些僵硬,硬生生地抬不起来,看到一袭白裙云一般飘到面前,裙下尖尖的靴尖若隐若现时,他情不自禁地又退了一步,躬身道:"大小姐!"

田妙雯的气场实在是太强大了，徐伯夷做梦都想看到她的真面目，但是此刻田妙雯就在眼前，他只要一抬头就能看得见，反而不敢抬头了。田妙雯淡淡地道："不必拘礼，抬起头来。"

"是！"

徐伯夷答应一声，慢慢抬起头，不由大失所望，田妙雯的确是从帘笼后面走出来了，可她头上垂下的黑纱遮住了她的容颜，只有白嫩皎洁、曲线动人的下颌可以看见。

不过，再仔细看，那层薄纱终究不能把田妙雯的模样完全遮住，尤其是她的肌肤说不出地白嫩，在黑纱之下更明显一些，所以隐约还是能看清模样的，比起先前隔着帘笼雾里看花，不知要清晰多少倍。

只这一看，饶是一向对女色并不沉迷、只是热衷权位的徐伯夷，也不由得心头怦然一跳。鸭蛋似的脸庞，肌肤白皙润泽，那双眼睛尤其具有一种很特别的味道。

五官每个人都有，可只是稍有不同，便组合成了世间万象，这个女人的容貌，就极具个人特点，她的模样……让人一看就有一种想要蹂躏她的冲动。幸亏她出身田家，身份高贵，否则就凭她这样的风情气质，不知要被多少大人物争来抢去、必欲一尝芳泽方遂心愿了。

徐伯夷理智尚在，只是片刻失神便赶紧低下了头，心口怦怦乱跳起来："想当年兰陵王体柔貌美，很难以威仪驭下，是以常戴狰狞鬼面上阵杀敌。如今这位田大小姐只怕也是如此了，她这样的相貌如何驭下？难怪她总是不肯以真面目见人！其实这样的女人还需要什么心机智慧啊，只凭她的这副相貌就能倾国倾城了，哎哟！我刚才没有失礼的举动吧？"

田妙雯微微一笑，道："这一次为了给田家多争取一个名额，所以我没有给你留内定的名额，而是把你放出去，与那些士子们争。但你满腹经纶，却也不需要这种特别的照顾。

"举人虽有做官的资格，其实除非很有背景，否则却也鲜有能直接去做官的，更不可能晋升为高官，但是有我田家扶持，这些都不是问题，你好好做事就是，这些事，我会为你安排。"

徐伯夷嗅着淡淡幽香，眼观鼻、鼻观心，谨然应道："是！"

田妙雯又道："近日，江南大儒崔像生将至贵阳，他与按察使王浩铭是同门，届时你不妨去拜访一下，如果能得到崔先生的赏识，于你的仕途将大大有利！"

徐伯夷又道："是！"

两人又言谈了几句，徐伯夷察言观色，不等田妙雯主动说出送客的话，便向她拱手告辞了，及至出了田妙雯的书房，徐伯夷这才大大地松了口气，忽然之间，他隐约理解了坊间关于怜邪姬克夫的传闻:"这样的一个女人,隔着面纱尚令人难以自持,若真的娶她为妻,同床共枕,肌肤相亲,如何还能把持?到时候旦旦而伐、夜夜不空,男人想要长寿,还真的很难呢……"

想到这里,徐伯夷脸上不禁露出一丝淫邪的笑容。

田妙雯今日接近徐伯夷,只是向他表示已正式接纳他为自己人,却不知徐伯夷此刻正转着什么猥琐念头。徐伯夷一走,她便走到墙边,在博古架上轻轻一按,墙上"唰"的一下垂落了一幅贵州地图。

田妙雯看着那幅地图开始考虑徐伯夷中举之后该往何处安排。地图上,各方土司以及朝廷的势力都用不同颜色的线条标注着,田妙雯一双妙目端详良久,慢慢落在了贯穿贵州南北的唯一一条驿路的北面最终点:葫县!